U0024144

中國超級傳媒工廠的形成

周翼虎——著

推薦序 1

胡元輝
（曾任公視總經理、現為中正大學傳播系副教授）

回到鳥籠？中國新聞知識份子的衰落與奮起

中國大陸傳媒業近二、三十年來的發展，澎湃洶湧、變化多端。若謂最鮮明的變化軸線為何？許多人會毫不遲疑的回答：市場化。

中國學者胡泳直截指出：「中國新聞媒體在過去 20 年裡最大的變化就是商業化。」美國學者 Richard Baum 以意識型態管制的放鬆、財務與行政的分權化、商業化以及電子傳播的新科技等四種制度性力量，解釋中國傳媒自 1978 年以來所出現的爆炸性成長，其中商業化一詞可謂市場化的別名。

不僅學界的研究將市場化置於中國傳媒演化的重要位置，官方的說詞亦復如是。中國國家廣播電影電視總局所發行的廣電藍皮書，在總結「改革開放」30 年廣播電視業的發展歷程時，便將推動發展的力量歸結為「改革開放、市場經濟、科技進步和社會需求四大力量」。

市場化非但是有關中國傳媒業變化的鮮明論述主軸，它同時也讓傳媒體制的轉型取得道德上的「正當性」。對於想要達成中國特色社會主義經濟的中國政府而言，市場化既可以在保有喉舌功能下搞活傳媒業，又可以將本國傳媒做大做強以禦外敵，豈非極佳的政策工具？對於中國傳媒工作者而言，市場化意謂著行業地位的鞏固，更代表著生活水平的提升，盍有反對之理？

西方人士對中國傳媒的市場化同樣抱有好感，其原因不單在於制度上的親近性，亦不只是著眼於市場開放所帶來的經濟利益，更重要的，許多人相信市場化將（可能）帶來中國政治體制與社會結構的改變。特別是網際網路（互聯網）發達之後，此種難以完全掌控的媒介，更讓中國傳媒工作者以及社會大眾有機會走向傳媒自主與公民參與。

研究中國大陸網路積極行動主義 (online activism) 的哥倫比亞大學教授 Guobin Yang 便認為，一旦非官方性民主的公民參與擴張之時，其與官方制度性民主間的距離就為之縮短；Richard Baum 亦指出，中國無所不在的防火牆之下，一個寧靜的革命已經上路。「地殼板塊開始移動中，而且媒體正開始尋找一個獨立的、批判的聲音。」

儘管市場化對中國傳媒業以至於新聞業的影響力，已被高度肯認；甚至，它的正當性亦被高高舉起。但市場力量真能與國家分庭抗禮？市場與國家是純粹的對立，還是絕對的共生？此外，處於國家與市場（社會）之間的傳媒業或新聞業工作者又扮演何等角色？他們是國家體制百分百的順從者，抑或市場機能全心意的支持者？他們與國家之間是衝突關係，或是合謀關係？想要對中國傳媒發展有如實理解者，顯然沒有理由回避這些問題。

已有一些研究者從不同的角度探索其間的奧秘，本書作者周翼虎先生的《中國超級傳媒工廠的形成——中國新聞傳媒業 30 年》，毫無疑問係此類探索中的佼佼者。他的扎實研究不僅為上述問題的解答，提出具有創意及說服力的論證，本身亦為中國傳媒從業者的周翼虎，更憑藉直接參與的近身觀察，使此一研究同時成為中國傳媒劇變過程的權威見證。

透過周翼虎的研究，我們看到國家意志的揚升，也看到市場力量的虛無，更有意義的是，我們看到了利益集團的現形與傳媒菁英的失落。用周先生自己的話來說：

「中國新聞業在這 30 年的市場化發育、發展過程中，出現了引人注目的權力和市場共生現象，它既沒有出現批判理論所鞭撻的資本對大眾的壓迫，也沒有現代化理論所預言的一個集權體制的瓦解和社會解組危機，而是一個國家、市場、社會、專業從業人員四方皆大歡喜的多贏局面。」

周先生在本書中詳細論證，中國當代的新聞體制已經形成一個擁有 89 萬從業人員的超級傳媒工廠，不過市場化無法成為中國新聞業崛起的唯一答案，甚至是遠離事實的答案，當今的新聞業亦非國家意志規劃下的結果，反而是各種利益集團博弈下的意外產物。加速推動的產業化政策，與「強國家—弱社會」的結構相結合，讓國家與新聞記者於九十年代末期形成一種「經濟利益聯盟」，此種聯盟關係的確立，不僅使國家最終得以打敗新聞業，連帶的也造成了新聞記者的價值轉化。

「在生存邏輯的決定性打擊下，市場化終於成為一場改變新聞記者話語、力量結構與心理人格的運動。」此一結論縱非驚人，卻依然駭人。周翼虎嚴謹鋪陳出一張傳媒菁英被產業化分化的圖像，亦語帶傷感的勾勒出新聞記者專業聲望下降的歷程。不僅八十年代新聞記者與國家之間的緊張關係不復存在，周翼虎更大膽預測：在一個日益高速運轉的機構裏，中國新聞記者強烈的失落感將成為其高度依附政治的基本動機。

被周翼虎稱為擁有「前知識份子心態」的新聞記者，一方面深感自己在知識階層地位的下降，另方面則以依附國家權威來提升自己的社會地位。此種國家與新聞記者間的結盟關係，雖然會因新聞從業人員內部的資源分配而有差異，也會因外部政治環境的波動而有起伏，但在周翼虎的描繪下，中國新聞知識份子的價值蛻變，不僅讓我們對中國傳媒市場化的發展脈絡有了新的認識，恐怕也讓許多關注中國新聞改革的人士起到更深的憂慮。

新聞知識份子的衰落應只是中國整體知識份子敗退圖像中的一個註腳。同樣是媒體工作者的新生代知識份子許知遠斬釘截鐵地說：「知識份子基本上已潰敗」。他認為，中國的知識份子中，一部分對社會變革視而不見，僅能以世風日下之類的遁詞，掩飾自己貧乏的智力；另一部分知識份子雖投入社會變革，卻只能以簡單嘲諷或現狀的辯護來證明自我的存在。而如果知識份子都節節敗退，特別是在社會公義上扮演關鍵角色的新聞工作者，那麼中國的發展動向實已不卜可知。

儘管「國家」這個詞在中國已經由消極轉變為正面意義，市場化亦已異化為反自由體制的結構性力量，不過「感慨萬千」的周翼虎並不悲觀，他相信，只要國家與社會關係有所變動，國家與新聞業的關係就有可能改變；一旦市場力量能為新聞記者提供更為開闊的發展空間，中國新聞記者就有可能為自身利益爭取新聞自主權。

「一個社會最遭糕的不是身陷粗俗，而是沉緬其中，放棄脫出的努力。」對知識菁英有著高度期許的許知遠，將社會重建的重任放在這些有勇氣不斷超越自我的「社會的頭腦」。儘管周翼虎不準備在這本書中對傳媒菁英的價值觀變化做出評價，但他依然在本書結尾時，以《南方週末》1999 年與 2005 年的新年致辭做了寓意深遠的對比。

正如周翼虎所言，1999 年《南方週末》新年社評—「總有一種力量讓我們淚流滿面」，之所以能在中國傳頌一時，甚至到今日仍屢被提起，在於它擁有一種關懷弱者的人道主義情懷，在於它堅持總有一種力量「驅使我們不斷尋求正義、愛心、良知」。顯然中國新聞從業人員在知識份子性格上的衰落，既非歷史的必然，亦非命定的結局。

歷史誠然是「一本充滿意外的畫卷」，「回到鳥籠」也誠然是當代中國新聞從業人員的寫照。但中國新聞知識份子的覺醒與奮起，仍有機會為新聞業留下一個新時代的不朽標記。

推薦序 2

羅世宏
中正大學傳播學系暨電訊傳播研究所

大陸新聞傳媒發展與未來走向

有幸搶先拜讀周翼虎博士大作《中國超級傳媒工廠的形成——中國新聞傳媒業 30 年》，深感周翼虎博士受過社會學和經濟學的學術訓練至為扎實，驚豔於他細心搜羅的大量一手材料，更佩服他直言不諱、堅持「學術無禁區」的治學態度和文字風格。我非常喜歡這本書，也願意向讀者鄭重推薦這本書。

這本厚實的著作，出自周翼虎博士在北京大學的博士學位論文，對有心一探中國大陸傳媒堂奧的人來說真是一大福音，而這不僅是台灣讀者之幸，也是華文讀者之幸。

過去這三十年來，中國大陸傳媒發展展現出複雜多變的面貌，但其中幽微的伏流與隱藏的運作邏輯，實非外人得以管窺，遑論理解掌握。如今，周翼虎博士的這本新書以清晰的理路和細緻的理論分析抽絲剝繭，以可讀的文字帶領讀者深入中國傳媒的複雜動態，並從中提煉出富有洞見的解釋，讓讀者得以撥開雲霧，看見在中國傳媒背後發揮作用的多重力量。

展讀之後，深受裨益之餘，我也願意在此對中國大陸傳媒發展與未來向，略做呼應和補充：

（一）傳媒發展蓬勃，政治控制不變

近年來，中國大陸傳媒蓬勃發展，成長為每年營收超過人民幣一千億元的產業，上繳稅款甚至超過煙草業，一躍成為中國第四大利稅行業。無論就報刊家數、發行量、廣電集團的數量和規模、電視劇的生產集數，以及線民的數量而言，已然是一個傳媒大國。

和世界其他國家相比，中國新聞業的特殊性在於中國新聞傳媒業始終是國家體制內的一部分，「黨管媒體、黨有媒體」的政治控制格局從未改變，產權和人事的控制也未鬆懈，反映著中共歷來對宣傳與思想工作「兩手抓」的策略（Brady, A.-M. (2010). Marketing dictatorship: propaganda and thought work in contemporary china. Lanham: Rowman & Littlefield；錢鋼，2008，《中國傳媒與政治改革》，香港：天地圖書）。

造成中國大陸傳媒蓬勃發展的原因，最重要者厥為黨國壟斷媒體事業利益，並結合「事企分離」的市場化策略，相當成功地超越了市場化與政治宣傳控制邏輯上對立的悖論。廣告收入已成為中國大部分區域廣播電視媒體的主要收入。從1999年以降，國家財政撥款以外的商業性收入已占廣播電視收入的85%，而廣告收入又占商業收入的90%以上。1992年中央電視臺的廣告收入是5.6億元，1999年增加為44.15億元，2010年超過150億，佔有全國電視廣告收入的三分之一（趙月枝、郭鎮之，〈全球化與中國電視〉，收錄在《第一媒介》，北京：清華大學出版社；國家廣電總局，2010，《2010中國廣播電影電視發展報告》，北京：

新華出版社）。進一步言，因為黨國牢牢掌握新聞傳媒的壟斷利益，政府對於政治宣傳領域的控制力度，不僅未因市場化而弱化，反而因為市場化而有所強化（Brady, A.-M. (2010). Marketing dictatorship: propaganda and thought work in contemporary china. Lanham: Rowman & Littlefield；周翼虎（2009）。〈抗爭與入籠：中國新聞業的市場化悖論〉。《新聞學研究》，100 期，頁 101-136），可謂構成了「官僚／權貴資本主義」的產業典型。

此不僅發生在傳統媒體領域，也擴及以互聯網為基礎的新媒體。中共官方也開始有意識地擁抱擁抱互聯網技術做為宣傳的工具，並以技術、經濟和其他手段實行網路綜合治理。揆其原因，大抵是出於自身統治正當性的焦慮，各種因經濟發展而惡化的社會矛盾，以及不符公平正義的社會事件，導致其對於「維穩」的需求益加強烈。2010 年，中共維穩相關經費已超過國防預算，高達人民幣 6,200 多億，並一再放慢政治體制改革的步伐。

（二）新媒體是官民角力但勝負未定的場域

民間對於網路審查和某些政府作為的不滿，因為新媒體的蓬勃發展而得到宣洩，批判和另類的訊息與觀點得以更為廣泛地流傳（翟明磊，2009，《中國猛博》，香港：天地圖書；Yang, G., 2009, The Power of the Internet in China, New York: Columbia University Press）。去年開始各種微博（micro-blogging）或社交媒體網站（social networking sites）在中國大陸境內大為盛行，並且在諸多社會事件中具有相當大的輿論影響力，2010 年也因此被廣泛稱為中國大陸的「微博元年」。

為此，今（2011）年初胡錦濤特別強調要「進一步加強和完善資訊網路管理，提高對虛擬社會的管理水平」。向來支持官方且立場強硬的新聞學者李希光亦撰文主張：「抓住社交媒體大發展的時機，制定中國的社交媒體發展戰略，積極主動地開展中國的社交媒體群眾宣傳運動。」（李希光，2011，〈面對以網路社會為中心的國家傳播〉，《人民網》，2011-05-25）。據 BBC 中文網轉載中國大陸官方媒體報導，中國大陸已有數百個公安部門建立了微博帳戶，目的是為了改善警民的緊張關係，正反映這種官方目前想要積極運用社交媒體與內部宣傳工作的思維。

（三）大力投資對外宣傳，成效有待觀察但不容小覷

2009 年以後，為了積極影響國際輿論，樹立國家良好形象，中國大陸投入對外宣傳的傳媒資源更為充裕，企圖心也越見旺盛。2008 年 12 月，中共總書記胡錦濤指示央視：「努力把中央電視台建成技術先進、信息量大、覆蓋廣泛、影響力強的國際一流媒體」。中共中央政治局常委李長春也提出：「加快實現由傳統媒體為主向傳統媒體與新興媒體融合發展的轉變，由以國內受眾為主向國內國際並重轉變，構建覆蓋廣泛、技術先進的現代傳播體系」（江迅，2010，〈胡錦濤部署大外宣格局〉，《亞洲週刊》，2009 年 2 月 1 日）。中宣部部長劉雲山說，要「提高新聞資訊的自采率、首發率、落地率，使我們的圖像、聲音、文字、資訊更廣泛地傳播世界各地，進入千家萬戶」，「充分發揮互聯網等新興媒體的積極作用，佔領資訊化條件下宣傳輿論的制高點」（江迅，2010，〈胡錦濤部署大外宣格局〉，《亞洲週刊》，2009 年 2 月 1

日）。中國大陸國家級中央級媒體資金充裕，在全球大舉擴張，向世界傳播官方主導的新聞；這一全球範圍內的媒體擴張是中國大陸「走出去」戰略的重要環節，也是這十年來中國大陸領導人力圖提升國家「軟實力」的重要國策組成部分（陳婉瑩，2010，〈中國國家媒體全球擴張面臨考驗〉，《傳媒透視》，2010年8月，頁2-3）。

2009年1月13日，《南華早報》披露中國大陸政府準備投資450億元人民幣推動「大外宣」計畫，積極對外擴張宣傳。2010年1月，央視進軍網路，開辦了中國網路電視台（CNTV），集新聞、體育、娛樂和視頻點播於一體，是中國大陸首家獲頒網路電視牌照的媒體機構，設有中、英、法、俄、西班牙語和阿拉伯語六個頻道（陳婉瑩，2010）。采外，大外宣計畫也包括新華社在2010年7月設立了24小時以英語播出的電視新聞台「中國新華新聞電視網」（CNC）（正式簡稱「中國電視網」，凸顯其官方地位），目前覆蓋亞太和歐洲部分地區，將擴展到全球近100個國家及地區，並以「中國的CNN」自許。同一期間，《人民日報》2010年1月1日起從20版擴張為24版，下屬的《環球時報》於4月推出英文版，而《中國日報》則推出了美國版（陳婉瑩，2010，〈中國國家媒體全球擴張面臨考驗〉，《傳媒透視》，2010年8月，頁2-3）。

除了加大對外宣傳部署之外，中國大陸也相當積極收購國外傳媒集團旗下的現有媒體。最明顯的例證是具有官方背景的華人文化產業投資基金（China Media Capital），2010年8月從跨國媒體大亨梅鐸手上買下「新聞集團公司」在中國大陸的星空衛視普通話頻道、星空國際頻道（在香港和新加坡播出）、音樂頻道

（Channel V），以及星空華語電影片庫 。

不少論者懷疑中共宣傳式新聞的成效，因為中共對外宣傳長期存在著公信力不足和意識型態僵化的問題，但吾人不能低估中國大陸國家媒體強勢發展對外宣傳工作的影響力，因為在新聞資源比較貧乏的第三世界國家，相對于西方傳統媒體在本國和國外出現衰退狀況，中國大陸國家媒體更有可能成為第三世界國家的一大資訊來源（陳婉瑩，2010，〈中國國家媒體全球擴張面臨考驗〉，《傳媒透視》，2010 年 8 月，頁 2-3）。

（四）結語

整體而言，中國傳媒發展及未來走向仍將以黨國政治控制並同時壟斷市場利益為主軸，但傳媒工作者輿論監督表現時有佳作，對於新聞專業主義和媒體獨立性的追求仍然沒有終止。新媒體的蓬勃發展，創造了新的公共話語空間，或至少形成了一個突破口，也有機會對傳統媒體的輿論監督表現形成促進和擴散作用。

最後，願與讀者共勉：臺灣人不能不瞭解中國，更不能對中國無知，而要瞭解中國，不能不從瞭解中國傳媒入手。要瞭解中國傳媒過去三十年的發展，周翼虎博士的這本書是目前中文著作中最好的一本。

序

劉世定
（北京大學社會學系教授）

三年前，當周翼虎的這部著作的較早版本完成時，雖然我認為這是一部優秀的作品，但是對其能否獲得出版機會，我是不報樂觀預期的。後來聯繫出版的進程多少印證了我的這種預感。然而，一個多月以前，周翼虎突然告訴我，他的這本書已經提上出版議程，並希望我作序。這使我有意外高興之感，並欣然接受了他的請求。

這本起名為《中國超級傳媒工廠的形成：中國新聞傳媒業30年》的著作向我們講述了近30年來發生在中國新聞傳媒業中的一段故事。這是一段內容豐富、曲折的歷程。其豐富性和曲折性，從該書厚厚的四百多頁的分階段敘述中可見一斑。當然，儘管本書資料豐富，我想業內外知情者讀後還會指出書中若干未能顧及全面的地方，這也是不可避免的。

對這段內容豐富、曲折的歷程從怎樣的角度去敘述，自然可以有不同的選擇。作者選擇了政府和新聞業者之間持續博弈的視角，簡而言之，這段歷程被敘述為一個發生在政府控制新聞業（特別是輿論導向）的力量和新聞業者追求自主性的力量之間的博弈格局歷經變化的故事。本人在這裡不準備對這樣一個視角及敘述成效發表意見，而僅僅想借此機會討論一下言論傳播權的分配和界定機制問題。在我看來，上述博弈在很大程度上正是圍繞言論傳播權展開的，而這個問題也是中國當代社會變遷中面對的一個十分重要的問題。

言論能力是人類的自然稟賦，這種能力一旦形成，只要不涉及他人，其運用純粹是個人的事情。但言論傳播則不然，由於會對其他人產生影響特別是有時可能產生負效應，因此，對於在何種場合能夠傳播何種內容的言論就產生了人與人之間的社會認可問題。在特定的社會群體中，當一個人的言論傳播的潛在可能性得到其他社會成員的認可時，他／她便獲得了社會學意義上的言論傳播權。如果沒有這種認可，那麼，因言論傳播引發的衝突就會發生。在這裡請注意的是，不要把社會學意義上的權利和法律意義上的權利混同起來。後者僅是借助國家強力來確定的。沒有得到法律認可的行動可能性如果在社會群體中得到認可，那麼仍然可以成為社會學意義上的權利；而某些得到法律認可的權利如果在某些社會群體中沒有得到認可，那麼在這些社會群體中，它們便不成其為社會學意義上的權利。

從個人角度看，言論傳播權涉及能夠在何種場合、通過何種渠道、以何種方式、傳播何種言論等諸多方面。從社會角度看，相互聯繫的個人言論傳播權構成一個整體結構，一個言論傳播權結構，並通過權利的分佈狀態凸現出其平等抑或不平等、壟斷抑或非壟斷等特性。由於一個社會的存在和延續離不開社會成員之間的交流合作，離不開糾錯，而交流合作以及糾錯的重要前提條件是言論的傳播，因此，言論傳播權結構如同產權結構、政治權利結構一樣，也是社會的基本結構。這一結構深刻地影響著社會的運行。

在影響一個社會的言論傳播權結構的因素中，有兩個因素的作用特別重要。

一個因素是價值和信仰體系。當一個社會所接受的價值體系中存在禁忌時，對於主張打破這些禁忌的言論傳播便會施加約束；當一個社會所接受的信仰體系存在嚴格排他性時，對於可能動搖其信仰的言論傳播會加以壓制，即不認可這類言論傳播權。蘇格拉底之死的悲劇，強烈反映出社會價值體系對言論傳播權的影響。中世紀科學家在研究成果發表方面所受到的教會壓制，便是信仰體系影響言論傳播權的例子。

另一個因素是國家制度。對於國家統治者來說，由於言論傳播可能引發集體行動，而某些集體行動可能影響其對社會的控制，因此，他們對擴展性強的言論傳播總是高度敏感。不過，這種敏感是否能夠轉變為運用強制力量界定言論傳播權的行動，卻受國家政治制度的制約和激勵。在非競爭性的國家制度中，統治者比在競爭性的國家制度中更有機會和激勵運用強制力量壓縮民眾的言論傳播權，也更有機會和激勵來對言論傳播權實施差別性分配。

有必要指出，在非競爭性國家制度中，統治者要想用國家強制力界定的言論傳播權來完全替代社會認可的言論傳播權是做不到的。要全面控制人與人之間的言論傳播，需付出極高的代價。在中國的皇權時代，統治者可以搞幾個文字獄來警告讀書人的文字言論傳播，但不可能封住廣大民眾的口。注意流傳的民諺，注意朝廷在民間的口碑，正是統治者只能有限地界定言論傳播權的證據。在 20 世紀後半葉的中國發生的「文化大革命」中，雖然以廣泛的「洗腦」、恐怖高壓和告密為基礎，使人們的言論傳播權被擠壓得十分狹小，但這種狀況並不能長期持續，事實上，

1970 年後，反「文化大革命」的言論已經通過人際網路越來越廣泛地傳播開了。這也說明，被社會認可的言論傳播權並未被國家強制力完全替代。

近代以來，自從有了廣泛發行的報紙、廣播等新型傳播工具以後，言論傳播權中的「通過何種渠道」問題被凸顯出來。掌握了這些傳播工具的人，其言論傳播權運用所產生的社會影響力大大增強了。當這些工具掌握在私人手中，或掌握在政府的潛在競爭者手中，那麼，不可避免會形成對政府力量的某種制衡。周翼虎書中所針對的那種流行的天真想法，即市場—企業機制引入新聞業必將使政府喪失對新聞業的控制，新聞業也將成為自由言論的天地的想法，正是在這種背景下產生的。然而，政府也在利用這些新型傳播工具。在非競爭性國家制度中，政府可以利用其控制的資源壟斷某些重要傳播渠道，並通過差別性地分配傳播渠道利用權來力圖實現其掌控輿論導向的目標。在周翼虎的這本書中，我們明顯可以看到政府的這種努力。其後果，自然不同於在競爭性國家制度下的狀況。

但是，即使在上述條件下，政府的掌控力也仍然是有限的。政府可以壟斷重要傳播渠道，但不可能壟斷所有傳播渠道。如果民眾發現，政府壟斷的傳播渠道中傳播的資訊是低質量資訊，那麼，他們就會尋求替代渠道來獲取更高質量的資訊。這樣，政府的掌控輿論導向的目標就會落空。因此，理智的政府會向其控制下的傳播渠道中的媒體人留出一定的自由空間，以保持資訊的質量，避免被民眾注意力完全拋棄。我想，周翼虎書中描述的新聞業者和政府間的博弈，有不少是發生在這個空間中。

近年來，互聯網技術的出現，使言論傳播有了新的渠道。廣大線民對互聯網的利用的確在某些方面打破了政府原來對言論傳播權的分配格局。然而，政府的積極回應也在加強。傳播技術的運用受制度約束的道理不應被忘記。

周翼虎的這部書是以基於事實和邏輯的現實主義精神寫成的，他努力去理解，何以三十年的新聞業歷程形成了今天這樣的格局。但他顯然嚮往著更好的格局，因而將形成的那種博弈均衡稱為次優的。更好的格局必須建立在新的博弈均衡上，否則就是烏托邦，這是博弈論告訴我們的。我希望這部著作能夠對心懷理想的讀者提供幫助。

目次

第一章

導論

第一節　中國新聞體制發展之謎

改革開放30年來，中國新聞業[1]在新聞內容中性化、新聞業務自主化和新聞運營產業化三方面都取得顯著進步。新聞報導從一個單純的國家宣傳機器，逐步發展為一個繁榮的傳媒產業。新聞記者的自主報導空間越來越大，國家已經很少介入新聞機構的一般性報導活動，甚至鼓勵新聞業積極從事包括批評性報導在內的輿論監督活動。進入二十一世紀後，中國傳媒的娛樂內容明顯增加，甚至在最主流的報紙、雜誌和電視上也充斥了大量以「法制」、「教育」面目出現的中性社會新聞。大眾也樂於看到越來越多樣化、非意識形態導向的新聞產品。作為娛樂消費的重要對象和國民經濟的重要組成部分，新聞媒介已經深深嵌入到國家日常活動與大眾生活當中。

[1] 本書的新聞業是指具有新聞報導權、擁有專業執業資格人員的傳媒，如電視、廣播、報紙、雜誌等，它必須同時包括兩個要素：一是法定的新聞報導權，一是合法的新聞執業資格的專業人員。現階段中國大陸網路這種新媒體在行業規定上沒有新聞報導權，只能轉載主流媒體各類新聞報導，因此暫時不在本書討論範圍內。

但顯而易見，中國新聞業雖然經過市場經濟的洗禮，仍始終呈現出國家力量一元獨大的強勢局面。在政治特性上，它依然屬於國家宣傳機器，依然被國家強有力地掌握——國家牢牢地操縱著大眾輿論，新聞界日益自覺地為國家服務，甚至有學者將其稱為「黨的公關公司」（He1998）。根據學者們（潘忠黨、陳韜文，2006；郭鎮之，1999；孫五三，2003）的調查，記者們雖然不認同國家主流意識形態，但新聞專業主義、「同人辦報」卻也沒有建立，中國的新聞記者處於一個職業倫理的真空狀態。在產業運營方面，儘管主流傳播理論認為政治宣傳對公眾不會有吸引力，但恰恰是以往不受歡迎的政治宣傳反而成為中國電視新聞業收視率最高、最掙錢的支柱性部類。根據對中央電視臺1990年以來的收入結構調查（楊曉民、周翼虎：306-307，1999），中國新聞業在二十世紀九十年代持續繁榮的直接原因是與政治性相關的新聞報導帶來的廣告收入。種種現象表明，中國新聞媒體雖然經濟上日益獨立，但對國家的政治依賴性反而更強。中國新聞業推陳出新的新型政治宣傳，改變了以往的傳媒理論的預測，產生了以下與主流理論相悖的不解之謎。

（1）國家對新聞記者越軌行為的懲戒方式越來越寬鬆，但對輿論的調控能力不僅沒有下降，反而增強。例如在「非典」時期、伊拉克戰爭時期、全國大學生反美遊行時，以及處理各類重大事件和社會熱點時，國家都顯示了超凡的輿論調控能力。在新聞產業規模急劇擴張、市場力量日益強大的環境下，國家對新聞業一元化、集權化的領導不僅沒有削弱，反而日益加強。

（2）30 年來，在國家對新聞嚴密控制的背景下，儘管記者各類反抗主流意識形態的「打擦邊球」話語挑戰策略幾乎無處不在，但是從整體上看整個新聞業卻沒有像西方學者所預測的那樣越來越走向反抗，相反記者卻日益自覺地為國家服務，「幫忙不添亂，鼓勁不洩氣」的大局意識、陣地意識已經越來越內化為記者的職業自覺。按照一般觀點，國家對新聞的管制即使不激發新聞記者的反抗，也至少會導致從業人員積極性下降，但在實際觀察中他們的積極性反而上升。以筆者的從業經歷看，中國電視新聞記者是中國最疲勞的職業群體之一，平均每天至少工作 10 個小時以上，經常達到 14 甚至 15 個小時。

（3）按照新自由主義邏輯，政府對新聞業的所有權管制和內容管制會導致產業經濟效益下降。但是事實上中國新聞業競爭反而越來越激烈，效益越來越上升，從全額財政撥款轉變成向國家納稅的重要財源。改革開放 30 年來，中國新聞傳媒業迅猛成長為每年超過 1000 億元的產業，利稅超過煙草業，一躍成為中國第四大利稅行業[2]。以非贏利事業單位中央電視臺為例，2002 年中央電視臺向國家上繳利稅 12 億元，2006 年位居北京地區納稅單位排行榜首位，屬於全國聞名的利稅大戶。

（4）按照新聞學原理，被管制的新聞報導將難以為百姓所喜聞樂見，但事實是新聞產品目前越來越多樣化，群眾看到的產品數量和質量都明顯提高。截止到 2005 年，中國一共有 2381 家

2　中國廣播電影電視總局副局長胡占凡在 2003 年（北京）廣播發展論壇上的講話。

報紙，9000 種期刊，3000 多個電視頻道，2301 個廣播頻率，成為一個名副其實的傳媒大國[3]。

從以上事實看，中國新聞改革離政府的滿意目標最近，與飽受詬議的教育、醫療改革相比，似乎是最為成功的公共部門改革；卻與新自由主義、管制理論、新聞傳播理論和社會運動理論等現有主流思潮的基本邏輯相去甚遠。

傳統西方觀點認為，嚴密的政治控制是中國新聞業的致命傷。嚴密的政治控制與上升的成本一直是中國政府的兩難選擇。首先，宣傳是保持政治控制的基本工具，政府必須盡可能擴大宣傳規模、增加宣傳力度，將全民牢固置於其宣傳的資訊鳥籠之中。這種宣傳事業擴張需要雄厚財力才能維持。但在改革開放初期，政府財政匱乏，無法為宣傳事業擴張提供有效的經費保障，只能通過從市場上獲取額外的收入來養活日益龐大的新聞業。由於中國新聞業不具備西方新聞專業主義所認為的「客觀性」，民眾沒有興趣去看「假」新聞，因此，中國新聞業將既不能從市場上得到類似西方商業電視臺的廣告回報，也不能從國家那裏得到有力的財政支持，這種無藥可救的經濟危機將使中國新聞業陷入絕境。國家引入市場經濟發展出一個規模越來越大的新聞產業後，隨著新聞記者「打擦邊球」活動的日益活躍，國家將在海量資訊的不斷湧入下而失去對政權的控制[4]。

---

3 分別見 2006 年《中國新聞年鑑》、《中國出版年鑑》和《中國廣播電視年鑑》。

4 現代化理論的海量資訊機制是當今威權國家媒介民主化理論的奠基石，雖然當今西方媒介理論研究已經逐步深入到對海量資訊機制背後的國家－社會關係變化，但根據以上邏輯，在嚴密的政治控制和市場經濟改革的雙重作用下，中國新聞業的結果只有一個：既是失敗的宣傳，又是失敗的經濟。

這就造成了理論上非常困惑的問題：為什麼新聞記者在微觀層面獲得的活動空間越來越大，國家在宏觀上輿論調控能力反而越發強勁？為什麼新聞記者一邊抱怨過度的行政管制，一邊卻越來越主動接受國家指揮的主旋律大合唱？為什麼在西方傳播學中屬於貶義的「宣傳」活動，在市場經濟環境下能獲得如此豐厚的經濟效益？為什麼國家一直強有力地保持輿論控制，公眾還能享受到如此多樣性的新聞資訊？是什麼機制使中國新聞業在政治控制、職業操守與商業利益這 3 個貌似不相容的體制性矛盾中發展出一個繁榮的傳媒產業？

本書將以新聞業與國家圍繞業務自主權展開的體制內博弈為主線，描述中國新聞業自二十世紀八十年代以來的演化路徑，並對上述 4 個相互衝突的特徵做一個統一解釋。由於長期的保密制度和新聞政策，一般人難以理解隱藏在中國新聞業高速發展現象背後推動體制變革的力量。本書認為，核心機制是市場經濟條件下國家權力與新聞專業力量長達 30 年的意志博弈的延續、深化和演進。中國新聞業正在發生一場深刻的變革，這場變革早在 30

討論的起點實質仍然是以杭廷頓以拉美國家政治秩序變化為經驗基礎的現代化理論。現代化理論認為，威權國家維繫統治的重要條件之一是嚴格控制大眾媒介，為了防止人民向威權挑戰，國家必須嚴格控制新聞自由。而在現代化進程中，威權國家又不得不發展市場經濟，隨著市場經濟的不斷壯大、商業和技術資訊的自由流動，新聞業通過不斷增加的新聞數量和多樣化的新聞種類，逐漸使國家喪失對整個社會的控制能力，最終使國家對大眾傳媒的嚴格控制走向終結（Huntington 1991; Splichal 1994）。

年前就已經開始，迄今遠未結束，以上列舉的新聞業發展之謎都與這場深刻的變革密切關聯。下面，本書將進一步闡述這個觀點。

第二節　本書的核心觀點

本書的核心觀點是，中國當代新聞體制已經形成了一個擁有 89 萬新聞從業人員的超級傳媒工廠，這個工廠不來源於市場化改革的制度設計，而是國家意志長期與新聞記者在體制內博弈的意外產物。自 1949 年起，國家與作為宣傳工具的專業菁英之間就圍繞業務自主權展開了不均勢博弈。經過近 30 年的改革開放，一元獨大的國家機器終於借助市場經濟，促使中國新聞業日益走向產業化和去激進化。

這個產業化和去激進化的核心機制，在於市場經濟對新聞業多元化的逆向選擇機制：新聞業在市場經濟條件下不斷生長出來的自主空間始終被國家強大的行政力量所壓扁，它一度呈現出蓬勃生長的態勢，但最終在越來越殘酷的市場競爭中，選擇依靠爭取國家的恩寵獲得更好的生存空間。

本書將從一個控制與反控制的二元博弈模型展開——集權國家盡可能對新聞業謀求政治控制，與之相應地，媒介專業菁英也具有獲取自主空間的本能。在一個不斷變動的國家－社會關係背景下，雙方圍繞業務自主權展開了一場長達 30 年的攻防遊戲。

本書認為，只有從一個真實的歷史起點開始，理論才具有最大的解釋力。無論是國家、市場還是新聞專業主義的神話，都應該首先被破解掉，才能找到當代中國社會國家、市場與新聞媒介之間真實的邏輯關係，並解釋中國當代新聞體制種種看似相互衝突的現象。

目前，無論是西方還是中國的主流文獻，普遍採用「國家－媒介－市場」的三元模型來分析中國國家－新聞業關係的變遷。在這個三方互動的理想型中，國家穩定不變地追求政治控制，而媒介始終堅定地追求一種表達自由，市場則完整地體現公共意志，三方處於一個力量均衡、相互牽制的行動框架中。

本書之所以採用一個「去市場」的二元博弈模型，在於中國新聞體制變革這幕大戲當中的主角，是國家與新聞媒介專業力量。在一個受教育人口相對稀少的國家，新聞記者長期被看作政治菁英和知識菁英的一部分，也即被草野生民所高看的「文化人」。在1840年以來的百餘年救亡圖存進程中，無論是社會情境還是自身的文化傳統都賦予其深刻的使命感[5]，並且扮演著影響民族走向和現代化進程的重要角色。

---

[5] 時統宇認為中國新聞記者一直屬於知識份子的一部分。他將中國新聞記者分為5代，其中第一代是梁啟超為代表的被政治權力邊緣化的知識份子；第二代是張季鸞、胡政之為代表的小罵大幫忙型記者；第三代是以范長江、鄒韜奮等為代表的具有獨立人格的紅色記者；而第四代是以鄧拓為代表的黨的宣傳戰士。他特別描述了建國以來的「第四代新聞記者」的自我菁英認知和救世使命：「第四代即人們通常界定的當代老記者、名記者，這是一個群體，他們以我黨的新聞媒介為活動舞臺。這一代人歷經了中國當代新聞事業的榮辱興衰，他們有令人驚歎的光輝業績，也有不堪回首的痛苦旅程，他們跨越了中國新民主主義革命和社會主義建設兩個歷史階段，他們是承前啟後的一代⋯⋯把中國記者放在中國文化的圈子內，並從傳統文化這一參照系來看，中國近現代記者同其他領域的中國知識份子一樣，是懷著近乎宗教一般熱情的理想主義精神，獻身於民族的整體事業的。」（1988:87-90）同類表述還可參見陸曄、潘忠黨（2001）對中國新聞記者「成名想像」的考察。

作為一群特殊的「文化人」，中國的新聞記者雖然不擁有特定的專門知識，但在中國的現代化史上他們一直扮演了高度關注政治和社會動向並試圖影響大眾的輿論專家角色，積極介入各類公共生活，並以此獲得了公共知識份子的地位。作為政治人物，他們絕大多數不掌握實體性的政治權力，只能通過自己在新聞領域的專業服務在政黨生活中發揮間接影響。在中國千百年來國家一元獨大的環境下，他們往往必須依附於某個部類的國家機器才能生存。這種政治菁英和知識菁英的雙重角色，讓這個群體與國家機器既有著極其緊密的聯繫，又對可能制約其意見空間的國家機器存有高度的警惕。在 1949 年後的公共及私人生活裏，他們和其他菁英一樣既臣服在國家機器的理想和光輝之下，又背負著傳統文化和人格的沉重背影，他們命運的沉浮，既代表了普通中國人的軌跡，又是中國知識份子 60 年精神歷程的一個縮影。

與這群公共知識份子同演對手戲的另一個主角，是擁有悠久強權傳統的國家政權。中國當前新聞業總體面貌，根植於 60 年前建立的一個高度集權的意識形態權力國家。1949 年以來，這個集權國家[6]在各種環境下都展示出驚人的適應能力和生存策略，戰勝了包括外來軍事干涉、國際資本、國內市場、社會自組織以及內部政治力量挑戰的各種威脅，成為一元獨大的社會機制。它對新聞宣傳的重要性深信不疑，並始終堅持對新聞媒介的強有力的領導。對

6 此處集權指國家－社會關係意義上的政府權力的集中。1949 年到 1979 年，意識形態主導了政治、經濟、軍事權力的高度集中。1979 年後，意識形態的主導能力逐漸弱化，以社會治理為重心的威權型國家開始走上舞臺。與意識形態權力相比，威權統治的合法性主要建立在經濟發展和國家安全上。

於這個政權來說，完全、深入、強力、持續地佔有對新聞媒介的使用和管理權是政治邏輯的必然，這種深入、完全、強力、持續的佔有也必然會引發新聞專業菁英對有限的業務自主空間的爭取。

在進一步討論之前，本書試圖澄清一個前提：從政體比較的眼光看，新聞業的自主權不是一種絕對的權利，而是一個在國家意志與社會意志之間的連續統一體。由於新聞業不言而喻的重要作用，並非只有集權政體下的新聞業的業務自主權會受到管制。迄今為止，儘管集權國家的新聞控制是這種政體的突出特徵之一，但尚未有證據表明包括西方國家在內的國家不持續謀求對具有抗衡國家能力的新聞業的控制，因此在任何政體下新聞業都不享有絕對的言論自主和資訊披露自主權。

和世界其他國家相比，中國新聞業的特殊性在於，中國新聞業始終是國家體制內的一部分。這種體制所內生出的利益衝突，將導致在不同時期、不同區域、不同類型的媒體與國家之間展開一種有限而持續的博弈。這種博弈之所以是有限的，在於新聞專業人員不是獨立的社會性力量，它始終位於某個行政序列，必須以服從權力為前提。這種博弈之所以是持續的，在於新聞專業人員也不可避免地有自身的行業利益考量。為了避免意識形態和道德層面的評判，本書假定國家和新聞從業者都是試圖將自身利益最大化的「經濟人」。從經濟理性的角度看，顯然，任何一個行業的從業者都希望在自身領域擁有更大的話語權和自由量裁空間，對物質利益的追求也不輸於任何其他公共部門和企業。

這種體制內的雙邊博弈是造就當前中國新聞業總體面貌的根源，而傳統模型中的另一個主角——市場只是提供了一個華麗的背景，為雙方博弈的演化增添了許多精彩而意外的節點。在市場經濟的河床上，國家與媒介專業力量自1949年以來的相互博弈，演化出諸多神來之筆。它們既引導出一個意識形態權力國家求新求變的頑強努力，又催生出知識份子整體的分化和這個群體精神世界的淪落；它們既見證了大眾在資本積累初期的原始喜悅，又是堂吉訶德式的理想主義在一個全新時代的悲壯告別。

本書認為，國家與新聞媒介菁英在計畫經濟時代和市場經濟時代的對手戲，逐步演化出了當代中國新聞業體制的總體面貌。建國以來，在國家與新聞專業力量的博弈中，國家憑藉強制性權力始終佔據了絕對優勢。只有到1978年後中國開始向市場經濟轉型後產生一系列新的結構性條件，中國新聞業才獲得了新的爭取手段。在最初階段，中國新聞專業力量獲得了大量成功。但是隨著時間的推移，國家逐漸摸索出國家意志與市場力量結合的辦法：國家放開了事無巨細的日常監控，而只要掌握新聞業人事控制和內容審查權，就控制了新聞業的命脈。

在終端監控策略下，由於新聞業在市場經濟條件下不斷生長出來的自主空間始終被國家強大的行政力量所壓扁，它雖然一度呈現出蓬勃生長的態勢，但最終在越來越殘酷的市場競爭中選擇倒向國家，依靠爭取國家的恩寵獲得更好的生存空間。國家依靠終端控制的「一招制敵」最終使中國新聞業重新回到了鳥籠當中，但這種回歸不是對30年前新聞體制簡單的歷史循環，而是在市場經濟條件下國家力量與新聞專業力量較量在一個新的政治與經濟高度上的螺旋式發展。

首先，讓我們對建國以來的國家與新聞業關係做一個簡要的歷史交代。

1949年後，中國建立了一個意識形態權力國家[7]。由於這個政權的統治基礎建立在對馬克思主義的真誠信仰上，國家必須將其視為政權生命線，堅決防止其他意識形態和知識菁英的挑戰。作為在思想戰線上與各種異端思想鬥爭的「新聞戰士」，絕大多數中國新聞記者都抱有對共產主義的虔誠信仰，在黨內權力分配、社會改造、資源動員上都發揮了「鼓舞、動員、引導、教育」的巨大作用。

自 1978 年來市場機制的引入特別是 1992 年市場經濟的全面推行，不僅解決了引發政權危機的國家合法性問題，而且深刻地改變了中國新聞業與國家權力的博弈形態：

---

[7] 本書之所以採用「意識形態權力國家」這個概念，在於試圖從比較的觀點，將中國新聞業改革放在一個集權國家行為分析範式當中，從中找出影響國家與新聞業關係的根本性支配因素。本書之所以不採用「社會主義國家」這個概念，主要原因在於這個詞彙只反映出作為一個整體的理想事業，而沒有凸顯出這個國家的權力來源以及圍繞權力來源展開的控制與反控制活動，也容易與其他經濟體制概念和道德評判相混淆，顯得過於籠統，難以應用到對國家與新聞業關係的分析上。本書的意識形態權力國家，在於根據公共偏好與個體偏好比較觀點，強調其政權統治基礎是基於對某種思想的絕對信仰，並將這種信仰擴大為公眾偏好的特徵。根據趙鼎新（2006b）基於對西漢政權的定義，本書將所謂的意識形態權力國家—— 1949 年建立的社會主義政權界定為一個政治權力與意識形態權力合一的國家。所謂的政治權力與意識形態權力合一，是指國家政權的合法性全部來源於馬克思主義意識形態，黨作為革命意識形態的解釋者和發佈者，以軍事力量為後盾操縱，建立了一個以階級鬥爭為指導思想的意識形態權力國家。意識形態權力國家的最大特點，是其權力全部來源於人民對社會主義這種預言式意識形態的真誠信仰，旨在灌輸馬克思主義思想的政治宣傳工作被放在一個關係到國家權力生死存亡的位置。軍事權力受制於意識形態權力，經濟權力被邊緣化。後面本書也將介紹 1978 年後中國共產黨逐漸將其合法性建立在經濟績效而非意識形態的基礎上的合法性轉變過程。

（一）國家出於財政危機而被迫接納市場機制之後，市場經濟逐漸成為國家與新聞記者賴以生存的財政基礎，市場對新聞體制的影響越來越明顯。市場作為國家意志與新聞專業力量相互較量的基床，一旦去除，國家與媒介專業菁英的自主權博弈也將不復存在。

（二）市場領域是國家與新聞記者意志表達的新領域。由於「文革」後中國缺少一個至高無上的權威意識形態，競爭各方需要通過市場來證明自己的正當性，表明自己的意志更受到大眾歡迎和支持。中國新聞體制通過引入市場經濟，已經發展出一整套可計量的營銷體系，市場的成功就是宣傳成功的代名詞。在市場經濟條件下，國家與新聞專業菁英雙邊都越來越朝功利主義方向演進，雙方在組織目標、組織形態上持續不斷地進行了重大改革。

（三）市場是代表改革意志的國家政權與新聞記者合謀的最重要領域。市場經濟使國家與新聞專業力量開始擁有更多的選擇策略。例如，和 1978 年前相比，國家與新聞專業力量還可以選擇基於經濟利益的對抗或聯盟。

總之，30 年的市場經濟，早已完全改變了國家與新聞體制最初的組織形態和組織目標，它不能簡單地說是誰的勝利，而意味著一個新的威權統治時代的來臨，一個「新聞為國家服務」的時代的來臨。

在論述前，本書提出 3 個基本事實：

（1）在一個意識形態權力國家，國家必須保持對新聞的絕對控制力，這個特徵是研究中國當代新聞業最根本的出發點。中國新聞業菁英記者作為公共知識份子群體的一個典型代表，具有救世情懷和自身的意思表達，這種表達訴求必然與高度集權的國家目標之間產生張力。中國新聞界自身的意思表達，包括兩點涵義：一是在專業主義精神真正建立之前，所謂的新聞自由並非大眾自由表達，而是新聞記者自身的自由表達。二是新聞記者的意志未必一定與國家意志相左，也未必與大眾意志絕對一致。所謂的政治壓制，可能只是新聞記者沒有機會將自己意見強加給其他人；所謂的市場力量，可能不過是新聞專業人士用來規避權力意志的一種手段或者理由。

（2）當代中國新聞業一直屬於國家統治體系內部的重要環節。在民族復興日益與國家捆綁在一起的情境下，決定了新聞記者與國家政權之間雖然存在某些行業利益的衝突，但也存在一個合作與妥協的底線。由於記者相對優勢的社會地位，在一個全新的社會秩序中未必能獲得更好的政治、經濟機遇[8]，絕大多數記者並不會為了表達自由而堅決違背權力意志；由於記者是國家意識形態日常宣傳的代理人，二者之間是一個互斥卻共生的利益關係。雙方可能時而團結，時而鬥爭，國家與新聞界的聯盟既可能是政治的，也可能是經濟的。雙方的衝突既是長期的，又是有限

[8] 1992年蘇聯解體後的新聞記者在自由空氣下雖然集體歡呼，但很快發現他們再也不能像過去那樣依賴財政供養，而是必須在市場上養活自己。在殘酷競爭的商業環境下，俄羅斯新聞業在獲得自由的同時，面臨著另外一種資本主義的不自由。這種不自由給中國同仁留下了深刻的印象。參見李瑋的博士論文（2006）。

度的。無論是國家還是新聞界，其態度都是機會主義的、功利性的，不存在一個不變的聯盟和對抗。這種機會主義策略行為構成了 1978 年後尤其是二十世紀九十年代中期以後推動中國新聞體制變革、中國新聞去政治化和產業化的一個核心變數。

（3）在國家與新聞記者之間展開的不對稱衝突中，市場經濟的引入對中國新聞體制產生了決定性的影響。市場作為一種中性的資源配置機制，具有兩方面的涵義，一是為包含新聞業在內的國家宣傳機器提供經濟支援，一是為博弈雙方提供民意支援。市場經濟這個雙方借助的工具一旦被引入，就不可逆轉地深深嵌入到國家與新聞業的軀體中，衍生出雙方都無法預料，也無法完全左右的後果。

以上 3 個事實構成了本書分析中國國家與新聞業關係演變的前提。中國獨特的社會結構——國家的強大、新聞業的依附地位、商業機制的逐步發育——也就是所謂的「有中國特色的社會主義市場經濟」，造就了與西方社會完全不同的國家、媒介和市場，決定了中國新聞體制的基本矛盾、變遷特點和演化路徑。

本書認為，中國新聞業制度變遷的主要特點是，在這個國家與新聞業雙方的攻防遊戲當中，曾經被認為能夠挑戰中心話語權力的市場力量始終被一個強大而靈活的國家政權壓扁，從而衍生出不同於拉美和西方國家新聞業的發展方向。自 1978 年起，中國共產黨雖然逐步由一個以意識形態合法性為基礎的革命黨轉型為一個以經濟績效和國家防禦為合法性基礎的執政黨（Zhao2001），但對新聞業務自主權的底線一直沒有放鬆。國家雖然也熱中於商業利益的追逐，但商業化邏輯始終要服從於政治宣傳的邏輯。在「講政治」的主旋律下，市場力量始終被壓制並最終成為逆轉一個若隱若現的「公共領域化」或「市民社會」進程的根源。

中國新聞業制度變遷的具體路徑，是該體制由一個變遷中的國家－社會關係中雙方攻防遊戲的演化而來。中國新聞業攻防遊戲的特殊性，在於剛性控制體制下新聞記者普遍存在的「擦邊球（Pan 2000; Lin 2006a/2006b）」活動：由於中心話語或者「象徵資源」不可動搖，處於威權體制內的新聞記者只能利用中心話語本身來突破中心話語的限制，這種突破雖然在表面上看與中心話語合律，但其實質對符合政權邏輯的中心話語有削弱作用，而國家則千方百計利用各種手段防止這種邊緣性話語的存在。1978 年前，國家與新聞業的攻防遊戲是相對簡單並缺少變化的，但在一個新的不斷變動的社會結構中，隨著商業化改革的迅猛發展、新的媒介傳播形態的誕生、新一代新聞記者和國家領導人的出現，雙方的行動目標和策略逐漸發生了影響深遠的大幅調整。機會主義傾向的、根據環境不斷調整策略的國家與媒介行動者在市場經濟條件下的政治博弈，是塑造當代中國新聞體制的根本機制。

第三節　對核心觀點的進一步闡述

為了更清晰地表達以上觀點，本書將其分解為 4 個問題，對中國當代新聞體制發展之謎做一個系統的簡要回應：

（1）在市場經濟下國家通過何種機制保持控制？
（2）新聞專業菁英通過何種機制獲得業務空間？
（3）公眾為何在政治管制下依然擁有多樣性的新聞產品？
（4）在一個日益開放的社會，新聞業為何最終向中心權力話語傾斜？

本書的回答是，國家強有力的單位化體制有效地防止了中國新聞業在市場經濟改革中走向拉美式現代化危機。市場經濟雖然在改革初期幫助新聞業爭取到更多的業務自主權，促進公眾獲得更多樣性的新聞產品，但在國家始終堅持的剛性控制下，逐步與原有的單位化管理體制合流，並最終定型為一個按照政治等級分配新聞資源的官商經濟，這個有「中國特色的社會主義新聞體制」，是形成國家話語強勢與市場經濟擴張攜手並進的體制性根源。

（一）單位化控制是防止現代化危機的主要機制

首先，在市場、新聞記者和國家三方框架中，國家是決定中國新聞業制度變遷的最重要的超級機制。

建國以來，國家通過單位化體制（路風，1989/1993；王奮宇、李路路，1993；李猛、周飛舟、李康，1996；楊曉民、周翼虎，1999；李漢林，2004），對新聞業這種日常化的特殊意識形態宣傳工具實行半軍事化管理（喻國明，1993/2003），通過強有力的單位化組織體系，保證了對新聞業的政治控制。

國家對新聞業使用3種壓倒性的控制機制以保證新聞業獨立於社會：一是組織控制，一是話語控制，一是財政控制。國家通過「黨管幹部」的原則，牢固地掌握了對新聞機構各級負責人的人事任命權，從而控制了至關重要的事前審稿發稿權；國家通過各級宣傳部這個意識形態審查、指導機構，建立了廣泛的預警機制和嚴密的事後審查制度，力求使新聞話語與國家主流意識形態絲絲入扣；國家還將新聞業按照行政機關的方式來管理其財政，新聞業的任何活動都必須上報並執行宣傳計畫，上級財政部門根據計畫下撥預算，使新聞業從宣傳策劃到生產的任何自主空間都不存在。因此，在國家對新聞業三位一體的全方位監控下，即使在「文革」時期當新聞專業力量與國家意志存在嚴重分歧，國家也始終能牢固地控制政治局面，形成了國家一元獨大的話語霸權。

1978 年後的新聞體制改革，始終沒有脫離「單位」這個牢固的箱體。雖然中國新聞業的社會化、市場化進程已經非常顯著，但核心新聞機構仍然保持了單位化組織體系：各新聞機構雖然從市場上獲得大量收入，但它們在法律上仍然屬於事業單位而不是具有相對獨立財產處置權的國有企業，國家可以隨時調撥其財產或者進行機構重組。在話語審查能力上，即使在市場經濟的海量資訊衝擊下，國家依靠單位組織執行其資訊過濾功能的辦法依然簡單易行、成本低廉。例如，國家不需要耗費大量精力審查各新聞機構的報導細節，只需要以一紙行政命令調動各新聞機構的負責人，就足以使新聞機構與國家意志相一致，從而避免陷入了拉美國家威權統治與現代化並舉時所面臨的「海量資訊」的陷阱。60 年來，國家對新聞業的強有力的單位化組織體系始終沒有改變，這種單位化控制使國家在業務自主權爭奪中完全掌握了主動權。

在單位體制下，國家逐漸建立了一個相對隱蔽、成本低廉的監督體系。國家可以通過獨佔新聞發佈平臺，無償獲取豐厚的壟斷租金，從而源源不斷地為政治宣傳提供財政支持；國家可以通過行政化的人事組織控制，重點監控核心主流傳播渠道，在一個新聞資源日益飽和、注意力日益稀缺的資訊時代，諸多非主流話語由於無法佔據單位化管理的主流媒介，從而自動地被市場競爭邊緣化。

30 年來，國家對新聞業的單位化控制始終沒有改變。從 1977 年到二十一世紀，國家對新聞業的 3 種控制機制雖然先後都被嚴重削弱[9]，但在國家強有力的單位化調控下，這些局部危機先後被國家依次化解，不僅沒有形成一個總體性危機，相反進一步強化了國家在與新聞業政治博弈中的強勢地位。日益壯大的市場力量始終無法進入各新聞單位的核心決策機構，從而使國家保持了強大的輿論引導能力。

必須指出，無論是新聞專業主義理論還是商業化驅動理論，都傾向於對市場有一種意識形態式的信仰，並將中國新聞體制的發展想像為一個比照西方新聞體制的或者至少如國有企業改革逐步脫離國家控制的進程——它們通常不言自明地假設，在非民主－法律型政體下，市場力量代表了來自民間社會的公共意志，並決定中國新聞業的根本走向。但在中國這個具有強國家－弱社

9　本書將在後面介紹隨著 3 種控制手段的削弱，國家與新聞業之間展開的歷次博弈。簡要言之，二十世紀八十年代國家組織人事控制的削弱導致了 1989 年新聞業報導的失控；二十世紀九十年代電視話語技術的出現使全國出現了輿論監督浪潮；2000 年前後的財政控制的削弱導致了新聞業的資本併購風。但每一次國家都憑藉其單位化控制手段解決了問題並最終將對新聞業的剛性政治控制轉為柔性經濟控制。

會的悠久傳統的國度，國家強有力的新聞控制是一個基本事實，是論述國家、新聞與市場三方關係的起點[10]，更決定了市場始終是依附性的一種機制而非一個能動的主角。它始終被創造它的主人——國家所審視、把握，從來沒有產生出它的獨立意志；在這30年裏，它也始終被那些媒介專業菁英所呼喚、期待，成為這些菁英在與國家博弈過程中援引的重要道具。由於該事實關涉到本書的核心邏輯，這一點將在後面詳述。

（二）新聞業菁英通過何種機制獲得業務空間

一個強大的國家政權固然能牢固控制新聞業的業務自主權，但1978年後新聞業專業菁英並非毫無作為。儘管迄今為止國家遠比社會強大，但當代諸多制度經濟學研究成果（巴澤爾，1997；劉世定，1998a/1998$_b$/2003）都可以引證，威權體制下的新聞記者不僅是被權力所支配的對象，而且在某種情境下也可以是權力的佔有者。換言之，國家雖然擁有具有絕對控制力的權力資源，但新聞業作為體制內部的宣傳代理人同樣可以利用這種權力資源，反過來對國家形成某種彈性的對抗。特別是隨著1978年來國家基本目標的變動，新聞業選擇性地利用威權體制所賦予的權力資源，在不同時期分別利用不同資源向「短板」部分發起挑戰，也直接決定了國家在下一階段的策略選擇。

10　事實上威權和民主政體下的政府都可以對新聞業施加強有力的影響。例如世界上所謂的公共廣電媒介的典範—英國BBC看似獨立於政府，但政府可以通過任命該公司各廣播委員的人事權力來影響新聞媒介的政治傾向。見馮建三的相關論述（1992；2003）。此外，中國不僅有強國家－弱社會傳統，而且在漫長的封建社會培育出重農輕商的施政傳統，商業階層一直依附於政治集團而存在。

所謂的「短板」，就是國家控制體系的薄弱環節。中國新聞機構除了專業報導組織這一特性之外，還是半行政組織和產業實體，擁有相當的組織人事資源和經濟資源。因此，新聞業除了「擦邊球」這種游擊戰式的話語技術，還能利用威權體制下的其他薄弱環節向國家挑戰。前面已經提到，國家依靠組織控制、話語控制和財政控制這 3 種手段控制新聞業。從建國到 1978 年，國家擁有一個整體上異常堅硬的控制體系。但從八十年代起，這 3 種手段先後出現過鬆動。每一次新聞業都抓住國家控制系統中短暫鬆動的「短板」，向國家爭取更多的業務自主權。

根據這種「短板」模型，本書將新聞業挑戰策略的演變分為 3 個階段：（一）八十年代的組織人事失控階段。在該階段，由於高層意見的分歧，國家不能牢固地掌握核心新聞機構負責人的組織人事權，從而導致部分新聞業菁英試圖一步到位地追求完整的自主報導權；（二）九十年代的話語技術失控階段。在該階段，由於以電視業為代表的新型話語技術「擦邊球」的出現，新聞業巧妙地獲得了實質性的業務自主權；（三）九十年代末期以來的財政失控階段。在該階段，由於國家不能承受越來越大的商業化壓力，從而導致新聞業一度獲得了更大的報導空間，甚至某些傳媒機構試圖脫離國家體系。新聞業曾經熱鬧一時的媒介脫離運動，標誌著國家的財政失控一度達到高潮。

30 年來，這種「挑戰 – 應對 – 再挑戰」的博弈循環是推動國家與新聞業關係演變的基本機制：菁英新聞記者一直試圖獲得更大的話語自主權，不斷動員各類資源來突破國家設定的「底線」；每當新聞業取得某種進步，國家都試圖將新聞媒介的話語空間重新掌控在一個安全的範圍；新聞業一旦獲得新的手段和資源，新的一輪攻防遊戲又將重新展開。在這種相互攻防的遊戲中，中國新聞業取得了飛速進步。

（三）公眾何以擁有多樣性的新聞產品

「文革」結束前，由於中國新聞業長期寄生於一個封閉的財政供養和行政體系，新聞業多樣性的理念只停留於專業菁英的頭腦和隱晦的實踐，其社會基礎非常脆弱。但隨著國家合法性的演變與新聞記者的不斷挑戰，多樣性新聞的理念開始在社會札根。由財政危機引發的新聞業商業化改革，終於成為將該理念定型並促使多樣性進程不可逆轉的「催化劑」。1978 年，為了維繫一個耗費日益增加的宣傳體系，國家允許新聞業無償使用壟斷性傳播平臺，向社會提供包括廣告在內的有償服務。商業化改革的引入改變了國家與新聞業之間原有的博弈條件：

一是新聞自由的增加。隨著財政危機的加深，國家不能全面管理控制新聞，新聞記者開始借助市場向國家爭取更多的空間。在新聞記者的持續努力爭取下，國家擴大了新聞記者自由表達的範圍，國家認識到在傳統政治宣傳之外，還有大量中性的娛樂、體育、科技、生活領域，這些領域雖無助於國家的政治思想控制，但也無害於國家的政治思想控制，甚至在一定程度上還能幫助國家轉移公眾的政治敏感性。新聞記者除了某些不能觸犯的「天條」之外，能在一般性新聞領域具有極大的發揮空間。這樣，新聞專業力量逐步進行了一系列令人矚目的專業化改革，湧現了大量蓬勃發展的著名新聞傳媒。

二是新聞控制的彈性轉變。新聞業商業化、地方化的資金動員產生了中國新聞傳媒獨特的「蜂窩」結構體制，客觀上使國家意識形態控制體系日益安全，使國家對新聞記者越軌行為的懲戒方式越來越和緩。在短缺經濟時代，新聞媒介是一種極度稀缺的資源，它與國家政權結合在一起，成為一個高效率的專政機器。在國家以意識形態為主要統治資源的前提下，任何人都必須對意識形態表示絕對忠誠，不允許對意識形態產生任何懷疑，這種宣傳體系看似強大，其實建立在一個非常脆弱的基礎上，任何一個宣傳越軌都可能會引發國家的總體性危機。1978 年後，國家為解決財政危機而授權各地方政府自己籌集資金建設宣傳體系[11]。這些新成立和擴張的新聞媒體，基本上依靠市場獲取運營資金，從而發展出一個高度分散、相互隔絕的宣傳體系。這個規模空前龐大的宣傳體系如同一個大大小小的蜂窩，被行政級別和行政隸屬關係牢牢地固定在局部區域，但又通過一個「全國一盤棋」、垂直管理的統一權力運作而相互緊密聯繫。儘管國家對宣傳體系的調動能力要比改革前有所下降，但宣傳體系反而要比以前更安全。市場經濟的引入，大大分散了新聞記者的宣傳越軌對國家造成的風險，降低了個體性反抗對國家意識形態安全的威脅。相應地，國家對宣傳越軌的處理也日益緩和，針對不同對象採取多種彈性的控制和懲戒措施。形象地說，國家的「高壓電網」變成了「低壓電網」。

[11] 具體參見本書第七章第三節「國家財政危機與新聞業雙軌制的形成」對八十年代新聞產業擴張的案例分析。

三是傳媒產業的發展。傳媒經濟被國家之手沿著兩個方向推動：一是國民經濟持續增長、市場經濟競爭加劇直接擴大了中國的廣告市場規模，國家賦予新聞業壟斷經營的地位，為中國新聞業提供了一個基礎性的食物鏈，表面上新聞業的收入來源於市場競爭，實質上仍然來源於國家的恩賜；一是隨著國家放鬆對新聞的管制，新聞內容開始變得日益有吸引力，使看電視、讀報紙成為中國大眾必不可少的生活習慣，這直接擴大了新聞業的受眾規模，培育出一個龐大的傳媒市場。

在政治主導的博弈下，商業化改革的 3 個結構性變數開始發揮作用。首先是國家目標轉向經濟建設為中性化新聞提供了一個政治基礎；其次是財政危機為中性新聞的局部擴張提供了空間；再次是蜂窩式宣傳網絡的建成大大增強了國家意識形態安全，國家懲戒越軌的新聞記者的方式也隨之越來越非政治化、常規化；最後是國民經濟的增長與中性新聞的全面擴張使新聞業的經濟創收不斷增加，最後演化為一個可持續贏利的傳媒產業。這 3 個結構性變數的每一個都為其他變數提供條件，使國家與新聞業的政治博弈成為一個不可逆的產業化過程。

隨著產業的急劇擴張，國家與新聞業的政治博弈越來越嵌入到一個不斷深化的商業化運營體制中，商業利益越來越成為雙方行動的出發點。為了維繫這個被快速「催肥」的傳媒產業，新聞業必須盡力生產更多的中性化新聞，國家也盡可能地容忍一切安全底線外的非主流話語。通過以上機制，商業化改革為新聞業擴大自主權提供有效支持的同時，也使公眾獲得了多樣性的新聞產品。

必須指出，雖然市場化改革是如此重要，公眾享有的多樣性新聞仍然是體制內對抗性政治的副產品。目前絕大多數文獻強調了市場化機制本身對產業發展的決定性作用，而忽視了新聞專業力量與國家博弈這個主戰場。在他們眼中，市場似乎是一個神奇的機器，只要引入市場手段，一切演化都將自動發生。這種解釋缺乏對中國新聞體制變革動力機制的洞察，原因在於，和其他產業相比，新聞業特殊性在於其內容，新聞內容的變革不僅是最引人注目的焦點，而且是傳媒經濟取得巨大發展的根本所在。在國家壟斷經營、國民經濟增長與新聞內容革新的傳媒經濟增長三因素中，如果沒有新聞內容的變革，就不會有傳媒市場的根本性增長。

例如在「文革」時代，國家壟斷的宣傳機器即使 24 小時播放「樣板戲」也不可能帶來經濟效益；在八十年代，國民經濟增長的速度並不亞於九十年代，新聞業的市場化基本模式與今天相比也沒有任何區別，但傳媒產業擴張速度遠比九十年代緩慢。也就是說，壟斷與國民財富增加等外部性原因雖然能促進產業發展，但產業發展的根本前提取決於新聞產品能滿足國民需求這個內在因素。沒有報業新聞在八十年代對休閒娛樂的中性化表達，報業的晚報熱、週末版熱皆無可能，沒有電視新聞在九十年代對政治問題的中性化表達，一個繁榮的傳媒產業也是無本之木。

（四）市場化改革後的新聞從業者為何日益加速制度化

九十年代末期，中國新聞業在多樣性加速發展的同時，也開始其制度化的進程。從利益分析的角度看，一個日益商業化的新聞媒介之所以日益與主流話語合律，取決於何種環境能為新聞業帶來更大的空間。如果進一步脫離國家體系能為新聞業帶來更大的利益，則新聞業將傾向於選擇走向「第四種力量」的道路；如果國家能為新聞業謀取更多的利益，新聞業將傾向於繼續依附於國家體系內部。

首先，國家始終通過單位化管理體系保證其控制，這一點是新聞業策略選擇的制度環境。雖然國家合法性的調整導致新聞控制體系先後出現「短板」（short blank），但這個具備學習能力、不斷調整其統治目標的國家政權逐步發現了新的控制策略，從而使新聞業自主空間呈現出一放一收的特點：在八十年代末期，國家強化了對新聞業的組織人事控制權；在九十年代中期，國家通過努力學習電子媒介的表達方式，奪回了對電視媒介為代表的主流新聞媒介話語權；在九十年代末期，國家通過對獨佔性所有權的重申，堵死了資本力量進入行政體系的後門。中國新聞業 30 年來的演進過程，就是國家將這種衝突制度化、不斷增進將新聞記者容納在體制內部的能力的過程。

隨著時間的推移，國家新聞控制思路越來越清晰：在重大問題上劃定禁區，但放開對一般性社會問題的採訪報導權，同時儘量使用常規化手段對宣傳越軌行為進行懲戒。一個日益寬鬆的中性新聞空間、日益增長的產業績效讓新聞記者開始滿足於和自己的同事相互競爭金錢和聲望，而不再關注那個曾經讓昔日新聞菁英們充滿怨恨的集權政體。

在這種越來越緩和的政治環境中，一個越來越深化的商業化改革為新聞業整體上走向保守提供了根本性條件，體制內對抗性政治的方向開始逆轉。有趣的是，這個逆轉力量恰恰是最初幫助新聞業有效挑戰國家話語中心權力的市場經濟。

從二十世紀八十年代到九十年代，中國新聞業總體收入以年均超過 40%的速度增長。但到九十年代末期，產業化和中性化同時取得飛躍的中國新聞業開始面臨制度性瓶頸。一方面，市場經濟要求新聞業獲得更多的新聞業業務自主權以及更大規模、更高級別的產業組織兼併，脫離單位化的管理體制並進一步走向競爭性市場成為中國新聞業發展的必然要求；另一方面，中國新聞業又是在絕對壟斷的非市場環境中發育成長的，與同步展開的國有企業改革相比就可以明顯看出，其貌似蓬勃的經濟力量無一不仰仗國家的行政恩寵才得以維繫，因此中國的新聞媒介尤其是主流媒介對市場又有一種天然的畏懼。這兩種力量促使新聞業在選擇對國家的配合或離心之間反覆搖擺。

在一個超級強大的國家面前，這種特殊的市場環境成為新聞業最終服從中心話語的決定性力量。國家對新聞業的壟斷經營政策、國民經濟的高速增長使中國新聞業成為一塊幾乎沒有天敵的沃野，在以行政力量推動傳媒產業近 20 年超高速增長之後，中國新聞業在二十一世紀迎來了一個過度「擁擠」的時代。生死存亡的市場壓力使國家與新聞業之間的政治博弈已經退居次要位置，新聞業之間展開了各種追求收視率、收聽率、發行量以及廣告收入的商業競爭。在單位化控制的前提下，國家對新聞業實行經濟控制的力量逐步凸現。

本書用「經濟軟控制」這一概念來描述國家驅動的商業化政策影響當代國家與新聞業關係的機制。經濟軟控制的基本涵義是，只要新聞資源的進出渠道還掌握在國家手中，國家政治強控制的局面將不因話語形態和政治動員結構的改變而改變。雖然經過 30 年的財政雙軌制改革，中國新聞產業已經將絕大部分資源運作放在體制外進行循環，一線城市和二線城市的新聞從業人員60%以上是市場配置方式而不是計畫方式管理，國家財政撥款在大多數新聞單位收入結構中也退縮到一個完全微不足道的象徵性比例，但這個巨大軀體的頭顱仍然牢牢地長在一個舊體制中。由於國家佔有了以市場准入權和內容供給權為代表的資源進出口，這個體制外的「軀體」完全依靠體制內的「口腔」獲得一切養料，從而「頭顱」通過控制「口腔」而有效地指揮了一個龐大的軀體。由於新聞業屬於政治性極強的組織，它不能按照資本的意志自由兼併淘汰。在這種不能自由出生、遷徙和死亡的新聞管理體制下，國家能夠通過行政力量操縱市場資源，從而輕易地決定各個新聞機構的市場業績。全面依附各級主管單位並依靠背後的行政力量參與到市場爭奪，成為各個新聞機構的理性選擇。

在國家掌握最核心的新聞資源的制度環境下，國家意志成為決定市場競爭的最終勝利者。新聞記者在個體人格層面被國家全面打敗，新聞業作為一個行業被國家整體性地擊敗：九十年代加速實施的產業化政策，與中國特有的政治結構結合在一起，使國家力量不斷強大，而新聞業作為一支政治力量卻在不斷削弱，最終國家通過控制傳播渠道和調配優質新聞強勢地打敗了新聞業。國家為新聞業提供了在計畫經濟時代所沒有的豐厚的物質回報，作為交換，新聞業以雄厚的資金實力為後盾，開動強大的宣傳機器為主流話語造勢。因此，市場經濟是新聞記者獲得空間的重要原因，又是當今新聞記者的政治態度與實際行為相背離的根源。

因此，本書最終的結論是，在一個由意識形態合法性轉向績效合法性的國家－社會關係變遷背景下，改革開放初期由政治危機驅動的新聞中性化改革逐漸與財政危機驅動的商業化改革相結合，意外地發展出一個規模龐大、分散競爭的傳媒產業，為國家的「經濟軟控制」埋下了伏筆。越來越激烈的市場競爭迫使各新聞機構必須依靠國家的行政恩寵才能生存，迫使原先作為體制內抗爭者的中國新聞記者，越來越轉變其政治態度，並與國家結成有條件的聯盟，最終形成了一個同時滿足國家、新聞記者與公眾需求三方次優需求的結構平衡。這個三方次優結構是當代新聞業總體特徵的體制性根源。

第二章

理論淵源和方法：
國家—社會關係視角下的一個博弈模型

本書對當代新聞業諸多悖論現象進行解釋，並試圖在理清國家與新聞業基本關係的基礎上，逐步加入影響該關係的結構性變數進行分析。本書論述的哲學基礎，是任何變遷都是內因與外因相互作用的產物：一個可分析的演化機制必須存在一個或多個基本動力，這個動力同時受到許多外在結構性條件的約束，外在約束條件的變化使進程複雜化並最終產生動態的結果。

本書採納的是一個國家與新聞業雙方爭奪控制權的博弈模型。政治博弈總是在一個變化中的國家－社會關係中或者說在一個廣義的社會結構變遷中發生。在這個過程中，博弈會隨著國家目標與記者的價值觀、力量的變化而呈現不同的特點，本書將這種博弈與國家－社會關係理論框架結合，試圖解釋 1978 年後在一個意識形態權力國家逐漸向一個威權國家轉型的過程中，由於國家和新聞業在雙方對彼此資訊匱乏的條件下展開的一系列策略性行動，新聞業最終發展為當今面貌的一個歷史進程。

第一節
國家—社會關係視角下的兩個策略性行動者

本書的分析單位是國家與新聞業。它立論於這樣一種結構主義的解釋方式：中國新聞業的性質、功能和演變由 3 個結構圈構成：首先是一個廣義的國家與社會關係，其次是中觀層次上政府與新聞專業性組織的關係，再次是微觀層次上政府官員與新聞記者的關係。

廣義的社會結構作為國家與新聞業關係的起點，支配著國家與新聞業關係的基本模式。國家政體的性質、新聞業在國家機器內部的功能定位、人口的增長、經濟體制的變化都屬於這個範疇，它為沿時序展開的組織演化提供環境約束。這個廣義的國家與社會關係支配著包含國家與國有企業關係、國家與事業單位關係、國家與私營企業關係、國家與新聞業關係等一系列更為具體的結構圈。國家的行為邏輯和外在的環境變動，如在不同時期各種複雜甚至偶然因素的介入——領袖的去世、戰爭、新市場的發現、內部聯盟的解體、新文化、新價值觀的流行等，都可以改變歷史進程，使某個時期顯著區別於另外一個歷史時期。在一個強國家－弱社會傳統下，「國家目標的演變」這一超級機制，將對國家－新聞業關係產生支配性的影響。

在中觀層次上，任何組織在某個時期必然存在一些獨特、穩定的總體特徵，在縱向和橫向上展現不同的行為邏輯，並使其能夠被表述和分析（Tilly 1984）。制度本身的邏輯和組織自身的目標一旦建立，就產生了超越個體目標的相對獨立性，成為制約個體行為的結構性條件。作為具有政治組織和產業組織雙重屬性的新聞業，當然也具有自身穩定的行為特徵：社會分工體系的專業化特點，使國家與新聞業關係顯著不同於國家與私營企業關係，也不同於國家與國有企業關係。在集權環境下，新聞對陳述事實的職業要求與國家要求其按照國家意志行事的衝突，是中國國家與新聞業長期存在的結構性矛盾。同時，新聞業也有謀求自我生存的本能。不管是服從國家權威，還是追求市場利益，它都要做出一個組織層面的選擇。這種選擇往往與組織領導人的個人趣味好惡無關，而是出於維繫一個組織生存的需要。從以上幾個方面看，新聞業是一個能動的、有自身意志的、可綜合其組織成員共同要求的專業性組織。它完全可以在經驗上被觀察並分析。本書將在稍後簡要說明，由於同樣的原因，國家在某種意義上同樣可以作為一個整體進行分析。

而新聞記者與政府官員關係則從屬於一個更為感性和可變的微觀層次。它們由一系列個體性事件、動機、人格組成，猶如在一棵大樹上不斷生長或者凋零的無數莖葉，雖然可以對歷史的總體圖景依照自己的意志雕刻出獨有的細節，但它的命運仍然是由一個外部大環境和埋藏在土壤中的根部活動來決定。

儘管國家與新聞業內部存在各種相互對立的力量和邏輯，但整體上看，二者仍然有清晰的行為規律。本書基本上在宏觀層次與中觀層次對新聞業與國家關係演變的動力機制展開分析，而對新聞業內部微觀活動的描述將僅僅作為宏觀和中觀結構變動的證據。

或許會有相反意見認為，國家內部存在著各種不同的政治觀點，新聞業內部也存在各種不同的職業傳統，因此對國家與新聞業的化約分析將不可避免地因為過於簡單化而失去微觀基礎的危險。對此，本書認為，評判一種方法優劣的標準，必須在一個特定的歷史情境下，來檢驗其是否比其他方法更具優勢。在一個不斷變動的國家－新聞業關係中，只有對複雜的雙邊行為進行高度的簡化，概括其在 30 年或者更長時段的核心行為方式，才能把握雙方對抗性政治的本質。

從 1949 年到 1992 年，在高度原子化、價值觀念高度趨同的社會中，國家與新聞業關係可以被簡單地視為國家領導人與新聞記者群體之間的關係。從國家層面看，這期間中國只更替過兩任最高領導人。從這個意義上看，國家目標具有驚人的穩定性。因此，只要研究最高領導人的行為邏輯，就可以近似地將其延伸為國家的行為邏輯。在個體層面上，在中國這樣一個高度組織化的國家，個體行動者高度依賴於組織資源，其行動邏輯具有高度的組織規定性和可預測性。在八十年代，單位體制下的記者思想態度和行為方式是相對整齊劃一的。九十年代以來的新聞業商業化變革也基本上是由一個強大的國家來組織和控制[1]的，因此雖然新聞業的群體結構和心理人格發生了重大變化，但作為一個整體的新聞業依然具有被其成員高度共用的群體目標和利益動機。由於

---

[1] 作為一個產業，中國新聞業微觀層面雖然發生了巨大變化，但新聞業基本體制仍然保留至今。例如，國家仍然能有效地對新聞業發佈管理規定，實施行政管理，核心新聞機構仍然按照全民所有制事業單位進行財政管理；大部分新聞機構的資產仍然屬於上級行政機關而不屬於自身。改革開放 30 年來，這些基本體制不僅沒有得到削弱，反而在進一步強化。

新聞記者和國家 50 年來始終保持了相當整齊劃一的基本性質，與其在新聞記者與政治官僚的個體層面來分析，不如在新聞業與國家關係這個層面分析更為簡潔。

基於以上理由，儘管不可避免地存在這種結構主義解釋方法的傳統危險，本書仍然堅持將新聞記者和國家之間的衝突化約為兩個策略行動者之間的博弈關係。

（一）理論上可以假定，在任何政體形態下，國家與新聞專業力量都普遍存在控制與反控制的衝突。但從比較的觀點看，關鍵不在於國家與新聞記者之間是否存在衝突，也不在於新聞記者之間價值觀是否存在衝突，而在於衝突的解決方式。

國家作為擁有暴力優勢的行動者，其處理衝突的方式對國家與新聞業關係有一個決定性的影響。與民主體制國家相比，集權國家一個結構性的總體特點，是其對新聞業的集權控制與新聞業的職業要求相衝突，這種衝突的解決規則不是協商的，而是行政強制的並獲得了正式制度的顯性支持，這與西方民主－法律政體下資本控制媒介的隱性、非正式和協商控制手段有顯著的差異。這種衝突不僅表現為新聞記者個體與國家之間的衝突，而且表現為一種普遍的結構性衝突。只要集權政體存在，國家與新聞專業力量的博弈就必然存在而且引人注目。

（二）在經驗層面上，國家與新聞業的博弈是基於集權國家特有的政治結構與特定歷史時期下國家與新聞記者力量的消長，這種結構性因素並不因為新聞記者群體內部價值觀的差異而改變。在作者對大量新聞記者的訪談中，那些新聞記者們對專業化有截然不同的看法，儘管他們都用「專業化」來描述自己的想法。根據這種現象，可能有反對意見認為，因為新聞記者的價值觀和政治態度是非常不一樣的，例如，黨派主義傳統、儒家士大夫傳統和八十年代新引入的新聞專業主義傳統（陸曄、潘忠黨，2001），所以這些不同觀點的新聞記者不能在一個整體結構的意義上與國家產生激烈的博弈。

但本書認為，作為一種專業力量的新聞記者雖然有各自不同的政治觀點，但在反對國家依靠行政手段強制解決衝突這一點上卻有共同的潛在利益。由於國家將新聞業視為權力運作的重要工具，新聞記者往往必須報導他們認為不重要而國家認為非常重要的事實，也往往必須發表符合國家意志的評論觀點，新聞記者經常認為他們「講真話」的阻力來自現政權。從這個角度看，國家與新聞記者的博弈，或者說與新聞傳播專業化人員之間的博弈，是一個基於國家－社會關係基礎上的強制性結構性衝突。從建國以來，不管是哪一代新聞記者，他們一直是國家強制性解決衝突的弱勢方。以鄧拓、胡績偉、白岩松[2]等歷代新聞記者為例，他們都不贊同國家利用行政強勢介入到新聞記者的業務自主權範圍。

---

[2] 鄧拓（1922–1966）是中國共產黨著名的紅色新聞記者，筆名馬南邨等。歷任《人民日報》總編輯、社長、北京市文教書記，因無法勝任建國以來歷次重大政治運動的宣傳工作而被迫辭職。胡績偉（1916–2002）二十世紀八十年代新聞改革的代表人物，解放後擔任《人民日報》副總編，1978 年後繼續出任《人民日報》總編、社長，1983 年在「反資產階級自由化運動」中辭職。白岩松（1968–）是二十世紀九十年代成名的電視新聞記者，擔任中央電視臺《焦點訪談》等批評性報導欄目主持人。

當然，本書並不認為西方專業主義新聞觀在當代中國政體下也具有普適的指導價值。新聞專業主義作為維護西方自由民主政體的一個不可分割的組成部分，在中國這種集權文化薰陶下的威權國家很可能是一種「雞對鴨講」的滑稽外語。由於「真話」和「客觀性」是一個隨著時代發展而不斷變化的概念，國家對「真話」、「客觀性」或「事實」的認識也是隨著其社會結構的變化而在不斷變化。從革命黨政權走向一個執政黨政權的進程中，國家新聞政策也在不斷發生變化，而且有時也會變得開放和具有普適性色彩。為了不讓國家與新聞業的意志衝突沾染到意識形態的嫌疑，本書將儘量不涉及價值觀層面的評判，將注意力集中在國家與新聞業之間爭奪業務自主權這一動機及與社會結構相互作用的演化後果上，這種半經驗、半形式的分析思想也就是下文提出的「結構性博弈」。

第二節　結構性博弈的基本思想

所謂的結構性博弈，就是將集權政體下國家與新聞業之間的政治衝突放在一個社會經濟的大背景下進行研究。國家與新聞業之間對業務自主權的爭奪，是在一個不斷變動的社會結構中展開的衝突。二者相互採取策略性行動，國家試圖獲取更多的控制權，而新聞業試圖獲得更多的新聞業務自主空間。這種博弈是在一個不斷變化的國家－社會關係下進行的。例如，國家與新聞記者所掌握的資源對比、政治機會的創造與參與過程、相對剝奪感、領導者個人意志的作用等，這些結構性條件的變動都將對下一階段的博弈直接產生影響。本書將這種持續的、動態的控制與反控制回合稱為「結構性博弈」。

本書使用的「博弈」與數學意義的「博弈論」有所區別。博弈論作為運籌學的一個分支，是從棋弈、撲克和戰爭等帶有競賽、對抗和決策性質的問題中借用的術語。本書僅僅在經驗意義上使用「博弈」一詞，採用博弈論的基本思想描述30年來國家與新聞業關係的演變。但本書並不準備將國家與新聞業圍繞業務自主權的博弈形式化，原因在於，純形式化的博弈模型適合預測小群體互動的演化行為，而對複雜社會轉型的解釋鮮見其功。

目前多數博弈模型僅僅停留在數學遊戲的旨趣，它們自誕生起就被人遺忘，只有極少數博弈模型對於描述真實的歷史進程有意義。目前比較有影響的博弈模型與其說是以數學表述的形式取勝，不如說它們更多地體現了一種表現人類行為本質的深刻思想。例如著名的「二人一次性博弈模型（two-person-one-shot-game）」（Hardin 1982）即囚徒悖論：當兩個策略行動者相互資訊非常少時，他們之間更可能較少地採取不合作策略，這種策略一旦強化，將會使雙方之間的關係越來越壞。本書會借鑑這種主要發生在雙方資訊高度不對稱情境下的博弈思想，用以說明它在八十年代的國家與新聞業關係演變中的重要作用；本書也會借鑑「一報還一報」（Alxerod 1984）模型用以說明九十年代國家與新聞業資訊逐漸對稱後的策略算計：當博弈鏈加長時，參加博弈的人互相採取合作策略的可能性就會增加。隨著雙方在博弈進程中對對手的資訊瞭解越來越多，雙方從原先的消滅性衝突逐步轉向一種協同進化的合作關係。

但這種博弈模型也存在一些致命的問題：（一）高度形式化的博弈模型，其初衷是提醒人們注意到埋藏在歷史長河中某些行為機制的獨特作用，而不是將其直接應用於對現實進程的解釋[3]。例如奧爾森的「搭便車理論」（Olson 1966/1982），借鑑「二人一次性博弈」思想，指出了影響集體行動發生的相當重要的一個機制：公共物品的獲得隨著人數的增加而交易成本增大。雖然我們不能以某個歷史事件中沒有體現奧爾森的搭便車機制而否定這個理論，但我們確實需要將演化機制與經驗事實相對照，以便對複雜歷史做出更令人信服的說明。（二）博弈論的前提是對社會行動者行為的理性假定，但現實的許多行動者都不具備明確的利益意識，人往往是在一種習慣、本能和文化等驅動下行事。雖然文化和本能也被看成一種偏好，但它們與經濟利益偏好有顯著不同的邏輯，在描述一個複雜的社會運動時，將這些不同的偏好加總到一個總體性偏好是危險的[4]。（三）即使存在一個穩定的偏好或者明確的利益算計，但是現實中的國家與新聞業都是一個不精確的概念，它們內部的文化認同、資源擁有量、個人稟賦都是千差萬別的，利益本身也會受到意識形態的強烈影響，當某種新的文化思

[3] 例如針對以經驗研究取向來批評形式社會學的種種「不足」之處，有的學者提出了重要指摘，認為這種批評是誤解了形式化模型之所以存在其價值的前提，認為經驗取向的學者對形式化模型的多數攻擊是「亂打砲」。參見趙鼎新，2006a。

[4] 針對該問題，本書堅持只考察一個具有多種偏好維度的行動者在一個特定的情境下的行為動機，並且不試圖將該情境下的行為偏好擴展為一個普遍性的行為偏好。這意味著在進行論述前需要刻畫一個特定的社會情境和在該情境下各個行動者的某個突出特徵。事實上，一旦社會情境發生變化，各個局中的行動者的行為偏好也將隨之發生變化。具體到國家－新聞業關係上，就是本書認為不同時代的政府領導者與新聞記者具有不同的目標和人格特徵，上一歷史時期或下一時期的國家目標和新聞記者人格都有顯著的差異。

潮和政治局勢的到來，甚至又可能迅速改變博弈主體的偏好，從而改變了原有的利益格局。因此，以一種基於始終不變的偏好和簡單策略的博弈模型，難以對宏觀的歷史進程做出令人信服的說明。

因此，如果僅僅指出這種博弈的存在，脫離社會結構來談論博弈是沒有意義的。只有將一個抽象的博弈行為放在一個相對具體的社會結構中，才能將這種對抗性模型應用於對中國新聞業發展機制的解釋。下面，本書將在 1978 年來變動的國家－社會關係框架下建立一個以體制內對抗性政治為視角的雙邊互動模型。

第三節
國家—社會關係視角下的體制內雙邊對抗模型

從雙向互動的角度看，國家與新聞記者的政治博弈過程包括兩個要點：一方面是中國新聞記者借助何種資源、在何種情境下向國家發起挑戰，一方面是國家以何種方式應對這些挑戰。第一個問題需要給出一個新聞業的行動模型，第二個問題則需要給出一個集權國家的行動模型。

本書已在第一章將新聞業行動模型刻畫為一個體制內的「短板發現者」，將國家行動模型刻畫為一個單位化管理體制下的剛性控制者，但對這兩個行動者在何種國家 - 關係或者何種社會結構下展開博弈，還缺乏明確的交代。

我們雖然大而化之地宣稱中國新聞業與國家之間的政治博弈是在市場經濟改革中展開的，但在方法論上，市場經濟作為一個容納國家目標、社會思潮、經濟體制改革諸多綜合現象的「雜物筐」，還缺乏進一步展開分析的經驗基礎。為此，本書將國家合法性變遷作為 30 年社會變遷的替代性變數引入雙方的博弈分析。

本書認為，在強國家 – 弱社會的傳統和當代政治的約束下，中國自 1978 年以來的國家 – 社會關係是由一個不斷變化的國家目標 / 國家合法性所驅動的。國家合法性（Lipset 1959/1981；哈貝馬斯，2000）是指它獲得被統治者自願服從的能力，或者說在不使用暴力的條件下獲得被統治者支持的可能性。這個概念包括兩個方面：一方面是統治者自身的合法性認知，即統治者認為應該採用何種資源作為其統治基礎；另一方面是被統治者的合法性認知，即被統治者可以接受何種理念作為其服從基礎。這兩方面並非完全一致，在一個等級森嚴、上下資訊不對稱的、以意識形態為初始統治資源的集權政體中，這種合法性衝突可能要遠比建立在西方民主選舉政體下的合法性衝突要大。尤其是 1978 年以來中國社會轉型時期，國家與社會之間的合法性認知存在極大的分歧。此外，合法性並非一個一成不變的概念，由於政權危機，國家為了持續生存，可能被迫或主動調整其合法性基礎；由於文化思潮影響和具體生存境遇，被統治者也可能逐步轉變其合法性認知。

根據建國至今的主流政治思潮，本書將當代中國政治秩序合法性基礎劃分為 3 個階段：一是以正統馬克思主義、毛澤東思想為基礎的意識形態權力[5]，一是傳統意識形態權力與經濟績效合法

[5] 在一般意義上，相對於以軍事威權為權力來源的軍事威權國家、以法律選舉為權力來源的民主國家，意識形態權力國家的政治控制有 4 個基本特徵：（1）在黨和國家關係上，是「黨 – 國同構」。根據「黨管幹部」的原則，黨在政府的每一個層級

性以及其他競爭性意識形態並存的混合型權力，一是以經濟績效為基礎的威權行政權力。這 3 種權力分別對應於中國 1949 年至今的 3 個政治發展階段，而每個政治發展階段的國家 – 新聞業關係都有不同的特徵。相應地，本書將中國社會主義政權建設歷史分為 3 個階段：1949–1979 年的意識形態權力國家時期、1979–1992 年的轉型時期和 1992 年後的威權國家時期。由於這三個階段的劃分與官方文獻、學術界以及社會共識接近甚至基本重疊[6]，也為了加快敘事節奏，本書不對這 3 個階段做一個詳細的討論，而是將其作為中國新聞業改革面臨的社會結構來處理。

為了行文簡便，本書將「國家合法性」作為與「國家領導人個人意志」和「國家目標」近似的概念來運用。在一個意識形態權力國家，中國社會主義政權的實際權力掌握在少數政治菁英甚至是最高領導人手裏，領導人的態度和目標往往可以與國家目

都建立了黨組織，政府決策成員基本上是黨員，從而也自然接受了黨組織的領導。國家重大決策首先在黨組織內部產生，然後交付政府實施。（2）在國家與大眾關係上，尤其是城市社會被國家全面整合進國家機器內部，以公有制形式控制整個社會的運轉，國家 – 社會緊緊地結合在一起。（3）在黨和大眾關係上，黨的合法性高度依賴於人民對馬克思主義意識形態的真誠信仰，一旦這種信仰在各種環境下弱化消失，國家政權的有效運作也將不復存在。為此，國家力量全面地深入到公民個體的思想管理層面，隨著國家逐步將社會全部吸納到行政體系內部，國家對公民的思想管理從政治觀點逐漸擴大到原先被視為與政治無關的科技、經濟、教育、文藝、民俗等領域，完成了一個泛意識形態化的體制建構過程。（4）國家的基本目標是思想控制最大化。宣傳最大化是指為了鞏固社會主義政權，意識形態權力國家必須開動一切宣傳機器保證馬克思主義意識形態的先賦性地位。國家不斷地擴張宣傳機器和宣傳活動的數量，增加宣傳活動的力度，直到國家財政能力所約束的邊界為止。

[6] 例如，知識界和社會普遍以十三屆三中全會召開的 1978 年作為改革開放的起始點，以鄧小平南巡講話的 1992 年作為全面確立社會主義市場經濟的起始點，2003 年中共十六大報告、江澤民在建黨 70 周年的「七一講話」上也正式承認中國共產黨已經由一個「革命黨」轉型為一個「執政黨」，說明國家已經自覺意識到其執政基礎在過去 30 年裏發生了根本變化。

標劃等號。在一個意識形態權力國家，在黨管幹部和一把手負責制的權力體系下，國家的涵義實際上就是黨的最高領導層，他們擁有幾乎無限的權力，這不僅包括組織人事、經濟調配權，更為重要的是對政治符號的解釋權。他們可以根據自己的偏好和現實需要隨意解釋馬克思主義經典，並按照新的解釋安排國家政策。因此，他們的政治偏好決定了國家政權性質，他們的經濟偏好決定了經濟運行體制。

本書將合法性理論引入分析框架的主要目的，在於強調國家行動者在雙邊博弈中的關鍵角色。國家的行動邏輯雖然部分取決於挑戰者的行動結果，但顯然有自身獨立的發展邏輯，將國家合法性演變作為雙邊博弈的結構性條件也是理所當然。在一個強國家－弱社會的社會結構中，國家合法性的演變不僅是導致雙方政治博弈的根源，同時也是消除這種政治博弈的根源，一個學習能力極強、不斷調整其統治目標的國家甚至是雙方博弈規則的制定者、修改者和領跑者：

（1）國家合法性直接影響到在不同合法性基礎上成長的新聞記者的心理人格和行為動機。1949–1978 年的宣傳體制，培養出一群帶有強烈集權體制文化烙印的新聞記者；改革開放時期成長起來的新聞記者，其精神氣質與思維方式顯然與其前輩有很大不同，其挑戰策略自然隨之改變。（2）國家合法性的變化直接影響到國家對新聞業的控制能力。1978 年後，國家對新聞業的單位化控制體系在不同時期都遭受到不同程度的局部削弱，從而誘發了新聞業爭取業務自主權的鬥爭。顯然，國家控制體系如果不遭受局部性削弱，新聞業爭取業務自主權將無從談起。（3）國家合法性的變遷導致國家對菁英新聞記者挑戰的回應也大不相同。一個以意識形態權力為合法性基礎的國家需要塑造一個「沒有錯誤的政府」形象才能維繫其統治，而一個以經濟績效合法性為基礎的國家則完全依靠世俗價值（例如，經濟發展和國家防禦）支持其統治。因此，國家合法性變遷對雙邊博弈的一個直接意義，在於國家對政治越軌的新聞記者懲戒手段從嚴厲逐漸走向緩和——八十年代國家已經傾向於以更緩和的手段對待越軌的新聞記者，到九十年代國家已經徹底放棄嚴厲的政治手段，轉向其他更為常規化的控制手段。

在國家合法性理論的基礎上，我們使用一個以結構性博弈為視角的體制內對抗性政治模型來描述 1978 年以來國家與新聞業關係的演變。

在實證層面上，本書的國家是指國家最高領導層以及直接掌控意識形態政策的宣傳部。本書的新聞業是指以新聞業菁英為代表的新聞記者群體，包括那些從基層依靠專業技能逐步提拔的新聞機構負責人。一般而言，國家領導層至少在表面上是目標高度一致的，其代表人物的目標偏好在相當程度上代表著國家合法性。儘管在某些時期，國家領導層存在某些分歧甚至衝突，在這種情況下，所謂的國家合法性主要是指國家最高領導人的目標偏好。新聞業的政治態度雖然千差萬別，但在或多或少擁有更多的業務自主權這個問題上又基本是一致的。因此，國家與新聞業的政治博弈，是指一個假設無差異的國家目標與一個假設無差異的新聞專業組織目標在業務自主權層面的衝突對抗。

從建國到 1978 年，由於意識形態理想與現實的巨大差距，一個由預言式意識形態派生的政權與具有自由表達衝動的新聞專業力量之間必然存在有限而持久的衝突。在無產階級專政的意識形態邏輯下，雙方在該領域的博弈是單一目標、單一回合、單一結果的。由於國家的絕對強勢，雙方短鏈條的消滅性衝突導致新聞業對國家的大量怨恨。1978 年後市場經濟改革不僅改變了國家與新聞業衝突的政治基礎，而且在經濟、技術上改變了雙邊的力量對比。在一個新的國家－社會關係中，雙方的博弈空間不斷擴大，可選擇的策略不斷增加，國家與新聞業的衝突是多目標、多回合、可延期的，國家不再追求新聞業的絕對服從，而以有條件的服從為目標。國家與新聞業持續長久的有限衝突使雙方逐漸向功利主義方向改進，雙方由於各自具備的資源和能力逐漸發展成互利的交易對象。

根據新聞業與國家圍繞業務自主權展開博弈的方式和目標，本書將中國當代國家與新聞業關係分為 3 個階段：第一個階段為八十年代的疏離時期，第二階段為九十年代的合作時期，第三個階段為九十年代末期以來的聯盟時期。這 3 個時期的實際區別並非想像的那樣大，本書早在開篇已經申明，國家與新聞業始終在一個體制內進行有限的空間博弈，這種劃分更多是為有利於辨析各個時代的不同特點而做出的特定理論框架而已。

表 1　國家與新聞業博弈模型

		國家目標		
		八十年代（無錯誤的政府）	九十年代（有小失誤的政府）	九十年代末期（方向正確的政府）
新聞業	紙質媒介	組織人事挑戰		
	電視媒介		圖語挑戰（擦邊球）	
	傳媒產業			市場挑戰
國家與新聞業關係		基於合法性幻覺的疏離時期	基於合法性認同的合作時期	基於經濟利益的聯盟時期

「文革」結束以前，在政治高壓下，國家與新聞業基本不存在關於業務自主權的爭論。這是以意識形態合法性為統治基礎的必然：由於一個意識形態權力國家始終需要在公眾面前維繫一個完美的形象，這個完美的形象是如此的重要，以至於一旦破損將會嚴重到損害政權的基礎。因此公共場合的高度統一是非常有必要的，而且一切決策都是幕後權力的秘密操作，公眾的同意只是宣佈最終結果的走過場。在這種決策機制下，意識形態權力國家所有的資訊都隱藏在一個高度集權、層層隱瞞的政治體制下，層級越高掌握的資訊越多，層級越低掌握的資訊不僅越少而且甚至常常是錯誤的信號。其次，意識形態權力國家缺少必要的糾錯機制，往往使一些小的錯誤被放大為國家的總體性危機。因此，某些類似於「童言無忌」的偶然因素一旦出現，潛伏在高度一致表象下的總體性危機將爆發。

1978年以後，隨著新任領導人的上臺，國家合法性已經開始轉變。國家雖然開始了將合法性基礎建立在經濟績效上，但意識形態合法性仍然是其主要根基。因此，國家仍然需要向公眾展示一個「沒有錯誤」的政府形象。在這種混合型政權的主導下，國家雖然延續了一個意識形態權力國家的新聞政策，但已經不再大規模採用「文革」之前的單回合、消滅性的懲處辦法，而是採用更為和緩的辦法來懲戒越軌者，如道德批判、停職檢查等。國家領導人的政治態度的變化導致新聞政策的鬆動，這種鬆動開始為新聞業爭取自主權提供了政治基礎。

新聞多樣性政策的初衷，在於恢復1957年以前的「百家爭鳴、百花齊放」方針，並開始區分知識份子言論的思想動機和效果，只懲處那些造成實際惡果的知識份子。這種開明的政策實際給了新聞記者在一元化思想下進行多元化解釋的策略空間。新聞記者開始借助各種策略講那些與革命化趣味所不容的「真話」。

八十年代國家與新聞業緊張關係的原因在於雙方國家合法性認知的衝突。八十年代以來，國家依然保持一個意識形態權力國家的合法性幻覺，而其作為政權內部根基的一部分新聞業菁英已不認同這種基於道德的絕對合法性，轉而相信基於績效的相對合法性。由於沒有意識到基層對國家合法性認知已經改變，導致國家的開明政策不僅沒有緩和雙方關係，反而使雙方的政治控制與反控制衝突越來越緊張。

從博弈的角度看，這時二人一次性博弈機制在國家合法性幻覺層面發生了推波助瀾的作用：在國家與其對手發生意見分歧時，雙方常把對手想得過分敵意，傾向於採用最極端的手段來解決分歧。新聞業傾向於爭取一步到位的業務自主權，國家則無法接受這種毫無迴旋餘地的要求。由此展開了國家與新聞業之間對抗性政治的表演。從八十年代初期黨的理論務虛會到歷次政治風波，特別是針對八十年代末期的政治事件，在長期的革命意識形態慣性下，國家只能以強力解決來自社會的挑戰。在八十年代末期，為了克服國家合法性的總體危機，國家被迫全面轉換其統治基礎，徹底放棄以傳統意識形態合法性為統治基礎的國家目標，轉而追求以經濟績效和國家防禦為統治基礎。國家政權雖然沒有在這次危機中解體，但在傳統意識形態權力國家的外殼中，實際上一個「新」的國家已經艱難地破殼而出。它不再追求一個完全正確的國家理念，而越來越默認一個允許自身犯「小錯誤」的自我形象認知。

在九十年代分為兩個歷史時期：一是九十年代前期，一是九十年代後期。從新聞記者的角度看，九十年代前期的新聞改革實際上是八十年代激進政治的延續。1992 年鄧小平南巡講話後，國家已經逐步由一個意識形態權力國家轉換為一個威權國家，但新聞記者並沒有意識到這種轉變，而是仍然根據自己的合法性幻覺對國家進行挑戰。如本書在第六章第二節對電視業的分析所表明，這種挑戰根本不對一個「新」的國家構成威脅，相反有效地幫助國家鞏固了自身的政權基礎。這並不是一個一成不變的過程，國家已經通過種種資訊逐漸讓具有政治敏感性的新聞記者認識到，國家合法性基礎發生了根本改變。一旦新聞記者領悟到這一點，國家與新聞業開始了一段甜蜜的合作時期。

在九十年代末期，由於國家合法性徹底轉變以及雙方力量的消長，國家與新聞業之間的博弈鏈條進一步加長，雙方對彼此的資訊瞭解程度越來越大。國家日益熟悉新聞業的思想狀態、精神傳統和行事規則，而新聞業也對國家的底線也有一個日益清晰的瞭解。這種資訊日益對稱的局面開始使雙方變得傾向於採取合作策略而不是非合作博弈。最後，市場經濟所產生的財富效應從整體上介入到國家與新聞業的博弈過程中，產生了一個影響全局的結構性力量。在財富效應的作用下，新聞業的各個階層，無論是新聞機構負責人、體制內職業記者和體制外的「新聞民工」，都因追求經濟利益而全面達成與國家聯盟的共識。至此，一個自1949年以來基於政治理念認同的「新聞為國家服務」的局面演化為一個基於經濟利益聯盟的「新聞為國家服務」的局面。

國家與新聞業30年對抗性政治從激進走向妥協的過程，非常適合用二人一次性博弈和「一報還一報」博弈模型描述，但本書提出的體制內對抗性政治的雙邊互動模型，與這兩個形式化博弈模型有本質差異。本書的定位是一項以博弈思想為敏感性框架的經驗研究：雖然30年來國家與新聞業政治博弈從激進走向妥協的大結局，非常類似於「一報還一報」的博弈模型，但本書並不簡單地認為這種高度形式化的機制能夠涵蓋一個如此宏大複雜的演化歷程。原因在於，對同一個結果的替代性解釋方法很多，使用形式化機制並不能使問題變得更簡潔。這種高度形式化的博弈機制也很可能是一個複雜社會結構變動的副產品或者說是輔助性機制，在某種程度上它甚至是各類結構性條件綜合作用的結果而不是成因[7]。

---

[7] 在此，我們以庫蘭（1997）解釋集權政體瓦解過程的著名的「皇帝的新裝」博弈模型來說明這一點。庫蘭指出的是這樣一種機制：在一個高度偏好偽裝的專制社會，所有的人都假裝相信獨裁者的個人偏好，但是誰都不敢直接指出皇帝一絲不掛

針對30年來國家與新聞業關係演變的宏大進程，本書認為，在更為基礎的結構性條件尚未搞清楚之前，將一種高度形式化的博弈機制作為解釋宏觀圖景的唯一機制極具風險性。因此，本書仍然謹慎地只借鑑博弈論中相互預測、相互對抗的核心思想，而將注意力集中於使得一個發生在封閉、半封閉體系的對抗性政治的結構性條件及具體歷史進程。

第四節　解釋中國新聞業體制變遷的三種競爭性理論

在上一節我們介紹了以「結構性博弈」為線索解釋中國新聞體制變遷的分析單位和解釋框架，下面將介紹與本書直接相關的三個競爭性理論。針對本書在開篇提出的與主流理論相背的四大

的事實。這時一旦有一個人站出來說出真相，那麼這個政權將迅速崩潰。從博弈論的角度看，庫蘭的「皇帝的新裝」機制實際上是「二人一次性博弈」在集權政治高度不對稱資訊這個結構性條件下的重新表述。它描述了一個對促進集體行動發生的小概率事件：一旦某個個體出於某種利益算計而決定公開其偏好，挑戰獨裁者，克服了其他行動者搭便車的臨界條件，從而在瞬間點燃了準備已久的炸藥包。庫蘭將這種機制視為一種普遍的支配性力量，並將其應用於蘇聯、東歐的政權瓦解現象。但是顯然蘇聯和東歐政權的瓦解並非這樣一個單薄的機制所能涵蓋。不僅無數的事實證明，社會結構所導致的總體性危機要比這種小概率的事件更重要，而且錯綜複雜的各類偏好無法加總為一個總體性偏好，甚至獨裁者也與大量民眾享有共同的偏好。更關鍵的是，理論真正有價值的部分不應是小孩站出來說出真相這樣一個偶發性太強的事件，而是接下去讓所有人站出來勇敢附和這個小孩的結構性條件。如果一個孩子指出了皇帝的裸體事實並不能動搖政權的根基，相反皇帝對越軌者的懲處將進一步增加下一個孩子指出真相的成本，那麼這種「指出真相」也將意義不大。就中國政治變革領域而言，庫蘭這個理論可以很好模擬1978年〈實踐是檢驗真理的唯一標準〉文章一旦公開討論後即勢不可擋、席捲全國的部分史實。但事實上，在這個「皇帝的新裝」機制的背後，是新任國家領導人的上臺、改革派勢力的重新得勢、知識份子的陸續解放這些都為這個小孩的吶喊創造了所有的條件。否則，引發「真理大討論」的那個小孩的悲劇性下場顯而易見，例如「文革」時期的張志新、遇羅克等典型悲劇人物。

總體特徵—國家宏觀調控能力的增進與微觀新聞自由的擴大、政治主旋律日益唱響與公眾對新聞多元化狀況的滿意、壟斷管制與經濟效率日益提高、專業主義價值觀的流行與新聞記者對體制內身份的熱中等 4 個悖論並存的現象，在新聞學、傳播學和對新聞領域的社會學研究中，經常使用 3 種路徑—商業化驅動模型、新聞專業主義驅動模型和吸納式菁英政治驅動模型—來解釋四對悖論中的某個單項特徵，但它們都無法同時解釋以上 4 個問題尤其是第一對悖論。

第一種路徑是以商業化為視角的市場驅動理論。絕大多數文獻套用中國國有企業改革模式來解釋中國新聞業的變遷。這種觀點認為，隨著 1978 年以來市場經濟的逐步擴張，新聞媒介為了追求商業利益，不斷挑戰國家新聞控制的底線，新聞產業也因此變得越來越繁榮；

第二種路徑是以新聞自由為視角的新聞專業主義理論。大量文獻用「市民社會」理論和「公共領域」理論，來分析新聞報導日益多樣性的事實。這種觀點強調，具有新聞專業主義價值觀的記者努力使新聞業成為一支獨立的社會力量，他們通過九十年代以來的新聞改革，不斷擴展了當代中國的公共領域；

第三種路徑是以威權統治為視角的菁英政治理論。這些文獻強調九十年代以來國家菁英的作用。國家雖然嚴厲控制公眾參政渠道，但不斷將各種新興的社會需求吸納進施政方針，九十年代湧現出大量滿足公共需求的中性化新聞，實際上是這種吸納型政治的一個局部反映（康曉光，2002）。

以上 3 個模型雖然指出了中國新聞業的某個局部特徵，但都無法同時解釋中國當代新聞業總體特徵的四大悖論，更無法對改革開放 30 年來驅動國家 – 新聞業關係演變的動力機制提出統一的解釋。下面，本書對這 3 個模型分別做簡要述評。

（一）市場驅動理論

目前流行一時的「商業化」（市場化、產業化）觀點借用國有企業改革理論和制度變遷理論，分析作為產業組織的新聞業運營體制日益市場化的事實。該觀點認為，追逐商業利益是八十年代以來中國新聞媒介改革的主要動力（何舟，1998；唐緒軍，1999；陳懷林，1998a/1998b/1998c/1999；李良榮、林暉，1999；黃升民，2000；張裕亮，2002/2005/2006a/2006b；周勁，2005）。新聞業的發展路徑是對同時期國企改革亦步亦趨的模仿，促使新聞媒介遵循邊緣突破、增量改革的成本最小化原則，為獲取經濟利益不斷改變經營體制、內容採編體制，逐步發展成為一個規模巨大的產業[8]。

[8] 陳懷林是這種觀點的重要支持者，他指出：「中國的媒體業正在從黨和政府的宣傳部門向國營資訊產業過渡，這也是中國媒體的制度改革過程。在中國特殊的政治和經濟環境中，媒體制度改革經歷了一個漸進的過程。遵循利益最大化原則，中國媒體制度創新一般是從全國的經濟中心北京、上海和廣東向沿海地區輻射，然後再擴散到內陸地區。依照成本最小化定律，媒體制度創新首先發生在財經制度層面，然後帶動編採運作制度的變化，最後觸及宏觀管理制度。媒體制度改革的路徑是自下而上，媒體主管為了獲得即時的利益而自發創新，黨政領導部門維護自身的根本利益，同時為媒體的創新保留有限的空間。媒體的制度改革的方式是連續的邊際調整，在封閉的競爭環境裏個別媒體只求比有限的競爭對手略勝一籌，而報酬遞增的特性又促使制度變遷沿著既定的路線持續發展。中國媒體制度的改革是有限的，又是不可逆轉的，境外媒體的滲透與影響可能成為中國媒體制度進一步改革的推動力。」（1998b：35–48）

商業化邏輯注意到了改革開放以來各新聞媒介在市場壓力下不斷採取各種變通辦法突破原有僵化的宣傳體制，製造出受市場歡迎的新聞產品這個基本事實。但其認為中國新聞體制變遷的基本動力是新聞業「追求商業利益」，則顯然與諸多事實不符合。具體而言，商業化邏輯主要存在 3 個問題：

（1）在經驗上，商業化理論與八十年代和九十年代許多重大新聞改革的基本動因完全不符合。八十年代中國包括新聞記者在內的整個知識份子群體更關心政治而不是經濟利益，甚至九十年代初期和中期的新聞改革，也是被少數新聞業菁英的專業性訴求所推動。大量對當代主流新聞媒介的實證研究（Huang 2000；Li 2002；Chan 2002）表明，九十年代新聞改革的樣板媒介——中央電視臺民生新聞節目《東方時空》、輿論監督節目《焦點訪談》顯然不是為了追求經濟利益而創設，豐厚的經濟利益僅僅是這次新聞改革受到公眾廣泛歡迎所產生的意外回報。只有到九十年代中期以後，當新聞媒介尤其是新聞機構管理層發現新聞改革能帶來大量的市場回報時，才開始自覺地進行體制改革以追求更高的經濟利益。

（2）商業化理論過高估計了市場推動中國新聞業體制變遷的能力，換言之，低估了國家對新聞媒介的經濟控制能力。在現行媒介壟斷經營體制下，決定媒介商業利益分配的是政府而非市場。傳媒產業的核心收入更依靠國家的壟斷保護和巨大的財政補貼，例如，中央電視臺《新聞聯播》以及其他重大事件活動報導（世界盃、奧運會、春節晚會、「兩會」以及各種高層會議的相關廣告）佔據了中央電視臺 30% –50%甚至更大比例的收入。從中央到各省的黨報黨刊作為新聞業的核心機構，一直享受各類子報對母報的轉移支付和國家下撥的巨額補貼。國家在 1995 年啟動的報刊集團化以及 1997 年的對報刊市場的整頓，國家對中央電視臺一套節目以及《新聞聯播》後 30 秒廣告採取強制性播出的壟斷保護，都意味著新聞業的市場化雖然有一定的發展，但必然遭遇行政控制的瓶頸。

（3）商業化理論只能在一般意義上分析市場經濟對集權國家的影響，而難以解釋新聞媒介的商業化機制與中國新聞自由空間增加之間的因果關係。究竟是新聞自由增加導致的媒介商業化可能性，還是媒介商業化導致了新聞自由的增加？如果是前者，說明推動中國新聞改革的動力機制並不是所謂的經濟利益而是政治動機；如果是後者，就產生了一個致命的問題——它不能解釋本書在開篇提出的第一個謎團：如果新聞媒介的商業化程度上升將導致新聞媒介擺脫國家控制的意願上升，那麼為什麼在九十年代新聞媒介的商業化程度越來越高，新聞媒介的自主空間也越來越大，但新聞媒介的政治依附性不但沒有削弱，反而越來越強？

商業化邏輯的另外一個弱點，在於對新聞媒介商業化實質的解釋上，將「新聞業市場化」這個屬於壟斷經營的國家強制收費手段與平等自由競爭的市場模型混同起來（具體見本書導論第五節、第七章第三節的分析），將新聞事業單位改革混同於國有企業改革，從而將某個階段、區域、單位和媒介種類的微觀機制誇大為總體演化機制，它雖然捕捉到新聞媒介活動中具體行為的一方面，但忽略了對國家和新聞記者基本關係和矛盾分析，將一個中性資源配置方式的市場理論錯誤地應用在一個政治主導的資源配置方式的國家領域，從而在方法上也缺乏中層理論的支持。鑑於市場化邏輯的觀點是如此流行，而與事實的偏離又是如此之大，本書將稍後做專門論述。

（二）新聞專業主義理論

以公共領域理論為假設前提的新聞專業主義路徑（Yu 1994；郭鎮之，1999；鄧正來，1999；陸曄、潘忠黨，2001；潘忠黨，1997/2000；展江，2002）以西方新聞專業主義價值觀和公共領域理論的視角，從新聞與民主關係的角度描述了新聞記者向國家爭取新聞自由的一些策略性微觀活動。這種觀點認為，中國新聞記者一直試圖脫離政治控制，成為代表社會監督國家權力的第三方，「第四種力量」或者「無冕之王」的西方專業主義濃重情結成為九十年代新聞改革的突出特點。陸曄、潘忠黨認為：「當時（指 1949 年以前——本書作者注）的新聞業畢竟在國家權力體制外運作，早期的報人和以報刊為思想啟蒙陣地的文人也因此帶有了拓展「社會」這一場域的特徵。作為「公共領域」的雛形，獨立新聞業的發展推動了對西方新聞理念的引進。前面所引述的張季鸞和《大公報》，以及美國密蘇里大學新聞學院在中國新聞教育方面的深厚影響，都以不同形式體現了這個「西學東漸」的傳統。這個西學的傳統，即便是在「黨的新聞事業」體系建立之後，雖然只剩下表述新聞價值觀和新聞作為事實或對事實的報導這樣的碎片，仍然滲透在新聞教育中。……隨著市場機制的引入，西方以客觀性法則為基礎的「把關人」理念，也隨著媒介環境（包括新聞教育）的逐步開放而以新的力量進入新聞從業者的職業視野。在八十年代初、中期進入大學校門的新聞專業學生，更是直接感受到了西方新聞職業理念的影響。到了九十年代，他們中相當一部分進入了主流媒體的中層管理部門，其餘大多數也是各媒體的業務骨幹。通過自己的改革實踐及表述，他們大大拓寬了新聞從業者建構專業形象和名望的話語空間。比如，中央電視臺《東方時空》的總製片人時間就自詡為「是最早受到國際傳媒影響的老師培養的學生」，雖然說這種影響是有限的。甚至，一些被業界視為最接近西方專業主義理念的新聞實踐活動，幾乎就是對海外同行的模仿：中央電視臺《新聞調查》欄目的編導認為美國 CBS 的《60 分鐘》對其影響是很大的。同樣，上海電視臺的《新聞觀察》在開播前，製片人和欄目主要編導也是大量研究了國外的同類節目，特別是《60 分鐘》，發現西方的新聞理念中規律性的東西在中國媒體實踐中的意義。與此同時，「社會主義市場經濟」對媒體的衝擊也影響到從業者的專業認同。2000 年，被業內同人視作「最具有使命感」的電視編導夏駿辭去央視《新聞調查》製片人一職，下海出任民營的北京銀漢文化傳播公司總經理，並稱自己是「早起趕路的人」，期待市場經濟造就更廣闊的媒體發展空間（2001：4）。

新聞專業主義路徑雖然可以清晰地勾勒出一條新聞業自主空間不斷擴大的趨勢，但它更多是評價性的「六經注我」，而與中國大陸新聞業演變的一些基本歷史事實不吻合。它主要有兩個問題：

一是在長達30年的新聞改革進程中，作為新聞專業力量對手的國家顯然被忽略了。在新聞體制改革的過程中，國家顯然不是扮演一個順應新聞專業力量對自主權訴求的單一角色。相反，在強國家－弱社會的壓力型體制下，新聞專業力量長期以來更多是被動的回應者而不是主動的挑戰者，國家可以在不同時期和情境下選擇推動、壓制或忽略新聞專業力量的自主權訴求。因此30年來持續的新聞體制改革不僅是由新聞專業力量單方就能推動，擁有行政強權的國家在其中扮演了更關鍵的角色。由於缺乏對國家權力結構和傳媒話語形態演變的深入分析，新聞專業主義理論不能解釋雖然微觀層面上新聞記者在不斷通過「打擦邊球」挑戰國家意志，但為什麼宏觀層面上此時此地的話語挑戰策略取得成功，而彼時彼地的話語挑戰策略卻收效甚微，也不能解釋新聞媒介（指非網路的大眾媒介）日趨商業化而輿論空間在一度擴張後停滯不前的事實。甚至潘本人作為新聞專業主義研究路徑的主要倡導者，也抱怨新聞專業精神被國家控制審查機制「碎片化」（潘忠黨、陳韜文，2004）了。

另一原因是新聞專業主義雖然是九十年代新聞改革的一個時髦符號，但它只是一個借助西方強勢背景對爭取新聞業務自主權進行「事後合理化解釋」的文化符號，不代表新聞記者介入強政治控制領域的真實動機。根據這種觀點，新聞記者有3種價值傳統，黨性原則、儒家士大夫進諫傳統和新聞專業主義傳統（陸曄、潘忠黨，2001），其中以民主自由為基本價值觀的新聞專業主義是推動中國新聞業體制變遷的最主要動力。但事實上，從時間順序看，真正在中國新聞改革實踐中起主導作用的還是黨性原則和儒家士大夫傳統，因為新聞專業主義在八十年代中期才逐步重返中國，發生影響的年代要更晚。那些八十年代進入新聞學院的學生到八十年代晚期才進入中國各新聞單位，因此，八十年代的國家與新聞業的緊張關係並非由新聞專業主義精神推動，而是由老一代新聞記者 / 知識菁英推動的。到九十年代，根據作者自1995 年以來在新聞業的參與式觀察表明，更多的記者和負責人不是新聞科班出身，支配他們的從業意識可能更多的是來自儒家士大夫進諫傳統和參政動機而不是「新聞專業主義」，甚至到今天很多業務骨幹記者仍然不知「新聞專業主義」為何物[9]。從媒介種

[9] 近年的調查統計（潘忠黨、陳韜文，2004）可以進一步支持此觀點。潘、陳 2004 年對上海和杭州兩地的新聞從業者在評價其職業和工作的調查表明，直到二十一世紀，所謂更「開放」的中國南方的新聞記者仍然願意選擇依附在現有行政體系內部，而不是成為獨立於國家的社會力量。他們承認，新聞專業主義在中國並沒有成為內部統一並在新聞界佔主導地位的意識形態或話語體系。例如，他們調查發現：「新聞從業者並不認為內部業務和黨政部門對其新聞採寫自主的干涉會降低新聞工作者的社會地位，反而這兩類干涉程度與社會地位評價呈正相關（b 分別為 .078 和 .090，p<.05），但是，黨政部門的干涉程度與新聞工作者工作自主程度的評價有一定的負相關（b=-.073，p=.054）……雖然新聞工作者感到媒體組織外部的黨政干涉降低了他們的工作自主程度，但在評價其職業的社會地位時，他們的考慮超出了新聞生產業務的因素，包括了體制方面的因素。」顯然，新聞專業主義的邏輯與實際檢驗結果是相衝突的。對這種衝突存在多種解釋。一種解釋是體制性干涉增加了新聞記者的精神滿足感，例如《南方週末》經常遭受批判，其記者反而以此為榮。但在上海和杭州地區被調查的新聞媒介顯然不是像《南方週末》這樣的一份少數派報紙。本書認為，對以上調查結果的更合理的解釋，是體制干涉的結果不是增加新聞記者的精神滿足感而是滿足了新聞記者自身優越感的現實需要。由於和其他專業階層相比，新聞記者缺乏獨立專業價值，新聞記者反而必須求助於國家行政力量的支持來獲得社會地位的滿足感。根據作者對大量新聞記者的接觸，絕大多數新聞記者對有機會進入國家內部體系感到非常欣喜，而對脫離行政隸屬關係非常恐懼。在現實環境下，對新聞業務的自主權的干涉集中在黨報、黨刊、高行政級別的電臺和電視臺等核心機構。作為依附在國家機器內部的新聞記者顯然渴望更高的行政地位。事實上，具有諷刺意味的是，如果黨不對其業務自主權進行干涉，新聞從業人員就會感到自身在行政序列的地位下降；黨對業務自主權進行干涉越多，表明其位置也越重要。

類看，新聞專業主義的影響更多集中在一些受眾面狹小的專業報刊如《財經》、《IT 經理世界》上，而不是以《南方週末》、《焦點訪談》為代表的更主流的大眾媒介或品牌欄目上，包括著名記者、編輯、主持人和播音員在內的絕大多數核心專業力量依然依附在以黨報、黨刊、國有電視臺、電臺為核心的單位化體制當中。由於宣傳任務與經費緊密掛鈎，新聞記者對爭取各類國家重大宣傳任務可謂趨之若鶩，其任務完成狀況往往比國家想像的還要出色。九十年代中期新聞專業主義觀念在新聞界尤其是積極引入西方傳播觀念的電視業曾經流行一時，但二十一世紀以來，國家輿論控制能力的日益強大和新聞記者追求商業利益的庸俗化是一個並行的過程，使新聞專業主義在當今漸漸失去在九十年代中期以前的號召力。總之，新聞專業主義的解釋路徑是一種依據西方傳播學理論對中國新聞業發展的典型想像，它過於誇大了社會推動國家體制性變革的能力，其推論與中國總體現實也相去甚遠。

（三）菁英吸納理論

菁英吸納型政治路徑與新聞專業主義路徑正好相反。這種觀點從國家逐步控制包括新聞記者在內的知識菁英群體的視角，探討了八十年代政治緊張與九十年代中國政治穩定的成因（金耀基，1997；康曉光，2002；康曉光、韓恒，2005）。1989 年政治風波結束後，國家吸取沒有收買知識菁英和政治菁英的教訓，通過全面與菁英結盟形成了長期政治穩定局面，而新聞媒介就成為「政治管住，經濟放開」所必須付出的犧牲品。康曉光認為：「（九十年代）公共領域與經濟領域的變化正好背道而馳。經濟領域已經基本獨立，『自由化』是經濟領域改革的基本特徵。但是，在公共領域中，中共則採取嚴厲的控制政策，言論、出版、集會、遊行、示威、結社、建黨的權利始終由政府壟斷。由於政府幾乎控制了一切使集體行動成為可能的資源，公眾只能處於無組織狀態，因此無論是普通大眾，還是經濟菁英和知識菁英，在政治上都無所作為。其結果就是造就一個封閉政治。政治菁英或黨政官員壟斷了政治活動空間，嚴格禁止其他人染指政治活動。政治領域對其他社會集團來說是封閉的。……這是一個沒有政治的社會。」（康曉光，2002：39）

菁英政治理論雖然大致把握了國家在政治舞臺上擁有超級話語霸權的現象，但這個理論無視一個與國家強權相伴生的對稱性事實：九十年代國家與新聞業關係最顯著的特徵之一，是國家強權與公共領域同時增進的現象。在這個「沒有政治的社會」，我們卻不斷地觀察到報紙、雜誌、電視和廣播等新聞媒介中越來越活躍的小政治，例如屢屢曝光的農民工問題、流浪兒童問題、食品安全問題、農村基層選舉問題、官員腐敗問題等等，在 1995–1999 年間的《焦點訪談》節目中，我們甚至可以看到欄目播出節目幾乎 70%都是負面新聞。顯然這些報導都前所未有地觸及了當代社會的深層矛盾，而且吸引了公眾的廣泛參與，使九十年代的新聞自由總體上有一個飛躍性的進步。正如時任國務院新聞辦公室主任趙啟正在 2002 年 2 月 10 日接受《人權》雜誌採訪時所指出的：「中國人民現在享有了歷史上從來沒有過的自由和個人權利，例如，個人從事經濟、商業、文化活動的自由，選擇職業的自由，言論、出版的自由以及法律對個人權益保護等等，都有了很大的發展。」[10]因此對菁英吸納政治理論而言，如何解釋「沒有政治的社會」是如何誕生出政治的，是一個方法論意義上的難題。

以上 3 種理論在方法論上的缺失，迄今為止還難以編織出一張鳥瞰當代新聞業全貌的繪圖。由於各類流派之間缺乏對中國當代新聞業總體特徵的共識，經常出現將某些局部事實的特性誇大上升為總體特徵的區位謬誤，這種謬誤還帶來了否定其他文獻的經驗觀察的現象。

本書以為，要解釋國家控制與市場增進相互強化這相互衝突的核心事實，關鍵要跳出大量局部性、策略性的細節，從一個意識形態權力國家政治邏輯的角度對中國新聞體制發展作一個全景式的鳥瞰，才能理清以上列舉的謎團。以上 3 種理論都過於強調政治 – 市場 – 媒介三領域中的某個行動者的能動性，沒有將三方行動者放在一個不斷演變的國家 – 社會關係中來考慮三方互動的結果，從而難以對中國當代新聞業總體特徵的形成做出一攬子的解釋。這種不足之處與其說是經驗性的失察，不如說來源於方法視角的局限：

（1）區位謬誤。國家、市場和媒介各方行為雖然是造成中國當代新聞業體制變遷的重要力量，但它們都只是其中的一個子機制而不是總體性機制。如果將某個子機制強行擴展為一個超級機制，過於強調國家、市場或媒介某一方面的作用，在解釋整個 30 年中國新聞業體制演變的動力機制上必然會力不從心——商業

10　在官方網站以及各大門戶網站均可見到這段言論。可參見中國關於人權的官方網站中國人權網 http: //www.humanrights-china.org/cn/jbyfz/rqlc/fzlc/2000dsj/t20060921_152876.htm

化理論不能回答新聞記者經濟依賴與政治依賴同向增長的悖論，新聞專業主義理論不能回答九十年代中國新聞記者政治態度與其實際行為大幅度偏離的悖論，菁英政治理論不能回答八十年代新聞領域的拉美式現代化危機問題。本書在開篇提出的4個悖論則是區位謬誤的集中體現。

（2）解讀謬誤。以上3種理論都採用單一理論視角的框架。為了追求理論視角的統一，必然對30年來新聞體制的複雜演變歷史做出過於完美的資訊過濾。如果簡單移植西方社會學和傳播學理論、國有企業改革理論應用於中國當代新聞體制演變，不可避免地會出現以單一視角對歷史事實進行選擇性解讀的傾向。尤其是對新聞專業主義和商業化作用的強調，是一種以西方理論強行類比中國現實的主觀誤讀。例如潘忠黨（2000）根據中國新聞業在九十年代後全面加速專業化——新聞從業人員專業素質普遍提升、新聞製作流程普遍專業化這個事實，僅僅因為「專業化」與西方專業主義某些特徵有相同之處，就斷言為新聞專業主義在中國獲得巨大發展，顯然忽略了「專業化」與專業主義的根本差異[11]。商業化理論借鑑各類流行一時的市場化改革理論，憑藉新聞

[11] 最簡單地說，專業化是指一種專業技能和行業管理專門化的程度，專業主義則還包括對自由體制的認可和新聞記者作為獨立監督力量的使命感。一個專業化程度很高的新聞記者或新聞組織，如果沒有這種內在的使命感和角色認同，將不被認為是專業主義。在威權國家或意識形態權力國家，許多優秀的新聞記者對集權政體有深厚的認同感。八十年代爭取業務自主權的代表人物劉賓雁稱自己至死都是一個社會主義者。他曾經大力頌揚的反集權政治的典型人物倪育賢1986年1月到美國後與國民黨合作，連續發表揭露性文章《亂世雜記》後，劉賓雁立即於1986年3月1日在香港《文匯報》上發表聲明與其決裂：「總之，倪育賢只能代表他自己。至於他是否如他所說，希望國家好，希望民族進步，那要由他的言行來證實。而迄今為止，他在美國的言論和行動，卻表明他已經完全站到相反的地方去了。」可參見郭

業引入了廣告創收等這一表層事實，就不加批判地將旨在走向自由競爭的中國國有企業改革與依靠高度壟斷經營創收的新聞業財政改革混為一談。這種混淆不僅將一種自上而下的政治任務表述為一種自下而上的經濟改革，而且不可避免地以犧牲大量基本史實、理論目標與基本事實相互衝突為代價。吸納式菁英政治將以香港殖民地政治為基礎的政治經驗直接應用於中國大陸地區，由於社會結構的根本差異，中國大陸地區新聞業的治理結構和內在邏輯根本不同於香港，無論從哪個方面看都只是一種簡單的類比或聯想。

（3）任何理論都必須選擇性地表述歷史事實，但這 3 種理論尤其是新聞專業主義和菁英政治理論難以建立可證偽的模型。其中大多數是對某些歷史事實的描述性文獻，而缺少對當代新聞體制的分析性研究。由於各類描述性文獻所依賴的實證研究材料幾乎完全依賴於研究者的參與式觀察，也難以在各種不同的理論之間建立可論爭的理論對話。例如，何舟（1998）對《深圳特區報》的觀察，雖然表明了新聞業已經呈現出黨的公關公司的某方面特性，但實際上只是一些經驗觀察而沒有提出任何因果聯繫意義上的理論命題，其著名的「推拉」機制也難以被證偽。

以上 3 種路徑的一個共同特點，是帶有濃重的制度設計的決定論思維，其解釋框架是一個制度設計的框架而不是一個演進的框架。而本書認為，社會變遷雖然部分決定於各個社會行動者的主觀意圖，但社會變遷或制度變遷更多是社會行動者互動的意

禮華〈劉賓雁怎樣歪曲事實〉，載《中國記者》，1987 年 02 期。

外演化後果，而不是制度設計的產物[12]。本書傾向於採取一種謹慎而精簡的實證模型作為解釋社會變遷的基本方法。在理性選擇和「情感動物」兩大傳統中，本書既不認為理性選擇能全部決定人類社會行為規律，也不認為文化價值是支配社會行動的基本動力，而是取二者相互增強、演化的中間派道路。國家雖然強大，但它並不能控制所有的事件進程。

本書的思想淵源直接取材於以上 3 種路徑，但本書更傾向於支持具有政治博弈意味的專業主義觀點[13]，儘管與其有理論和方法的重大差異。與商業化驅動模型的理論旨趣相比，本書與專業主義模型都認可如下觀點：1978 年啟動的市場經濟、新聞專業主義思想的流行只是為國家與新聞業博弈搭建了一些新的佈景，甚至有意無意地修改了某些局部的細節，但威權國家資訊治理的這個本質特徵迄今沒有變化。

改革開放 30 年來，國家與新聞業的博弈作為一個集權國家體制內部的對抗性政治，它體現了一個意識形態權力國家努力在各個時期謀求生存的歷史。國家作為支配性一方，決定了新聞專

---

[12] 演化是指某個進程由多個社會機制有機組合而成，從而產生社會行動者各方都無法預料的後果。演化機制和路徑依賴作為基本的社會動力機制，決定社會面貌。針對這個問題，趙鼎新認為：「中層理論能夠使我們搞清楚一個或若干個社會機制的作用。然而，一個複雜的社會事件總是由許多機制有機地組合而成，並且這種組合方式以及各個機制對某一事件形成的貢獻並不具有普遍的確定性。因此，我們就需要一個更高層面上的理論框架來指導，並以此作為出發點來尋找一個具體社會事件內各社會機制之間雖然不是唯一的，但卻是有機的關係。」（2005：12）

[13] 在以上 3 種路徑中，「吸納性政治」的理論源頭是金耀基（1997）對香港殖民時期英國治理方式的單個案例研究。但吸納性政治的觀點顯然需要更多的實證研究來支持，因此本書僅僅將其視為一種對中國當代國家與新聞業關係有借鑑意義的敏感性框架，重點考察其他兩種競爭性理論。

業力量主體的行動策略。市場因素僅僅是作為對國家與新聞專業力量博弈起到纏繞性和增強性的一個結構性條件而存在，它不能進入對國家與新聞業關係支配性力量的序列。

換言之，本書的模型經過「結構性博弈」的修正後，已經與傳統三方模型有根本性的改變。在這個新的模型中，市場已經下降為一個包含在國家目標中的一個子目標，它不再作為一個獨立的主體發揮作用，而只是作為一種纏繞性和增強性因素而存在。為了從方法論上為政治博弈的解釋路徑掃清道路，本書在下一節闡明市場化／商業化／ 產業化為什麼不能作為與國家與新聞業平等對待的博弈主體。

第五節
國家─市場─新聞業傳統三方博弈模型的基本謬誤

為了對國家與新聞業之間的對抗性政治做進一步分析，我們需要花相當功夫將「市場」力量先排除出博弈的主體，並順便清理目前含糊的「市場」概念對國家與新聞關係研究的「污染」。

1978 年啟動的市場化改革對整個中國的政治環境無疑有根本性影響。1976 年社會主義政權爆發總體性危機之後，市場經濟開始成為提升國家自身合法性的權宜性手段。它通過將資源逐步由國家計畫配置方式轉向由市場配置的經濟體制變革，逐步培育出一個國家控制較弱的社會空間。但是這個意義的「市場」本身就是國家目標的一部分，很難在中層理論的層面上進行分析，學者們在研究新聞業時，常常在另一個層面使用「市場」概念，它僅僅指 1978 年以來國家對新聞業財政體制的「市場化」或者「商業化」、「產業化」改革。

改革開放初期，在財政危機下，國家必須盡可能動員資金，推動與國家高度一體化的新聞業高速對外擴張，以達到深入控制整個社會的目的。為了解決宣傳體系基礎建設不足問題，中國新聞業開始「雙軌制」財政改革。國家允許新聞業利用國家無償授予的特許經營權向社會提供有償服務，例如廣告、第三產業等，這些收入應當視同國家撥款成為新聞業運營資金。一方面，各新聞媒介仍以國家撥款為主，另一方面，不足部分需要新聞媒介自己去創收。為了達到創收目標，許多新聞組織層層下達了內部創收責任制，簽署了承包合同。每個部門要完成數額不等的創收任務。不僅是廣告部門，而且編輯部門，甚至編輯記者個人，也簽署了這種創收責任合同。在八十年代中期，「兩個輪子一起轉」和「一手抓質量，一手抓創收」成為廣為流傳的口號。到九十年代，新聞業的商業化氣息越來越重，以至於絕大多數文獻將新聞業的改革稱為商業化、產業化或市場化改革，並將「市場」作為推動國家與新聞業關係演變的一個博弈主體。

由此，產生了兩個不同側重點的流派：一是重點考察隱含自由主義意識形態的市場經濟啟動所推動的國家與新聞專業力量博弈的批判理論，一是重點考察國家與商業利益相互爭奪新聞媒介的商業化理論[14]。由於視角的不同，各類文獻圍繞新聞業是否因

[14] 這兩個流派的理論根基分別源自西方社會學傳媒研究的兩個基本取向。在西方社會學領域，傳媒理論包括兩大傳統：一是關注民主實現機制的現代化理論，一是關注民主阻礙機制的商業化理論。本書將在文獻綜述部分對這兩類理論做一概述。

「市場化」變得「保守」還是「激進」爭論不休，對中國新聞業的商業化進程更是沒有一個統一的看法。

下面本書將分析以上兩種理論（尤其是商業化理論）的核心分析工具——作為資源配置意義上的市場化應用於國家－新聞業關係的謬誤。

八十年代末以來以趙月枝（Zhao 1998/2002）為代表的批判理論，包括近期何清漣（2005）的新聞媒介報告，對新聞財政體制市場化進行了規範性研究[15]。它將中國新聞記者與國家之間的衝突誇大為一種發生在東西方世界之間意識形態的衝突，並將廣義的資源配置功能的市場與計畫道路的對抗，應用於新聞業的內部對抗性政治。這一理論反映了自由主義理念對國家過度集權的道義譴責，由於抓住了中國新聞媒介的本質特徵，並且由於邏輯上的徹底性使其在解釋中國國家與新聞業關係上呈現出一個統一的邏輯。由於西方民主國家在當代的強勢地位，這類批判理論具有廣泛的影響。

---

[15] 眾所周知，批判理論基本不是分析性的，但本書試圖為其總結出以下 4 個基本邏輯：（一）新聞業財政體制的市場化改革之所以被提出，在於它服從國家強化政治控制的邏輯，它是為了完成國家新聞擴張這個政治任務而採用的經濟解決方案；（二）為了解決財政不足的問題，國家沿襲了計畫體制依靠行政命令的緊急動員體制，是一項不計成本、任務導向的資金籌集任務，國家從來沒有對新聞業提出類似於國有企業的必須贏利的要求；（三）得益於國家壟斷保護，中國新聞業沒有任何市場天敵，將國家與新聞業在 30 年來政治博弈的內容改革通過市場轉化為高額的市場利潤，迅速成長為「中國最後一塊暴利產業」，它強化了國家的宣傳能力而不是削弱了國家的控制能力；（四）新聞業日益壯大為一個產業後，這種高度壟斷而相互競爭的體制不僅沒有成為新聞業脫離國家的運動，反而成為促使新聞業全面依賴國家的最重要的一個結構性條件。從市場化改革開端、進程和結果的歷史事實看，新聞業商業化改革都是一個服從於政治控制的邏輯，而不是與政治控制同等重要的力量。

「商業化邏輯」則作為批判理論的對立面，目前在中國新聞改革研究中佔主流地位。它將「市場化」或「商業化」、「產業化」看成推動 30 年來新聞改革的基本動力[16]。這種觀點認為，在八十年代，新聞業的商業化力量太弱而不足以對國家行政控制產生影響，而九十年代的商業化力量非常強大，從而推動新聞業逐步脫離國家控制。

這兩類理論的共同特徵，在於將國家、市場、新聞專業力量和公眾並列為博弈的 4 個主體的分析邏輯。本書以為這種分析邏輯會面臨以下 3 種研究困境：

（一）首先是分析層次的謬誤。市場作為一種中性的資源配置方式，它不能作為與國家和新聞專業力量對等的主體進行分析。「公眾」作為一個分散的、以收視率／發行量或者「嚷嚷」等用手投票或用腳投票的力量參與到國家與新聞業博弈的進程的模糊群體，可以勉強被列為博弈的主體，但它也被兩種因素所抵消：一是以腳投票的方式實際上與「市場」因素無異，一是

[16] 這種觀點的論證邏輯如下：（1）新聞記者的政治表達欲望被國家壓制；（2）泛政治化的報紙缺少觀眾而效益較差；（3）新聞記者發表大量非官方意志的文章；（4）國家為了維持新聞業的生存而默許這些文章或新聞的發表，商業化或市場力量取得了挑戰的成功。在絕大多數文獻中，中國新聞業的市場化進程都是如是描述的，這種觀點在何舟（1998）的「拔河遊戲」模型中發展到登峰造極的程度。本書認為，這種觀點雖然在微觀層面上符合某些事實，但從中國新聞業財政體制改革的整體進程看，商業化理論要比批判理論存在更致命的邏輯問題。由於對國家、市場與新聞記者的基本性質設定得過於簡單，它混淆了兩種不同意義的市場化機制，沒有注意到國家性質本身的變化，更沒有深入考察新聞記者精神傳統和人格的總體演變，從而在描述 30 年國家與新聞業關係呈現出斷裂而破碎的邏輯，也無法同時回答本書在開篇時提出的 4 個謎團。

「嚷嚷」的力量也經常被自命為社會公器的新聞記者所替代，因此是一個非常「虛」的分析概念。新聞業的「三個婆婆」[17]（Polunmbaum 1990）只是對當代中國新聞記者的制度環境的一個描述性概念，而無法具體應用於國家與新聞業關係演變的動力機制的研究。

（二）其次是概念混同。「市場」概念變成了一個大雜燴，以至於幾乎無法使用「市場」這個概念進行分析。文獻通常在兩個意義上使用市場化概念來探討國家與新聞業關係。廣義的市場化是指 1978 年以來作為新的國家目標的市場經濟轉型概念，而狹義的市場化僅僅指國家對新聞業財政體制的市場化改革。由於市場經濟的啟動與新聞業的市場化改革幾乎同時發生，幾乎所有文獻都將二者對國家與新聞業關係的影響混為一談。

（三）再次是解釋事實的謬誤。自九十年代末期以來，一個飄忽不定的國家或市場邏輯使對中國新聞業改革的理論解釋中呈現出支離破碎的景象。例如，主流文獻經常用市場化來說明新聞改革取得進展的動力機制，但又以「有限市場化」或者「國家力量過於強大、市場力量過於弱小」來解釋國家對新聞輿論調控能力的日益增強現象。但它不能具體指出為什麼市場力量時靈時不靈的機制，也就是說，為什麼八十年代、九十年代初期「商業化力量」能取得成功，而到世紀末又逐漸被國家「控制內化」。又比如，如果說行政壓制會導致新聞革新在行政控制最薄弱的地帶發生，那為什麼最受國家政治嚴密監控的中央電視臺、《人民日

---

[17] 「三個婆婆」指政府、老百姓和商業利益，而計畫經濟時代中國新聞業只要面對政府一個「婆婆」。

報》能取得新聞改革的進展，而那些行政控制相對薄弱的地方電視臺和地方報紙卻反而基本無所作為。

本書認為，雖然三者密切關聯，但不能簡單地替代。作為國家目標叢的一部分，市場經濟從 3 個方面影響了國家與新聞業關係：一是從整個話語環境上促使國家與新聞記者之間產生了共用的價值觀，為雙方合作提供了政治基礎；二是市場經濟促進中國經濟的增長，使社會對新聞媒介提供中性化資訊的要求越來越強烈，從而對體制內佔主流的革命趣味施加了外在壓力；三是促成了高度一致的單位社會解體和階層分化，造就了新聞記者經濟地位上升和新的階級認同。在八十年代雙軌制改革中，新聞記者並沒有從市場經濟中獲得好處，反而體驗了嚴重的相對剝奪感，在九十年代，國家收入分配政策的傾斜大大提高了新聞記者的經濟待遇，新聞記者作為既得利益群體的一部分，大大降低了體制內政治對抗的強度[18]。

而商業化因素即新聞業財政體制市場化是一個基於行政層級的資源再分配方式，它與基於一個中性資源配置方式的市場經濟的內涵和動力機制完全不同：

國家在新聞業引入廣告經營的基本邏輯，是新聞媒介通過壟斷經營獲取廣告收入用以補貼財政撥款之不足，它是為解決國家

[18] 這種國家與新聞記者之間的力量消長雖然為國家與新聞記者的政治博弈提供了一個變遷的總體背景，但不是決定政治博弈結局的唯一因素。其他結構性因素如新聞記者的話語方式、國家合法性的演變，以及偶然事件都對政治博弈有更為基本的制約力量。

財政危機的權宜性措施而非長期性的制度安排（詳見本書第七章243–249頁）。現行正式制度規定，中國新聞業基本仍然屬於全民所有制事業單位，每個新聞機構都有其主管單位。國家與新聞業首先是政治關係而不是經濟關係，新聞記者的核心隊伍是國家機器中最重要的一個組成部分，他們的身份是政府官員。國家壟斷了新聞媒介的最核心資源——刊號、廣播頻率、電視頻道，沒有任何社會力量能夠進入。在財政制度上，所有的經營性收入都屬於財政撥款，國家委託新聞機構代徵廣告收入。這些廣告收入直接上繳國庫，再以財政撥款的形式等額下撥到各新聞媒介。這種財政撥款形式看似「多此一舉」，但其政治意義卻非常關鍵：國家不承認新聞媒介與國有企業具有相同的性質，國家要保留對新聞媒介的絕對控制權。新聞業迄今為止仍然保留著類似於學校、醫院的事業編制，這意味著新聞業沒有獨立的法人產權，國家可以任意調撥媒介資產，各類社會投資也無法直接進入新聞業。

在這種全面的媒介資源壟斷下，新聞業財政體制市場化的主要功能，在於其為國家建設一個龐大的宣傳網絡提供了經費保證。在市場經濟環境下，需要資訊發佈平臺的企業組織別無選擇，只能向國家壟斷的新聞媒介投入越來越多的廣告，導致新聞業的廣告收入急劇增長，為國家對社會強化一個以各級黨報、電臺和電視臺為龍頭的多層次輿情監控網絡提供了一個源源不斷的「血庫」。本書在後面對八十年代新聞財政體制改革的描述中將進一步指出，這種行政壟斷經營機制是逆轉市場經濟總體進程對新聞業影響的根源。國家對新聞媒介的壟斷經營，如同一塊過度肥沃和沒有天敵的草原，養活了越來越多的新聞機構。但隨著不斷增多的新聞機構，逐步形成了一個累積的競爭壓力，使新聞媒介與國家的政治博弈的注意力在九十年代後開始轉向新聞媒介為生存而展開的內部競爭。這種內部競爭與記者收入的增加合在一起，促使新聞記者政治態度趨向保守。

可見，新聞業市場化改革是由市場經濟和財政體制改革兩種不同的力量共同推動的。在我們說「市場化」的時候，需要仔細地將這兩種機制區分開來。如果我們籠統地談論市場化，將不能注意到這兩種完全不同甚至反向運動的動力機制。市場經濟更為「開放」，而財政市場化似乎更為中性甚至「保守」，這兩種力量的相互作用使中國新聞業市場化呈現出非常複雜的面貌。我們不能將一個更為廣闊的總體性變遷——市場經濟與計畫經濟此消彼長的歷史等同於新聞業的財政市場化改革，從而簡單地將市場力量看成一種直接介入到與國家之間相互「推拉」的拔河遊戲，來直接說明對政治博弈的影響。

對這些解釋困境，本書認為癥結在於應該將市場這個含糊不清的概念驅逐出國家與新聞業關係發展演變的主線。新聞業作為國家機器內部的核心部門，其根本邏輯是一種政權內部的對抗性政治而非與外部社會互動的共贏式經濟。本書並非全盤否定商業化理論，也不認為批判理論能替代「商業化」理論對八十年代到九十年代一些歷史事實的解釋。例如，商業化理論注意到了商業利益作為一種激勵機制對新聞業的某些體制革新產生了影響。事實上，即使在市場經濟條件下，如果國家不給新聞機構任何激勵政策，新聞業也不可能發展得如此迅速。

本書認為，更貼近歷史真實的故事是，商業化政策對國家與新聞業關係的影響是有階段性的，商業化邏輯與批判理論都說對了硬幣的一面。在八十年代到九十年代末期，新聞媒介的商業化改革不是新聞改革的中心話題，它對國家與新聞記者展開的政治博弈具有一個迂迴而非直接的影響。它通過壟斷經營方式促進了新聞業的快速資金積累，推進了八十年代薄弱的新聞基礎建設，為新聞業在九十年代的發展奠定了基礎。它既加強了國家的宣傳能力，也加強了新聞記者的宣傳能力。

由於這種雙向加強的效應，它較少地對國家與新聞業關係產生影響，甚至是更多地影響了國家而不是新聞記者。例如，國家通過觀察，發現新聞業可以通過有償服務生存而不需要國家過多的財政供給，這種財政卸責政策逐步對新聞業產生了巨大壓力。在 1998 年以政府體制改革為標誌，國家給予新聞業越來越大的生存壓力[19]之後，商業化力量才進入了新聞記者與國家政治博弈的核心區域，成為幫助國家馴服新聞業的一個關鍵因素。

---

[19] 這次政府改革深刻影響了中國新聞業運營方式，對二十世紀九十年代以來的國家與新聞業關係有深遠的影響。根據經濟自主標準（即新聞業是否能實現自養），中國新聞業產業化改革分為兩個階段（周翼虎，2007/2009）：（1）第一個階段是 1978-1998 年的依賴型生存階段。從 1952 年以來，中國新聞業一直依靠政府財政撥款維持運營。八十年代早期，國家由於財政不足出臺了允許新聞業利用自有資源（頻道、頻率、版面以及其他國有資產）向社會提供有償服務以彌補財政缺口的權宜性政策。在這個階段，新聞業長期為經營資金不足困擾，國家財政撥款仍然是新聞媒介的主要經濟來源；（2）第二個階段是 1998 年啟動政府體制改革後形成的媒介經濟自主階段。1992 年尤其是九十年代末以來高速增長的廣告收入，使新聞業逐漸形成一套相對完整的產業鏈條，新聞媒介基本不依靠國家財政撥款生存，與此同時國家也頒佈了一系列強制「斷奶」措施，正式規定了新聞業在 3 年內自負盈虧，與政府財政完全脫鉤。本書將在第六章說明，中國新聞業這種看似日益增進的經濟自主性卻成為政治獨立性削弱的體制性根源。

總之，在可分析意義上的「市場」或者「商業化」力量，對國家與新聞記者政治博弈起到了纏繞、增強作用，但並非一條支配性的主線。如果試圖建立一種可分析的中層理論的博弈框架，就必須超越批判理論對總體態勢的簡單斷言，同時超越商業化邏輯專注於新聞業微觀活動的局限，看到在更高層次上社會哲學思想對新聞改革的重大影響。基於這種認識，本書將以國家目標與政體合法性為主線，展開 30 年來國家與新聞業政治博弈史的分析。而市場因素作為一種博弈的副線，纏繞在國家與新聞業關係的軀體上，最終將作為強制性的生存邏輯，發揮出乎雙方意料的作用。無論如何，在歷史敘述上，寧可尊重觀察到的歷史事實，而不要將經驗強行塞進「邏輯完美統一」的理論模子裏。在分析環節上，寧可將市場經濟劃歸國家目標叢的一個子目標，也應該避免將其與商業化意義的「市場」混為一談。

第六節　對國家與新聞業關係方面的文獻回顧

在正式進入對國家與新聞關係 30 年演變的分析之前，本書還將對相關的文獻做一個粗疏的全景式介紹。

本書立論來自兩個方面，一是國家、市場與新聞業基本關係，一是中國 1978 年改革開放後市場經濟產生的結構性變數，本書將對以上兩方面相關文獻進行回顧並評價。第一方面的文獻主要源自西方理論，第二方面的文獻主要源自中國學者以及海外華人學者。本書旨在解釋中國當代新聞業變革動力機制，將集中注意力於那些促使中國當代新聞體制發生變革的根本性因素，而對一般性的傳媒經濟、傳媒管理實務、新聞製作的具體傳播活動一律不涉及。

本書的資料來自實地調查和二手文獻兩方面。第一個來源是作者對中國新聞業的實地考察。本書作者自 1995 年進入某國內主流媒介工作至今，先後從事包括娛樂類影視劇、教育專題和人物採訪等電視節目製作，接觸到大量從事不同領域報導的新聞記者，既見證了中國新聞業自九十年代初商業化改革以來的超高速發展，同時也注意到在該領域國家保持政治控制手段的嚴密性和靈活性。根據作者的參與式觀察，九十年代末期以來政治控制與商業化的同時增進，是在當代中國國家與新聞業關係或者至少是國家與電視新聞業關係上最重要的特徵之一。這種直覺是激發作者從事該領域寫作的直接動機。

本書資料的另一來源是國內外公開文獻。在為本書做資料蒐集的過程中，作者發現社會學理論對新聞業尤其是中國新聞業的研究是一個相當偏僻的角落。不僅研究數量相當少，而且容易存在兩種極端的傾向：一是由於社會學、政治學理論對實踐性極強的新聞傳播理論的習慣性輕慢，絕大多數文獻都傾向於將別的領域研究成果移植到新聞業，而沒有深入到新聞實踐中具體的組織行為研究；另一種是沉浸於具體的新聞操作實務，例如新聞產業體制的改革政策、新聞報導改革等，而缺乏與學術理論的對話。下面，將對西方傳媒理論和中國媒介研究分別做簡短的文獻回顧。

在當前文獻中，西方傳媒理論是當今中國媒介研究的基礎性理論。前面已經提到，西方傳媒理論包括兩大傳統。一派是關注威權國家民主政治發展的現代化理論，一是關注西方新聞商業化導致民主危機的新馬克思主義批判性理論。現代化理論認為，在拉美、東亞等威權國家現代化進程中，市場經濟是一個不可缺少的基礎性機制（Dahl 1957; Huntington 1991; Linz 1988; Lipset 1981; O'Donnell and Schmitter 1986）。同時，威權國家的生存又取決於對大眾媒介的嚴格控制。為了防止人民向威權挑戰，國家嚴格禁止任何可導致人民溝通串聯的集體行動發生。但隨著市場經濟的不斷壯大，商業和技術資訊的自由流動，新聞業通過不斷增加的新聞數量和多樣化的新聞種類逐漸使國家喪失對整個社會的控制能力，最終使國家對大眾傳媒的嚴格控制走向終結（Huntington 1991; Schell and Shambaugh 1999; Splichal 1994）。

另一個理論傳統是新馬克思主義批判性理論。該理論關注西方民主國家的新聞傳媒商業化日益走向抑制民主的現象（Avery and Eason 1991; Curran and Park 2000; Hall 1977; Keane 2002; Kellner 1990; Mazzocco 1994; McManus 1994; Sigal 1973）。他們認為，在市場經濟下，新聞記者是中產階級甚至上層階級的一部分（Gitlin 1980），新聞組織被大公司所控制（Herman and Chomsky 1988; Molotch 1979），為了爭取最大數量的廣告收入，新聞業日益放棄政黨傾向而走向新聞中性化（Ryan 1991; Soley 1992; Tuchman 1972/1978）。為了進一步增加廣告收入，新聞業以廉價方式銷售但從富人那裏獲得豐厚的廣告收入。這使政黨性報紙和那些面對下層階級的激進報紙萎縮（Cranfield 1978; Curran and Seaton 1985;Schilller1996）。

這兩個理論傳統立論於不同的社會結構，旨在解決不同的社會問題，但核心都是將媒體作為一個民意表達機構，關注不同社會結構下國家、市場與作為民意表達機構的新聞媒介的基本關係。這兩種理論雖然邏輯簡明，但放在中國社會的制度背景下存在明顯的系統性偏差。

首先，這兩種理論沒有認真地考慮國家在三方互動中的作用。現代化理論認為傳媒資訊的豐富性將悄悄掘毀威權統治，批判性理論認為市場機制將導致記者為了自身利益而逐漸與統治階級「合謀」，這兩種理論都認為國家在控制媒體行為中扮演了一個消極無力的角色。而這與中國新聞業發展的現狀是完全不符合的。

進入八十年代以來，理論界已日益重視國家與國家－社會關係對經濟發展的關鍵作用（Evans 1979; Zhao and Hall 1994），認為國家對社會運動的形成和發展（Goodwin 2001; Skocpol 1979; Zhao 2001）、民主進程和社會團結（ Linz and Stepan 1996;）以及全球化趨勢（Weiss 1998）都是最重要的推動因素之一。

一旦國家角色被考慮進來，一個新的動力機制將能豐富現有的媒介研究體系。因為商業化只是一個中性的傳播機制，它既可以用來反對威權統治，又可以被政府採用為一種控制機制。例如，在市場經濟條件下，威權國家的新聞傳媒能否走向一個民主表達而非政治宣傳的機器，不僅取決於資訊數量或記者的政治傾向，而且取決於國家對新聞記者活動的控制能力。如果國家能有效地控制新聞記者的活動甚至與新聞記者達成交易，市場經濟條件下威權國家的新聞媒介就可能接受對國家的依附狀態並與國家主流意識形態合流，走向民主意志表達的反面。

引入「國家」研究中國媒介問題後，可以明顯看出，拉美國家與西方國家長期的強社會結構，使學者們不需要研究國家控制新聞的能力這個問題，但在中國這個具有悠久的強國家傳統的國度，國家對新聞控制的強大能力是一個基本事實，也是論述國家、新聞與市場三方關係的起點。更重要的是，這兩種理論都無法直接對中國新聞業發展的總體特徵給出一個簡明的解釋邏輯。我們可以根據媒體具有獨立經濟利益而推斷媒體因商業化而日益保守，也可以根據媒體具有獨立表達意志而斷言媒體對威權國家具有侵蝕作用，並且可以從中國新聞業發展的某些局部找到各自有力的證據，但這個邏輯由於沒有給出一個更根本性的動力機制，因此無法解釋一個國家控制、市場經濟繁榮與新聞媒體同時增進的總體性事實。

在本書開篇列舉的 4 個謎團，無法用現代化理論或者批判性理論來解釋。套用這兩個理論傳統雖然能解釋中國新聞業發展中的許多局部現象，但無法對中國新聞業發展的總體特徵與基本歷史事實做出回應。例如，基於威權國家政治壓制模型的現代化理論無法解釋威權國家中新聞界與國家日益合流的政治發展現象；基於民主國家權力監督模型的新馬克思主義批判理論雖然看到了媒介商業化帶來的日益保守傾向，但它無法解釋為何中國新聞業日益保守、新聞專業主義日益削弱後，大眾意志的表達反而要比八十年代更多元化。

以中國學者和海外華人學者為核心，結合中國新聞業發展的現狀，以西方學術資源為依託，已出現了對中國新聞業發展的總體特徵和變革路徑的大量研究。它們大致分為兩類：一類是基於現代化理論與批判理論的國家、新聞與市場關係研究，一類是在新制度經濟主義視角下基於國內新聞實踐的的改革路徑研究。

（一）對中國新聞業總體特徵的描述

這類文獻主要分為3類：第一類是在避免談論政治屬性的前提下，專注於中國新聞業的市場化、產業化[20]屬性（黃升民，2000；陳懷林、郭中實，1998；唐緒軍，1999；劉習良，1999）。由於這類研究基本屬於政策性報告，故不在本書的重點闡述範圍。第二類是新聞管制下的媒體政治態度與行為調查（Li Qinchuan2000；Wu Guoguang2000;Zhao Yuezhi2000;Pan Zhongdang2000;Tahirih V. Lee2000;Chan 1993），多元化、民主與專業主義是這類文獻的中心主題。第三類是試圖避免談論政治屬性的前提下，對中國新聞體制變遷總體特點的描述性研究[21]。這些文獻注意到國家保持政治控

[20] 例如，黃升民（2000）認為市場經濟對「中國大眾傳播媒介自70年代末以來發生的變革，其本質是大眾傳播媒介的產業化過程」。這一過程指的是意識形態的媒介向產業經營的媒介過渡的過程，其特徵「一是利益指向。二是淡化行政級別和事業性質，追求相對獨立的經營地位」。

[21] 1956年塞伯特等《報刊的四種理論》提出的集權主義、自由主義、社會責任和蘇聯共產主義4種控制模式，成為學者討論中國新聞業與國家、市場關係的重要參照。由於1949年以來的中國新聞業是模仿蘇聯新聞模式下發展起來的，學者普遍認為中國當代新聞業始終被國家施加了嚴格的政治控制。喻國明從歷史角度指出中國新聞體制的控制特色：「黨的新聞事業體制擴展和固化為我國社會主義國家的新聞事業體制……帶有軍事共產主義色彩的一元多層的剛性控制，仍是我國現行新聞體制的基本特徵。」1978年後，在市場經濟條件下，中國新聞業開始產生了多種影響媒介的力量，如媒介自身的經濟利益、專業化追求、大眾需求等。波倫鮑姆（Polumbaum 1993）認為，在中國「作用於新聞媒介的壓力點和權力資源已經開始擴散和分解……這些需求既來自政治領導人的統治需要，也來源於日益增長、日趨多樣複雜的媒介受眾的需要，同時也出自新型的市場導向的經濟政策對不斷加強的國際間媒介和輿論影響的回應。」何舟（1998）的「拔河」理論以《深圳特區報》為例，在總體上分析了中國傳媒制度變革中政治與經濟的互動關係，指出中國新聞業政治與經濟這兩種力量常常處於一種相互爭奪的較量當中。錢蔚（2002）則以中國電視業制度變遷為例，提出中國新聞業正處在一個向「具有政治功能的公共領域」轉型過程中。

制的整體態勢與市場經濟以及其他力量的作用，但對中國新聞控制具體的演變機制沒有具體的動力學分析。

（二）對中國新聞業改革策略的分析

許多學者運用傳播學理論、人類學理論以及諾斯的制度變遷理論，分析在利益驅動下的傳媒制度變革。他們指出中國新聞業正逐漸從黨和政府的宣傳部門向國營資訊產業過渡，和中國經濟體制的漸進式改革同樣遵循「成本最小化、利益最大化」的經濟學原理。在具體演變的動力機制上，李良榮（1993）更強調新聞專業主義精神引入對中國新聞體制的作用，將我國新聞改革的總體狀況評價為在「維持新聞體制基本不變的前提下，由觀念的變革來拉動新聞媒介的發展」，進而把 20 年新聞業改革進程喻為「三次跨越」。這種觀點強調了新聞業改革來自新聞記者的主觀因素。陳懷林則將中國新聞業改革路徑等同於國有企業改革的路徑，他認為，「（傳媒業）幾乎亦步亦趨地仿效、移植中國國有企業改革行為的方式，只是時間進程上有所滯後。」（2001：62/108–109）楊曉民和周翼虎（1999）也採用這種理論分析了中央電視臺八十年代以來的新聞體制改革。這種觀點解釋了中國新聞業制度層面的改革時序性，但沒有幫助我們加深對新聞改革政治特殊性的研究。中國新聞業最重要的特點，在於它是一個特殊的意識形態權力生產車間，其生產的產品與一般性商品具有本質的區別。雖然中國新聞業似乎和國有企業一樣，採納了經濟體制改革先行的步驟，但如果缺乏對新聞業內部的政治變革和國家治理邏輯的分析，這種「仿效國有企業改革論」可能會流於表面。

潘忠黨（1997）則是以上兩種觀點的折中，他認為新聞業的進步既存在新聞專業主義的主觀因素，同時在具體路徑上表現為「邊緣突破」的經濟體制改革先行模式。他將這種改革總結為「體制改造」:「中國新聞業採取上、下合作的途徑，以經營方式為驅動，以「臨場發揮」為基本行為特徵，改造新聞生產中的社會關係，重構現存體制的內在活動空間，並創造性地運用改革話語中市場經濟和黨的新聞事業的語彙。將其改革行為融滙於市場經濟條件下的黨的新聞事業這一正當化的理論框架內。」（1997：3）潘忠黨的田野調查式分析，為理解中國新聞體制的變革提供了一個很好的微觀基礎，但他將新聞業總體面貌的變遷機制簡單地概括為經營層面與內容層面改革的「市場經濟加專業主義」時則顯得突兀，因為往往一個總體性機制的變革並非無數個微觀層面的簡單加總。

總體上看，現有對中國新聞業總體變遷的文獻在以下方面有待深化：

（1）對中國新聞體制基本矛盾的認識。中國新聞體制存在兩個基本矛盾，一是國家與新聞界自由表達意志的矛盾，一是國家宣傳最大化衝動與擴張所需要的經濟成本之間的矛盾。這兩個矛盾相互纏繞在中國新聞業的軀體上：中國新聞體制的基本矛盾來源於政治博弈，市場經濟的引入使這種政治控制在一個新的基礎和新的高度上展開。各類文獻普遍認識到政治與市場力量對新聞業的影響，但沒有意識到政治與市場這兩種力量的相互纏繞性和增強性，而這種纏繞性和增強性使中國新聞體制與其他社會主義國家

（如前蘇聯新聞體制）相比有根本性不同點。與其他社會主義國家相比，中國新聞業長期飽受經濟匱乏之苦，新聞記者在八十年代工資待遇與工人無顯著差異，對政治層面的革新具有更強烈的衝動，商業化改革僅僅是一種臨時性的籌集資金手段，並沒有多少利用其向國家當局政治鬥爭的涵義。又如，中華民族作為一個歷史上曾經強盛的民族，中國新聞記者與國家政權一樣渴望民族復興，在一元化領導的政治現實下這種復興渴望又完全取決於國家政權內部的革新。因此，新聞記者與國家之間始終是有限的衝突，而不是像其他類似國家那樣對顛覆政府有濃厚的興趣。只有對中國新聞業的這種經濟結構與文化特殊性進行細緻辨析，才能脫離西方學術傳統下的政治－市場爭奪模式，才能堅持政治主導的有限衝突模式，對中國新聞體制有一個清醒而現實的認識。

（2）對中國新聞體制變遷主導因素的認識。雖然政治和經濟因素共同推動了中國新聞體制變遷，但意識形態理想與實踐的巨大差距、意識形態權力國家的政體性質，決定了國家與新聞業的政治博弈仍然是主導性衝突。只要這種理想與實踐的巨大落差存在，只要自由意志仍然是新聞專業力量的必然追求，國家與新聞業的政治博弈將繼續存在下去。市場經濟作為完善原有政治體系的手段引入國家宣傳機器內部後，成為各政治力量相互鬥爭時的重要工具，日益變得重要直到最後成為國家宣傳機器的一個有機組成部分，但市場經濟始終是服從於政治博弈的。它只是豐富了這種政治博弈的形態，而不會根本上逆轉這種政治博弈。因此，在國家與市場力量五種關係（政治－市場均衡、政治主導－市場驅動、市場主導－政治驅動、政治主導、市場主導）當中，何舟以「拔河」模型表達的中國新聞體制現狀與中國社會結構的基本邏輯存在一個根本性的理解差異。

（3）對新聞體制政治博弈雙方的機會主義或策略性的認識。無論是國家還是新聞業，都不是一個基於哈貝馬斯公共領域四主體模型下的理想型，而是為了實現自身利益最大化的行動主體。為了在政治博弈中獲勝，國家與新聞業都採取了大量策略性競爭手段，從而產生許多看似相互矛盾、卻並不損害其根本屬性的現象。這些現象是否短期現象還是長期趨勢，或者說這種現象的根源是什麼，沒有一個更深入的解釋。

（4）明確、系統的方法論。目前對中國新聞業的大量研究基本上屬於描述性文獻而非分析性文獻。它們大致分為兩類，一類是對中國新聞從業人員態度與行為的統計調查，屬於傳播學理論範疇，在此暫不討論；一類是以潘忠黨為代表的借鑑人類學厚重描述（thick description）的田野調查方法。潘忠黨的描述建立在新聞從業人員自己對改革過程的「敘述」，並從中總結了一條市場經濟條件下新聞專業主義的發展路徑。潘注意到 1978 年後市場經濟開始對國家新聞控制所產生的深遠影響，由此衍生出國家對新聞業的政治控制機制、市場經濟條件下新聞專業主義發展及新聞改革路徑等重要問題。但從其解釋方法來看，主要問題在於其立足微觀和主觀的人類學調研方法並不能替代對一個變化的宏觀社會結構的把握。如何將具體生動的微觀描述聚合成一個宏觀演化機制，如何將影響新聞業變遷的一個或多個重要結構性變數提煉並將其精心地安排在一個統一的因果關係框架當中，是傳媒理論研究所必須面對的課題。

對中國當代新聞傳媒的論述卷帙浩繁，數不勝數。中國新聞業變遷是一個非常精彩而豐富的故事，難以在一篇篇幅不長的文章中完整而清晰地描述。本書致力於將中國新聞業微觀機制與總體性特徵相結合，發展出圍繞爭奪業務自主權展開的一個政治博弈模型，以解釋中國新聞業 30 年來尤其是九十年代以來整體面貌的形成。

本書共分為 8 章。第一章交代本書的核心觀點。第二章交代本書的分析模型和思想淵源。從第三章開始展開與歷史事實相結合的分期研究：第三章介紹了 1949–1978 年間作為一個意識形態權力國家的新聞業面臨的基本制度環境；第四章介紹 1978–1989 年國家與新聞業的緊張關係；第五章介紹了 1989-1992 年間中國政府由一個混合型政權走向威權國家的國家合法性演變；第六章介紹了 1992–1999 年由專業力量發起的中國新聞業改革；第七章介紹了 1999 年後一支作為傳統政治力量的新聞記者隊伍的衰落以及市場經濟如何意外地幫助國家鞏固其話語權威；第八章簡要說明了新聞記者隊伍將國家主流話語價值內化的機制。

第三章

作為意識形態權力國家維繫基礎的新聞宣傳（1949–1978）

第一節　中國新聞業的基本功能：意識形態權力國家的宣傳喉舌

1949 年 3 月 15 日，伴隨著四野部隊的勝利進行曲，《人民日報》編輯部從河北西柏坡遷入北平城的東單王府井大街[1]，拉開了當代中國新聞事業發展的序幕。《人民日報》是中國共產黨中央委員會機關報，它的管理體制、功能設計和思想路線，是中國當代報業以及整個新聞體制的縮影[2]。作為一份曾經發行 20 多個國家、全球

[1] 1948 年 6 月 15 日，由《晉察冀日報》和晉冀魯豫《人民日報》合併而成的中共華北局機關報《人民日報》，在河北省平山縣裏莊創刊。同年 8 月 1 日，中共中央決定將《人民日報》轉為中國共產黨中央委員會機關報。

[2] 雖然當時的新華社與中央人民廣播電臺也非常重要，但從傳播範圍和內容的角度看，《人民日報》的政治地位非另兩大媒介所能比肩。從 1951 年到 1958 年，中國報紙的發行量由 340 萬份增加到 1500 萬份，雜誌發行量由 90 萬份增加到 170 萬份。這種閱讀大國為《人民日報》的首席媒介地位提供了技術基礎，如同二十世紀九十年代電子處理技術的成熟為中央電視臺的崛起提供了同樣的技術優勢。

發行數量佔據首位的報紙，它承擔了政策發佈、引導輿論和社會動員的重要任務。1949–1979年，這裏先後走出胡喬木、范長江、鄧拓、胡績偉、秦川、錢李仁、高狄、邵華澤、吳冷西、李莊、范敬宜、許中田、王晨等一批中國新聞業的重要見證者和參與者，這批新聞專業菁英還在八十年代以來國家與新聞業關係的故事中扮演了不可或缺的主角。由於1949–1979年中國新聞業的高度同質化，考察這家最有代表性的報紙就幾乎可以管窺這30年中國新聞業全貌。

下面，本書將以《人民日報》為例，從新聞自主權的角度，對中國新聞業的制度環境、治理原則以及新聞菁英的政治態度做一個概要描述。

1949–1979年的中國社會主義政權，是一個政治權力與意識形態權力合一的國家。黨作為革命意識形態的解釋者和發佈者，以軍事力量為後盾在全國範圍內展開一系列制度安排，全面顛覆了以土地私有制為經濟基礎的千年未變之社會格局。而行使這種顛覆性整合權力的依據，又完全來源於以馬克思主義為意識形態的、對中國大眾信仰的震撼性再造。因此，中國共產黨政權對新聞報紙的重視遠勝近代以來在這塊土地上誕生的其他政黨。

黨從組織人事、業務授權、思想準則到爭端仲裁4個方面建立了對言論傳播的絕對權威，並形成一套單位化的新聞控制體系。

（一）在組織人事上，普遍實行「黨管幹部」的總編輯負責制或社長總編輯分工負責制[3]。報社總編有新聞報導的終審權，

3 黨報的基本控制體系如下：黨報所有權和組織人事權屬於黨組織，黨委機關報是黨委的一個組成部分，由一名黨委書記直接領導其工作，並在重要問題上給予指示。

因此保證其忠誠至關重要。《人民日報》社長和總編輯直接歸黨中央領導，由中央宣傳部負責指導工作。例如，《人民日報》的首任社長是胡喬木，繼任社長是范長江，第一任總編輯是鄧拓，這些人本身就是資深革命者。黨組織也無須考慮報業是否同意，而擁有絕對的人事任免調配權。在各省委也都建立了各級黨委機關報（簡稱「省報」），其負責人歸各省級（直轄市、自治區，下同）黨委領導，由省委宣傳部指導工作。

（二）在業務許可權上，各級黨報擁有與轄區對應的新聞採訪報導權。《人民日報》作為黨中央的機關報，可以代表黨中央發言，報導或匯總全國各地新聞，但各省黨報只能代表省委發言，採訪報導該省轄區範圍的新聞。同時，《人民日報》政治地位雖然遠比各省報重要，但彼此沒有隸屬或業務指導關係。這種蜂窩式的單位化管理體制將新聞媒體分割到各級黨委組織當中，新聞機構與同級政府部門只發生橫向的協調聯繫，對下級政府部門卻擁有一定的言論權。黨將《人民日報》的領導模式複製到全國各地，在各個行政管轄區以各級黨委為單位設立新聞宣傳機構，逐步建立了一個以《人民日報》為龍頭、地方黨報為主幹的報紙宣傳體系。

（三）在思想準則上，實行「政治家辦報」[4]。所謂的政治家

黨報的總編輯、副總編輯和編輯委員均由同級黨委任命並經上一級黨委批准，中央黨報的總編輯則由中央直接任命，該職務一般由同級黨委委員兼任。報社實行總編輯負責制，設立編輯委員會，總編輯對黨委負責。黨委須對自己的機關報嚴加管理，但並不干涉編輯部的日常工作（參見丁淦林，2002）。

[4] 在 1957 年「大鳴大放」時期，《人民日報》一度不積極配合中央工作會議宣傳，而《光明日報》等其他非黨報又搶了鋒頭，因此被毛澤東批評為「書生辦報」、「死人辦報」、「百家爭鳴，惟獨馬家不鳴」。毛澤東提出：「寫文章尤其是社論，一定要從政治上總攬全局，緊密結合政治形勢，這叫政治家辦報。」

辦報，指馬克思主義政治家辦報，而不是文人辦報、同人辦報或其他政黨辦報。作為黨中央的機關報，國家對《人民日報》新聞記者的相應要求是：「《人民日報》的工作人員要努力提高自己，把自己鍛鍊成足以代表黨中央的思想作風的思想工作者，使自己對各種問題的判斷能力與中央的立場、觀點、方法一致。人民要求領導，就產生了共產黨；黨必須每天在各種事物上領導群眾，就產生了黨報。所以《人民日報》要以領導者要求自己」（胡喬木，1999【1951】：116）。1951年6月，鄧拓在訪蘇回來後的《人民日報》記者會上發言，強調：「我們的語言必須是黨的語言、階級的語言、人民的語言，我們的作風必須是黨的作風。這就是說，我們的一字一句都要代表黨中央。」（方漢奇，陳業劭，1992：78）[5]

「政治家辦報」要求新聞記者具備良好的馬克思主義理論修養甚至成為「理論家」[6]，在日常宣傳中以泛馬克思主義視角為指導，在政治、經濟、文化、生活等方方面面代表各級黨委發表言論，積極主動教化大眾。特別是在1949年以來開展的歷次大規

---

[5] 該著名言論是鄧拓在第二次全國宣傳會議上講話時做出的。1951年後，中國新聞界出現了學習蘇聯高潮，兩國新聞工作者頻密互訪，例如人民日報社總編輯鄧拓率領由各報組成的中國新聞工作者代表團訪問蘇聯《真理報》。在蘇學習多天後，鄧拓歸國後提出了報紙是黨的化身，一個沒有錯誤的黨，也應該擁有一份沒有錯誤的報紙。從這個意義上說，即使為了避免犯錯誤，政治家辦報的原則也意味著報紙的自由空間被大大壓縮小了。

[6] 《人民日報》新聞記者作為黨的政治路線的代言人，更是經過嚴格挑選的「又紅又專」的新聞戰士。拋開第一任負責人胡喬木和第三任負責人鄧拓這兩位政媒兩棲的典型不論，以第二任社長范長江為例，他是一個有良好素養的紅色新聞記者。他寫作的《中國的西北角》無論在中國的何等階層，還是在國際上，都有不俗的專業聲譽。他更因為「一手拿槍、一手拿筆」的富有革命魅力的事蹟，而成為《人民日報》及其他媒介記者的人格垂範。

模思想改造進程中，「思想戰線」的鬥爭非常激烈，新聞記者作為「半個政治家」，要自覺以官方視角審視社會，積極指導大眾日常的思想活動，與其他思潮做鬥爭，成為黨宣傳工作的好幫手。

這種「政治家」的定位對中國新聞業產生了兩個深遠的影響：（1）泛馬克思主義是中國新聞記者處理新聞業務的基本作業系統。迄今為止，新聞改革的目標、路徑儘管發生了深刻變化，但外表上仍然在使用馬克思主義話語來表述；（2）新聞媒介成為集權國家最重要的統治技術之一。由於新聞媒介只隸屬於其報紙所在黨委，可以對下級轄區相對自由地發表各類言論，再加上新聞報導的時效快，批評或表揚時不需要繁瑣的取證程序，新聞報紙的言論能幫助中央集權政府拾遺補缺，發揮國家行政程序起不到的特殊作用。尤其對基層而言，作為上級黨委的代言人，新聞記者具有超越常規行政程序的干政能力和社會介入能力（孫五三，2003）。

（四）在仲裁原則上，實行「黨性原則」。由於為黨代言的「政治家」定位賦予了新聞記者極大的日常業務量裁權，「黨性原則」又對此加以約束：當新聞記者與黨委意見不一致時，必須執行黨委決議[7]。

新聞日常業務主要包括消息報導和思想言論兩類：（1）在一般性的消息報導上，包括新聞機構負責人在內的新聞專業人才與

[7] 具體論述可參見《中國共產黨新聞工作文件彙編》（中國新聞學會，1980））收輯的《紀念本報新刊兩周年》、《中宣部為改造黨報的通知》、《致讀者》等文件，及《中國新聞史文集》（上海人民出版社，1987）中題為《黨與黨報》的《解放日報》社論（1942）、《中共西北中央局關於〈解放日報〉工作問題的決定》（1942）。

國家之間經常存在視角的差異。雖然黨委擁有對負責人的人事任命權，但新聞業務需要很強的專業技能，其負責人往往是從新聞記者隊伍而不是職業行政官僚當中提拔，這就導致雙方在消息選擇、報導幅度和口徑上都有各自表述的傾向。（2）在具有政治鼓動功能的言論版面中，中國新聞記者在近代素有較高的思想權威和社會聲望，建國後的新聞記者也時常因「為黨代言」的角色而以「思想領域的意見領袖」自居，這種以思想言論幹政議政的「文人」傳統，很容易讓新聞記者經常試圖表達未經嚴格審視的言論[8]。

解決這個分歧的辦法是「黨性原則」：由於黨的自我定位是工人階級的先鋒隊，具有更高的政治覺悟，如果遇到有分歧的觀點時，裁定原則是黨委意見而不是其他標準，如有爭議可以按照組織內部程式申訴。這樣「黨性原則」就使得決定政治正確性的權力完全交給各級黨委，權力層層集中後，最終是由黨的最高領

---

[8] 中國新聞記者作為知識份子的一部分，繼承了「位卑未敢忘憂國」、「鐵肩擔道義，妙手著文章」的濃重士大夫情結，中國自 1840 年以來的憂患歷史，更為他們參政議政、啟蒙大眾的強烈衝動提供了現實環境。陸曄、潘忠黨（2001）從文化傳統的角度描述了中國新聞記者的思維方式和行動座標：「中國近代報刊與知識份子的『邊緣化』相伴而生。早期的著名報人，包括王韜、黃遠生、梁啟超等，多是因變法失敗或不事科舉而走上了以辦報參與社會變革的道路。辦報成為知識份子實踐傳統的「士大夫」理想的新途徑，也是他們獲取社會名望的新途徑。辦報者繼承的是『家事國事天下事，事事關心』的議政傳統，懷有主持公理、指斥時弊的理想。中國近代史上兩次國人辦報的高潮，都和思想啟蒙與政治變革密切相關（戊戌維新與辛亥革命）。因此，馳騁報壇的往往是如王韜、梁啟超等報刊評論家。被後人譽為中國新聞界全才的邵飄萍，更是主張報紙應為改革社會政治之利器，『必使政府聽命於正當的民意之前』；報紙雖須獨立，但不可忽略乃至放棄對社會公平與正義的追求。他手書的『鐵肩辣手』四字，至今仍是討論新聞從業者社會角色的經典表述之一。……晚清以降，幾乎所有重要的思想家，都直接介入了報刊的編輯出版。在中國近現代史上，無論是著名的報刊還是著名的記者，其社會影響和貢獻首先是傳播新思想新文化的思想啟蒙，其次是針砭時弊、自由議政的輿論監督，作為最基本的新聞職業的功能——報導新聞、傳遞資訊——則在最次。」

導人來決定。這種內部仲裁制度保證了新聞業避免在政治思想領域成為一個與黨平起平坐的組織，新聞業不僅在組織人事權上，同時在具體的業務量裁權上也完全受黨委決議約束。

接替胡喬木、范長江主持《人民日報》工作的鄧拓（1954）指出：「《人民日報》是黨中央的機關報，報紙編輯部是黨委任命的工作機構，編輯部必須按照黨委的指示辦事，絕不允許和黨委對立，這是鐵的紀律，《人民日報》的經驗證明，如果沒有黨中央的經常的直接的領導，就不能想像會有什麼正確的言論和批評。」（方漢奇，陳業劭，1992：78）[9] 在黨性原則的剛性約束下，新聞機構將服從上級黨委命令而不是將「事實」和「真理」放在優先位置。

通過「黨管幹部」、「轄區報導」、「政治家辦報」和「黨性原則」這 4 個原則，確立了新聞機構報導以黨的意志而不是事實報導為準繩的政治底線，也在組織上保證新聞機構能完全遵從黨的意志，成為黨的忠實代言人和非常規性任務 [10] 的政治先鋒。迄今

[9] 鄧拓的這次發言背景是 1953 年的廣西《宜山農民報》事件。在建國之初，根據轄區範圍內報導原則，某一級黨委主辦的新聞報紙可以批評下級黨組織，但是否能批評同級黨委卻沒有明確規定。因此，發生了 1953 年廣西《宜山農民報》的新聞記者開始批評同級黨委的事件。按行政建制，《宜山農民報》歸宜山地委領導，但該報激烈批評了地委領導生活腐化以及其他管理問題，從而引發了黨報領導關係上關於新聞自主權與黨委決定權之間的爭議。廣西省委將此事上報中宣部請示後，中宣部為了確保黨對新聞業的領導權，1954 年以內部文件形式重申了報紙不得批評同級黨委的原則，《宜山農民報》也公開做出檢討，從而將新聞業牢固地控制在國家手中。

[10] 例如，文化大革命中的許多非常規性任務都是由於黨的最高領導人無法按制度性程序實現其意圖，才借助報紙和廣播進行特殊權力運作的。這種非常規性任務是中國各級黨委負責人經常使用的工具。新聞媒介也由此成為權力爭奪遊戲中的重要陣地之一。

為止，這個高度一體化的管理體制仍然是中國新聞記者面臨的工作環境。

第二節　1956 年《人民日報》的新聞多樣性改革

雖然黨在建國之初有效地實現了新聞業與國家的高度一體化，但在未來的 30 年裏，這個意識形態權力國家始終被一個問題所困擾，就是如何在一元化語境下實現多元化的表述，既做到政治正確，又保持意識形態對大眾的吸引力。

所謂的「一元化語境」，指建立在意識形態合法性基礎上的話語供給；而多元化表述，則指大眾對新聞報導的多樣性需求。

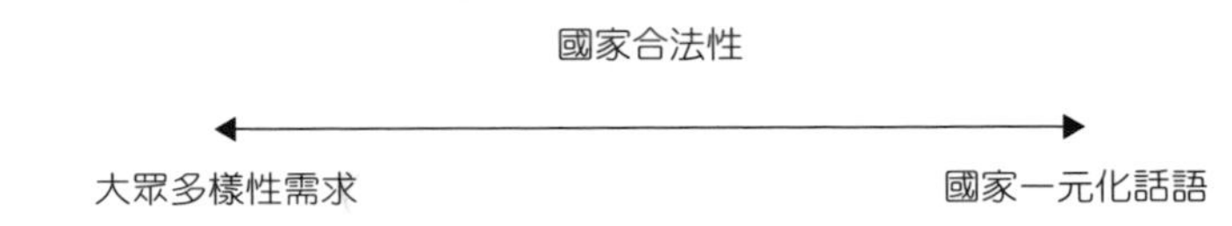

圖 1　新聞自主權與國家合法性的關係

注：國家一元化與大眾多樣性基本是相互替代的零和關係，國家一元化範圍和強度越大，則大眾享受到的多樣性新聞越少，新聞業的自主空間也越小；大眾享受到的多樣性新聞越多，則國家的一元化範圍和強度越小，新聞業自主空間也越大。在一個強國家－弱社會的社會結構下，國家合法性的變化直接決定了新聞業的自主空間的變化。

為了維繫單一話語供給，一個意識形態權力國家必須經常過濾「妨害政治信仰的噪音」，將資訊選擇性傳播給大眾，這樣就導致新聞記者在從事專業報導時，時時需要在國家一元化使命與大眾的多樣性需求之間保持一個脆弱的平衡。

為了對當時的新聞報導狀況有一個直觀瞭解，我們將建國前後做一個簡短的對比。建國之前，中國新聞報紙既可由國家、政黨創辦，也可由私人創辦。由於新聞業與國家並沒有高度一體化，新聞記者雖然經常遭受各類政權的強力壓迫，但仍然存在很大的業務自主權。真正能引導輿論的報紙往往是那些由獨立文人創辦的民間報紙，包括曾經名噪一時的《大公報》、《申報》、《文匯報》和《生活週刊》。以中國歷史上著名報人邵飄萍（1886–1926）為例，1912 年 1 月，袁士凱復辟前夕，他在其主持的《漢民日報》上發表時評：「帝王思想誤盡袁賊一生。議和、停戰、退位、遷廷，皆袁賊帝王思想之作用耳。清帝退位，袁賊乃以為達操莽之目的，故南北分立之說，今已隱有所聞矣！……袁賊不死，大亂不止。同胞同胞，豈竟無一殺賊男兒耶？」1921 年 1 月 1 日，邵飄萍創辦的《京報》刊出軍閥的照片特刊，每張照片附以尖銳評價，如「奉民公敵張作霖」、「直民公敵李景林」、「魯民公敵張宗昌」等。1925 年 12 月 7 日，《京報》又出一期「最近時局人物寫真」的特刊，照片的說明文字為「馮玉祥將軍」、「一世之梟親離眾叛之張作霖」、「忠孝兩難之張學良」等。在中原大戰期間，邵飄萍還支持馮玉祥發動北京政變，又力助郭松齡倒戈反張作霖，還反對段祺瑞，並強烈譴責「三・一八」慘案屠殺學生，發表了一系列詳細報導和《首都大流血寫真》特刊。雖然他最終被張作霖殺害，其定罪也不敢定為辦報批評政府，而是「勾結赤俄」這類罪名。

建國以來，隨著新民主主義時代逐漸過渡到社會主義時代，政治格局由協商政治走向中國共產黨領導下的多黨合作，黨的一元化話語對社會的影響力越來越強，一個意識形態權力國家隱然定型。這種國家合法性的轉變雖然從各方面成就了一個大國的誕生，卻直接打擊了以大眾多樣性需求為運營基礎的新聞事業。

1949 年後，國家關閉、接管了大量各黨派辦的新聞媒介，但根據新民主主義的建國綱領，還保留了一些中立的私營報紙和電臺。這些私營新聞機構主要依靠廣告收入和發行收入艱難生存。經過一輪整頓之後[11]，以黨報為核心的多種報類並存的新中國報業結構初步形成。隨著共產黨執政局面穩定和計畫體制的逐步確立，商品經濟被嚴格限制，廣告市場全面萎縮，重大新聞也強制性使用新華社通稿，私營報紙和電臺不僅迅速喪失了政治話語權，並且逐步喪失了賴以生存的經濟基礎。隨著 1952 年最後一家私營機構關閉，一個按照「黨報」模式建立的中國社會主義新聞體制正式定型，新聞業成為黨組織進行社會動員、輿論引導的

[11] 據 1950 年 3 月的統計，全國共有報紙機構 336 家，其中私營報紙 58 家。這一時期，黨和政府主要針對這類報紙進行沒收或改造，到 1951 年 8 月，全國私營報紙只剩下 25 家。國家對私營報業進行合併改組和公私合營，允許報業內部存在一定數量的私股。到 1952 年底，所有私營報紙全部實現了公私合營。公私合營的報紙在此後不久逐漸退還私股，完全成為公營報紙（參見丁淦林，2002）。

有力武器[12]。舊時代的輿論明星逐漸退出歷史舞臺，一個以《人民日報》社論為代表的大一統言論局面穩步形成。

與此同時，建國之初的聯合執政體系越來越向一黨執政體系傾斜，國家合法性也越來越向一個「完美政府」靠攏。隨著新聞業與國家高度一體化體制的形成，新聞業的業務自主權已經完全歸屬國家。國家全面學習蘇聯新聞體制的政策，要求各級黨報是一份「沒有錯誤的報紙」（胡喬木，1999【1951】）。在言論方面，為了避免讓政府犯錯誤，新聞記者的言論日益謹慎，新聞編排日益中規中矩，批評性報導日益減少。在資訊披露方面，由於新聞業被定位為社會動員、輿論引導的階級鬥爭武器，大量社會公眾在舊時代有權知曉的資訊在日益嚴格的政治審視下被過濾掉。這顯然違反了新聞專業報導活動的底線：不管政治立場如何，新聞業都有向大眾報導真實資訊的義務。在當時，新聞記者的普遍共識是：應該允許新聞報紙擁有一定的言論量裁權，也應該允許新聞報紙向社會披露真實全面的資訊。這種共識成為 1956 年新聞改革的直接動因[13]。

---

12 建國初期，《人民日報》在統一社會輿論、動員全國資源方面發揮了巨大作用。例如，1950 年，為了配合國家遏制通貨膨脹、恢復國民經濟、加強社會控制，《人民日報》發表了一系列文章、評論和通訊，如陳雲的〈為什麼要統一國家財政經濟工作〉、薄一波的〈稅收在國家工作中的作用〉、范長江的〈財經工作的新時期〉、李立三的〈學會企業管理〉等，在輿論上為新中國發展道路掃清了障礙。1952 年黨要求報紙、廣播圍繞「鎮壓反革命」、「三反」、「五反」等中心工作展開宣傳，《人民日報》根據革命戰爭年代駕輕就熟的「黨報宣傳、指導」經驗，很快就形成有力的社會輿論和全民動員局面。1952 年一季度《人民日報》連續發表社論〈再接再厲窮追貪污份子〉、〈打退資產階級的倡狂進攻，鞏固工人階級的領導權〉、〈克服右傾思想，爭取反貪污鬥爭的徹底勝利〉等文章，將該次運動引向高潮。

13 根據具體負責 1956 年《人民日報》改版工作的七人小組成員之一李莊的回憶，當時新聞記者對《人民日報》的主要批評意見是：（1）過於模仿《真理報》，處處顯

1954年到1955年間，報紙頭版大都是各種會議新聞和迎來送往的消息，標題全是一行題；反映國內工農業生產的新聞只佔一版較少篇幅；蘇聯和東歐國家每個歌舞團、體育代表團來訪的消息都放在一版。和建國以前由鄒韜奮、史量才、徐鑄成等舊時代名記者主持的《大公報》、《申報》、《生活週刊》報紙相比，黨報由於長期以教育者和鼓動者自居，並且過於追求「沒有錯誤」而顯得程式化、風格生硬，時效性差。

對這種狀況，即便當時宣傳和意識形態領域的直接領導者胡喬木也不滿意。他於1955年3月指出，《人民日報》三版（三版主要刊登文化思想類文章——作者注）「太沉悶」、「要有全面的革新」，並指定副總編輯胡績偉負責開展寫作風格革新的新聞競賽：「最重要的是增加短文章，應特別增加黨的工作和文藝方面的消息和批評，短文章多了，版面活潑，也好編；有很多題目可以搞，比如說關於黃色書刊、關於青年的共產主義思想道德品質教育、關於文教事業中人民需要什麼樣的精神食糧、黨員黨組織在各方面的活動鬥爭以及反對了什麼錯誤傾向等等；……二版比較活躍，短文章多，直逼三版，……為什麼三版只見樓梯響，編輯記者不親自動手？二版搞經濟工作的人可以寫，三版搞文化工作的人就不能寫？要好好地組織，兩個版要搞競賽。」（王曉梅，2000：49）可見，報紙版面的沉悶當時有目共睹。

示出中央機關報的「大架子」，片面強調報導的指導性與思想性，「以領導角度看問題，以領導的身份做指示」，沒有貼近群眾、反映豐富的生活；（2）社論寫作公式化，不管有沒有必要，鐵定每天一篇，而且一定按規格寫滿2500字，置於頭版頭條的位置；同時，片面報導國際新聞，報喜不報憂。（3）新聞內容枯燥，標題單調（參見李莊，1993：193）。

胡喬木並沒有意識到，三版作為思想文化版面的沉悶狀況，在一個「沒有錯誤的國家」的政治目標下，是體制局限的必然結果。他仍然停留在根據地時代的辦報經驗，試圖將這種革命性與趣味性結合起來，成為戰鬥性、鼓動性和感染性三者合一的兼美之器：1949 年前，一元化與多樣性的衝突在黨報體系中並不突出。當時的中國共產黨僅僅是一個地方性政權，其報紙言論相當部分旨在抨擊前執政黨的專制統治，因此說理充分，披露大量內幕資訊，嬉笑怒罵、冷嘲熱諷的文風也生動活潑，黨報模式對前執政黨統治區的新聞記者和社會公眾都有相當魅力。1949 年後，一旦執政黨的理念上升為排他性的主流話語，一元化語境與多元化表述的矛盾開始顯現，從而必然導致新聞記者的業務自主空間被急劇壓縮，並直接影響到新聞業的繁榮。同胡喬木一樣，當時絕大多數新聞業菁英都抱著類似的看法：他們既看到了一個欣欣向榮的社會主義國家，同時也看到了一個日益沉悶的新聞業。他們樂觀地認為只要適當放開新聞記者的自主權，就能讓社會主義新聞業跟上時代的步伐。這些新聞菁英沒有意識到，新聞業作為時代的先知先覺者，其狀況往往預示著一個大時代的來臨：從 1949 年到 1957 年，中國的政治理念依然是新民主主義，其政治格局是一黨領導的聯合政府，而「反右」鬥爭和「一大二公」體制的初步建成，標誌著一黨獨大的政治格局開始形成，中國從新民主主義時代轉向社會主義時代。國家合法性不再是民族主義，而是一個以階級鬥爭思想為基礎的意識形態。稍後這些新聞菁英很快就看到，他們的誤判直接導致了 1956 年《人民日報》改版中途改弦易轍的結局：在國家合法性變更的大轉型時期，新聞業菁英的業務自主權訴求最終將遭致國家邏輯的強烈反擊。

1956年4月，國家最高領導人提出「百花齊放、百家爭鳴」方針後，中央宣傳部長陸定一在《人民日報》6月13日發表〈百花齊放，百家爭鳴〉一文，具體闡述了這一方針：「我們所主張的百花齊放，百家爭鳴是提倡在文學藝術工作和科學研究工作中有獨立思考的自由，有辯論的自由，有創作和批評的自由，有發表自己的意見、堅持自己的意見和保留自己的意見的自由。」

國家鼓勵言論的政策，開始激發出新聞記者在高度一體化體制下的有限業務自主權要求。1956年4月2日《人民日報》編委會成立「七人小組」主持改版工作。在給中央的改版報告中，副總編胡績偉委婉地提出了適度放開對新聞業的絕對控制權：「採取適當的方式對讀者表示，報紙上的文字，除了黨中央少數負責人的文章和少數社論外，可以不代表黨中央的意見，也可以不代表編輯部的意見，因此都有討論的餘地：就是中央負責人的文章和社論，也不是不允許提出不同意見，只要這種意見是正確的，也可以發表。……在讀者來信中有對報紙上發表的文章意見不同的，或者對某些黨組織和政府機關的個別措施有意見的，這種意見雖不一定完全正確，但有值得注意可以討論的地方，也準備酌情選擇發表，重要的發表全文，次要的發表摘要。發表這種來信並不表示編輯部同意他們的意見，所以一般不擬征得被批評者同意，對於這些來信所提的批評意見，一部分必須答覆（編者答覆或被批評者答覆），有的也可以不答覆，讓一般讀者自己去判斷。」這暗示了「黨和政府、編輯部、讀者」可以各有立場和能動性，編輯部在兼顧各方、通盤考慮後應有自主權，但它確與黨報的組織定位發生了衝突，為日後的挫折埋下了伏筆（王曉梅，2000：80）。

胡績偉為這次新聞改革思想定下基調後，經鄧拓最後審閱幾成定稿，趕在6月20日上報中央前先由鄧拓交給當時分管《人民日報》工作的中宣部副部長胡喬木，請他提意見。這位才華橫溢的紅色新聞記者、當時的思想把關人顯然也想在這次改革中有所表現。他在原文中「國際宣傳方面，對資本主義國家和亞洲各國的情況報導很少」之後加上了「新聞限制過嚴，致使國內外許多重要消息在報紙上缺少反映，報喜不報憂的傾向比較濃厚」；將原文中「我們改進工作的中心目標是使《人民日報》能夠及時地深入地宣傳解釋黨和政府的政策」變為「使《人民日報》能夠多方面地反映客觀情況和群眾意見，及時深入地宣傳解釋黨和政府的政策」；在原文中「力求題目不空泛沉悶、文章有新鮮的材料和新鮮的論點」後加入「對於黨的重要方針政策，定出有系統的宣傳計畫，力求宣傳得有頭有尾，深一些、透一些」；在原文「新聞方面，擬儘量採用新華社新聞……使新聞生動、有色彩有感情」後加入「對於國內外重要消息逐步擴大報導範圍，國內工作中的缺點適當地多報導一點，資本主義國家的新聞多發表一些，對於現在的參考消息和內部材料選擇一部分應公開地登報」。特別富有深意的，在這一段的「使《人民日報》……」後他用鉛筆圈掉了「逐步成為黨在廣大人民群眾中進行宣傳和組織工作的有力工具」，加上了最後一段話「成為群眾歡迎的生動活潑的報紙」。胡喬木在新聞選擇、新聞內容、宣傳方式等方面做了相當程度的策略性改動，希望放鬆過嚴的新聞控制，擴大新聞報導面，「在報紙履行黨的組織功能和社會需求兩者之間，期待用更透徹的宣傳技巧滿足前者，用更豐富的新聞報導滿足後者」（王曉梅，2000：59）。

1956年7月1日，《人民日報》發表〈致讀者〉社論，向廣大讀者宣佈報紙開始改版：一、擴大報導範圍、多發新聞；二、開展自由討論、闡發社會言論；三、改進文風、活潑空氣。社論指出：「《人民日報》是黨的報紙，也是人民的報紙。」「我們的報紙名字叫『《人民日報》』，意思是說它是人民的公共的武器，公共的財產；人民群眾是他的主人。」顯然，新聞記者在黨與人民之間尋求平衡的自我定位，與原先的黨報定位已經存在相當微妙的調整。

在原先黨報體制下，為了營造一個完美的國家形象，大量資訊在黨的政治審視過程中被過濾掉了。不僅國內的批評性報導，國際兄弟陣營的負面報導，甚至可能引發不利聯想的言論和報導，都被各級黨委排斥在新聞報導之外。為了穩妥起見，甚至各種技巧、形式層面的革新都漸漸被排斥。而以人民的需求為標誌口號的改革，顯然試圖打破這個日益僵化的局面。整個7月，《人民日報》共刊登讀者來信292篇，約14萬字，平均每天將近10篇、4800多字，比改版前增加了一倍半。到了8月，來信來稿達到頂點，有40761件，平均每月3萬多件，其中最多的一天就有1691件。改版後《人民日報》7月份發表的批評稿件比6月多120餘篇（條），扣除版面增加一倍的因素，實際比上月增加一倍多。批評稿包括通訊、消息、讀者來信和新綜述，甚至還有方成的漫畫、邵燕祥的詩歌等，《人民日報》在 1956 年 8 月初總結改版情況時欣喜地發現：「許多記者正在努力把視野擴展到生活的各個角落，文章新品種增多。」

《人民日報》改版最引人注目的成果，是對國際共產主義運動的報導。由於當時社會主義陣營的高度同質性，任何批評性意見都可能引發對本國局勢的敏感性聯想，因此，不成文規矩是對社會主義陣營報喜不報憂。這種長期的、日益強化的資訊過濾體制，顯然與為讀者提供全面、真實的新聞倫理發生了衝突。改版前夕，波茲南事件[14]發生，給中國新聞記者的多元化改革提供了一次實踐機會。

1956 年 7 月 1 日改版當天，《人民日報》在五版轉載了波蘭通訊社的〈波茲南事件詳細經過〉：「波茲南市在 6 月 28 日發生了嚴重騷動……大樓好幾處地受到機關槍掃射和手榴彈襲擊……共有 38 人死亡、270 人受傷。」這種負面消息給已習慣東歐國家歌舞昇平印象的讀者以巨大震動[15]。

1956 年 10 月下旬匈牙利事件後，《人民日報》開始對波茲南事件採用「進程式」的追蹤報導。1956 年 10 月 27 日，《人民

---

[14] 1956 年 6 月 28 日，波蘭波茲南市工人為減稅和增加工資而上街遊行示威，波蘭執政黨——波蘭統一工人黨派出保安部和坦克鎮壓，示威群眾與軍隊發生了流血衝突，掀起全國騷動，前蘇聯總統赫魯雪夫率代表團前往波蘭進行干涉，此乃「波茲南事件」，造成 53 人死亡，300 多人受傷，323 人被捕。

[15] 1956 年 7 月 6 日，《人民日報》在頭版刊登〈蘇共中央關於克服個人崇拜及其後果的決議〉及義大利共產黨負責人的談話，向讀者表明批評史達林的錯誤的影響正在世界範圍內傳開。1956 年 7 月 12 日，《人民日報》轉載波蘭《人民論壇報》分析波茲南事件的文章中寫道：「波茲南工人罷工行動的痛苦真相是不能不承認的，無產階級國家和政府的官僚主義錯誤在很大程度上促成了這次罷工。」如此坦率地轉載國際共運中的錯誤，在延安時期以來的十幾年中極為少見。

日報》刊登了哥莫爾卡[16]在全會上的報告，他呼籲：「民主化的道路是通往在我們的條件下建設最好形式的社會主義唯一道路。」1957年11月10日《人民日報》對敏感性新聞的刊登由消息類發展到言論類，刊登了由青年記者周梅生和劉競撰寫的通訊〈匈牙利事件的起因和經過〉，認為事件發生的主要原因是：「一、匈牙利過去的一些領導人犯了許多嚴重錯誤，曾在1949年到1952年發生了嚴重破壞社會主義法制的事，許多無辜、正直的勞動者、幹部和黨員受到迫害，甚至被處以極刑，損害了黨和群眾的聯繫，引起廣大群眾嚴重不滿。二、在國內建設上發生了工業化速度過快的錯誤，又有隨之而來的1954年工業生產停滯。三、在農業合作化方面，許多地方發生了強迫命令的急進現象，農業合作社經營管理不善。四、與蘇聯的關係發生偏差和缺點。五、蘇共二十大後匈牙利民主呼聲日益高漲，有表達對黨不滿的強烈願望。」

這些大膽的言論遠超乎我們對50年前新聞自主空間的想像，因為即使放在今天的主流媒介中它仍然顯得「口徑過寬」。這次改版表明，新聞報導作為專業性很強的活動，在任何體制下必然內生出對客觀事實與自主空間的報導要求，而且不以領導人個人喜好或者控制嚴密程度為轉移。在1956年11月初，該報《編輯部生活》編者按語中，更是明確地表達了中國新聞記者這種強烈的業務自主權要求：「我們認為報紙刊載國際新聞是應該慎重，應該符合黨對時局的主張，應該有所選擇，有應該強調和不應該

16 波茲南事件後，波蘭統一工人黨改組領導機關，哥莫爾卡在黨的第八次中央全會上當選為領導人。

強調的，有應該進行客觀報導的，但是對具體問題如何具體掌握就值得研究。」（王曉梅，2000：78）

批評性報導的增加、國際新聞的開放和多樣化表達手段的出現，以及活躍的新聞觀討論，使1956年《人民日報》改版在黨的新聞史上被稱為「第二次新聞改革」。但這次改革未能持續進行。由於政治氣候的變化，主持《人民日報》改版的鄧拓遭受的壓力日益增加。改版雖然還在繼續，但報紙批評卻在逐漸減少。雖然報紙感受到來自最高層的壓力，但主持《人民日報》工作的鄧拓卻試圖與一個強大的國家體制抗爭。他力圖維護一個以社會各階層對話溝通為目的的新聞業務自主空間，並力圖讓這種對話常規化：「既然中共中央對《人民日報》改版報告的批語中說得很明確，可以允許一些作者在《人民日報》上發表同我們共產黨人的見解相反的文章……那《意見》的作者就有權在報紙上公開發表他們對黨的方針政策的不同看法，報紙也應當反映出不同聲音，供讀者認識、討論」（王曉梅，2000：86）

但他顯然沒有意識到，即使是以馬克思主義為基礎的多元化表達，也可能與一個正在加速定型的意識形態權力國家的目標不相一致。如果我們將意識形態建設放在建國後重工業優先的發展道路背景下，就可能會意識到階級鬥爭理論為剝奪各階層利益、提供資金積累提供了巨大的合法性基礎[17]。而在1957年這個「大

[17] 近年學者來對印度的發展道路的制度績效比較研究也多少支持這種看法。參見文富德《印度經濟發展：經驗與教訓》（1994）、孫士海《印度的發展及其對外戰略》（2000）、陳峰君《東亞與印度：亞洲兩種現代化模式》（2000）、《世紀競爭：中國和印度》（2000），以及林承節《印度現代化的發展道路》（2001）等。

鳴大放」的高潮階段，最高領導人已經敏銳地意識到，這種多元化空間一旦打開，就蘊含了以階級鬥爭為意識形態基礎的一元化體制解體的危險。

從國家合法性的基礎看，建國時期作為主導思想的階級鬥爭理論，本身已經內生了一元化的政治動盪因素。階級鬥爭的要旨，是代表先進生產力的無產階級必然通過暴力革命戰勝腐朽落後的資產階級。這裏面蘊藏一個悖論：如果接受階級鬥爭思想，那麼必須進一步從現實中尋找階級衝突，來論證階級鬥爭理論的普遍存在性；如果不接受階級鬥爭思想，那麼國家更加需要對大眾進行思想改造甚至發動進一步的階級鬥爭。因此，在任何時候，任何地點，思想改造運動以及相應的宣傳活動都應當強化而不是削弱，即使大規模公有化運動後階級不復存在，國家也必須努力尋找隱藏的對立階級或者隱藏的對立思想來維繫其意識形態的正確性。這樣，動盪不安的局勢需要更多更猛烈的宣傳活動，更多更猛烈的宣傳活動又帶來更多的社會衝突，這種國家與大眾之間、國家與知識菁英之間相互增強的體制性衝突，終於演化為一種不斷擴大的趨勢。作為「自我實現的預言」的階級鬥爭思想，既不能維繫國家與普通民眾的常規性合作，也不能維繫國家與知識菁英的合作時，它只能借助於越來越激進的政治宣傳和越來越擴大的政治運動來維繫一個意識形態權力國家的運轉。

因此，在一個以意識形態權力合法性為基礎的集權國家，《人民日報》試圖緩和激進黨性原則、倡導溝通對話與交流的新聞改革在一開始就註定了失敗的結局。但必須指出，這種防止新聞改革的機制解釋與流行的「皇帝的新裝理論」（Kuran1997）看似相似，其實有根本的差異。原因在於，偏好偽裝機制發生作用的前提是一個大規模社會信仰的喪失，而 1956 年新聞改革的背景卻是一個不斷蓬勃進步生長的社會主義體制，這種社會結構的根本差異，決定了 1956 年的新聞改革與 1978 年開始的新聞改革有根本不同的邏輯，前者是由一群對明天充滿美好想像、對黨的權威篤信不移的新聞記者，在核心的革命意識形態基本框架下發動的一場為政權合法性添磚加瓦的活動。

為此，我們簡要地回顧一下 1956 年的國家合法性狀況。為了凸現當時的國家目標邏輯，我們以目前中共官方網站新華網上的中國共產黨大事記的版本來說明。該大事記在 1956 年共記錄了 18 件大事，其中知識份子問題、社會主義經濟體制改造問題等涉及經濟體制類的事件佔據了顯著位置，顯示出一個將中國人民安置在公有制單位內的社會再造宏偉工程即將合龍。為了方便閱讀，本書在不影響原意的情況下做了適當刪節。

中國共產黨大事記（1956 年）

（1）1 月 14 日至 20 日，中共中央召開關於知識份子問題的會議。報告首次提出，知識份子已經成為我們國家的各方面生活中的重要因素，他們中間的絕大部分已經是工人階級的一部分。

（2）1 月 15 日，北京市各界 20 多萬人在天安門廣場舉行慶祝社會主義改造勝利聯歡大會，慶祝北京市農業、手工業全部實現合作化和全國第一個實現資本主義工商業的全行業公私合營。繼北京之後，到本月底，全國大城市以及 50 多個中等城市，先後實現了全部資本主義工商業的公私合營。

（3）2 月 8 日，周恩來在國務院第 24 次全體會議討論私營工商業和手工業改造中的問題時，做了《經濟工作要實事求是》的發言。

(4) 2月14日至25日，蘇聯共產黨在莫斯科舉行第20次代表大會。大會期間，蘇共中央書記赫魯曉夫做了全盤否定斯大林的「秘密報告」。

(5) 2月16日至3月3日，中共中央統一戰線工作部根據黨中央的指示，召開了第五次全國統一戰線工作會議。

(6) 4月5日，《人民日報》發表根據中共中央政治局擴大會議的討論寫成的編輯部文章〈關於無產階級專政的歷史經驗〉。

(7) 4月20日至5月10日，中共中央召開了全國先進生產者代表會議。會議的目的是把全國範圍的先進生產者運動進一步開展起來，成為發展我國社會主義經濟的強大動力，以保證提前和超額完成第一個五年計畫。

(8) 4月25日，毛澤東發表〈論十大關係〉的講話，以蘇聯經驗為鑑戒，初步地總結了我國社會主義建設的經驗，提出了探索適合我國國情的社會主義建設道路的任務。毛澤東指出：正確處理這些關係，是為了把黨內黨外、國內國外的一切積極因素調動起來，把我國建設成為一個強大的社會主義國家。

(9) 4月28日，毛澤東在中共中央政治局擴大會議上說，藝術問題上的「百花齊放」，學術問題上的「百家爭鳴」，應該成為我國發展科學、繁榮文學藝術的方針。

(10) 6月20日，由於社會主義建設事業發展中出現了一些超過實際可能的急躁冒進現象，《人民日報》根據中央政治局的意見，發表題為〈要反對保守主義，也要反對急躁情緒〉的社論。

(11) 7月21日，周恩來在中國共產黨上海市委員會第一次代表大會上講話，提出：「專政要繼續，民主要擴大。」

(12) 8月22日、9月8日、9月13日，中共七屆七中全會召開，通過了第七屆中央委員會準備向黨的第八次全國代表大會提出的政治報告，黨章修改草案和關於修改黨章的報告，關於發展國民經濟第二個五年計畫的建議草案，關於發展國民經濟第二個五年計畫的建議的報告。

(13) 9月12日，中共中央、國務院發佈〈關於加強農業生產合作社的生產領導和組織建設的指示〉，提出了解決農業合作化以後出現的新問題和新矛盾的方針、政策和辦法，以調動一切積極因素，進一步鞏固合作社，促進農業生產的發展。

(14) 9月15日至27日，中國共產黨在北京舉行第八次全國代表大會。

(15) 9月28日，黨的第八屆中央委員會舉行第一次全體會議。

(16) 11月10日至15日，中國共產黨第八屆中央委員會舉行第二次全體會議。會上劉少奇報告了他不久前訪問蘇聯，就波匈事件等問題同蘇共領導會談的情況。

（17）本年底，全國農村入社戶佔總農戶的96.3%；90%以上的手工業勞動者加入合作社；私營工業人數的99%，私營商業人數的85%，實現了全行業的公私合營。我國基本上實現了對農業、手工業和資本主義工商業的社會主義改造。
（18）本年底已經提前完成了第一個五年計畫所規定的主要指標[18]。

這些大事表明，一個朝氣蓬勃的、不斷擴張的社會主義國家已經走在不可逆轉的道路上。在經濟上，從1953年到1956年，全國工業生產總值平均每年遞增19.6%，農業生產總值產均每年遞增4.8%[19]，提前完成五年計畫。1957年同1952年相比，工業總產值增長了129%，農業總產值增長了25%，國民收入總額增長了53%，全國城鄉居民的平均消費水平增長了23%。市場繁榮，物價穩定，人民生活顯著改善。文化教育、科學技術和醫藥衛生事業都有很大的發展。在政治上，憑藉強大的財政動員能力和與農民階層的常規性合作，造就了一臺強大的軍事機器，最終一統天下並在與列強戰爭中獲得了極大的民族尊嚴和安全感。中國知識份子在1949年的思想歸宿，基本上被一個戰爭性選擇機制所塑造：1840年以來在與西方列強軍事較量的全面失敗，使中國被迫選擇一個能夠重新實現民族安全的政體。這種由戰爭驅動的社會選擇機制，使階級鬥爭思想最後成為各種意識形態競爭中最後的獲勝者。黨以階級鬥爭思想為基礎的愛國統一戰線，使農民獲得了土地，從而獲得了佔中國社會主體的農民的無條件支持。

在這種政治、經濟建設形勢下，多數包括新聞記者在內的知識份子篤信馬克思主義的主流思潮。他們不懷疑社會主義體制的

[18] 資料來源：http://news.xinhuanet.com/ziliao/2004-10/15/content_2094228.htm。

[19] 《中國統計年鑑》（1985），中國統計出版社。

政治正確性，只是認為在報導技巧和過度集權上需要改革。他們雖然對一元化新聞話語有隱約的不安感，但在對社會主義合法性的深刻認同下，很快就緊緊跟隨領導人所倡導的社會主義新聞事業道路。

在最高領導人的干預下，1957 年 4 月 10 日後形勢急轉直下[20]。1957 年 4 月 12 日，胡喬木來到《人民日報》報社，在編輯部全體大會上做了長篇講話。1957 年 4 月 15 日，報社黨總支要求全體黨員「緊急動員起來為改進報紙而戰鬥」。4 月 22 日，《人民日報》調整版面，原二、三版的經濟版移至三、四版，原四版國內政治版移到第二版。4 月底，《人民日報》率先整風。5 月遵照指示，刊登大量民主人士對黨提出的意見，成為執行「引蛇出洞、聚而殲之」政策的幫兇。到 1957 年 6 月，「反右」鬥爭鋪天蓋地。鄧拓這位「文人辦報」的典型，由於始終試圖探索一元化語境下的多元化表達嘗試，而被最高領導人認為違反了「政治家辦報」原則，最終被迫辭去《人民日報》總編輯、社長職務。在編輯部內，一些早年參加革命的編輯記者被打成「右派」，兩位副總編輯楊剛、黃操良蒙冤去世。

---

[20] 事實上改弦易轍從 4 月 10 日已經開始，《人民日報》在頭版發表社論〈繼續放手貫徹「百花齊放、百家爭鳴」的方針〉，對陳其通等 4 人提出批評：「到現在為止，黨內還有不少同志對於『百花齊放、百家爭鳴』的方針實際上是不同意的。」「他們的批評只能是造成思想上的混亂，而事實上也已經造成了思想上的某種混亂，本報在發表了他們的文章後，長期間沒有加以評論，是造成這種混亂的重要原因之一。」這實際上就是一封「檢討」，說明《人民日報》意識到它沒有履行好「宣傳者、鼓動者」的職責，沒有充當好「思想管理者」的角色，暗含著日後會將這 3 個身份統一起來——這是準備向「宣傳本位」靠近的做法，改版原則不再被堅持了（參見王曉梅，2007）。

第三節　激進黨性原則下的新聞業（1957–1978）

在強大的政治壓力下，1956 年《人民日報》的新聞改革就此中斷。新聞專業菁英試圖在體制內爭取部分自主權的實踐中，或多或少地已經感覺到與黨性原則這條底線的衝突。他們在 1957 年 3 月召開的「全國宣傳工作會議」新聞出版小組討論提出的理論思考，並不因大量當事人已身處鄉間農場或三線工廠甚至撒手人寰而自動消解，其思考的深度在今天看來依然不減其價值。這些問題包括：

新聞的指導性和趣味性的關係如何？應怎樣理解「新聞應客觀、真實、全面、公正」？新聞的尺度是否需要放寬一些、放寬到什麼程度？像災情、疫情、火車輪船失事等是否可以報導？對黨報是黨的報紙也是人民的報紙應當怎樣理解？報紙在貫徹「百家爭鳴」的方針中，主要任務是作為爭鳴的園地還是報導爭鳴的情況？除學術問題外，對實際工作和政策性問題能否爭鳴？黨報在爭鳴中能否發表同黨的觀點不一致的意見？黨員能否在報紙上提出同黨的觀點不一致的意見？批評要完全正確很難做到，這個原則應怎樣掌握？如果成績是基本的，優點是主要的，對缺點能否批評？在這種情況下批缺點和錯誤，是否就算片面性？要求和風細雨是否就不能尖銳地批評？有時批評確實產生了副作用，但也有人藉口副作用不允許批評，怎樣解決這個問題？真人真事的小品文或漫畫，最易引起被批評者的反感，而讀者卻很歡迎，這種形式是否宜於提倡（《人民日報》「編輯部生活」，1957 年 3 月

20日）？

對1957年後的中國新聞記者來說，這些疑問已經無法再公開討論和回答。拋開國家領導人開明與否這個偶然性事件不論，更重要的結構性因素是，自1956年一個正在加速的計畫經濟體制也註定內生出激進的管制邏輯。為了在短缺經濟下長期保持大眾的建設熱情，報紙作為「加油站」、「助推器」的宣傳動員功能必然被強調，任何損害該國家目標的行為都必須嚴厲制止。在一個日益定型的意識形態權力國家邏輯中，新聞業與國家高度一體化的時代已經不可逆轉。

隨之而來的政治整頓並不只限於《人民日報》一家。例如，在專業序列和行政序列同時獲得聲望的高級記者當中，1956年任新華社西藏分社社長的馮森齡，因在《拉薩見聞》中寫的19個問題被視為「反黨反社會主義言論」，並受到撤銷黨內外一切職務、行政降兩級、黨內嚴重警告的處分，直到1963年才平反。時任新華社浙江分社社長的尤淇發現「大躍進」和人民公社對農村建設的破壞性後果，本著「實事求是」的精神，尤淇寫了4篇調查報告，提出：「人民公社辦早了，辦糟了，希望中央趕快糾正，若不糾正，天下從此多事矣。」結果尤淇被定為「右傾機會主義份子」，一連被批鬥4個月，並撤銷黨內外一切職務。在這之後，他又兩次上書毛澤東，直言：「農民不喜歡人民公社，公社早點垮掉，早點出現新的政策和方法。」「文革」期間，尤淇因這兩封信而被定為「三反份子」，繼而被開除黨籍和公職（董秦，2004）。《中國青年報》的正副總編也相繼被列入「右派」行列。

在此，我們以「大躍進」時期的一篇著名報導，來表明在基本定型的意識形態權力國家裏，黨性原則對新聞工作的絕對控制權力是如此不容置疑，任何觸犯「高壓線」的報導活動都將被嚴厲懲處，以至於可以逆轉一切專業化所要求的基本規律。這篇名為〈畝產十三萬斤的來歷〉的關於糧食產量的虛假報導看似荒謬，但在當時的政治環境下卻非常自然。在政治權力的指揮下，這些湧現於各地報刊的「客觀」報導與刊登於一年前、甚至可能出自同一人的批評性報導和評論性文章相比，其專業水準、良知簡直判若兩人。

〈畝產十三萬斤的來歷〉

新華社記者　黃義傑　　本報記者　駱正元

環江縣紅旗人民公社城管大隊已收的一畝零七釐五的稻田，獲得畝產十三萬零四百三十四斤十兩四錢的驚人紀錄。這個紀錄是怎樣創造的呢？我們採訪了這塊田的培育者，將獲得的事實（著重號為本書作者所加——作者注）敘述如下：

今年中稻插秧的時候，城管大隊（原城管社）的幹部群眾共搞了五畝試驗田，計畫畝產五千斤到七千斤。過去這裏中稻最高畝產四百斤，現在躍到七千斤，他們認為這已經是很大膽的計畫了。但在中稻插秧進入尾聲的時候，河南省放出了畝產四千多斤的小麥衛星，這個消息，給當時領導搞試驗田的區委委員李鈺金和黨支部書記羅克正等很大的鼓舞。他們說：一畝小麥能產四千多斤，水稻為什麼不可以產更多些呢？討論以後，他們提出畝產三千斤的口號，試驗田增加到二十畝，要求畝產一萬到一萬五千斤。在技術措施上，深耕一尺到一尺二寸，每畝八萬蔸，基肥增加三千多擔，實行二犁四耙，計畫四耘四追。縣委對他們這樣敢想、敢說、敢幹的共產主義風格，給予表揚和支持，更加鼓舞了他們的信心。當本社出現早稻畝產四千八百斤的紀錄和開展運動後，他們又把試驗田增加到五十二畝，同時決定搞一畝產六萬斤的試驗田。

當時，這個計畫曾遭到保守派的反對，有的說，從古到今畝產五千斤都沒聽說過，現在要搞六萬斤，真是瞎扯大砲；有的說，我們這個地方落後，條件差，准你會飛也實現不了。開了一次老農會，也弄得不歡而散。李鈺金同志急得覺也睡不著。怎麼辦呢？退卻嗎？不能。已經半夜了，她又邀請四個老農來商量，但是商量了兩個多鐘頭，大家還是想不出主意來。正當大家在苦惱的時候，老農趙才正突然想起二十多年前禾苗搬蔸的故事來了。原來二十多年前，他為生活所迫，曾幾次將佃地主的一畝二分田的已經抽穗的禾苗移到自己的五分田裏，結果畝產三千四百斤。他說：「現在我們要畝產五千斤，如果將十二畝合併成一畝，不是有六萬斤了嗎？」他的建議立即博得大家的贊同，黨支部也支持他們，可是貫徹到鄉社幹部和黨團員中時，卻有人懷疑反對，認為移植沒有把握，浪費勞動。經過辯論，大多數人想通了，於是決定：一、將十二畝合併為一畝；二、衛星田重新深耕一尺五寸並耙溶耙爛；三、增加肥料實行分層施肥；四、利用夜間搶種；五、移植後的田搞晚稻直播或種紅薯。

可是，這個決定交給群眾討論時，仍有一部分人不同意搞，有的說現在禾苗剛剛抽穗，移植後一定會變白穗；還有的說會搞死禾苗，費工多不合算。第二天搞試驗田的時候，部分人不出工，只搞了二分田就停下來了。可是移植後兩天，禾苗長得很好，區生產檢查團還估算這二分田可產一萬一千斤，群眾這才改變了看法。支部也抓住這次機會，對他們進行了一次總路線教育，號召大家力爭上游，因而激發了群眾的熱情，大家都決心爭取全國第一。同時決定另選一畝一分三釐田來做試驗田。

8月2日晚上，全社八百多人組成犁耙、拔秧、運肥三個大隊，連夜突擊，十二人犁耙田，採取壓槽法深耕一尺五寸；還有二百多人川流不息地運送基肥。拔秧組的社員則用腳犁小心地將秧苗挖起來放在陰涼的地方準備移植。第二天晚上，全社集中力量突擊一通宵，結束了移植工作。移植後，黨支部派了六個人專責護理，移植的禾苗，因密不通風也不見陽光，禾葉發熱枯黃，有的禾稈開始發黴變黑，他們即派人用竹帽日夜替禾苗搧風，但仍未解決問題。為了尋求治病的方法，負責管理試驗田的李鈺金、吳彩繁、譚遠思三個人在田邊整整守了四夜。到第四夜，他們才發現有水流過的地方，禾苗青綠，田水不流的地方，禾苗就發黃。經過三人仔細研究，決定採取日間排水夜間灌水的辦法，降低田裏的溫度，三天後禾苗便完全轉青了。但由於田面高低不平，高的地方沒有灌上水，特別是後期受旱，禾苗又出現發黃現象。李鈺金、羅克正等幾人幾次研究，並得到縣委副書記季桂明的啟發，他們又將噴霧器改成鼓風機，通過安插在田裏的穿孔的竹管將風打進禾內去，由十二人日夜負責輪流鼓風，並且每日用竹片將禾穗撥動一到二次，使禾苗能得到充足陽光，加速禾苗灌漿黃熟。在施肥方面，也碰到困難，化肥和草木灰無法施放進去，放人糞尿又有渣子積在禾葉上。但他們又想出了根外施肥的辦法，凡是施化肥或草木灰人畜糞尿時，都沖水拌勻，並用紗布濾過，用灑水壺和竹管接灑水桶來噴灑。在移植的頭六天，每天做一次，六天後隔二三天做一次，直到黃熟為止。為了防止倒伏，他們在移植的時候，就在田的周圍和田的中間，打上許多木夯，搭好竹架，使得禾苗緊緊地靠住架子，不倒下去。經過長期的努力，試驗田的稻穀終於黃熟了，田裏堆積著厚墩墩的穀穗。在稻子黃熟的過程中，天天都有本鄉、外鄉的人來參觀，他們總是要去仔細摸一摸，看一看。

—— 1959 年 9 月 12 日《廣西日報》

顯而易見，如此栩栩如生，甚至精確到「十三萬零四百三十四斤十兩四錢」的糧食產量報導不僅違背了新聞事業的基本準則，甚至違背了人類基本常識和良知。但在「大躍進」時期，在各級黨委的巨大政治壓力下，新聞業的失實報導成為常態，例如

《人民日報》報導河北徐水縣一年收穫糧食12億斤。依照這種報告制定的國家徵收糧食額度也是導致後來災荒的主要原因。

以「大躍進」時期的新聞報導為標誌，「宣傳本位」重新佔據上風，「新聞本位」全面落敗，那些有自主權訴求的新聞菁英們從此開始了長達20年的沉默。任何繼續留在崗位上的新聞記者作為蒐集事實、反映事實和傳播事實的專業工作者，都能明顯意識到相當部分的新聞報導違背了基本職業倫理[21]。1957年後，隨著國家日益禁止對自身的批評與自我批評，新聞記者的主要任務不是批評國家而是批評群眾。曾被譽為「社會公器」的新聞業淪為類似於法庭和檢察機關的階級專政工具，報紙更類似於文件或內部通報的紙張而不是新聞紙。「文革」時期，新聞業的「假大空」傾向登峰造極。「沒有的可以加上去」口號意味著根本違背了新聞「講真話」的基本專業原則。《人民日報》歷史上最重要的新聞工作者鄧拓、范長江先後被迫害至死，成為第四代新聞記者人生寫照的一個悲劇性縮影。到「文革」結束時，新聞業的公信力已經完全崩潰。

本書無意對一個意識形態權力國家的新聞體制做出任何評判，而僅僅藉此指出：

（1）為了方便快捷地實現國家目標，國家對新聞業的控制

21 以老記者商愷為例，商愷1939年加入中國共產黨，曾擔任黨的意識形態負責人胡喬木的秘書，長期擔任《人民日報》記者、編輯。1958年後，歷任中共中央辦公廳研究員、《人民日報》記者部主任、中國社會科學院新聞研究所秘書長。在整理自己的作品《大地筆蹤》時老淚縱橫，感慨地寫道：「在翻檢過去的遺存之後，絕大多數都像沙子一樣被漏掉了毫無價值。」

偏好遠高於對新聞事實的追求。在這種體制下，新聞記者可以違反常識，但不可以違反上級黨委的命令。這種新聞體制不僅造就了一個時代的報導特色，而且塑造了一代新聞記者的精神人格。

（2）只要意識形態權力合法性沒有根本變化之前，國家領導人的開明程度或新聞記者的技巧革新都不可能改變這種新聞報導狀況。1956 年社會主義大規模改造運動結束後，一黨獨大的社會主義政權正式形成，而其政權合法性全部取決於大眾對階級鬥爭思想的真誠信仰。沒有階級鬥爭思想，社會主義政權從政治到經濟上的合法性都會面臨危機，必須不斷發動各類政治運動才能維繫這種合法性。在不斷強化的政治運動中，新聞業成為越來越激進的國家專政工具。

（3）新聞記者的命運也是中國知識份子命運在 1949 年以來的縮影。與其他知識份子群體不同的是，他們是捲入政治鬥爭程度最深、受意識形態權力對知識份子精神世界傷害最直接的一個群體。1957 年 6 月 14 日《人民日報》社論〈《文匯報》在一個時間內的資產階級方向〉中提出：「報紙又總是階級鬥爭的工具」；到 1966 年，新聞業已經成為「意識形態領域裏的興無滅資鬥爭中突出政治、促進人的思想革命化」的主要工具之一。1966 年 6 月 2 日，以《人民日報》頭版文章〈歡呼北大的一張大字報〉為標誌，「文革」狂潮開始。由校園到社會，整個國家開始陷入動亂。1968 年《人民日報》、《紅旗》、《解放軍報》以兩報一刊編輯部名義發表〈把新聞戰線的大革命進行到底〉，這種動亂不可避免地最後導致新聞業本身也成為被專政的對象。在清理階級隊伍的運動中，大批幹部、技術人員、教師被下放批鬥。即使在非政治鬥爭中心的中央廣播局，最多時有 1000 人在幹校，佔職工的 1/8 左右。政治節目急劇增加到 72.1%，文藝節目由 48.33%降低到 24.2%。北京電視臺全天播放樣板戲（趙玉明，2000）。新聞業身為意識形態權力國家的最積極的支持者，卻在「文革」時期遭遇被打倒的命運，這種顛覆性的地位變遷極大地震撼了絕大多數菁英新聞記者對絕對權力和絕對意志的忠實信仰。他們雖然還舉著社會主義的旗幟，但在他們的頭腦裏已經刻下了深刻的疑問。他們雖然飽受苦難的折磨，但對未來依舊充滿希望[22]。在這種懷疑與憧憬、抗爭與服從、自信與焦灼的大政治氣候下，中國開始準備進入二十世紀的最後 20 年。

---

[22] 在結束本章之前，本書以詩人北島在文革時期創作的詩歌〈我不相信〉作為描述那個時代知識菁英份子的精神世界的一個注解：「卑鄙是卑鄙者的通行證，高尚是高尚者的墓誌銘，看吧，在那鍍金的天空中，飄滿了死者彎曲的倒影。／冰川紀過去了，為什麼到處都是冰凌？好望角發現了，為什麼死海裏千帆相競？／我來到這個世界上，只帶著紙、繩索和身影，為了在審判之前，宣讀那些被判決的聲音。告訴你吧，世界／我——不——相——信！縱使你腳下有一千名挑戰者，那就把我算作第一千零一名。我不相信天是藍的，我不相信雷的回聲，我不相信夢是假的，我不相信死無報應。如果海洋註定要決堤，就讓所有的苦水都注入我心中，如果陸地註定要上升，就讓人類重新選擇生存的峰頂。」這種對階級鬥爭思想體系主導的信念的動搖，成為八十年代以來知識份子思考政治與經濟改革的基本座標。

第四章

意識形態權力危機與八十年代新聞多樣性改革（1978-1989）

第一節　國家總體性危機下的新聞多樣性政策

1976年隨著毛澤東的逝世，國家總體性危機最終來臨。「20年的左傾錯誤」造成馬克思主義和黨的威信威望大大降低，國民經濟也瀕臨崩潰。「文革」結束後，以階級鬥爭為主導的意識形態權力與計畫體制為主導的經濟權力的雙重衰落，使國家開始陷入總體性危機。根據通行估計，如果按照正常年份百元投資的應增效益推算，「文革」10年我國國民收入損失達5000億元，相當於1949至1979年30年我國國營企業積累的綜合[1]。「實踐是檢驗真理的唯一標準。」大討論和以小崗村為代表的承包責任制變

1　1978年2月26日華國鋒在第5屆全國人大政府工作報告中說：「從1974年到1976年……整個國民經濟幾乎到了崩潰的邊緣。」《劍橋中華人民共和國史：中國革命內部的革命（1966–1982）》甚至用「經濟的崩潰」作為標題來描述「文革」時期的經濟狀況。

革，表明一個曾經高度集權的意識形態權力國家已經被長期的政治運動削弱，開始喪失具備單純依靠意識形態高壓控制社會基層的能力。

在「文革」結束前，國家通過意識形態高壓控制社會基層的能力，主要依賴於一個群眾相互合作的人際互動監控體系。這種監控體系雖然有效，但它取決於兩個可相互替代的條件：一是大規模的輿論動員，使群眾發自內心地認可國家目標；一是需要維繫一支無所不在的思想監控隊伍（以政工幹部、新聞記者為主體），以保證群體按照一元化的思想進行思維。由於「文革」導致激進的共產主義目標被嚴重質疑，國家喪失了一個由群眾自發相互監督組成的免費監控體系；同時，國家財政也無能力供養一支龐大的新聞記者隊伍和政工幹部隊伍。這兩個條件一旦不具備，意識形態權力的合法性也就喪失了生存的社會基礎，意識形態權力國家的總體性危機隨之到來。

中國新聞業作為意識形態權力國家控制機器的一部分，也必然面臨全新的變局。撬動 1979 年後新聞改革的第一個支點[2]，是國家推行的新聞多樣性政策。隨著胡喬木被任命為中宣部部長，國家在思想戰線上推行的基本政策之一，是新聞多樣性。新聞多樣性政策與戈巴契夫時期的新聞多元化有質的區別，它在堅持無

[2] 雖然總體性危機是在最高層次的推動國家與新聞業關係演化的結構性條件，但從分析的角度看，必須將這種總體性危機分解為一些低層次因素才能進一步分析其演化路徑。在不同的環境下，最高領導人的意志、政治權力鬥爭、新聞記者的行動策略、國家財政狀況、文化價值觀等因素都可能在某個時間段發揮突出的作用。這些條件雖然都很重要，但從總體進程看，沒有任何一個因素可以單獨產生決定性地影響，它們都是結合在一起對國家與新聞業關係產生作用。

產階級專政的前提下「百花齊放、百家爭鳴」，實際上是恢復到1957年以前的新聞政策。

1979年後的新聞多樣性政策是被迫做出的。「文革」將新聞報導幾乎變成「廢墟」，百廢待興，連胡喬木在1980年都抱怨「看不到什麼新聞」。翻開報紙，基本上是大塊頭的文章。以1978年8月份的《文匯報》為例，報紙頭版每天都是三大塊，一半以上是超過兩千字的長新聞，有一則會議新聞甚至長達5536字。新聞紙基本成了無人看的內部文件和政府通報。新聞業的基礎設施也極度落後，很多報社的機器設備都是30年代的，國家沒有資金進行更新。因此國家大力提倡「多、短、新、廣」，提倡種類多、數量多、類型多、機制多，從各方面提高新聞數量和質量，為其設定的社會主義現代化目標服務。此時的新聞多樣性（胡喬木，1980）[3]有幾個要點：

（1）首先必須堅持革命時代的主旋律，新聞機構作為國家的耳目喉舌，必須宣傳國家政策，倡導文化方向，成為幫助國家進行「四個現代化」的有力助手。「每一件精神產品都具有愛國的、革命的、健康的思想內容，能真正給人民精神上以美的享受和奮發向上的鼓舞力量。」

---

[3] 胡喬木多次談到多樣性的具體內涵，1980年在〈談新聞寫作〉中他指出：「新聞體制和新聞宣傳的多樣化。新聞體制可以多層次，實際也是多層次。各大部都有相應的報紙。有些專業報如《健康報》、《人民鐵道報》等由來已久。政治生活本身就有多層次，從中央到省市委到支部，還有國務院，人民代表大會，政協，解放軍，這就是多層次。傳播資訊也可算作宣傳教育。報紙對經濟工作、技術發展的宣傳，是可以考慮提出多層次的問題。要有一個一以貫之的想法，從經濟理論、經濟體制、經濟工作知識到工農業和各個經濟部門的生產、發展情況，互相之間的關係，面臨的技術改造、體制改造問題，要有一個系統的宣傳計畫。」（胡喬木，1999：374）

（2）新聞宣傳內容的多樣性。新聞宣傳機構不僅要提供政治新聞，還要提供各種經濟資訊、文藝作品和消閒娛樂，打破泛政治的文件式報導。「報紙上要有短新聞，新聞要多，又要有評論，甚至又要有生活顧問，學習顧問，思想顧問，諸如此類的東西。這樣穿插起來，報紙就活了。《人民日報》最好把大新聞、小新聞加起來，有官式新聞，……也要有民家式新聞，有《解放軍報》那樣的一句話新聞，無標題新聞，搞個每日見聞，或者每日短波，用和讀者談話的方式開闢這樣的專欄，多登新聞。」[4]

（3）新聞宣傳方式的改進。新聞報導要更為中性，注意宣傳內容和宣傳效果。國家開始將新聞業從」文革」時期的專政工具轉化為一個更具公信力的宣傳工具。它應該介於國家與大眾之間，採用一種隱蔽的方式達到為國家服務的目的：「任何有代表性的新聞單位，一方面必須在黨的領導下工作，在一定範圍內做黨和政府的喉舌，另一方面，它畢竟不是黨政領導機關本身，而只是傳播新聞、發表評論、和讀者群眾保持密切聯繫的工具，因而它所持的態度，報導中的措詞，不能混同於政府，不能對人民下命令。」[5]1985 年 2 月 7 日，中共中央書記處會議紀要在談到廣播電視宣傳時也特別指出：「要改變廣播電視節目在內容和形式上單調、死板和生硬的狀況，做到戰鬥力、說服力和感染力的統一。做到豐富多彩、生動活潑，滿足廣大人民群眾在精神生活上的需求。」從計畫體制時代的標準看，這些新聞改革政策已經有很大的突破。

4　引文出處同上注。

5　胡喬木（1982）：〈思想領域裏一項重要的基本建設〉（胡喬木，1999:396）。

（4）在以上三個要求基礎上的新聞種類和數量的增加。「文革」結束後，新聞業極度萎縮，全國只有46家報紙，發行期數和發行總量也遠低於1966年。為此，建立一個以《人民日報》為龍頭，各級黨報為主幹，行業報紙和對象性報紙為分支、晚報和週末版為補充的全國性多層次報業體系迫在眉睫。

根據胡喬木的設想，新聞多樣性改革實際上是以1956年流產的《人民日報》改版為標準藍本，重建一個高度行政化佈局的新聞宣傳體系，再現當年黨報「有戰鬥力、說服力和感染力」的新聞報導風格。但從其結果看，新聞多樣性計畫顯然是建立在對「文革」後新聞業整體發展態勢的錯誤估計。這種錯誤的估計不僅來自其深刻的革命趣味慣性，同時也來自對1977–1979年間新聞業與改革派領導人不穩定的、隱含合法性衝突的合作關係。

第二節　新聞業菁英與改革派領導人的蜜月時期（1977–1979）

「文革」結束初期，國家與新聞業之間曾經有一段非常和諧的蜜月時期。在1977–1979年的過渡期，為了獲得輿論宣傳造勢，各類新興的政治人物必須尋求各級新聞機構負責人的政治支援，他們需要與新聞媒體合作而不是簡單的行政命令，新聞業也因此開始具備本書稱為「體制內對抗性政治」的組織人事基礎。新聞業一旦獲得了某種空間，就積極參與到撥亂反正、「實踐是檢驗真理的唯一標準」大討論、包產到戶以及鼓吹放權讓利的國有企業改革當中，成為推進改革進程、為第二代領導人執掌政治權力造勢的急先鋒。

在此，我們以一篇改革開放初期反擊「倒春寒」的著名報導為例，說明該現象。

〈莫把開頭當過頭——關於農村形勢的述評〉

范敬宜

最近一段時間，經常聽見這樣的埋怨聲：「生產隊自主權強調過頭了，現在下面都不聽指揮……。」說這類話的，不僅有縣社幹部，也有城裏的機關幹部，有的還列舉了許多當前農村中出現的問題，似乎這一切都應該歸罪於生產隊有了自主權。

事情果真是這樣嗎？為了弄清這個問題，我們走訪了一些社隊。在採訪過程中，我們向許多農村幹部和社員提出這樣一個問題：「今年農村最大的變化是什麼？」普遍的回答是：「活起來了！」這個「活」字，很形象地概括了生產隊有了自主權以後，在政治、經濟、生產、生活上出現的生動局面。人們對「活」字感受如此深刻，絕非偶然：過去十多年，在林彪、「四人幫」極左路線的干擾下，生產隊自主權遭到肆意踐踏、剝奪和侵犯，生產隊不用說因地制宜地確定合理的經濟結構和生產佈局，就連種一畝土豆、一畝穀子都成了犯罪，生機勃勃的千村萬戶被弄得萬馬齊喑，死氣沉沉。黨的三中全會以後，隨著發展農業的兩個文件深入貫徹，生產隊自主權重新擺到了它應有的地位，人們哪能不由衷地高興！……這種現狀告訴我們：尊重和保護生產隊自主權的工作，現在只能說剛剛開頭，沒有理由可以認為已經「過頭」。

那麼，有了自主權的生產隊是不是都「不聽指揮」了呢？我們還是多看事實吧！有一個縣，也曾被人描繪成自主權多得「亂了套」，可是一調查，今年高產作物和經濟作物面積都不折不扣地完成了國家計畫。天下哪有這樣「不聽指揮」的生產隊！後來我們漸漸摸到了一個「竅門」：遇到埋怨下面「不聽指揮」特別厲害的幹部，就叫叫真，請他提供一個「最不聽指揮」的典型，一下子就「將軍」了，因為這樣的典型確實很難找。這說明，有些幹部，特別是上面的幹部，並沒有親自調查研究，而是道聽塗說，人云亦云。……凡是指揮受阻的地方，一般都事出有因。我們問過一位縣委書記，今年在哪些問題上卡過殼，他很坦率地舉了三件事：第一件是某項縣辦水利工程繼續平調生產隊的勞力；第二件是不經試驗就大面積推廣某種作物；第三件是在播種時間上不顧實際情況又搞了「一刀切」。他說：「這不能怨下面，應該從上面來檢查。過去生產隊遇到這種情況，都忍氣吞聲，現在他們敢說話、敢抵制了，這應該說是好事，不是壞事。」可惜能夠這樣嚴以解剖自己的領導幹部，現在不是很多。

尊重生產隊自主權既然是這樣一件大得人心的好事，為什麼會遭到這麼多非議？通過調查，我們感到，一個很重要的原因是，十多年來有些幹部受林彪、「四人幫」極左路線的影響較深，思想完全從禁錮中解放出來需要有一個過程。有的老幹部忘記了群眾路線的老傳統，也習慣於那種官僚主義、強迫命令的手段了；有些比較年輕的幹部，從當幹部那一天起，就沒有聽說過生產隊還有什麼自主權，接觸的就是「挖修根」「拔修苗」以及「一聲雷」「一刀切」那一套，以為這是天經地義的事情。現在看到原來唯命是從的基層幹部居然敢於提出不同意見，就認為大逆不道，「亂套了」，甚至對黨的政策也產生了懷疑。這恰恰從反面說明，各級領導幹部解放思想，是保證生產隊自主權正確行使的關鍵。

尊重和保護生產隊自主權是黨的三中全會確定的發展農業生產的重要政策，我們一定要堅定不移地去繼續貫徹落實。大量工作在等待我們去做。這裏最重要的是領導幹部對客觀形勢有一個清醒的、正確的估計，分清主流與支流，千萬莫把「開頭」當作「過頭」。這是正確貫徹黨的政策的前提。否則就會左右搖擺，貽誤工作，甚至像毛主席諷刺過的那位好龍的葉公那樣，天天唸叨生產隊自主權，等到自主權真正來臨的時候，又驚慌失措，迷失方向了。

（1979 年 5 月 13 日《遼寧日報》）

這篇言論體現出當時「政治家辦報」的鮮明特色：文章充斥了大量居高臨下的、嚴厲的結論式批評，如果不事先說明這是一篇新聞，可能會誤認為某位政治權威的即興講話。當然，在當時國家面臨方向選擇的情境下，新聞記者以政治家自居的參政議政行為也有其必然性。作為長期流放在基層的觀察者，范敬宜發言的知識資本也在於其對中國社會的國情有著深刻的瞭解，與其他進步社會力量有廣泛的共識。因此，該報導出臺後，輿論對此議論紛紛，認為中國開始在走全面的資本主義道路。而遼寧省第一書記任仲夷堅決支持這篇報導，並點名要見這位當時名不見經傳的新聞記者范敬宜[6]。年近50的范敬宜也因此在不到5年的時間，先後擔任《遼寧日報》農村部副主任、主任、編委以及副總編輯。1984年擔任《經濟日報》總編輯，後來又成為《人民日報》總編輯，成為當時媒體菁英與國家改革派人物結成政治聯盟並修成正果的範例。

這個時期作為媒介專業菁英與改革派領導人的蜜月時期，最大的特點就是雙方都擁有充分的改革共識。經過「文革」10年的徹底滌蕩，人民渴望對過度集權和意識形態化的政治經濟體制進

---

[6] 范敬宜1951年成為《遼寧日報》記者，1957年列席右派後，1977年才重返新聞崗位。范敬宜在2004年如是回憶其文革前的專業生涯：「1951年我剛滿20歲，從上海聖約翰大學畢業……我讀了魏巍的〈誰是最可愛的人〉，就熱血沸騰，堅決要求到白山黑水去當戰地記者。當時的動機只是覺得當教師不那麼羅曼蒂克，太平淡，一心想到戰火紛飛、硝煙彌漫的抗美援朝戰場上去一顯身手，將來成為像魏巍那樣受全國人民喜愛的名記者。至於『當魏巍』究竟對國家、對社會要承擔什麼樣的責任，並沒有認真思考過。分配到《東北日報》也就是後來的《遼寧日報》以後，因為年輕，比較機靈，有些文字功底，加上那時候大學生很少，所以比較受重用，四年時間就升到16級，相當於現在的中級職稱。……沒有想到，過不了多久，一場『反右』，一場『文化大革命』，意想不到的災難降臨到頭上。從撤銷職務、降級降薪、開除團籍，到勞動改造，到後來全家下放到遼寧西部貧困山區去當農民，後來又在縣委機關當沒有任何名義的『幹事』，整整二十年。這當然是一場悲劇。」（參見其應新華網邀請的訪談網頁：http: // news.xinhuanet.com/ newmedia /2004-07/ 26/ content_1651390.htm）。但這種長期在基層參與社會實踐的履歷，並沒有改變其對馬克思主義原理的信仰，又使他對中國國情極其熟悉，為其複出後反對階級鬥爭路線提供了豐富的知識資本。

行革新。不過，在這個空前團結的陣營裏，對改革的目標、路徑及具體操作都存在分歧。在這個維新的早春二月，一切都百廢待興的局面使得這種分歧暫時凝聚於一個共同的目標：讓改革話語在體制內獲得正當性。內部的爭議此刻還隱而不彰。

第三節　新一輪的業務自主權之爭

進步媒體菁英與改革派人物取得全面勝利之後，隨著激進階級鬥爭路線逐步退出歷史舞臺、經濟改革的逐步深入，1977 年以來原先共同反對「左傾」思想的陣營開始分化。這種分化主要表現為：自由派知識份子逐步擁有話語權，新聞自主報導的空間開始打開，深層次矛盾日益公開化。管理部門經常發現諸多與「革命」思想相背離的言論。從傷痕文學到《苦戀》、《太陽與人》等電影，從尋根文學、佛洛依德到存在主義，從喇叭褲到牛仔褲，從武俠小說到港臺的「靡靡之音」，都讓管理部門忙得不亦樂乎。作為集中體現這種背離的綱領性論爭，發生在 1956 年《人民日報》改版事件的兩位主角胡喬木與胡績偉身上。

1979 年，在 1956 年《人民日報》改版起過重要作用的胡績偉重返工作崗位，擔任該報總編。1982 年，他與胡喬木之間發生了著名的「黨性與人民性之爭」[7]。1982 年 2 月，胡績偉向胡喬

[7] 黨性與人民性之爭首先出現在 1979 年 3 月的第二次全國新聞工作會議。1980 年 5 月蘭州新聞理論討論會上集中討論該問題。當時出現 3 種觀點：一種是黨性與人民性完全一致，一種是認為黨性和人民性有差異和矛盾；一種認為是基本一致，但在某種情況下會有矛盾。胡績偉主要關注第三種情況，即當黨的領導發生失誤、違背了人民意願時新聞工作者該如何選擇（錢辛波，1987）。該問題與其他熱點問題，

木遞交了一篇名為〈是黨的報紙，也是人民的報紙——論黨報的黨性與人民性的一致〉的文章，而胡喬木於 3 月 21 日則以〈黨性來源於階級性〉作為回應。這次論爭被潘忠黨（1997）描述為新聞領域「黨的絕對領導權」與「業務主導權」之爭，其實質是 1956 年遺留問題的延續：當新聞業與黨組織的觀點不完全一致時，新聞業是否有權並以何種方式表達自身觀點？胡績偉要求在黨性原則之上需要以人民利益的觀點為制約，而胡喬木則堅持黨性原則是最高原則。

胡喬木指責《人民日報》與國家之間在某些業務領域存在分歧，例如：「在這（指 1979 年——作者注）以前，圍繞張志新的問題，《人民日報》做了半年的文章，每天說這件事情。小平同志說，在『文革』期間黨內犧牲的同志很多，為什麼總登張志新。對張志新同志的處理是完全錯誤的，應該批評，但是老抓住這件事情不放，確實有藉此煽動對黨的不滿，醜化黨的領導的意圖。接著就是生產目的問題的討論，說過去沒有搞清楚，革命的目的是發展生產，發展生產的目的是為了滿足人民的需要……說應該先生活，後生產，小孩生出來不能生產，但是要生活，可見生活應該第一。藉這個題目大做文章。小平同志制止了，批評這種討論的矛頭指向誰？實際認為黨長期不能領導經濟。周揚關於人道主義的文章，中央層提出要經過審閱，但《人民日報》擅自發表了。相反，批評周揚的文章，小平同志准批發表，卻要求不

如新聞真實性、指導性、批評與自我批評、新聞價值等問題密切相關，直接決定了新聞改革的步伐和範圍。之後的論爭具體參見胡喬木 1982 年的文章〈關於新聞工作的黨性與人民性的問題〉（胡喬木，1999）。

發表，這樣《人民日報》怎能辦成黨中央的機關報？」[8]

不排除這次論爭的背後可能存在權力之爭的動機，但這次論爭的根源顯然不在於此。從胡績偉的政治信仰和實際行為看，他在那個時代提出一攬子的激進解決方案，顯然是希望給社會主義新聞工作者對國家的評論權，提供一個制度性保障。但事實上，他所要求的新聞自主權遠遠要比看上去的要少，他甚至還可能是激進自由觀點的反對者（這也可能是其在後來的「反資產階級自由化」鬥爭中未遭清理門戶的原因之一）。此外，在各類文獻中，通常將其對手胡喬木描述為一個保守派人物。但我們從其在1956年《人民日報》改版事件中的表現可以看出，他的思想也並非那麼「保守」，有時還非常大膽。他甚至自認為是一個堅決反「左傾」思想的鬥士[9]。儘管在「清除精神污染」運動中，牽連到牛仔褲、長頭髮之類的生活細節，但沒有任何證據表明這些擴大化的行動來自他本人。根據這些俗文化流行的速度和範圍來看，許多可笑的清污行動很可能只是那些試圖保持革命趣味慣性的人士順便夾帶的私貨，中央宣傳部並沒有這種指示。如果僅僅是滿足胡績偉的實際業務胃口，則雙方早在1956年就達成一致，胡

8　胡喬木（1982）：〈人民日報不能脫離黨中央的領導〉（胡喬木，1999：400）。

9　1989年3月至4月間，在一次題為〈中國為什麼犯20年的左傾錯誤〉（胡喬木，1995：269）的赴美演講中，胡喬木力挺改革開放政策和批判「左傾」錯誤：「1979–1989年的中國發展之所以特別重要，是因為中國從20年的動盪和停滯中醒悟過來了，中國糾正了過去的錯誤，更上一層樓，決定採取改革開放的新政策，對社會主義注入新的血液。中國內部和外部的新形勢合到了一起。儘管左的傾向仍然需要警惕，但是總的來說，改革和開放不可逆轉，就如同一個成熟的人不可能返回到少年時期的荒唐一樣。」這次演講經其修改後發表在1992年《學習》創刊號上。

喬木作為一名優秀的社會主義新聞記者，可能會在各類新聞競賽中還略勝一籌。因此，將胡喬木描寫為一個試圖保持對個人思想保持控制的「花崗岩腦袋」，可能沒有觸及到雙方衝突的根本原因。

從八十年代新聞記者的文化和心理人格的角度看，此次論爭的根源是中國菁英知識份子在「文革」後急劇放大的民主焦慮。作為在救亡圖存的時代誕生、在毛澤東時代成長起來的知識份子，他們思考的基點來自1949至1976年這近30年接受國家改造的精神歷程。趙鼎新這樣描述一群生活在「毛澤東陰影下的知識份子」：「在毛澤東的領導下，這個強大的國家非但未能領導中國人民實現他們夢寐以求的現代化，反而大舉動用現代國家資源，去懲罰那些稍具獨立傾向的知識份子，在『文革』的混亂統治中，鎮壓知識份子的行動更達到頂峰，使中國知識份子不得不在『文革』後重新認識民主的重要性。……絕對國家權力的負面影響讓他們成了驚弓之鳥，馬克思主義和毛澤東式的民粹主義的思維方式，已經深深地札根於他們的腦海；最後，與外界的隔絕導致他們在資訊上的匱乏和思維上的偏執。」（Zhao2001：20-29）

經歷過毛澤東時代絕對國家權力帶來的悲劇後，多數中國知識份子在八十年代已經本能地反感沒有韁繩的國家權力，並將民主視為約束國家權力的工具。不管是人道主義和異化問題，還是幹部年輕化、退休制、黨政分開等政治體制改革建議，都體現出他們對民主這個核心問題的極端關注。在具體行動上，馬克思主義的線性歷史觀和對社會進行大規模改造的干預哲學，又使得他們傾向於尋找一勞永逸的解決方案。因此，諸多在「文革」中倖存的知識份子急於通過制度方式確立民主，而這恰恰與當時的體制產生了劇烈碰撞。

新聞記者作為受過專門教育的知識份子，同時作為黨的統治機器中重要一環，既是知識菁英又是政治菁英。儘管建國以來的知識份子受到幾千年傳統文化的薰陶，自詡擁有先知先覺的拯救情懷[10]，但是他們更主要是在近百年的現代化和民族復興的話語下成長起來的政治動物。

下面，本書對八十年代菁英新聞記者的心理人格做進一步分析。李澤厚將現代化進程中的中國知識份子分為 7 代[11]，而八十年代在政壇十分活躍的菁英新聞記者顯然屬於這個懷抱救亡圖存理想，卻受到當時體制嚴重傷害的「第四代」[12]：由於儒家思想

---

[10] 1989 年，轟動一時的政論片《河殤》的撰稿人之一，中國人民大學哲學系博士研究生遠志明在接受電視採訪時談到對知識份子群體的自我認知：「這種現實和理想的矛盾，或者傳統與理想的矛盾，首先感覺到的恐怕是中國的知識份子，尤其是近代以來的知識份子。他們往往首先發現傳統的弊端，但是又沒有能力去改變它。他們總是滿懷希望尋求衝破傳統的出路，但是他們往往又缺乏這種勇氣，所以説他們總是最先感覺到心靈的痛苦。在這種情況下，我想唯一的出路就是潮流的逼迫下，借助於環境的壓力強迫人們去接受新生活，也忍著痛苦去創造新生活。為此，我用這樣 3 句話加以歸結：中國的希望在於世界，實現這希望要靠被世界喚醒的中國人，我們這一代註定要承受心靈的痛苦，或許能因此而變得偉大。」這位如其自況的長期處於精神焦慮的長期撰稿人，1989 年後赴美後逐步成為虔誠的基督徒，將宗教佈道作為其最後的歸宿，並回國拍攝了一些有影響的福音宣傳片。

[11] 分別是：辛亥一代、五四一代、大革命一代、三八式一代、解放一代（40 年代後期和 50 年代）、紅衛兵一代和全新歷史時期一代。這幾代知識份子由於不能形成一個獨立的組織化群體，始終依附在其他階層當中（李澤厚，1985）。

[12] 時統宇如是描述建國以來的「第四代新聞記者」:「第四代即人們通常界定的當代老記者、名記者，這是一個群體，他們以我黨的新聞媒介為活動舞臺。這一代人歷經了中國當代新聞事業的榮辱興衰，他們有令人驚歎的光輝業績，也有不堪回首的痛苦旅程，他們跨越了中國新民主主義革命和社會主義建設兩個歷史階段，他們是承前啟後的一代……最令人回味的是第四代。他們在歷史的曲折中，表現了中國知識份子的最寶貴的品格：忍辱負重，吃苦耐勞，上下求索，雖經九死而不悔。他們

不能承擔對抗西方列強的作用，當時絕大多數「第四代」知識份子放棄了對中國傳統文化的信仰。黨強大的組織動員能力使他們把現代化的希望寄託在國家身上，基本上放棄了民主政體思想。但很快他們發現這種強大的組織動員能力更有效的領域不是經濟建設，而是對內的控制。建國以來長達 30 年的運動頻繁的時代給他們留下了心靈創傷，他們對國家強權抱有極其敏感的警惕態度。儘管對經濟和社會發展模式存在不同觀點，但在政治觀點上，八十年代知識菁英普遍具有一致的思想，就是如何防止輿論思想控制悲劇的重演，甚至在國家進行正常政策調整時也傾向於認為是「左傾思想的回潮」。例如，在 1987 年通貨膨脹時期，國家準備出臺局部收縮政策，但是他們堅決反對，認為改革出現的問題只能用進一步改革的方式來解決，大力促成了「價格闖關」政策的出臺[13]。

對中國的改革有更深切的歷史感和迫切性，對新聞改革有著歷史積澱下來的理性認識，有發自生命的真情呼喚。……把中國記者放在中國文化的圈子內，並從傳統文化這一參照系來看，中國近現代記者同其他領域的中國知識份子一樣，是懷著近乎宗教一般熱情的理想主義精神，獻身於民族的整體事業的。……在那些荒唐的年代，記者的虔誠多於思考，唯上高於唯實……在那些不堪回首的年代裏，他們的知識份子的尊嚴、正直人的良心、新聞記者的道德，全都被一種宗教式的現代迷信所禁錮。」（時統宇，1987：88）

[13] 同時，作為在毛澤東時代成長起來的個體，他們還不可避免地具有以下 3 個特徵：（1）由於社會主義建設理想與現實的差距以及長期封閉環境下的資訊匱乏，他們對西方發達國家的國力採用一種誇大其詞的描述，加深了中國青年知識份子和幹部群體對現狀的失望。例如，以《神聖憂思錄》為代表的報告文學、以「球籍」問題大討論為代表的新聞報導都刻意強調中國落後的一面。這種強烈的危機感貫穿了八十年代整個改革進程。曾被三聯書店列為「20 年來最有影響的著作」的《山坳上的中國》的作者何博傳在列舉了「中國經濟大地震、工業的困難與農業的隱患、第三產業難產、新視窗的紛爭、速度與區劃戰略、大桶上的兩塊短板；最可怕的衝擊波、生態危機、中國幹部的水平能排世界的第幾位、教育的困境、十大危機的報復」等種種問題後，在其代跋中這樣寫道：「如果我們不能夠從這些直接威脅到

在一種受傷害、不安全感、悲憤的心理人格引導下，中國知識份子比其他社會階層擁有更多的動力改變現狀。在民間社會對強大專政機器依舊心有餘悸的語境下，自由派菁英還佔據了道德的制高點。不過，他們的攻擊性往往不呈現於個體利益的追求，而始終與整個民族的復興使命如此地水乳交融。對於一個依舊葆有理想主義追求的民族來說，尋求一張激動人心的、快捷的民主路線圖，要遠比平凡的、漸進的、漫長的「改良主義」更有誘惑力。在此必須提醒讀者，儘管當時的中國社會階級鬥爭思潮已日漸式微，開始進入了難以逆轉的下降通道，但依然擁有相當強的影響力。在這場政治角力中起到關鍵平衡的，則取決於國家最高決策層。

作為國家執掌意識形態領域的代表人物，胡喬木認為自由派知識份子的歷史觀是片面的：「認為到了資本主義時代，就只有世界歷史而沒有各個國家或地區自己的歷史，顯然是一種極

全民族命運、前途與生存的全國性危機問題中解脫出來，一切關於精神、思想、文化、政治的討論，都是廢話。」本書作者在八十年代上學時，就曾非常認真地閱讀。在首都高校中，《山坳上的中國》幾乎成為學生討論政治經濟問題時引用最多的紙貴之書。（2）他們對歷史決定論的思維方式和總體性解決方案有一種堅定的信念。知識份子普遍相信存在一種普遍適用的「科學的社會發展路線圖」，可以按圖索驥地實現強國之夢（Zhao 2001）。「文革」結束後，這種直線式的發展觀使他們傾向於認為民主是一劑包治百病的藥方，對業已存在的西方民主政體有一種不切實際的美好想像。例如，金觀濤和劉青峰的「超穩定結構」理論（1984）也風行一時。這些書所體現的總體性話語與國家強硬到近乎僵化的意識形態控制形成對偶性共生關係。（3）在階級鬥爭為主導思想的時代氛圍下，知識份子對待不同意見也同樣具有運動式的鬥爭傾向（Zhao2001）。這裏可能包含兩個原因，一是在危險環境下他們被迫採用反消滅的激烈手段，二是「文人相輕」的傳統和「善惡正邪」的道統之爭使他們缺少進行平等溝通的習慣。知識份子長期的依附地位，「文革」時期遭受的痛苦更是加劇了他們的悲劇感。總之，「第四代」知識菁英的這些心理特徵，使他們在改革開放後傾向於走將舊體制推倒重來的西方民主化道路。

端片面的觀點。人們在對中國進行橫向比較時，往往提到遠東的幾個地區和獨立的小國，即中國的臺灣省、南朝鮮、香港、新加坡。中國大陸和它們之間有些什麼樣的歷史差別，究竟有哪些方面可比，哪些方面根本不可比，這很需要有專門的論述。至於中國同西方的資本主義國家，包括和日本的比較，也必須首先分清可比的和不可比的方面。」（胡喬木，1995：658）這個評價反映了作為對手的國家對「自由化」知識份子的基本認識：八十年代知識菁英既缺乏對軍事暴力這種普適性選擇機制對中國歷史進程影響的全局性認識，又缺乏對西方資本主義發展道路的透徹瞭解，從而對西方民主自由藥方有一種完美的想像。從中國近代一百年由戰爭所支配的歷史來看，這一點批評還是有道理的。當改革出現經濟危機或者腐敗現象時，這些知識菁英的心理特性又往往讓他們走向更激烈而不是更溫和的方式來促進民主政體的實現。

黨的最高領導人認為那些沒有舊社會經歷的新聞記者對「文革」有一種誇大的記憶，從而不能全面、歷史地看待革命建設的正常失誤。這些看法在胡喬木的〈當前思想戰線的若干問題〉（1981）一文中得到集中闡述：「由於黨曾經犯過錯誤，特別是犯過『文化大革命』這樣的全局性、長期性的錯誤，對於黨能否繼續領導人民建設繁榮富強的國家缺乏信心，並且向群眾散佈他們的這種缺少信心的情緒。他們對於黨內存在的某些不正之風和某些特殊化、官僚化現象，既看不到這主要是舊社會遺留下來的影響和某些「文化大革命」遺留下來的影響的產物，一部分是黨和國家在政策轉變過程中相適應的制度和管理工作還沒有完善起來的情況下的產物，又看不到我們黨和政府為了糾正和消除這些現象已經進行和正在繼續進行的巨大而有效的努力，任意誇大黨的工作中的這些消極方面，硬把它們說成是黨的主流。」（胡喬木，1999：460）

在正統理念依舊不可動搖的前提下，很多新聞記者開始了其廣泛的「擦邊球」活動。正統馬克思主義新聞記者吳冷西總結了自由派新聞記者的具體策略：「一個特點是搞多元化。他們鼓吹報刊、通訊社、廣播、電視的功能或任務是多方面的：宣傳政策、反映輿情、輿論監督、傳播知識、交流資訊、娛樂消遣、提供服務、介紹商品等。他們這樣講，你不能說這樣多種功能和任務沒有道理，確實有多種功能、多種任務，也確實應當發揮多種作用。但問題在於他們這樣做的目的和結果，就是把報刊、廣播、電視等的主要任務、主要功能即宣傳黨和政府的路線、方針、政策，都沖淡以至沖掉了，淹沒在多種功能和多種作用的汪洋大海中了。你提要加強黨性，他提要加強可讀性、知識性、娛樂性、趣味性等等；你提要辦好黨報，他提要同中央在政治上、思想上保持一致，他提要反映多種聲音。總之，他們的目的是用多種多樣的要求和功能來沖淡以至淹沒黨領導下的報紙、通訊社、廣播電臺、電視臺的主要性質、主要任務和主要作用。美其名曰多元化，實際上是取消新聞工具的主要任務。他反對報紙是黨的喉舌，連『報紙是黨和政府的喉舌，也是人民的喉舌』的提法也不接受。對廣播電視也是這樣。第二個特點是搞中性化。這是一種虛偽的手法。他們宣揚一種理論，給新聞事業定出一個定義，既不是酸性，也不是鹼性，而是一個中性的定義。具體說，把報紙、通訊社、廣播電臺、電視臺統統叫做『傳播媒介』。你不能說這些新聞工具不是傳播媒介。這個中性定義是各種不同階級、不同利益集團、不同政治集團都可以接受的。」（吳冷西，1990：71）

按照這種邏輯，由「多元化」必然可以延伸出在經濟上以多種經濟成分並存為理由為私有制留下後門；在政治上以經濟上多元化為理由鼓吹沒有共產黨領導的多黨制；在思想上以經濟上多元化為理由鼓吹否定馬列主義、毛澤東思想為指導思想。拿「中性化」來說，必然在經濟上鼓吹商品經濟和國家機器都無社會屬性，這種多元化和中性化的延伸實際上威脅到意識形態權力國家的根本政體。

必須指出，胡喬木雖然洞悉「自由化」之實質，但以其為代表的黨的宣傳管理機構對「自由化」的防禦策略並非無懈可擊，甚至註定成為失敗的根源。因為國家所允許並提倡的以革命趣味為範本的新聞多樣性如同特洛伊木馬，本身就蘊含了以民生利益為檢驗標準的世俗化趨勢。國家倡導新聞的「短、小、快」，理論聯繫實際，「抓活魚」，注重說服力，這些方法看上去逐漸脫離了僵化的政治宣傳，但同時也非常危險地將國家的合法性擺在一個顯著的位置：由於對黨的政策的宣傳和具體解釋不是根據是否符合經典教義，而是儘量從民生利益的角度來論證其合法性，新聞報導越有說服力，就越有可能將民眾對政權的合法性的評判建立在一個更加現世而世俗的基礎上。這樣革命文化就可能逐漸喪失其絕對的合法性。一旦世俗化與加速的商業化改革結合，新聞多樣性本身也必然不可逆轉地走向胡喬木所反對的世俗化。這從中國新聞業在進入九十年代後的發展趨勢，得到了充分證實。

無論如何，進入八十年代後，多數新聞業菁英與國家的核心分歧已經展開：新聞記者試圖借助新聞體制改革的契機，衝破以往新聞業與國家高度一體化的關係，脫離黨的絕對領導，獲取局部的業務自主權；而國家始終堅持對新聞業的絕對控制。這種控制與反控制成為八十年代國家與新聞業關係的基本內容。

第四節　意見不統一的國家領導層

雖然新聞專業菁英提出了自主權訴求，但新聞多樣性的政治生態環境依然取決於國家領導層。當時直接影響新聞宣傳政策的有 3 個人：最高領導人鄧小平、全面主持工作的總書記胡耀邦和中宣部部長胡喬木。但這 3 個人卻存在 3 種不同的態度。

鄧小平對新聞業政策的直接指示很少，從他的實用主義哲學來看，只要新聞報導在實際效果上有利於加強黨的領導，任何形式和要求都可能被允許；只要不利於政治穩定，則任何貌似合理的要求都不可能被允許。因此對他而言，新聞業改革有一個清晰的政治底線，就是在理論務虛會上提出的「一個中心、兩個基本點」。胡耀邦贊成新聞業擁有適當的自由[14]。八十年

[14] 顯然，胡耀邦希望進一步推進新聞業的自主權。早在 1956 年 7 月 l 日《人民日報》改版後的一個星期，時任團中央第一書記的胡耀邦來到《中國青年報》向全體編輯記者作報告，號召向《人民日報》學習，他說：「《人民日報》之所以從內容到形式耳目一新，是因為他們堅決執行了黨中央的方針，在反對教條主義和破除迷信上有比較深刻的體會，比如，是簡單地從黨中央、國務院出發呢，還是從單方面興趣出發？所有的文章是全部權威呢，還是可以討論、反駁？是規矩死板呢，還是生動活潑？《人民日報》一進步，各報都有點恐慌，你們也沉不住氣了，這是好現象。」

代以來，以胡耀邦、趙紫陽為代表的改革派勢力一直在鼓吹新聞改革。他們強調新聞改革可以與同時開展的經濟體制改革相配套進行，試圖將新聞媒介改造為「溝通上下左右」的工具。而胡喬木作為延安整風時期崛起的毛時代的新知識份子，他僅僅試圖保住 20 年前《人民日報》改版的成果，甚至只是希望保住一個「生動活潑」的革命趣味外殼，而堅決反對將改革邏輯再往前延伸一步。

可以設想，如果意識形態領域的領導層一致持反對意見，由於雙方力量對比的懸殊，這種爭論也可能迅速被制止。這是因為：

（1）對新聞改革派來說，黨依然有絕對的權威。由於「文革」以成功粉碎了「四人幫」戲劇化方式終結，使整個國家所犯的左傾錯誤可以歸結為僅僅是個別領導人或某個幫派的錯誤，而不能說明整個黨的先進性已經終結，黨留下來的合法性資產依然非常豐厚。在八十年代，絕大多數記者希望在改革中獲得更多的話語權，而不是徹底挑戰黨的權威。他們與國家之間的分歧不是要不要社會主義的問題，而是「要什麼樣的社會主義」的問題。即使對那些努力推進新聞改革的輿論領袖如胡績偉、王若水等人，他們也強調在馬克思主義的框架下對原有的新聞制度進行改良，而不是對現行政治體制的一攬子否定。

（2）國家掌握了新聞業的組織人事權，意味著新聞業仍然

（王曉梅 2005:80）30 年後，從其政治表態和後續的作為看，胡耀邦的這種態度並沒有明顯改變（參見舒展，1986）。

牢固地控制在國家手中。核心新聞機構始終實行高度統一的單位化管理。只要國家掌握了新聞業的發稿權、審看權和財政權，就控制了新聞生產環節的終端。

（3）社會上沒有替代性的專業資訊機構，意味著沒有大規模散佈各種資訊的條件。中國社會的民間組織尚未形成（王穎、折小葉、孫耀炳，1993），大部分人員被整合在以國有企業、事業或企業單位的組織當中。一旦發生緊急狀態，國家仍然可以通過行政命令控制政局。換言之，只要黨依然能有效地監控新聞業，新聞業對國家的質疑和批評，將只能造成局部困擾，而不會造成全局性的危機。

以上 3 個理由表明，儘管國家正逐步從控制個人思想的慣性中退卻，但仍然有能力制約任何明確挑戰現行制度的越軌者。在這種局勢下，國家最高領導人採取何種政治態度，就成為左右新聞改革局面的主要因素。作為「摸著石頭過河」哲學的實踐者，鄧小平傾向於以實際效果來靈活地衡量各類教條[15]。新聞改革作為改革開放全局中的一個局部，任何新聞報導只要在效果上有利於黨的領導和改革開放，就可以被提倡；只要在效果上不利於黨的領導和改革開放，就暫時收緊。從整個八十年代越來越開放的新聞言論空間來看，1980 年理論務虛會之後的幾次整頓與反彈，並不能簡單地說明改革派或保守派獲得了勝利，只是體現出鄧特有的左右平衡的靈活性。作為他本人來說，由於擁有軍隊的絕對控

15　鄧小平在對待「什麼是社會主義」的概念上，他不強調社會主義是什麼，而是強調「社會主義不是什麼」，例如社會主義不是貧窮，社會主義不是搞平均，社會主義不是只有計畫經濟。參見《鄧小平思想探源》、《鄧小平文選》等。

制權，並不擔心這些「少數派」或書呆子能鬧出什麼大亂子。最高領導人的靈活觀望態度、「改革派」力量的支持，以及「強硬派」為恢復 1957 年「雙百」時代所做的努力，為一個越來越開放的新聞言論空間提供了制度性前提。

第五節　日益活躍的新聞記者群體

當國家逐步從個人思想控制領域中退卻的同時，新聞記者群體開始日益活躍。八十年代新聞記者日益活躍的原因主要有：

第一，公共知識份子的湧現。「文革」後，被長期剝奪話語權的知識份子紛紛積極踴躍地參與到公眾輿論中。不管是科學家、作家、藝術家，都非常願意接受新聞媒介的採訪，表達自己對社會和政治的看法。這些人作為青年學生和菁英群體的偶像，他們的思想觀點直接引領了公眾輿論。他們是各個專業的專業人士，同時又是公共知識份子。還有許多記者本身就是著名作家，例如蘇曉康、麥天樞、梁衡、盧躍剛等。以當代新聞專業主義代表人物胡舒立[16]為例，她作為當年新聞系學生所描述的八十年代新聞環境的代表具有相當的典型：

「1978 年高考恢復，報考北大中文系的胡舒立被陰差

[16] 《財經》雜誌以一系列揭黑報導和對敏感性經濟政策分析一舉成名，從創刊號的「瓊民源」到後來的「君安震盪」、「基金黑幕」、「銀廣夏」、「莊家呂梁」、「億安科技」、「藍田」、「德隆」等報導，確立了近年在財經報導領域的首席地位，成為相當多精英人士尤其是金融證券界菁英人士的必讀刊物，其主編胡舒立也由此成為當前新聞專業主義的一位旗幟性人物。

陽錯地被招入剛復校的人大新聞系。在『文革』中被當作政治工具使用的新聞記者之職，給人們的內心投下了極大的不快，胡舒立也在這種不快中度過了4年。……然而所有的人都說胡舒立是天生當記者的料。她對這樣的話耿耿於懷。她認為：『他們怎能瞭解我的想法，我所追求的深刻是膚淺的新聞無法給予的。』

「1982年的中國工作的選擇權還不在個人。胡舒立畢業進入《工人日報》國內部當記者。對記者行業的認識轉變來自一位著名作家。『當時的我們都以當記者為恥，拚命想往文學家那邊靠。可是這個已成名的大作家卻根本不在意個人的名利，他非常坦然地在報紙上寫報導文章，署名就是記者×××。他說有什麼陣地能比與8億人交流更好呢？只要能對公眾對中國社會的改革進程發生有益的影響何必在意形式呢？這件事對我觸動非常大。』胡舒立從他的身上看到了超越個人的更高追求，看到了更偉大的人格——知識份子的良心——並不關乎是記者還是作家的個人聲名，胡舒立突然明白了記者的職業作為，她不再輕視自己的行業了。」（舒夕，2002）

這段採訪包含了兩個重要的資訊：一是八十年代新聞記者對新聞業淪為「政治工具」極為不快，青年記者普遍對自身職業評價不高，渴望進入更高層次的知識份子圈子；一是八十年代中國知識菁英非常積極參與到新聞媒體，為報紙撰寫了大量文章。新聞記者爭取新聞自主權的要求與知識菁英們要求民主化的政治主張不謀而合。知識菁英的加盟大大提高了報紙「含金量」，使新聞記者成為「具有良心的知識份子」中的一個重要組成部分，並獲得巨大的成就感。由於擁有知識菁英強有力的外援，新聞業也形成了對公眾強大的引導力。

第二，輿論領袖的存在。八十年代大量掌握話語權的新聞界、文化界和知識界領袖人物，如胡績偉、孫旭培、周揚、夏衍、王若水等，成為推動新聞記者改革訴求的旗幟。這些領袖人物不僅因其光榮的革命履歷，能直接向意識形態負責人甚至更高層領導表達不同政見，還因開放性的觀點成為魅力四射的公眾人物。他們雖然以完善社會主義政治體制為出發點，思考的問題也沒有脫離馬克思主義的基本範疇，但其實際效果已經多少超越了「清算林彪、四人幫流毒」這個劃定的政治反思界限。他們同時又掌握了相當數量的新聞媒介，在政界和新聞界都有強大的影響力。

第三，國家缺乏靈活的意識形態控制手段。宣傳管理機構雖然意識到正統意識形態對知識份子的影響力越來越弱，但不是採取疏導的方式而是試圖強化正統的意識形態信仰來控制知識界，並且將包括新聞記者在內的知識份子對國家的表面服從誤判為正統意識形態價值的勝利。這種對形勢誤判的結果是國家表面上雖然贏得了權威，卻一步步削弱了對新聞業的控制力。由於意識形態合法性的幻覺和具體管制經驗的不足，使新聞記者與國家關係越來越激化。這種激化又進一步使新聞記者在鬥爭中找到人格化的反對目標，甚至從對新聞自由的爭取逐漸轉移到對根本體制的質疑上。

第四，國家領導層的內部支持。由於這一點顯而易見，本書不再贅述。

公共知識份子的湧現、輿論領袖的存在、意識形態領域部門控制手段的僵化和國家領導人的內部支持，構成了一個此消彼長的對壘態勢，使八十年代新聞業思想十分活躍。當時的《人民日報》其實是其他新聞機構的一個風向標——控制嚴密的《人民日報》也要求更多的業務自主權，成為反對新聞管制的僵化政策的大本營。他們不斷突破「戰鬥性、鼓動性和感染性」的界限，使新聞業從革命趣味向中性化和多元化全面轉型，甚至發展到質疑「黨性」這一根本原則的層面上。原先一度和諧的國家與新聞業關係開始顯現分歧，甚至某些菁英專業力量與國家領導人的關係越來越緊張。許多新聞記者被免去職務，當然這也使他們在民間獲得了更高的聲望。

第六節　國家與新聞業緊張關係的四個結構性條件

八十年代國家與新聞業的緊張關係及圍繞控制權展開的互動，看似 1956 年新聞改革的輪回，但其實質與 20 年前已經完全不同。二者最核心的差異，在於參與 1956 年《人民日報》改版的各路英雄，其共同思路是如何通過新聞改革來強化一個充滿美好明天的集權體制；而 1979 年後大量新聞菁英則致力於消解一個帶來身心傷痛的集權體制，這種以政權合法性為訴求的政治衝突產生了兩種思潮、兩種力量之間的結構性摩擦。

這種結構性摩擦的總體背景在於，國家開始由政治運動轉向經濟建設，從公有制計畫生產轉向擴大搞活國有經濟，從一個革命黨政權走向一個革命目標與執政目標交叉並行的混合型政權[17]。混合型政權的標誌，一是兩派因共用經濟建設觀點而結成改革聯盟，二是在這個改革聯盟內部存在尖銳摩擦。作為在烽火歲月中成長起來的革命者，政治信念始終處於不容許懷疑的神聖地位。也就是說，國家政權對自身合法性的認識是建立在馬克思主義意識形態權力的基礎上，放棄「以階級鬥爭為綱」的思想，僅僅意味著放棄馬克思主義中不適應時代的部分，而不是放棄意識形態權力本身。無論採取何種經濟改革措施，「四項基本原則」都是作為社會主義政權的底線。這種思潮分歧在國家與新聞業關係上派生出新聞記者與國家之間的衝突，也就是經濟績效合法性與革命意識形態合法性之間的爭論。

這種結構性摩擦由 4 個條件構成：一是政權合法性認識的偏差；二是國家缺乏治理新聞多樣性的經驗；三是「文革」時期新

---

[17] 本書之所以稱之為「混合型政權」，只指國家內部存在兩大混合在一起的政治態度，共同構成了一個推動改革開放總路線的政權：一種力量認為，社會主義建設的暫時挫折只是因為最高領導人的失誤造成的，應該繼續堅持革命目標，以革命意識形態為國家政權的根本合法性依據，這種觀點以黨的最高領導人為代表，對國家基本政策具有支配性的地位；另一種力量認為，革命的挫折不能僅僅用失誤解釋，更應該從根本體制上進行反思。應該放棄革命目標，主要以經濟建設等實際行政績效作為政權存在的合法性，這種觀點廣泛流行於國家機器內部的各個階層。這兩種觀點雖然存在相當廣泛的對立和交鋒，但由於革命目標觀點和經濟建設觀點都認為當前的主要任務是經濟建設，因此兩種觀點實際上是共同反對「左傾」思想而結成的聯盟，國家內部實際上仍然具有高度一致的共識。在國家目標的意義上，國家已經由一個單一目標的革命黨政權演變成一個雙重目標的混合型政權。

聞記者對強權壓制造成的大量怨恨；四是新聞記者缺少其他安撫機制。這 4 個結構性條件在 1979 年前已經形成，並且隨著國家市場化改革進程有增有減，構成了推動國家與新聞業在八十年代和九十年代關係演變的支配性因素。

下面，我們分別闡述這四個結構性條件。

（一）對政權合法性的認識偏差

儘管國家高層依然堅持把政權的合法性建立在意識形態基礎上，但諸多知識菁英已經開始把社會主義政權建立在執行的合法性上。「實踐是檢驗真理的唯一標準」這一命題，順理成章地延伸出一個邏輯：黨的意識形態權力也不應該放到一個絕對無可置疑的地位，而是應該具有一個相對合法的地位，這種地位取決於是否能在政治、經濟、軍事和道德上實現社會主義應有的魅力。黨的先進性也不再是絕對的，而是取決於黨在改革開放的績效表現。包括知識菁英在內的多數大眾雖然認同社會主義意識形態，但他們開始認同一個「好的社會主義」，而不是「差的社會主義」；大眾從「接受黨的絕對領導」，逐漸演變成接受「黨的正確領導」。

國家與新聞業關係的變化，也受到這種合法性變遷背景的驅動。新聞記者作為國家機器的重要部分，擔負著上傳下達的宣傳任務，與包括權力階層在內的社會各方面有著廣泛的聯繫。在一個意識形態權力國家開始走向衰落的轉型時代，新聞業從業者兼具政治菁英和知識菁英的兩棲身份，要比普通國家幹部更有機會看到中國社會理想與實踐的距離。由於擁有利用手頭工具進行觀點傳播的優勢，八十年代大量著名的不同政見者大都出自新聞機構或與新聞業有很深的淵源。「文革」結束後國家主動發起的改革為他們提供了一個釋放張力的空間後，新聞業與國家之間的摩擦井噴式爆發。在改革開放的環境下，支持非革命化生活方式和績效合法性的人越來越多，後來被官方定義的「資產階級自由化」的思潮也顯得越來越嚴重。

胡喬木用「資產階級自由化思潮」描述這種敵對勢力：「我們社會上出現的這種思潮，它的特徵正是極力宣揚、鼓吹和追求資產階級的自由，想把資產階級的議會制、兩黨制、競選制，資產階級的言論、出版、集會、結社自由，資產階級的個人主義和一定範圍內的無政府主義，資產階級的金錢崇拜、唯利是圖的思想和行為，資產階級的生活方式、低級趣味，資產階級的道德標準和藝術標準，對於資本主義制度和資本主義世界的崇拜，等等，引進到或滲入到我國的政治、經濟社會文化生活中來，而從原則上否認、反對和破壞中國的社會主義社會，否認、反對和破壞中國共產黨對於中國社會主義事業的領導。這種思潮的社會實質，就是自覺不自覺地要求在政治、經濟、社會、文化領域內擺脫社會主義的軌道和實行資產階級的所謂自由制度。所以我們把它稱之為資產階級自由化思潮。」（胡喬木，1999:462）

國家領導人認為，在一個依然延續影響的意識形態權力國家，思想戰線的重要性和危害性要遠大於經濟工作的錯誤。一種發生廣泛社會影響的錯誤思潮，會影響到社會政治制度的性質和發展方向，「可能像某種傳染病一樣，危害整個社會的精神健康和安定團結，甚至產生像文化大革命那樣的災難」（胡喬木，

1999:483）。

事實上，中國共產黨在民族解放戰爭中積累了豐厚的道義資產以及高度組織化的體制，使其在意識形態領域的話語權即使在危機重重的1976年依然難以撼動。高層之所以認為問題如此嚴重，可能在於對黨的先進性喪失的焦慮，與毛澤東時代對他的同僚們「官僚主義」化的焦慮如出一轍。1978年啟動的改革開放，並不意味著國家要放棄在意識形態領域的權力，相反是為了加強在意識形態領域的領導權。經濟發展的作用，僅僅在於使社會主義變得更有說服力。「社會主義精神文明和物質文明」的提法也表明，政權的合法性在於黨不僅僅作為一個執政者，同時還保持著道德表率和生產力的絕對領導地位。因此，國家必須採取各種措施，對資產階級自由化思潮進行鬥爭，恢復到當年革命時代特有的高度一致、紀律嚴明的大一統局面。

因此，思想戰線上始終存在巨大分歧的根本原因，在於「文革」結束以來國家高層執政者與大眾對國家目標的認識偏差。黨之所以沒有接受當時新聞記者廣泛宣揚的「第二種忠誠」，在於新聞記者雖然仍然忠誠於黨組織，但不是無條件忠誠，這被視為黨性不堅定的表現。國家上層領導人物沒有意識到基層與高層的這個認識偏離，或者說想努力矯正這種偏離，如同一位五子棋和一位圍棋棋手，在同一張棋盤上分別按照自己規則行棋。這種由趙鼎新提出的「試圖在同一張棋盤下玩不同的遊戲」的思路，並不局限於在他所研究1989年學潮，同樣也是整個八十年代國家與新聞業關係緊張的根源。

（二）國家缺乏對新聞多樣性管理的經驗

國家出臺新聞多樣性政策的初衷，在於改革「文革」時期的宣傳方式，在不危及政權的前提下「百花齊放、百家爭鳴」，實現一元化體制下革命趣味的多元化表述。但是國家缺乏對新聞多樣性管理的經驗，沒有用例行化的常規方法來處理某些越軌的新聞記者，反而使新聞記者與國家的分歧趨於表面化。

針對這種日益公開的爭論，國家出臺了一系列針鋒相對的措施：國家在全國範圍內廣為批判這些思想，並對發表不同意見的記者進行黨紀政紀處理[18]。這種處理方式實際上不僅沒有將越軌的新聞記者與國家的衝突內在化、制度化，反而使緊張關係進一步表面化、擴大化，是一個改革陣營內部力量雙輸的局面。新聞記者與國家的分歧一般分為幾種情況：一是不接受黨的領導，新聞記者故意觸犯禁區；二是接受黨的領導，但認為黨的某些做法不妥當；三是接受黨的領導，但不知道有些地方是禁區。這三類情況除了第一類，其餘的都可以採用常規化、制度化的方式處理。原因如下：（1）在「以階級鬥爭為綱」的年代，新聞宣傳的動員功能發揮到極致，泛意識形態的新聞報導逐步浸染到文藝、體

[18] 鄧小平 1986 年 12 月 30 日在號召「旗幟鮮明反對資產階級自由化」的講話裏，指名批判一些包括新聞記者在內的自由派知識菁英：「應該説，從中央到地方，在思想理論戰線上是軟弱的，喪失了陣地，對於資產階級自由化是個放任的態度，好人得不到支持，壞人倡狂得很。……對於那些明顯反對社會主義、反對共產黨的，這次就要處理。可能會引起波浪，那也不可怕。對方勵之、劉賓雁、王若望處理要堅決，他們狂妄到極點，想改變共產黨，他們有什麼資格當共產黨員？」（鄧小平,1993：卷三 195–196）以這次「反資產階級自由化」運動為標誌，國家與新聞業菁英的關係也正式走向緊張對立。

育、服務、教育領域，形成了一個一元化的集體生活模式。改革開放以來，在報紙雜誌上不僅各種與官方意識形態相左的觀點層出不窮，來自港臺的「靡靡之音」、喇叭褲、留長髮、蛤蟆鏡等有悖於傳統革命觀點的生活方式也開始進入中國，遍地開花，不可阻擋。一旦多元化的生活方式入侵，必然會產生廣泛的爭議。這些新的生活方式是否真的會腐蝕革命意志還有待討論，但肯定的一點是，那種延安時期和建國初期的理想國式的純潔環境一去不復返。（2）國家對新聞記者的傳統定位——政治家辦報造成新聞記者經常議論國家大事，但國家又沒有在重大政治問題與一般性新聞之間明確地為記者劃出禁區，相反是鼓勵新聞記者進行探索，許多新聞記者事實上是無意觸雷。「文革」結束之初，一度放開政治批評的「大鳴大放」運動，客觀上造就了一批知識份子之政治批判精神與改造社會之衝動。（3）沒有區分正常輿論監督與惡意批評的尺度。從八十年代報導的事件和批評的力度看，並沒有超過九十年代各類新聞媒體批評地方政府的力度，甚至九十年代新聞媒體改革所觸及到的社會深度和廣度都要遠遠大於八十年代。但在八十年代，國家對新聞記者的宣傳越軌行為經常延續階級鬥爭時代高壓的處理辦法。在消滅性、短鏈條的高強度衝突下，那些對「文革」有深刻記憶的記者往往是拚死反抗。國家沒有意識到，控制那些被胡喬木稱為「傳染病」的「精神污染」的最好辦法，不是將其放在報紙、刊物、廣播、電視上組織批判，而是從源頭上禁止其傳播，如九十年代之後國家的做法。相反，國家的做法使被批判的新聞記者成為公眾心目中的「明星」人物。許多新聞記者認為黨的宣傳部門對新聞報導的壓制是「左傾」路線的延續，國家則認為新聞記者對國家權力的批評有時甚至具有惡意醜化的效果——雙方都認為是對方防衛過當了。

今天看來，國家和新聞記者雙方都可以用更為和緩的方式來溝通，但在一個資訊不透明、不交流的時代環境下，任何對立意見的表達都將導致更為激進的方式而不是更溫和的方式。作為社會結構中的行動者，他們都只能被階級鬥爭路線鑄就的意識形態權力國家所延續下來的社會結構所支配，在當時的情境下做出最有利於自己的選擇。特別是在一個剛剛從階級鬥爭路線走出的意識形態權力國家，無論是宣傳部門的負責官員還是新聞記者，為了保護自己免受攻擊，其態度往往都是高度偽裝的。例如，宣傳負責人員寧可顯示「左」而不是「右」，寧可過度懲戒越軌者也不能對其中本意想匡扶國策者表示同情。新聞記者在日常業務中非常馴服，但一旦抓住機會則毫不留情，對攻擊對象宣洩各種積壓的憤懣，也就是所謂的「蔫人出豹子」現象。在一個等級森嚴的集權體制下，雙方在彼此資訊高度不對稱的情況下展開試探與學習的過程，彼此都還沒有掌握對方態度、實力和習性，彼此也都沒有一個非常確定的行為預期。雙方只能根據非常有限的資訊認識自身能力和行為後果，並及時調整自身行為模式。這種在資訊稀少環境下不斷修正自身行為的多回合衝突，是一個類似於博弈的逐漸學習的過程。例如，早期的被批判者往往被判刑，而到劉賓雁時期則只是開除公職而已，到後期則只要不公開發表言論則一概不追究。隨著國家逐漸將新聞業擴展為一個包含政治、經濟、教育、文藝等多類型資訊平臺，公眾對這類事件的注意力已經大為降低，雙方到後來相互給出了越來越安全的信號。

（三）新聞記者在「文革」時期對國家強權積累的大量怨恨

八十年代主導新聞界的一些菁英記者基本上是從「文革」時代走出的文人型記者，對表達自身意志有極其強烈的衝動，並屢次與宣傳部門進行激烈抗爭。八十年代「人民性與黨性」、「法大還是黨大」的論爭，集中體現了這種怨恨情緒。但是，國家領導層認為不僅必須通過強權來推動改革開放路線，而且從黨在長期鬥爭中得出的經驗中認識到，擁有意識形態領域之絕對思想權威是維繫國家強權的最好方式。對新聞業的管理必須採取高度統一的方式，必須使其成為改革進程中絕對馴服的棋子而不能是麻煩製造者。這種碰撞激化了國家與新聞記者之間的矛盾。

中國新聞業的自主性要求與八十年代戈巴契夫時期蘇聯新聞業的主張非常一致，但與戈巴契夫在蘇共改革時採取的輿論先行的「公開性」策略不同，國家對新聞界要求業務主導權的呼聲進行了強力壓制，試圖用專政的職能為改革開放提供穩定的環境，「在這一點上不允許什麼妥協。」鄧小平認為：「我們社會主義的國家機器是強有力的，一旦發現偏離社會主義方向的情況，國家機器就會出面干預，把它糾正過來。」[19] 黨的最高領導人並不是沒有看到新聞界提出的問題，而是認為需要有時間來慢慢解決。把所有遺留問題都歸結到體制上去，這種殺傷力極強的新聞報導往往不僅無助於改革開放的推進，反而為極「左」勢力反對改革開放路線提供了絕佳的砲彈。

---

[19] 鄧小平（1982），〈改革是中國發展生產力的必由之路〉（鄧小平，1995，卷三：139）。

更重要的是，黨的領導人作為從君主立憲、多黨制、共和制到一黨領導制等一系列政體的親身經歷者，作為在殘酷軍事鬥爭中倖存的政治菁英，堅信激進的民主化道路在中國不具備現實性。例如，胡喬木在反擊「資產階級自由化」運動中發表的一篇著名演講中，就談到：「帝國主義是怎麼回事，在中國統治了多少年，是怎麼統治的這要讓青年人弄懂很不容易，他們沒有經歷過。中國的封建主義在近代發生了一些什麼變化，什麼叫半封建社會，青年也一直不太清楚。……資本主義並不是像一些人所幻想的那樣在真空中發展，人們願意它發展多久就可以發展多久，而中國經濟就可以通過資本主義階段的充分發展繁榮昌盛起來。因此，認為中國走上社會主義道路，是超前了，或者根本就是走錯了路，不合乎歷史規律和馬克思主義理論，這些觀點都是脫離現代中國歷史和中國革命歷史實際的空談。對於 1949 年到 1956 年這一段歷史，只能根據當時已經形成的各種社會力量在特定的經濟基礎上的實際活動和經濟基礎具有歷史必然性的變化來評價，而不能任意進行邏輯的推演。」（胡喬木，1999：461）根據這種邏輯，摹仿西方式民主道路只可能導致國家動亂，回到 1949 年以前軍閥割據、組織渙散的局面。沒有一個強大的集權國家，西方列強就可能再次入主中國，從而危及「大、富、強」的民族復興夢想，而這一點是絕對不能接受的。

在這種改革思路下，國家強權沒有被削弱，反而必須加強。為了「主要是防左」，國家必須「兩手都要硬」，不僅經濟建設要搞上去，而且要加強黨在意識形態領域的思想權威。在缺少交流的環境下，新聞記者沒有認識到這種以最高領導人為代表的國家整體目標已經發生改變，依然停留在對「文革」時期悲憤的體驗當中。國家與新聞業同時被革命年代的經驗和階級鬥爭的記憶鎖定，使當時雙方的選擇都非常之小。九十年代以後大批老新聞記者退出歷史舞臺，這種怨恨也和八十年代一起，留在了歷史和非主流的個體記憶裏。

（四）新聞記者缺少退出衝突的替代機制

雖然新聞記者有長期作為知識菁英和政治菁英的傳統，但他們並不是鐵板一塊的民族理念代言人，而是和其他階層一樣會受到經濟利益誘惑的群體。八十年代國家在抑制專業菁英改革訴求的同時，沒有給新聞記者其他可替代的安慰途徑。一個八十年代新聞業記者的收入，並不會比一個效益較好的工廠工人要高出多少。在普遍的清貧時代，經濟的匱乏一方面使國家只能主要採用政治手段懲戒越軌記者，一方面新聞記者只要能維持基本生存，就能更激發持續衝突的情緒。這種相互增強的因素使得國家與新聞記者一旦爆發衝突，就成為一種激進的消滅性衝突[20]。

以上的 4 個結構性條件，構成了八十年代的整體特徵：在八十年代，大量對「文革」有深刻記憶、對國家強權有大量怨恨的記者佔據了宣傳舞臺，國家沒有意識也沒有能力為記者提供相對富足的物質待遇，黨的最高領導人試圖堅持革命意識形態和黨

[20] 國家在經歷 1989 年的政治風波之後，開始意識到要避免讓知識菁英陷入在物質和精神的雙重貧困。九十年代迅速壯大的市場經濟，使得新聞記者不再如當年那樣清貧。本書的第七章將揭示，在物質相對富足之後，新聞記者漸漸也越來越失去了與國家強權對抗的動力。

的領導地位的絕對合法性，但下屬宣傳部門官員缺少對新聞多樣性的管理經驗，使得過激行為大量湧現。

第六節　現代化進程中政治參與爆炸的背後：國家的合法性危機

從中國政府的角度看，新聞業與國家的緊張關係簡直是不可思議：從 1978 年至 1988 年，在短短的 10 年時間，中國的經濟飛速發展，國民生產總值從 1978 年的 3624.1 億元增到 1988 年的 14922.3 億元，增幅為 316%；基礎設施大大改善，雖然在世界排名很低，但其實際生活水平明顯被低估。例如，中國電視機擁有量在 1988 年就有 1.6 億臺，雖然人均 GDP 才 300 多美元，但不到 10 個人就擁有一臺電視機的國家在人均 GDP1000 美元以下的幾乎沒有[21]。除此之外，國家軍事、文化建設各方面都取得了非常大的進步。同時，與父愛主義日漸淡薄的國有企業相比，國家通過特許壟斷經營的方式對新聞業發展慷慨支持，新聞記者的政治地位也有目共睹。一方面，國家在飛速地現代化，一方面，新聞機構也在飛速建設，新聞自主權比「文革」時代有質的提升。輿論監督也前所未有地好轉。按一般邏輯，國家經濟的飛速發展應該使新聞記者變得更加擁護現政權而不是更加反對現政權，但是在中國卻反常地出現了國家與新聞業的緊張衝突與經濟飛速發展同時並存的托克維爾效應。

21 見《中國廣播電視年鑑》（1989）

文獻通常使用現代化理論來解釋這種托克維爾現象。根據杭廷頓（1988）的「政治參與爆炸」理論，由於威權國家經濟飛速發展帶來的政治參與要求不斷增強，但是威權國家卻沒有及時將這種政治參與的要求制度化，從而迫使社會在體制外尋求非常規方式來解決，最終導致社會安全閥被衝破。1974 年以來在拉丁美洲各國和東南亞國家的政體轉型印證了這種看法。根據這種觀點，如果國家不斷及時吸納政治和知識菁英的要求，政治不穩定的局面就可以避免。

前面提到，由於強有力的國家軍事和宣傳機器在「文革」後依然保持下來，中國知識份子保持了一種以「文革」時代為思考座標的深刻的民主焦慮。這種民主焦慮與大眾對社會主義的絕對合法性的普遍懷疑相互作用，成為 1978 年後基本的政治思潮。而依然堅持意識形態傳統的國家長期以來沒有意識到多數大眾的績效合法性認知，在一種錯覺下始終按照階級鬥爭路線的處理方式，始終將「自由化」當成一小部分人的思潮，從而在歷次政治論爭中沒有一個「恰當」的策略，這種認識的偏差導致在原有的意識形態框架下無法吸納社會上新的政治要求，彼此的誤讀成為整個八十年代最令人感慨萬千的圖景。當然，這也是一個意識形態權力國家在現代化進程中必然會產生的合法性危機。

本書認為，現代化理論雖然指出國家缺乏吸納新興政治力量的要求的能力，但它僅僅是一種結構功能主義的事後解釋，它不僅沒有解釋中國為什麼沒有在八十年代末期如同其他社會主義國家那樣最終走向崩潰，而且對分析一個國家的演變方向幾乎沒有幫助。是什麼具體的機制造成了國家不能將新出現的政治要求和經濟要求制度化於現有的體制框架，又是什麼機制造成國家沒有像那些拉丁美洲國家那樣走向崩潰，才是問題的關鍵。

從現代化的全球進程看，民族國家皆面臨這樣一個問題：現代化需要高度組織化的權力來推動，但權力又必然帶來對公民自由的某種剝奪。例如杭廷頓指出上世紀拉美國家曾飽受權力真空下的自由之苦：「對於許多現代化之中的國家來說，……首要的問題不是自由，而是建立一個合法的公共秩序。人當然可以有秩序而無自由，但不能有自由而無秩序。必須先存在權威，然後才談得上限制權威。在那些處於現代化之中的國家裏，恰恰缺少了權威，那裏的政府不得不聽任離心離德的知識份子、剛愎自用的軍官和鬧事的學生的擺佈。」（杭廷頓，1988:7）

這種組織與自由之間的張力，一直伴隨著全球各國家的政治、經濟與社會發展過程，並凸顯於以現代公民表達權為基礎的新聞領域，使得二十世紀整個八十年代中國的國家與新聞業之間存在一種屢禁不止的衝突。

不過，中國特殊的國家－社會關係，使得二十世紀八十年代的國家儘管存在合法性危機，但國家依然控制著整體態勢。原因在於，中國二十世紀長達百年密集的集體性暴力留下了一筆最重要的遺產，就是一個強有力的中央政權。1911–1949 年間大規模暴力的持續釋放，已經將中國舊社會的勢力連根拔起。暴力如同鐵犁，將可能支持舊制度的一切社會勢力都徹底打碎，一種建立在新的意識形態上的大一統權力成型了。土壤深耕一遍，舊制度的靈魂再無復活的任何可能，也使得那些擁有一定話語權的知識份子群體必須依靠現有體制生存而別無它途。中國國家政權的強大及知識份子對國家的高度依附，使得國家與新聞業的衝突是有限的，這種有限衝突是與杭廷頓拉美經驗的深刻區別。

第八節　小結：充滿理想主義激情的八十年代

在結束本章之前，對八十年代國家與新聞業關係做一個小結：

（一）國家合法性之爭是導致國家與新聞業緊張關係的根源。

（二）理想主義的新聞記者群體和缺乏新聞治理經驗的領導人的相互誤讀加劇了這種衝突。

（三）儘管國家與新聞業關係高度緊張，國家仍然控制總體局勢。

在此，我們為整個八十年代新聞業與國家的意志博弈給出一個總體圖景：

（1）合法性之爭是推動八十年代國家與新聞業爭奪業務自主權的根源

本書再次強調，合法性之爭雖然可能在 1978 年之前就已經大量存在，但建國以來黨的第一代最高領導人的絕對意志能強制性改變態勢。而八十年代新聞改革大量突破的前提，是一個混合型政權內部意見不一致，導致國家喪失了對新聞業的絕對控制能力。

推動當代中國國家與新聞業關係演變的四個結構性條件，是在一個階級鬥爭思想主導的意識形態權力國家內部緩慢孕育出來的。

1949–1979 年的經驗表明，只有當國家領導層意見發生分歧，導致國家不能完整地掌握新聞業的組織人事權時，新聞業的自主權抗爭才變得有效。對 1980 年以來的里程碑式成果，如對「渤海二號沉船事件」的批評性報導、1987 年興起的輿論監督熱潮等「新聞革命」，並沒有顯示出任何不同於傳統控制體系的特點。它們雖然來自新聞記者的高度專業自覺，但其存在的根本原因在於某些開明的領導人的批准和同意。以 1987 年第六屆全國人大五次會議為例，中央電視臺主動提出要剪輯報導會議過程中代表們開會討論的場景，這次報導由於第一次將重重鐵幕背後的高層政治活動展示在公眾面前而被認為是新聞業掀起的一次革命。中央電視臺製作好節目報送全國人大委員長彭真，彭真審看後認為沒有問題，才允許播出[22]。

該事實表明，整個八十年代新聞業的思想活躍主要取決於政權領導層內部的意見指示。儘管國家理念依然是無產階級專政，但不同派系所控制的新聞單位已經開始出現各行其是的徵兆，這種局部的組織人事失控促成了八十年代新聞業的短暫繁榮。

---

[22] 同類事實可見 1987 年被視為新聞改革重要突破的標誌的「蛇口風波」討論。1985 年 2 月初，蛇口工業區開了一個經濟戰略討論會。在討論會中，負責人袁庚對《蛇口通訊報》的記者說：希望報紙登一些批評領導同志的文章。2 月 17 日，編輯部接到一個青年打來的電話，說他準備寫一篇批評袁庚的文章，問報社敢不敢登。這一向正討論究竟能不能在工業區發動一種輿論的力量來監督領導、把工業區搞得更好的編輯部，非常肯定地回答說：「只要你敢寫，編輯部就敢登。」編輯部在 2 月 21 日給袁庚同志打了個電話，說要登這個稿子，準備把稿子送給他審查。袁庚同志的回答是：「不要送審，編輯部有權發表。」儘管如此，初三的晚上，編輯部不放心，還是把稿子送到袁庚家了。晚 11 時，袁庚同志打電話給編輯部說，送來的稿子看完了，就是將「袁庚先生」改成了「袁庚同志」。初四早上，編輯部的同志取回稿子時，袁庚在上面批了幾句話說：「這個稿子的內容寫得很好，基本符合事實，可以一字不改地予以發表，別人有不同意見，也可以展開討論。」批語最後說：「只是建議，不是審查，以後也不要送審，除非牽涉根本方針政策，本人又沒有把握的情況下，多徵求大家的意見總比編輯部少數人的意見會更全面。」關於這篇批評報導的發表過程，《蛇口通訊報》在 1985 年第 4 期（來信登在第 3 期）〈「進一言」發表的前前後後〉一文中做了介紹。

（2）國家絕對控制著整個局勢

整個八十年代新聞記者與國家的意志博弈顯得轟轟烈烈，但國家仍然控制著整個局勢。那些「革命性突破」之所以值得稱道，恰恰在於其稀缺。從整體上看，中國新聞業在八十年代沒有特別突出的表現，除了一些吸引人的新聞觀念和特別報導作品，新聞在整體上的時效性、典型性和表現力都非常差。無論是記者還是讀者都表達了對八十年代新聞過度政治化而導致的公信力下降強烈的不滿。1988 年 1 月 9 日《中國青年報》發表這樣的言論：「兩年前全國總工會調查表明，總共只有 6.6%的讀者認為我們的報導生動活潑，言之有物。還有另一個參照系，我們擁有世界上最龐大的專業和業餘報導隊伍，一位老記者對我們說，然而我們這個擁有 1/4 人類的國家在世界新聞網路中究竟佔有多少份額？」

國家在新聞業的主導能力，不僅表現為對新聞業務自主權的強勢壓制，同時也表現為對新聞宣傳活動的強勢擴張。這種對業務空間的強勢控制和新聞活動的強勢擴張交互在一起，構成了八十年代中國新聞業最顯著的特點，其內在邏輯與「文革」時期對新聞業強勢壓制現象完全不同。「文革」時期，伴隨對新聞業務自主權的強勢壓制，是對新聞隊伍的大清洗。大批記者編輯被下放，新聞機構解散，1966 年全國有 168 家報紙，到「文革」結束時，全國報紙才 42 家，全國性報紙才 4 家，新聞業一片凋零。這種強勢壓制與新聞緊縮同時存在的現象，在八十年代沒有出現。國家在控制新聞業務自主權的同時，新聞業務不僅沒有出現「文革」時期的緊縮，反而大規模、高速度地擴張。

這種政治控制與新聞事業高速擴張並存的現象，根源是國家對整個局勢擁有絕對的控制權。整個八十年代，國家並不害怕因為新聞機構的擴張和新聞數量的增加而喪失對新聞的政治監控，相反由於國力的持續上升，新聞報導基本上按照國家意志執行，信心可謂滿滿。由於新聞記者與國家都贊同改革開放路線，國家對大部分新聞記者的監控不需要像「文革」時期那樣依靠減少新聞機構和隊伍來控制宣傳越軌行為，而只是對造成嚴重後果的記者加以懲處（不過這種懲處延續了階級鬥爭時代的方式），對有助於政權統治的記者加以表揚和提拔。雖然社會開始從國家中漸漸脫離，經濟領域也日益獨立，但國家依舊笨拙、執著而強有力地控制著以新聞媒介為代表的資訊傳播平臺[23]。國家有限度的監督活動不僅有助於減少監控成本，而且保持了新聞記者的創新活力。由於對國家與新聞業關係起關鍵性作用的4個結構性條件，在八十年代沒有發生根本性改變，它們延續了「文革」結束後新聞業與國家的不對稱衝突。

（3）理想主義的新聞菁英群體與缺乏「一元體制多元表述」新聞治理經驗的國家

雖然爭取自主權運動並非新聞業發展的主流，但之所以給人留下如此深刻的印象，在於領導人對革命意識形態的堅持和新聞多樣性政策的具體失誤，沒有將少數極端激進的知識菁英與大

[23] 國家與新聞業長期以來高度一體化的表像，一直維持到1989年學潮爆發。新聞業由於給大眾一個與國家高度一致的錯覺，對促進學生運動的進一步發展起到了非常關鍵性的作用。其實新聞業的「反叛」並不是新聞業有能力表述不同意見，而是國家政權內部意見不統一才出現漏洞。一旦國家內部統一認識，這種曇花一現的業務自主權也隨即喪失（參見Zhao2001）。

批普通新聞記者明確地區分對待，將大批本沒有強烈民主訴求的新聞記者也推向了反面。貌似聲勢浩大的爭取業務自主權的新聞隊伍，其實是有著千差萬別的烏合之眾。例如在對「清除精神污染」和「反對資產階級自由化」運動中，打擊了一大片無意中觸雷和主張對個人生活方式和世界觀採取更為寬鬆政策的新聞記者，許多人即使沒有建立西方民主體制的強烈願望，卻也被推向政權的反面。在很大程度上，新聞記者對業務自主權的要求是一種情緒上的反抗而不是理性的要求。國家在新聞多樣性政策中最為致命的一個問題，是將那些本不為人所知的少數派意見當作有害思想的典型來批判，使其一舉成為全國知名的理論，並由於受到壓制而博得了更廣泛、更強烈的同情。例如，周揚在晚年反思時寫的《捍衛人道主義》文章，本來是發表在馬克思主義誕辰100周年的一篇學術探討文章，經過大批特批後成為全國轟動的大眾性文章。人道主義思想不僅沒有被批臭，反而獲得了更廣泛的影響力和道義上的同情。這些在「文革」時期培育出來的激進的、理想主義色彩的知識菁英，一旦以批判的方式在官方媒介上為人熟知，並借助國家領導層內部對新聞自主權認識的分歧在學生群體、知識階層和大城市的基層政治菁英當中廣為傳播。

國家逐漸放棄對生活方式和觀念的干預，不僅是因為自身不斷從激進策略的失敗中吸取經驗，而且與具有強烈理想主義情結的八十年代新聞記者的不斷衝擊有密切關係。在新聞業的不斷衝擊下，國家觀念自身也在逐漸轉變。

李良榮（1995）將八十年代到九十年代初的新聞體制改革分為4個階段：1978–1982年的撥亂反正階段、1982–1986年的提出「資訊」概念階段、1986–1989 年輿論監督階段和 1989–1992 年的反思階段。在作者看來，這 4 個階段提出的改革內容基本上都是社會焦點或熱點。在第一個階段，新聞媒介因積極投身于揭露「文革」時期各種罪惡活動和不當行為而廣受歡迎，在 1982–1986 年又重點推出了大量去政治化的中性新聞，例如經濟、文化、教育、體育、藝術等各方面，這些新聞內容包括 3 部分：一部分是在「文革」時期被禁止的各種「資產階級」文藝作品和節目，如前蘇聯的歌曲、戲劇和小說；一部分是從西方引進的新的哲學思想、生活方式等等，一部分是各種古典或民間文化，這些內容從「高雅」文化到流行文化兩個方面都極大地開闊了大眾的眼界，改變了大眾的生活方式。在 1986–1989 年，新聞媒介在以往造勢的基礎上進一步推出了輿論監督的問題，直接觸及人民群眾在改革開放過程中最為關心的腐敗和物價問題。新聞業推出的幾次重點報導，都極大地吸引了大眾的注意力，使大眾輿論成為新聞業實踐對抗國家壓力時所依仗的一個重要工具。1992 年以後，國家強權作為可以強制性改變歷史進程的力量，清醒地讓新聞記者意識到新聞自主權的底線。新聞業必須堅持而不是試圖改變黨性原則，必須在承認現有政體的前提下從事報導，輿論監督同樣如此。

由於歷史原因，李良榮用一種非常隱晦的概念敘述了新聞業在八十年代的歷史分期，但已經觸及國家與新聞業之間的意志衝突的實質。這種新聞觀念的變革的過程，對國家的影響是很大的，它逐漸影響了作為國家機器底座的大量基層幹部。隨著基層政治菁英與新聞記者和知識菁英的觀點越來越接近，國家對新聞記者的打擊力度就越來越小，也越來越消極。國家領導人有時候覺得新聞業的世俗化傾向過分了，就管制一下，新聞記者暫時終止，一旦風頭過去又開始活動。這種收收放放、前進一大步、後退一小步的拉鋸戰，逐漸改變了在階級鬥爭環境下形成的陳舊觀念。童浩麟、秦傳認為「推動 20 年新聞改革進程的始終是新聞界自身的實踐」（1998：6-9），也正是基於這個理由。

雖然新聞記者在營造一個越來越寬鬆的輿論環境方面起到了主導作用，但我們也不能誇大或美化八十年代新聞記者的專業品質。八十年代，各社會人文學科研究均有干預社會的強烈動機，「文采斐然」被視為新聞報導不可或缺的要素。考察八十年代出色的新聞報導，那些新聞報導其實很難跟文學分開，各種浪漫的、激情的、華麗的趣味流行一時。以 1988 年電視政論片《河殤》為例，它激烈地批判代表人治威權的「龍」圖騰，熱情地讚美「開放的、天海相接的藍色海洋文明」，並毫不留情地將中國傳統文化批評為保守的、內斂的「黃色大陸文明」，其思想實質是地緣政治理論的雜糅，充滿著各類硬傷。但激進的大學生到處朗誦著《河殤》中的解說詞。這部解說詞的第一稿已經遠遠超出了學術探討範疇，但電視播出的稿件顯然更加激進，政治意圖也更明顯。大量的錯誤的例證引發爭議，例如第一集在中央電視臺播出時直指時政弊端：「二十世紀的中國知識份子，而今雖然終於免除了臭老九的厄運，身價彷彿比過去也高了些，但經濟上的窘迫寒酸和精神上的扭曲壓抑仍然伴隨著他們。他們英年早逝的噩耗不斷傳來，沉重的負擔正把最優秀的中年知識份子一批批斷送掉。更為可怕的是，在這個尊崇孔夫子牌位的文明古國中，教師的地位竟淪落到非常卑賤的境地，老的一代已經蠟炬成灰，油燈將盡，新的一代卻再也不肯去步他們的後塵。教育危機成為中國最緊迫的危機。一曲〈神聖憂思錄〉，使多少中小教師和知識份子愴然淚下。這些可以把閃閃爍爍的靈光變成太陽的人們，身單體薄，面容削瘦，在斗室中構思著人類文明的銀河系中那些必將屬於中國人的新的星座。人類中沒有任何一種職業的人，比他們更需要自由的空氣與無限的空間。如果給他們的精神插上一座黑色的十字架，或者壓上一段灰色的長城，那麼，靈光將永遠不會變成太陽！但願歷史不再捉弄中國的知識份子。」

這些誇大的言論是顯然不符合事實的。事實上，國家對教育的投資一直在連年迅速增加。從1976年到1990年3個五年計畫期間，中國政府財政5年累積支出從3917.94億元增加到12865.67億元，但中國文化教育投資從427.06億元增加到2971.97億元，其比例從10.9%增加到23.1%，增加了兩倍多[24]。教師和知識份子待遇顯然要比原先高出許多，儘管相對於農民、工人，國家給予知識份子待遇已經非常高，但顯然比不上在市場經濟領域中獲利的那些人。其次，新聞記者根據對西方的美好想像和在封建時代的美好待遇，將教師職業神聖化了。教師職業在西方固然受人尊敬，但經濟地位也不能算高，甚至只能算中等偏下收入。例如，2005年美國加州一個普通大學講師的年工資稅前可能是6萬多美元，其工資根本買不起動輒上百萬美元的住宅。顯然，在《河觴》中發洩的不滿可能僅僅是知識份子在改革進程中相對地位下降的反映。他們很可能對真正的大眾意志沒有真切

[24] 根據《中國統計年鑑》1999年有關資料計算。

體會，相反成為國家治理進程的一個噪音。

從當今標準[25]看，八十年代新聞記者的專業素養並不高，大量浪漫的、與實際相悖的總體性話語佔據了新聞舞臺。他們在指點江山、激揚文字時不僅無意中傷害到諸多採寫對象，而且刺激了國家敏感的神經。這種反差說明，八十年代的國家與新聞業作為一對對手，其精神氣質和行為方式往往是相互強化伴生的。作為在一個總體性語境下成長的產物，新聞記者並不會比對手高明許多。特別是那種激進的、文學的、泛政治的、戰鬥的話語風格，沒有給國家留下太多的迴旋餘地，他們更歡迎一種稱為「本質真實」、更「主體性」的風格，這種本質真實和主體性的結果也反過來使國家與新聞業關係越來越緊張。

這種越來越緊張的關係使新聞業內部對新聞業務自主權狀況的認知要更為悲觀。1988 年對新聞工作者內部的關於新聞改革的全國性調查中，認為新聞非常受歡迎的是 0.3%，比較受歡迎的佔 23.4%，一般的佔 50.2%，不太受歡迎的佔 24.7%，非常不受歡迎的佔 1.4%。有 87.3%的調查者認為，新聞改革進展太慢，只有 5.8%的人認為正合適（轉引自阮觀榮，1998）。

此外，從報業的組織人事基礎看，隨著報業規模的急劇擴張，大量受過正規高等教育的新聞記者開始進入，原先堅持黨性原則的老記者隊伍被大量稀釋。報業的領導層也基本被一批以強調「人民性」的第四代記者控制，而新聞業基層已經演變成傾向於自由主義思想的「第五代記者」。

---

[25] 到九十年代，隨著專業化的推行，新聞採寫對文采的要求已經讓位於時效性、對事實的精準把握、獨家等其他要素。

國家傳統控制機制的鬆動與新聞業的自發抗爭，使 1987 年和 1988 年的新聞輿論監督熱潮風起雲湧，其言論力度遠超過當初提出輿論監督的一些國家領導人的預期。第一類是指出政府失誤的批評性報導，即所謂的輿論監督。《南方日報》、《中國青年報》都有大量關於貪污受賄、官倒、以權謀私、弄虛作假、出國定居、騙取榮譽、請客送禮、大吃大喝、公款旅遊、鋪張浪費、濫發財物等現象進行批評報導。第二類是鼓吹政治體制改革，包括反對引發經濟改革倒退和政治體制改革停頓的一切措施。新聞記者們熱中於討論領導任命制度、民主建設與愛國主義。例如，《人民日報》主持的「蛇口風波」討論，直接削弱了黨的思想政治工作者典型曲嘯的精神感召力。這些文學化的、激進的言論為新聞記者爭取全面的制度意義上的業務自主權提供了輿論。

正如李普塞特與杭廷頓的現代化理論所描述的那樣，隨著社會經濟發展、資訊流動的加快，國家對新聞業的控制變得越來越不穩定。這個時期也就是所謂的「疑似托克維爾時期」：新聞機構總量越來越多，報紙日益顯現獨立的經濟利益，原有的以宣傳部門為核心的新聞督察體制被全面削弱；而國家與新聞業圍繞新聞自主權產生的緊張關係，經過八十年代初期和中期的累積，到八十年代末開始爆發。

第五章

國家合法性重建與新聞政策調整（1989–1992）

從任何角度看，1989 年和 1992 年不僅在國家與新聞業關係中，而且在中國現代化道路上，都是非常重要的兩個年份。本文之所以單獨開闢一章來討論這個階段，在於該時期為中國社會結構全面轉型做好了意識形態和經濟體制的準備。這兩年發生了兩個劃時代的重要轉變：1989 年，中國從一個意識形態權力國家轉向了一個執政黨政權。1992 年，中國從計畫經濟全面轉向了市場經濟。脫離了 1989–1992 年，中國當代歷史的許多特徵就無法理解。

八十年代末、九十年代初是國家與新聞業緊張關係的最低潮[1]。長期以來，新聞記者與意識形態負責人圍繞著人民性和黨性、社會公器與宣傳機器展開了非常激烈的論爭，那些代表人物

[1] 國家與新聞業的緊張關係，在 1989 年達到高潮。《世界經濟導報》與上海市政府的衝突，北京各新聞媒介的表現（Zhao2001），都集中地釋放出在「文革」前成長起來的知識份子對國家強權的擔憂。隨著國家強力接管了新聞媒介，國家與新聞業的關係開始進入一個新的階段。

被國家點名批判並嚴厲處理。「六四」之後，國家對新聞業進行了治理整頓，重申了黨性原則，強力驅逐了爭取新聞業務自主權的負責人，重新將新聞業置於嚴密的政治控制下。

為維護自身統治被迫平暴後，國家如果僅僅是滿足於維護一己之私的利益最大化機器，那麼 1989 年後中國政府也可以不改革，如當今兄弟鄰國一樣可以維持其統治。因此更關鍵的問題，是中國在解決「六四」危機後為什麼選擇走不熟悉的市場經濟道路而不是熟悉的封閉式集權道路，表明國家內部存在另外一種層次更高的邏輯在支配著國家合法性的定義，它不是出於簡單的維護自身統治，也不是堅持為人民謀取福利的高尚動機，而是在當時歷史情境下的必然選擇。

第一節　民族主義基礎上的合法性重建

1989 年 6 月以後，包括新聞業在內之全國各階層普遍對政治危機的解決方式存在質疑。在國際上中國被制裁，蘇聯和東歐社會主義陣營也危機四伏，即將全面瓦解。中國政府不僅政治、外交局面陷入低谷，而且經濟形勢也非常糟糕。《人民日報》記者馬立誠如是描述了當時的政治經濟形勢：「私營企業主和個體戶們，全都嚇得夠嗆。那幾個月全中國的個體戶一下子就少了 300 萬家，私營企業也有大約一半關了門。老闆們紛紛捲款而走，工人們被掃地出門，一下子全都沒有了工作。不過，這些人原來十之八九都是農民，本來就不在政府的失業統計範圍裏面，有些人家裏還有幾畝地，於是又回到土地上。有些人就盤桓在城市的大街上，說是有些人，其實多得不得了，總數可達幾百萬，全都無所事事的。然而這還只是經濟領域諸多麻煩中的一個。的確，物價下降了，老百姓也不再爭兌儲蓄、搶購商品了。需求也如政府所期待的被抑制了。不過，市場上的東西卻賣不出了。中央政府重新大權在握，但是經濟卻幾乎不再增長。……於是，東北哈爾濱有 30％的工廠停工，瀋陽 100 萬工人有 30 萬人待業，全國有 20％至 30％的工廠停產。」（馬立誠，2000：156）

如此大面積的群眾運動在建國以來尚屬首次，它徹底破壞了 50 多年來篤信不移的國家與社會之間的魚水關係。在平暴行動結束後，國家必須為自己的強力行動尋找從歷史到現實的合法性解釋。我們可以從各種公開報導的評論文章來窺測到這種解釋，但這些評論往往是籠罩於宏大話語下經太多粉飾的文章，很難鮮明地看到國家權力運作的真實邏輯。不過，我們在「六四」之後中央政府對各大新聞機構一把手和高級負責人以統一認識、消除思想混亂為目的的幾次內部講話中，可以更清楚地看到國家權力運作真實的邏輯。這些講話包括 1989 年 6 月鄧小平在首都軍以上幹部的講話，李瑞環 1989 年 11 月在宣傳幹部研討班上講話〈堅持以正面宣傳為主的方針〉，1990 年中宣部副部長徐惟誠面向「六四重災區」的新聞業總編和社長發表的〈提高思想水平，改進宣傳藝術〉等一系列講話。由於這幾篇講話需要相互印證，為了敘事方便，本文將這幾篇講話做一個統一的簡要敘述，而不再特別指明其具體出處。

根據鄧小平對1989年政治風波「大氣候與小氣候」的觀點，改革開放以後，中國國力上升很快，西方國家對中國的迅速發展感到非常不安。國家突出放大了 1989 年政治風波中，西方不願意看到中國的強大、有意搞亂中國的「險惡居心」，而意識形態的差別被縮小到次於國家利益的位置。國家首先將針對政治風波採取的行動的合法性建立在「反和平演變」的民族主義基礎上。在官方的解釋中，政治風波的起因是自上而下的資產階級自由化思想氾濫，但這種思想混亂表面上雖然是意識形態爭奪，但實質上是西方國家為了自身利益向中國灌輸意識形態的和平演變的結果。在國家重新勾勒的這段歷史中，過去幾十年的鬥爭背後表面上是資本主義與社會主義兩大陣營圍繞意識形態展開的鬥爭問題，但實質是西方國家與發展中國家民族利益的鬥爭。「今天人們的問題和困惑，歸根到底兩件事情，一是中國到底要不要走社會主義道路，二是中國為什麼非要共產黨領導不可。……從歷史看，中國走社會主義道路可以說是帝國主義逼出來的。100 多年前中國人哪裏知道有個社會主義？無非看了西方富我們也想富，你走資本主義道路我們也想走，100 多年中至少有 80 幾年大多數先進的中國人都在想這一條。」（徐惟誠，1991：59）

在這種對歷史的描述中，中國選擇社會主義的理論重心已經不是出於「傳統的資本主義在一天天腐朽沒落下去」的馬克思主義理論自覺，而是西方列強不讓中國走資本主義道路的現實逼迫。這與以往的社會演進邏輯有一個質的變化。黨的意識形態負責人已經承認資本主義也具有實現國家富強目標的能力，中國之所以走社會主義道路，是因為西方列強為了掠奪中國而故意阻礙中國模仿資本主義道路：「但是西方帝國主義不讓中國富強，他們不允許中國走他們走過的路也富強起來。他們在中國收買軍閥，把中國拆散，搞軍閥混戰。他們出錢出槍出砲，讓中國人打中國人，讓他們放手掠奪中國的財富。中國要富強要保護自己。沒有別的辦法，只有一條出路，在共產黨領導下人民團結一心，才能推翻他們的統治。」（徐惟誠，1991：59）因此，中國必須完成兩個任務，一是加強集中領導以獲取強大政權，二是推翻西方列強及其代理人的政治壓迫。在這種解釋中，原先反帝反封反殖民主義的「三座大山」的重心已經明顯向「民族主義」權重上傾斜。

在民族利益和民族矛盾的大背景下，共產黨的領導也就有了歷史的必然性：其他競爭性意識形態都沒有將中國絕大多數人團結一致起來，唯獨以辯證唯物主義為指導的階級鬥爭理論可以將工農群眾組織動員起來，結束一盤散沙的局面，從而最終依靠武裝鬥爭獲得了民族解放。「中國長期受欺負，受欺負就要革命。革命採取這個辦法、那個辦法都不行，孫中山革命的時候要找依靠力量，找到三合會，依靠幫會勢力也不行，後來他想搞自由選舉，宋教仁還想組閣當總理，可讓人一槍給打死了。出路在哪裏呢？中國人就是在這種情況下找到馬克思主義的。當時，毛澤東等人開始讀馬克思主義的書，主要是階級鬥爭部分。到了這一天，就看到了革命的依靠力量在無產階級，在工農群眾，找到這個力量才能夠看到中國革命成功的希望。」（徐惟誠，1991：61）

黨在肯定階級鬥爭思想的歷史功績的同時，也確認了高效組織動員民眾的集權體制的合理性：中國共產黨由於帶領全國人民對抗西方列強，完成民族統一，實現國防安全，自然而然地獲得了執政的合法性。這種解釋邏輯的實質，是將兩大陣營之間的意識形態鬥爭淡化，突出中華民族追求富強的主線。在中國共產黨的領導下，中國人民已經站了起來。由於西方國家不能再對中國指手畫腳，只能通過意識形態領域的鬥爭，以和平演變的方式搞跨社會主義政權。

在這種解釋中，美國作為挑動政治風波的大本營，對中國打著「民主」旗號進行干預，並非「好心」地為了中華民族的利益，而是為了擺脫美國內部的嚴重危機：「美國這個國家欠債已經達到 3 萬億美元，2 億多人口，人均負國債 1 萬多美元。通貨膨脹應該說是很嚴重的。按照一般的規律，這個國家早就該垮臺了。但到現在為止儘管美國有經濟衰退，日子還比較好過。奧妙在哪裏？因為美國是世界頭等強國，因此美元是世界的流通手段，而且是世界儲存手段……維持這個局面的條件，就是美國仍然是世界霸主。如果美國不是世界霸主了，大家不存美元而改存日元、馬克了，美元就要回美國，美國就得拿出東西來，美國就會大亂，崩潰。所以美國每年或者最多兩三年一定要幹一件霸權主義的行為，顯示實力。」（徐惟誠，1991：59–60）包括海灣戰爭，西方國家對其他國家內政的干涉實質上是維護自身霸權，將發展中國家納入到一個西方列強所支配的世界經濟交換體系當中（徐惟誠，1991：59–64）。通過這種描述，美國對中國的干涉就喪失了道義的合法性，政治風波也被描述為上百年來西方「亡我之心」的延續，中國共產黨在這場與西方的生死較量中代表了民族利益，自然也贏得了平暴行動的合法性。只要西方列強與中國之間的國家利益競爭一天不停止，黨的領導地位和集權管理一天也不能放棄。1990 年《人民日報》社論「穩定壓倒一切」的提法最終完成了對績效合法性基礎上的確認。

顯然，革命黨的根基是對理想國的真誠信仰，而現在神聖的革命信仰開始被世俗化為對民族利益的維護。在革命意識形態的世俗化轉變中，集權體制和黨的領導地位雖然得以保持，但也付出了放棄革命意識形態的道德優越地位的代價，使國家權力的合法性基礎建立在世俗利益而不是意識形態上。在這幅重新勾勒的行動地圖中，革命的基礎不再是對共產主義的絕對信仰，而是民不聊生這個非常具體的社會矛盾和經濟矛盾。國家放棄了以往論證社會主義的優越性和必然性的階級鬥爭解釋框架，核心邏輯不再是「資本主義生產方式必然滅亡」，而是將以往社會經濟矛盾與政權的合法性之間的模糊聯繫進一步明確化了：「好像就是幾個人一商量，群眾就會遊行，罷工，罷課，革命就起來了，太簡單了。革命的基礎是社會的政治、經濟矛盾，老百姓處於水深火熱之中，沒有飯吃，活不下去了。沒有群眾基礎，革命就不可理解。我們既要理直氣壯、非常有信心地宣傳黨的歷史，黨的領導作用。又要非常精心地做，不精心地做，效果就不好。」（徐惟誠，1991：61）

這種精心編排的邏輯解決了政權當時明顯的合法性危機，也不可避免地導致整個國家目標的正式轉變。如果黨的領導地位來自帶領民眾走向富強，那麼中國共產黨的政權穩固最終必須落實在「改革開放」，給大眾帶來明顯可見的福利，也就是說，集權體制的合法性在於給大眾帶來不斷富足的經濟建設成就。能改善民生的市場經濟開始成為維護共產黨權領導威的最佳選擇：「改革開放不是要不要堅持的問題，而是如何把每個問題每個困難都解決好，落實好的問題。光是聲明改革開放的方針不變，不能完

全解除人們的疑慮，要靠實實在在地幹，一個問題一個問題地解決，做出成效來，人們就會相信。」（李瑞環，1990：4）

通過這場解釋，國家重新勾勒了中國在百年歷史中的發展地圖，將自身重新定位在民族命運的拯救者、與試圖阻滯中華民族復興進程的西方國家的鬥爭者及國家經濟現代化建設的領導者，從而渡過了國家政權的合法性危機，順利地完成了黨從混合型政權向執政黨政權的轉變。

在反和平演變的邏輯下，國家從革命黨政權走向執政黨政權，必然帶來兩個結果：第一，它的領導地位不再來自馬克思主義賦予它的先賦性地位，而是為了完成中華民族統一富強的使命這個現實的需要；第二，它必須放棄虛幻的政治成果，做出世俗層面的建設業績向人民交代。走市場經濟道路已經為中國人民帶來了巨大的福利，大多數人希望前進而不是後退。第三，改革開放也是當時領導人以及新上任的第三代領導集體的政治標籤，任何動搖只會導致他們政治生命的結束。在這 3 種力量的作用下，中國逐漸走向「政治管制、經濟放開」的道路。

第二節　國家重申對新聞業的絕對控制權

國家目標的轉變直接導致了國家與新聞業關係的轉變。國家一旦以執政為目標，以獲得經濟發展為合法性基礎，就必須迅速填補革命思想退卻後的意識形態真空。在民族主義尚未發展精緻成熟之前，國家就必然被迫放棄以往思想說服為主、行政控制為輔的雙重控制手段，改為以行政控制為主、思想說服為輔的監控手段。1989 年以前，新聞記者非常活躍，屢屢試圖突破當局的界限，在某種意義上他們不僅是黨的宣傳部門的執行者，而且是思想者。但 1989 年以後，國家非常明確地宣佈黨對新聞業的領導權來源於行政強制。報紙屬於國家所有，按照組織紀律，必須無條件聽從國家的領導。因此，不僅黨報，所有的報紙都必須明確地堅持黨的領導。這個規定非常清楚地表明了國家新聞控制思路的重大轉變：國家開始從對公民無所不在的思想改造和廣泛的言論控制，收縮到對新聞媒介的重點控制。

這種控制方式並非從天而降的陌生產物，而是改革開放以來國家對媒體的監控技術的進一步摸索和發展。從建國初期到「文革」結束，新聞宣傳重點始終是使大眾保持對共產主義的真誠信仰，是「管思想」。國家希望鑽到人腦子裏，搞清黑箱裏在想什麼。改革開放後，國家放棄了對公民的思想動機的審查，開始轉到管理大眾言論對政權效果的甄別和懲戒。在「文革」結束後，一開始是監控任何形式的公民言論。1989 年後，隨著國家全面放棄對個人思想領域的控制，國家開始過渡到管大眾言論的出口，也就是放開各種私人言論，而重點把住公共言論。

從思想監控轉向終端監控，是國家根本目標轉變的產物。黨由一個革命黨逐步轉向到以維繫統治地位為目的的執政黨，國家目標也隨之發生改變。在革命時期，政權的穩固建立在對思想的虔誠基礎上，思想監控非常必要。但在執政時期，政權的穩固建立在民生基礎上。因此，國家需要借助新聞宣傳貫徹改革精神，推行中央權威，監督地方基層，從事輿情蒐集，並在緊急時刻防止人民發生集體行動。

從管思想，到管言論，到管渠道，表明國家已經找到了管理成本最小的政治監控體系。大凡一切社會運動，都源於思想的廣泛傳播和資訊的快速流動，而只要管住了新聞媒體，就管住了資訊和思想公開傳播的可能性。因此，新聞媒體作為大眾言論的公共渠道，宣傳什麼，如何宣傳，宣傳到什麼程度，全部由國家牢牢控制，國家不再力求控制人民的思想，而是收縮戰線，集中有限的資源用於監管新聞媒體。

與企業相比，國家對資訊產品的質量控制非常容易。不管記者腦子裏怎麼想，其終端產品如文字、圖像的傾向性是容易被識別的，管理部門能迅速反應並實施以獎懲。因此，監管思想的成本最高，收效最低，而監管言論尤其是監管記者言論要容易得多。由於新聞監控的成本非常低，記者不可能像一般性國有企業職工那樣，可以輕易逃避國家績效監督和懲處，他們隨時被置於國家的日常性監管下。

國家對新聞媒體的監控技術，決定了記者與國家的基本關係。儘管在改革開放初期，存在大量記者公開反抗國家的紀錄，但這些反抗很快被察覺並處置。這意味著，即使允許記者在一般性新聞報導當中有有限的自由權，國家也不必害怕對新聞業的失控。國家只需要把握住關鍵性的敏感新聞、重大新聞，而對一般性新聞鼓勵競爭，這種競爭在相當一段時間內逐漸培養出新聞業的有限專業主義。

在意識形態徹底轉變之後，國家提拔大批具有執行能力的行政幹部來負責新聞業。和以往具有文人氣質和理想主義色彩、不善於掌控行政權力的負責人相比，這些官員的特徵是忠於現政權，工作上強調組織協調，注重細節，強調實際效果。報業領導層作為資產階級自由化思想盤踞的大本營被徹底整頓後，很多新的負責人已不具有文人習氣，更多地是將報社、電臺、電視臺當作受雇於國家的文化企業而不是國家機關來管理。

（一）管住渠道，重大問題有禁區。黨報必須堅持黨性原則，所有報紙、電臺和電視臺都必須堅持黨性原則，絕不允許挑戰現政權，不允許懷疑現有集權政體。在明確思想禁區之後，新聞記者開始被從國家政治菁英體系中剝離出來，他們不再是擁有參與到重大話語權的政治菁英，而僅僅是國家雇傭的具有新聞專業知識的勞動者。1989 年後國家對自身的道德卸責出乎意料地解決了很多管理上的難題。新聞機構的具體負責人擺脫了以前經常在專業要求與政治要求之間的夾縫中求生存的狀態。負責人感到最大的變化是「以前工作不好做，現在工作好做了」。對有些記者的不滿，負責人非常明確地告訴他們，報紙是黨的報紙，黨叫說什麼就說什麼，「要年輕記者不要抱任何幻想」。 這個局外人與局中人的角色差異給新聞記者的心理打擊，到九十年代中期以後才突然凸現[2]。

（二）提高效率，在規定動作區域鼓勵新聞記者競爭。隨著文人型領導開始被經理型領導代替，對新聞記者的業績考核開始提上日程。在他們看來，新聞業由於缺少類似於工廠生產精細的

[2] 在 1989 年以後相當長的時段內，部分新聞記者依然延續了傳統知識份子的救世情懷。當然這種客觀現實與自我認知的巨大差距也並非壞事，如果沒有這種綿延深厚的救世情懷，九十年代的令人振奮的電視新聞改革也不可能出現。

監督管理，使新聞業無法有力地執行管理層的決定，也不利於提高作為產業組織的生產效率。例如中宣部常務副部長徐光春就認為：「我國新聞工作的現行體制完全套用行政機關的體制，致使人員幹部化，工作機關化、管理行政化。這種行政機關化的組織結構、人員編制、工作方法、管理制度，不符合新聞工作獨有的客觀規律。如同火車跑在公路上，汽車走在鐵軌上那樣，行政機關的軀殼和結構，無法使新聞工作這一活體生長和發育起來。而且是造成目前新聞不及時，不講時效，或漏發新聞、新聞量少的重要原因之一。……有的記者一個月採寫二三十篇稿子，而有的記者一年才採寫十幾篇稿子，可是這兩位記者的工資檔次，獎金水平一個樣，而實際收入後者還比前者強，因為後者擅長擠公家的時間幹私活。甚至於評職稱時，後者比前者還有優勢，因為後者的私活幹得精雕細刻，有相當的質量，這樣的作品可以作為代表作，受到評委的青睞。新聞單位目前仍然存在這種養懶人、治勤人，護庸人、壓能人的工作機制、用人機制，嚴重挫傷著廣大新聞工作者的積極性，也出不了好稿，也出不了人才。因此，新聞改革要深化，一定要向舊的機制開刀，建立競爭機制、制約機制、激勵機制。競爭機制的核心是優勝劣汰，重用能人；制約機制的核心是明確職責，嚴格考核；激勵機制的核心是獎優罰劣，優質重獎。」（徐光春，1993：57）

這種管理辦法與以往的管理辦法有非常大的區別，以往新聞業的負責人在檢討新聞機構為什麼發稿不及時，發稿量不夠多，往往是從新聞記者的主觀覺悟和業務素質上考慮，例如新聞記者對枯燥的時政新聞報導缺乏興趣或者經驗和能力不夠等。新上任的負責人意識到新聞業同樣存在與國有企業一樣窩工的現象，為提高勞動積極性，他們更傾向於用市場化的競爭機制迫使新聞記者「睡不著覺」。「從版面的效果上看是輕鬆、愉快、活潑的，但這種輕鬆、愉快、活潑的背後是相當累人，睡不著覺。只有總編輯和編輯們睡不著覺，才能換來廣大讀者覺得這種晚報很輕鬆、愉快，在很愉快的過程中，他們受到的社會主義思想的教育，既不勉強，也不覺得生硬，當然也沒有什麼抗拒，而是在不知不覺中受到了教育。」（徐光春，1993：57）這種轉變固然是在思想控制力度減弱時的無奈之舉，又是新的治理方式下「去文人化」管理的具體策略。粗放型的管理方式逐漸被放棄，效率導向型的企業化管理觀念開始在新聞業傳播開來。同時，由於內部競爭機制的興起，新聞記者的政治菁英的自我定義在經濟層面開始被進一步剝離。

（三）以改進宣傳技巧為目的的新聞改革。為了提升黨的形象和合法性，新聞業必須用大眾能接受的方式進行宣傳。領導人也非常清楚，僵化的政治宣傳不受大眾歡迎。以擁有國內最高收看率的《新聞聯播》為例，最高收看率可達到 50%，但《新聞聯播》以報導黨政領導幹部活動為主的國內新聞部分收視率往往非常低，以至於大眾開玩笑說看《新聞聯播》只從第 25 分鐘開始看起，因為整個 30 分鐘節目最吸引人的是後 5 分鐘的國際新聞節目。領導人李瑞環 1989 年 11 月 25 日在中宣部舉辦的宣傳幹部研討班講話中就此發佈指示：「要充分利用有限的版面、畫面和時間，盡可能多提供廣大群眾所需要的資訊，反映他們的呼聲和要求……要繼續壓縮各級領導幹部一般活動的報導，需要報導的領導幹部的活動，除重大的國事活動和國務活動外，要著眼於密切幹群之間的聯繫與溝通。要多側面地宣傳人民群眾在四化建設和改革開放中的創造性活動，使之在我們的報紙、電視和廣播中得到充分的反映。」（1990：8）李瑞環針對以往簡單的政治灌輸反思和批評，提出要研究「精細」的宣傳藝術。「要使正面宣傳為主的方針取得良好效果，必須努力提高宣傳藝術。……增強新聞的可讀性，是為了讓盡可能多的人入耳、入眼、入腦、入心。」（1990：12）

這種「精細」的宣傳藝術其實在建國以來各個歷史時期都被強調，但一直不能取得很好的效果，原因在於新聞是在公眾面前展示權力關係的儀式化手段，每一次新聞報導都是對現實權力關係的再生產過程，它有一個非常嚴格的模式，不可能隨意逾越。儘管如此，國家領導人仍然非常積極地大量參與到新聞活動中，改善以往高高在上的刻板印象，展現親民形象，對意識形態處於相對空白狀態的社會施加人格化的控制。例如，1990 年 1 月 26 日，中央電視臺直播春節聯歡晚會，新年鐘聲敲響時，江澤民、李鵬來到直播現場，並通過電視發表節日祝詞，把晚會推向高潮。這是中央最高領導人第一次在電視節目中與全國人民過年，並第一次向全國人民拜年和講話[3]。這表明，對公眾利用媒體施

[3] 1991 年 1 月 22 日，李瑞環、李鐵映以及中宣部負責人出席審看 1990 年春節晚會時，李瑞環特別強調說：「這臺節目是成功的，體現了中央過一個高高興興的春節的願望，總的基調是歡快。……所以我們的節目搞得好壞對全國穩定是一個很重要的事情。希望全體參加演播的同志，特別是負責同志能夠從這個高度看待這個問題，使節目精益求精。」見北京廣播學院電視系教學講義：http: // course.cuc.edu.cn /course/ tvdirector/ tvdirector/6-3.htm。

加人格化控制已經開始成為威權國家新的權力技術的一個重要方面。

（四）輿論監督和批評性報導。雖然任何新聞報導的客觀效果必須是讓人們增強對基本政體和基本路線的信心，但也可以適當暴露社會矛盾，這有助於社會穩定：「群眾的情緒能夠通過正當渠道得到紓解，就不至於來個總爆發，也有助於整個社會的穩定。……當然正面宣傳必須佔據主導地位，批評與揭露性的報導只能佔次要位置，並且要十分注意把握分寸。」（李瑞環，1990：10）這種意見表面上吸納了八十年代新聞記者爭取業務自主權的部分要求，但其實質是對輿論監督和批評性報導進行了「性質劃分」，標明底線。改革開放以來，地方政府逐步擁有相對獨立的財權和人事權，中央政府的權威逐漸被削弱。因此，適度地揭露地方政府工作失誤，不僅能緩解社會矛盾，而且對中央權威恰恰起到了「小罵大幫忙」的作用。

這四方面加起來，構成了國家對新聞控制的 3 個技術要點：一是正面宣傳，二是輔助性的批評性報導，三是輿論監督。由於放棄了傳統的合法性基礎，根據 1979 至 1989 年「一元化體制，多元化表達」的 10 年經驗，黨將新聞業的政治性質和功能調整為一個非常完整清晰的要求，就是提升黨的形象，保持政治穩定。這種宣傳制度與 1992 年後新聞產業化加速結合，演化出一個所謂的「黨的公關公司」（何舟，1998）。

但在 1989 至 1992 年，新聞業這個「公關公司」顯然不具備開張的條件。第一個原因，是國家與新聞業聯盟的意識形態基礎非常脆弱，民族主義作為危機時期的意識形態應急機制，尚不足以指導新聞業與國家的常規性合作[4]。國家雖然在各種公開發言上發出「開明專制」的信號，新聞業卻很少有人願意主動配合。新聞業在八十年代獲得的社會公器性與黨性的平衡，在這四年裏基本消失殆盡。在這種重新確立的國家與新聞關係中，新聞業的專業自主性完全消失，沒有新聞業自發主動的輿論監督，只是新聞業遵命的輿論監督。《人民日報》1990 年 8 月 8 日對康華公司、廣西防城港倒賣化肥的批評，新華社對光大公司、工商公司的批評都是在國家直接命令下誕生的。更為嚴重的是，「六四」以後中央領導人雖然聲稱改革開放路線「一個字也不能變」，但國家內部「左傾」力量已經開始從「反和平演變」進一步引申到否定中國改革開放的經濟成就。1990 年到 1991 年，「計畫經濟和市場調節相結合」成為治理整頓時期中國制定經濟政策的理論依據，表明領導層在探索市場經濟道路上有所倒退。1979 年以來，由於共用「改革開放」這塊基本價值的基石，中國新聞業與國家儘管

---

[4] 《人民日報》1990 年 2 月 22 日頭版發表了題為〈關於反對資產階級自由化〉文章再次提出消失已久的路線鬥爭嫌疑的討論：「中國要推行資本主義化的改革，還是要推行社會主義化的改革」，所謂的資本主義化，是指：「一個是取消公有制為主體，實現私有化；一個是取消計畫經濟，實現市場化。」1990 年《當代思潮》第一期指責：「有人妄圖把我國的社會主義制度通過改革開放，和平演變為資本主義制度。」從 1989–1991 年，充斥報紙上的是反對改革的聲音。新聞業的自主性喪失後，已經完全聽命於各自的主管單位，這種單純憑藉行政強力卻缺乏新聞專業倫理制衡的權力結構，使新聞業處於一個事實上非常混亂不堪的局面，連中央也無法完全統一宣傳口徑。例如 1991 年 6 月 5 日《人民日報》社論〈堅持人民民主專政，反對和防止和平演變〉，號召「只有正確估量和進行階級鬥爭，才能保證現代化建設事業的社會主義性質和方向，並促進社會生產力的發展」，「在政治上、經濟上、意識形態上把消滅階級的階級鬥爭堅持下去，進行到底」。這表明，重提階級鬥爭路線，與改革開放路線是相互衝突的，當時的整個政治形勢還處於一個選擇方向的局面。

衝突不斷，但有一個妥協的底線。這種試圖退回到一大二公的動向使大多數新聞記者已經無路可退，維持一個基本的合作秩序都十分困難。

第二，新聞媒介與國家的利益交換機制尚未形成。1989 年、1990 年和 1991 年，新聞業的廣告收入在迅速增長，但是仍然沒有超過國家財政撥款[5]。新聞記者的收入尚未與普通國家幹部拉開。各個新聞機構之間的收入也基本沒有太大差別。國家沒有激勵新聞記者的合作的經濟機制。直到 1992 年市場經濟全面實行後，新聞業的廣告收入大幅度上升，新聞記者的收入才逐漸變得讓人羨慕。在市場化最初階段，新聞業內部最有錢的並不是直接從事新聞報導的新聞記者，而是那些有路子拉廣告、為其他單位幹私活以及大搞有償新聞的記者，但從整體看，隨著新聞業整體收入的增長以及對專業採寫人才的需要，具有專業才能的新聞記者收入日益豐厚，開始成為各報社、電視臺爭搶的對象。

第三，新聞記者與國家力量的對比變化為新聞記者話語策略變化提供了基礎。國家通過對新聞組織的人事整頓，重新獲得了對新聞業的絕對控制和意義整合。這與八十年代有根本區別。在描述國家最終通過市場經濟獲得霸權話語[6]之前，必須分析國家在八十年代同樣具有壓倒性的話語霸權，卻不能在八十年代完全控制住輿論工具的原因。本章將進一步指出，新聞記者的力量不僅僅來自其輿論傳播崗位，更在於知識菁英這支非常重要的外援。

---

[5] 根據歷年《中國廣播電視年鑑》、《中國新聞年鑑》計算。

[6] 本書使用「霸權」一詞，並不帶有任何道德評判性意味，只是用來描述一種力量對於另外一種力量的支配狀態。

知識菁英是八十年代和九十年代影響輿論環境的重要力量之一。當八十年代知識菁英借助「現代化啟蒙」話語具有強大的輿論影響力並充分介入新聞媒介的環境下，新聞業才具有極其強大的、甚至能直接威脅到國家政體的力量。

為了敘事簡明，本書一開始是將新聞記者作為知識菁英的一部分並且是知識菁英主張的代言人來分析輿論環境的形成，但這種表述尚不能完全闡明國家與新聞業關係從八十年代轉向九十年代轉變的具體機制。知識菁英自身力量的強大與否，知識菁英階層的傾向性，都對國家與新聞業意志博弈的態勢起到至關重要的作用。

新聞記者在當時雖然是知識份子的一部分，但他們在知識份子中並不處於話語生態中的上游鏈條，不能完整地提供論證新聞自主權的話語資源，這個論證任務必須由在知識資源鏈條中佔據更高層次的公共知識份子如方勵之、巴金、李澤厚等人完成。當知識菁英對西方民主道路的夢想與新聞業對自主權的強烈渴望結合在一起，就形成了一種以新聞業為先鋒的民主訴求大勢。下面，本書將從國家、新聞業和知識菁英 3 個方面來分析決定輿論環境的關鍵因素。

1989 年以後，國家權力強制性地改變了所謂的「民主化」進程。由於國家自身合法性的轉變，以意識形態路線論爭為核心的總體性話語在九十年代喪失了存在的基礎。國家集中目標於經濟建設，將國家合法性建立在發展市場經濟所帶來的大眾福利增進之上。「不爭論」的新政策出臺後，無論是左派還是右派，圍繞意識形態論爭而聞名的知識份子都無用武之地。1992 年後市場經濟的具體實踐需要知識菁英對此進行分門別類的深入研究，原有的總體性話語體系由於無法回答市場經濟改革的新問題，而被視為過時的「浪漫曲」。

在話語迷失和改革實踐的雙重壓力下，知識份子開始意識到與國外同行在專業水平上的巨大差距，並越來越追求專業化知識。市場經濟的興起使各行各業都需要專業素養的人才，知識份子開始分化為研究各個具體領域知識的專業階層，在八十年代轟動一時的公共知識份子迅速成為明日黃花。同時，知識份子從一個原先整體上收入差距不很大、關心政治的階層，迅速分化為經濟地位拉開、政治態度也逐漸複雜的各個領域的專業人士。隨著時間的推移和政治熱情的逐漸喪失，他們甚至不被認為屬於「知識份子」，只不過是受過高等教育的專業人士而已。隨著專業化建設的進一步展開，新聞記者與知識菁英的差異越來越大，經過整個九十年代的市場化洗禮，參與到新聞媒介的公共知識份子越來越少，知識菁英對新聞媒介的支援也越來越弱。

新聞記者在 1989 年後不僅喪失了知識菁英這支強大的外援，而且還喪失了原先能領導新聞改革的幾乎所有領袖人物。1989 年後，中國新聞業的業務自主權全面被國家所接管後，大部分持激進思想的人物不是離開新聞工作崗位就是移居國外，大批持自由化思想的新聞記者選擇沉默或者進入商界。1992 年市場經濟全面展開後，全民經商的熱潮掀起，新聞記者「為民請命」的理想主義情懷似乎更是無處棲身。到了九十年代中期才畢業進入新聞業的青年記者，對過去高度集權的政治環境只存有模糊的記憶。在他們的眼中，國家新聞單位更像是一個謀生飯碗而不是實現知識份子良心的場所。文人辦報的傳統開始受到嚴重的挑戰並逐步土崩瓦解。

與此同時，國家機器在1989年後提拔上一批精明強幹、經驗豐富的領導人。他們出身於體系內部，對意識形態權力國家的運作體制非常熟悉，不僅嫺熟掌握了「文革」時期將新聞完全工具化的手段，而且對八十年代實施的新聞多樣性政策的後果也有清醒的認識。為了解決八十年代新聞業在客觀效果上沒有很好地為國家服務的問題，他們更講究新聞報導的實際效果而不是表面文章。他們認識到，在總體性話語已經全面衰微的情況下，關鍵不是提高新聞記者的政治覺悟，而是用各種手段管住新聞媒介這個公開傳播的渠道。他們更感興趣的不是如何維護意識形態的純潔性和正統性，而是如何利用意識形態更好地維護政權穩定。這個至關重要的因素，孕育了1992年後新聞業的全面轉變。

作為從基層管理崗位中逐步提升上來的新型官僚，新上任的管理層對意識形態領域的管理方式更多不是採取文人式的鬆散性管理，而是採取國有企業改革中類似於管理勞動力的手段來治理新聞業。旨在改造新聞記者思想認識的方法基本被放棄，高度的政治壓力表面上在消失，取而代之的是嚴密細緻的各種日常化管理。在九十年代陸續出臺大量的法律法規以及各種配套性監控措施。根據本人的從業實踐來看，其中最有效的措施包括：(1)新聞媒介的批准登記制度[7]；(2)建立審讀（審讀、審聽、審看）制

[7] 1993年6月，國家新聞出版署發佈了《關於出版單位的主辦單位和主管單位職責的暫行規定》，明確規定「主管單位、主辦單位與出版單位之間必須是領導與被領導的關係」，並規定主辦單位對所辦出版單位負有的責任之一是：「領導、監督出版單位遵照中國共產黨的基本路線，方針、政策和國家的法律、法規、政策以及辦社（報、刊）方針、宗旨、事業範圍，做好出版工作及有關各項工作；審核出版單位的重要宣傳報導或選題計畫，審核批准重要稿件（書稿、評論、報導等）的出版或發表；決定所屬出版單位的出版物發行不發行，對出版單位在出版物內容等方面發

度[8]對新聞媒介進行全面跟蹤管理；（3）建立宣傳例會制度，在確定媒體報導的重要內容時，頒佈各種禁載規定；（4）重大活動、實發事件報導統一宣傳口徑。

批准登記制度有效地掌握了宣傳環節中最核心的新聞報導和編輯權。許多學者經常將國家出讓廣告業務權或經營開發權作為國家宣傳控制體系削弱的標誌，但這種看法與實際相差甚遠。國家出讓經營權並不表明控制能力的削弱，相反意味著國家控制能力在進一步增強。經營活動一直屬於新聞單位的邊緣部位，它並不是宣傳的核心，處於隨時可被政府收回的狀態。從產權的角度看，這是一種「軟產權」，不受任何法律保護，極其容易受到傷害。即使社會資本暫時獲得了某新聞單位的經營權，這種脆弱的權利只是使社會資本更加屈從於政府而不是獲得了對政府的影響力。也就是說，國家在新聞領域的邊緣權力「以退為進」，並沒有損害自身絲毫利益，相反使社會能從這個壟斷體系中分得部分利益，從而變得對國家更加馴服。

審看制度、禁載規定和宣傳口徑統一作為國家對新聞業務從事前到事後一整套更加隱蔽的監控手段，提前為新聞記者劃出了「雷區」，大大減少了新聞記者與國家之間無意中的衝突，同時

生的錯誤和其他重大問題，承擔主要領導責任。」

8 中宣部與新聞出版署制定了審讀工作的規章，其主要目的是審查報刊是否「貫徹了黨的方針、政策」等。從中央、省（直轄市、自治區）直至辦有媒體的市縣等各級宣傳部門，都成立了專職「審讀（審聽、審看）小組」，按級別負責審查其轄區內的媒體。政府系統的新聞出版部門與黨務部門的宣傳部之間的審讀工作是重疊交叉的，作用在於可以互相監督。各審讀（審聽、審看）員的報告定期彙編，每月一次通報轄區內各媒體。如有「重大事故」則需要當天通知犯錯誤的媒體負責人，做出相應處理。

提高了國家對新聞業的宏觀控制能力[9]。

與此同時，正統意識形態那種泛政治化的控制開始自覺收縮，國家逐步放開了對公民生活細節的管理，甚至鼓勵公民將興趣愛好轉移到與政治無關的生活上。從整個社會的範圍看，引發激烈衝突和矛盾的條件越來越不存在。與八十年代比，這些進步吸納了大量八十年代知識份子的要求，知識份子除了抱怨氣氛的沉悶之外，國家已經很難成為其發洩不滿的對象。

國家通過行政力量一步步全面加強了霸權性話語，新聞業在八十年代鼎盛一時的話語權卻完全衰落。從新聞傳播的控制關係上看，1989–1992 年國家全面控制新聞業的直接後果，是國家駕馭新聞宣傳能力的增強和新聞記者的話語力量的削弱，這種此消彼長的態勢導致國家話語霸權初步形成。

第三節　八十年代國家與新聞業博弈的大結局

在結束本章以前，對整個八十年代國家與新聞業關係做簡要的回顧。八十年代的國家與新聞業始終存在一種微妙的緊張關係。這種緊張關係，是無論國家機器內部還是社會都被一種總體性、決定論的話語形態所支配的必然結果，它使得政治領導人、包括新聞記者在內的知識菁英和大眾都篤信一種簡單的直線性的歷史發展觀，導致雙方衝突在改革開放的環境下逐漸展開並不斷增強。

9　這些隱蔽的新聞管理方式的另一個後果，是外界很難找到國家「干涉」新聞自由的證據。

具有反封建反殖民地鬥爭深刻記憶的政治領導人堅信，一個強有力的核心組織對中華民族的現代化道路是絕對必須的，中華民族遭受西方列強壓迫有 150 年，而中國「左傾」思潮路線只有 20 年，這種短暫的挫折不應當由中國共產黨獨自負責，而是在探索道路上不可避免走的曲折。

對多數知識菁英而言，他們記憶更深刻的是 20 年「左傾」思潮帶來的深重災難，尤其是在西方民主自由思潮的影響下，他們只注意到集權政體對內實行輿論控制的一面，卻很少注意到這一政體對民族大一統不可替代的作用，同時，他們也對 1989–1992 年國家自身順利實現合法性轉型的重要性估計不足。

在這種總體性話語的籠罩下，新聞業圍繞黨性和人民性的爭論在八十年代從來沒有停止過。在 1989 年後，新聞記者的業務自主權鬥爭終於以新聞業的全面退卻落下帷幕。八十年代的新聞實踐為這個民族留下了許多寶貴的精神遺產，這些遺產到了九十年代由國家逐漸吸納。例如，1989 年最重要的成果，就是國家終於意識到革命意識形態與績效合法性之間的偏離，並接受了績效合法性作為國家權力的基礎。這種國家目標的全面轉變在大眾看來是一個非常自然的事情，但對於一個擁有巨大歷史優越感的政黨來說卻是一腳急剎車，標誌著國家機器內部開始全面轉型，並直接帶來新的政策和新生力量的崛起。

第六章

合法性互動基礎上的九十年代新聞專業化改革（1992–1998）

和八十年代相比，九十年代新聞業有幾個突出的特點：一、國家對新聞業的政治控制日益精細嚴密。國家逐漸建立了從法律法規、日常監控到危機處理等一整套新聞管理體系，在歷次重大事件報導中顯示出日益嫻熟的駕馭技巧。二、國家與大部分新聞記者由全面控制關係演變為鬆散的經濟控制關係。大量新聞記者已經不是體制內的國家幹部，而是國家雇傭的從業人員，國家與新聞記者高度一體化的職業從屬關係開始分離。三、發展出一個龐大的新聞產業。從科層化的生產體制到自由競爭、多勞多得的思想觀念都全面向工具理性轉型，新聞產品數量日益增多，種類日益豐富，娛樂性和商業性日益增強，形成了一個以新聞為主幹的多功能傳播系統。四、新聞記者與國家日益合作。與八十年代與國家的緊張關係相比，九十年代的新聞業大大拓展了新聞自由表達的空間。被國家允許的批評性報導數量明顯增多，以電視欄目《焦點訪談》為代表的輿論監督譜系的誕生，推動了整個新聞業業務自主權的巨大發展，成為中國新聞業的標誌性成就。公眾要求被謹慎地吸納進公共輿論，呈現出前所未有的政治穩定局面，形成了一個公眾、國家與新聞業皆大歡喜的三贏局面。

本書認為，這種關係的根源在於國家與新聞業在九十年代力量對比變化。九十年代新聞改革的歷程集中地反映了一個強有力的國家政權是如何與新聞自由意志相互利用又相互對抗的博弈過程。在國家與新聞業控制與反控制的博弈中，國家施展出一系列行政手段建立了霸權性話語，而新聞業援用專業主義話語爭取業務自主權，這種霸權性話語與專業主義話語的結合形成了一種新的話語形態，不僅構建出一個新的國家與新聞業關係，而且受到大眾的歡迎，從而內生出一個有巨大市場需求的產業。

第一節　新聞專業力量話語形態的轉變

1992 年標誌著八十年代國家與新聞業博弈的大結局，也是新聞業短時期沉寂後通往九十年代的鳳凰涅槃時期的冬眠階段。所有催動新聞業在九十年代大發展的條件，在 1989–1992 年的 4 年裏基本上已經形成。一旦與全面啟動的市場經濟結合起來，中國新聞業就如野火春風為世人呈現了一個超乎想像的發展速度。這些結構性條件包括：

第一，隨著意識形態權力的衰落，中國泛知識菁英群體開始分化。由於階級成分劃分的關係，從建國以來到八十年代，只要是受過高等教育的人就被認為是知識份子，新聞記者、教師、科學技術人員、藝術家甚至國家工作人員都被劃在這個圈子裏。他們絕大多數繼承了古代士大夫「先天下之憂而憂」的菁英意識和拯救使命感。他們長期承受著來自工農階級的身份歧視，同時始終對中國的積貧積弱有一種悲憤的情懷。在長期的辯證唯物主義歷史觀的影響下，那些普適性的決定論的思想學說在當時的知識份子當中有非常大的市場，使他們對待中國改革進程的長期性和曲折性缺乏準備。「文革」結束後在國家新聞多樣性政策的鼓舞下，各路知識菁英不僅著書立說，四處發表演講，他們有些人物還成為當時某些領導人的座上客。他們人數雖然不多，卻對整個社會的話語形態具有強大的操縱能力。但是，1989 年的政治事件充分暴露出知識菁英對中國現代化道路的複雜性嚴重準備不足，也沒有足夠的智慧來承擔中國在當代集權體制社會轉型的精神導師作用。隨著普適性知識的話語聲望在 1989 年的迅速衰落，這種總體性的知識菁英群體在九十年代逐漸分裂成各種專業團體、國家公務員、企業管理人員以及公共知識份子。這種專業化的趨勢使新聞記者當中最為激進的分子從國家宣傳體系中逐漸銷聲匿跡，那些對「文革」沒有傷感記憶、政治態度也更溫和的新聞記者構成了新聞業的隊伍的主體，在組織人事上為與國家順利合作提供了可能。

第二，新聞業內部按照業務關係而不是行政隸屬關係形成的科層化趨勢，按照新聞業務能力而不是按照對馬克思主義理論熟悉程度來提拔負責人的風氣已經形成。八十年代初期執行的幹部年輕化知識化的政策，到八十年代末期已經效果顯著，大批專業素質較高的新聞記者走上了中層甚至高層舞臺。在專業人才的普遍抵制下，激進的階級鬥爭思想和傳統計畫經濟在新聞業內部已經基本上沒有市場。九十年代激烈的市場競爭進一步加強了這些專業人才的地位，因為率先採用了專業化生產制度的新聞機構幾乎無一例外地獲得了成功，或者說，那些成功的新聞產業都有一個共同的特徵，就是率先採用了專業化的新聞生產和銷售制度。

第三，批評性報導和輿論監督的有限專業化原則開始確立。八十年代的新聞報導的專業化還很幼稚，沒有掌握批評性報導和輿論監督的技巧。新聞記者往往不是站在冷靜客觀的立場，而是經常跳出來自己說話，甚至使用比國家還嚴厲的消滅性語態，常常使自己的批評對象招致毀滅性打擊。這種現象被李瑞環批評為：「有些國家幹部沒有學會接受批評，但有些記者也不太善於批評。」（1990a）1989 年國家對新聞業劃分出政治禁區的意外結果，是開始使批評性報導和輿論監督變成一種常態化運作，或者說是國家與新聞業的常規性合作。雖然 1989 年後新聞記者自由表達的意志受到了相當大的限制，但這些專業化萌芽在國家對新聞業的嚴密控制下卻意外地開始成熟起來。這個意外後果要到九十年代以後以《東方時空》和《焦點訪談》為代表的電視新聞改革才看得更加清楚。

第四，新聞業的主要功能已經轉變為提升黨的形象和鞏固政權。黨已經對新聞業對改造大眾思想的傳統功能不再抱任何幻想，經過合法性再解釋的國家不再需要背負沉重的道德包袱，它只要專心致志地取得經濟成就，就足以使政權穩固。高度簡單化的目標使國家的新聞業政策也變得異常簡單起來，如何使社會穩定，如何獲得大眾對國家的經濟政策的支持，成為國家對新聞業的最核心要求。

第五，新聞業的市場化已經不可遏止。市場化在八十年代一直是由官方強有力推動的，新聞市場化的發動機廣告業被最高領導層作為繁榮社會主義經濟的必要手段被大力推廣，新聞業的內容世俗化被中宣部看作是為機關報提供補貼的提款機而大力推廣，新聞業的機構擴張和增加被國家各級部門看作是安置人員、擴大支配人力物力和小金庫來源的絕佳手段，在這三重因素下，中國的新聞業在瘋狂擴張。每每宣傳部下判斷報刊過多，但總會有新的報刊出現。按照計畫經濟的標準，報業在八十年代的迅猛擴張是國家驅動下的重複建設。按照經濟學的觀點，多數報紙的沉澱成本是由主管單位買單，只要報社運營的邊際收益高於邊際成本，報紙就足以持續生存。甚至由於報紙的政治特殊性，它享有比國家企業更優厚的父愛溫情。由於出生的報紙越來越多，使國家的財政負擔越來越重，同樣也使市場化越來越不可避免。

第六，新上任的在意識形態危機中湧現出來的多數領導人比上一任領導人更瞭解西方新聞業的運作方式，也使新聞業更深地參與到國家權力的運作體系當中。在與資產階級意識形態爭奪陣地的思想領域保衛戰中，他們非常清楚新聞業不僅是專業技巧的競爭，也是新聞機構財力的競爭。他們認為，以美國為代表的資本主義制度之所以能如此大的感召力，在於美國「有錢」，使其「一俊遮百醜」。只要現有制度發展到足夠富強的階段，同樣也會在意識形態上具有說服力。他們的目標是將新聞業改造成一個有助於政權穩定的資訊過濾體制，同時需要大量資金增強新聞事業的整體實力，以便在與西方的資產階級思想的爭奪戰中獲勝。新聞業雖然是屬於政治特殊領域，但是如果通過市場競爭發展出一個擁有雄厚經濟實力的傳媒產業，同樣可以更好地為國家所用。新上任的第三代領導人由於多數有工程科技專業或在這些部門工作的經驗，他們對國有企業的管理經驗使他們認為新聞業也同樣通過新聞業的內部競爭實現利潤。他們認為儘管需要政治控制，但適當的分權要比完全管死更有效。

這種政治上保守和經濟上強調相對競爭的思想結合在一起，構成了新聞產業在九十年代發展的基本依據。領導層對 1989 年新聞業爭取自主權的果斷而有節制的處理表現，使他們進一步登上高位後，不僅沒有放棄新聞改革，反而率先提出要深化新聞改革。他們提出的正面報導、輿論監督和批評性報導雖然之前都有過類似的表述，但在這些人手裏逐漸形成了一種系統的治理技術，而不是零散的指示[1]。

這些結構性條件最重要的後果，是開始使國家處於一個強勢地位：國家借助市場經濟獲得政權合法性，同時嚴密控制新聞業，更進一步地開始將新聞媒介作為一種新的統治技術來運用。建國以來國家面臨前所未有的危機，以及新任領導人的歷史地位，使「六四」以後的新聞業始終圍繞提升國家的合法性和幫助國家推行經濟體制改革展開。這些因素使國家的話語權從 1992 年開始逐步取得主動。

另一方面，雖然新聞業與國家爭奪自由表達空間的博弈依然存在，但在新的威權時代新聞記者的策略和目標也發生了改變。

---

[1] 在中國革命歷史上，前兩代國家領導人很少出現在公開場合，也很少就新聞領域發表講話，除了 1942 年毛澤東的〈對晉綏日報工作人員的講話〉，1985 年胡耀邦的〈新聞工作的性質〉兩篇文章之外，他們對新聞領域幾乎沒有專門論述，只是散見於一些篇章。這與第三代領導集體的新聞治理方式形成鮮明的對比。江澤民就任最高職位後，每年都要親自參加全國新聞工作會議還講話，並親自到《解放軍報》、《人民日報》等視察和講話。九十年代中宣部對新聞業的各種具體指示，也都直接來源於第三代領導集體的新聞思想。

國家在新聞業的霸權話語雖然是一個席捲一切的強制性機制，但它並不是鐵板一塊的自洽系統，而是一個內部充滿張力的話語體系。一般公認，它大致包括三方面的內容：一是改革開放的總路線，一是反資產階級自由化，一是市場經濟。三方面看似存在巨大的相互衝突，但實質上有一個非常內洽的邏輯，就是國家為了維護現有政體、以經濟績效為統治合法性而展開的一個霸權性話語系統。

第一，反資產階級自由化的動機已經由八十年代維護正統意識形態，轉變為拒絕西方政治體制和西式民主之手段。當國家需要進一步推進改革，就大力宣揚改革開放和市場經濟以引導輿論；當國家感覺某些言論威脅到政體時，就啟動「反資產階級自由化」的話語體系來控制局勢。換言之，九十年代的反自由化話語已經基本上演變成與正統意識形態無關、與「改革開放」和「市場經濟」話語相輔相成、靈活可變的一個權力遊戲。1992 年以後，反資產階級自由化這個話語逐漸更名為「輿論導向」。自 1990 年《人民日報》發表〈穩定壓倒一切〉後，「中國的最高利益就是穩定」這種話語成為新聞媒介遵循的基本準則。

第二，國家話語霸權的延續，並不意味著新聞記者不再爭取新聞自主空間。由於「改革開放」隱含了一種被自由派知識份子利用的空間，官方相當謹慎地使用這個詞。而市場經濟是在 1992 年才正式出臺，是官方欽定的對改革開放路線的一種「去政治化」表達。因此，新聞記者更頻繁地將其用於與國家的意志博弈時增加其合法性程度的砝碼。在新聞記者爭取業務自主權的過程中，更安全也更頻繁使用的話語是「市場經濟」。對這個話語體系的利用，是推動新聞改革中最重要的策略之一。在申請各種推動新聞業務自主權的改革措施的報告中，基本上都要加上「在市場經濟條件下」這個時髦的帽子，使新聞業與國家的意志博弈轉化為一種安全的話語遊戲。「市場經濟」作為一個與意識形態無關的開放性文本，使雙方的博弈變得都有迴旋的餘地和發展空間。在九十年代早期，國家搞市場經濟，是為了增進經濟績效和相應的合法性，而新聞記者提倡市場經濟，一方面是對市場經濟的贊同，另一方面是利用「市場經濟」這個話語符號來掙脫被國家壓制的意志表達。由於市場反映了新聞受老百姓的歡迎程度，新聞記者借助「老百姓」的話語來反抗國家的強權壓制。這種邏輯與八十年代後期提出的新聞為「二老服務」（老幹部和老百姓）沒有什麼區別，只不過在九十年代這個詞彙比八十年代的「人民性」更具有非意識形態的特點。由於新聞業面臨全面斷奶的經濟壓力，「市場壓力」成為新聞記者應對國家的責難時的一個合理託詞，即使存在嚴重的越軌時也不過是經濟問題而不是政治問題。根據作者的從業經驗，隨著市場經濟的發展，國家也越來越需要新聞業想出各種貌似聰明的辦法來主動突破原先僵化的話語系統，為進一步改革開放提供自下而上的支援。因此，這種博弈實際上是一種安全的試錯遊戲，雙方的鬥爭始終保持在一種安全範圍內。國家與新聞記者的衝突從八十年代的短鏈條、消滅性的衝突逐步轉化為長鏈條、妥協性的衝突。

潘忠黨（1997）運用常規理論、意識形態霸權理論和建構理論分析了九十年代某地 6 家報紙的實際運作過程，認為新聞從業人員運用各種符號資源解構「命令型新聞體制」的一些天經地義的原則和實踐，構築、闡釋和正當化在原有的「命令型體制」下不存在的非常規型實踐活動。他認為，與八十年代中後期相比，九十年代的新聞改革具有根本不同的內容和形式。「八十年代的新聞改革比較局限於爭取具有霸權地位的命令型經濟內的業務自主操作權，改革內容局限於記者、編輯決定採寫題材和批評性報導的自主、新聞報導的範圍以及報紙組織運作的機制。進入九十年代後，新聞改革的基本特點是新聞媒介組織和新聞從業人員被捲進了一個起步中的市場經濟。市場經濟使新聞從業人員自身的實踐活動出現了新的形態，新聞從業人員創造性地運用社會的「象徵的空間」內的資源，侵蝕和改造原有的常規互動形態所確認的新聞體制，通過新聞從業人員構築、闡釋和正當化這三個活動形態，新的體制便在這種互動中萌芽。」（1997：111-150）

潘忠黨在他的田野調查裏描述了「擦邊球」、「用足政策」和「創新」這三種記者常用的話語象徵替換手法：

> 很多「能折騰」的新聞從業人員能夠看到這兩者（指霸權話語與新聞記者意志——作者注）之間能夠相互容納的狹窄空間，並且善用這一空間，將之轉換為自己的資源。這裏也有兩種不同的觀念，一種是主張「打擦邊球」，就是說，要「貼著政策限制的邊緣走」，有明文規定的，要把賦予新聞從業人員或媒介組織活動天地的「政策用足」；沒有明文規定的，除了某些政治或意識形態的敏感問題外，假設不存在限制，加以利用，直到上面有人發話或有明文規定時為止。「打擦邊球」自然要承擔一定的風險，譬如說，報紙Y的一位記者發了一篇屬於批評性稿

件，主管單位的某一領導對該稿很不滿意，明令不准該記者再採訪原線（beat）的新聞，報社不得不將其安排到總編室值夜班。

另一種主張是在「安全」的空間裏把新聞做足，就是說，充分挖掘和體現新聞價值，而且在做法上要體現本報的性質和地位，具體的表現就往往成為新聞表現手段的創新。譬如報紙X開闢了定期的公眾調查（最近又稱為「精確新聞」）專版，每一期都刊有「編輯人語」，聲稱『用科學的方法觀察社會』。這個版的特點很突出地反映了主體對「替換」象徵資源的運用。首先，負責該版的編輯們都不是新聞專業畢業，更沒有「業餘通訊員」或「宣傳幹部」之類的工作經歷，而是社會學專業畢業的大學本科或研究生，熟悉量化分析的方法；其次，他們看中了市場調查、輿論調查業的發展，很多新起公司需要創名聲，願與媒體合作，因此稿源充足；第三，他們也揣摩到了讀者對所謂「科學的」量化資料所持的神秘感和信任感，在這上面可以大做文章。在該報的一份內部發行的業務交流雜誌上，該版一位編輯撰文宣稱：他辦該版的目的，就是要用科學方法將新聞報導與事實和客觀性拉得更近一些。由此可見他們從事這些實踐時清醒的思考。（1997：111-150）

潘忠黨的「象徵資源理論」描述了九十年代新聞改革中新聞記者挑戰國家霸權所採取的話語策略，這種描述雖然大大豐富了對新聞記者改革實踐的認識，但從解釋力的角度看並沒有增加我們對九十年代新聞改革特殊性的理解。因為擦邊球、用足政策和創新在八十年代也是新聞記者常用的策略。只要條件允許，集權國家的新聞記者都要盡可能地爭取更多的表達空間；無論在什麼時期，在國家霸權話語空間中新聞記者都不能直接與原有的意識形態權力對抗，只能通過「象徵性資源」的誤讀，重新建構出一套與原先規則似是而非的新話語體系。以八十年代的黨性與人民性之爭為例，新聞記者同樣必須建立在以承認黨性為前提的基礎上，同樣是試圖從霸權性話語的內部資源中尋找「話語相容」，同樣是試圖不斷「構築、闡釋和正當化」。

潘忠黨的理論雖然是針對九十年代新聞記者借助市場經濟口號來改變新聞報導風格和內容的現象，但實際上與八十年代新聞記者使用「現代化」話語替換國家話語霸權的手法如出一轍。因此，從「構築、闡釋和正當化」這三個活動形態看，九十年代新聞記者的話語策略與八十年代新聞改革的策略沒有本質的差別，甚至與國家領導人的改革策略基本上一致。改革開放以來不僅新聞記者，國家領導人同樣是採用這種方法來解構過去的正統意識形態權力並在體制內再生出新的意識形態權力。

因此，這種「象徵資源」在體制內的不斷替換以及國家把這種替換吸收到霸權話語過程，僅僅是一種現象描述，它沒有解釋國家為什麼將這種象徵性資源的替換活動持續不斷地吸收到霸權話語當中去而沒有改變霸權話語的內核這個基本事實。

事實上，潘忠黨也注意到國家霸權性話語具有吸收新聞記者挑戰的整合能力，在話語整合的全部過程，核心話語始終沒有因為替換活動而受到削弱。讓他困惑的似乎是這樣一種靜態與動態的矛盾性：一方面，新聞記者的不斷挑戰似乎是在不斷地挑戰原有意識形態的底線，每一次挑戰似乎都深刻地改變了原有的內涵；另一方面，國家似乎不斷地將這種挑戰吸納進合法體系內部，而並沒有改變國家霸權話語的實質：「社會主體必須視情況替換使用不同的話語表述，並在其中找到整合點。這樣做的結果是，第一，替換符號表述所帶有的解放力量被大大減弱，它們所反映的對抗意識形態的對抗性被縮小到了最低程度，這實際上是主導意識形態霸權的表現之一，即馴化不同的觀念及其表述；第二，主導意識形態內的觀念被改變或延展，這些觀念之間及其表述之間的相互關係被賦予新的或不同的內容，主導意識形態本身的結構和內容因此逐漸發生深刻變化。」（Gitlin1980）儘管象徵資源的替換在八十年代和九十年代基本沒有區別，但無論從哪個方面來說，八十年代與九十年代都有明顯的斷裂。如何解釋這種斷裂，是一個難題。

本書認為，正確的提問方式不是新聞界對象徵資源的替換手法為什麼沒有改變國家的霸權地位，而是國家霸權話語為什麼對這種替換具有適應能力。八十年代國家由於沒有適應這種替換而面臨接連不斷的挑戰，而九十年代的國家由於適應了這種替換而成功地駕馭了新聞媒介。在 1989 年後長達 4 年的時間，一個「老」的意識形態權力國家開始轉型，一個新的威權國家逐漸脫胎而出。國家轉向追求統治績效而不是保持神聖的至高權威，只要新聞記者提出的改革要求能夠幫助國家實現「政治穩定」，就可以接受，而不再計較是否符合正統意識形態。如果新聞記者的改革要求無助於實現穩定，國家就以反資產階級自由化以及後期「維護穩定」的理由將其遮罩。因此，「話語替換」之所以能在九十年代取得成功，根本原因還是在於國家目標的轉變。

目前的文獻由於普遍忽略了「國家目標」這個核心變數，從而無法解釋這種靜態分析中新聞業在節節勝利，但動態分析中似乎國家「一物降一物」的困惑行為。這些研究雖然看到國家統治的連續性，而沒有看到從1989年至1992年中走出來的中國雖然保留了集權政體的外殼，但內在邏輯已經是一個威權國家而不是意識形態權力國家。這種國家目標的轉型使國家霸權話語能不斷吸收新聞記者的實踐活動的挑戰。在這一改革時期，中共對媒介的政治和意識形態控制並沒有發生根本變化，但控制的主體本身已經發生了根本變化。

由於普遍忽略了國家這個最核心的因素，學者們普遍將新聞話語改造實踐在八十年代與九十年代的不同歸結為一個語焉不詳的「市場化」：潘忠黨以一種含糊的、猶豫不決的口氣談到新聞記者的挑戰策略與市場化的關係：「九十年代中國大陸的新聞改革中心課題是商業化和市場化……就大的體制變動來說，三大步驟確定了目前新聞改革得以展開的政治經濟環境：削減甚至是中止政府對媒體組織的財政撥款（行業內的術語叫「斷奶」）、1987年重設國家新聞出版署、恢復媒介的廣告業務。但是，這三大措施造成的媒介結構和管理機制的變化，尚不是體制的轉軌。同時，在這一大環境下，由於起用了新的新聞傳播概念，新聞的內涵和媒介內容的範圍以及表現形式，也出現了巨大的變化。構成這些變化的動態因素，是在分析上可以確認並區分開來的所謂『非常規型』新聞實踐活動。」（1997：111–150）

在潘對新聞業的「厚重描述」中，沒有清楚地指出新聞記者追求業務自主權與市場經濟的聯繫。他似乎認為，由於九十年代全面開展的市場經濟要求新聞業從市場中獲取收入，新聞記者可以利用市場因素向國家施加壓力，導致正統的話語體系逐步鬆動。這個現象在我們對中國新聞業的經驗觀察中經常可以看到，尤其是在何舟（1998）的「拔河」模型中更是被特別露骨地提煉為一種支配中國新聞業發展的基本動力機制。在推拉模型中，新聞記者秉持專業主義的精神理念，以反映事實為己任。但是國家的政治意志與社會的市場意志都儘量將新聞業往自己的方向拉，雙方的「拔河」使新聞業在媚俗與僵化的政治宣傳之間搖擺不定。這種「拔河」現象在新聞業微觀活動層面雖然大量存在，但如果將這個微觀的局部活動放大為貫穿於整個中國新聞業發展歷史的支配性機制，將無法解釋中國新聞業發展中許多自相矛盾的宏觀特徵。這些矛盾在我們開篇就已經提及，包括新聞自由的增加與輿論控制的同步增強，市場化雖然使新聞記者經濟收入增加，但新聞記者不僅沒有主張進一步脫離國家控制，反而日益倒向國家的矛盾現象；新聞產業在國家嚴密控制下反而日益品種多樣化，吸引力日益增加的現象。這些現象都不能用現有的市場－國家的「拔河」模型來解釋。或者說，「拔河」模型僅僅是一種微觀層面的新聞業實踐活動的局部描述。

由於「拔河」邏輯是現有文獻中描述國家與新聞業關係的一個經典模式，對此花費筆墨具有正本清源的意義。本書認為，「拔河」模型描繪了幾種關係：市場驅動－國家主導，國家驅動－市場主導、國家主導、市場主導、國家－市場平衡等五種模式，它雖然指出了中國新聞業演變機制中來自國家和市場的動力，但這個模式存在一個基本缺陷：就是由於沒有清晰地辨析一個廣義的市場經濟與新聞業的市場化改革的區別，導致對市場力量有一種過分的相信，而對國家這個最關鍵性的力量缺乏深入持續的關注，從而必然得出「碎片化」的結論。

新聞業所介入的市場經濟與一般意義的市場經濟是截然不同的，其基本邏輯也完全不同。多數文獻雖然從微觀層面看到新聞業需要從市場競爭中獲得收入，但沒有看到宏觀層面上新聞業的市場是一個國家高度壟斷的市場。新聞業的這種市場化改革與市場競爭所要求的機會均等、主體平等和優勝劣汰 3 個規則背道而馳：新聞業所有權自始自終屬於國家，商業力量無法進入；其次，在這個新聞業內部，新聞機構獲取資源的機會也是完全不同的，那些佔據國家行政層級的上位的新聞媒介，總是能得到國家父愛主義的更多的政策傾斜。那些行政層級高的核心媒介不僅依靠國家行政恩寵獲得了大量優質新聞資源，而且依靠國家行政保護獲得了傳播網絡的級差優勢。而那些行政層級低的邊緣媒介不僅只能得到劣質新聞資源，而且其傳播活動始終被限制在一個狹小的行政區域內。從總量分析[2]的角度看，這種在行政保護下的市場化，只是國家權力的影子價格在市場上的兌現，而與市場競爭沒有太大的關係。

2 近年來湖南衛視的《快樂女聲》、《超女》之類節目，看似從娛樂節目領域突破了國家行政恩寵之壟斷地位，以至於廣電總局不得不專門出臺政策加以限制。但其實質是中央級部門庇護下的媒體與地方部門所屬媒體之間的分配之爭。可以想見，如果地方衛視能在新聞領域獲得較大的份額，它們絕不會冒險在邊緣地區爭奪娛樂節目的蛋糕，實乃權力大小差異選取的策略。

由於沒有辨析新聞市場化與市場經濟的實質性差異，從而無法解釋八十年代新聞業的托克維爾危機為什麼沒有在九十年代再次出現。如果市場具有鬆動國家控制的作用，那麼國家的失控將是一個必然趨勢。但事實是九十年代雖然批評性報導明顯增多，但同時國家對新聞業的控制能力也越來越強。國家不僅可以控制新聞業的批評性報導，同樣可以操控正面報導的規模、時間和長度。原因在於，新聞業的市場化邏輯不是來源於自由競爭，而是來自國家的壟斷保護。國家不僅可以控制新聞的表達渠道，同樣也可以控制新聞業的市場。中國的新聞業雖然在 1991 年後普遍實行自負盈虧，但其發行收入和廣告收入依然與國家壟斷的範圍和力度正相關。在國家依據行政級別劃分的宣傳領地中，各報紙、電視臺、電臺的創收能力都直接反映了自身行政級別差異，市場競爭只是對那些試圖突破行政壟斷的新聞媒介有意義。那些核心新聞媒介，如黨報黨刊、電臺和電視臺，一旦由於各種原因發生虧損，國家還會不斷地向這些核心新聞媒介注入各種資源以維繫其生存。因此，市場經濟無疑會對新聞業有一個總體的間接影響，但它對新聞業的直接影響與其說是幫助新聞業對抗國家控制，不如說是幫助國家控制新聞業，因為越來越多的廣告收入來源於國家賦予媒介的免費頻道和刊號以及壟斷經營，以及國家無償讓新聞媒介享受到的經濟增長帶來的廣告收入增加。國家的強勢是導致新聞業市場深化與國家控制程度同步增進的結果。

因此，九十年代新聞業的市場化和商業化雖然在微觀活動對新聞改革進程產生相當影響，但它不是直接導致國家與新聞業關係演變的因素。真正導致九十年代國家與新聞業關係演變的背景，是國家目標的轉變以及作為國家權力治理技術的轉變。九十年代以來一個威權國家的興起，改變了新聞控制的基本思路；市場經濟催生的分權改革，又使輿論監督成為一種以增強政權控制力為目的的新的權力治理技術。本書認為，在這兩個約束條件下，一直延續的新聞記者與國家意志的博弈，逐漸引發了新聞業市場化和商業化的潮流，並最終支配九十年代後期的新聞改革。國家政權對作為一種權力治理技術的新聞業政策的態度和實踐的變化，決定了新聞業商業化或市場化的基本路徑 。

第二節
中國電視業的崛起：話語技術形態帶來的突破

為了在有限的篇幅裏更清晰地展現這種由博弈過程演化出來的產業變遷過程，本書只選取九十年代以來中國新聞業的明星——電視業的發展史，來描述國家與新聞業關係演變的幾個關鍵性環節。

電視作為當今影響力強、受眾人數多、產業規模大的現代化媒體，在當代世界和中國範圍內的重要性已經無須贅言。但本書之所以選取電視業作為描述九十年代的中國新聞業的典型，最主要的原因在於電視業集中地反映出交織在九十年代新聞業變革當中的 3 條線索：一是新聞內容的話語形態日益「微小化」，各種富於生活氣息的題材取代了宏大的意識形態敘事；一是新聞業經營體制日益商業化，新聞業對國家預算的依賴性幾乎不存在；一是新聞業自主空間越來越大，輿論監督也日益成為國家精心設置的社會安全閥。這三條線索看似相互獨立，其實集中反映了一個事實：九十年代新聞記者發起的微小化話語改革，直接促進了傳媒市場的形成，它使市場化改革的深度和廣度遠比國家最初意料的要高得多；但新聞記者在九十年代發起的意志博弈，逐步落入了一個威權國家的治理謀略的控制之中。八十年代新聞改革的幾近失控，主要是因為國家的合法性幻覺。而九十年代新聞改革逐步進入國家設置的步調，並不能完全歸因於國家出現了一些強有力的領導人或者新聞記者的失誤，而是由於國家目標轉變這種結構性力量的存在，使其必然能克服一些偶然性因素，使國家對新聞業的控制變得不可逆轉。國家目標轉變這種結構性力量是左右新聞業與國家關係進程的決定性因素，任何歷史人物或其他因素都只能遲滯或加快這個進程，而不能改變一種趨勢。

當然，這個控制與反控制的遊戲，並沒有筆者陳述的那麼簡單，國家雖然最終戰勝了新聞業的自主權運動，但它不是簡單地利用行政力量強行壓制就能獲得成功，而是經過市場力量的配合才得以逆轉新聞業的「公共領域化進程」。1992 年來，新聞業最初的勝利在一開始似乎勢不可擋，甚至可能在某個階段、某個區域都出現了國家失控現象，例如 1995 年《南方週末》輿論監督特色的確立與中國青年報《冰點》週刊的創立，使被官方嚴密控制的報紙也加入了批評性報導的行列；新聞業隨著經濟力量的增強，產生了脫離國家行政控制走向企業化的衝動，甚至在中國加入 WTO 之前新聞業內部普遍流傳「趕赴社會主義最後的晚餐」的宣言；社會資本力量紛紛進入各種媒介，作為核心宣傳力量的中央電視臺甚至提出了後來遭到批判的「製作與播出分離」方案。這種政治控制與經濟控制的雙重軟化造成了國家宣傳體系的分離危機。

筆者選擇電視業為分離運動的代表，在於它是陳述九十年代國家與新聞業關係變化的一個絕佳案例，它不僅反映了新聞記者挑戰國家話語霸權的努力，而且反映了新聞業市場化改革和試圖從國家內部分離、國家又如何強迫其回歸的整個過程。

第一，我們分析電視業記者如何挑戰國家話語霸權的問題。潘忠黨「替換理論」有一個非常關鍵性的困擾問題：九十年代的中國新聞業改革，雖然延續了八十年代以來對象徵資源的話語替換手法，但為什麼電視業的替換首先獲得成功。本書認為，最主要的原因是電視圖像聲音合一的傳播形態，具有比單一文字形態更深遠的「潛話語」功能。它不僅可以借助文字或聲音，還可以充分借助經過精心選擇的紀實圖像來表達各種潛在的意志，類似於七十年代的朦朧詩一樣達到成為承載民間話語的重要手段。國家雖然嚴密控制了新聞記者的文字型表達，但沒有控制傳媒技術深刻的變遷，從而使電視業成為九十年代新聞改革的急先鋒。

在九十年代初期的精神訴求更適合用感性的圖像而不是理性的文字來表達。八十年代末，知識菁英描摹的民主自由路線圖被徹底撕碎後，整個知識界原本清晰的話語變得模糊不清，這個看似不重要的傳播特徵，其實對國家話語控制有非常深遠的影響。1989 年後，新聞記者的主體是八十年代大學生。到了九十年代，隨著總體性話語的破碎，市場經濟更是將他們逐步捲入一個日益現實的生活世界，包括新聞記者在內的整個知識界的菁英意識開始削弱。他們的思想觀念不僅受到集體主義的理想情懷的深刻影響，同時也具有追求自我成功的現實動機。和他們所崇敬的前輩相比，他們並不願意為理想主義而徹底犧牲自己的現實利益，他們雖然厭倦官方的話語霸權，卻沒有新的替代性意識形態填補他們的精神世界。英雄主義神話的土壤被剷除後，這批在八十年代成長起來的青年普遍處於一種空虛迷茫的思想狀態。這種充滿矛盾的人格使他們被迫開始更加現實地活著，他們清醒地認識到自己是小人物而不是英雄。這種無能為力的小人物情結並不是少數憤怒青年的精神狀態，而是以崔健的〈一無所有〉為代表的一代知識青年的縮影。他們有強烈的表達欲望，卻在整個官方霸權話語體系中找不到直接表達的空間。這批在八十年代成長起來的大學生，在九十年代初期，用來表達他們的世界觀的最有力媒介，不是清晰的文字，而是宣洩情緒的圖像和聲音。

第二，知識菁英退出公共領域的結果造成整個新聞業為了揚長避短，只能述而不作，轉而追求形式和風格的創新，這種形式和風格的創新在報業的潛力已經挖掘殆盡。官方的審查系統也對報紙記者的文字遊戲有著非常默契的識別能力，使報業在 1991 年前後啟動的週末版改革只能停留在向低俗化的方向發展。但是，官方的審查系統對圖像表達還缺乏深刻的認識，他們對電視媒介傳播控制的理解還停留在類似於《河殤》這種以文字翻版的專題片以及《新聞聯播》消息的水平。在九十年代初期，國家還是按照管理報紙的方式來管理電視。但是，隨著九十年代紀實電視形態的發展，電視鏡頭的內容與表現形態開始不可分割地結合，它對霸權話語的顛覆性是潛在而深遠的。這種突破並不僅僅止於新聞，同時廣泛地存在於文藝題材之中[3]。在知識份子集體「失語」的輿論環境下，電視業成為新聞改革的突破口並非偶然。

第三，電視業由於圖像傳播的人格化控制優勢，成為現代政治權力運作的主要空間。國家與新聞業的意志博弈一旦在電視業產生，就對整個新聞業的政治環境產生規定性的影響。電視是一個具有強大政治功能的媒介，其功能可以用以下一段話來概要描述：

> 電視把人們無法身臨其境的政治社會狀態生動地搬到眼前，構成社會政治環境的重要因素。人們可在家裏直觀地看到原本遠離大眾的神秘政治運作，神秘遙遠逐漸消失，代之以百姓對社會政治的關心。電視的普及，帶動更多的百姓知政議政的熱情，提高全民政治社會化程度。人們通過電視日常化學習，自然而然地瞭解了政治過程。
>
> 同時電視時代的政治家借助電視完成許多政治操作，以前通過各種官僚機構行使權力，轉變為通過電視螢幕直接向公眾發佈自己的施政綱領和尋求公眾的支持與理解。社會上各個集團也可以通過電視直接呼籲社會。在一個由大眾傳媒建立的現代社會裏，電視螢幕成為現代社會政治

[3] 作者 1995 年在採訪一位在中央電視臺引進西方電影的青年編輯，詢問其工作動機時，他說：「當我引進了一些跟國家意識形態相牴觸的影片時，我就有成就感。如果引進一部非常無聊的歌舞片，我就感到沮喪。我知道無法挑戰最根本的原則，但是我可以更多引進那些不為官方意識形態允許的電影，比如同性戀，比如小人物勇敢挑戰國家強權的影片，這些雖然看上去不直接觸犯國家宣傳禁忌，但它由於意識形態的隱蔽性，其實影響更深遠。在目前我們只有這個辦法。」

注意中心和政治參與中心。公眾對電視媒介的介入，擴展了政治渠道，電視創造了電視時代的政治文化。[4]

從傳播形態比較的角度，這段論述從國家與社會的雙向互動角度，闡明了電視由於傳播技術形態的差異，比其他媒介更具有參與政治的優勢。電視業能用形象生動的方式為長期缺乏政治參與常識的基層大眾提供知識，消解原先的政治生活的神秘感，增加大眾政治參與的興趣。反過來，電視也是政治人物向基層施加影響的好幫手。但是，八十年代國家對電視業的設想實際上是單方面加強政權力量的政治工具。這種自下而上的雙向互動交流的政治功能並沒有得到國家的特別重視。因為在一個政治權力運作高度保密的環境下，保持一種政治生活的神秘感更有利於一個意識形態權力國家的統治。長期以來，電視新聞是通過配音來敘述的，它遠遠沒有一種真實感。但是九十年代「《東方時空》正式通過將紀實性採訪、紀實性拍攝、紀實性報導進行潛心的專業的編輯製作，才使其有了令人信服的真實性」（見中央電視臺內部的宣傳冊——作者注）後，這種真實性使新聞開始從國家的喉舌中開始脫離出來，成為百姓可以相信的媒介，國家開始利用這種真實性，也使電視業成為國家在九十年代首選的政治權力運作工具。

第四，一個高度壟斷的全國電視宣傳網的形成，為電視業在九十年代的崛起做好了準備。

4　逸文。

電視業在九十年代建設起一個超級網路，使其成為九十年代最具影響力的新聞媒介。1949–1979年，廣播與電視雖然只是一個配角，但是廣播電視作為與高科技結合在一起的傳播媒介，逐漸成為國家政權的新寵。早在「文革」時期，電視就被高度重視，自1958年中國電視業誕生以來，1959–1961年底，全國建立電視臺、實驗臺和轉播臺26座。全國擁有電視機17000部，大多數安裝在公共場所供集體收看（趙玉明，2006：249）。儘管財政極其緊張，但國家對發展這種「政治注意中心」的現代化媒介非常有決心。「文革」開始後，以「傳送毛主席的光輝形象」為口號的電視會戰在全國轟轟烈烈地開展起來[5]。毛澤東十分關心彩電問世，1973年2月23日他親自審閱了北京電視臺五一彩電試播準備工作簡報。主管宣傳的姚文元在簡報上批示：「此項工作抓上去了，會有政治上、技術上、軍事上多方面的意義。」在國家的大力推動下，1973年5月1日彩電試播，1975年北京電視臺全部改為彩色播出，1976年，中國電視覆蓋率為36%，除山東、內蒙古、西藏、新疆以外的25個省都完成了電視覆蓋。電視傳播比其他媒介具有不可替代的時效性和豐富性的優勢，使公眾越來越傾向於通過電視而不是報紙廣播收看新聞。在時效性方面，電視最初並沒有明顯的優勢。電視攝像技術還是採用複雜

---

5 1969年年初全國電視臺、試驗臺和轉播臺有17座，年底發展為25座，1970年10月1日，除西藏之外所有省自治區都有電視臺，全國電視臺由1969年25座發展到年底的70座。北京電視臺的覆蓋面由1969年的天津、河北、陝西、山西四省擴展到15個省市。加上高山調頻電視轉播臺，電視信號基本覆蓋了全國省會、自治區首府和大城市。雖然中間多有廢止，到1976年底，全國仍然有電視臺32座，1千瓦以上電視轉播臺144座，各地還有許多小功率電視差轉站。

的膠片洗印技術，時效非常慢，而且聲音無法同步，沒有真實事件發生的新聞現場感，對受眾的吸引力非常小。從八十年代中期開始，電視業在國家免稅政策的大力支持下，大量引進國外的先進電子採集製作技術，使電視在新聞競賽中在時效性上已經初步戰勝了報紙和廣播，成為時效性最強的新聞媒介。1986 年 9 月 14 日晚 7 時 25 分左右，中央電視臺《新聞聯播》播出了《南朝鮮漢城金浦機場發生爆炸事件》的口播新聞。7 時 30 分，觀眾就看到了插播機場爆炸現場的圖像。

還有基礎設施建設的原因。辦報所需要的條件比較簡單，而且技術也不複雜，因此在全國各地都可以方便地辦報。各級黨委一般都有報紙和刊物。由於國家借助郵政系統實行郵發合一的政策，長期補貼報紙發行費用，使報紙的發行網路深入全國。由於自製能力的限制，電視業只播放少量新聞和大量文藝節目，長期處於新聞業的邊緣。以 1982 年為例，中央電視臺每天播出 3 小時，國內國際新聞半小時，專題節目 20 分鐘，其餘全靠電影、戲劇等文藝節目填充。由於節目儲備不足，經常十幾分鐘的新聞聯播再加上一齣戲或一個電影就結束播出。因此廣大觀眾對電視一週節目評價的標準，就是看有無新電影、新劇目，實際上把電視臺看成是家庭電影院或家庭劇場。節目來源方面，15 分鐘的新聞聯播是自拍節目，其餘全是由國外通訊社或國內文藝單位提供的錄影資料。由於「電視臺既不像文化單位，也不完全像新聞單位」，各種專門人才不願意進入廣播電視行業，報社、雜誌等單位成為高等院校畢業生願意去的目標。根據 1982 年底統計，在全國廣播電視系統全民所有制職工中，中專以上學歷只佔總人數的 20.7%，全國只有一所北京廣播學院為電視系統輸送少量新聞、播音、技術專業畢業生，急需的節目主持人、電視劇導演、音響導演、經營管理人員難以從高等院校補充。電視業記者隊伍素質要比報紙低得多。

但是在國家強有力的政治扶持下，電視開始迅速崛起。中央之所以選擇電視作為新聞宣傳的新寵，在於與其他傳媒如廣播、報紙、雜誌相比，電視圖像聲音結合的直觀方式易於為大眾所理解，具有最直接迅速的效果，而且預示著未來傳播的發展方向。1982 年 6 月首都新聞教學和研究單位在北京市郊區調查表明，在調查對象中，廣播聽眾佔 96.9%，電視觀眾佔 92.3%，報紙讀者佔 81.1%。廣播電視宣傳覆蓋比例已經比平面媒體要大。改革開放以來一些重大宣傳活動的成功，使當局充分認識到電視這種新興宣傳工具對高層政治有直觀的衝擊力[6]。針對大量文盲、半文盲和少數民族地區，電視對基層的滲透和控制能力也遠遠高於報紙。

為了迅速強化中央政府的基層統治，逐步「滿足不斷增長的人民精神文化需求」，中央政府啟動了一項雄心勃勃的宣傳計畫，並將電視製作和覆蓋作為集中投入、重點突破的領域：在從 80 年代到 2000 年的 20 年內，電視從少數大城市推向廣大農

[6] 1980 年 11 月下旬到 1981 年 1 月下旬，廣播電視連續報導了最高人民法院特別法庭對林彪、江青的公審宣判。1984 年 10 月 1 日中央人民廣播電臺、中國國際廣播電臺和中央電視臺現場直播了慶祝中華人民共和國的 35 周年閱兵式和群眾遊行，並通過衛星發射到海外。世界上有幾十個國家和地區電視臺通過國際衛星轉播了中央電視臺的節目。這些重大活動的報導給國家權力中心領導者留下了深刻的印象。

村，覆蓋全國居民，初步建立一個由中央政府、省、地、縣4級電視臺構成的完整製作體系和傳送網絡，該網路能使全國人民完整收看到中央電視臺三套以上的節目，使各省看到該省（區、直轄市）電視臺的一套節目。中央政府的各項政令和意圖將無須經過層層官僚組織就能直接貫徹到基層，從而大大加強改革初期中央政府迫切需要的政治權威和影響力。經過八十年代的建設，到1992年，全國電視覆蓋率已經達到了80%，中央電視臺擁有3套節目，提前近10年完成了目標。在這個體制中，所有地方臺都被定為中央電視臺的集體記者，為中央電視臺提供無償的新聞資源。中央電視臺與地方各級電視臺是業務指導、分工協作的關係。各地電視臺除了播放少量本省新聞，大部分時間是用來轉播中央電視臺節目。這種電視管理體制為電視的注意力集中提供了比報業要優越的環境，一旦新聞改革突破就可以造成全國影響。

政治氣候、公眾對傳播形態偏好轉移和基礎網絡的建成，為中國電視業在九十年代的崛起準備了必要條件。它不僅導致一個閱讀大國的衰落，也催生出一個讀圖時代的來臨。電視業在這種新聞業與國家的博弈中脫穎而出。在八十年代，機關報作為國家控制最嚴密、最核心的宣傳機構，作為發展得最為繁榮的經濟實體，使其可以作為代表新聞業發展趨勢的主角。但是到九十年代，隨著「不爭論」政策的出臺，抽象的「左」和「右」的意識形態在實質上被抽空，總體性的理想主義話語逐步喪失感召力，大量激進的知識份子被全面邊緣化，全民開始狂熱地投入市場經濟大潮之中，報業作為政治風向標的功能以及思想論辯陣地的功能已經沒有多少用武之地。國家的宣傳重點不再是針對國家幹部和知識份子的政治思想控制，而是抑制大眾政治熱情的漸進式改革。在這種宏觀政治環境下，報業開始喪失其新聞業的領頭羊地位，而電視業作為國家的新寵迅速成為一顆耀眼的政治和經濟雙料明星。在八十年代，中國電視業是大眾獲取消息的主要渠道，但在九十年代，電視業已經替代了報紙成為中國社會輿論中心。和傳統第一媒介報紙相比，新的電視傳播技術形態與一個變遷中的政治權力運作方式前所未有地緊密結合在一起，並在市場力量的推動下，使電視業登上了九十年代中國新聞業霸主的位置。中國電視業在中國新聞宣傳體系和產業形成中強勢崛起的過程，突出地反映了新聞業與國家的關係演變的支配性動力。

下面，本書將以中國九十年代新聞改革的樣板和先驅《東方時空》電視欄目以及派生出的《焦點訪談》為例，說明這種「安全博弈」的形成及後果。

（一）《東方時空》：以平民話語解構舊意識形態權力形態

電視欄目《東方時空》之所以開啟了九十年代中國新聞改革之先河，在於它首次通過平民化的圖像話語形態，解構了國家在傳統宣傳話語中高高在上的位置，為一個意識形態權力國家的正式退場掃清了道路。由於一個意識形態權力國家的統治根基是對於政治話語的虔誠信仰，國家對公民的話語管理是一個全面、深入、系統的權力運作技術。它不僅規定了話語的內容，而且規定了話語的形態和過程。由於話語的內容和形態是如此密不可分，以至於有許多文獻將自西漢以來的中華帝國譜系社會統稱為「禮儀社會」或「德治社會」。在這種社會中，所有社會成員必須遵循統治者精細安排的生活細節，以至於任何對生活細節的冒犯都被視同越軌。

按照福柯（1999）的觀點，任何權力都來源於話語形態，以精心佈置的語氣、神態、禮儀各種暗示手段，來暗示權力中心的存在。這種話語形態之所以如此重要，在於它是一種無所不在的微觀權力運作形式，比那種外在的、強制的力量更為有效地控制人的身體。按照這種觀點，話語形態作為意識形態權力國家最重要的一種微觀控制手段，必須從各個方面暗示國家的重要性和不可侵犯性：對黨的機構的稱謂的繁瑣的形容詞、國家領導人的鏡頭出現在中心位置，大眾形象作為一個群像或者模糊不清的遠景，以及移除在場感的配音形式來表現國家重要會議的內容。意識形態權力國家致力追求的對政治生活的神秘遮蔽和對國家權力的敬畏，都在這種話語形態中表現得淋漓盡致。以《新聞聯播》為代表的新聞風格，更是鮮明地體現出一種權力話語。字正腔圓、大義凜然的播音風格、著裝的莊重、演播室的樸實，以及幾十年未改的音樂前奏，更是在新聞界所謂的「新華體」[7]的代表。這種話語形態雖然是由一個權力中心來決定，但話語形態的變化一旦成氣候，也有可能逐漸形成對權力中心的挑戰。因此，國家非常警惕任何話語形態的變化，尤其是文字類媒介，由於逐字對應的嚴密檢查，新聞記者根本無法獲得任何變更話語形態的機

[7] 八十年代，新聞記者對自身的定位「儼然是國家和社會正義的化身」，即所謂的「新華體」。新華體是長期在革命鬥爭年代形成的一種莊嚴肅穆的權威話語風格，新聞記者用新華社這家國家最高權威通訊社來指代這種戰鬥性話語風格。而「中新體」是指中國另外一家通訊社中新社的話語風格，由於中新社主要對外供稿，更注意話語對象、內容，語氣更為平等，視角也更考慮到國外的受眾特性。

會。1989 年後，國家徹底讓新聞記者清楚地認識到政治表達的底線，同時又放開了對經濟的管制，開始鼓勵民營經濟，這種「政治管住，經濟放開」的策略成為延續自今的新聞政策。

在八十年代，國家與新聞專業力量雙方爭奪的焦點是新聞業務的自主權，是由國家還是由新聞業自主決定採寫題材、批評報導、新聞報導範圍和組織機制。雖然國家與新聞記者之間常常互相使用措詞嚴厲、評價性的文字，但這種爭奪主要發生在體制內部，長期局限於一個相對封閉、可控的宣傳機器內部。與此同時，市場經濟的進一步發展，將更廣泛的社會層面捲入新聞宣傳機器，如國民教育程度的提升、社會各類成分以經濟改革領域報導對象進入新聞業內容層面、以廣告客戶的身份進入新聞業經營層面，一個龐大的新聞宣傳體系開始逐漸向下延伸。

中國新聞業的社會化使原本發生在國家統治機器內部的鬥爭日益暴露在公眾面前，與此同時，國家卻無力監管越來越多的商業資訊、越來越多樣的社會資訊，新聞宣傳體系一度失控，在八十年代後期，新聞業事實上享有相當大的自主報導權。整個八十年代活躍在公眾舞臺的「明星人物」是那些屢遭國家批判的體制內知識份子，國家對知識份子的批判反而使那些人物獲得更高的社會聲望。國家以強力肅清這些人物後，在新聞業內部只剩下單一的行政剛性控制。國家清楚地意識到，新聞治理的關鍵不在於如何消解內部鬥爭，而在於不能讓內部鬥爭表面化，並決心為一度失控的新聞業重新製造一個結實的鳥籠。

為了實現絕對控制，國家對新聞界知識份子集中的報業進行整頓，徹底剝奪了新聞專業力量在重大政治問題上的自主報導權。國家一統輿論領導權，強化了新聞宣傳監視體系，那些持「第二種忠誠」的體制內知識份子的表達渠道被徹底堵死，意識形態論爭被徹底擱置，「文人辦報」的傳統徹底喪失了載體。這種嚴厲的管制帶來一個閱讀性大國的衰落。在強大的國家意志下，國家與新聞專業力量的博弈被暫時中斷了。

國家雖然控制了以報業為代表的傳統文字媒介表達，但無法控制電視技術的圖像媒介表達技術的興起。由於圖像難以表達複雜的文字型意識形態，電視業長期被體制內知識份子忽略。因此，儘管電視臺比其他新聞媒體都能迅速操縱輿論、控制局勢，但長期以來國家與新聞專業力量都不認為電視業是爭奪意識形態領導權的主戰場。電視的基本表達手段是圖像，這種表達方式使電視沒有平面媒體那種表達複雜的文字型意識形態的優勢。在以文字為載體的意識形態博弈環境下，電視長期以來是廣播稿、報紙稿件的「聲音加配圖像」的簡陋翻版，甚至長期被認為其特長在於文藝娛樂節目轉播。但戲劇性地，得益於九十年代初國家「不爭論」的基本政策，電視這種傳統的表達劣勢突然變成優勢。在一個嚴格限制知識份子主觀意志表達的情境下，電視因其直觀生動的力量和反饋的即時性而比其他任何一種媒體都更吸引大眾，也更深入基層大眾。更重要的是，呈現在傳統文字型報導中非人格化、抽象的國家形象在電視手段下被人格化、具體化，不論是輿論監督還是正面報導，電視都使政府活動變得不再是鐵幕背後的神秘活動，也變得可爭議、可討論。這種由電視帶來的傳媒技術新特徵，極大地削弱了一個意識形態權力國家的天賦合法性。

意識到電視是一種針對基層的向下性媒體，部分具有使命感的知識份子開始通過那些中性化話語、強衝擊力的圖像構建的新話語形態來迂迴「啟蒙」。1992 年中國全面展開市場經濟後，中國電視業發展出當代新聞史上最成功的話語形態，就是後來被官方命名的「輿論監督」譜系，這個譜系還包括以普及法律常識和程式的法制類節目。在重大問題自主權被鎖死的情況下，新聞業傳統的總體性批判只能策略性地轉為對政權局部的批評性報導。首先是動用有限的行政級差優勢批評下級政府的不當作為。在一個分權時代，這種批評性報導幫助上級政府擴展出一種對下級的約束手段。其次是小心地把握尺度分寸，不僅注意批評的對象，而且注意批評的方式。再次，文字記者使用的批評性報導通常需要大量的情緒化描述和各類取證，但這些取證通常會被各級官員用各種手段消滅，各類情緒化的語言又往往被指責為主觀或「一面之詞」，為批評性報導帶來了困難。而電視圖像能直接提供有力的證據，一旦官員被拍攝到違法現象，即使官員矢口否認，也難逃滅頂之災。甚至即使沒有拍攝到有力的證據，電視圖像暴露各級官員的真實面目，例如官僚主義、文過飾非、長官作風，都可以在鏡頭中一覽無餘，而無須文字報導時代那種容易帶來爭議的表現方式。例如，劉賓雁採寫的《第二種忠誠》中的大量人物，經常被當事人所批評。但如果在當今電視時代，這種文字報導的局限性即可避免。

電視新聞記者用圖像說話的方式以及帶來的後果在一開始並沒有被國家充分認識到，使這種圖像表達的挑戰國家正統框架的方法是非常安全的。電視新聞記者在相當長的時間裏有極大的話語表現空間。1993年，以《東方時空》節目為標誌，新聞記者提出了「將新華體變為中新體」的口號，標誌著這種突破的成功。由於電視作為一種家用媒介，它突破了報紙在八十年代扮演的國家內部權力爭奪陣地的局限，將全民都不可逆轉地捲入一個漸進式權力運作的革新過程。在九十年代早期，這種自由空間的獲得與電視這種圖語媒介技術密不可分。下面，將對這個節目做一個簡要敘述。

《東方時空》是國家要求電視業配合市場經濟，加大新聞播出量、增多新聞品種、加快新聞時效性等行政命令的直接結果。1992年市場經濟重新啟動後，國家迫切需要新聞業為經濟建設服務。和八十年代以生產資料部類為主導的經濟增長不同，九十年代的中國經濟發展的強勁動力來自生活用品和消費品生產。由於消費品與公眾生活密切相關，電視業成為展示消費品特性和資訊最生動直觀的工具，當時的國家總理李鵬多次要求中央電視臺配合形勢開辦經濟頻道和多辦經濟節目。

1992年8月31日，中央電視臺聯合各省電視臺，創辦了《經濟資訊聯播》節目，電視直接介入生產與流通領域，溝通供銷渠道。《經濟資訊聯播》短小實用、信息量大的特點，很快引起各界關注。鄧小平更是每天定時收看。節目播出兩個月時，他委託秘書轉告中央電視臺說：「《經濟資訊聯播》專門談經濟，開辦得及時。《經濟資訊聯播》的時間雖不長，只有30分鐘，但每期的內容豐富，節奏明快，信息量大，對我國經濟發展，對社會主義市場經濟的發育，將會起到積極的作用。」（轉引自趙玉明，2006：249）這次評價的重要意義在於，它以一個電視欄目為議題，指出了新聞機構如何服務於社會主義市場經濟的問題，同時也提出了「內容豐富、節奏明快、信息量大」的新聞標準，成為九十年代新聞改革的一個基本方向。在國家領導人大力提倡下，從 1992 年下半年開始，大批經濟欄目湧現，如內蒙古的《經濟118》、山西的《經濟十分鐘》、河北的《經濟總匯》和《經濟資訊》、廣東的《經濟傳真》、安徽的《經濟縱橫》，這些經濟節目傳播了大量資訊，直接促進了多種經濟成分的發展和流通體制的改革，使各種經濟要素市場在全國越來越繁榮。

在國家負責人的設想中，這場新聞改革的初衷只是建立一個為市場經濟服務的資訊交換平臺。除了簡單地直接介入經濟交換領域，新聞報導的整個面貌改善甚少，各新聞機構普遍小心翼翼地按照國家指示發表亦步亦趨的言論，整個輿論環境連領導人和宣傳管理層自己都認為「沒有生氣」。例如，喜歡看電視的鄧小平對中央電視臺核心欄目《新聞聯播》提出了尖銳批評。他說：「電視一打開，盡是會議。會議多，文章太長，講話也太長，而且內容重複，新的語言並不很多。重複的話要講，但要精簡。形式主義也是官僚主義。」（鄧小平，1993：卷三 381 頁）

國家對新聞業的批評雖然屢屢見諸內部文件，但一直沒有太多的改觀。新聞記者雖然可以報導大量中性的經濟資訊，但他們普遍謹慎於針對社會熱點問題發表自身觀點，與黨中央保持高度一致。他們普遍沒有意識到，在 1989–1992 年的漫長 4 年，按照官方的說法，國家已經從一個革命黨政權轉為一個執政黨政權，國家合法性事實上已經建立在其經濟績效上。但這種轉變只有隨著時間的推移才逐漸顯現，在一個資訊高度不對稱的政治環境下，新聞記者不清楚國家的霸權話語中究竟有多少是反自由化，有多少是講改革開放。按照囚徒博弈的觀點，這種不對稱的資訊使新聞記者寧可相信國家依然堅持所謂「左」的路線，市場經濟僅僅是一個不穩定的、臨時性措施。在沒有得到明確信號以前，新聞記者寧可為了安全也不去觸及底線。

從國家的角度看，雖然它歡迎任何能提升統治績效的報導，但當時尚未看清新聞記者在九十年代早期力量的變化。在九十年代初期，知識菁英脫離新聞領域的趨勢剛剛開始形成，這種趨勢需要一個較長的過程才能看清，國家依舊非常警惕任何脫離官方話語體系的新聞言論。國家沒有把握，如果放開新聞記者對社會熱點問題的評論權，是否會再次導致如八十年代末期的失控。因此，剛開始，新聞改革局限於加快新聞的時效性和信息量的改進。1993 年 3 月 1 日，中央電視臺一套節目新聞播出由 4 次增加到 13 次，實現了新聞直播和重要新聞滾動播出，新聞播出總量由 65 分鐘達到 165 分鐘。在年底，中央電視臺甚至開辦了一個對外宣傳頻道。

在這個波瀾不驚的新聞宣傳事業的常規化擴張中，一個由財政困境帶來的節目缺口帶來了意外的轉機。由於西方國家普遍有早間節目，為了與西方看齊，中央電視臺決定將播出時間由早上 8 點拓展到早上 6 點。由於播出時間大大延長，電視臺的節目製作能力嚴重不足，出現了大量節目缺口。最初的設想是將一些舊新聞重新編輯以填補從 7 點 20 到 8 點鐘的時間段。在 1992 年，電視普遍被認為是晚上看《新聞聯播》和之後的電視劇的休閒娛樂工具，中國大眾還沒有早上看電視的習慣。這個早間節目普遍不被看好。

但是，一些新聞記者沒有按照最初的設計思路，提出「以紀實的手法反映生活，以平視的角度貼近群眾」的口號，試圖在這個邊緣時間段製作出一檔與主流話語完全不同的「新鮮又好看」的節目，這個節目就是後來轟動一時的《東方時空》[8]。

《東方時空》最早由4個部分組成，一是播放流行歌曲的《東方金曲榜》，一是採訪人物的《東方之子》，一是提供生活服務的《生活空間》，一是報導社會新聞的《焦點時刻》。從這四個部分的內容看，早期《東方時空》與其說是一個新聞節目，不如說它是一個大雜燴，將嚴肅的新聞報導與雞毛蒜皮的小事甚至流行明星串聯在一個節目當中，其混亂程度可以用「缺乏基本的專業水準」來評價。如果在今天，這種新聞節目只能被評價為初級業餘的學生水平。但在乏味的1993年，《東方時空》卻依靠這盤大雜燴一舉成名，其負責人孫玉勝在次年憑藉這個電視節目獲得中國新聞業最高榮譽「韜奮新聞獎」。在榮獲該獎的10個名單中，孫玉勝是最年輕的獲獎者。

在當年以資歷排座次、等級森嚴的單位體制中，對一個才30出頭的「年輕人」的認可與其說是對其專業性成就的肯定，不如說是在新的歷史時期對該節目所代表的新話語形態的肯定。孫玉勝獲獎的原因，不僅僅在於《東方時空》受到大眾的歡迎，而在於他顛覆了傳統新聞宣傳的話語形態。在一盤大雜燴的背後，存在一個統一的「民間話語視角」在支撐整個欄目。

---

[8] 《東方時空》最初叫《新太陽60分》，象徵「太陽每天都是新的」，這個名字本身已經說明了少數青年新聞記者的動機，但負責人由於政治因素考慮改名為《東方時空》。具體過程見孫玉勝的回憶錄（2003）。

表 2　首屆韜奮新聞獎獲獎者名單（10 名）

姓名	性別	年齡	工作單位
朱承修	男	63	新華通訊社
李濟國	男	54	《人民日報》總編室
楊青	女	56	中央人民廣播電臺
黃景仁	男	59	廣州日報
額爾德尼	男	45	內蒙古電視臺
郭景哲	男	57	中國國際廣播電臺聽眾聯絡部
孫玉勝	男	32	中央電視臺採訪部
陳禮章	男	59	（天津）今晚報
陸小婭	女	40	中國青年報《生活週刊》
金福安	男	49	（上海）解放日報

資料來源：中國記協網（中華全國新聞工作者協會官方網站）
http://news3.xinhuanet.com/zgjx/2007-01/11/content_5591467.htm

《東方之子》所選取的人物不再是經常出現的黨政官員、勞動模範和官方學者，而是青年關注或喜愛的老百姓代表，他們上電視不是因為官方的褒獎，而是因為對大眾的貢獻。在 1993 年，明星、老闆、非主流教授、藝術家，也就是所謂的「民間菁英」，是《東方時空》表現的主體。例如，變性人舞蹈藝人金星，因搞離經叛道的現代舞出名；地下電影導演張元兩次將自己沒有經過審查的影片送到國際參展而使中國電影官方代表團憤怒撤展。採訪的人物還包括非常普通的勞動者，小學教師、高原電影流動放映員等，這種選擇本身就意味著對官方價值體系的一種重新評價。

《東方金曲榜》引進了被看成西方文化或者青年文化前衛象徵的MTV，同樣是對「戰鬥性、鼓動性」正統文藝標準的反動。孫玉勝承認：這個小欄目「在當時是最有亮色的，因為過去中國觀眾很少能在一個固定欄目中天天看到這樣的東西，中國觀眾太缺這一口了，以至於那時很多中學生為了看早晨的MTV而上學遲到。」（孫玉勝，2003：22）對公眾來說，中央電視臺作為一個國家電視臺開始大規模播放流行歌曲，在當時革命話語形態還佔據統治地位的環境下，具有肯定民間審美趣味的政治意義，極大增進了大眾對該節目的信賴感。不過，官方對這個節目與新聞宣傳之間的關係的解釋，是：「在市場經濟條件下進一步娛樂多樣化，更好地豐富群眾生活。」

《東方時空》最有專業聲譽的是紀錄片欄目《生活空間》。它最著名的口號「講述老百姓自己的故事」。新聞記者們提出要為「小人物寫一部屬於他們自己的歷史」，使老百姓第一次成為關注的對象，成為《東方時空》在當時專業成就的標誌。這個節目是由一群體制外的民間小青年發起完成的，他們不屬於中央電視臺，也沒有固定工作，做了一些片子賣給電視臺。這些實驗者嘗試大量採訪老百姓，讓他們「對著鏡頭說話」。而在此之前，老百姓沒有說話的機會，他們都是作為抽象的人民群眾概念在模糊的背景而中存在，作為總體性話語的一些注解而存在，主流的新聞報導很少表現他們真實的思想感情和話語。《生活空間》定型的樣片是由蔣樾和畢建鋒等一群地下電影人拍攝的，他們通過直接讓老百姓對著鏡頭說話的方式，確定了這個欄目的平民風格，把對普通人的人道關懷帶進了主流媒介。因此，《生活空聞》不僅受到大眾的歡迎，而且贏得了知識階層的高度評價。在官方解釋中，推出這個節目的理由是「反映豐富多彩的群眾生活」。

《焦點時刻》的社會新聞，不僅是當時官方宣傳的禁區，而且採用了記者介入現場進行報導的方式來增加真實感和時效性。記者開始以一種朋友或鄰居的身份來說話，這種身份的貼近使百姓覺得原先重大而神秘的國家大事與自己是如此之近，開始把神聖的國家大事轉化為一種街談巷議。《東方時空》的主持人形象也完全打破了以往趙忠祥、邢質彬、羅京等代表的《新聞聯播》形象，成為平民化話語中一個不可分割的一部分。這個節目直接演化出中央電視臺的核心欄目《焦點訪談》，這在後面還將進一步闡述。推出這個節目的理由是：「就老百姓關心的問題採訪幹部、工人、農民、學者，反映他們的觀點。」

以上 4 個欄目都是以「在市場經濟條件下採用生動活潑的形式加強與群眾的聯繫，進一步改進宣傳」的旗號下出臺的。原來流行歌曲也可以放進新聞節目當中，紀錄片也可以放到新聞評論性欄目當中播出，人物的選擇也可以不同於少數又紅又專的先進工作者，國家大事可以被輕鬆地談論。《東方時空》受到廣泛歡迎的核心因素是它具有一種平民化的視角，通過對新聞、娛樂、人物的亂燉式組合，提出了一種平民文化的標準，從娛樂、社會、人物、政治方方面面展示了一種與主流文化不同的生活方式。在某次訪談中，曾任《東方時空》主持人的方宏進回憶說：「所有的態度在於，你先要把老百姓當回事。當時我們意識到觀眾不喜歡的是長期以來媒體使用的面目可憎的程式化語言，這都是《東方時空》當時立志要顛覆的。《東方時空》籌備初期，楊偉光（時任中央電視臺台長——作者注）對節目提出明確的要求是要變新華體為中新體，要降低電視媒體說話的語氣。東方時空和觀眾親和力的建立，就是從語言這種非常具體的地方開始的。」

按照話語理論，《東方時空》的成功在於新聞記者將傳統新聞話語的宏大視角「微小化」，來達到消解僵化意識形態的目的，它雖然不能直接改變國家話語霸權的地位，但成功地為進一步改革營造出一個更為寬鬆的話語環境。這種替換策略標誌著新聞記者的價值觀開始從八十年代的世俗化走向九十年代的平民化：八十年代新聞多樣性實踐，雖然從傳播宗教式話語開始轉向世俗化話語，掌握話語權的菁英們雖然強調人的價值和生活的價值，但「老百姓」仍然是他們勾勒的現代化地圖背景下的宣傳教化中的啟蒙對象。在八十年代，雖然新聞報導開始從宗教式的「神諭」視角轉向關注個體價值和命運的世俗化道路，但仍然籠罩在一種高高在上的啟蒙話語當中。國家和新聞記者的參照座標，總體上浸透了一種菁英意識，它的視角是一種居高臨下的關懷，大眾在這個話語體系中實際上是沒有主體位置的。八十年代的新聞記者將類似於宗教的意識形態信仰替換為對人的現世價值的世俗化關懷；但在九十年代，「老百姓」開始成為新聞記者消解國家話語霸權的最重要的一個符號。

在此解釋一個必須面對的問題：其他新聞媒介也同樣對話語象徵體系進行了替換的努力，但為什麼首先在電視業中獲得了成功？本書認為，這主要是因為國家缺乏對圖像話語進行嚴密管理的經驗。在九十年代初期，電視製作和電視語言對絕大多數國人來說，還處於一種神秘的狀態，不僅知識份子，而且國家意識形態負責人也沒有掌握圖像語言和圖像技巧。他們的主要精力放在防止報紙、刊物的文字記者的自由化思潮，對電視記者的思想深度和表現水平缺乏正確的評判，對電視的認識還停留在「好看」和「不好看」這種娛樂性工具的階段。當《東方時空》採用播放流行歌曲、採訪非主流的青年偶像、現場報導各種社會新聞以及記錄各種百姓生活時，作為依然佔據宣傳體系的主流革命話語力量還沒有充分意識到這種話語的消解性和顛覆性。圖像將隱含的意識形態儘量「稀薄化」，有效地隱藏了語氣變更後國家對新聞業控制的削弱。本書將這種稀薄化的能力稱為電視業的「圖語優勢」。

針對在九十年代初期新聞記者的話語替換行為中的「圖語優勢」，在內部訪談中，著名談話節目《實話實說》主持人崔永元說過這麼一段耐人尋味的話：「《實話實說》有一期節目說的是這麼一個小伙子，他一直非常努力工作，周圍的人對他印象都挺好。但有一天他突然病倒了，病的這幾天，他突然什麼都想通了，沒有必要這麼努力地工作，生命質量才是最重要的。於是病好之後，他什麼都不幹了，每天就是閒散地活著。這個節目很好看，但是領導看完後說不行，這個小伙子應該更加努力工作才對，應該感謝生活才對，怎能病一好就不去上班呢？……當時我就想，這個題材做談話節目是一個錯誤，如果這個節目在《生活空間》中去播，用紀錄片這種形式來表達，可能就是完全不同的一種效果。」

在那種輿論環境下，只有「反映群眾生活」的流行歌曲和紀錄片才是相對安全的，新聞記者可以盡情通過放映前衛時尚的流行歌曲或別有深意的紀錄片來表達對國家僵化宣傳話語的不滿，但那些「反映群眾觀點」的辯論性節目仍然特別危險。按照官方宣傳體系的設計，創辦於 1996 年的《實話實說》是一個以「表達群眾觀點」為宗旨的節目。這個節目和流行音樂、紀錄片根本的不同，在於它實際上類似於報紙、雜誌等文字媒介，具有鮮明的輿論導向功能，國家控制非常嚴密。在開辦之初，國家就已經注意到記者們將「表達群眾觀點」的主流話語替換為一個「大鳴大放大辯論的自由論壇」的傾向，從而非常警惕。儘管新聞記者和主管領導非常小心翼翼，但仍然經常無意觸及宣傳的底線。

1996 年 6 月 9 日，《實話實說》播出《拾金不昧要不要回報》，這期節目幾乎使《實話實說》走到終點。講的是一位北京計程車司機撿到了一個「在那個時代十分稀罕的，當時還被看作身份象徵」的手機，司機把這個值錢的東西交還給了原主，失主給了這個司機一千元錢作為酬謝。節目請了 4 個嘉賓坐到演播室討論「拾金不昧該不該要回報」和「回報應不應該制度化」。今天看起來，這期節目完全可以放開充分討論，但是這個話題在當時仍然非常敏感，因此《實話實說》被停業整頓兩個月，並被迫徹底放棄了新聞性強的觀點辯論形式，轉向低風險的生活題材。1996 年 8 月 18 日，停播兩個月的《實話實說》開始復播，首期節目是《熱愛生命》。講述的是 3 個抗癌明星：中學教師孫雲彩、舞蹈演員于大元、工會幹部袁正平如何以樂觀的態度正視現實、面對生活中的困難。從此，《實話實說》依靠表現人間真情和趣味故事的「微小話語」平安地存活，造就了一個幽默的崔永元。當然，如果不是新聞從業人員，很難瞭解他的中國式幽默與國家新聞體制曲折之間的內在聯繫。

這表明即使到 1996 年，一元化的革命話語仍然佔據宣傳舞臺，觀點表達的空間依然是非常有限的。這種情況在報刊、雜誌和廣播媒體也都是如此。在這種情況下，只有用娛樂和紀實的隱蔽手法表現另類立場的節目才能在嚴厲的官方審查中生存下來。將非正統觀點稀薄化是九十年代新聞改革啟動時各新聞媒介面臨必須解決的問題。在各種媒介中，電視是這種稀薄化的最佳工具。新聞記者們在播放流行歌曲時，同時也播放一些體現「民族性」的民歌 MTV。在採訪非主流人物時，也同時做一些對民族和國家有貢獻的「院士系列」、「人文系列」；在針對「熱點」問題進行報導時，無一例外地採用正面肯定國家政策方針的立場。這些青年記者為了通過國家審查，他們非常自覺地使用官方話語來解釋其節目的寓意和動機。

《東方時空》的「微小話語」和民間立場，表面上看上去成功地挑戰了當時主流宣傳話語，但實際上不僅沒有傷害到國家政權，反而有助於國家政權的進一步鞏固。在 1989–1992 年這個特殊歷史時期，雖然國家目標已經改變，但新聞宣傳依然被厚厚地包裹在革命黨時期的宣傳形態下，對一個正在推行市場經濟路線的國家其實是不利的。國家迫切需要一種自下而上的話語革新，幫助清除掉陳舊的革命話語，但是同時絕不能超越挑戰國家政權的底線。新聞記者針對革命黨時期宣傳話語的挑戰，並不能威脅到一個新的國家政權的基礎，反而對最高領導人和宣傳形態負責人清除掉舊時代的文化氣息非常有幫助。

從大環境看，《東方時空》的成功是一個意識形態權力國家逐漸退出歷史舞臺、一個威權國家正在誕生的社會轉型機制作用於新聞業的必然結果。電視新聞記者發起的這次改革的初衷，是針對一個「舊」的國家的刻舟求劍式的意志博弈，新聞記者自以為成功的反抗，實際上幫助了國家領導人。他們不僅沒有傷害到一個「新」的國家政權，反而有助於這個「新」的國家政權在市場經濟條件下穩固其統治。

因此，《東方時空》一誕生，就受到了中宣部的高度重視和肯定。部長丁關根讚揚說：「《東方時空》辦得非常不錯，一看就是年輕人辦的節目，非常有朝氣。」（丁關根，1993）這種朝氣就是所謂的「新華體」向「中新體」的轉變，非常符合國家的要求。從「新華體」轉向「中新體」，這種風格的轉變已經足以讓精神貧乏的九十年代初期的中國民眾感到滿意。新聞界大聲驚呼，認為：「《東方時空》引發了一場電視革命，改變了中國人早晨不看電視的習慣。」它開啟了九十年代平民化話語潮流，「與以往的新聞報導拉開了一道分水嶺」。當時北京的民謠描述普通市民生活時甚至說：「打麵的，吃速食麵，看《東方時空》。」（梁建增，2002：6）

在這種局勢下《東方時空》一舉成為新聞改革的一個樣板。1994年，年僅32歲的《東方時空》負責人孫玉勝獲得首屆「韜奮新聞獎」，獲獎理由是：「孫玉勝與他的團隊在節目主題採訪、畫面編輯、後期合成全部遵循電視新聞規律，突出紀實性和現場感等方面形成共識。……《焦點時刻》作為《東方時空》的重頭欄目，始終把鏡頭對準那些國內外剛剛發生的、老百姓關注的熱點、難點、疑點，對於一些社會醜惡現象和危害人民利益的惡劣行為，他們更是敢於揭露、曝光，《焦點時刻》在搞好問題報導方面的經驗對全國新聞界起到了良好的借鑑作用。」[9]1994 年中宣部在評比全國新聞評論節目中，《東方時空》和《焦點訪談》進入全國十大新聞評論專欄。這個由一群「烏合之眾」發起的略嫌幼稚的新聞改革，迅速地進入了主流宣傳陣地。由此，中國新聞界普遍認為，《東方時空》作為一種「革命性發展」，表明「中國已經拉開了對新聞進行實質性改革的序幕」。

（二）與威權國家合作：一種新的業務自主權觀

（1）對八十年代托克維爾式危機的檢討

1993 年的《東方時空》雖然拉開了中國新聞改革序幕，但它僅僅是九十年代新聞業與國家關係演變的第一個階段，並沒有根本改變中國新聞的輿論環境。隨著舊的革命話語開始從主流宣傳體系中退潮，九十年代國家與新聞業關係進入了第二個階段：新聞記者在進一步爭取新聞自主權的行動中，必須解決與一個「新」的威權國家進行常規性合作的問題。

在八十年代，國家與新聞業的緊張關係來源於新聞自主權的爭奪，是國家還是由新聞業自主決定采寫題材、批評報導、新聞報導範圍和組織機制。新聞自主權最重要的一方面，是對政府的批評性報導。1981 年，自《工人日報》對渤海二號沉船事故進行

[9] 見中國記協官方網站：http://news.xinhuanet.com/newmedia/2007-01/11/content_8284807.thm

報導後，中國新聞界第一次展開了對政府部門的批評，從而標誌著「八十年代新聞改革的開端」。由於新聞記者對國家部門經常發表酣暢淋漓、文采斐然的批評言論，被認為嚴重威脅到國家聲望，1989 年以後，批評性報導基本停頓。1992 年開始，當局開始鼓勵新聞記者進行輿論監督，但新聞記者仍然縮手縮腳沒有太大突破。即使在 1993 年《東方時空》雖然被譽為一場「空前的突破」，但其中的流行歌曲、紀錄片和人物採訪的「圖語式」反抗都是劍走偏鋒，只是對僵化話語的消解而不是建設；在《焦點時刻》進行一些批評性報導的嘗試，也只是一些零星的「游擊戰爭」。以今天批評性報導的標準來看，它僅僅是就事論事的「揭短」，缺少新聞記者對事件的深度評論，更沒有形成常規、成體系的日常化批評性活動。

從宣傳官員的角度看，國家壓制批評性報導的直接原因，是宣傳官員經常感到批評性報導有悖於制度設計的初衷，其隱含的殺傷力對政權安全造成了嚴重威脅，超過了國家所能容忍的「底線」。按照現代化理論的觀點，國家雖然鼓勵新聞記者進行批評性報導，如果不能將這種批評性報導制度化，則將很可能在九十年代啟動市場經濟時再次面臨托克維爾式危機。

在此需要討論國家統治與輿論監督的關係。國家推行輿論監督的初衷，是懲戒基層官員、提升公共形象和指導全國工作，提升政權合法性。新聞業的輿論監督功能，在意識形態權力國家時期已經存在。建國以來，新聞機構是國家監控其各級基層官員的重要工具。雖然存在司法監督、行政監督等手段，但由於國家的強勢地位和社會力量的軟弱，官員的違法亂紀和任意指揮的行為是一個非常普遍的現象，尤其是在資訊渠道不甚通暢的集權體制下，這些官員的越軌行為很難被發現。即使這類現象被舉報到上一級政府甚至中央政府，官員們也往往可以利用行政程式的時滯性、內部權力關係網絡以及各種正規司法程式的漏洞，千方百計阻礙走上正規的查處程式。大事化小，小事化了，官官相護，成為國家機器內部的潛在規則，這些弊端嚴重影響了國家對社會的正常治理。

為了懲處資訊不對稱體制下的官員越軌行為，輿論監督因其行政權力和公共輿論的雙重屬性而成為國家監控基層的方便快捷、經濟有效的手段。謝五三（2003）認為：「大眾傳播媒介因為其本身的特性，在行政體制中具有其他治理手段所不具備的優勢。首先也是最主要的是，它可以進行超程式運作。中國的大眾傳播媒介機構直接接受黨的宣傳系統的領導，但是它並不計入政府機構，它的公共面目只是大眾傳播媒介。這種身份的特殊性，賦予媒介兩種不可替代的監督優勢。前者使得媒介具有一級黨和行政組織的身份，這為它採訪和發佈批評性報導提供了權力的支援；後者則使得它對地方政府的監督行為不需要嚴格遵循行政程式，它可以利用大眾傳播媒介的網路和技術，採訪並批評任何低於它自身行政級別的政府部門（在行業紀律範圍內），無須經過細密的行政層級，從而大大簡化了上級政府對下級政府的監督程式，也降低了監督的成本。」

在 1949–1979 年，雖然「批評與自我批評」是新聞機構的重要功能，但任何對政府的公開批評由於被認為給「社會主義抹黑」而被嚴格限制，國家主要通過新聞記者在各地採訪並刊登在內部參考上掌握基層動態，並對越軌官員進行懲處。《人民日報》內參版和「新華社內參」是國家蒐集輿情，監察基層的輔助工具。這種內部參考是有級別限制的，不同級別的官員看到的是不同的內部參考。

八十年代初，為了重建在「文革」時期低落的國家威望，國家開始借助輿論媒介公開展示對違紀官員的懲處。國家鼓勵新聞記者參與到批評性報導中，原先只能出現在「內參」中的內容開始部分地公開化，成為輿論監督的開端。國家通過開展一系列批評性報導，迅速重建了在人民群眾當中的威信。在這個階段，新聞記者是沒有自主權的，是遵命性輿論監督。國家對重大問題批評的控制非常嚴格，新聞記者的批評性報導也是在政府的指令下開展的。但是新聞記者比國家所計畫的要走得更遠一些。1983年中央人民廣播電臺記者主動對雙城堡火車站的野蠻裝卸事件進行連續性報導後，《人民日報》發表了新聞記者主動進行輿論監督的號召：「中央人民廣播電臺（關於雙城堡火車站事件）的報導，給我們一個重要的啟示，這就是不能滿足於在事情引起領導重視之後，已經解決再去寫嚴肅處理的綜合報導，也應該同時經過調查，有選擇地發表一些尚未引起重視的案件，及時給受害的一方以支持。」[10] 隨著批評性報導數量的增多，新聞業自主尋找批評性題材的風氣開始形成，新聞記者開始積極地介入批評性報導當中。由於對批評性報導的自主程度標誌著新聞自主權的擴展，新聞記者的業務新聞自主權大大增加了。

---

[10] 《人民日報》1983 年 5 月 13 日社論：〈勇於負責，敢於鬥爭——從處理雙城堡車站事件中汲取教益〉。

1987 年 10 月召開的中共第十三次代表大會，提出了「重大情況讓人民知道，重大問題經人民討論」的重要口號，更是為批評性報導鋪平了道路。但是，國家感到從輿論監督中得到的遠不足以補償其威望損失。新聞記者流行的匕首投槍、怒目金剛的尖銳文風往往偏離輿論監督制度的初衷，讓國家時常感到嚴重的威脅。這種不安全感導致那些越軌記者經常被嚴厲懲處，而對越軌記者的嚴厲懲處又進一步導致了尖銳的文風。這種相互增強的不信任感使八十年代新聞記者與國家沒有建立一個常規的合作關係。輿論監督在八十年代的起起落落，表明輿論監督作為一種統治技術還尚未發展成熟。它的原因是方方面面的，既有國家自身的原因，也有新聞記者的原因，在市場化改革的起步階段，輿論監督不僅沒有完成國家制度設計的基本功能，反而成為社會不穩定的根源。

（2）國家與新聞記者策略的同步轉變

隨著市場經濟的開展，國家的目標變得越來越簡單，就是通過提升經濟績效維繫其政權統治，通過媒介規範各地政策運用，同時打擊日益蔓延的基層政府越軌行為。進入九十年代後，中央—地方格局的劇烈演變，成為中央權力系統尋求對於地方官員進行約束的新手段的根本促動力。中央政府採取了一系列「放權讓利」的分權政策，中央和地方、上級政府和下級政府之間的關係出現了深刻的變化。地方政府與中央政府經常發生利益衝突，對各類政策的實施也經常缺乏一致的認識，因此國家迫切需要通過新聞媒介來營造對改革政策的共識，並且對那些越軌官員進行懲戒。

這種機制在現實中的對應，就是新聞業的兩個基本功能：一是指導性，一是監督性。新聞幫助國家引導輿論，發現越軌官員。隨著時間的推移，這個九十年代的「新」的威權國家，已經越來越將輿論監督作為一種實用的統治技術來運用。新上任的宣傳官員已經懂得如何進行精細化管理。以當時新任中宣部部長丁關根為例，他更類似於一位主管新聞生產的宣傳工廠廠長。他經常與新聞機構負責人以及具體製作人員相互探討，經常發表具體而非原則性的措施，經常就一些新聞報導提出具體而非印象式的空洞意見。

針對國家新的新聞治理政策，記者的新聞自主權觀念和策略也開始發生改變。新聞業不再追求一個一攬子的自主權解決方案，而是首先追求有限、有效的實質性的業務自主權。八十年代新聞記者更傾向於希望國家從根本體制上出臺相應的法律來保證新聞業務自主權。1989–1992 年後，新聞記者開始認識到，國家話語霸權的存在是新聞改革的前提，與其根本否定這個事實，不如接受這個話語霸權並對這個話語霸權中合理的部分進行利用。這種漸進式的改革策略不僅是新聞改革也是其他領域改革的指導思想。

新聞記者開始承認國家的話語霸權，與國家全面合作，以合作換空間。這種博弈的展開逐步擴大了新聞自主權空間。新聞業的話語實踐突破國家僵化的宣傳體制是一個逐漸放開的過程，國家的經濟發展成就越大，其承受能力越強，國家也越來越能適應新聞業的替換性話語實踐。

國家與新聞業的這種「安全博弈」不僅帶來了更多的新聞自由，也為新聞專業主義提供了政治基礎。和熱中政治的八十年代相比，去政治化的九十年代新聞業不僅沒有衰微，反而更加深入地參與到中國的社會變遷，並且自身得到巨大發展。大眾能看到種類更多的新聞題材、數量更豐富的新聞消息，以及質量更高的新聞評論。報紙、雜誌、廣播和電視這四大新聞宣傳部門，在九十年代都有其精彩的表現。下面，本書將以衡量中國新聞自主程度的輿論監督節目的代表、中國最重要的新聞評論專欄《焦點訪談》為例，分析這種新聞記者立場和挑戰策略的轉變。

輿論監督節目在當時有很大的風險。特別是在中央級媒介中開闢這種常規性的批評性報導在中國當代新聞史還沒有先例。因此 1992 年中宣部對中央電視臺口頭傳達了輿論監督配合報導任務時，臺長楊偉光就說：「這很難，需要書面傳達。」於是 1993 年年初中宣部在當年工作重點佈置時以正式文件的形式下達了這個任務，為新聞改革提供了一個保護傘。

根據這個書面意見，中央電視臺決定在《東方時空》中開辦一個小欄目《焦點時刻》配合，這個節目的宗旨是反映廣大群眾最關心的各種熱點、難點和疑點問題，並涉及到一些尖銳的社會現象。之所以放在早間，是考慮到早間觀眾較少，即使出了問題影響也不大，同時與其他娛樂類節目相混合，讓人覺得在政治上更安全。為了保證安全，基本上是就事論事的正面報導。節目播出 100 期之後，開始嘗試零星的批評性報導。批評性報導的總量和比例雖然非常少，但受到觀眾、新聞界和中宣部的密切關注。儘管如此，電視臺台長楊偉光仍然非常擔心，制定了一系列嚴格的審查制度和播出制度，將這個節目的風險降低到最小。經過一年的平穩運行，楊偉光決定將這個 6 分鐘的早間節目擴展為一個 20 分鐘的評論節目。1993 年年底，中央電視臺對《東方時空》改組，成立新聞評論部，在晚間黃金時間段創辦一個新聞深度評論日播節目即《焦點訪談》。以中國 10 億人口計算，黃金時間段收視率即使只有 1/100，都意味著有 1000 萬人在觀看節目。《焦點訪談》後來的收視率通常在 30%左右，意味著理論上有 3 億人在收看這個節目。

作為總負責人的楊偉光以「敢幹」出名。早在 1978 年「文革」剛結束時，時任中央人民廣播電臺新聞部副主任的楊偉光打破了只有報紙有權自採消息的規定，使廣播電視業成為獨立於報紙的新聞媒介；任中央電視臺臺長後，他第一次在《新聞聯播》後面推出了商業廣告，第一次實行黃金時間段廣告招標，是中央電視臺的強勢擴張最重要的推動者之一。當時他對《焦點訪談》籌備組記者說：「我都是 58 歲的人了，我不怕，你們大膽地幹吧，出了事，我來頂著！」在他的主持下，《焦點訪談》形成了以下兩個基本策略：

第一，自覺承認國家在話語權上的領導地位，堅持正面報導為主，也就是在選題比例上以報導光榮事蹟、重要任務、表彰先進為主。新聞工作者既然是在國家新聞單位工作，就必須與黨中央保持一致。根據內部訪談，孫玉勝在籌備《焦點訪談》時提出：「我們不能以在野黨的位置來看待監督出來的問題，向政府發難；也不能像時下粵派比較流行的生猛海鮮，搞得那麼生猛，過把癮就死。而是要本著一種建設者的思維，抱著解決問題的態度幫助政府來工作，絕不是添亂。」這種「幫忙不添亂」的策略是《焦點訪談》的生存前提。雖然報導必須以正面為主，但新聞記者對報導的題材和領域可以有自己的理解，那些有助於民生的，並有助於幫助領導改善形象的題材被重點關注，那些一時不能夠解決，也會造成社會不滿的問題往往被暫時擱置，並等待時機成熟。國家認為，主旋律節目應該成為新聞報導的主體。如果不播主旋律節目，全是批評性報導，會讓社會感到這個國家「一片黑暗」。因此，「主旋律」節目是輿論監督生存的前提。為了宏揚主旋律，《焦點訪談》的第一期節目是《94 國債發行第一天》，報導了當天開始的 1994 年國庫券發行情況、有關人士的評述和群眾反應。這期主旋律的節目馬上得到了官方表揚。第二天（4 月 1 日）的《人民日報》中署名文章〈焦點訪談開了個好頭〉對此以「上層領導」的語氣表示讚賞：「一個時期以來，新聞界的朋友們一直在積極探索怎樣進一步貼近實際，貼進群眾，貼近生活。各新聞單位群策群力，籌畫新舉措，開闢新欄目，令人耳目一新，增強了宣傳報導的效果。看來，改進宣傳，大有可為。各種新聞媒介的特點不同，手段各異，只要各顯神通，並且取長補短，相互配合，就能形成高揚主旋律的強大合力。」

對於重大事件、重大問題，《焦點訪談》都是嚴格按照黨和中央的政策來執行報導的，成為引導輿論的重要工具。根據不完全統計，到 2002 年 8 月 20 日，《焦點訪談》播出的 3000 多期節目中，屬於正面宣傳的報導為 2150 期，佔全部節目的 71%。如在新中國成立 50 周年，建黨 80 周年，香港和澳門回歸、抗洪救險、「9・11」事件，北京申奧、中國加入 WTO、上海 APEC 會議、揭批「法輪功」、下崗職工再就業、農民增收減負、報導先進典型人物等諸多選題，都起到了「配合形勢，釋疑解惑，化解矛盾、統一思想、鼓舞士氣」的重要作用。隨著國家對《焦點訪談》越來越重視，主旋律節目也越來越多。在作者對新聞記者的訪談中，新聞記者雖然對此表示不滿，但仍然認為這是必然現象。郭鎮之（1999）對批評類節目的製片人的訪談也證實了這一點。

雖然輿論監督欄目必須以正面報導為主，但記者通常採用以正面報導的面目來報導負面問題的辦法來加大新聞自主權的空間，這種稱為「軟監督」的報導手法是在中國新聞環境下非常特殊的一種形式。以《焦點訪談》1994 年的第一個敏感話題為例，流浪兒童這個選題即使到今天仍然是一個非常敏感的話題，基本屬於新聞禁區，在此之前，中央媒體從來沒有報導過中國流浪兒童的節目。因此，團隊就是否製作這個節目發生了爭論。有的記者認為報導出去「顯得社會很黑暗」，「會給政府抹黑，給社會主義抹黑，給共產黨抹黑」，建議放棄該選題，不要主動去「踩地雷」。但製片人認為，這個選題有普遍性和社會性，具有新聞價值，應該「抱著解決問題的態度來幫助政府來工作，而不是添亂」的立場，將這個問題報導出來。製片人找到了一個介紹政府成就的切入點：流浪兒童是世界普遍存在的現象，而中國政府在這個方面的工作是最有成效。政府每年都要投入大量精力和財力用於流浪兒童的收容、教育工作。因此，這樣一個本來是負面消息的報導卻以一個正面報導的面目出現，在讓政府面子過得去的基礎上，客觀地反映流浪兒童的問題，引起社會廣泛重視。

這個叫《回家的路有多長》的節目分上下兩集播出，上集在 1994 年 4 月 23 日播出，用紀實的手法展示了湖南、貴州、廣東等地大量流浪兒童的生存狀態，並進一步調查為什麼他們成為了流浪兒童，提出了對青少年教育與關愛的問題。當時中宣部正在杭州舉行一個各大新聞單位負責人的座談會，會上新聞機構負責人看到這個節目，說《焦點訪談》怎麼選這麼一個敏感的話題做。部長丁關根也「非常擔心」這個揭露性題目將如何收場。次日《焦點訪談》播出了下集，全面展示了各級政府對解決這一社會問題的積極態度和有效措施。在節目的結尾，那些流浪兒童在政府和社會的關心下，坐上了回家的火車。丁關根看完後覺得放心了，「覺得很到位」。新聞記者的良知和宣傳口徑也得到了平衡和兼顧。這個節目的成功，確立了以正面報導的方法來做敏感問題的手法，是《焦點訪談》最經典的話語模式。

根據郭鎮之（1999）的統計，輿論監督在《焦點訪談》中所佔的比例僅為 1/4。這個資料與《焦點訪談》製片人自己的統計有相當大出入。在內部訪談資料中，製片人將自身節目分為 3 類：一類是未解決的問題，佔 1/3；一類是已解決的問題，佔 1/3；一類是正面的好人好事，佔 1/3。這裏面最體現新聞記者策略的是這種「已解決」的問題。以流浪兒童為例，這個高度敏感的節目被歸到「已解決」的中性社會問題，因此大大降低了批評性報導數量在總體中的比例。1994 年 4 月 1 日至 1994 年 4 月 30 日第一個月的播出的題材結構：（1）配合政府政策宣傳類，如《94 年國庫券發行中的新辦法》、《全國實行標準化信封》、《破產企業職工的利益如何得到有效保障》、《公民納稅意識問題》、《國家改革社會醫療保障體系》、《北京為住房苦困難戶興建康居住宅》、《部分高校試行收費制》共 7 個，佔全部比例的 23%。（2）大眾生活密切相關的社會新聞，包括棄嬰問題、遊戲機與青少年健康問題、服裝質量問題、虛假廣告問題、飼養海狸鼠發財的騙局問題、打擊盜竊武漢鋼鐵廠原料問題、青少年心理健康問題、債務拖欠問題、保安毆打物價員問題、民工權益保障問題、流浪兒童問題、國家足球隊更換教練問題。這類中性化新聞 14 個，佔整個比例的 47％。（3）反腐敗問題。北京長城機電公司沈太福案、李效時貪污和行賄案、四川瀘州招生辦負責人石任福受賄案，共 3 個，佔整個比例的 10％。（4）輿論監督問題。如地方政府亂攤派問題、毀地建公墓問題、違規評獎斂財問題，共 3 個，佔總比例的 10％。（5）國際重大事件問題，如南非首次非種族大選、日本細川內閣辭職、美國前總統尼克森去世，共 3 件，佔整個比例的 10％。

必須指出，這份題材結構是製片人為了證明正面宣傳比例較多而採取的分類方法。但他自己實際上並不認為其中都是正面報導，他甚至認為批評性報導佔多數。在《焦點訪談》製片人自己歸納的輿論監督題材分佈表中，他實際上是將這個話題劃歸到輿論監督系列，只不過是以一種更隱蔽的面目出現的「軟監督」而已。按照這個標準，1994 年 4 月播出的節目當中一共有 22 期節目屬於批評性報導，佔 73％。那個流浪兒童的節目自然是屬於「批評性報導」的軟監督題材。

第二，從國家輿論監督的初衷出發，滿足國家對基層實行監控，懲戒越軌官員的目的。輿論監督的基本特點，是將新聞媒介的權力作為國家權力的延伸，以公共輿論的名義跨越正常程式對違法亂紀的基層官員搜集證據，然後交付行政機關進行懲處。改革開放以來，在一元化體制越來越受到地方獨立利益的挑戰下，這種媒介權力與行政權力交叉運用的治理技術成為九十年代以來

表 3　焦點訪談 1994 年 4 月批評類選題分類

1994.4.4	關於杭州棄嬰案的報導	軟監督	倫理道德
1994.4.5	遊戲機遊戲著什麼？	軟監督	兒童教育
1994.4.7	重針廠破產一年半——對一起企業破產的報導	軟監督	國企改革
1994.4.8	價格沒譜質量沒准——誰來管管服裝	硬監督	商業貿易
1994.4.13	海狸鼠——神話與現實的再調查	軟監督	經濟秩序
1994.4.15	從周崢之死想到的……	軟監督	青少年
1994.4.21	由誰負責：對一起意外事故的追蹤調查	軟監督	社會保障
1994.4.22	公民與納稅	軟監督	法治
1994.4.23	回家的路有多長：對流浪兒童的追蹤採訪（上）	軟監督	社會問題
1994.4.24	回家的路有多長：對流浪兒童的追蹤採訪（下）	軟監督	社會問題
1994.4.30	科學投資才有效益	軟監督	經濟
1994.4.3	北京郊區：耕地上修建起一座墳塋	硬監督	三農
1994.4.10	金獎的困惑	硬監督	經濟秩序
1994.4.11	高法嚴懲沈太福、李效時	硬監督	反腐敗
1994.4.12	吹牛皮真的不上稅嗎？	硬監督	虛假廣告
1994.4.14	血汗白流：兩萬多鋼鐵耗子蠶食武鋼	硬監督	國有資產
1994.4.16	從教不仁（上）	硬監督	反腐敗
1994.4.17	從教不仁（下）	硬監督	反腐敗
1994.4.18	追債記	硬監督	三角債
1994.4.19	國法為大：山西忻州廣秀商廈保安人員打傷國家物價員	硬監督	法治
1994.4.20	亂攤派何時了	硬監督	工業

資料來源：《焦點訪談紅皮書》（梁建增，2002）

國家加強中央集權、推行中央政策的經典模式。早在八十年代初期，1981 年 1 月中共中央頒佈〈關於當前報刊新聞廣播宣傳方針的決定〉，「對 1980 年媒介以糾正黨風的名義對政府和企業管理的監督給予了積極的評價」，認為這些工作「增強了黨和人民群眾的聯繫，也提高了黨和報刊的聲譽。今後要堅持這樣做。各級黨委要善於運用報刊開展批評，推動工作」。並要求各級黨委更主動地利用媒介進行批評報導，鞏固政權。到 1992 年，威權國家由於喪失了一元化意識形態基礎，變得空前重視輿論監督。

但是，新聞記者已經非常清楚，如果不將輿論監督放在國家基層治理技術體系中來理解和操作，則一定會越過國家所設定的底線，重蹈八十年代新聞記者在爭取業務自主權的覆轍。《焦點訪談》創辦之初，該團隊最初給欄目起名叫《記者視點》，強烈地表達了按照新聞記者自己觀點爭取業務自主權的願望。這個名字最後被臺長楊偉光否定，因為非常容易引起新聞業試圖脫離國家領導的聯想。最後取名叫《焦點訪談》，主要原因也是因為該名稱突出了新聞內容和採編形式，既不偏向國家也不偏向公眾，這種中性化話語形態在不引起國家警惕的前提下又隱含了新聞記者的獨立價值判斷。

從《焦點訪談》的實踐看，記者獲得新聞自主權的秘訣，在於它首次成功地建立一個將中央與地方政府、上級政府和下級政府分離處理的常規話語作業系統。在這個話語體系中，新聞記者自覺地將監督者中央（上級）政府樹立為一個英明偉大的形象，而被監督者地方（下級）政府往往被假定是有各種問題的。這種話語體系不僅符合大眾的常識性判斷，而且獲得了展開批評的政治權力支持。在很多情況下，各級地方政府有法不依，許多「好」的法律其實是一紙空文。根據郭鎮之（1999）的統計，《焦點訪談》從1994年4月1日到1998年12月30日的節目中，揭露行政和行業特權、侵犯公民權利、貪污受賄的，有131期，佔總比例的33.1%，報導弄虛作假的有116起，佔29.3%；報導官員違法亂紀、官僚主義、相互包庇的76例，佔19.2%；社會問題71例，佔17.9%。涉及最多的是違法事件，154例，佔全部批評報導的38.9%。雖然這種有法不依的現象有其深刻的體制根源，但新聞記者為了能播出，往往遮蔽這種對體制根源的追問，而是借用體制內存在但在現實中經常被忽略的各種合法資源，如中央指示、法律法規等對越軌官員進行問責。

新聞機構依靠中央賦予新聞機構的權威，在法律範圍內最大限度地發掘批評的空間。中央通過新聞媒介對國家體制內部合理法規和道義資源的重新整理，不僅大大加強了對基層政府的控制，同時也在公眾面前營造出一個更為開明進步的國家形象。這種與中央權威相互支撐、劃分出「我們」（中央）與「他們」（地方）的媒介權力與行政權力的密切合作，是九十年代國家權威與新聞自主空間同步增加的根本原因。

為了保證與威權國家的長期合作，「打蒼蠅，不打老虎」成為新聞記者的基本策略。從中央級媒介的行政級別看，監督的主要對象應該是省一級政府，但對省一級政府的批評基本上不存在。《焦點訪談》的第一期輿論監督節目是《北京郊區耕地上修建起一座墳塋》，反映北京順義縣一個村子違反政策，毀壞耕地建陵園問題。這個村子按行政級別看，顯然是最底層的。從監督級別看，將近一半以上的新聞報導主要發生地為地市一級及以下城市，共 190 例，佔 40.8%。發生地為縣以下村鎮的共 119 例，佔 30.1%，發生在涉及城市和農村兩地的有 51 例，佔 12.9%。這個比例表明，《焦點訪談》在無法監督省一級政府的體制限制下，其監督上限一般局限於地市一級政府。

為了進一步消除國家對新聞機構介入批評性報導的不安全感，《焦點訪談》的著名口號是「與人為善」。根據內部資料，中央電視臺臺長趙化勇在 2001 年全國廣播電視學會評論分會成立大會上說：「《焦點訪談》一定要保持與人為善的態度。電視臺是媒體，不是法官，也不是政府的職能部門。我們的批評報導是為了讓地方政府改進工作，不要把別人逼到死路上去。我們進入事實的角度、採訪報導的初衷應該是善意的；在披露事實的過程中我們所採取的評價的態度應該是公允的；最後，節目所產生的社會效益應該是積極的。」這種提法即使出自真心實意，也與輿論監督節目的後果嚴重不一致。事實上，那些被《焦點訪談》曝光的基層官員無不結局悲慘。從國家治理技術與新聞業務自主權相互強化的角度看，這種「與人為善」實際上是指「與中央政府為善」，新聞媒介只是新聞媒介，只是幫助中央政府改進工作而不是故意藉批評地方政府與中央政府唱反調。

「與人為善」反映了輿論監督作為國家治理技術的本質。它必須嚴格地在國家授權範圍內見機行事。不能只考慮到新聞播出的轟動效應，還必須配合國家形勢和工作重點來開展工作，掌握批評的力度和時機。對於國家重點保護的國有企業，批評性報導相對較少。對不利於國家政策實施的報導，還要掌握播出時機。

例如，1998 年一期名為《見利忘法》揭露河北三級法官貪贓枉法的節目：個體戶趙安全租賃張家口建聯商場經商，但是長期拖欠商場租金，被建聯商場訴諸法庭。趙安全行賄給市、區、省三級法官，事發後涉案的法官們被捕。這期節目本來準備於 1998 年 12 月 4 日播出，但中央政法委得知節目播出時間安排後，建議推遲播出，原因是 12 月 5 日，廣東高級人民法院將對香港張子強終審判處死刑。如果在判處之前播出一個司法腐敗的節目，擔心「引起境外人士的聯想」，從而懷疑張子強案的司法公正，因此節目推遲到 12 月 22 日後播出。此外，報導的適量、話語的分寸感、評論的落點、平衡報導等等，這些複雜微妙的把握，被新聞記者稱為「度」。「度」理論的出臺，表明新聞業務自主權與國家治理技術的自覺配合，成為中國九十年代新聞改革的內在動力。它不斷推動著新聞業務自主權的空間，也不斷強化國家基層治理技術的效力。

從《焦點訪談》的實踐看，在一個基層治理技術的框架下，新聞業務自主權的增大是與國家治理技術的強化同步的。它一旦成為國家基層監控體系不可分割的一部分，就必然對國家的決策產生重大影響。根據《焦點訪談》製片人的自述，它從 3 個方面影響國家決策：一是「為中央決策提供事實依據」。1998 年 6 月 8 日，《焦點訪談》製作了《私售國儲糧，虧空掛國帳》，9 月 17 日播出了《收糧不能入私倉》等一系列報導，揭露國家糧站擅自違規出售儲備糧，危害國家糧食安全的事實。節目播出當晚，河北省政府連夜開會進行查處，開始改革糧食統購統銷制度。為此，朱鎔基說：「為糧食購銷體制的改革立了一大功」。「全國糧食系統、省長、省委書記看了這個東西都受到了啟發」，節目有

「新聞的藝術感染力，使大家對這個問題，對這項政策有更加具體感性的認識」。「把國家的三項政策、一項改革，就是按保護價敞開收購餘糧，不得壓級壓價，不得帶鄉統籌、村提留，順價銷售，封閉運行，在很短的十幾分鐘的報導裏，就把這些政策都融化在裏面了，所以我說它政策性很強，感染力很大。」（梁建增，2002）1998 年秋國務院出臺糧食購銷制度體制改革政策之前，在各省市主要領導政策培訓班上，與會官員一邊開會一邊看 5 期關於糧食題材的《焦點訪談》。此外，著名的反映公路亂收費節目《罰要依法》，同樣為費改稅鋪平了道路。2001 年 3 月全國整頓規範市場經濟秩序會議上，國家領導人指示放映長達 100 多分鐘的《焦點訪談》節目，並複製了 100 多盤送給與會代表，成為推動會議決議順利形成的重要材料。

二是更為主動地為政府設置議事日程。新聞記者出於新聞敏感性抓到的題材—— 2000 年北京春季出現揚沙天氣，新聞記者預感到這個問題背後實際上是國家面臨生態危機，因此派記者深入三北地區，製作了《沙漠離我們多遠》，獲得了最高領導人重視，並促成了北京周邊地區生態環境的突破。

三是推動問題解決，促進社會進步。《焦點訪談》通常選擇的都是個案，但由於這些個案具有普遍代表性，常常能以點帶面，推動某一行業和領域的改革。例如非法使用童工問題、棉花攙假問題。中央政府發現後都迅速動用行政力量進行查處，推動了許多問題的解決。

四是反映基層利益，扶助弱勢群體。即所謂的：「幫啞巴說話，扶盲人過河。」農民經常跟幹部講：「你聽不聽，不聽我們《焦點訪談》見。」這個為民請命的報業傳統在《焦點訪談》中也時有反映。由於播放了大量為農民利益和基層群眾說話的節目，《焦點訪談》成為比國務院信訪辦還熱鬧的地方。每天都有大量的上訪百姓聚集在中央電視臺東門，同時也有許多「反上訪」的地方官員。針對這種「反上訪」現象，《中國青年報》署名文章諷刺說：「很多中央領導都注意看這個節目。江總書記、朱總理就《焦點訪談》報導的事件做過幾次具體指示以後，就更是如此。至於這個節目的普通觀眾多少，倒不是主要因素。晚報、都市類報紙的普通讀者也都不少，在那上面登一點兒批評稿，他們就不是特別在乎。重要的是，自己地皮上出的壞事，不能讓中央領導知道。這些被訪談過的幹部們，還有很多沒被訪談過的也在內，大家都有個共同的心願，就是取消《焦點訪談》。因為《焦點訪談》標誌著監督的存在，標誌著輿論的存在。《焦點訪談》是喉嚨裏共同的魚刺，沒有才好，化成軟麵條暖胃才好。」（倪銘，1998）

《焦點訪談》1996年提出「用事實說話」的口號，是新聞業在市場經濟時期下國家意志與新聞專業力量博弈中產生的話語形態。這種博弈的有趣結果，是新聞記者和國家雙方都認為自己獲得了勝利。從新聞記者角度看，新聞記者獲得了前所未有的報導空間：「只要選好了角度，沒有什麼題材不可以報導，基本上不存在禁區。」從國家角度看，新聞記者日益與國家合作，加強了國家的輿論一致的環境，打擊了地方越軌官員。

新聞界的試探性或者擦邊球式的新型話語形態沒有受到官方的打壓，固然得益於自身的保護性措施，但根本原因在於符合國家利益。「打蒼蠅、不打老虎」的策略客觀上幫助了國家中央威權的重建：在一個政治權力與意識形態權力高度合一的國家，國家與社會的溝通渠道非常狹窄，對國家的糾錯機制除了來自上級權力，就是來自意識形態層面的軟性批評。尤其在一個摸著石頭過河的改革環境下，國家與社會之間迫切需要一個有效的溝通與糾錯機制。這個溝通與糾錯機制不能過於剛性，也不能過於軟弱，而「官方軀體，民間頭腦」的新聞媒體尤其是公開性極強的電視新聞在市場經濟改革中扮演了一個極其關鍵的角色。新聞業的輿論監督作為統治階級內部的合理化機制，成為國家–社會關係重建過程中最重要的一條路徑。如果沒有九十年代新聞業扮演了一個關鍵角色，中央政府主導的市場化轉型可能面臨難以想像的考驗。

《焦點訪談》的成功，使新聞記者認識到只要採取適當的策略，新聞工作者在國家霸權話語下，仍然可以獲得相當的新聞業務自主權，「在體制內還是存在很大的空間」。在這個通過與國家全面合作而成功獲取新聞自主權的媒體中，新聞記者起初需要小心翼翼爭取的新聞自主權開始得到了官方保護，並逐步制度化為一種准官方權力。2001年僅中央政治局常委就對20多期節目做了30次批示和指示，2002年國務院辦公廳正式設立了《焦點訪談》督察情況反饋機制，就中央領導對《焦點訪談》的批示以國辦的名義正式行文要求對批示後的督察情況進行反饋。國務院辦公廳就一個欄目設立督察情況反饋，在中國新聞史上無疑是第一次。

在《焦點訪談》獲得越來越大的議事空間後，國家開始將其作為中國新聞自由的一個樣板。1997 年時任全國人大常委會委員長的李鵬來到《焦點訪談》演播室題詞：「表揚先進，批評落後，伸張正義。」1998 年 11 月 23 日，李鵬在接受德國商報記者採訪時說：「新聞自由要有利於國家的發展，有利於社會的穩定。不知道你們看不看我們中央電視臺的《焦點訪談》節目？《焦點訪談》對各級國家機關工作中的缺點和失誤以及不良社會現象的曝光很尖銳，這種情況是以前沒有的。」1998 年 10 月 5 日，國務院總理朱鎔基在視察中央電視臺與《焦點訪談》記者座談時贈言：「政府鏡鑑，改革尖兵，輿論監督，人民喉舌。」[11]「在促進國家的改革和建設方面發揮重要作用，也是對我們社會主義民主法制的一個建設。」

從總體上看，國家通過話語霸權牢牢地控制了新聞業的業務主導權。有趣的是，國家霸權話語的確立從實質來看並沒有損害新聞報導自由的擴大：九十年代新聞業的繁榮，得益於國家與新聞業力量此消彼長後產生的霸權話語，為新聞業的「建設性」改進提供了一個安全的環境。這種環境在八十年代卻並不存在，因為包括新聞記者在內的知識菁英對新聞自由的美好想像使新聞業成為威脅到國家根本政體的力量，而九十年代新聞記者已經從總體性話語的傳播者演變成一支在政治表達上非常有節制的專業性傳播隊伍。它不再從根本上否定國家政體，而是採取「客觀化」的敘事方式爭取到更多的空間。當國家的承受能力日益增強後，

[11] 朱鎔基作為第三代中共領導集體中的重要成員，對於中國從意識形態權力國家向績效合法性威權國家的轉型發揮了重要作用。但作為意識形態領域的許多高官，對此必沒有深刻認識，因此，在朱鎔基的六十字贈言中，「人民喉舌」與傳統的「黨的喉舌」是不等同的，這種新提法，在黨的宣傳系統被意識地淡化處理，很少被宣傳系統的領導人所認同，更不用提引用了。

就進一步增加了新聞報導的自由空間。這種在話語霸權掌控下的漸進式改革成為九十年代新聞改革的基本路徑。

《東方時空》和《焦點訪談》與國家意志博弈的意外成功，改變了整個新聞業的話語環境，為中國九十年代的新聞中性化改革和批評性報導自主權增進提供了一個樣板。從《焦點訪談》開始，全國各省市自治區黨報就相繼推出了輿論監督的專欄，標誌著新聞業務自主權在國家政治控制的核心地帶的全面打開。批評性報導一旦被制度化，其他多元化的新聞內容變革更不在話下。各類具有豐富知識和資訊的新聞媒介全面擴張，提升了受眾趣味和擴大了自身市場。必須指出，平面媒介的輿論監督雖然也建立了，但其始終沒有電視媒介的影響力更大。《南方週末》和《冰點》週刊雖然是紙媒介的輿論監督的代表，但它們由於沒有找到與國家利益的契合點而始終處於一個動盪不安的狀態，並最終遭到人事清洗和路線轉變。與這些批評性報紙相比，以《焦點訪談》為代表的全國大大小小的電視輿論監督譜系是中國新聞媒介的代表，因為只有它們在九十年代能有效、可持續地推動國家新聞生態和社會面貌變革。

（三）中性化新聞改革催生的傳媒市場

《東方時空》和《焦點訪談》一經推出，就在市場一炮走紅，並因此獲得豐厚的廣告收入。作為開九十年代新聞改革之先河的《東方時空》，不僅使新聞記者的經濟收入迅速增加，而且具有新聞宣傳走向產業化的示範意義。在九十年代初期，雖然國家要求新聞媒介自負盈虧，但是缺乏市場經驗的新聞業並不歡迎市場化政策。在八十年代，新聞業雖然實行了「兩個輪子一起轉」，但主要資金仍然來自公費市場和國家財政預算，廣告收入和其他第三產業收入並不佔據主體。雖然新聞業普遍資金緊張，但長期生存於國家預算羽翼下的新聞業仍然對市場化生存有極大的恐懼。特別是前蘇聯新聞業全部私有化後陷入全面經濟困境，使中國新聞記者產生了相當的憂慮。《東方時空》的示範意義在於，它沒有得到國家特殊的政策保護，只是一個完全依靠市場收入生存的垃圾時間段的節目。它在市場上的成功，對其他新聞媒介市場化生存有很強的鼓舞作用。

九十年代初期，中國各黨報、黨刊、電視臺、電臺的廣告收入雖然在普遍增長，但實際上跟不上物價上漲、人員擴張以及單位福利開支的迅猛增長，新聞機構的資金非常緊張。例如在1992年，中國大部分記者還是坐公共汽車採訪，出差坐火車，出門住廉價的招待所。由於資金緊張，各個下級單位都需要為上級新聞單位準備部分「招待費」。這種經濟壓力成為有償新聞滋生的根源。為了改善相對清貧的生活，收取紅包成為陋規。在作者1993年的一次訪談中，某報一位記者毫不掩飾地說：「如果沒有紅包，我就把稿子寫得爛一點，這樣領導自然通不過；有紅包，我就會很上心，回去交稿領導一遍就過。」新聞單位不成文的規矩是，外出的新聞記者需要經常請編輯吃飯，或者以其他方式進行補償。這種潛在規則既不為國家所允許，也不符合新聞記者的職業操守。在行使潛規則的同時，新聞記者的良心往往受到一定的折磨。更為重要的是，新聞記者只能依靠這種方法有限地改善生活，而不能從整體上提升收入。1992年，大部分新聞記者的待遇參照國家機關執行，他們雖然有一些收取外快的便利，但總體上看與其他國家單位職工沒有顯著區別。《東方時空》的重要意義在於，它為新聞記者迅速致富提供了一個國家正規制度所允許並且新聞記者自己道德良知所能接受的樣板。

當時為了節約成本，中央電視臺決定對這個早間節目實行「廣告養欄目」的特殊經費包幹政策，就是電視臺不給新聞記者一分錢，欄目所有經費都依靠廣告收入獲取，同時為了激發新聞記者的積極性，決定欄目組可以自行決定經費支出的種類和數額。隨著《東方時空》的開播，欄目的廣告收入迅速上升，1993年從5月到12月廣告創收達到接近900萬元，大大超出習慣清貧的新聞記者的意料。據當時記者反映，「錢一下子多得怎麼用都用不完」。在第二年，由於廣告收入的增加，《東方時空》、《焦點訪談》的新聞記者是最先富起來的一批人，他們「出門打車，吃飯報銷」，成為中央電視臺各部門（包括本書作者在內）羨慕的對象。

表4　中央電視臺新聞評論部欄目廣告收入與支出

年份	欄目廣告總收入	部門總支出
1993	818萬元	768萬元
1994	6223萬元	2774萬元
1995	1.7億元	4490萬元
1996	1.9億元	6095萬元
1997	2.47億元	6780萬元
1998	3.12億元	7400萬元

資料來源：內部訪談材料

從 1993 年到 1998 年，擁有《東方時空》、《焦點訪談》、《新聞調查》、《實話實說》4 個欄目的新聞評論部的廣告收入從 818 萬元增長到 3.12 億元，而部門支出才從 768 萬元增加到 7400 萬元，新聞記者不僅可以不要國家一分錢就維持了一個節目的運營，而且獲得了豐厚的利潤。《東方時空》將欄目的廣告收入與收視率掛鈎，收視率越高，企業投向欄目的廣告金額也就越多。這個廣告收入模式的特別意義在於，《東方時空》是一個在早間這種「垃圾時間段」播放的節目。新聞機構負責人最初的想法僅僅是在一個不引人注目的時間段嘗試新聞改革，卻沒有想到短期就獲得巨大的市場業績，決定性地改變了新聞記者的生存狀態。

雖然市場化和商業化是九十年代中國新聞業的主要議題之一，但我們不能將市場化與新聞記者與國家意志博弈之間的因果關係顛倒。從最初啟動新聞改革的一些代表性欄目看，當時的新聞業市場化是高風險的，新聞記者的經濟待遇也不比其他機關單位要高。從《東方時空》看，我們不可能用「市場化」帶來的豐厚經濟預期來描述那批創業的新聞記者的動機，因為他們當時的經濟待遇非常微薄，而且也沒有預料到他們最終會變得相對富裕。在《東方時空》創業初期，大部分節目是一群體制外的臨時工作人員製作完成的。例如，主持人白岩松是中央人民廣播電視臺下屬的《中國廣播報》的一名鬱鬱不得志的記者，崔永元是中央人民廣播電臺的一名策劃，張恒是中央人民廣播電臺的記者，水均益是新華社的一名鬱悶的普通編輯，劉爽是《中國青年報》的編輯，他們通過各種非正式方式進入中央電視臺「幫忙」製作節目。按照事業單位和國家機關的人事制度，分為正式工和臨時工。由於這些人的關係都在原單位，而且由於事業單位的編制指標限制不可能調入電視臺，因此屬於臨時工。正式工與臨時工由於身份不同，待遇相差非常大。按照當時國家規定，即使他們全職在電視臺工作，電視臺每個月也只能給他們發 250 元的工資，這與正式職工的待遇有天壤之別。

因此，吸引這批新聞記者的並不是待遇微薄的工資，而是一種強烈的表達欲望。國家對報界長期的嚴密監控，使新聞記者的「鐵肩擔道義」傳統成為潛流，許多有思想的新聞記者開始向國家相對忽視的電視界流動。他們憑藉敏銳的直覺發現電視的圖語優勢可以成為新的表達工具。長期以來，電視被看成以播放電視劇為主的娛樂工具，它在整個八十年代基本脫離了新聞業爭取自主權的主戰場。雖然《河殤》成為八十年代國家與新聞業博弈的一曲絕響，但它短暫的輝煌使國家對電視業並沒有進行非常認真的整頓。在國家眼中，電視新聞記者的政治忠誠傳統要遠比報紙記者強得多。電視業只是一個「走了點彎路的孩子」，國家沒有將整頓的注意力集中在電視業。該片的主要導演仍然留在中央電視臺內部，而且批准播出的主要負責人也沒有因此受到衝擊。這種政治形勢為電視業準備了大量人才，使電視新聞改革遠遠突破了國家最初設想的尺度。

為了說明新聞記者與國家的政治博弈和新聞的市場化改革這兩個因素，究竟哪個是推動新聞改革的發生以及新聞產業的發展，新聞記者與國家的政治博弈出現在市場化之前還是市場化之後的問題就特別重要。首先，新聞記者與國家的政治博弈作為一條綿延的主線，自改革開放以來一直如此。從《東方時空》的歷史事實看，新聞記者對政治博弈的興趣顯然要大於掙錢。《東方時空》雖然是一次伴隨經濟困境的新聞改革，但我們不能因為新聞業財政困境而模糊新聞改革的主線。當時新聞業普遍存在經濟困境，而不僅僅是電視業一家存在經濟困境。新聞記者通常是依靠撈取外快而不是依靠發展產業的方式來改善生存條件。在一個仍然將國家誤判為意識形態權力國家而不是一個威權國家的情境定義下，新聞記者並不認為市場化是一個非常重要的主題。在九十年代初期，國家宣佈新聞業自負盈虧的決定並沒有受到新聞業的廣泛歡迎，市場化多數是被記者抱怨而不是一個歌頌的詞彙。即使最具有革新精神的新聞記者，也希望能通過國家撥款而不是在市場上創收養活自己。

在這種情況下，新聞記者更關心新聞改革而不是財政困境。《東方時空》在創辦之初，由於經費緊缺，電視臺最初對早間節目的設想僅僅是包裝一些舊新聞專題和新聞素材。由於那些富有理想主義色彩的青年記者的推動，使這個「省錢」的設想很快被否決。儘管電視臺顯然沒有足夠的經費支援青年記者們野心勃勃的計畫，他們仍然希望為中國大眾製作好看的節目，改變中國人早上不看電視的習慣。《東方時空》節目負責人提出，電視臺一年撥給欄目經費 900 萬元以維持運營，這個 900 萬元是經過反覆計算後維繫生存的底線。

為了讓臺領導同意這個承包方案，這些新聞記者甚至制定了在當時環境下非常嚴厲的經濟約束措施。孫玉勝回憶說：「如果《新太陽 60 分》編輯組未能完成承包指標，如超支和減收，則由臺裏對其工作人員實行懲罰，具體辦法除行政方面的批評處分外，經濟上要扣除每人月工資的 50%，扣除期為一年。當時中央電視臺職工月平均工資大約是1000元左右，一年下來不足萬元，如果真的扣除50%，吾輩將無法向家人交代，即使如此，為了能使承包方案順利通過，我們還是把當時認為最嚴厲的懲罰條款白紙黑字地寫在報告中。……其實，之所以將這樣的內容寫出來，除了因為要拿到可以相對有權自主支配的904.7萬元的節目經費外，更主要的還是對早間節目的廣告收益沒有信心。當時預測，早晨每分鐘廣告僅為1300元，這個數額只是2002年廣告價格的1/70。」（孫玉勝，2003：11-22）

這904.7萬元支持365天的一個日播節目是根本不可能的。後來根據實際運行情況統計，這個日播節目一年需要三四千萬元。但是，當時電視臺連這個數目拿出來都很困難，為此決定《東方時空》每天給5分鐘廣告，以廣告收入作為欄目經費的全部來源，自負盈虧：「節目製作以及圍繞節目製作所需經費，由《新太陽60分》節目組自行解決，以節目養節目，時間為一年，經費來源以廣告收入為途徑。」（孫玉勝，2003：22-30）當時電視臺的廣告集中在黃金時間段，早間廣告價格非常低。以1分鐘1300元計算，即使《東方時空》5分鐘廣告時間段全部落實，廣告全年費用也只有240萬元，離最起碼的1000萬元相差甚遠。按照常規，早間時段根本不足以吸收到足夠的廣告以支持一個日播節目。這個經費方案實際上是將尚未誕生的《東方時空》逼上絕路。

「一個星期之後，情況迅速好轉，不僅在一個月內填滿了廣告時間，而且未來公司還央求我能夠再給他們一分鐘的廣告時間。……5月14日到7月中旬，早間節目每30秒廣告由原來的 2500 元提升 3500 元。……與客戶簽的合同期限統統限定在兩個月以內，因為這樣我們可以不斷地提價，不斷地與客戶簽訂新的合同。在一年時間裏，早間節目的每 30 秒廣告價格由最初的 2500 元增加了十多倍，最後接近 30000 元。當時對於欄目的評價有兩個指標：一是領導、觀眾以及其他媒體對於欄目的評論和關注，還有收視率的提高；另一個就是廣告價格的節節上浮，二者交叉互動上揚。廣告費的增加可以對節目進行更多的投入，如無線話筒的增加改變了錄音技術條件，也提高了節目的質量；秘拍設備的使用使我們的節目能夠記錄下許多鮮活的過程，而這些過程為《東方時空》節目增色不少。」（孫玉勝，2003：22-30）

這群毫無市場經驗的新聞記者與國家博弈的結果，是一個新聞產業模式的誕生：新聞內容的革新，提高了傳媒的吸引力，從而為新聞市場的擴大提供了根本性動力。與 1991 年的報紙週末版改革不同，《東方時空》的經驗表明，新聞業不通過有償新聞或低俗化的市民趣味，也可以在市場上獲得豐厚的廣告收入。《東方時空》也不是一個依靠國家行政恩寵強制收看的節目，它的收視率完全依靠觀眾對它的喜愛，因此它獲取的利潤遠比《新聞聯播》這種依靠行政特權在黃金時間段播放壟斷性新聞資源的廣告收入更有示範意義。

從《東方時空》的經驗看，它產生了 3 個直接後果，一是新聞記者的經濟收入增加，二是新聞記者的業務自主權在國家認可的前提下日益擴大，三是新聞業開始建立起在市場上生存的信心，新聞業對國家的經濟依賴關係逐步削弱甚至到最後完全不需要國家撥款。因此，它為新聞業日後提出「社會效益和經濟效益相結合」的雙效益理論奠定了扎實的實踐基礎，為新聞業向專業化發展提供了雄厚的經濟基礎，全面地更新了國家、大眾與新聞業關係。

隨著市場的日益壯大，中國新聞記者漸漸看到了一條清晰的道路，就是依靠新聞內容改革獲得大眾的歡迎，並改善自身經濟條件。新聞記者的政治博弈開始為一個產業的發展打開了道路。

第三節　專業化建設驅動的產業擴張

（一）新聞記者身份的轉變：從國家幹部轉為「有文憑的民工」

當時的《東方時空》在電視業有兩個稱號：一是中國新聞業的延安，一是中國新聞業的深圳。「延安」是指其當時開創了一種新的話語表達方式，打破了國家僵化的話語霸權，成為全國各地對新聞工作者具有精神感召力的輿論陣地。初步發育的市場經濟為那些游離於體制外的知識份子提供了艱難卻可堪生存的基本保障，大批平面媒體菁英以及長期被束縛在國家機器內部各階層的社會菁英開始大批流向電視臺。在某個時期，以《東方時空》、《焦點訪談》、《實話實說》為代表的電視節目成為大批青年菁英心目中的「延安」。而「深圳」則是指它突破了九十年代初期新聞單位僵化的財務體制和用人體制。在九十年代初，計畫經濟的管理方式仍然在新聞業沿用，在用人體制上，各種新聞改革雖然此起彼伏，但都沒有打破國家試圖在體制內部挖掘空間的底線。在《東方時空》以前，絕大多數新聞記者依然是作為體制內成員的國家幹部。1992 年東方衛視採取全員聘任制，但仍然為大部分人保留了幹部編制。在財務上，新聞機構採取與行政級別對應的報銷制度，例如局級幹部可以坐飛機，而普通幹部只能坐火車，新聞記者依據自己的行政級別住宿不同檔次的旅館，超過限額則不能報銷。

《東方時空》之所以被稱為新聞業的「深圳」，在於它成功地實現了新聞記者的身份轉變。新聞業獲得的廣告收入可以脫離國家財政的束縛，從市場上招聘大量記者。九十年代以前，國家對新聞業採取類似於行政機關的管理辦法，新聞記者在身份上屬於國家幹部。由於受到國家編制的限制，新聞機構無法通過計畫渠道獲得足夠的新聞記者。為了解決新聞記者人數不足的問題，《東方時空》從市場上招聘了大量新聞記者。他們沒有穩定的收入，沒有醫療保險，沒有福利待遇，沒有住房，沒有在單位社會下享受到的一切，他們擁有的財富，是渴望改變現實的激情和依據任務完成情況發放的工資。從全國各地來的男男女女，擠滿了新聞評論部的辦公室，大量新來的記者為了節省開支，乾脆住在辦公室。有一個從地方電視臺來的記者寫道：「現在我什麼都沒有了，除了良心、道德和一堆獲獎證書。」在新的單位裏，他們不能生病，不能偷懶，對上司前所未有的恭敬，因為他們已經沒有任何退路。這種物質生活上的不安定感與原先舒適安逸的體制內生活形成了鮮明的對比。對於大量新進入新聞業的記者來說，他們原先屬於「統領階層」的一個重要組成部分，如今已經演化為市場經濟中從事新聞報導專業的勞動力。他們不再是國家幹部，而是各新聞單位通過市場招聘的人力資源。

拋開對這些新聞記者生存狀態的人文關懷不論，這些從體制內走向體制外的新聞記者的身份和角色轉變，對新聞業與國家關係有非常重要的影響，它使新聞記者成為明碼標價的勞動力商品，在身份認同上日益與國家脫離。從國家的視角看，《東方時空》和《焦點訪談》在九十年代新聞改革進程中所產生的一個影響深遠的後果，就是意外地解決了市場化改革和行政控制之間的兩難選擇。國家擔心，如果要新聞機構追求經濟效益，也就是市場化改革，可能會削弱政治控制；如果要絕對保證控制新聞機構，可能會造成效率低下。在傳統宣傳管理體制下，為了保證新聞記者效忠於國家，國家對新聞業採取高度行政化的管理方式。各級新聞機構都具有行政級別，各級負責人按照行政隸屬關係享有不同的行政待遇。例如，新華社與《人民日報》直屬黨中央和國務院，自然是正部級；各省報直屬省黨委，是正局級。新華社主辦的《中國證券報》負責人是正局級，因此該報的各版面負責編輯是處級，而下面的「小編輯」則很可能是科級、副科級等。這種級別並不公開對外宣佈，但它為新聞記者提供了一條向上晉升的道路。一般而言，優秀的新聞記者如果沒有擔任一官半職，則意味著人生的失敗。這種高度行政級別的主要意圖，是為了嚴密控制新聞記者，從根本上保證新聞記者效忠於政權的一種行政化管理。這種為了絕對控制新聞記者的管理方式帶來高昂的成本。如何保證對新聞機構的嚴密控制，又能減輕財政壓力，是國家的兩難選擇。

八十年代初期的財政危機使國家被迫讓各個新聞機構進入市場，依靠廣告和發行費用來維繫生存，但國家對新聞記者的人身控制依然是嚴密的。新聞記者的身份仍然是國家幹部，按照行政級別享受不同的政治待遇和經濟待遇。國家不斷提出要將優秀的新聞記者吸收進黨內，要產生一批又紅又專的新聞記者，就是為了將新聞記者制度化到現有體制內。從建國以來到九十年代初期，他們實質的身份不是所謂的專業人士，而是在行政體系下的官員。

九十年代以來，新聞記者的短缺成為國家頭疼的事情。一方面，迅猛發展的新聞業使國家需要不斷補充新聞大軍，但另一方面這些新聞大軍按照原有的錄用方式將會加重國家的財政負擔。在計畫體制下，新聞記者的來源兩個渠道，一是從大學生中分配，一是從社會上公開招錄。這些記者一旦進入新聞單位，就成為國家財政需要供養的體制成員。報社、電視臺也不例外，它與其他事業單位一樣面臨著大量冗員的問題。在新聞業擴張的同時，中央政府每年都要下撥給新聞機構大量的國家幹部編制。以中央電視臺為例，從 1988 年到 1992 年，每年都要招聘上百名大學畢業生。每個新聞單位都是一個小社會，負責新聞記者的生老病死。由於國家對這些國家幹部負擔了無限的義務，這些幹部就成為該單位的永久性雇員，大量的福利、工資成為一個單位的負擔。作為國家幹部，新聞記者享受一切應有的福利待遇，新聞機構同樣是一個包辦一切的小社會。國家財政壓力越來越大，最後新聞機構成為一種維持性財政，新聞機構負責人大量時間是用於各種行政事務和內耗。各個新聞單位都負擔著大量冗員。實際上到九十年代初期，國家的新聞擴張陷入一個進退兩難的困局。

機關事業單位的機構編制膨脹現象迫使勞動人事部頒發《關於加強事業單位編制管理的幾項規定的通知》，指出事業單位「機構增加過多，重複設置，佈局不夠合理和人員增加過快，缺乏必要的培訓，比例結構失調」等問題，從 1986 年開始由勞動人事部「按年度分部門審定中央國家機關所屬事業單位的人員編制總額」，由各省直轄市自治區人民政府領導、勞動人事部業務指導，各地方編制部門承擔並審定所屬事業單位的編制總額並進行管理，防止超編現象發生。

儘管中央對事業單位編制的控制採取了嚴厲措施，但是事業單位的編制仍然在急劇擴大。僅 1988 年到 1990 年，全國事業單位年均人員遞增率為 10%，大大超過了同期全國全民所有制職工 2.3%的遞增率。1991 年為了解決事業單位「增加財政負擔、降低工作效率、助長官僚主義，而且容易滋生某些腐敗現象」，在中發 [1991]16 號文件中，中共中央、國務院做出了關於凍結機關、事業單位機構編制的規定：

> 「從現在起，各級黨政群機關的機構，編制實行凍結，停止增設機構，提高機構規格，增加人員編制和領導職數，事業單位的機構、編制原則上實行凍結……對新成立的社團，國家一律不給行政或事業編制，不撥經費，不定級別。……堅決制止擅自增加機構編制、提高機構規格，增加臨時人員等違法違紀行為，切實控制住機構編制的膨脹。對違犯本通知規定的，要追求有關領導人的責任。」

這個嚴厲的規定的後果是，包括中央電視臺在內的各新聞單位實際上不可能再增加新的新聞記者。中央電視臺的編制總數為根據兩個半頻道計算的 2685 人，除非退休、辭退等原因減少了在職人員，才能從別的單位調進新的幹部。九十年代初期，新聞業作為國家嚴密控制的機構，與行政機關沒有實質性差異。在國家統計局、人事部、勞動部、國家計委聯合頒發的〈關於在勞動計畫和統計中劃分企業、事業、機關單位的暫行規定〉（統制字[1990]304 號通知）中規定，「從事教育、文化藝術和廣播電影電視事業」的單位屬於事業單位編制。

1993 年中央電視臺新聞改革的迅猛擴張，使人員空前緊張。到創辦《東方時空》時已經處於無人可調的窘境。為了完成節目製作的任務，電視臺開始被迫通過正式和非正式的手段在社會上招聘新聞記者。在開辦《東方時空》時，根據國家事業單位財務制度，那些無法調入的新聞記者屬於臨時工作人員，只能領取每個月 250 元的工資，但是新聞單位發現，「250 元也就是打掃衛生的臨時工水平，很難吸收高素質人才」。沒有高素質人才不可能辦好欄目，而提高工資又違反了國家的事業單位財務制度。在這種困境下，電視臺決定《東方時空》實行承包制，電視臺不給資金，用廣告收入辦節目並為這些從社會上流動過來的新聞記者提供與正式職工基本等同的待遇。隨著廣告收入的增加，電視臺接受社會流動的記者的能力也越來越強。這些記者越來越多，開始成為中國新聞記者的主要構成部分。

表 5　中央電視臺新聞評論部職工類型變化表

類型／年份	1993	1994	1995	1996	1997	1998
正式職工	31	24	25	30	32	33
聘用人員	0	8	16	28	47	50
臨時人員	61	108	126	225	230	290
總計（人）	92	140	167	283	309	373
正式工佔總職員比例	37%	22%	15%	10%	10%	8%

資料來源：作者內部訪談

從上表可以看出，屬於體制內管理的正式職工的人數在連續幾年內沒有大的變化，而包含聘用人員和臨時人員的體制外人數卻急劇擴大。從 1993 年到 1998 年，新聞評論部的記者的體制外比例已經從 63%增加到 92%，佔據了新聞記者的絕對主體。在 1997 年的一次內部調查中，這種趨勢更加明顯。當時中央電視臺從事第一線的新聞記者隊伍達到 4007 人，其中臨時人員也就是所謂的市場化配置人員達到了總體新聞隊伍的 70%，在所謂的「硬新聞」隊伍中這個比例更是超過了 80%。如果考慮到各個部門普遍少報和瞞報的人數，臨時人員的比例可能還會更高。這樣形成了一個非常奇特的人員結構：少量的正式職工和大量的體制外成員，構成了中國新聞記者的隊伍。國家為了保證政治的絕對控制，由正式職工出掌行政和財政權力。他們擁有很大的權力，包括對新聞記者的人事調配、行政管理和獎金發放。在作者對中央電視臺的觀察中，用「體外循環」來形容這種特殊的現象：就是中央電視臺雖然頭顱還停留在體制內部，但龐大的軀體已經放在體制外部，國家不再提供財政資源和人力資源，其資源大部分依靠市場來運作。

如同國有企業與私營經濟競爭的結果一樣，大量採用臨時人員的新聞單位的效率肯定要比那些依靠正式職工為主的新聞單位的效率要高出許多，「臨時工」體制越來越在新聞機構中佔主體。例如1999年的內部調查報告承認：「普遍反映聘用人員比固定職工工作出色，臨時人員比正式人員工作積極性大，工作量也大，……為了維繫節目的正常播出，部門和欄目不得不大量找用臨時人員來彌補正式人員的工作。」同時，由於人員身份的等級差別，在正式人員與臨時人員之間同工不同酬的現象普遍存在，那些大量使用臨時人員的新聞部門就能以相對較低的成本獲得更優質的勞動力，在這種效率導向的競爭中，新聞機構越來越傾向於減少正式人員的數量，增加臨時人員，在中央電視臺大量有名的記者和主持人都是「臨時人員」，他們雖然表面風光，卻不能享受中央電視臺的各種福利待遇，甚至受到來自舊體系的某種程度的歧視性對待。

國有企業那種扯皮現象開始減少，新聞記者需要依靠自己的專業能力而不是自己的身份來證明自己並且獲得相應的薪酬。他們不再是國家幹部，而僅僅是國家雇傭的一群從事專業性傳播工作的勞動力商品。在八十年代時期，記者將自己視為國家幹部，到九十年代，記者與國家政權不可分割的歸屬感也被徹底破壞了。他們只是受雇於一個新聞機構，甚至同時受雇於幾個單位，依靠提供專業化的勞動獲得工資，而且勞動強度和流動性極大。一般而言，新聞機構的流動性非常大，例如在新聞評論部門，一般來講3個月就可能走掉三分之一的人數，其生存狀態與農民工也相差無幾。隨著越來越多的新聞記者成為體制外的「文化打工者」，這種身份的轉變為新聞記者專業化提供了一個絕佳的環境。由於新聞記者來源於體制外的比例越來越大，國家開始推行一種新的市場導向的文化觀念進行管理。一種新的專業社區價值觀開始在形成。以下是新聞評論部《品質管制手冊》的部分內容：

你和我們

加入了新聞評論部！不用激動，我們其實更需要你。

快樂第一：我們的哲學。再說一遍。快樂第一。不管你需要什麼，在這裏不能快樂地得到，那就離開。

我們的義務和承諾：

我們提供發展平臺，幫助你成功和成名。

我們提供公平對待，讓你感到有歸屬感和安全感。

我們提供工作報酬，而且奉行多勞多得和優勞優得的原則。

我們有相似的價值觀嗎？

我們對社會的貢獻，既很渺小，也很重要。

思維和行為的多樣性是我們合作的前提而不是障礙。

保持公信力怎麼強調都不過分。我們能夠影響公眾如何看待自己和周圍的環境，所以必須保證公眾對我們的信任。

你怎麼知道你已被評論部接受？

不在參加例會的名單上簽字會被經濟處罰；

你的生日有人惦記；

你可以領取各種形式的福利。

有了自己名字的工資卡。

告訴你我們認為的敬業精神

尊重你所從事的工作，設計你的制度、組織、同事、採訪對象和觀眾。

讓你的工作技能專業化，並以此態度、視角與他人合作。

自己的價值觀與節目的或者組織的價值觀要能清晰地區分，如果它們之間有差異。

合法合理地爭取自己的權益，節目不作為報復或者要脅的工具。

你應當對你從事的工作感興趣，而且一直感興趣。

同樣地，你應當對與工作相關的事物有欲望，而且一直有欲望。

如果你只對工作之外的事情感興趣，我們就不對你感興趣。

我們進一步的要求和希望

我們建議你背誦新聞評論部的部訓、部律和部風。

做工作，勤奮之外，我們更需要想像力，以及智慧的行動策略。

允許犯錯誤，但不再犯同樣的錯誤。

不要讓別人知道了你的個人經歷，就能推斷出你的價值觀。

出於個人原因的好惡、生理週期或者情緒波動，不應當成為處理節目和人際關係的決定因素。

我們不會介入你的私事和你的家事。但是我們不認為你的家庭和你的健康不重要，有些工作之外的事被曝光，我們不替你扛。

評論部詞典：應當牢記的十大流行詞彙：

真誠：意思是你確實沒有不能公開的行為動機。

平視：不是規定鏡頭不許仰拍或者俯拍，而是規定你和拍攝對象之間的關係。

前衛：你自己總想著進步，還能支持別人進步，更能容忍別人進步的方向和你不同。

求實：不是你在說話，也不是事實在說話，而是你必須通過事實來說話。

公正：不僅是新聞報導的形式要求。

知情權：時有時沒有的一種權利，因為有時你也不知道你有這種權利。

話語權：當你的話沒有人聽的時候，應當想想還有誰和你一樣。

人文關懷：特別難拿的一種心態，有助於幫助你在無所適從中找到與人為善的感覺。

這些都做到了，別人就會猜你可能是新聞評論部的。

理性和理性有限

如果你被激怒了，還能分析行為對策的利弊，就是有理性。

理性不是萬能的，但沒有理性是萬萬不能的。

我們都受制於知識和運用知識能力的有限，所以未必會接近真相、理解真相，適度的懷疑應當是我們基本的態度。

傳媒有自我膨脹的天性，所以要用制度自我限制。因為，我們如果不自律，權力會反過來腐蝕我們自己。

觀眾的想像：一個人的佳餚是另一個人的毒藥。

觀眾之間是不相同的，沒有適合所有觀眾的節目。

所以好看的標準是不相同的，甚至是彼此衝突的。

如果節目的形式好內容不好，觀眾不會寬容內容。

如果節目的內容好形式不好，觀眾也許會容忍形式。

摘抄的這部分主要是新聞記者的一些價值取向，如公正、求實、專業、人文關懷、按勞取酬甚至包括性別意識等都有了非常詳細的規定，這種強調表明一個具有自身價值觀的專業社區正在形成。在這份管理辦法中有幾個非常突出的特點：（一）它強調新聞機構應當是一個新聞記者尋求名望和經濟機遇的場所。在傳統新聞管理體制下，新聞記者被命名為黨的新聞戰士，他們要為集體利益奮鬥而不是實現個人利益，「成名」和「致富」雖然是新聞記者的基本欲望，但只是一種不成文的非正式的行事規則。在新聞評論部，這種潛在規則被明確地提出。新聞記者依靠自己的才幹和努力，獲得豐厚的物質回報和名氣。雖然在制度設計上，它依然是黨和國家的宣傳機器，但實際上它更多的是一個利益交換組織。（二）它強調身份的平等，它沒有簡單地複製傳統新聞機構行政化管理中等級森嚴的上級－下級關係，儘管在中央電視臺等級森嚴的制度絲毫沒有改變。根據作者的調查，這種平等更多地體現在業務層面而不是管理層面，例如一個普通的新聞記者可以自由地與製片人、監製甚至更高層面的領導就節目本身進行爭論甚至批評，這在傳統的新聞機構環境中是不可想像的。新聞記者對節目有不同意見時甚至可以越級上報。例如，經常發生新聞記者的片子被直接上級或次級上級「槍斃」後，直接找到臺長最高領導申訴的事例。因為其目的不是被看成「犯上作亂」而是更多地被看成提升新聞傳播專業化技巧的業務行為，和以往這些行為被定義為越軌的慣例不同，新聞記者的這些行為在很大程度上被理解、認可甚至是鼓勵。（三）它以一種非常含蓄的方式提出了類似於西方專業主義理念的多元自由價值觀。例如媒介的公信力，公正求實問題。在「話語權問題」中，含蓄地提出了這種新聞業務自主權受到國家的強制性約束的問題。

總之，僅僅從這份約定看，新聞評論部看上去似乎像一個專業協會而不是一個國家行政機關。從社區文化的角度看，它是由主持新聞改革的菁英記者與來自體制外的新聞記者共同草擬的一個價值宣言。主持新聞改革的菁英記者是一批在八十年代從各大院校畢業的大學生，隨著他們逐步佔據了各新聞單位的中層管理幹部位置，成為 1992 年鄧小平南巡講話後新聞改革的核心力量。

這些體制內的菁英記者雖然具有迫切改革新聞觀念和新聞體制的強烈動機，但如果沒有體制外的新聞記者的參與，也不可能成氣候。那些「幹臨時工作」的新聞記者多半是各地的業務骨幹，他們年富力強而且思想更為活躍，他們離開原先的新聞機構，來到電視業這塊尚未開墾的肥沃的土地，其主要目的是想在專業上有所追求。他們一方面能理解原有計畫體制下的許多管理弊端，同時更有意願和能力改變現狀。這些精力充沛和行動力強的體制外新聞記者的到來，與體制內一些渴望改變現狀的新聞記者合在一起，推動了新聞報導的專業化發展。本書更願意將這種管理稱為專業化趨勢，而不是經常提及的專業主義趨勢。雖然新聞評論部的一些著名記者受到西方專業主義很深的影響，但他們還遠遠沒有達到專業主義所必須具備的幾個基本要求，例如新聞記者強烈的政治參與感和對國家政體選擇的巨大分歧，都使中國新聞進行專業化改革的實質是與作為西方民主政體下特定制度環境下產生的新聞專業主義理念是相互違背的。這個問題將在下一章做專門討論。總之，通過市場化配置的人力資源方式從根本上改變了媒介的生態環境。這種生態環境的改變為新聞媒介進一步的專業化改進提供了思想保證和動力。

（二）專業化科層制的全面形成

由於臨時人員成為新聞記者隊伍的主體，要比那些正式職工佔主體的部門更容易建立一種新型的文化觀念和管理辦法，以效率為目的的專業化管理體系開始形成。首先，為了適應新聞生產製作效率，新聞業開始細分出製片人、主編、記者、後期編輯、攝像、前期策劃、統籌、撰稿、主持人等多個崗位，這些崗位需要精細地結合在一起才能完成一項基本報導任務。隨著崗位越來越細分，對各工種專業化要求也越來越高，新聞報導日益成為一個生產車間的流水線作業而不是個性化的自由創作，八十年代大量的「全活／多面手」記者開始越來越少。

其中，製片人制度是一項標誌新聞報導活動的專業深化的關鍵制度。1993 年以前，新聞業採取類似於機關辦公室的科組制管理，首先根據宣傳計畫上報人事部門確定新的科組編制，再由這個科組執行宣傳任務。在這個科組內部，科組長享有行政級別，例如科組長相當於科級或副科級幹部，一旦被任命為科組長則終生享受這種行政級別待遇。而新興的製片人制度類似於專案經理，他們雖然同樣是欄目負責人，卻沒有行政級別，他們僅僅代表國家在執行一個專案或多個專案。不過，對他們的補償是經濟和人事的自由支配權。在相當長的時間裏，他們可以自行決定手下新聞記者的工資待遇、獎懲和去留，擁有比原有科組長大得多的權力。為了降低管理成本，他們更願意在體制外招募新聞記者而不是選擇體制內的新聞記者，這種動機使體制外的「新聞民工」迅速增長並佔據新聞記者的壓倒性比例。同時，國家也減少了各種福利成本。在市場選擇機制下，在 1993 年，只有《東方時空》一個欄目實行製片人制度，但幾年後全國電視業普遍實行製片人制度。

其次，出臺了各種針對新聞報導過程的監控體系並在不斷完善。1994 年新聞評論部開始出臺一份包含新聞策劃、採訪、製作和宣傳整個流程的工作手冊，經過不斷修改，在 2002 年以此為基礎正式出臺了 ISO9000 認證體系，誕生了中國第一個電視業專業認證，也是世界範圍內第一個電視業專業質量認證。作者沒有蒐集到原來的工作手冊，但 2002 年的這份管理體系由於脫胎於 1994 年誕生的工作手冊，因此基本上可以看成九十年代新聞改革的一個基本專業化進程的成果。它在九十年代初期是先鋒性的、探索性的，其文化取向和實質性機制到2000年後已經被整個新聞業所吸收，成為一個被正式制度化的範本。

這份按照專業化管理程式，它包含4級文件：第一級是新聞評論部品質管制體系的方針、目標、承諾、組織結構、運作形式、各組、各崗位工作職責、評論部傳播實現過程等內容。有關這些品質管制體系的重要內容，已被製成牌匾，懸掛在評論部的各主要辦公室。主要是：

（1）質量方針：導向正確，傳播有效，公眾信任，持續創新。它以字典式排序方式提出了新聞記者報導的4個基本準則：一是承認國家的霸權話語地位，任何話語形態在與國家霸權話語發生衝突時，必須首先服從國家宣傳政策；二是要講究實際傳播效果，要與國家有條件的合作，並用適當的方式，不要過於享受表達的快感，「過把癮就死」。三是要維護公眾利益，獲得公信力。四是要適應不斷變化的市場形勢，讓新聞產業獲得充分的生存空間。這4個準則體現了國家、專業階層、公眾與市場四種相互衝突而並存的價值觀，也反映了對新聞記者生存命脈的重要性的實際排序。

（2）質量目標：評論部建立和發展節目質量評價體系，通過定性和定量的方式和制度安排，使節目符合預先設定的質量要求，在競爭中獲得領先優勢，並且具有持續改進的能力。具體節目的質量評價，依照節目特性和評價目標不同，設置不同的指標。這些指標可以包括：組內評價、專家評價、第三方評價、收視率指標體系、滿意度指標體系、專項調查結果等。這些客觀性指標為新聞記者之間的競爭機制建立了一個專業化標準。

（3）質量承諾：節目製作符合專業規範，節目內容和形式符合公眾期望，並且持續發展和應用新的電視技術和表現形態，滿足公眾的不斷變化的需求。衡量新聞傳播效果的客觀性指標和檢查機制，使一個效率導向的精細管理方式開始形成，它雖然在九十年代初中期還沒有發育成型，但隨著市場競爭的加劇日益成為決定新聞報導的結構性因素。

第二級是按照生產流程的具體管理性文件，它包括《文件和資料控制程式》、《質量記錄控制程式》、《傳播實現控制程式》、《採購控制程式》、《與受眾有關的控制程式》、《不合格控制程式》、《管理評審程式》、《內部審核程式》、《改進控制程序》等文件，針對管理和節目製作中較為薄弱的環節，如直播工作運行規範、新欄目創設、傳播實現控制、不合格控制等進行了重點分析和改進。例如 規定電視節目分為常規節目、特別節目和新欄目創設三大基本工作；制訂了不同類型節目的製作流程，如選題論證──→前期籌備──→節目素材收集──→採訪編輯合成──→錄製──→審查──→修改──→審查──→播出──→受眾──→反饋──→改進的基本流程，確保節目製作和行政管理體系的有效運行，且循環持續改進，不斷提高。其中，常規節目是指新聞評論部固定欄目內播出的節目，特別節目又分為欄目內特別節目和欄目外特別節目，欄目外特別節目是單獨立項、單獨播出、特別批准的節目；直播節目是一種節目的特殊播出樣態；新欄目的創設是指新節目形態欄目化的試驗；而其他傳媒方式主要是指：通過網路、報紙、雜誌、音像、廣播等媒介形式對評論部的電視節目進行再傳播和對評論部公眾形象的樹立活動。

第三級文件是為了確保行政管理和傳播執行的微觀運行。新聞評論部下屬的各組還有各自的《工作手冊》、相關政策、法律、法規、行業標準和部門規章。各組工作手冊明確了組與人的崗位責任、許可權和工作流程，體現了專業化、規範管理的要求，是各組工作的操作性文件。

第四級文件是證明節目質量和品質管制體系符合要求的見證性文件，如《報題單》、《播出表》、《節目檔案》、各種表格、報告等品質管制活動的紀錄。這些從管理層到執行層的各級嚴密的監控辦法與八十年代新聞業的散漫管理形成了鮮明對比。市場方向一旦形成，就成為一個不可逆轉的方向，對新聞記者的專業化要求促使管理水平不斷提高。以上摘抄了新聞評論部品質管制體系的一小部分，它包括了從製作流程、人員管理到價值觀的一整套專業流程。

再次，廣告業務與新聞報導的明確分離。雖然《東方時空》的記者一開始需要自己參與到廣告業務中，但後來隨著廣告收入的增長和穩定，新聞記者可以專業從事新聞報導而不是經營。

表 6　中央電視臺新聞評論部節目生產量變化表

年份	首播時長（分鐘）
1993	9800
1994	18175
1995	19390
1996	20920
1997	21730
1998	22480

資料來源：作者內部訪談

以上這些專業化指標的出現，使電視業的生產效率不斷加快，電視業迅速成為中國新聞業的輿論中心。隨著對《東方時空》專業化機制的模仿，這個競爭趨勢越來越加快，逐漸出現了越來越殘酷的內部競爭體制，生產效率也越來越高。

從整體上看，電視產業的迅猛擴張勢頭更加不可阻擋。以中央電視臺為例，從規模看，中央電視臺在1992年才擁有2個全國頻道，到1999年已經達到9個頻道。全國大大小小電視臺共4000多個頻道。這些頻道基本上是依靠廣告收入維持運營。由於廣告收入的刺激，報業在九十年代的產業化進程也越來越快。但由於黨報的生存基本上依靠其他商業化經營的子報（如晚報、週末版和都市報）來補貼主報，而且其產業化成功的報紙基本上是區域性而非全國性的，因此本書認為報業並不能代表九十年代中國新聞改革的主要特徵。在網路媒介出現以前，只有電視業能深入到全國各個階層、具有最大規模的受眾、對高層決策和基層變遷有最大的影響力和推動力，而平面媒介日益萎縮為地區性、分眾的、專業的媒介。

新聞業自主空間越來越大，不僅成為推動中國政治改革、改善民生利益的重要力量，而且總體經濟力量在迅速增長。在1992年，電視業整體上一半資金依靠國家預算下撥的財政收入，但到1998年，中國電視業除寧夏自治區外已經基本實現自負盈虧。報業在1993年就已經實現不需要國家財政撥款。在八十年代末期，新聞業還號稱「30萬新聞大軍」，到九十年代，全國正式登記在冊的新聞從業人員已經發展到70萬人，如果包括廣義的傳媒從業人員，將達到數百萬。因此，從總體上看，1993年啟動的九十年代新聞改革開展以來，以電視業為龍頭的新聞業作為一個政治力量和經濟力量同時在迅猛發展。

（三）對九十年代初期新聞改革的一個小結：內容改革驅動的專業化與產業化

九十年代是一個新聞自由權利擴張的黃金時期。在國家目標轉變、新聞記者話語策略的共同作用下，由「主義」到「問題」的話語策略正式形成，新聞業務自主權的空間越來越大。只要不觸及國家基本政體的評論，大部分話題都可以用市場經濟條件改進社會主義的語氣自由談論，在公共場合，甚至官員都可以自由地表達對某些國家政策的不滿。隨著八十年代大學畢業生陸續執掌了各國家機構的主要議事權力，國家頒佈了大量推動社會變革的措施。新聞記者在某種程度上發現國家比他們跑步前進的速度還要快。社會各階層經濟收入的普遍增加，對改革洋溢著樂觀情緒。中央電視臺臺長楊偉光在總結九十年代新聞改革之所以取得成功的經驗時說：「社會承受力的不斷提高是輿論監督節目空間不斷擴大的根本因素。」從國家－社會關係的角度看，社會的經濟力量、文化影響力和各種組織在急劇擴大，隨著 WTO 的逐漸逼近，西方世界在中國社會的影響似乎變得真實而且迫切。隨著新聞自由不斷增加、經濟收入不斷增長、公眾滿意度不斷增長，學術文化界談論「公共領域」和「市民社會」成為一種時髦。1998 年啟動的政府體制改革宣佈要進行住房、金融和醫療體制三大領域改革，似乎要全面清理一個舊時代的遺產。大量用來描述新時代的修辭紛紛出現，如「契約社會」、「法治社會」、「後單位社會」、

「業績社會」。這種節節上升的態勢似乎預示著國家逐漸在全面退卻，而民間力量在逐漸上升，形成與國家強權相抗衡的行動者。

在主導政治生態的改革路徑上，漸進式改革理論[12]成為主流思想。按照這種理論，新聞業的漸進式改革由來已久。在以中央電視臺為龍頭的九十年代新聞改革進程中，實際上已經是一種漸進式而非激烈的戰鬥風格的。經過《東方時空》、《焦點訪談》洗禮的九十年代新聞業由「主義」轉向「問題」，由批判轉向建設，由程式性業務自主權轉向實質性業務自主權的改革路徑已經蔚然成風。1992年以來，隨著市場經濟的迅速發展、國民財富的迅速增加、社會自主空間的日益擴大，經濟學家們提出的漸進式改革開始成為九十年代中國社會各階層的主流思潮，這種思潮同

[12] 漸進式改革是與激進式改革相對的概念，它是指中國經濟改革與前蘇聯及東歐社會轉型時採取的休克療法完全不同的溫和方式。中國的溫和經濟體制改革在一開始被西方學者認為不成功，但執行得非常有效，實現了穩定而高速的經濟增長。由此漸進式改革理論在中國風行一時，成為中國社會各階層指導其他領域改革的主流思想。其中包括3種代表性理論。樊綱（1993）提出雙軌制過渡理論，他認為所有制結構的雙軌制，即國有制與非國有制、公有制與非公有制構成的雙軌制對改革推進與市場機制的形成產生了最重要影響。由於非國有制經濟而非國有制經濟的快速成長，導致中國經濟飛速前進。因此，雙軌制改革是中國改革的一個基本方式：在舊體制存量暫時不變的情況下，在增量部分先實行新體制，然後隨著新體制部分在總量中所佔比例不斷加大，逐步改革舊體制部分，最終完成向新體制的全面過渡。張宇（1994）從憲政層面分析了漸進式改革與激進改革的差異，他認為漸進式改革是在原有憲法秩序基本框架的前提下通過局部修正推進市場化，指在堅持社會主義基本制度的前提下，逐步改革傳統的經濟政治體制，而後者是從經濟私有化、政治和意識形態多元化入手，全面向西方式社會形態過渡。楊瑞龍（1993）則從國家作為改革主體的視角提出了「供給主導型制度變遷」理論，認為國家由於其政治力量對比和資源配置權利上佔優勢地位，因此是改革的主導。國家作為租金最大化的受益者願意促進社會產出最大化，因此偏好漸進式改革。國家首先在局部搞市場化試點，然後再利用推廣到全局。他還認為，改革的最終成功還必須取決於存量改革，深化政治體制改革，明晰產權，使政治秩序發生有利於形成有效率的生產結構、實現制度變遷方式和體制的雙重轉換。

樣影響到新聞界。這些漸進式改革理論在九十年代中期以前並沒有多大的影響，因為社會普遍對國家是否能成功地貫徹「政治管住，經濟放開」政策持觀望態度，甚至表示懷疑。大量知識份子和官員投身商海，為個人財富奮鬥。但是，九十年代開始興起的民營經濟意外地幫助國家完成了既定目標。雖然國有企業普遍不景氣，但在短短的幾年裏，民營經濟迅猛成長並佔據了國民經濟的主體，到1998年已經佔國民經濟總量的70%以上甚至更多。這種經濟先行的邊緣推動思想同樣在電視新聞業普遍流行。

從電視業的經驗看，九十年代初期開始的新聞改革是由內容改革驅動的，並在市場經濟條件下迅速向專業化和產業化發展。這個發展邏輯包含以下幾個內容：

（1）國家合法性的轉變是九十年代新聞改革的前提。八十年代以來新聞記者與國家之間的緊張關係，在於雙方對政權合法性認識的不同。由於國家擁有強權優勢，新聞記者「講真話」的欲望不能得到充分的滿足，新聞記者只能借助各種話語替換的策略千方百計實現其意志，而國家千方百計壓制這種話語權。九十年代中期以前發生的新聞改革，依然是八十年代國家與新聞業緊張關係的延續——雖然國家已經從一個革命黨政權轉向一個執政黨政權，但在一個高度緊張關係的資訊高度不對稱環境下，新聞記者仍然將國家誤判為一個意識形態權力國家而不是威權國家，因此在九十年代初期以電視業為代表的新一輪博弈雖然看似爭取了足夠的新聞自主權空間，實際上恰恰落入了國家權力治理技術的謀略。新聞業改革不僅有助於威權國家瓦解舊的宣傳意識形態，而且有助於幫助威權國家緩解社會矛盾，加強中央權力，鞏固其統治。一個舊國家的退隱和一個新國家的誕生，為九十年代新聞改革提供了政治基礎。

（2）新聞記者的專業價值觀是九十年代新聞改革的指導思想。專業價值觀並非特指自八十年代以來開始進入中國的西方專業主義觀念，而是融會包括黨派主義、士大夫傳統、西方專業主義、商業化等各種思想為一體的新聞報導策略，它強調「有效傳播」而不是從程式上顛覆國家對新聞記者的政治控制權力，它強調通過對事實的選擇和中性的報導手法讓受眾自己得出結論。這種中性的傳播技巧不依賴於一種特定的傳統，而是新聞記者在國家強權壓制下一種必然策略，事實上，這種策略既可以從黨派政治中的官場作風中，也可以從儒家傳統的進諫方式中，還可以在西方專業主義的中立傳統中找到其淵源，而不是八十年代東林黨人式的「忠奸或君子小人」的二元對立風格，後者成為矛盾激化而產生非雙方初衷的最壞結果的根源。

在此可以回答八十年代與九十年代新聞記者話語替換策略的不同之處。八十年代的新聞中性化改革的實質是國家機器內部的政治鬥爭。新聞記者與知識菁英的結盟使他們在社會和高層領導人那裏有廣泛的影響，他們之間展開的鬥爭實際上是一種權力的零和博弈，因此非常激烈。在啟蒙主義盛行的八十年代，大眾實際上長期沒有話語權。新聞記者雖然高喊著「為民請命」，但實際上公眾作為「沉默的大多數」往往是政治菁英和知識階層現代化宏大舞劇中的一個道具。到九十年代，由於國家嚴厲的政治管制和總體性話語的衰落，新聞記者已經喪失在「主義」的層面影響國家政治走向的能力，政府也嚴厲管制任何有直接威脅的力量進入政治權力中心，新聞記者實際上被拋進了國家權力中心之外的「主流的邊緣」。隨著自負盈虧政策的出臺，新聞機構在獲得市場利益好處的同時也被邊緣化。他們沒有意願和能力在宏大話語層面進行思考，大量新聞記者紛紛拋棄自身的菁英幻覺，開始能夠站在社會大眾利益考慮問題。大量非國家幹部身份的新聞記者日益成為新聞記者隊伍的主體，使九十年代新聞記者實際上更多具有代表社會大眾以「問題」的形式向國家爭取實際利益的立場。從「主義」到「問題」、從「批判」到「思考」的轉變的最先掌握，是具有大眾傳播傳統的電視業而不是文人傳統的報業首先取得新聞改革成功的原因之一。電視新聞記者開始以大眾利益為思考基點，在大量有利於民生同時又為國家容忍的範圍內做文章。由於採取了非常順從配合的「善意」姿態和類似於古代臣子進諫的手法，新聞記者取得了在八十年代東林黨人風格報導所中所沒有的成果，九十年代以中性化為主要特徵的新聞改革水到渠成地出現，作者在對《焦點訪談》的內容分析表明，新聞記者實際上可以報導絕大多數題材，只要其抱著「與人為善」的目的，經過精心處理後的新聞報導已經無多少禁區。新聞記者的中性化的有效傳播策略使國家感到安全的同時，擴大了新聞業的自主報導空間。對於國家、公眾和持各種政治觀點的新聞記者來說，並不能說明新聞記者的「破碎」價值觀，恰恰相反，它表明新聞記者在總體性話語衰落和回歸到次級知識份子的文化生態定位後，其業務空間已經由八十年代努力爭取的程式性自主權轉向一種實質性自主權，這是一種在國家、專業階層和公眾三方在市場經濟條件交互作用下演化出來的話語實踐。

（3）新聞業自主空間越大，對受眾的吸引力也越強，因此對新聞內容的改革催生出一個產業的發展。它產生兩個後果：一是為新聞業的市場生存確立了基本模式，一是直接提升了新聞記者的經濟待遇。新聞中性化改革和自主化改革，直接培育出新聞業的公信力，並催生出一個巨大的傳媒市場。隨著廣告收入的爆炸式增長，一個作為產業的新聞業開始發展。據統計，中國報紙、雜誌、電視、廣播四大類媒體，1990 年的廣告收入分別為 6.77 億元、0.87 億元、5.61 億元、0.86 億元，而到 1997 年，四大類媒體廣告收入則分別達到 96.83 億、5.27 億元、114.44 億元、10.58 億元，年均增長率分別為 46.23％、29.39％、53.83％、43.03％，平均增長率達到 43.12％，已大大超過中國同期國民生產總值的增長率。在九十年代初期，整個新聞業處於一個維持性財政的狀況。各新聞機構雖然基本能維持經費平衡，但也沒有積累足夠的發展資金，新聞記者的收入與其他國家單位沒有顯著的差距。根據作者的內部調查，中央電視臺的青年職工九十年代初期平均收入為每月 1000 元左右，而作者在一家出版社的月工資也為 1000 元。其他寫作稿酬也很低，例如一位作者為中央電視臺寫了 6 集轟動一時的《河殤第一稿》，僅得到 200 元人民幣稿費。但是從 1993 年起，部分新聞記者的收入明顯增加，甚至在新聞單位內部也逐漸拉開了差距。隨著廣告收入的持續增加，新聞機構開始成為有錢的單位。這種差距隨著時間的推移也越來越大，到 2005 年，中央電視臺一個普通記者的收入已經達到每個月 6000 元左右。即使在一般的大城市新聞機構，具有兩年以上工作經驗的普通新聞記者每月收入也能達到4000元。這種收入在中國屬於高收入階層。新聞記者由於收入高、社會地位高成為受歡迎的職業。新聞記者不再是清貧的知識份子，而是富有的接近國家權力的職員。隨著新聞記者收入的提高，他們反抗成本也越來越高，因此越來越傾向於接受漸進式改革思潮，強調通過緩慢的、國家能接受的方式進行新聞改革，特別是強調借鑑國有企業改革的方式迂迴地實現新聞自由。從九十年代中後期開始，對新聞體制的產業化改革成為在新聞從業人員中的支配性思潮。

（4）作為一個整體的新聞記者普遍面臨的政治壓制一旦逐步在減少，新聞業內部就開始分化。在產業化的驅動下，新聞業開始由一個內部體系相對簡單的機關組織，逐步分化出一個較為複雜的3級分層：新聞機構負責人、體制內新聞記者和大量新聞民工。隨著新聞業的經濟實力的膨脹，機構負責人能支配越來越多的國有資產和人員。體制內新聞記者是指體制內部具有國家正式身份的新聞記者。而新聞民工則是指佔新聞從業人員主體的臨時雇傭關係的打工者。隨著政治表達欲望越來越得到滿足，他們在經濟序列中的利益對這些人的政治態度和行為也產生了越來越大的影響。

不僅新聞業內部在發生變化，國家本身也在發生變化。國家越來越嫻熟地掌握了在市場經濟環境下如何駕馭新聞媒介的技巧。通過新聞業專業化改革的幾年實踐，國家已經越來越看到以往僵化的宣傳「只做工作、不管效果」的弊端，並越來越強調新聞媒介佔據市場的戰略意義。因此，從國家目標轉變的角度看，新聞業的「市場化轉型」是一個包容國家、專業階層和公眾三方博弈的產物。新聞業的市場化改革看似僅僅與經濟利益相關，但它與八十年代單純出於財政危機而出臺的權宜性措施的動機完全不同，而是九十年代國家與專業階層經過精心算計後的產物。

首先，已經完成威權政體轉型的國家越來越清晰地看到簡單化的政治宣傳與實際效果之間是有距離的，只有讓大眾愛看愛聽愛讀，才能獲得大眾對宣傳內容的關注。國家不僅對新聞業有自上而下的主觀評價要求，而且要求用巨大的市場分額這個精確的客觀指標來考核新聞媒介。由於市場經濟的飛速發展帶來的實際成果，使國家長期號召的「三貼近」（貼近實際、貼近生活、貼近群眾）開始有了可支持國家合法性的事實資源。對新聞記者而言，市場化改革則意味著可以以老百姓愛聽愛看愛讀的名義，對官方的意圖進行重新解釋和話語替換。對於公眾來說，市場化改革意味著更多的新聞種類和數量。如果新聞批評性報導都能為國家所允許，那其他更為中性化的改革空間更是不須贅言。對新聞業而言，九十年代的市場化改革意味著媒介可支配資產和記者個人收入的巨大增加。因此，在九十年代，「市場化」成為容納國家、專業階層、公眾三方利益的容器。市場更是需要客觀化指標來衡量廣告收入的投放，而這對媒介產業的支援至關重要。由於這個原因，商業化和市場化成為綜合方方面面的利益的，同時也是九十年代中期後新聞業改革最重要的議題。

此外，一些思想文化和經濟因素也在推動國家與新聞業的發展，這些因素包括：新聞業對國家的經濟依賴性日益減少、新聞記者體制外意識日益增強、新聞報導的自由空間越來越大，境外對新聞業開放的壓力越來越大。

隨著新聞業的經濟力量和政治力量越來越強大，新聞業開始尋求脫離國家強有力政治束縛和進一步經濟發展的可能性。隨著新聞業的產業規模越來越大，新聞業被稱為「中國最後一塊暴利產業」，大量社會資本開始以各種形式進入中國新聞業。中國證監會 2000 年發佈新版《上市公司行業分類指引》，將「傳播與文化產業」定為上市公司 13 個基本產業分類之一。這些因素合在一起，形成了一個新聞從業人員模仿國有企業改革模式，以產業化為旗號的「脫鉤」運動，以上因素使新聞改革進入了一個新的時代。

第七章

市場驅動型逆轉

國家經濟軟控制的形成（1999-2007）

第一節　九十年代末期國家與新聞業關係的總體態勢 國家力量的逆轉

九十年代由《東方時空》和《焦點訪談》推動的電視新聞改革不僅改變了中國的言論空間環境，而且推動了以獲取廣告收入為特徵的新聞產業模式的形成，提高了新聞記者的收入，公眾、國家和新聞記者都獲得極大滿意。九十年代中期是一個言論權利擴張的黃金時期。在國家目標轉變、新聞記者話語策略的共同作用下，新聞業由「主義」到「問題」的話語策略正式形成。

按照現代化理論，一個威權國家在新聞自由迅速增加的情況下，很有可能會因為人民獲得了資訊自由流動的機會，使大規模集體行動成為可能，最後逐漸失控而走向崩潰。但是在這個「疑似公共領域時代來臨」的前夜，形勢卻越來越變得曖昧不明。雖然社會各類群體事件急劇增加，但大規模社會運動沒有出現。相反，國家開始出現逆轉整個公共領域化的局勢，新聞業對國家的政治依附性也越來越強：

（1）新聞業對國家的經濟依賴性越來越小，但經濟依賴性的削弱並沒有導致政治依賴性的削弱。新聞業到 1998 年已經全部實現了經濟獨立。伴隨著經濟實力的增強，新聞機構在上個世紀末掀起了近乎瘋狂的圈地運動，各大新聞機構不斷增加自己的版面、頻率和頻道。新聞業似乎競相強調自身宣傳喉舌的屬性而不是獨立民營機構的嚮往。隨著報業集團、廣電集團的成立，國家對資本力量的控制越來越強有力。從各方面來看，黨報黨刊、國家通訊社的新聞記者的政治權威性和自我認同都比民營新聞媒介要高。新聞業內部社會聲望、政治地位與經濟收入呈現高度合一的行政級差現象。

（2）新聞記者作為一個統一群體的認同感也在急劇削弱。到九十年代末期，中國新聞記者已經出現了明顯的分層：出現了新聞管理層、體制內新聞記者和新聞民工三大階層。其中毫無福利保障的新聞民工已經佔據新聞從業人員的 40% -50%甚至更多。這 3 個群體各自擁有不同的利益訴求，很難構成一個集體行動的群體。

（3）在新聞業的話語環境中，政治已經不再是新聞記者的主要話題，他們更關心自己的收入、房子和更加物質化的話題，他們很少認同自己是知識份子，為國家打工的意識成為主流。何舟（He2000）根據對《深圳特區報》的調查，認為商業化浪潮之後中國主流媒體已經從一個宣傳機器演變成一個「黨的公關公司」，媒體使用更軟性、更吸引讀者的語言推廣黨的政策。張小麗（Zhang2001）對《南方週末》的研究表明，一個九十年代以來批評性報導的旗幟已經變得批判性越來越少，甚至越來越捲入商業化活動，喪失了早期八十年代的對抗立場。大量文獻開始討論輿論監督的局限性（郭鎮之，1999），悲觀的觀察甚至認為「控制內化」的現象已經成為不可阻擋的事實。

第二節　九十年代末期國家力量逆轉的核心機制市場化的陷阱

面對這種國家處於輿論強勢、記者機會主義行為以及新聞業競相掀起擴張狂潮的局勢，存在三種觀點分別勾勒出不同的新聞記者意象：一是「憤怒」的新聞記者，一是「馴服」的新聞記者，一是「機會主義」的新聞記者。

以批判理論（Zhao1998/2002；何清漣，2005）為代表的文獻主要關注國家日益嫺熟地使用行政力量保持其輿論強權的現象。根據他們的描述，「憤怒」的新聞記者被迫屈從於國家強權，他們飽受國家野蠻意志的壓迫，生活在一個經濟和政治雙重鉗制的悲慘世界裏。但根據常識判斷，中國的新聞記者的生存狀態要比這種描述好得多。到九十年代末期，我們已經很難找到如此憤怒的中國新聞記者，相反他們在文學作品和公眾印象更多是以待遇優厚、享受各種特權的「新中產階級」面目出現。

以康曉光（2002）為代表的行政吸納理論認為中國知識階層已經完全被國家霸權話語所征服。九十年代末期以來，威權國家不斷吸納民間菁英的政治要求以及市場經濟的巨大成功，使知識份子已經接受了以新權威主義為代表的意識形態，他們自覺地放棄了民主自由政體的主張。換言之，他們不僅被國家「擊敗」，而且已經被國家的話語霸權所「價值內化」。他分析了在國際國內政治經濟形勢下國家與知識階層博弈的力量消長態勢，並斷言了國家強權控制對知識階層整體價值內化的總體趨勢：「犬儒主義並不是知識份子接受政治現實的唯一原因，甚至也不是主要原因，還有比它更複雜、更深刻的原因。首先，鄧小平『南巡』重新明確了市場化改革的政策取向。這一行動一方面證明了經濟制度自身的邏輯具有不可抗拒的力量——改革是一條不歸路，另一方面支持了新權威主義的假設——權威主義政府會推動市場化改革。這是知識份子認同中共的首要前提。其次，持續的經濟增長為現行政治提供了強有力的「政績合法性」。第三，前蘇聯的經驗使知識份子看到了改革的複雜性。他們意識到改革不僅可能帶來自由、富裕和民主，還可能帶來混亂、分裂、貧窮、不平等、經濟衰退、黑金政治和流血衝突。第四，一些拉美和東南亞國家的民主政治的現實使知識份子看到了民主的有限性。他們意識到中國的民主很可能更像這些難兄難弟，而不會是美國式的民主。經過十幾年的觀察和學習，他們得以現實地、全面地、冷靜地評價市場和民主的功能。第五，知識份子意識到民主化是一個長期過程，不能一蹴而就，路要一步一步地走，不能急躁。第六，一些西方國家特別是美國從「反共」到「反華」的轉變，使中國知識份子對美國的態度也隨之改變。一系列事件，如銀河號事件、美國反對中國申奧、臺灣危機、駐南聯盟使館被炸事件、南海撞機事件、最惠國待遇問題等，推動全民性的仇美情緒持續發展，並進一步發展為反感美國式的市場和民主。

「在上述背景下，知識份子的態度發生急劇轉變，其標誌就是『新左派』的興起，並逐步成為中國大陸思想界的主流。新左派的核心思想並不新，其實就是八十年代的『新權威主義』，它與鄧小平設計的制度方案『一個中心，兩個基本點』不謀而合。最關鍵的是，它接受權威政治的現實，並且把權威政治看作是從集權政治走向民主政治的必不可少的階段。這種用學術語言表達的『新時期黨的基本路線』，巧妙地解決了專制與民主的矛盾，把民主變成了一種對未來的承諾。這是知識菁英和政治菁英聯盟得以建立的基石。新左派……很有可能發展成為一種意識形態，進而為中國大陸的權威主義政治提供合法性。在這種意義上，可以說，九十年代中共的最大收穫就是在重建意識形態方面獲得的初步成功。相應地，九十年代的另一趨勢就是極端思潮『邊緣化』。馬列原教旨主義派和激進自由派都已經喪失了曾經擁有的廣泛的社會基礎。在這兩個陣營中，如今幾乎沒有『振臂一呼，應者雲集』的英雄了。」（2002：11）

康曉光雖然注意到九十年代末期以來以漸進式改革和民族主義為口號的國家話語霸權的興起和激進思想的邊緣化，但他顯然誇大了所謂的左派意識形態的態勢，而有意識地忽略了「右」的自由民主思想在絕大多數知識份子的影響。根據這種邏輯可以認為，新聞記者由於接受了國家威權統治的合法性，導致他們發自內心地成為黨的喉舌。但就新聞業內部的話語環境而言，與其說是新聞記者已經承認了國家話語霸權，不如說是互不干涉的合唱。以

314

2004年中國新聞記者節為例，當天中央電視臺某著名主持人在高級宣傳官員出席的專業協會慶典上「激情滿懷地撫摩這個屬於我們自己的節日」，而儲安平這個已成塵煙的悲劇性人物卻在當天被《南方週末》評為新聞記者的一個典範。黨性傳統和士大夫傳統兩種尖銳的價值觀對立顯然不能說明新聞記者被國家強權內化。

作為中國當代社會運動理論研究的翹楚，趙鼎新（2005）以一個比較的視角探討了八十年代政治不穩定與九十年代政治穩定現象這兩個時代差異的結構性因素。他更傾向於用國家對知識階層的收買政策和新聞記者的機會主義行為來解釋九十年代國家與新聞業的友好關係：「在二十世紀八十年代初改革開放之初，中國知識份子本來認為改革同時會給他們帶來政治和經濟的好處，因此對改革廣為支持，但是當他們發現在市場經濟的初期的中國，首先得以致富的是一些在社會上處於邊緣的做小生意的群體時，他們的菁英感於是轉化成憤恨感，並導致了中國八十年代後期政局的波動，而在九十年代隨著市場經濟的進一步發展，中國知識份子的經濟地位得到了根本改觀，於是作為一個群體，他們對社會的滿意度大大上升了。」（2005：189）

趙鼎新同時認為由於政治菁英與知識菁英與國家在許多基本價值觀上缺乏共識，新聞媒介與國家之間存在一個制度性的衝突，並將其描述為一個基於經濟利益的較為不穩定的政治聯盟。儘管國家暫時處於輿論強勢地位，但機會主義的新聞記者並不會被國家霸權性話語所內化，一旦國家由於經濟績效變差導致新聞記者經濟利益受損，他們將起來反對國家的威權體制：「以下的兩個在一定程度上相互關聯的因素是決定一個國家中媒體和公共輿論性質的關鍵：一個國家中政體和政府的關係和政府合法性的基礎，以及一個國家中是否存在一個能為菁英階層以及大多數社會成員所認同的核心價值體系（即葛蘭西式的霸權性文化）……中國的經濟改革取得了舉世矚目的成功，但是中國卻沒有能在這條致富的道路上同時豎起一個被廣為接受的核心價值。這種現狀加劇了如環境污染、貧富差距、犯罪上升、道德淪喪等等社會問題，導致了政治菁英和知識菁英（包括記者）在許多基本價值觀上缺乏共識。……當然在目前的中國，國家和媒體的關係並不是很壞。雖然國家菁英和傳媒從業人員之間缺乏一個意識形態性的價值認同。因此在國家經濟發展良好的今天，絕大多數記者基於他們的既得利益最多也就是打打擦邊球。但是這種基於利益的認同是很不牢固的，一旦經濟出現問題，一旦政治出現變故，這些記者（包括在體制中的得益者）會毫無心理阻礙地站到體制的對面，為政治危機添磚加瓦。」（2005：189）

在憤怒記者、馴服記者與機會主義記者 3 者之間，究竟哪個才是當代中國新聞記者的真實面相？本書認為，國家與新聞業在九十年代末期關係演變的動力機制要比以上三種觀點更為複雜。以上 3 種觀點都對九十年代國家與新聞業關係的一個側面具有較強的解釋力，但都不能解釋其他並存的現象。拋開失之簡單的批判理論和康曉光的政治吸納理論不論，趙鼎新的「牆頭草論」也存在一些致命的問題。例如他認為新聞記者將會「毫無心理障礙地站到體制的對面為政治危機添磚加瓦」，本書認為這種看法忽略了在強國家傳統下一種壞的「路徑依賴」機制，因為新聞業的生存能力是決定其政治態度的最核心因素。從俄羅斯 1989 年後新聞業轉型過程看，新聞業最初普遍為脫離國家掌控而歡呼雀躍，但隨著時間的推移，那些堅持獨立立場的新聞媒介無不走向衰亡，而只有那些接受國家資助或資本家收購的新聞媒介在市場經濟中存活下來，而其立場已經與當初轉型過程的期望相去甚遠。俄羅斯的轉型經驗表明，中國新聞記者未必會如趙鼎新所預測的那樣落井下石，反而有可能在一個新的政治環境下成為國家威權政體的忠實擁護者。中國當代新聞業是在國家強權保護而不是在自由競爭環境下發展起來，它具有尋求國家財政保護的天然本能，以及中國新聞記者實現自身專業價值的渠道強烈仰仗於國家，使中國新聞記者與其他知識階層不同，對國家更具有高度的依附性。從這個角度看，一旦社會轉型可能危及自身經濟利益，新聞媒介甚至很可能會轉而支持國家而不是爭取進一步的業務自主權。

本書的看法是：

（1）以上 3 種意象同時存在於當代新聞記者群體的精神世界中，新聞記者既具有黨性傳統、士大夫傳統，同時還可能具有專業理念，其中任何一個都是真實的，甚至三者可能是混合的。在國家霸權話語、民族復興話語和西方專業主義話語三方的共同影響下，中國新聞記者已經不存在一個統一的價值觀，進入了一個多元主義的時代。但在國家霸權話語的侵蝕下，當代新聞記者呈現一種黨性增強的趨勢。

（2）中國新聞業已經陷入了一個由競爭性生存壓力導致的市場化陷阱，這種路徑依賴的結構性因素並不因為形形色色的各種主觀意識形態和話語權力而改變，對當代新聞記者而言，市場化改革一旦啟動就無法中斷，強制性地使中國國家與新聞業關係進入了一個基於經濟利益的政治聯盟。

因此，本書試圖從一個更為根本的市場生存邏輯來解釋中國國家與新聞業關係。所謂的生存邏輯，是指「市場」機制一直纏繞在國家與新聞記者的政治博弈中，隨著市場經濟的壯大和新聞業內部市場化改革的加快，越來越成為國家與新聞業關係不可分割的有機組成部分。在國家與新聞業關係上，市場包含兩個涵義，一是市場經濟體制改革，一是作為國家為解決財政危機而向市場籌集資金的一種輔助性手段的中國新聞業的財政體制改革。廣義的市場經濟體制改革使中國進入了一個日益開放而交換的競爭環境，包括新聞業在內的所有國家單位都受到市場經濟作為一種融合意識形態在內的總體機制的強烈影響；而狹義的新聞業的市場化改革卻使中國新聞業長期處於封閉的財政體系當中，它有效地維繫了作為一個整體的新聞記者對國家的忠誠，使國家掌握了對新聞媒介的生殺大權。新聞媒介的經濟規模越壯大，國家對新聞業的控制也越有效。這兩種反向運動的市場力量構成了影響國家與新聞記者政治博弈的關鍵因素，它時而作為市場經濟的概念推動國家與新聞業關係的分離，時而作為一種從社會汲取財政資源的類行政收費手段強化新聞業對國家的依附，從而使國家與新聞業關係顯現出一種看似斷裂實則邏輯統一的局面。為此，將對八十年代以來新聞業市場化進程做一個溯源性回顧。

第三節　國家財政危機與新聞雙軌制的形成（1978-1985）

「文革」結束後，為恢復政權威望、配合改革開放形勢，國家迫切需要加強對社會的滲透能力。這種滲透能力，不僅包括道路、通訊、能源、公共設施等硬性的基礎設施，還包括例如文化、意識形態、公共服務這些軟性的統治工具。新聞業作為軟性滲透能力的集中代表，首當其衝被國家選中，作為進一步強化新聞媒介的政策貫徹、輿情蒐集、思想動員功能的工具。國家控制新聞記者的目的，是為了利用新聞記者進行宣傳，達到加強國家對社會滲透能力的目的。中央希望在不改變傳媒根本性質的前提下，實現宣傳最大化：（1）報紙、電臺、電視臺和通訊社「相互協調、分工合作」，也就是八十年代早期「早晨聽廣播，中午翻報紙，晚上看電視」的宣傳體系。（2）同時，確保報紙、廣播、電視有更多的種類、數量和更豐富的內容。

但是，國家這個新聞宣傳最大化計畫需要大量資金，而現有的經費籌集體系不僅不足以支持這個雄心勃勃的擴張計畫，甚至維持原有的新聞體系運轉也存在嚴重困難[1]。「文革」結束後新聞

---

[1] 1978年2月26日，第5屆全國人大會議第一次會議上，華國鋒提出要建設120個大項目，其中有十大鋼鐵基地，九大有色金屬基地，十大油氣田等高指標，造成國家財政困難和國民經濟比例失調。1979年中越戰爭開始，軍費吃緊；1979年3月根據十一屆三中全會的建議，實行部分農副產品收購價格提高，糧食統購價格從夏糧上市後提高20%，超購部分再加價50%，18種農副產品提高價格24.8%。後出現購銷倒掛，經營部門賠錢的問題；從11月1日起，對部分農副產品提高銷售價格，同時對職工實行物價補貼，並給40%的職工增加工資。這些都導致國家

業普遍面臨基礎設施陳舊不堪使用的狀況，百廢待興。新聞機構的數量和新聞產品遠遠不夠，傳播設施極其簡陋，僅僅能維持新聞最基礎的吃飯財政和報導，迫切需要國家進行追加投資。以我國「七五計畫」（1980–1985）期間為例，報界僅技術改造和更新設備就需要款 5.7 億元，國家僅能補貼 5000 萬，還不到所需要款項的 9%。5000 萬也不是一次性補給，而是分 5 年 5 次撥給中央級重點報社，絕大多數報社難以受益[2]。但是包含報紙、電視、廣播在內的新聞從業人員卻大大增加，從 1955 年的 1.5 萬人發展到 1985 年的 30 多萬人。建國初期的百十人的省報，如今多則達 1000 人，《人民日報》更是從 200 人發展為一個包辦 2000 人衣食住行的小社會。中國雖然號稱「閱讀大國」，但以千人報紙擁有量相比，1983 年全國千人報紙普及率美國是 287 份，日本 546 份，蘇聯 396 份，南斯拉夫 96 份，中國才 39 份。從各方面看，中國新聞宣傳體系都處於一個待發展的狀態，基礎設施非常不完備。在廣播電視業，情況同樣如此。在 1982 年以前，全國廣播電視經費總額在社會總產值比重一直不到 1%，1983 年由於增加專項撥款，年經費總額在社會總產值中所佔比重提高到 1.2%。但人均金額僅為 1.3 元。而美國、日本、蘇聯等發達國家都達到 6% -7%。基礎設施上中國也落後許多。

財政接近崩盤的態勢。基於此，國家財政卸責也勢在必行。1979 年 7 月 13 日國務院《關於實行收支掛鉤、全額分成、比例包幹、三年不變的財政管理辦法通知》，從 1980 年起對各省、市自治區試行該項辦法。

2 中國新聞年鑑社，《中國新聞年鑑》（1988）。

表 7　中外廣播電視部分基礎設施指標對比

		中國	美國[3]	蘇聯	日本	印度	南斯拉夫
對內廣播	全國性節目套數	2	7	3	3	1	1
	人口覆蓋率[1]	64.5%	>99%	>99%	>99%	89.4%	
電視	全國性節目套數	1	4	2	2	1	1
	人口覆蓋率[2]	59.9%	>99%	90%	>99%	12%	
對外廣播		略	略	略	略	略	略
接收機普及率（臺／百人）	收音機	20.9	204.5	51.6	79.6	3.2	17.8
	電視機	3.5	60.6	27.6	25.6	0.3	17.8
廣播衛星發射年份			1974	1976	1982	1983	
說明		[1] 截止到 1983 年底的統計資料。 [2] 能接受一套以上全國性或地方節目的人口與全國人口之比 [3] 美國沒有正規的全國性廣播電視節目。主要指各大廣播電視網通過合同關係由其附屬臺向全國範圍廣播的節目。					

資料來源：裴玉章，〈2000 年中國的廣播電視事業〉，見《中國廣播電視年鑑》（1985）。

要開動國家機器進行宣傳，就離不開對新聞基礎設施的建設。但是，當時，新聞業財政體制為沿襲 20 多年的政府供給制，國家每年為各級新聞機構制定財政預算，核定人員編制和各類開支數額，核定報紙定價，並按計畫調配新聞運營所需的各類物資。報紙雖有發行收入，但大都不足以應付日常開支，同時還必須從國家申請財政補貼。如果遇到超出預算計畫的宣傳任務，還需要重新向國家財政部門申請預算。廣播、電視等電子媒介由於沒有發行收入，更是全部依靠國家財政撥款。國家按計畫每年下達宣傳任務，並下撥相應的經費。

1978 年以來，國家連續 3 年出現財政赤字，財政部門面臨著各個部門的空前壓力，對各個部門增加預算的要求控制極嚴，不僅一律不開口子，反而要求各個部門自行想辦法解決資金問題。以中國新聞宣傳當時的核心部類報業為例，各大報紙僅僅能維持最低限度的運轉，普遍設備陳舊，不能得到及時更新。新聞業資金鏈條繃得非常緊張，一旦出現額外的宣傳任務，就缺少資金保證。改革開放以來，國家宣傳部門安排給新聞機構的報導活動也急劇增加，對新聞質量也不斷提高，新聞媒介入不敷出，這種突然增長的宣傳成本使新聞業的財政困難更加雪上加霜。

儘管財政緊縮，國家仍然迫切需要借助新聞機構來加強對社會滲透，使得解決新聞機構的資金來源迫在眉睫。在新聞報導任務加重而經濟來源卻不增加的情況下，新聞業頗有怨言，開始積極開闢新的財源。1979 年 1 月 4 日，《天津日報》率先在通欄位置刊登「天津牙膏主要產品介紹」，10 天後（1979 年 1 月 14 日），《文匯報》雜談版經過長達半年多的精心準備，發表了一篇〈為廣告正名〉，用充滿時代特點的激情詞彙從「完善社會主義經濟」的角度為廣告的重新進入媒介做輿論準備：「我們有必要把廣告當作促進內外貿易、改善經營管理的一門學問對待……它能指導商品的流向，促進銷售。這一點對於我們社會主義經濟來說，也是可以用來促進產品質量提高，指導消費……我們應該運用廣告，給人們以知識和方便，溝通和密切群眾與產銷部門之間的關係。廣告也是一種具有廣泛群眾性的藝術，優秀的廣告可以美化人民的城市，令人賞心悅目，使人在愉快的藝術薰陶中，感受到社會主義經濟文化的欣欣向榮。目前科學技術發達，廣告要高效率地發揮其作用，廣告牌當然是需要的，但更要借助於報刊和廣播、電視。我們的報紙、刊物、廣播電視等，都應該為我們的新產品、新技術、新工藝、新的服務部門做好廣告……另外為了發展對外貿易，在我們的報刊、廣播、電視中有選擇地刊登、放映外國的廣告，這也能擴大群眾眼界，對增加外匯收入也是有好處的。」看到該文後，上海新聞機構負責人非常鼓舞，認識到這可能代表著國家對新聞財政體制改革的新動向，於是相繼向上海市委宣傳部申請刊發商業性廣告。1979 年 1 月 28 日，也就是鄧小平訪問美國的第一天，《解放日報》經宣傳部批准後刊發了兩條通欄廣告，同一天上海電視臺播出了第一條商業電視廣告。1979 年 3 月 15 日，《文匯報》刊發第一條外商廣告。這些廣告都是以解決新聞機構迫切需要的技術改造資金或者新增新聞宣傳專案的資金短缺為理由刊登的，例如，《解放日報》是為了解決春節擴版印刷所導致的多用的新聞紙成本。上海電視臺播放中國大陸第一條電視商業廣告，是因為：「完全依賴政府財政撥款的上海電視臺 1978 年得到的日常經費尚不足攝製一部電影，電視臺負責人決定『找米下鍋』，也拍板在同一天傍晚播出了幻燈片廣告。（曹秉，1999）」上海電視臺在 1979 年 3 月播出中國的第一條外商廣告的直接動機是以「國外廣告的外匯收入，充作進口電視設備器材之用」（黃升民，1996）。

上海電視臺這條 90 秒的廣告雖然只有品牌名稱和廠家電話，卻標誌著設備簡陋、生存艱難的電視臺開始有了除政府預算之外的其他經濟來源。自此，上海、廣東和其他省市報紙和電臺相繼刊出廣告。到 1979 年 4 月中旬連中共中央機關報《人民日報》也步上海報紙的後塵。在媒體廣告問世的 3 個多月之後的 1979 年 5 月 14 日，中共中央宣傳部發文至上海市委宣傳部，肯定了恢復廣告的做法。時任中宣部部長的胡耀邦批示：贊成逐步地搞（張啟承，1999）。這一表態實際上為媒體廣告經營開了綠燈。接著，國務院明確廣告業隸屬當時的國家工商行政管理局管理（簡稱國家工商局），並在該局籌建廣告管理機構（范魯彬，1999a）。就這樣，上海新聞業啟動了中國新聞業通常被稱為「市場化」的道路。

（一）國家為什麼推動雙軌制改革

媒介廣告的出現，立即引發了海外的廣泛關注。例如《大公報》如此評價：「廣告的出現猶如一聲長笛，標誌著中國經濟的巨輪開始起航。」但在當時廣告對於新聞業的實質性意義，只是國家為解決新聞業財政危機的一個權宜性、局部性手段，無論從絕對額還是相對額來看，廣告對中國新聞業的深遠影響還根本沒有顯現出來。儘管如此，首次出現的媒體廣告仍然在「文革」之後的中國大陸掀起軒然大波，數以百計的讀者來信湧向《解放日報》編輯部，其中絕大多數明確反對該報刊登廣告，在新聞媒介內部也議論紛紛。對這些爭議，主管《解放日報》和上海電視臺的上海市委宣傳部卻非常支援媒介廣告。例如，1979 年 1 月 25 日，上海電視臺看到〈為廣告正名〉一文後經過反復研究，決定向市委宣傳部打報告要求播放商業性廣告，沒想到第二天就獲得批准，其決心之大，速度之快，連新聞媒介都感到意外。沒有黨的宣傳部門全力支持，新聞業在 1979 年如此「大膽妄為」的行為肯定凶多吉少。一些文獻將廣告的出現解釋為新聞業在認識到無法從核心體制上實現對黨的意志的顛覆，只能從邊緣的經營體制改革進行突破，這種解釋既過於低估了黨的意識形態負責人的智慧，也違反了廣告出臺的具體史實，更無法解釋新聞機構和黨的意識形態負責人為什麼僅僅為了一些「蠅頭小利」而要去冒如此大的意識形態風險的動機。首先，在新聞媒介這個核心統治地帶刊登「資本主義」傾向極為嚴重的商業性廣告，成本不僅不小，相反是極大的，類似於小崗村包產到戶，很可能引爆新的鬥爭和批判。在當時，中共十一屆三中全會剛剛閉幕 37 天，一切尚處於理論務虛階段，中越戰爭還在進行，階級鬥爭思想還處於名義上的統治地位，在這種環境下，無論是國家宣傳部門領導層還是新聞機構的執行層，如果僅僅出於迂迴反抗政權的目的而做這個決定既不符合新聞記者的實際狀態，也不符合國家與新聞業領導層的實際利益動機。

事實上，1979 年在推動新聞財政體制改革的三方力量新聞機構、宣傳部門和財政部門中，最積極的行動者不是新聞機構而是黨的宣傳部門。絕大多數具有政治熱情的新聞記者對經營並沒有什麼興趣，認為這是國家應該負責的事情，他們主要精力應該用於「敢為天下先」、「為民請命」這類國家大事，只有新聞機構的負責人和宣傳部門才被迫考慮新聞運營成本問題。在經費不足的直接壓力下，迫使宣傳部門的官員主動走向改革。

其次，與 1957 年以前不同，這次新聞財政體制改革中所有新聞機構已經全部是國有，國家壟斷了整個新聞業經營市場，沒有任何私營力量與國家爭利。推行市場化政策，也只是國家內部的競爭，不存在意識形態上的根本衝突。因此，在一個高度一體化的新聞業中推出這種政策，其實在黨的高層和國家權力部門內部都有相當的默契，問題只是由誰最先提出這種改革辦法。雖然有大量的反對意見，但由於國家財政緊張這個內生的基本因素，供給制早已搖搖欲墜。在上海、天津、北京這種經濟發達地區，來自外匯和內需的物質誘惑，給這個不堪重負的財政體系給了最後一擊。在新聞業、國家和廣告專業機構的密切配合下，這次新聞財政體制改革非常順利地完成了[3]。

再次，在這個時期，市場經濟尚未真正展開，針對城市的經濟體制改革從 1985 年才正式展開，對報紙和電視臺成本上升導致的財政壓力從物價改革才開始，因此認為市場化是中國 1978 年來的新聞財政體制改革主因是非常不妥的。在市場經濟尚未大規模展開的前提下，廣告業在當時只可能為新聞業提供零敲碎打的外快，根本不可能提供大規模的財源。幾乎所有的當事人都認為國家財政是新聞業資金來源的主要渠道，而市場手段僅僅是一個臨時性的補充。歸根結柢，這種解釋是在用漸進式經濟改革的邏輯強行套中國政治體制改革的事實，假設當事人對市場經濟不斷壯大的進程有一個明確的目標，並根據這種目標制定「借助市場向國家挑戰」的行動策略。把當事人當成有明確目的和策略，是一種「事後合理化」的典型解釋。

---

[3] 當然，這並不是說，新聞業財政改革是一個中央政府、地方政府、新聞業三方精心策畫的產物，它的出現具有相當的偶然性，與新聞機構的領導層，國家領導人和經濟改革的大氣候都有關係。

本書認為，推動新聞業財政改革的唯一因素是財政危機會威脅到新聞業的正常運作。在「文革」結束不久的中國，廣告一向被戴上「資本主義」帽子，居然如此順利地在黨的統治最核心部門獲得了生存權，其主因只能通過體制內部的政治利益因素來解釋：如果新聞業因為缺少資金而被迫停止，意味著問題直接暴露給公眾，政府形象將受到影響，而且長期看不利於黨對群眾的領導。新聞宣傳事業作為黨的根基所在，其資金短缺問題必須當作一項嚴肅的政治任務來抓，必須開動一切手段強化而不是削弱新聞機構，新聞宣傳在任何時候都不能緊縮，相反必須盡可能擴張。只要能達到擴張目的，採取一切手段都具有正當性。因此，在更高層次的政治目標下，新聞業的經濟任務實際上就成了政治任務，新聞財政體制改革反而比國有企業的改革更具有正當性。

這個解釋雖然能說明為什麼國家出於政治利益能認可對新聞財政體制的改革，但不能說明為什麼一項高度政治敏感性的領域的重大體制改革在需要中央領導人來予以定奪的情況下，黨的地方一級負責人卻不請示不彙報就大膽拍板確定的事實。本書認為，這是因為新聞財政體制改革不是全新的創造，而是有歷史依據。廣告創收不是對原有新聞財政體系的一場革命，而僅僅是恢復了 1957 年以前的雙軌制財政體系。

中國新聞業不是在市場環境下根據自然條件和經濟發展水平發展起來的，而是國家根據政治需要在各地配置的行政產物，類似於軍隊駐紮的一支系統，執行政令通達、基層監督和群眾動員的功能，自誕生起就面臨經費不足的問題。在黨的革命鬥爭時期，由於一直沒有穩定的財政來源，黨的新聞機構形成了從各種渠道獲得資金來源的習慣。在解放戰爭時期，黨報和黨刊就採取了雙軌制財政體系：一方面，國家保證黨報、黨刊、廣播電臺的基本經費，一方面責成這些新聞機構通過市場發行獲得一定的訂閱費用和廣告收入。1947 年在國統區發行的《新華日報》實現經費自籌自給，其中訂閱費佔全部收入的 72%，而廣告一項收入佔 28%，支付員工生活費已經足夠。解放以後，全國公營報紙近 200 種，延續供給制，資金和設備及生活費全部由黨和政府統一供給，由於基本是公費訂閱，實際是「兩頭吃財政」，導致國家負擔極其沉重。1949 年 12 月，中央人民政府新聞總署針對當時公私營報紙嚴重虧損現象，明確提出：「全國一切公私營報紙的經營，必須採取與貫徹企業化的方針，中央批轉會議報告，批評並廢除多家報紙的單純報銷制度，要求全國報紙特別是公營報紙把報社作為生產事業來經營，逐步實行經濟核算到實現自給。」[4]1950 年 9 月，中宣部發佈〈關於報紙實行企業化經營情況的報告〉，充分肯定企業化經營的成效，明確指出「企業化經營的方針是完全正確的，可以實現的」，嚴厲批評了「有些報紙的工作同志，還不瞭解和不重視企業化的方針，他們以為報紙是文化事業，不能當作生產事業來經營，甚至個別報社的工作同志，還殘留著賠多少向國家報銷多少的錯誤思想，他們缺乏精打細算的經濟核算觀念」，責令「檢查一下各報的經營情況，批判各種錯誤觀點，督促各報切實執行企業化經營方針。已自給者做到自養以盈餘來減低報價，擴大發行量，幫助發展下級小報等。未自

[4] 〈關於全國報紙經理會議的報告〉，《中國報刊發行史料》第 1 輯第 5 頁，1987，光明日報出版社。

給者應向自給者參觀學習，儘量使省級以上的報紙在 1951 年中消滅賠耗數字，做到自給自養」。

1952 年中央人民政府新聞總署頒發《公營報紙暫行統一會計制度（草案）》，逐步實行經濟核算制。1954 年 8 月，中宣部下達〈關於統一和加強國營、地方國營、公司合營報社、雜誌社、出版社企業管理的指示〉，規定報社實行企業管理，「盡可能地為國家節省和積累建設資金」的要求。在財政緊張的形勢下，「事業單位企業化管理」開始成為一種主流：報紙擁有調整報價、推廣發行和做商業廣告的權利，同時適當從事副業經營增加收入，逐步實現自給自養。1953 年，《人民日報》等幾家中央級報紙扭虧為盈，《新華日報》廣告收入從 28%上升到 42%。即使天津廣播電臺、上海廣播電臺也實現了經費自給。

在新聞業供給制的基本制度下，雙軌制僅僅是一種解決國家財政不足的應急性措施，是類似於南泥灣大生產運動的一種應急措施，它雖然非常有效地解決了新聞宣傳經費問題，但畢竟不符合國家所倡導的計畫經濟模式。一旦國家財政足以解決新聞宣傳資金，國家就可能考慮廢除這種「有資產主義嫌疑」的雙軌制模式。

1957 年後，黨在全國的新聞佈局已經基本建設完畢，每一級政府都有直接管轄的黨報黨刊，國家不僅通過黨報黨刊對基層大眾進行日常宣傳，同時還確立了監督下一級政府活動的功能，新聞機構成為國家延伸到社會的一支重要力量。由於國家隨著政權的穩固逐漸能夠向新聞機構提供全部宣傳資金，從市場獲得廣告收入和報業自由定價的權利也被廢止，報業僅僅允許以略高於新聞紙張的成本價向社會出售報紙以回收部分成本，並根據需要每年向國家申請財政補貼。廣播電臺和電視臺由於不能收取收聽費收視費而完全依賴於國家財政，重新回歸到供給制。在席捲全國的「一大二公」浪潮下，財政雙軌制被徹底取消，新聞機構資金全部由國家提供，納入各級政府的財政預算管理。從 1966 年到 1978 年，新聞媒介只免費刊載少數電影和書刊資訊，商業性廣告完全停止。

「文革」結束後，新聞活動迅猛增加，技術設備也急待改造，需要增加經費。但在 1978 年、1979 年、1980 年這 3 年國家財政極其緊張，國家採取了非常嚴厲的「不開口子」的財政緊縮政策。由於國家財政部門直接面對著幾十個同樣聲稱資金緊張的單位，又沒有宣傳部與新聞機構那種親如父子的血緣關係，因此新聞機構從國家財政部門那裏獲得額外資金非常困難，如果沒有更高一級行政機構的協調，冗長的行政申請程式也在事實上使新聞業不能根據新聞報導專業特點及時足額地獲得所需要的資金。

但是，新聞業的強烈政治特殊性使新聞業在各個機關中走得最快最遠。國家對新聞業管理體制採取雙重領導制，沿襲蘇聯實行新聞業務與行政財務分開管理，黨的宣傳部門只負責宏觀業務報導，而沒有財政資金的調動能力，國家財政部門直接負責新聞機構的經費預算。黨的宣傳部門由於直接掌管對各種行為的「定性」權力，是最強有力的一個部門。新聞機構雖然不能從國家財政部門那裏獲得例外的待遇，但只要主管意識形態的宣傳部門願意為新聞機構的商業行為提供政治保護，廣告創收就如「燈下黑」一般得以順利推行。在黨的地方宣傳部門聯合新聞機構發起財政體制改革之後，黨的新任最高領導人以及宣傳部門負責人由於對新聞機構的這種生產單位屬性依然有熟悉的記憶，相繼表態贊同，還下達文件正式認可了新聞機構刊登廣告的政策。

這個政策包括以下 3 個方面的內容：

一是給新聞機構從市場籌集宣傳資金的權力。由於國家財政能力不足，為了籌集新聞宣傳擴張的經費，1978 年後，國家由於財政短缺被迫開始採用市場手段開闢新的財源，即鼓勵大眾自費購買新聞產品，例如報紙訂閱費或者有線電視節目收看費等，或者讓企業購買廣告時間以補償宣傳活動所消耗的資源，或者經營新聞業之外的任何商業貿易，維持新聞機構的收支平衡。這種市場化籌集資金辦法被官方稱為「多種經營」。不管採取何種辦法，經營什麼，如何經營，只要能籌集到資金並用於宣傳事業發展都被允許。這個原則不僅針對新聞機構，而且逐漸擴展到針對所有的國家機關，發展出遍地開花的機關「三產」。

二是給新聞機構以財政自主權。由於新聞機構在日常運營的特性更趨向於一個企業而不是機關，在資金使用上更適合使用企業化管理而不是行政化管理，需要擁有一定的財政自主權。因此在 1979 年 4 月，《人民日報》在中宣部協調下申請恢復五十年代實行的企業化管理制度時，財政部被迫批准了《人民日報》等 8 家中央級新聞單位試行「事業單位，企業化管理」，可從經營收入中提取一定比例資金增加員工收入和福利，並改善自身條件。這種企業經營、盈餘留用的做法，五十年代有過短暫實施。「文革」結束後，在黨的宣傳部門的推動下，「事業單位企業化管理」再次成為主流，但政策重心已經開始轉移：在五十年代，「企業化管理」的主要目的是「節流」，嚴格進行經濟核算，減少各個生產環節不必要的浪費，節約國家開支。但在八十年代，這個「企業化管理」的重心已經轉為「開源」，新聞業在擁有更多的資金自主使用權的同時，還具有國家「甩包袱」的意味。

1979 年廣告重新進入媒體後，廣告成為最重要的非政府資金來源。它曾經被譴責為資產階級的工具，但如今卻被政府定義為「經濟改革、四個現代化和社會變革的潛在工具」(Yu 1991：20)。1982 年，政府在其頒佈的《廣告管理暫行條例》中，正式宣佈廣告有能力也有責任「促進生產，增加商品流通，引導消費，繁榮經濟，方便消費者，發展國內經濟活動，為滿足社會主義建設的需求和推廣社會主義道德標準服務」。

由於發現了廣告對媒體行業以及商品經濟的巨大潛能，黨和政府對廣告的熱情十分高漲[5]。在政府優惠政策和市場經濟快速擴張的背景下，廣告成為八十年代以來增長最快的產業。從 1981 年到 1992 年，全國廣告銷售額從 1.18 億元增長到 67 億 8 千 6 百萬元，年均增長率為 41%，廣告從業公司從 2200 家增長到 16683 家，年增長率為 20%，廣告從業人員從 1.6 萬增長到 18.5 萬人，年增長率為 26%。

---

[5] 在這種背景下，中國舉辦了 1987 年 6 月 16 日到 20 日的第三次世界廣告大會。這次大會在北京人民大會堂舉行，時任國家主席李先念來到會場。時任國務院副總理萬里致詞說：「廣告是促進經濟繁榮的不可替代的因素。」見「Admen in China Get Red Carpet」,Advertising Age,June 22,1987,89.

三是重新規範了資源補償原則。新聞機構雖然是企業化管理，但仍然是事業單位。改革開放前，電視臺作為事業單位[6]，經費全部來源於國家，不得向社會收取其他費用。中央統一規定，當政府轉移支付不足以支持事業活動時，可以啟動從社會上籌集經費的程式[7]。它受到3個基本約束：一是成本補償原則。事業單位在為社會提供服務時，必然要發生成本消耗，如果財政補貼和其他經費總額少於成本，就可以通過收費進行成本補償，收費標準以實際服務成本扣除財政補貼和其他資金來源為基礎核定。二是非營利原則。事業單位舉辦服務不以營利為目的，收費標準為不高於其他經費扣除後的成本，實際運行中超過成本的必須應用於該事業的發展。三是公民承受原則。服務價格應充分考慮公民承受能力，特別是超出部分應由政府財政補償。根據該約束，新聞單位的資金採用以收抵支的辦法：將多種經營收入納入到單位預算，與財政撥款統籌安排，編制統一的預算和財務收支計畫。納入單位預算的收入視同國家財政撥款，作為抵支收入，免徵所得稅和「預算調節基金和能源重點建設基金」。

---

[6] 1984年全國編制工作會議上印發的《關於國務院直屬事業單位編制管理的實行辦法》（討論稿）進一步規定：「凡是為國家製造或者改善生產條件，從事為國民經濟、人民文化生活、增進社會福利等服務活動，不是以為國家積累資金為直接目的的單位元，可定為事業單位，使用事業編制。」

[7] 《事業單位財務規則》規定，目前我國事業單位的經費來自國家財政、主管部門和上級單位的非財政補助收入、開展專業業務活動及其輔助活動取得的收入、經營收入、附屬單位上繳收入、利息收入、捐贈收入等其他收入。在學校、醫院、報刊、雜誌等事業單位，實行收費的資源補償方式。例如學校收取學雜費，醫院收取各種治療費用，報刊雜誌收取訂閱費等等，這些收費方式早就為政府和社會各界所認可。

（二）雙軌財政體制的實質：行政壟斷經營

新聞業多種經營政策看起來似乎開啟了在一個政治核心地帶引進市場經濟的進程，但其基本屬性是以成本補償為核心，是一個徹頭徹尾依靠行政壟斷獲取資金、收回成本的資源補償手段。它看上去放鬆了國家對新聞業的管制，實際上只是國家力量在市場領域的延伸。

在高度行政化的中國新聞業的分工協作體系中，新聞作為重要的戰略資源，如同武器，並非誰先發現誰先報導，而是由國家集中統一管理。國家並不是平等地分配新聞資源，而是按照行政級別和重要性分配，對國家統治越重要的核心媒體，獲得優質新聞資源也就越多。這種新聞資源分配方式的直接後果是：如果市場化意味著通過新聞內容的吸引力使讀者或觀眾自願掏錢購買報紙或者企業自願做廣告，那麼各級新聞單位所能從市場上得到的發行費用和廣告收入基本上取決於各新聞單位的行政級別和在政權內部的重要性。

這是因為在新聞批准制度中，各新聞單位基本上是由各級黨委、政府或者行業管理機構主辦的，擁有比主辦單位低一級的行政級別。例如，國務院下屬的新華社和中共中央下屬的《人民日報》都是正部級，省政府報紙屬於局級，而地市級報紙屬於縣處級。國家根據不同的行政級別和新聞的重要性分配給各家新聞機構，新聞機構主管單位的行政層級越高，也就越有機會分到最優質的新聞報導機會，其地位也就越權威。例如，最重要的新聞報導任務是分配給中央級新聞單位，省級單位次之，地市級單位更次之。中央級新聞單位可以跨區域報導，而各級地方黨委政府下轄的新聞機構原則上只能報導發生在行政管轄範圍內的事件。行業性報紙只能報導行業內發生的事情。

即使在平級的新聞媒介之間，得到新聞資源的機會也是不均等的。國家規定：「全國性與全世界性的重要新聞，報紙與廣播均應以新華社為主要來源。……廣播電臺應採用報紙言論及消息，並應有自己的新聞與評論。」

這種行政級別與新聞報導範圍和口徑相掛鉤的制度，將中國新聞資源按行政體制層層分割，每一家新聞機構都根據自身在這個等級森嚴的行政體系中的勢能按計畫分割到相應的資源待遇，這種等級森嚴的新聞資源分配制度使新聞機構依靠商業性活動獲得的收入與行政層級基本一致。因此，所謂的新聞經營體制市場化，實際上是按照行政級別壟斷分割出來的「市場化」，類似於一個軍閥割據時代的籌款系統。

在國家完全控制住市場化的範圍和性質的情況下，如果各個新聞機構完全遵守國家的設計方案，「市場化」手段實際上類似於各大機關開辦的招待所，在滿足招待任務的前提下利用公共資源對社會提供一些有償壟斷性服務，它完全不是企業活動，而是對彌補財政收入不足的補充。

在現有文獻中，通常將 1978 年開始的事業單位企業化管理和刊登廣告視為「市場化」的確立，但本書認為，這種看法過於簡單。

首先，如果市場化是一個包含新聞內容和運營改革在內的全面概念，而將 1978 年算作市場化開端不能解釋「新聞內容的世俗化為什麼沒有與市場化政策同時發生」。也就是說，如果將市場化的後果看成是為了報紙銷量而在內容向觀眾妥協，那麼市場化在當時並沒有實現這一點。以《人民日報》為例，各個版面仍然充斥各類政治宣傳，甚至實行市場化改革之後，報紙的訂閱數量卻一直在下降，直到 1985 年後採取各種行政措施才初步穩定了銷量。其他大部分機關報情況基本如此。事實上，中國新聞業內容的世俗化過程要遠遠滯後於「市場化」政策，到 1985 年以城市為中心的經濟體制改革後，市場化進程才在全國範圍內展開。本書將在稍後介紹，由於市場競爭的壓力，新聞業內容的世俗化在那個時期才開始全面展開。

這種分期也不能解釋為什麼當時還以革命文化為主導的意識形態權力國家，成為市場化進程主要支援力量。（1）新聞業作為國家控制最嚴密的政治機關，卻率先實行市場化，顯然與常識相背離。（2）如果國家反對新聞內容的世俗化，並且看到新聞內容世俗化的後果，則新聞業任何改革都可能不再發生。（3）我們也不能以國家逐漸形成的新聞產業化政策來「包裝」當年的國家動機，那種「政治控制，經濟放開」的思路是在九十年代以後國家逐漸轉向績效合法性的思路後才逐步形成的，在堅持絕對意識形態合法性的 1978 年根本不存在。

本書認為，最有可能的一種解釋，就是新聞內容的世俗化是國家執行市場化政策始料未及的後果。國家出臺的市場化政策，不是為了促進新聞內容的世俗化，而是為了加強對新聞業的基礎性投資。從新聞業的絕對壟斷、新聞內容的正統性、國家對新聞資源的行政化分配政策以及該政策在初期實施的效果來看，不如將這種改革稱為新聞業的「財政雙軌制」更為合適。

從 1978 年來的市場表現看，市場化對新聞業的資金籌集作用沒有想像的那麼大。據統計，1978 年全國總共廣告收入 1700 萬元，其中報紙是 700 萬元，電視業是 350 萬元，其他各種廣告收入是 650 萬元。而當年報業和電視業所消耗的成本至少在 100 億以上[8]，廣告收入實在是杯水車薪。由於機關報的新聞內容依然保持正統的革命取向，在 1982 年晚報恢復後世俗化新聞大量生產並逐漸對日報形成競爭壓力之前，還根本談不上市場化導向下的新聞改革。新聞業最初的內容改革，主要源於新聞記者的政治熱情。但隨著競爭壓力的逐漸增加，市場的力量才會逐漸顯現出來。甚至在整個八十年代，新聞記者的政治熱情對新聞內容改革的推動作用可能還要更大一些。總之，與其將 1978 年開始的「事業單位企業化管理」和「多種經營」視為市場化的開端，不如將其視為黨的宣傳體系面臨財政危機時一種緊急資金動員手段。

無論如何，財政雙軌制在國家對新聞業政治與經濟高度一體化的控制體系下開了一個口子。這個口子的重要意義，在於一項政策的出臺，往往帶來一系列國家與新聞業都無法掌控的意外後果。其中最重要的一個意外後果，就是它以一種周邊作戰的方式促進了新聞內容的世俗化轉變。

[8] 這個資料是作者推算出來的。全國年發行期數按 5000 萬份計算，每份成本 7 分，則為 350 萬，全年需要 70 億元，再浮動成本 30%至少為 100 億元。

第四節　世俗化與新聞業的全面擴張（1985–1992）

（一）財政危機啟動的中性新聞

國家為了籌集足夠的財政收入而在一些次要的部門和版面恢復了 1957 年以前黨報黨刊時代被證明行之有效的增產節約措施，但意外地促進了中性新聞在體制內生根。所謂的中性新聞，更多是指手法而不是內容，它是指將政治傾向性隱藏起來的新聞，它不用正統階級鬥爭觀點而是通常更客觀地分析事件人物，更講究客觀性平衡報導手法，在趣味上趨向世俗化，注重人的個體價值。具體到新聞製作，就是更注重新聞本身而不是教化。它既包括以事件報導為主的硬新聞，也包括文藝新聞、體育新聞、經濟新聞、軍事新聞、民生新聞等各種題材，是一個非常寬泛的新聞概念。

新聞多樣性和新聞中性化的區別在於革命化與世俗化的區別。「多樣性」的實質是回到 1957 年前的革命的集體文化當中去，屬於一種「戰鬥力、說服力和感染力統一」的鮮明風格[9]；而中性化則意味著一種世俗化趣味的興起，從傳播的角度看，相對於單調的政治宣傳，這種中性新聞更受社會歡迎。八十年代以來，革命化的語言、觀念和生活方式的吸引力越來越小，人道主義、存在主義、現象學、閒適小品成為菁英文化中的主要議題，

[9] 1985 年 2 月 7 日，中共中央書記處會議紀要指出：「要改變廣播電視節目在內容和形式上單調、死板和生硬的狀況，做到戰鬥力、說服力和感染力的統一，做到豐富多彩、生動活潑，滿足廣大人民群眾在精神生活上的需求。」

流行文化中的電視劇、境外流行歌曲越來越在市民中流行。不管是菁英文化還是流行文化，它們共同的特徵就是世俗化，將現世的價值看成高於抽象的意識形態價值，與革命文化具有顯著的質的區別。

作為與革命文化相區別的文化，不管是尼采、薩特，還是羅大佑、齊秦、崔健[10]，都受到社會的廣泛歡迎。新聞業的中性化趨勢，也就是對這些社會歡迎的新聞現象和文化題材的一種關注。在國家倡導多樣化政策的形式下，新聞記者悄悄地將中性新聞替代了多樣化政策的實質。由於這種替代，報紙和電視開始越來越受到社會歡迎。

新聞業有機會向社會提供受歡迎的中性新聞而不是單調的政治宣傳，其原因除了新聞記者自身的表達意志，客觀上是國家的財政危機創造了條件。以八十年代初期的機關報為例，機關報在改革開放初期繁盛一時，新聞記者利用批判「文革」達至其政治聲望頂點，但這種直接尋求政治對抗的意圖在體制內發展空間越來越小。官方已經注意到新聞記者的「自由化」（這是革命話語對世俗化的一種稱謂）趨勢，開始進行強有力的內容管制，並嚴厲整頓越軌的新聞記者。在這種政治形勢下，機關報內容雷同，大量新聞是對官方文件原封不動地刊登或簡單加工。宣傳部門提出的命題作文，新聞記者沒有興趣寫，稿源奇缺，經常出現某家報紙刊登出一篇符合官方需要的文章後，全國報紙紛紛轉載的現象。根據對當時新聞報導的誇張描述，「看一張報紙等於流覽了

---

[10] 一些八十年代著名的港臺和內地民間流行歌手。在革命歌曲還佔據主流話語舞臺時，青年演唱這些歌曲往往更具有展示某種生活姿態的政治意義。

全國報紙」，國家提倡的新聞多樣性和記者希望的新聞自由實際上都沒有實現。

但是，國家對新聞業的財政改革卻無意中打破了僵局。隨著公費訂閱的報紙數量在逐年下降，機關報的財政壓力越來越大。在現有訂閱數量達到極限的情況下，報社有兩個新的籌款方式可供選擇：一是改進現有的新聞報導內容，放棄強烈的政治傾向性，並在現有的機關報上盡可能多地開闢廣告版面，吸引企業客戶投放廣告以替代公費訂閱收入，以此改變現有的報紙經費來源結構；一是轉向以生活服務類與政治宣傳關係不密切的文藝、體育、知識類題材的子報子刊，通過擴大子報子刊的發行量打開自費市場，為面臨發行量下降趨勢的機關報輸血。

第一個籌款方式有兩個不利因素：一是機關報的政治控制。雖然國家屢次積極提倡新聞多樣性，但機關報作為政治喉舌首先必須忠實地表達黨的意志，不可能沒有強烈的傾向性，因此長期以來沒有太大起色，內容大同小異，自費訂閱的讀者沒有興趣。二是版面的自主使用權。機關報的版面作為國家掌控的重要資源，其使用自主權不在新聞機構手裏，而是歸新聞出版署和黨委宣傳部負責。每個版面的具體用途必須事先向宣傳部和新聞出版署審批，一經確定不得隨意更改，如果在節假日或突發新聞出現時需要擴版或發行號外，新聞機構還必須臨時向上級申請，經過批准後才允許加印發行。這個制度作為黨控制新聞機構的重要手段，直到今天依然在嚴厲執行，沒有絲毫鬆動[11]。在八十年代初

[11] 例如，1997年香港回歸時宣傳部已經規定了各級新聞機構的宣傳力度和口徑，任何單位不得違反。而處於較低行政序列的《廣州日報》設想開闢97個版面，對香

期，廣告必須放在中縫或者不顯眼的位置，而且版面還非常有限，即使廣告客戶想刊登，往往還必須排隊等候。再加上市場經濟還剛剛發育，市場容量非常有限，廣告收入只有助於緩解財政壓力而不能根本解決問題，整個八十年代報業的廣告收入最高不超過總收入的30%。

在黨對機關報報導內容和版面控制的嚴厲管制下，大多數報社寧願在保證日報主打的硬新聞、嚴肅性、權威性的同時，單獨推出與機關報風格不同的子報。這些子報在政治上很安全，在內容上很受歡迎，發行也沒有困難，可以獲得穩定的經濟收入來源。在諸多子報中，最重要的就是晚報。晚報的編輯力量通常要比日報的力量弱，被視為正規宣傳的一個休閒性補充，缺少言論力量和權威性，在新聞業內部是沒有地位的。

以《新民晚報》這份發行量100萬份以上的晚報為例，晚報以宣傳政策、傳播知識、移風易俗、豐富生活為目的：「我們是建設社會主義精神文明的輕騎隊。報紙是小型的、通俗的，辦報的態度是嚴肅的。每字每句都要考慮社會效果，幫助廣大的讀者提高覺悟，過好社會主義生活；同時努力要成為廣大群眾、千家萬戶的燈下良友，讓廣大的讀者感到每天晚上閱讀是一種愉快的文化享受，而不是什麼精神負擔。」（趙超構，1987：75）這種定

港回歸做一個全方位的報導；這種設想除了新聞專業報導的需要外，還有廣告利益的驅動。黨委宣傳部三令五申勸阻無效後，最後勒令《廣州日報》領導停職整頓，並罰款180萬元。這個例子表明，中國共產黨的新聞宣傳體系是一個非常精細的新聞資源分配和監控體制，必須令行禁止，達到高度一體化的局面。新聞機構即使在政治上大唱讚歌，如果不按照黨的宣傳整體佈局行事，也會由於違背等級森嚴的資訊資源行政化分配制度而被嚴厲懲處。

位於「小型和通俗」的自我評價，說明了其政治地位的邊緣化。

定位為家庭報紙的晚報在八十年代初推出後，迅速從大城市向全國輻射。1980 年全國只有 2 家晚報，1983 年有 15 家，到 1989 年已經發展到 38 家。1982 年《羊城晚報》平均期發行數 126 萬份，1983 年《新民晚報》與《北京晚報》突破百萬份，成為機關報經費的重要支柱。

晚報的成功在於與機關報完全不同的內容革新。由於機關報的歷史傳統和現實地位，儘管經常推出「抓活魚」等新聞改革活動，但機關報的「首長面孔」始終沒有得到根本性改善。八十年代的晚報實際上代表著新聞改革的一種方向。「首先反對假大空，結合社會上的實際問題來宣傳黨的政策，平等待人，以理服人，潛移默化，下毛毛雨」。（趙超構，1987：75）「短些短些再短些，廣些廣些再廣些，軟些軟些再軟些」的理念，定位於大容量、快時效的軟新聞，本土化、平民化，喚醒了閱讀興趣長期處於壓抑狀態的潛在讀者群。這些開拓的都是自費市場，例如，1982 年自費訂閱《北京晚報》佔總訂數的 99.4%，《北京日報》的自費定數僅佔總訂數為 7.9%（董天策，2002：121）。

這種內容上的突破，其政治依據是 1957 年以前黨的宣傳系統做行政規劃時，黨報系統正報與副刊分工的延續。黨報作為為知識菁英和政治菁英服務的對象，在為他們提供嚴肅的思想教育和理論指導的同時，還需要為他們提供休閒娛樂、補充資訊的空間，而副刊就體現了這種作用。在財政緊張的新形勢下，晚報不僅能帶來休閒娛樂，補充知識，還能為機關報籌集資金，國家何樂而不為。「晚報的繁榮是在計畫經濟框架下資訊傳播分工，它不是市場競爭帶來的結果，而是計畫配置的資訊分工給晚報提供了一個天然的繁榮土壤。作為機關報內容的補充，機關報的內容，晚報是不登的，晚報的內容，機關報也是不登的。」（董天策，2002）

晚報的誕生不僅緩解了一部分機關報的財政狀況，而且「潛移默化」地開始改變報紙的政治生態土壤。晚報作為自費訂閱為主的報紙，借助市場力量，猶如特洛伊木馬從內部撬動了新聞改革的世俗化槓桿。國家恢復晚報的目的，是希望將市場化的後果局限在 1957 年「百花齊放」的革命文化框架內，但國家沒有意識到，20 年後市場的基礎已經改變。經過「文革」洗禮的中國大眾已經轉變了他們的趣味，那些充滿「戰鬥力、感染力和說服力」的革命文化已經不再有當年的魅力。作為局中人的新聞記者更是如此。為了獲取市場收入，必須刊登那些對當代大眾有吸引力的新聞和知識。

這些新聞、資訊和知識往往與黨的要求有相當大的距離，被視為夾雜了各種不同層次的「精神污染」。例如針對《第三產業報》刊載的〈聖母馬利亞顯現之謎〉現象，這本來是一個世俗趣味的無稽之談，編輯本意上也只是把它作為市井談資處理，卻引發了國家豐富的聯想和嚴厲的批判：「現在確實有一些大報所辦的小報和一些地區性的報刊，往往以發表一些聳人聽聞的無稽之談來招徠讀者，對社會完全不負責任，這是新聞事業中的腐敗現象，只有嚴格整頓有關的編輯班子才能解決。我們的電視新聞節目一般是嚴肅的，偶然也有些失誤，例如報導菲律賓女郎出嫁到西歐國家，這既不是什麼新聞，也根本不應該報導，這是對菲律賓人民很不禮貌的行為。」[12]

這種革命趣味與市民趣味的差異，黨性與人民性的差異，根本上是國家最高領導層的革命趣味與世俗趣味之爭，它與各種「低俗出版物」以及在日報發生的「自由化」思潮合在一起，共同構成了在 1983 年提出「清除精神污染」運動的理由。

以 1957 年以前的尺規來衡量，從鄧麗君的流行歌曲到武俠小說，都被當作格調低下的精神污染被大規模清除。其實在當時，除了晚報，以提供經濟資訊為目的的經濟報、專業性報紙、科技報、企業報都在迅速發展，與晚報共同構成了多樣性新聞的傳播圖景。晚報與這些報紙的重要區別，在於它是代表世俗化趨向的主要陣地。而這與黨加強對社會滲透能力的初衷是違背的：國家本來想借助市場化手段加強對社會的滲透能力，但這種世俗化趨向已經在向國家機器內部不斷滲透。

黨的「十二大」同時提出了以反對腐敗和不正之風為目的的「整黨」與「清除精神污染」的兩個目標，但後來國家選擇重點執行「清除精神污染」，原因在於最高領導人認為，最迫切的問題是維繫對黨的信仰問題，而不是具體的黨的建設，這種看法是由於忽略了」文革」後大眾已經全面轉向績效合法性，沒有把「整黨」放在一個優先位置，沒有清除真正導致不安定因素的土壤，從而使黨對自由化思潮的鬥爭只達到揚湯止沸的效果。

---

[12] 胡喬木（1986）：《思想領域裏一項重要的基本建設》（胡喬木，1995：395）。

由於很難在革命的趣味和世俗的趣味之間掌握一個恰當的界限，因而「清除精神污染」在大眾層面往往演化成「剪喇叭褲」這類鬧劇。但世俗趣味對於文化生活近乎乾渴的民眾是如此具有感染力和誘惑力，這種趣味終於還是逐漸成為不以黨的意識形態負責人意志為轉移的主流取向。《浙江日報》刊登過一篇讀者來信，反映 1986 年，滿大街的書攤上都是武俠小說，但書店裏居然找不到一本黨章和輔導材料。大眾的世俗化傾向越來越明顯，以晚報為代表的中性新聞越來越普遍。在新聞業展開的「清除精神污染」草草收場之後，官方也很快發現，雖然不能回到當年積極向上的革命文化，但是這種無害也無益的中性新聞也不妨害實質性的統治。只要晚報能有良好的經濟效益並作為黨報財政的重要補充來源，世俗化取向的中性新聞也逐漸被官方宣傳部門接受。

電視業的情況也同樣如此。由於當時的電視業還沒有普及有線電視進而收取收視費，因此不能像報紙那樣獲得發行收入，唯一的市場收入來源就是廣告。國家對政治性強的主流時間段控制還是非常嚴格的，例如《新聞聯播》前後的時段直到 1993 年才開始嘗試播放廣告。由於中性新聞奇缺，主要是依靠電視劇來獲得廣告收入。一部有吸引力的電視劇播放的時刻，往往是萬人空巷，而觀眾必須忍受無休止的廣告折磨。1984 年港產連續劇《霍元甲》在全國播放時，有時居然要插播 10 分鐘到 15 分鐘的廣告。國家在引進電視劇獲得廣告收入的同時，也必須接受世俗化對大眾的影響。上海電視臺播放的 25 集《上海灘》經播出後，一個從革命黨人走向流氓幫派頭目的「許文強」成為許多青少年模仿的對象。由於亦步亦趨於報業的新聞評論，在八十年代中期以前，電視業除了一些作家參與撰稿的紀錄片，沒有精彩的表現。

由於經濟利益開始出現，在新聞業內部針對個體的激勵機制開始形成。各個新聞單位開始擁有一些調節性獎金收入。隨著電視劇和晚報力量的壯大，各大新聞機構的收入逐漸增多。例如，早在八十年代初期，溫州電視臺已經形成了激勵機制，有的發稿較多的記者最多一個月能拿到 100 多元的額外稿費，而有的記者只能拿到 3 元的額外工資。瀋陽電視臺由落聘職工組成經濟專題設置組，自負盈虧錄製經濟專題，不要臺裏一分錢、一分設備，還簽定了創收 20 萬元的協議。經費由全額預算主動改為自收自支：對內實行經費包幹，年終如有節餘，可提成 15%作為集體福利。除新聞部外，都可搞有償服務。經濟部、社教部工資獎金停發，完成任務工資兌現，獎金高於其他部門。對廣告部和服務中心實行大包幹。廣告部全年交利潤 200 萬元，服務中心交 30 萬元。1988 年創收 250 萬元，1989 年 300 萬元。

隨著市場化收入佔新聞業比例越來越大，新聞記者的單位福利隨之越來越多。在與新聞記者的政治熱情相比，市場化雖然沒有佔據一個顯著的位置，卻已經開始在新聞業呈現萌芽。

（二）兩大宣傳力量的形成

隨著經濟力量的逐漸增強，報業和電視的影響力越來越大，受眾面越來越廣，在八十年代新聞業逐漸形成了報業與電視業兩大宣傳中心。

整個八十年代，中國是一個閱讀大國，文字型媒介是主角。從傳播效果來看，八十年代報紙影響力最大，發行量最多，品種最全，形成了一個以黨報為核心，各種對象性報紙、專業性報紙為兩翼，晚報為基座的體系完整的宣傳部門。它自上而下地覆蓋全國，成為黨動員群眾、鼓動輿論、推行政策的最重要宣傳工具。據統計，1982 年報紙 928 種，1983 年 1160 種，1984 年 1599 種，是建國初期種數的 7.47 倍，自 1978 年起增加了 1346 種，是建國初期種數的 5 倍。在 1599 種報紙中，各級（中央、省、自治區、直轄市、省轄市、地區、縣）黨委機關報 316 種，佔 19.76%，中央部委及直屬單位報紙 85 種，佔 5.32%；經濟報紙 73 種，佔 4.57%；農民報紙 34 種，佔 2.13%；科技報紙 161 種，佔 10.07%；政治性報紙 38 種，佔 2.38%；工人報紙 19 種，佔 1.19%；婦女報紙 2 種，佔 0.13%；青年兒童類報紙 66 種，佔 4.13%；健康衛生類報紙 24 種，佔 1.5%；體育報紙 9 種，佔 0.56%；廣播電視報紙 42 種，佔 2.63%；文摘報紙 8 種，佔 0.5%；晚報 23 種，佔 1.44%。生活服務類報紙 37 種，佔 2.31%；企業報紙 31 種，佔 1.94%。對象、內容地域上「各有分工，銜接成網」，報業形成以日報為依託的系列宣傳網絡，如吉林日報社有六報一刊，南方日報社有五報一刊。根據郵局統計，報紙每期發行份數 1984 年達到 1.32 億份，平均每年增速突破 10%；1984 年累計發行份數 20，728，669，000 份，是 1950 年的 30 倍。各類報紙的總發行數一般都在幾百上千萬，各家報紙都出現普遍而強勁的增長，使報業發行數量在 1984 年達到頂峰。1985 年後雖然有所變化，但仍然保持增長勢頭。1986 年全國報紙由年初的 2282 家增加到 2342 家。報紙種數和發行總數分別為建國時期的 16.72 倍和 63.79 倍。日報 253 家，佔 10.8%；非日報 2089 家，佔 89.2%，每 7.03 人擁有一份報紙，千人擁有量是 40 份。這個日益完整、數量日益增多的報紙體系成為八十年代最重要的宣傳中心。

由於政治地位的不同和基礎建設的欠缺，在九十年代發展為最重要的宣傳部門的電視業，在報業繁榮的八十年代依然處於配角地位。中國新聞業的主角之所以是報紙，其中最重要的是政治環境。在階級鬥爭思想為主導的年代，文字型媒介要比圖像型媒介更具有表達複雜的思想的優勢。尤其是針對知識份子的批判性理論文章，往往必須引經據典才能說得清楚。長期以來，報紙由於能夠充分表達大量複雜精確、高度統一的文字資訊並適合知識菁英的交流習慣而被認為有不可替代的權威性。「廣播電臺、通訊社都不可能像報紙這樣最完滿地代表黨，因為電臺和通訊社不能像報紙發表這樣多的東西，它們的責任和報紙也不同。只有報紙不但能夠代表黨的政策、路線、方向和對各種工作的具體意見，而且能夠代表黨中央的風格。」[13] 長期以來，電視業沒有自己的評論觀點，缺少權威性，是新聞業中傳聲筒中的傳聲筒，沒有專業性地位。

其次是基礎設施建設的原因。辦報所需要的條件比較簡單，而且技術也不複雜，因此在全國各地都可以方便地辦報。各級黨委一般都有報紙和刊物。由於國家借助郵政系統實行郵發合一的政策，長期補貼報紙發行費用，使報紙的發行網絡深入全國。

---

[13] 胡喬木（1951），〈為沒有錯誤的報紙而奮鬥〉（胡喬木，1999:115）。

1957 年只有 40.4％的報紙發到縣和農村，到 1981 年有 88.1％的人民公社和 6.4％的生產大隊訂閱了《人民日報》，97.46％的人民公社和 82.95％的生產大隊訂閱了省報。大部分省會城市在上午 9 點前可看到當天省市黨報，下午看到《人民日報》、《工人日報》、《參考消息》等中央報紙。農村 99.6％的人民公社和 95％的生產大隊以及 70.1％的生產隊直接通郵，當天看到省報的人民公社佔 18.2％，次日見到的佔 49％，當天看到省報的生產大隊佔 8.8％，次日見到的佔 45.7％。全國各城鎮設置 600 多個專業報刊門市部，800 多個報刊亭，3000 多輛零售車，北京、上海、廣州等地，還有報刊服務社，基本實現「早聽廣播晚看報，國家大事都知道」。而廣播和電視都牽涉到複雜的傳輸網絡、發射基地和接受工具問題，影響面要遠遠小於報紙，尤其是電視媒介更是長期局限在少數中心城市。這些技術因素決定了報紙具有最廣泛的讀者，所以影響最大。僅《人民日報》一家就具有 500 萬份以上的發行量，可以深入到全國基層。再加上各省報、地區報、縣報轉載《人民日報》的重要文章，《人民日報》可謂八十年代新聞宣傳體系的霸主。

但自 1983 年 10 月起，中共中央把加速發展電視放在優先地位：「廣播電視是教育、鼓舞全黨全軍和全國各族人民建設社會主義物質文明和精神文明的最強大的現代化工具，也是黨和政府聯繫群眾的最有效的工具之一。」[14]1982 年 9 月 1 日，中共「十二

[14] 見 1983 年中共中央 37 號文件批轉廣電部關於廣播電視工作的彙報提綱。很多領導人就加強電視新聞建設直接發表過談話，例如，胡啟立（1987）認為：「廣播電視具有高速、面廣的特點，同時又聲像並茂，很少受民族、地域、交通條件、文化

大」在北京召開，時任中共中央總書記的胡耀邦明確指示中央電視臺《新聞聯播》首先播發該新聞。從此，《新聞聯播》成為首先發佈重大新聞的視窗。這標誌在加強中央集權的政治目標驅動下，國家開始將中央電視臺改造為一個獨立的新聞發佈機構。

與國家對報業實行的漸進式行政斷奶不同，鄧小平親自指示「資金可以適當增加一點」，對電視業實行財政傾斜政策。在最高領導人的直接關注協調下，儘管財政困難，中央決定發射廣播衛星，解決廣播電視覆蓋全國的問題，使各族人民看到、看好中央電視臺和省、自治區、直轄市的電視節目，並把中央電視臺彩電中心列入「六五」重點工程，同時督促各地政府增加廣播電視事業發展投資。1982 年與 1980 年相比，全國電視臺從 38 座增加到 47 座，電視發射臺和轉播臺從 2649 座增加到 5635 座。全國電視機社會擁有量從 902 臺增加到 2761 臺。省、自治區投資建設的地方專用微波線路，到 1982 年底已達到 10330 公里，電視覆蓋人口從 45% 提到 57.3%。此外，中央還層層動員，以政治任務的形式將電視業發展所需要的資金分解到各級地方政府[15]。從 1982 年到 1987 年，國家給廣播電視部門經費共 20 億元左右，其中地方經費佔 3/4。以廣播電視業為例，到 1992 年底，

知識水平等各方面的局限，天南地北，男女老少、專家學者、工農群眾，識字不識字的，都可以接受。因此，它又是新時期拓寬社會對話渠道、加強群眾性思想政治工作、促進對社會輿論進行正確引導的最有效工具，我們各級幹部領導要善於運用廣播電視這個現代化傳播工具。」（1987：9）

[15] 為落實該計畫，當時的廣播電視部主要負責對外廣播和全局性重大專案建設，如廣播衛星發射、重大科技專案和中央財政確定的專項建設補助專案。地方負責中央和地方廣播電視在本地的覆蓋網建設、運行維護管理，包括基本建設投資、維護經費和人員編制。

全國已擁有廣播電臺 512 座，電視臺 586 座，縣市廣播站 2452 座，鄉廣播站 4 萬多個，村廣播室 25 萬多個；廣播電視發射臺、轉播臺大幅度增加，微波線路發展到近 5 萬多公里，並逐步採用衛星傳送廣播電視節目，建立衛星地面站近 4 萬個，初步形成天上和地面、無線和有線多種技術手段共同傳輸、覆蓋的格局。我國廣播人口覆蓋率達 75.6%，電視人口覆蓋率達到 81.3%；廣播電視的接收工具迅速普及，特別是電視機的社會擁有量，1992 年底達到 22843 臺，平均每百人擁有量 接近 20 臺；收音機和答錄機的社會擁有量分別為 21959 萬臺和 14305 萬臺，大體相當於世界中等收入（人均 1000 美元左右）水平。廣播節目由 176 套增加到 943 套，電視節目由 54 套增加到 644 套；廣播節目製作能力增長 3.2 倍，電視節目製作能力增長 21.8 倍，電視劇生產能力增長 9.7 倍。

電視業的蓬勃發展雖然如野火春風，但在八十年代新聞業的政治和產業發展重心仍然在報業。評判一個新聞媒介地位的最重要的根據，是新聞報導對受眾的權威性和影響力。從權威性看，政治鬥爭的風向標主要是看各級機關報，根據從 1983–1986 年的歷年調查，知識份子和國家幹部都更信賴報紙[16]。電視新聞在八十年代基本上被認為是報紙新聞的圖像翻版，缺少自己的評論觀點，而且當時的主要優勢在於文藝轉播、電視劇等休閒娛樂節目，這與報紙表達黨和國家決策層意志的重要政治地位相差甚遠。即使在政治待遇上，八十年代的廣播電視機構的級別要比省

[16] 《中國新聞年鑑》，1984–1987 年的各類大型調查。

報和省刊低半級到一級，只能列席而不是有正式資格參加一些重要宣傳會議。

1989 年《河殤》的出現，為中國電視新聞業的政治影響力擴大提供了一個特別重要的證據。但是，特別要指出，在中國特有的政治結構下，即使在八十年代電視採編專業技術、基礎設施已經發展成熟，電視業也不可能成為主流。由於黨的權力直接來源於預言性質的意識形態，在 1979 年以後思想戰線存在廣泛的認識差異的形勢下，雖然黨的領導人大力提倡新聞多樣性，但實際上為了意識形態安全，最重要的問題不是「怎麼講」，而是「講什麼」。雖然以《人民日報》為代表的新聞記者經常在理論問題上與國家發生衝突，但文字型媒介由於能夠完整準確地表達黨的路線方針，組織重大的理論問題討論，仍然是國家加強統治最重要的工具，別的任何媒介都不能替代報紙的地位。國家在八十年代與新聞業的幾次反覆較量，一直在圍繞是否要堅持黨性上產生激烈的爭論，國家認為應該先把這個問題講清楚，其次才能談到「怎麼講」的新聞多樣性問題。只要在八十年代沒有很好地解決合法性之爭，報業必然是政治鬥爭的焦點，報業仍將佔據主角的地位。在九十年代初期，在國家與新聞業對政權合法性的認識取得了基本共識，解決了「講什麼」的問題，「怎麼講」這種中性的新聞採編技巧才變得重要起來。以上這些因素，決定了電視業雖然在 1986 年受眾數量首次超過報紙，成為位於報紙、廣播之上的第一傳媒，但總體上絕對不可能與報業比肩。

（三）競爭的深化與產業的初步形成

從 1978 年到 1985 年，不斷擴張的晚報改變了單一的日報格局，形成了機關報與晚報互為補充的局面。在整個經濟上升環境下，報業市場發展，報紙種數也大幅度增加。根據 1989 年全國報紙基本情況調查，1978 年全國有郵發報紙 253 家，1980 年比 1979 年增加 35 %，1985 年比 1984 年增加 32 %，1987 年比 1986 年增加 51%，截止到 1989 年，每年以 18.4%速度遞增。這種增長不僅大大出乎負責意識形態的宣傳部門意料，而且破壞了國家領導人設想的原有格局，使黨報的發行數量和絕對份額都在不斷下降。1986 年，為維護黨報利益，中央書記處已經決定不批准新刊物[17]。但是這種單純從意識形態安全角度出發的管制政策沒有取得實效，報紙不僅沒有減少，反而逆風連年增加。原因在於，隨著社會經濟活動的增多，各類新事物、新現象不斷湧現，原先有限的幾家報社大量積壓稿件，客觀上需要大量的報紙來報導和交流資訊。其次，國家各大部、委、局主觀上需要有自己直接管理的資訊發佈陣地，但不是放在直屬於各級政府的黨報由其統一安排，而是在一個自己能說了算的地方。再次，各級部委局通過「放權讓利」逐漸積累一定自主財力後，大都可以承擔行業報紙和專業報紙的成本。主管單位負責報紙的啟動經費和財政補貼，這樣報紙的發行收入和廣告收入幾乎是純收入。例如《山西人口報》每年從計生委領取 15 萬元辦報經費，同時還有多種經

[17] 胡喬木（1986），〈關於圖書出版發行和新聞用紙的談話〉，（胡喬木，1999：543）。

營手段，小日子過得「紅紅火火」。辦報紙不僅可以安置更多的人員和官員職位，還可以成為各級主管單位的小金庫。各級部門的利益驅動使這種辦報的衝動可以說是不可遏止。以上 3 個條件在八十年代中期具備以後，辦報幾乎是全國各政府部門、行業協會和群眾團體聯合發起的一場運動，各級單位利用自己的影響力遊說新聞出版署，連中顧委常委、意識形態掌門人胡喬木都承認「大有來頭」，中宣部單憑一家之力根本無力管住。從新聞多層次、多樣性的角度看，這個過程可以說是國家財政分權與政治分權改革逐步打破中宣部壟斷意識形態陣地的過程。

隨著報紙數量的不斷增多，報業市場份額被一次次重新分配，內在的利益動力和外在競爭壓力同時增長。由於各級部門對報業的大量補貼，以及社會對資訊的旺盛需求，這種對報業的財政壓力在 1985 年以前基本不存在。除了《人民日報》，其他地方機關報都有數量不等的增長，晚報高歌猛進，行業報和專業報一片繁榮。宣傳管理部門與國家其他部委局相安無事，對市場化還是持全面肯定的階段。

但是，1985 年以城市為重點的經濟體制改革的全面展開，使新聞業中的報業陡然進入競爭時代。由於財政補貼大幅度減少，紙張價格及油墨印刷工價上漲，郵局發行費提高，導致發行收入銳減。大量堅持正統宣傳路線的中央級報刊的利潤開始下降，而「格調低下」的小報卻日子紅火，發行量非常大。按照事業單位資源補償原則，當事業單位發生虧損時，應該向國家申請財政補貼。

但是，如此眾多的報紙顯然是國家財政所不能承受的。而且大量新出的報紙並不是宣傳管理部門的親子，國家也沒有義務為這些報紙顯示無限的父愛。報業的幾年實踐表明，報紙完全可以進一步在市場上開闢財政來源，加大市場收入的比例。從 1980 年到 1985 年，就出現 40 家自負盈虧的報紙。大量的事實表明，用產業的方式來管理往往能使報業增產節約。以江蘇省《無錫日報》為例，報社 1982 年實行自負盈虧及同市財政局簽訂經濟承包合同，1981 年報社虧損 20 萬元，1982 年報社開始上繳稅收 5 萬多元並有贏餘，而到 1988 年底共上繳國家稅收 122 萬元，年利潤 200 多萬元。報社新建編輯樓，蓋了 3 棟樓房，購置兩臺膠印輪轉機，建設新廠房，職工福利待遇得到提高。因此，1985 年，國家將包括廣播電視在內的文化教育等事業單位劃作第三產業。新聞業由事業向產業的轉變表明，雖然在改革開放初期，國家出於財政危機被迫允許新聞業通過各種辦法籌集資金，但由於報社前幾年良好的經濟表現，國家財政部門開始不再將其真正看成類似於政府機關的宣傳部門，而認為報紙是一個潛力很大的產業。國家已經正式確認了新聞業不僅具有獲得資金的能力，而且新聞業應該在搞宣傳的同時創造產值。

這種整體產業化的報業屬性變革，說明了國家與新聞業之間開始有實質性的分離。但真正對宣傳部門傳統控制權力的削弱因素，是來自報業內部的市場競爭。創辦主體的多元化，直接削弱了國家依賴宣傳部門對意識形態的傳統控制方式。其他部門的重心主要是各種專業性活動和行業性活動，對意識形態並沒有特別的敏感性，對市場利益的敏感性卻強得多。在市場競爭中，只有那些世俗化傾向更為徹底的報紙才最具有優勢。刊登各種民生新聞與法制案例的法制類報紙最受歡迎。以 1987 年為例，市場能力最強的是晚報，其次是政法類報紙和對象性報紙，再次是黨報、經濟類報紙、專業性報紙和科技類報紙。其中，晚報的種數與發行份額之比為 1：2，政法類報紙的種數與發行份額之比為 1：1.26，對象性報紙中的少年報、青年報、老年報等由於世俗化傾向其比例也達到 1：1.26，大大高出其他以政治宣教和經濟資訊為主的報紙。

表 7　中國報業市場能力（種類與影響力結構）排序

種類	種數	比例	期發行數（萬份）	比例	種數與發行數量之比	市場能力排序
各級黨報	276	28%	3646.8	26.5%	1：0.95	3
對象性報紙	234	23.8%	4116	29.9%	1：1.26	2
專業性報紙	450	45.7%	5365.5	38.8%	1：0.85	4
經濟類	62	6.3%	495.8	3.6%	1：0.57	5
科技類	57	5.8%	442.9	3.2%	1：0.55	6
政法類	37	3.8%	626.8	4.8%	1：1.26	2
晚報	24	2.4%	658.6	4.8%	1：2	1

資料來源：《中國新聞年鑑 1988》，（第 3–31 頁）種數與發行量結構比與排序為作者整理計算。

行政支持的減弱、行政資源的減少、新聞資源的分流、經營成本的上升，不僅使新聞業內部開始急劇分化，還迫使機關報開始從風格到內容都向晚報靠攏，爭奪自費市場。例如，1986 年，《解放日報》社長說：「報紙絕不能做讀者的上級領導，也不一定做什麼良師，還是做讀者的知心朋友或公僕為好。……報紙的生命力要力爭延長到 8 小時以外，辦公室裏要看，回到家裏也有興趣看。為此，我們先是確定了報紙新聞發行路線，叫做札根機關，深入企業，面向社會，走進家庭。」（轉引自董天策，2002：125）《廣州日報》的綜合化改革，也基本改變了黨報的面貌，使其向一份家庭報紙轉化：「現在不少家庭訂閱《廣州日報》，家裏人輪流看，大體是：丈夫看一到四版，太太看《娛樂》、《連載》、《生活百事》，兒子看《時事》、《體育》。」（黃景仁，1990：169）

隨著日報的世俗化序幕拉開，中性新聞的數量與比例在整個新聞報導中越來越多。作為「小報促大報，晚報促日報」的結果，機關報開始向晚報靠攏。需要指出，和當今的都市報、生活報相比，八十年代早期的晚報在當時看已經很有突破，但從今天的眼光看在內容上的把握還是非常謹慎的，可謂「正統」。這種正統可能主要是報紙消費群體的消費習慣決定的。在八十年代，市場經濟還在起步階段，一個獨立的市民階層尚未形成。不管是日報還是晚報，都是主要為八十年代國家幹部和知識份子服務的，他們的閱讀習慣是在 8 小時以內看政治性強的機關報，在 8 小時以外看以消閒娛樂為主的晚報和電視，新聞宣傳體系裏的「中午看報紙」是指機關報而不是晚報。晚報雖然要比日報的世俗趣味更強，但它是作為新聞宣傳體系中的一個補充，不是市民化甚至在本質上是反市民化的，與九十年代興起的都市報和生活報有天壤之別。

一旦日報與晚報的內容開始趨同，為了拉開距離，晚報的世俗趣味自然開始要加重。這種追趕式的世俗化浪潮使報紙的內容革新越來越加快，機關報和晚報的內容在競爭的壓力下開始大同小異。在度過了八十年代早期的黃金歲月之後，報紙之間開始了大規模競爭。這種競爭與八十年代早期的新聞競賽不同。八十年代早期的新聞競賽主要是一種為榮譽而戰的專業活動，在不斷上升的經濟形勢下，報業規模普遍擴展，各個報紙財政狀況運行良好，都有相當大的發展空間，機會層出不窮。但現在已經是為了各自的生存空間而展開競爭。從 1985 年開始，各報紙的發行量已經不是普遍增長，而是有增有減，在競爭中總量還在繼續增長。1985 年，報業從業人員已經達到 103223 人，其中編輯記者 41900 人，黨報期發總數為 2740 萬份，佔報紙總期發數的 13.6%。到 1986 年，黨報總數從 1985 年的 2282 家增加到 2342 家，但已經關閉了一些維持不下去的黨報，新辦 89 家，停辦 29 家。雖然有些黨報在市場競爭中規模越來越大，越來越系列化，經濟實力也越來越雄厚，但曾經稱雄一時的黨報軍團中已經出現一些市場競爭的失敗者。總體上看，機關報是在這場世俗化新聞改革中的最大輸家，其次是專業性報紙、對象性報紙、科技報紙、經濟報紙的銷量還比較穩定，而晚報、文摘類報紙和生活服務類報紙仍然在繼續擴張。

1987 年的物價闖關後報業成本急劇上升，這更是促使報業無可更改地走向依靠廣告收入創收。發行量雖然下降，但廣告收入卻在逐漸增長。紙張價格從 1984 年的 1100 元／噸，漲到 1987 年的北方紙張 2850 元／噸，南方紙張 3300 元／噸，按時價算紙張成本超出報價 4 分左右。加上搭車漲價的油墨印刷費和管理費，報紙的城市本地發行費率從報價的 25%上升到 37% –40%，城郊為 47%，邊遠地區為 50%。有的省發行外地過路報紙，竟然要 60%的發行費，使每份成本 5 分錢的報紙虧損 8 分 8。有的機關報一年虧損幾千萬，不少機關報虧損一兩千萬，虧損千萬以下的更多。而且長期郵發合一的制度下，郵局按年度預定預收報費，單《人民日報》一家報費一年就幾千萬元。但報費卻被郵局佔用為流動資金。發行報紙後於次月坐扣發行費再分解給報社1/12 報費，不夠買紙張錢，要再另付 800 萬元貸款買紙張。

在機關報紙銷量下降的同時，必須依賴更多的廣告作為補償。為了獲得吸納更多的廣告收入，報業開始了以擴版、增刊為內容的報紙改革。《廣州日報》1987 年對開 4 版擴為對開 8 版，1991 年為 12 版，《中國青年報》1981 年創辦第一家星期刊；《南方日報》1984 年創辦第一家週末報《南方週末》；1985 年《經濟日報》星期刊問世。1991–1993 年，報業界普遍採用週末版，到1993 年創辦週末版的有 200 多家。報紙擴版需要嚴格的審批，只有那些具有行政背景的報紙才能優先獲得審查通過。必須指出，這種擴版並非全部是經營壓力導致，也是為了解決報社稿件積壓越來越多的問題。隨著中國社會經濟越來越活躍，社會各方面的資訊越來越多，亟須尋找出口。擴版既解決了社會資訊的出口，又很好地解決了各個報社的經濟來源，尤其是那些省級日報的廣告收入。《新華日報》的廣告收入從 1978 年的 467 萬元，發展到 1989 年的 4200 萬元。《健康報》的廣告收入從 1980 年復刊的十幾萬元，1984 年的 57 萬元，1986 年的 154 萬元，到 1989年達 380 萬元。而當年的訂數，已從 1988 年的 60 萬分下降到40 萬份。在報紙銷量下降的同時，廣告收入反而上升。《人民日報》1989 年的銷量為 280 萬份，利潤為 3454 萬元，1990 年銷量為 311.7 萬份，利潤為 4722 萬元；1991 年利潤為 5249 萬元，3

年總利潤為1.343億元，3年廣告費為8428萬元，表明廣告收入已經佔據報業收入的主體。各個報紙的經營重心轉向廣告，標誌著一個市場化時代的來臨，因為從各個成熟的發達國家報業市場看，廣告收入佔新聞業收入的比例是衡量從市場上汲取財源的能力的標誌。

從全國形勢看，1979年全國廣告收入僅1500萬元，1980年已經達到1.1億元。以後每年按照40%的速度遞增。1987年國家科學委員會首次編制資訊產業投入產出表，將新聞業和廣播業納入中國資訊商品化產業序列。1985年報業廣告收入為2.2億元，1987年3.55億元，1989年6.29億元，1991年9.62億元。

表9　1988年前十一位全國先進報社經濟效益情況表

報社	全員人數（人）	利潤金額（元）	人均利潤（元）
解放日報	944	24357946.90	25802.91
浙江日報	650	11636354.94	17902.08
北京日報	854	14817713.00	17350.95
四川日報	914	12988562.00	14210.68
大眾日報	634	8786807.00	13859.32
湖北日報	730	7896852.90	10817.61
瀋陽日報	514	5492197.00	10685.25
大連日報	595	6075629.00	10211.14
遼寧日報	862	8024681.00	9309.37
重慶日報	627	5364630.00	8556.03
黑龍江日報	918	7355557.00	6012.59

資料來源：中華全國報紙行業經營管理協會編，《報紙經營管理經驗之花》

日益世俗化的新聞報導逐漸啟動了一個新聞市場，經濟效益不斷增長。在利益的驅動下，越來越多的報業得益於新聞體制的雙重管理制度，突破中宣部的以「反重複建設」為名的控制不斷進入，使報業規模急劇增大。到 1988 年，由 48 家暴增到約 2600 家（1776 家郵發，自辦發行 920 家；黨機關報只佔 367 家，其他 2200 多家），一個以黨報為核心的多類型多層次報業結構已經形成。

在此，我們總結一下新聞業在「市場化」政策下擴張的路徑。國家最初的「理想的宣傳體系」是「一報兩臺」（機關報、電視臺、電臺），也就是以中央、省級機關報、臺為主體，再輔助以少量休閒的晚報和專業報。國家並不認為報紙越多越好，電視臺越多越好，而是希望按照行政建制那樣有一個「合理」的佈局，並且按計畫保持一個「理想」的產業增長速度。但是由於財政的困境，國家無法提供足夠的財政撥款，只好出臺多種經營這個特殊政策讓新聞業開闢市場化渠道。當然，這個特殊政策最初的實施對象只是首都的 8 家重點報紙。由於中宣部並沒有將這項政策只特許給各級機關報，而是針對整個新聞業，導致國家「給政策，不付出」的雙軌制財政改革一出臺，事實上創造了一個類似於「公共領域」概念的壟斷租金。新聞業可以無償地利用國家資源向社會提供有償服務，這些收入完全免稅，算作新聞機構的純收入。這樣，包括廣告在內的其他經營收入迅速成為國家各級機關和團體的逐利目標，對報業規模的擴大起到巨大的鼓勵作用。

在八十年代初，財政雙軌制的租金效應還不明顯。大眾在「文革」期間久被壓抑的資訊饑渴使辦報的環境非常理想，報紙普遍具有相當的發行收入，再加上國民經濟總量相對很小，報紙的收入主要以發行收入為主，廣告收入不佔據主體。但從1983年國家領導人大張旗鼓地鼓勵廣告經濟後，廣告收入開始飛速增加，廣告對報紙的經濟貢獻越來越大，吸引了大量主管部門進入辦報行列。這些行業報紙、對象性報紙和其他報紙直接減小了機關報的市場份額，吸引了新的一輪辦報熱潮，機關報訂閱數量持續下降，晚報和其他通俗類報紙持續繁榮，出現了與宣傳管理部門最初設計完全相反的「資源虹吸」現象。報紙越來越多，機關報在報紙中的比例越來越小，新聞紙張非常緊張，經常缺貨，甚至保證不了機關報的供應，導致中宣部試圖控制這種越來越「亂」的局面。

但是這時中宣部已經無法完全控制局勢。由於新聞業是雙重領導的管理體制，新聞業的財政人事權並不在中宣部手裏，而是在各級政府手裏。多辦報紙對財力日益增強、需要安置的人員日益增多的各級政府非常有利。新聞業的父愛主義機制，包括預算軟約束和主管部門行政擴張的體制性衝動，使作為一個總體的新聞業的財政消耗越來越重。國家要維持這種宣傳規模，就必須不斷地將財政雙軌制這種權宜性手段進行下去。越來越多的報紙的出現，使機關報處於非常不利的局面。當中宣部無法庇護它的親子——機關報時，機關報只有選擇向晚報風格靠攏，屈尊參與市場競爭，這就大大加快了新聞內容的世俗化進程和新聞市場的形成。

可見，新聞業作為一個產業形成的關鍵需要多種條件，例如市場經濟的外部環境、內部競爭的加強和整體文化趣味的轉變，這 3 個條件缺一不可。而抽象地談市場化改革並不能指出新聞業改革與其他領域的改革相比的特殊性。新聞產業雖然最初是由國家在 1979 年針對《人民日報》等 8 家首都報紙出臺的多種經營政策推動的，但如果沒有與機關報新聞報導內容異質性極強的其他報紙參與競爭，新聞產業根本不可能以這麼快的速度發展起來。尤其是到競爭性階段，真正起作用的是新聞內容的市場化而不僅僅是財政體制的市場化。如果沒有內容的市場化，管理體制的市場化就如無源之水，行之不遠，不構成中國新聞業持久改革發展的基本動力。

首先，新聞內容的不同導致產業發展速度的不同。以晚報最初興起的幾年為例，晚報並沒有依靠廣告收入，1985 年以前的日報對廣告的收入依賴也非常之小，它們市場的擴大主要一是靠自身內容的改進，二是靠國家整體經濟形勢的持續好轉。也就是說，1979–1985 年，晚報在發行數量上的優勢直接導致其在市場競爭中勝出。機關報發行主要依靠行政攤派而不是依靠新聞內容的吸引，使其在市場競爭中一直處於不利位置。1979–1987 年，全國各級機關報發行量總體上雖然沒有下降，但從結構看，中央和省級報紙銷量一直在下降，而地級報紙的銷量在迅速上升。最主要的原因是地方機關報擁有對基層的行政攤派權力，可以強制基層單位訂閱。當然正是這種乏味的機關報，導致這些機構裏的新聞記者反抗僵化的宣傳風格也越堅決。

其次，新聞內容競爭力的差異導致對市場的承受能力也不同。1987 年新聞紙張和發行價格普遍上漲後，為了減少虧損，普通對開 4 版的省一級報紙由 7 分提價到 1 角，《人民日報》和幾家中央級報紙每份由 7 分錢提價到 1 角 5 分。地級報紙放開定價。中央和省一級的報紙由於漲價而銷量大跌，而主要以轉載中央和省級報紙內容的地區一級報紙同樣價格上漲，銷量卻依然剛性不減。在黨報發行結構中，地區一級機關對作為基礎訂戶的基層的行政控制能力顯然要高於中央和省一級。這說明機關報的價格剛性特點：機關報的銷量基本不受價格的影響，而主要取決於報紙主管部門對訂戶的行政控制力。控制力越大，銷量越大，控制力越小，銷量越小，主要是行政力量在其中起主導作用。

與此同時，1987 年的這次漲價對晚報的打擊要小得多。從新聞內容的角度看，堅持通俗化風格的晚報銷量隨著價格上漲有些在下跌，但基本上保持了原有的訂閱數量，而且還不斷地誕生新的晚報。文摘類報紙與晚報情況類似。即使在日報類，那些採取類似於晚報辦報風格的日報依然有豐厚的盈利。可見，即使在價格放開的情況下，新聞內容的革新仍然是決定發行量的基本因素。

基於以上認識，本書認為，如果將新聞內容的市場化看成新聞業市場化的必要條件之一，那麼新聞業的市場化改革最好劃定在 1985 年，甚至更為激進地劃在 1992 年。但是，目前幾乎所有的文獻都將 1978 年看成是市場化的開端。這種看法混淆了企業化與市場化的根本區別，也忽視了 1985 年經濟體制改革才開展的基本事實。這個歷史分期還將在後面專門討論。中宣部特許的雙軌制財政改革並不會直接帶來報業經濟收入的巨大增加和規模的迅速增大，而是通過內容變革這個變數逐漸催生出一個越來越大的新聞產業。

（四）對八十年代新聞擴張的一個小結

1978–1992 年是國家與新聞業共用宣傳擴張成果的 14 年，在這 14 年中，市場化手段最重要的成果就是有效地幫助國家建成了一個全國性報業和廣播電視業體系。在整個八十年代到九十年代初期，國家的核心需求是一個簡單的、能維持基本運轉的新聞宣傳業。在黨的高層看來，黨批准報業實行多種經營與當年南泥灣的大生產運動沒什麼本質區別。在新聞業的記者編輯看來，市場經濟只屬於新聞業邊緣的經營部門，讓市場邏輯支配採編運作也是很可笑的。在共用「四個現代化」的政治基礎上，國家與新聞專業力量的注意力集中在爭奪具體業務的主導權上，不存在一個絕大多數文獻事後總結的「市場化」進程。

但是，市場經濟雖然不是國家與新聞業博弈的主要戰場，但它是影響國家與新聞業關係演變的一支重要力量。國家始終在笨拙地按照一個意識形態權力國家的思路來設計新聞業的發展之路，而這不僅在政治博弈上形成了分外緊張的局面，而且在鞏固黨報的社會影響和經濟地位上也全面遭遇敗績。1990 年之前，《人民日報》還是中國廣告收入最多的報紙，但 1991 年開始它的寶座已經被《廣州日報》取代，標誌著一個輝煌的革命時代已經過去，那曾經響徹神州的天下第一報，在喧囂的市場化轟鳴中漸次黯淡為一個時代遠去的背影。

但是國家並非在這場市場領域裏的博弈中一無所獲。例如，國家經過多年的探索，已經認識到一個道理：如果國家仍然堅持傳統革命趣味宣傳的老面孔，又不願意花費巨額的國家財政資金來扶持黨報，就不可能再現黨報當年的輝煌。擺在新上任的國家領導集體面前的難題是，國家雖然已經放棄了恢復革命趣味的徒勞，但當革命趣味業已喪失其生命力後，如何建立一種新的新聞報導策略獲得大眾的支援？這種意識形態的空白不是正式寫在各種冠冕堂皇的官樣文章中，而是緊迫地表現在以發行量和收視率等各種讓黨報黨刊難堪的客觀指標所代表的市場領域。不過這種難堪並沒有持續多久，很快 1992 年南巡講話幸降雨霖，為國家修復與新聞業的緊張關係奠定了政治基礎。

第五節　一個國家超級新聞工廠的形成（1992–1999）

（一）市場化：國家與新聞記者的合意選擇

1992 年，隨著鄧小平南巡講話精神在全國貫徹，市場經濟的號角吹徹神州，停滯了幾年的經濟體制改革在加速啟動，一個意識形態權力國家開始向威權國家轉型。對於國家與新聞業關係來說，市場化的步伐大大加快了。

第一，從國家目標轉變的角度看，雖然市場化是意識形態權力國家的天敵，但對於一個威權國家來說卻不是。在國家與新聞業關係上，1989 年後上任的國家領導集體的新聞政策具有如下幾個特點：

（1）國家需要以豐厚的利益來收買新聞業菁英。這種收買政策不僅是針對新聞記者，而是針對整個知識階層。國家與知識階層的緊張關係一直是這個意識形態權力國家的痼疾，在毛澤東和鄧小平手裏都沒有很好地解決這個問題。1989 年後國家注意到，在八十年代興風作浪的是政治和知識菁英而不是普通大眾。為了維繫統治，國家不妨在九十年代採取收入分配向知識階層傾斜的政策，新聞記者當然也包括在內。對於新上任的國家領導集體來說，他們認為西方的新聞記者之所以如此堅信自由民主體制，根本原因並不在於自由民主思想的精神魅力，而是西方國家的新聞業老闆給了他們更為美好的物質生活。以江澤民對高級新聞記者的某些講話為例，他非常相信新聞業的影響力是鬥爭出來的產物，在這個鬥爭中，經濟實力是決定社會主義新聞觀和資本主義新聞觀勢力消長的最重要的一個因素。因此，以市場化的方式發展新聞產業，提升新聞記者的收入，提升新聞宣傳的經濟實力是一個迫在眉睫的政治任務而不僅僅是常規的新聞改革[18]。

（2）國家應當強化高端和終端的監控系統，綱舉目張地重點控制而不是全面干預新聞業務。新上任的領導集體作風更加務實。雖然正統意識形態依然是國家政權的象徵符號，但新上任的

---

[18] 江澤民對西方新聞業的看法是：「西方國家的新聞事業，不論是由政黨、政府舉辦，還是私人舉辦，都有財團或政治集團為背景。新聞從業人員的活動，如果違背了他們所從屬的財團或政治集團的意志、利益，就會被解雇。對於勞動人民來說，即使法律條文上有辦新聞事業的自由，事實上也是不可能實現的。在那裏，說到底，是有錢就有自由，沒有錢就沒有自由，有多少錢就有多少自由。有時報刊上也刊載一些資產階級內部互相攻訐，互相爭吵的東西，給人以新聞自由的假象。其實這種自由也不是無限度的，仍然是以不損害資產階級的整體利益為前提的。對於試圖改變資本主義制度的新聞活動，法律從來沒有放棄過懲罰。……對於一切企圖改變社會主義制度的違法新聞活動，不但不能給予自由，而且要依法制裁。……什麼可以透明，什麼不能透明，什麼可以增加一點透明，都要以黨的利益、國家利益、民族利益、人民利益為標準，要看是否有利於社會穩定、政局的穩定、經濟的穩定、人心的穩定。」參見《中國新聞年鑑》（1993：1-3）。

領導集體較為瞭解西方政治和大眾的心理需求，因此他們對世俗化的趣味具有好得多的容忍度。他們普遍具有豐富的經濟管理基層經驗，因此他們更相信客觀的統計報表而不是官員在會議上的積極表現。他們也有豐富的基層政治經驗，清楚在一個高度集權的體制下，新聞業高層負責人是保證局勢穩定的關鍵性力量。這批技術官僚出身的領導人，還對以往領導者忽略治理細節的工作作風做了相當改進，除了「輿論導向」、「正面報導」等大道理之外，他們還能對新聞專業報導提出切合實際的意見，在個人魅力上能在基層記者層面保持親民形象。以意識形態負責人李瑞環為例，他認為新聞報導應當「入耳、入腦、入心」，而不是枯燥的官樣文章[19]。針對政治風波後新聞業業務報導自主權向上收縮的趨勢，他認為，國家不要干涉過多新聞報導業務，只要管輿論導向的原則問題，而具體的業務權利應當下放，總編輯應當「有職有權」。

（3）新聞業可以作為一個產業來發展。國家的意識形態負責人開始將新聞業作為他們所熟悉的國有企業來治理，而不是

[19] 李瑞環曾指出：「當前要多做『活血化淤』的工作，目的是協調關係，理順情緒，團結一切可以團結的力量，團結才能穩定。協調關係，理順情緒，就要做大量的思想政治工作。做思想政治工作不能脫離現實，不能脫離現行政策。思想政治工作是做人的工作，協調關係，理順情緒都離不開人，這就要尊重人，理解人，關心人。……要做得人家願意聽，聽得進，才有效。……思想政治工作不能光講大道理，要能抓住人心，釋疑解惑。提出的口號要可行，不可行的話，最終會導致脫離群眾。……改革開放不是要不要堅持的問題，而是如何把每個問題每個困難都解決好，落實好的問題。光是聲明改革開放的方針不變，不能完全解除人們的疑慮，要靠實實在在地幹，一個問題一個問題地解決，做出成效來，人們就會相信。……我們至今還沒有建成有自己特色的社會主義文化體系。至今還不善於把我們的世界觀，通過人們喜聞樂見的各種形式，不知不覺、潛移默化地滲透到社會生活的方方面面去。40 年來，我們宣傳中的毛病之一是左右搖擺，走兩個極端。我們應該琢磨如何把馬克思主義解釋得更加貼近實際，更易於被群眾樂意接受，而不能使人感到遙遠，這是一個龐大的工程，任務很急迫，也很繁重。」（李瑞環，1990b：4）

像前任那樣作為一個知識份子成堆的文化事業單位來治理。在這個大的新聞工廠裏，新聞記者的角色應當是一群有組織紀律的專業技工，而不是有錯誤政治抱負的文人。同時，新聞管理應當革除沿襲行政機關的平均主義分配制度，根據投入產出的客觀依據「獎優罰劣」，那些業績先進的新聞記者和新聞單位應當獲得更好更多的經濟獎勵，而那些落後的新聞記者和新聞單位應受到某種懲罰。

（4）加快發展經濟是解決國家與新聞業緊張關係的根本之道。新任國家領導集體雖然憑藉出色的個人表現有效地緩和了政治風波後國家與新聞業的緊張關係，但不可能對國家與新聞業關係有根本的改觀。在缺少政權合法性認同的根本前提下，國家的話語權力幾乎完全依靠行政強力維持，整個知識階層缺少與國家建立聯盟的政治基礎。例如《人民日報》言論「穩定壓倒一切」，在正統意識形態佔據主流的1990年，被多數人看成是維護集權統治的幌子，而隨著市場經濟的開展，這個口號已經被多數人接受。

第二，從新聞記者的角度看，市場經濟為他們爭取業務自主權提供了更為迂迴的道路。

首先，1992年後市場經濟的轉型使新聞業與國家達成了部分的諒解，在他們看來，「市場經濟」這個無所不包的話語如同八十年代籠罩一切的「現代化」話語一樣，為他們提供了一個挑戰現有霸權話語的手段。在這種形勢下「完善市場經濟」可以為他們提供一種迂迴抗爭的方式。不過，要確切地談論市場經濟在

1992 年以後的開展與新聞記者的政治認同之間的聯繫非常困難，因為九十年代初期包括新聞記者在內的知識階層對一個語焉不詳的「市場經濟」並不清楚。在 1992 年「摸著石頭過河」的特定歷史時期，人們內心雖然充滿「東風吹來滿眼春」的朦朧喜悅，但對前途不甚了了。大量理論研究（周其仁，2004）也表明，中國的市場經濟不是一個由少數領導人「高瞻遠矚」的制度設計，而是在種種充滿意外的發展過程中逐步試錯建構出來的。不過有一點可以肯定，國家與包括新聞業在內的知識階層對市場經濟的預期完全不同。知識階層雖然樂觀地認為經濟體制改革將逐步波及到政治體制改革，而對國家領導層來說開展市場經濟僅僅是獲得合法性的一種權宜性手段而已。稍後我們將看到，「政治管住，經濟放開」的治理思路對國家與新聞業在九十年代後期的關係有規定性影響——國家始終將新聞業安置於一個壟斷體制下，任何社會資本絕無可能進入到新聞業的核心部門。即使在加入 WTO 所謂的與國際接軌進程之後多年，新聞業的國家壟斷制度仍沒有任何動搖的跡象。這種壟斷制度既造就了中國新聞業在一個幾乎沒有天敵的肥沃土壤上瘋狂生長，也為中國新聞記者最終選擇犬儒主義道路敞開了一扇大門。

其次，國家與新聞記者之間的認識偏差並沒有妨害新聞改革的推行。由於 1989 年事件劃出了一個明確的底線，知識階層對體制內部的直接對抗性政治已經不抱希望。新聞記者放棄了任何一蹴而就的激進手段，他們不再以指點江山的菁英面目出現，而是致力於發掘正統意識形態資源中民粹主義的一方面。由於精心選擇了以「事實」、「客觀」和「百姓視角」為口號的中性話語策略，新聞記者在充分暴露社會矛盾的同時，也給了國家極大的安全感。這種安全感使中性化報導從八十年代的技巧形式層面大規模地進入了實質性內容層面。中性新聞不再局限於社會新聞領域，而擴展到高度敏感的批評性報導領域。只要不直接觸及對國家政治體制的攻擊，大多數話題都可以以市場經濟條件下進行探索的語氣進行談論。雖然在探討某些敏感性話題時，新聞媒介通常故意遮蔽某些事實，但這些事實如同無須說出的真相一樣不言自明。

雖然九十年代初期新聞記者的挑戰策略卓有成效，但我們絕不能忽略一個「新」的國家的積極有為。首先，九十年代初期以《東方時空》、《焦點訪談》為先鋒的中國新聞業改革是在一場資訊不對稱的政治博弈中展開的，它的實質是八十年代知識階層激進政治理念更為隱蔽的延續。

這種不對稱資訊下的政治博弈可以稱為「刻舟求劍」：新聞記者針對的是一個早已搖搖欲墜的意識形態權力國家發起的挑戰，而這個國家已經悄然演變為一個依舊擁有強大財政控制和以民族主義精神旗幟為合法性辯護的威權國家。雖然中國已經開始了由意識形態權力國家向威權國家的轉型，但由於威權政治導致中國社會資訊資源是呈倒金字塔狀態分佈的，大量明確全面的改革資訊集中在少數高層手裏，越往下面資訊越少。對於絕大多數知識階層而言，這個意識形態權力國家仍然如同表面上看到的那樣「政治保守」，對各類不同政見採取了各種嚴厲的壓制手段，甚至如今司空見慣的流行歌曲在當年都需要很大勇氣進行突破。讓新聞記者頗為意外的是，這種突破不僅沒有受到八十年代那樣的壓制，反而受到國家當局的鼓勵和支持，其根本原因在於，這種改革有利於一個威權國家提升其績效合法性。

再次，國家沒有在業務自主權上做出任何實質性讓步。1991年新聞媒介對蘇共瓦解的巨大作用，給中國威權統治技術的改進提供了一本非常實用的反面教材。戈巴契夫時期和葉爾欽時期的新聞政策為一個威權國家的新聞治理提供了寶貴的經驗。何清漣的研究報告（2005）表明，在國家強調高端和終端監控的新聞治理思路下，國家對新聞業的重點控制甚至要遠比八十年代更為精細嚴密。事實上，在重點欄目和報導中，新聞記者的挑戰策略其實在每一步都獲得了不同級別的負責人的批准。幾乎所有的重大新聞報導都需要政治局常委首肯。對於具有戰略意義的電視頻道資源，例如中央電視臺增加任何頻道，如少兒頻道、新聞頻道等，都必須正式上報主管意識形態的政治局常委批准，甚至政權最高領導人胡錦濤也會在審批報告上簽署意見。以《焦點訪談》為例，從倡議到創建到完善成型國家始終都密切參與其中，中宣部部長丁關根經常與該欄目記者共同研究具體的報導思路甚至參與到重點選題的策畫。國家在九十年代更深入地捲入了新聞業務製作當中，它精細地控制著重點媒介的話語形態和議事日程[20]。

第三，不管雙方最初動機如何，國家將整個新聞業改造為一個大新聞工廠的意圖，與新聞記者發起的話語挑戰作為兩種相互對立的意志在堅持市場經濟和發展新聞傳媒產業這兩點上取得共識。

---

[20] 當然，對新聞改革是由國家還是由新聞業主導的這個「是先有雞還是先有蛋」的問題，存在不同看法，但根據本書作者在體制內工作的長期經歷，本書更相信九十年代新聞改革的發起者雖然是新聞記者，但它很快被威權國家納入到制度化的表達渠道當中，它的初衷雖然是脫離國家嚴密的政治監控，但最終是國家有意識的操控佔了上風。

經過八十年代新聞業多種經營的實踐，國家積累了解決長期頭痛的新聞業發展資金短缺的大量經驗。國家已經認識到，要走市場化創收之路，如果中國的新聞報導還停留在「文革」時期的宣傳水平，就是神仙也不能讓它掙錢，黨報不斷下降的發行收入就是明證。因此在公眾趣味已經明顯與正統的革命趣味不相符的傳播環境下，新聞媒介必須通過更中性化的報導來引發公眾興趣並以此在市場上吸引廣告。由於整個八十年代，一個意識形態權力國家一直在如何保持革命趣味與引發公眾趣味之間徘徊，國家與公眾之間對趣味認識差異的瓶頸，使國家號召的新聞多樣性改革事實上成為一個尷尬的死結。

但 1989 年中國由一個意識形態權力國家轉向一個威權國家後，國家領導集體已經更傾向於以一種實用主義的態度來看待正統的革命趣味。他們顯然不是一群脫離大眾的官僚，甚至比以知識份子自居的新聞記者更瞭解和接受大眾趣味。從他們對新聞業講話反覆強調的內容看，他們認為，新聞宣傳需要一個更為中性而不是偏革命趣味的新聞報導模式。否則，國家寧可將其作為一個單純防止大規模集體行動的資訊過濾機制，也絕不允許新聞業的任何改革。在這種形勢下，1993 年，一群由野心勃勃的體制外記者和少數具有改革勇氣的體制內部支持者創辦的《東方時空》和《焦點訪談》電視欄目生逢其時，《東方時空》和《焦點訪談》電視欄目既成為讓政權彈冠相慶的新聞改革樣板，又為新聞產業擴張奠定了政治安全的基礎。

一旦解決了新聞報導、公眾興趣和國家目標之間的衝突，國家開始不很熟練但小心翼翼地駕馭新聞業奔跑在市場化的高速公路上。1992年以後，市場經濟活動的增加以及企業競爭加劇後加大廣告投放，直接導致了新聞業的廣告收入增長。西方理論和經驗表明，一個國家的廣告總量與國家經濟本身的規模和增長率有關。廣告支出總是按照國民經濟的一定比例增長，廣告收入增長的特點並非平行增長，而是以比GDP更快的速度增長。因此，以GDP的百分比來計算，隨著時間推移，廣告會在GDP中逐漸佔據更大的比例。以英國和西方發達國家為例，越富裕的國家廣告支出越高。

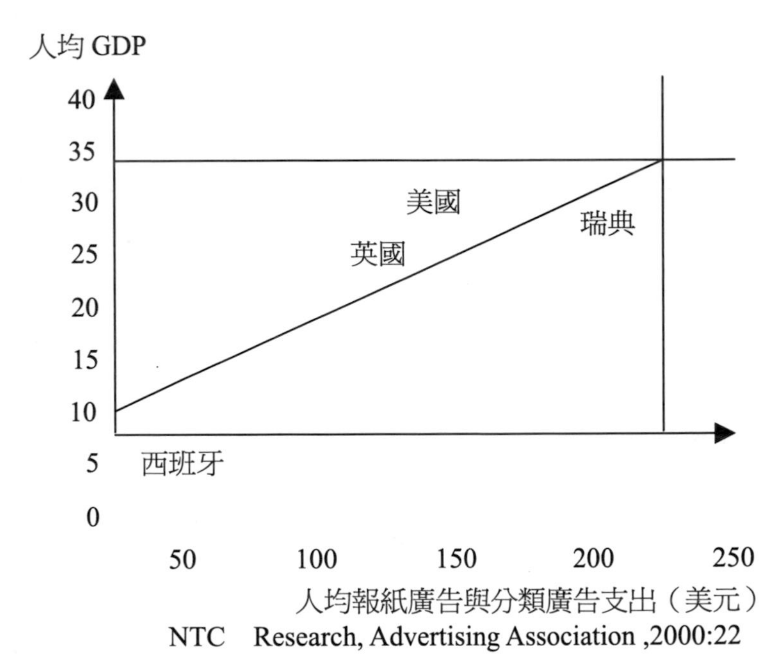

圖1　1998年發達國家國內廣告支出與GDP關係示意表

英國歷史資料也表明，作為 GDP 的一部分，廣告增長是週期性的，並且以放大的形式反映整個經濟的起伏升降。在繁榮時期，廣告總是比經濟提前並且以更快的速度增長，但在衰退期廣告下降的速度也更快。

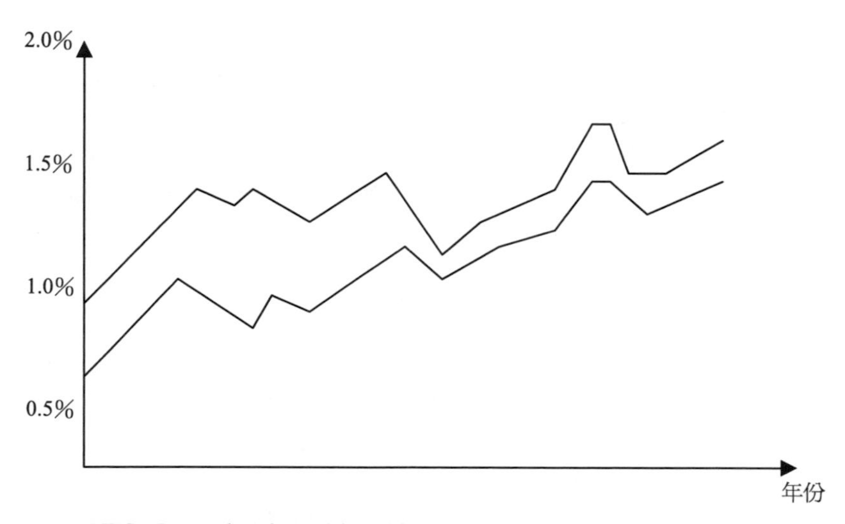

NTC　Research, Adervertising,1988:21

圖 3：1952–1997 年英國廣告所佔的 GDP 百分比

中國市場經濟的起步與廣告收入的增長同樣也符合這個規律。特別是在 1992 年後市場經濟整體推進的最初幾年，生產要素市場化程度日益提高，大量分散複雜的經濟和社會資訊需要通過媒體變成完整清晰的公共資訊，它們沒有別的傳播渠道，只能湧入由政府控制的傳媒組織。整個社會對資訊的巨大需求與媒體獨家佔有了公共資訊發佈渠道，使媒體成為市場訊息流通的最主要樞紐。社會對資訊的需求如井噴般爆發式增長，媒介依靠廣告收入增長的產業繁榮從此開始。

圖 4　1981~2001 年中國 GDP 與廣告經營總額曲線圖

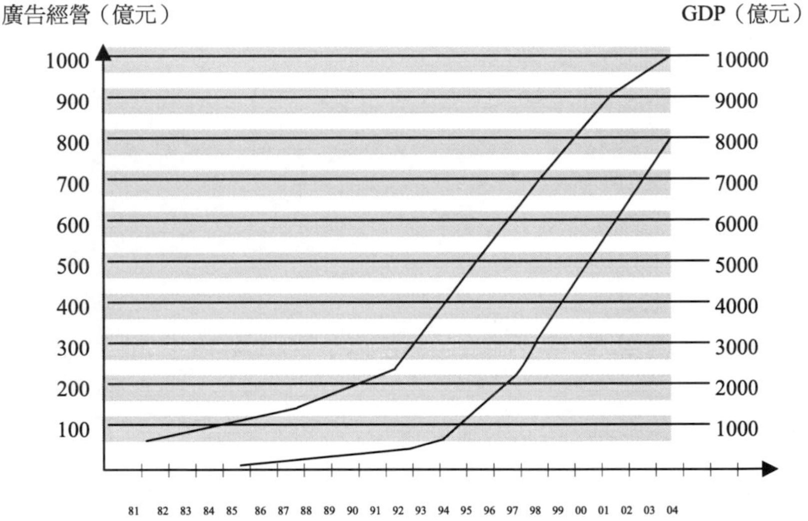

資料來源：1981-2000 年的資料來源於《現代廣告》2001 年 0 月號專刊《九五（1996~2000 年）時期中國廣告業統計資料》；2001 年廣告額的資料來源於〈2001 年廣告業發展統計分析〉，載《現代廣告》2002 年第 3 期；2001 年 GDP 來源於國家統計局網站。

從上圖可以看出，廣告經營總額增減幅度按 GDP 走勢變化。20 年來，我國廣告經濟從 1981 年的 1.18 億元發展到 2001 年的 794.89 億元，增長了 674 倍。廣告收入發展速度超過 GDP 速度，每年平均增速為 40%，廣告經營總額佔 GDP 的比例呈逐年提高的趨勢。1981 年為 0.024%，到 2001 年廣告經營總額已達到 GDP 的 0.829%，接近國際平均水平[21]。

在國家壟斷經營媒介的制度前提下，傳媒廣告收入的增長全部落入了國家手中。從八十年代到九十年代新聞改革給國家上的最重要的一課，就是新聞業是一個類似於石油、交通、通訊等國家壟斷行業的高利潤行業。國家逐漸認識到在市場經濟時代，包括商品資訊和其他資訊在內的公共資訊已經成為人們的基本消費品而不是可有可無的奢侈品，它們不僅為人們的日常生活所需，而且為工商企業所必需。只要國家壟斷新聞媒介這個公共資訊發佈的唯一渠道，就能通過向社會提供有償服務，從而獲得高額的壟斷利潤。只要操作得當，絕大多數新聞機構可以通過這種方法自負盈虧而不需要國家更多的撥款支援。

根據以市場手段加強控制和提高效率的大思路，國家開始將整個新聞業改造成一個超級工廠。在業績考核的治理思路下，國家對新聞業提出社會效益和經濟效益兩個客觀考核指標。所謂的社會效益也就是公眾的滿意程度，所謂的經濟效益是指新聞業的創收指標。1993 年後國家對新聞業提出了全部限期自負盈虧的要求，1996 年江澤民視察作為政治宣傳核心機構的《人民日報》時提出：「既要抓宣傳，也要抓經營。」

經濟效益的考核指標對國家與新聞業產生了巨大影響。如果說在八十年代國家和新聞業之間完全依靠模糊的主觀考察來確定，那麼到九十年代，新聞業的市場業績已經成為一個雙方合意的目標。對國家而言，新聞業能夠獲得好的銷售數量意味著「受

---

[21] 申銀萬國研究所 2001 年 6 月張衛華研究報告指出，廣告經營額占國內生產總值的國際平均水平為 1.5%。

到群眾歡迎」,「宣傳工作有成績」。而對新聞工作者而言，也願意以「受到群眾歡迎」為依據挑戰正統意識形態。此外，廣播電視業的收視率調查系統已經初步建立，新聞報紙的發行量統計也日益納入正軌，市場化所需要的客觀考核指標也基本完善。國家可以借助客觀指標精確地衡量新聞業管理層的政治宣傳業績，新聞業管理層也可以精確地考察下屬員工的專業業績，而廠商可以精確地為其廣告投入制定準確的投放戰略。一種日益理性化、功利化的效率驅動文化正在向包括新聞業在內的整個國家機器深處迅速蔓延，為國家與新聞業博弈提供了一個新的主要戰場。

市場經濟轉型、威權國家的新聞治理策略和新聞記者的話語挑戰合在一起，使九十年代新聞傳媒產業發展速度大大加快。經濟體制改革導致的廣告市場規模的擴大、新聞採編技術的改進和國家壟斷租金這三重效應，使廣告收入以超過 GDP 增長幅度的驚人速度，取代其他收入成為九十年代新聞業的主要資金來源。一個傳媒產業正式誕生。

（二）國家父愛主義對新聞超級工廠的推動

雖然新聞中性化改革是一個新聞產業形成的前提，但是新聞改革不是支配傳媒產業發展的唯一因素，以差異性行政恩寵和壟斷經營為特徵的國家父愛主義在新聞產業擴張中同樣起到了關鍵性因素。本節將重點指出，國家對新聞媒介的行政恩寵是扶助新聞超級工廠建設加速起飛的雙翼。

從 1978 年至今，新聞業一直作為「企業化管理的事業單位」享受國家退稅和變相轉移支付的巨額優惠。事業單位作為國家機關的附屬和周邊支撐，屬於非贏利組織。1963 年，國家編制委員會代國務院草擬《關於編制管理的暫行辦法》（草案），初步界定了事業單位的概念：「為國家創造和改善生產條件，促進社會福利，滿足人民文化、教育、衛生等需要，其經費由國家事業經費開支的單位。」1965 年，國家編制委員會制定的《關於劃分國家機關、事業、企業編制界限的意見》（草案）規定了事業單位和事業編制，即：「凡是直接從事為功能業生產和人民文化生活等服務活動，產生的價值不能用貨幣表現，屬於全民所有制的單位，列為國家事業單位編制。」1984 年全國編制工作會議上印發的《關於國務院直屬事業單位編制管理的實行辦法》（討論稿）進一步規定：「凡是為國家製造或者改善生產條件，從事為國民經濟、人民文化生活、增進社會福利等服務活動，不是以為國家積累資金為直接目的的單位，可定為事業單位，使用事業編制。」以上文件都只是草案或討論稿，也沒有正式印發，但長期沒有專門法律規定，實際工作中以此為根據。事業單位理解為不具備行政管理職能、為國民經濟和社會發展服務，可以向社會提供有償服務但不以營利為目的的實體性社會組織。

1978 年年底，中央批准新聞單位可以試行「事業單位、企業化經營」。「事業單位、企業化管理」是根據資金來源劃分的事業單位管理形式，共分 5 類：（1）沒有經常性業務收入或收入很少，全部經費還得靠國家撥款，叫做全額預算管理；（2）有一定經常性業務收入但是不足以解決經常性支出，還要國家下撥定額的財政補助，叫做差額預算管理；（3）有穩定的經常性業務收入可以解決經常性支出，但是還要列在財政預算裏，以收入抵沖支出，叫做自收自支；(4) 不但能夠自給而且有盈餘上交，可以像企業那樣進行獨立核算、自負盈虧，實行企業化管理；(5) 預算外成立的單位。國家對這幾種事業單位分別實行不同的財務制度，徵收不同的稅、費和基金，對職工進行不同的工資分配。

圖 5　中國事業單位管理體制分類

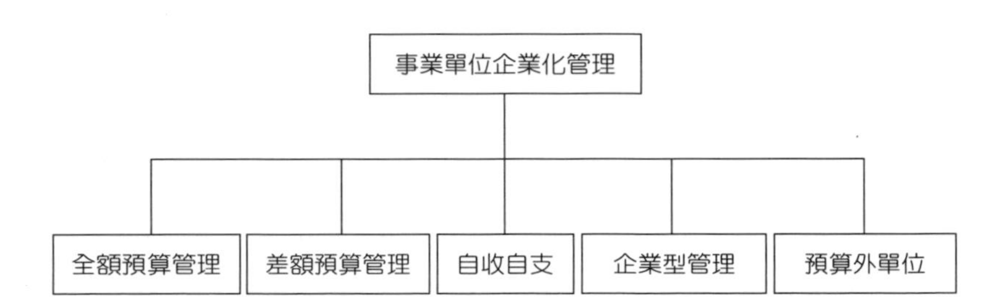

在我國，新聞媒介基本上屬於全額預算管理、差額預算管理和自收自支單位這 3 類[22]，例如《人民日報》屬於事業單位企業化管理中的自收自支。這些單位可以從經營收入中提留一定比例用來增加職工收入和福利並改善傳媒條件。八十年代中期，事業單位普遍實行該制度。有些傳媒單位早就宣佈實行「事業單位、企業化管理」，但是仍在收取財政補助，而那些在收支、核算、納稅、分配、上交利稅等方面同企業已經沒有多少差別的傳媒單位，在分類上卻仍然是事業單位。

[22] 只有個別報紙不在此列，例如曾經依附於個體工商協會的《中國經營報》被國家列入自負盈虧的另冊。

「事業單位、企業化管理」最重要的目的，是為新聞業設置這樣一種政治控制框架：傳媒單位首先是事業單位，必須接受國家行政機關延伸部門的行政化管理；它雖然可以採取一切企業經營的手段，包括組建為企業、公司，但是它的母體仍然是事業單位。在財政管理上，新聞媒介採取與國有企業完全不同的辦法，它必須把經營收入納入到單位預算，與財政撥款統籌安排，編制統一的預算和財務收支計畫。納入單位預算的收入，視同國家財政撥款，作為抵支收入，免徵所得稅和「兩金」。

因此，新聞媒介的財收入來源包括3方面：（1）國家的預算撥款，包括財政人頭費、行政事業辦公經費和宣傳特別經費；（2）發行收入和廣告收入為主的經營收入；（3）國家對事業單位的優惠退稅，包括公司所得稅、增值稅和其他稅收。

雖然財政撥款在各個新聞單位有很大區別，但是不管是全額預算單位、差額撥款單位、自收自支單位還是預算外單位，其共同特點是實行稅收優惠。根據對新聞機構財會人員的訪談，新聞媒介免除公司所得稅18–33%[23]、增值稅17%、預算調節基金1%以及設備進口關稅等一系列明顯稅收優惠來計算，新聞媒介的稅收優惠總共能達到55%以上甚至更高。以廣電部門為例，自1983年中央37號文件下發以來，廣播電視事業一直得到了財政、計畫、稅務、工商等各部門的大力支持。財政部隨即頒發了對廣播電視部門經營所得收入免徵所得稅的文件、地方各級財政

[23] 在舊的所得稅體系中，公司所得稅分為三檔：18%、27%和33%。其中33%一檔按年營業額10萬以上的徵收。顯然任何一家新聞媒介的營業額都將超過10萬以上，因此新聞業所得稅一律按照33%徵收。

部門也制定了減免稅收和「兩金」的優惠政策；海關總署也對省級以上廣播電臺、電視臺進口廣播電視專用設備免徵進口關稅。報社同樣享受到這些優惠。這些稅收優惠為新聞媒介的發展提供了任何企業都無法獲得的良好生存環境。

國家對核心新聞媒介的行政恩寵，更是國家免費贈予新聞業的優厚禮物。雖然國家對新聞業的雙軌制財政改革，催生了新聞業走向經濟日益自給甚至自負盈虧之路，但其根本性質是國家撥款而不是企業收入。為了讓讀者對新聞業市場化的實質有進一步瞭解，本書將以國家對中央電視臺以廣告為主體的變相轉移支付為例說明這種特點。

1979 年，中央廣播事業局根據財政部規定試行「財政包幹」，選取了中央電視臺作為試點單位。1979 年中央電視臺實行了「差額補助，節餘留用」的管理辦法，開始有了自行籌措部門經費的權力。試點當年，中央電視臺成立中國電視服務公司並以此作為創收視窗。當年中日合拍紀錄片《絲綢之路》，日方滙入 300 萬日元，成為第一筆外匯收入。隨後中央廣播事業局為中央電視臺申辦了外匯帳戶，立項為廣告收入和勞務收入。按照創收留成獎勵辦法，上述收入去掉攝製成本，節餘按比例用於更新單位電視設備。這些財務改革使電視臺辦公經費不足的問題得到緩解。全臺收入由 1980 年的 243 萬上升到 1982 年的 787 萬元。

1984 年，電視臺向國務院申請了新的財務預算包幹改革方案：「在辦好電視節目、提高電視質量的前提下，擴大中央電視臺的自主權，實行經費包幹，三年不變。」從 1984 年到 1986 年，3 年經費包幹 5500 萬元，包幹使用，一定 3 年不變，多了不交，少不補。

1986–1990年，財政包幹政策暫停。中央電視臺恢復了全額財政撥款制度。

1991年以來，中央電視臺實行了三輪包幹。第一輪：收入全部納入預算管理，實行定收定支，以收抵支定額撥款，包幹使用，減收超支不補，增收節餘留用，一定3年不變，核定年收入1億元，年度財政撥款4500萬元。第二輪從1994年開始：財政撥款改為3500萬元，收入基數為7.5億元。第三輪從1997年開始：上繳主管部門收入由定額上繳改為按收入比例上繳，上繳額度大增，廣告收入按預算外管理，實行財政專戶儲蓄。由於廣告收入在九十年代末期急劇增加（當年中央電視臺廣告收入已經達到4億），經財政部批准，中央電視臺和中央人民廣播電臺相繼實行新的財務收支預算包幹管理辦法。其中，中央電視臺實行核定收支，比例上交，超支不補，節餘留用的預算管理辦法，廣告收入按預算外資金管理辦法，免交所得稅，每年按照實際收入（不含財政補助收入、上級補助收入，和營業稅以及附加）的13%上繳廣電總局，從廣告收入中上繳，統籌於廣電事業發展。為調動職工積極性，可按全年實際收入減贊助收入後的3%和6%提取職工獎勵和職工福利基金。中央人民廣播電臺實行核定收支，定額或定項補助，超支不補，節餘留用的預算辦法；廣告收入按預算外資金管理；免交所得稅，通過財政專戶核撥，按全年實際收入的6%和2%提取職工獎勵資金和職工福利基金。

財政包幹有兩個要點：一是財政包幹是一種變相的全額撥款制度。為了維繫對電視臺的絕對控制，電視臺在編制上按照全額預算單位管理。包幹單位首先要完成一定數量的宣傳任務，例如，電視臺應該每年完成相當數量的播出時間、建設相當數量的播出欄目任務，然後在完成任務的基礎上，國家與電視臺約定一個國家財政撥款的數目。

根據國家稅務總局頒佈的《關於事業單位、社會團體徵收企業所得稅有關問題的通知》（財稅字 [1997]75 號）和《國家稅務總局關於印發〈事業單位、社會團體、民辦非企業單位企業所得稅徵收管理辦法〉的通知》（國稅發 [1999]65 號）的有關規定，中央電視臺的廣告收入和有線電視費收入至今免繳所得稅，並納入中央財政預算外資金專戶管理。

根據《預算外資金管理實施辦法》規定，預算外資金是國家財政性資金，由財政部門建立統一財政專戶，實行收支兩條線管理。預算外資金收入上繳同級財政專戶，支出由同級財政部門按預算外資金收支計畫，從財政專戶中撥付。按此規定，央視並不能自主支配其廣告收入。因為央視的廣告收入在上繳財政專戶後，應由財政部審核央視的預算後撥付。但實際上，財政部並未對央視的廣告收入完全施行收支兩條線管理。

〈關於加強中央部門和單位行政事業性收費等收入「收支兩條線」管理的通知〉（財綜 [2003]29 號）規定：「行政事業性收費等政府非稅收入必須按照規定實行『收支兩條線』管理。」並在此通知中「取消中央部門和單位有關行政事業性收費按照比例或者收支結餘上繳中央國庫或者財政專戶的規定」。但卻明確指出：「中央電視臺、中央人民廣播電臺等取得的廣告收入暫維持現行管理辦法，即在繳納營業稅後『70％上繳中央財政專戶，30％留用』。」實際上，這意味著中央電視臺在正式制度上只對 30％資金擁有支配權，而70%的收入經過核算之後再批回中央電視臺。全部程序示意如下：

（1）廣告收入⟶（2）工商局免稅⟶（3）上繳財政部專戶⟶（4）電視臺打報告申請撥款⟶（5）財政部下撥與廣告收入相等的事業經費

具體操作流程如下：每年由國家廣播電影電視總局給國家工商總局發一封〈關於廣播電視事業單位繳納企業所得稅有關問題的函〉〔廣發計字〕，國家工商總局經過「研究」後再向各省、自治區、直轄市、計畫單列市財政廳（局）、國家稅務局，地方稅務局發佈一份標準格式的文件，內容大致如下：「為支援廣播電視事業發展，對廣播電視事業單位取得的廣告收入和有線收視費收入繼續執行《國家稅務總局關於廣播電視事業單位徵收企業所得稅若干問題的通知》（國稅發〔2001〕15號）第三條第二款的規定，即對廣播電視事業單位取得的廣告收入和有線收視費收入，暫不作為企業所得稅的應納稅收入。廣播電視事業單位應對廣告收入和有線收視費收入加強管理，全部用於發展國家廣播電視事業，不得挪作他用。」該政策包括兩層意思：一是廣播電視業的企業所得稅稅收全部減免，二是廣播電視業的廣告收入和有線收視費必須專款專用，全部用於人員工資、福利、設備引進和頻道擴張等自身事業建設而不是其他非廣電事業用途。這些沒有納稅的廣告收入和有線收視費直接進入財政部專戶，然後作為財政撥款足斤足兩返回給廣播電臺或電視臺。

其實，如果按照操作簡便起見，國家不如乾脆宣佈廣告收入完全由電視臺自由支配即可。但國家寧願麻煩繞一個大圈子，也仍然堅持保留轉移支付的外殼。在作者對某高級財務人員的訪談中，他解釋說：「在財政包幹體制下，你電視臺還是個事業單位，掙了多少錢也都是國家的，國家根據需要再撥給你用。當然，電視臺也要考慮到不掙錢的時候，今天掙了 10 個億，國家給你 10 個億，明天賠了 10 個億，國家也要替你想辦法。」

可見，通過財政包幹制度的廣告收入返還手法，國家完成了兩個關係的認可：

一是電視臺與國家的政治控制關係。電視臺過去是、現在是，將來也仍將是黨和國家行政機關的延伸宣傳部門，必須無條件為國家提供政治宣傳服務，政治宣傳是電視臺最核心的功能。這種政治屬性的後果之一，國家對電視臺的控制是沒有成本底線的，雖然允許類似於國有企業靠壟斷賺的「利潤」不上繳財政，而如果發生虧損，國家對電視臺負有無償支持的無限義務。至今仍然有相當地區的省級電視臺要依靠國家財政撥款，在地市和縣一級電視臺，更存在嚴重的財政缺口。這些財政缺口當然由國家負責填補，所謂的「自負盈虧」並不屬實。

雖然電視業出了許多著名的盈利大戶，但是所有電臺、電視臺的全額財政撥款制度一直維持至今。例如中央電視臺從 1978 年起開始實行「財政包幹」，1990 年逐步向自給型傾斜，在取得每年收入數十億元、上交利稅分別達到數億元的巨大業績的同時，仍然領取財政部每年下撥 3600 萬元的事業費，在管理體制上仍然屬於全額預算的事業單位。除此之外，電視臺每年還可以獲得大量的專項宣傳補貼，例如中央電視臺的 CCTV-4、CCTV-9 和 CCTV-ESPAN 頻道的大量經費都直接來自國務院新聞辦公室下撥的對外宣傳經費，這部分經費不由中央電視臺和廣電總局負責。下圖為上海地區兩個電視臺的廣告收入、經營收入和財政補貼情況。雖然上海電視臺、東方電視臺是所謂的贏利大戶，但依然享受著國家出於政治意義考慮的固定財政補貼。

表 10 上海市廣電系統廣告收入、經營收入與財政補貼情況

（單位：萬元人民幣）

年份	經營總收入	廣告總收入	比重	上海電視臺	東方電視臺	財政補貼
1991	12489	7652	61.2	6537.2		1930
1992	22568	17700	78.4	14681		1900
1993	45859	39734	86.6	18753.7	12072	1710
1994	63829	52293	81.9	21578	20014	1520
1995	92172	77311	83.9	31434	24326	1520
1996	134510	104470	77.7	41026	34132	1520
1997	152210	126159	82.9	48812	48549	1520
1998	178017	138927	78	50369	50889	1200
1999	213781	158615	74.2	53905	57300	1200
2000	241204	189535	78.6	62574	62718	750
合計	1099639	912396	78.6	349849.9	310000	14770

資料來源：1991–1993 年資料引自《上海廣播電視誌》，第 617、739 頁；1994–2000 年資料由上海廣播電視局提供。

說明：表中廣告總收入和經營總收入包括上海市廣電系統其他單位廣告收入如電臺、有線臺和廣播電視報等。比重一欄百分比指廣告總收入與含廣告收入和其他經營收入在內的總收入（不含財政補貼）之比。

國家對核心新聞媒介實行「全額撥款單位」的行政恩寵並非電視業的特權，在任何一家省級黨報中都同樣如此。例如，2005年吉林日報集團和長春日報集團廣告收入大幅度下滑後，分別向本級黨委和政府爭取財政支持。吉林日報集團得到吉林省黨委8000萬元的分年度財政補助，幫助其付本還息。長春日報得到市政府以原價承購多年抵頂廣告款而來的房地產的方式給予的財政資助，總額超過億元（劉星，2005）。對《人民日報》、新華社這類核心媒介，國家更是不惜代價維繫這種政治控制。

並非所有的新聞業都能有這種全額撥款的恩寵。國家根據對自身政權的重要程度，分別分配給新聞業各機構不同程度的行政恩寵。在這個政權核心圈的，將獲得高度的行政保護，例如對於新華社、《人民日報》、《光明日報》、中央人民廣播電臺、中國國際廣播電臺、中央電視臺等核心新聞機構，國家仍然延續了全額撥款的行政恩寵；在這個政權週邊的新聞媒介，國家則任其在市場上競爭自生自滅。因此，只要國家經濟在持續增長，廣告收入對於那些核心新聞媒介來說永遠屬於不用擔心失去的蛋糕，市場化是將這些媒介裝進了一個保險箱而不是一個生死場。

財政包幹制度所隱含的第二個契約，是電視臺與國家的經濟控制關係。電視臺的經費主體——電視廣告收入雖然來源於提供有償公共服務的企業性行為，但它在法律上仍然是在政府內部的轉移支付，仍然是屬於費而不是稅的範疇，在很大程度上侵佔了國家的稅基。這種轉移支付來源於財政部、中宣部、廣電總局之間的臨時性約定，沒有正規的法律制度支持。可以說，一旦中央政府決定停止財政包乾制度，電視臺將因不能享受到政策優惠而無法運行。看起來電視臺對國家的經濟依賴越來越小，但其創收的合法性是非常脆弱的，國家對電視臺的經濟控制非常有力而且有效。也就是說，新聞業的經濟自主性越強，其對國家的政治依賴性越大。這種經濟自主性與政治自主性的反向運動是中國新聞業在高度國有壟斷結構下生存邏輯驅動下的一個顯著特點。例如，中央電視臺於 1993 年嘗試在《新聞聯播》與《天氣預報》之間的 1 分鐘時間插播廣告，最初還很擔心會過於商業化而被國家禁止，但事實證明國家對此並不以為然。因為國家一旦從政治控制的危機中解脫出來，獲取利益動機也隨之形成。電視臺的廣告收入貌似商業活動，但在法律屬於國家財政撥款性質，電視臺贏利越多也意味著國家贏利越多，國家何樂而不為？到 1994 年進行黃金時間段廣告招標，國家不僅沒有禁止甚至反而表示肯定這種經驗，表明國家與新聞業之間的官商默契已經正式被國家認可。只要能掙錢而且不違反基本政治底線，新聞業怎麼折騰都可以。在財政包幹的政治框架下，新聞業所有的經營收入其實都屬於國家。看似新聞業的經濟自主性越來越大，但在法律上它所有的資產可以按照行政機關的管理辦法隨時被國家調撥，單位建制也可以隨時因政治需要被劃轉，其產權地位非常不穩定，甚至比國有企業還要差得多。

國家實行以財政包幹為代表的「自負盈虧」制度的一個非常重要的功能，就是新聞業可以相對自由地支配廣告收入，用於職工收入再分配。與八十年代不同的是，在九十年代，這種收入再分配的比例已經大大向新聞記者傾斜，從而將新聞記者與新聞業結合成一個完全捆綁在一起的利益群體。以中央電視臺 1987–1990 年 3 年的廣告收入增長為例，這 3 年國家停止了電視業的財政包幹政策，根據經濟學原理，電視業將因缺少自主支配廣告收入的激勵機制而導致廣告收入下降。但是中央電視臺作為全國獨此一家的電視傳媒，社會上大量廣告資金別無選擇，只能湧入這個壟斷性資訊發佈渠道，這種壟斷造成的剛性需求導致廣告收入仍然劇烈上漲，甚至其上漲幅度超過了任何一年。

因此，國家在 1991 年對電視臺恢復財政包幹政策，最直接的原因不是因為新聞業缺少激勵措施而會導致國家收入下降，而是新聞從業人員由於收入水平的下降而繁有怨言。國家收入增長並不意味著個體收益的增長。各種文獻通常假定廣告收入的增長帶來了新聞記者經濟條件的改善並有效地減少了新聞記者的政治怨恨，但這種假定還需要另外一個螺絲才能擰緊，就是不斷增加的廣告收入必須用於新聞記者個人利益而不是增進國家集體利益。因為八十年代廣告收入的增加速度並不比九十年代市場經濟改革後的增速慢，甚至在 1991 年達到 47%的最高增幅，但新聞記者的收入仍然與其他機關幹部沒有什麼區別。新分配的新聞記者仍然住在集體宿舍，耐心地等待國家分房、漲工資。這是因為八十年代新聞業收入雖然增加很快，為新聞單位提供了大量體制外資金，但新聞業廣告收入增加部分基本上被用於基礎設施更新、技術改造、臨時宣傳報導任務以及版面擴張等提高新聞業專業聲望的活動，而不是用於新聞記者的個人收入增加。從 1982 年到 1992 年的 10 年間，廣播電視部門收入用於事業支出的達到 60 億元，但廣播電視記者的收入仍然按照全國統一的機關幹部管理辦法執行，他們除了搞有償新聞和各種不固定的外快之外並沒有提高自己收入的合法渠道。此外，八十年代在單位內部平均主義思想還非常盛行，新聞記者的收入差距也非常小。因此，八十年代新聞記者仍然保持了傳統知識份子的清貧感，這成為國家與新聞業的緊張關係的心理基礎。

到了九十年代，由於國家不再在經濟績效和維護正統意識形態之間搖擺不定，分配政策開始向知識菁英和政治菁英傾斜。國家甚至鼓勵知識份子停薪留職。那些有能力的知識階層下海成為熱潮。在一個意識形態權力國家向威權國家轉型的背景下，國家終於放棄對該領域超級利潤的攫取，而將這部分利潤轉讓給它的宣傳代理人，提高新聞從業者的收入水平和用錢的靈活度，讓新聞業在體制上更樂於擁護現行政權和宣傳擴張政策。新聞業在這種政策傾斜中極大受益。隨著新聞媒介的經濟規模越來越大，國家使用經濟槓桿來管理新聞業越來越有效。如果政治表現好，國家就默許甚至為新聞業創造更多的經濟機會；如果政治表現差，國家就嚴厲地以減少各種經濟機會來威脅新聞機構的運作。這種依據政治表現的經濟恩惠是中國事業單位市場化改革的一大特色。

綜合這兩層關係來看，財政包幹制度的意義是在激勵電視臺多掙廣告自養與國家對電視臺的政治控制二者之間維持一個脆弱的平衡。這種以經濟形式表現出來的政治控制是中國新聞媒介的一大特色。

通過自負盈虧財政包幹政策及其變種（自收自支）和壟斷經營這兩大基本管理體系，國家形成了世界上獨特的媒介經營制度，它利用國家獨佔的宣傳資源向社會提供服務，並將收取的多種經營收入納入國家財政撥款，成為宣傳擴張的主要資金來源。這種體制從而被稱作「一元體制，二元運作」:「一元制度就是指媒介為國家所有制，二元運行就是既要國家撥款，更要利用國家賦予的權利，去獲取廣告利潤，而後者已經成為所有媒介的主要收入來源。這種體制下的媒介既要完成現行政治結構所要求完成的意識形態宣傳任務，又要通過廣告等市場經營收入支撐媒介的再生產。簡言之，用國家所有制賦予的政治優勢在市場上獲取經濟收入，又用市場上賺取的經濟收入完成意識形態領域需要完成的政治任務。」（胡正榮，2003）

下文將從經濟學的視角對這種國家管制下新聞改革的三贏局面做出進一步分析。西方學者之所以預言中國新聞業面臨政治與經濟的「雙重失敗」，在於他們過度強調中國新聞體制高度政治監控下的資訊過濾功能，而忽略了中國新聞體制與政府緊密結合的改革功能。他們沒有注意到中國新聞業與西方新聞媒介不同的比較優勢，也沒注意到中性化改革導致政治宣傳日益稀缺而反而意外地增值。

第一，國家壟斷與資訊時代的剛性需求。在維持性財政下，政府逼迫新聞媒體自己去市場找錢。國家對新聞業如何掙錢一開始是不清楚的，允許新聞業採用任何手段去創收，例如開辦旅館、金融投資等多種經營，什麼掙錢就幹什麼，廣告收入只是一小部分。政府對宣傳是否能獲取足以支撐新聞產業發展的資金並沒有足夠自信，後來才發現，在一個資訊時代，新聞對大眾的生存實在太重要，只要失去了資訊，如同瞎子。大眾傳媒對百姓來說已經是必需品而不是替代品。國家只要壟斷新聞採訪、製作、發射、覆蓋、入戶的全部過程，就可以永遠免費製造出各種新聞事件分配給各新聞單位，猶如國家無償佔有了石油、天然氣、鐵路、航空等自然資源或基礎設施。國家壟斷了這些戰略性資源或設施的開採、加工和銷售的全部過程，毫無懸念地擁有壟斷性暴利。

第二，中國新聞業特有的比較優勢。所謂的比較優勢，是指以交易為目的產品所需要的生產要素組合的利用效率差異。假定新聞產品包括資源和加工兩個最簡單的要素，即新聞業需要大量本身有新聞價值的資訊原料，同時還需要將資訊原料進行再加工。這樣，新聞的注意力不僅取決於新聞記者的專業水平，同時還取決於原料本身的優劣。由於長期的政治運動和職業培訓，中國新聞記者的專業水平還沒有取得國際聲譽，但中國新聞業在強政府的政治背景下卻擁有無比豐富而廉價的國家行為資源。由於強大國家是公眾生活的支配性力量，尤其在一個變革時期，國家作為推動改革的主體，公眾對政府動態高度關心。新聞界發展的捷徑，就是借助國家強力，以報導國家活動、宣揚國家政策，協助國家管理為吸引市場注意力的手段。從資源獲得成本上看，國家只要通過自身活動就可以不斷製造出大量新聞資源，作為對各新聞媒體的無形補貼。從比較優勢的角度看，在強國家的歷史環境下，國家對新聞媒體的恩寵是中國新聞媒體必須充分利用的最重要的生產要素，中性化改良的宣傳不僅不會妨害中國的傳媒經濟，相反能獲得極大收益，中國新聞業在有意無意中利用了這種比較優勢。

第三，國家對中性化新聞的日益容忍反而使政治宣傳的價值上升。傳統的宣傳之所以沒有經濟價值，原因之一在於其過濫而沒有稀缺性。但隨著中性化改革以及國家合法性的日益增加，對國家行為的政治宣傳已經變得相對稀缺。一旦大眾由於多樣性改革而對已經變得相對稀缺的國家政治資訊重新感興趣後，這種政治宣傳在權力的支持下一樣可以完全吸引公眾注意力。例如，《新聞聯播》長期是公眾最關心的欄目，也是擁有最大廣告利潤的欄目。

由於以上 3 個因素，一個兼有資訊過濾和進行改革動機的國家對新聞業的政治監控迫使新聞傳媒無意中走上了充分利用行政恩寵這種比較優勢參與到市場經濟的道路。新聞業雖然最初抱怨無所不在的政治監控，但在市場條件下嘗到甜頭後，反而越來越積極地願意與國家合作，那些「領導重視、群眾關心」的話題成為新聞記者的自覺意識。依靠與上級主管部門的良好關係爭奪這類資源成為各新聞媒介普遍採用的市場競爭策略。中國宣傳業在九十年代最早成名的《新聞聯播》、《焦點訪談》、《東方時空》以及各級黨報等，就是利用了這種與國家高度一體化的特殊生產要素比較優勢，在最短時間內完成了資本原始積累。

從社會學的功能理論來看，政府監管對新聞產業存在消極功能，也存在一個意外的正功能。政府強迫新聞記者以國家活動報導為中心，這種由於強政府偶然性地作為一個有為政府而為中國新聞業提供了一個絕佳的報導對象，成為大眾、國家和新聞界三方都願意關注的一個市場機會。新聞業之所以能掙錢，不在於其是否反映了某個真理，而在於其能被大眾注意。事實上，媒體上反映的各種觀點往往經不起時間和事實的考驗。廠商企業並不十分注重報導內容，只要某種媒體能通過各種方式蒐集大量引起注意的觀點和事件，從而能提高收視水平，使企業的產品迅速為公眾知道，廠商就樂意投放大量廣告。只要強國家的活動能持續被公眾關注，宣傳本身就必然能掙錢。誰都沒有意料到，國家對新聞業的嚴密監管一向被看成市場經濟的桎梏，卻在中國特有環境下演化出一種與市場經濟相容的龐大產業。

新聞業守著廣告收入這個聚寶盆，可以完全滿足自身財政需要。新聞宣傳規模可以不斷擴大，新聞宣傳質量不斷提高，隨之記者收入也不斷提高，形成了一個相互強化的機制。這種自我強化機制的關鍵，在於宣傳事業從市場上汲取的壟斷性財源。當國家和媒體都意識到這一點之後，迅速地圍繞經濟利益產生了新的格局。在八十年代，國家沒有找到一個有效的辦法，對新聞界的控制手段主要依靠行政監管。到九十年代，隨著經濟實力的增強，國家已經找到了更有效的經濟手段使新聞業自覺靠攏政府。這種國家、新聞業、大眾三贏局面最成功的事例，就是對國家活動的報導。

本章節花費如此多的篇幅僅僅在於指出這樣一個事實：新聞改革無疑是產業發展的前提，但在「事業單位企業化管理」這樣一個官商機制下，國家對新聞業的行政恩寵和市場經濟本身擴張這兩個因素同樣起到了巨大作用。例如，從中央電視臺的收入結構看，如果中央電視臺一套節目對中央電視臺廣告收入的貢獻率為 90%，而依據獨家行政壟斷地位奠定的黃金時間招標收入對中央一套廣告收入的貢獻率又有 40%以上，那麼國家對新聞業的行政壟斷支持對傳媒產業發展的促進作用應該放在首位。不過，由於新聞業在九十年代以一個驚人高速在整體擴張，因此國家的級差性行政恩寵對各新聞媒介的生存環境的影響並不突出，多數新聞機構都成為市場化的受益者。

國家對新聞業的行政恩寵，為中國新聞業提供了一個幾乎沒有天敵的肥沃土壤。直到九十年代末期，中國新聞產業仍然是一個高度壟斷而有限競爭的市場。九十年代新聞改革啟動了一個潛在的媒介市場後，雖然市場競爭開始加劇，但相對於九十年代末期以後的形勢，這種經濟壓力並不大。例如，在九十年代初期轟動一時的《正大綜藝》節目雖然給國人留下了美好的回憶，但如今回頭去看已經屬於慘不忍睹的垃圾節目。在僵化的宣傳環境下，只要稍微對新聞內容進行改進，都能立刻引來強烈的社會反響和良好的經濟效益。這種新聞內容的改進與政治博弈密切相關，因此到九十年代末期以前，市場的力量並沒有顯現，它僅僅是在國家與新聞業博弈主線的一個弱的陪襯性因素。一個新的威權國家需要新聞業為其掃清意識形態的道路，新聞記者求之不得，大眾也樂觀其成。在政治博弈的主線推動下，一個三贏的局面開始形成。一個超級新聞工廠雖然在九十年代基本成型，但在意識形態領域，國家的話語霸權尚未呈現出一元獨大的景象。黨性傳統、士大夫精神和新聞專業主義在新聞記者隊伍的文化生態中相當平衡。在以績效為國家合法性繼續增強的同時，新聞記者隊伍的專業主義精神仍然是一個時髦的詞彙，士大夫精神的代表《南方週末》和《冰點》的聲譽也繼續上升，在呼喚世紀變革的潮流中達到頂峰。公眾也獲得了大量多樣性的資訊內容。

在結束本小節之前，我們以當今最為顯赫的明星中央電視臺1992年後的巨大變化為例，直觀地描繪九十年代中國新聞業的盛世時代。作為中央電視臺前任臺長的楊偉光以參加國際奧運會新聞報導為例，如是回憶了國家電視臺從1992年到1997年的跳躍式發展：「（1992年巴賽隆納奧運會）參加這一年奧運會報導的廣播電視機構共有300家。其中，美國的NBC廣播公司派了1300人，報導權費為4億多美元；它在每個場館都安裝了自己的轉播設備，並設有自己的專用車隊、專用餐廳，寬敞明亮的機房外有警衛站崗，體育部主任還帶著夫人，住在星級飯店。日本NHK廣播公司派出370人，加上TBS等民間電視臺共800人，報導權費為5600萬美元。南朝鮮KBS派出97人，報導權費為750萬美元。我們呢，只有28人，報導權費為30萬美元。為了節省開支，我們與香港無線電視臺共用一個機房，設備是人家租，演播室也是人家租，他們收下來的信號，我們可以共用。總之，CCTV沒有戶口，自己只有一個10平方米的辦公室，租金是每平方米1000美元。就在這間小辦公室裏，還用隔板隔出了一個供播音員用的配音間。每次播音時，為防止雜音，廣電部劉習良副部長、我以及其他工作人員全都要到走廊去接電話、辦公、吃飯……至於報導組的人出去採訪，包括我在內，只能擠公共汽車。……到1997年，我們就不僅是勇者，而且是強者了。我們的廣告年收入從1991年的2.7億增加到1997年的45億。當時全世界有4輛最先進的轉播車，車上有衛星系統、有拍攝設備、有發電機，這是個系統，拉到哪裏，哪裏就可以上衛星。我臺在1996年花了8億人民幣買設備，這種轉播車就買了兩臺。到香港的時候，我們租了一個將近500平方米的演播室，剛開始英國的BBC電視臺要跟我們較勁，說他們也要這一塊最好的位置，但是我們有500平米位置，他們可能只50平米。我們的演播室設計做得非常好，設備全部是一流數位設備，非常氣派，很多人都在那裏參觀照相。英國人一看這比不上，就搬走了，搬到別的地方去了。當時香港報紙上說：「新聞中心今天開始啟用，中央電視臺佔頭位。」在1997年，我們已達到了這樣的水平：重大新聞事件在哪裏發生，我們就可以在哪裏採用數碼設備，用衛星傳送進行現場直播。在伊拉克戰雲密佈的時候，我們派出9個記者，帶的全部是最先進的微型數位設備，從攝像機到發電機，隨時可以進行現場報導。到那邊以後發現僅有兩家的設備是最先進的，一個是CNN，一個就是CCTV。當時伊拉克即使電廠炸了，沒有電了，我們還可以自己發電，傳送新聞。那時外國通訊社還特地發消息，說對伊拉克的報導增加了一個新成員，那就是中國中央電視臺。」[24]

楊偉光描繪的電視業的輝煌，雖然只是新聞業發展中最突出的一個部類，但我們仍然可以從中感受到新聞業在九十年代獲得市場成功、公眾認可、國家滿意和專業進步的全方位的繁榮氣息。在政府的嚴密監控下，在記者的機會主義策略下，在一個雜亂無章的創收運動中，中國無意中發展出一個高速增長的新聞產業。它既是一個國家功利主義的統治目標、監管體系的不斷試錯

[24] 呂岩梅於2003年對其導師楊偉光的訪談紀錄，題為〈央視老臺長楊偉光縱論電視人生〉，見人民網 http://www.people.com.cn/GB/14677/21965/22071/2442133.html。

的產物，也交織著新聞記者對自由理想的追求、對市場經濟的原始恐懼和對豐厚利潤的發自內心的豔羨追求。在國家與記者的博弈中，在國家對市場的嘗試中，一個奇特的傳媒經濟就這樣發展起來了。

（三）九十年代中國新聞產業大規模擴張

我們對九十年代中國新聞產業發展的動力機制做一個簡短的總結。新聞改革、國家壟斷租金和市場總體容量的擴張這 3 個因素，構成了新聞業高速擴張的制度背景。

第一，新聞中性化改革是產業發展的政治前提；

第二，國家對新聞機構的差異性行政恩寵是幫助新聞產業進行膨脹式擴張的最強大後盾，政府力量推動中國新聞業在短短幾年裏走完了在自然演化過程中需要長得多的時間才能走完的路程；

第三，市場經濟使國民財富總體容量的擴張，也直接擴大了新聞產業的廣告收入；

第四，來自新聞媒介之間的內容差異化競爭加速了傳媒產業的增長。各新聞單位行政力量的支援雖然有助於產業增長，但畢竟不能替代新聞機構直接在市場上競爭，因此，高度壟斷的體制與激烈的分散競爭並不相違背。例如，雖然正部級的《人民日報》要遠遠高於正處級的《北京青年報》[25]，但市場的好處在於，國家無法將這種級別差距直接轉化為經濟收益。國家這只看得見

[25] 中國新聞業的管理體制是一種高度分散的體制，各個新聞機構分別附屬於各不同級別的行政主管部門，並根據這種行政主管部門的行政級別確定新聞機構的行政級別。例如，《人民日報》直屬國務院，其行政級別就是正部級；《北京青年報》屬於副局級的北京市團委宣傳部，則其行政級別就是正處級。

的手除了控制公費渠道之外，不能控制讀者用腳投票，隨著時間的推移，新聞業必須選擇面對一個越來越重要的逐漸增長的自費市場。尤其是在報業市場，由於傳播技術和管理體制的原因，新聞機構背後的大佬之間的關係通常不是壓倒性的，而是彼此之間具有自己的勢力範圍。例如，區域性報紙中市委（含共青團團委）、市政府之間的關係，中央級報紙中各國家單位之間的關係。如果後臺老闆之間沒有特別的行政級差，新聞媒介之間的內容差異就對吸引公眾具有至關重要的意義，它直接促進了各新聞單位革新採編技術和專業化的發展。

在以上 4 個政治經濟動力機制下，中國新聞業開始了其飛速擴張的過程。在九十年代末期以前，媒介市場帶來的豐厚收入作為政治博弈的副產品，井噴一般爆發。在 1992–1998 年國家長期壟斷媒介市場、受眾長期處於資訊饑渴的環境中，在一個國民經濟飛速發展、廣告收入日益增加的拓荒時期，新聞宣傳作為產業的發展環境非常寬鬆，只要在話語實踐上稍微有所突破的報紙和電視臺都能迅速成名，並獲得可觀的經濟收入。特別在市場經濟啟動的早期，新聞媒介的數量還不很多，在國家嚴格壟斷保護下，新聞業沒有太大的市場壓力，只存在掙多掙少的問題，不存在淘汰出局的問題。只要一個局部市場的平均利潤不為零，就會有新的新聞媒介進入競爭。同時原有的新聞單位的沉澱成本基本由國家負擔，只要邊際成本等於邊際收益，新聞機構就將繼續維持運營。在利益驅動下，報紙越來越多。這樣，一個越來越大的傳媒市場開始形成。新聞媒介機構在不斷擴張，頻道和頻率在不斷增加，新聞機構的廣告收入也在不斷增加。

經濟利益吸引新聞媒體不斷增加版面、子刊、頻道、頻率，同時新的媒體不斷進入，在長期荒置的資訊曠野上各新聞機構跑馬佔地，彼此相安無事。報業在九十年代出現了都市報，它更強調綜合性新聞和大信息量，撬動了中國報業傳統格局，形成了日報、晚報和都市報三足鼎立的局面。隨著經濟活動的活躍，財經類報紙和商報也迅速崛起。這類報紙的先驅包括 1985 年的《中國經營報》、1989 年的《中華工商時報》和 1991 年復刊的《深圳商報》。到九十年代中後期，商報熱潮遍及全國。浙江一年內創辦 4 張商報：《東南商報》、《溫州商報》、《天天商報》、《臺州商報》，分佈於寧波、溫州、紹興和臺州四個地級城市。南方報業集團的《21 世紀經濟報導》、《經濟觀察報》則志向於全國。此外生活服務類報紙有創刊於 1993 年的《精品購物指南》，1997 年的《申江服務導報》等。這些多樣化的新聞報紙為市場經濟的公眾生活提供了越來越多的選擇。

報紙的版面也越來越厚。1992 年，《廣州日報》首先擴版為 12 版大報，同年《文匯報》、《福建日報》、《黑龍江日報》擴為 8 版；1993 年《解放日報》、《經濟日報》、《光明日報》、《遼寧日報》、《大眾日報》、《瀋陽日報》等擴為 8 版。1993 年有 130 家報紙捲入擴版大潮，1994 年有 150 家報紙擴版增期。到 2003 年，全國經濟較為發達的地區的都市報基本在 50-60 版左右，《南方都市報》日均可達 88 版，機關報大都為對開 8 版或 16 版，發達地區機關報如《廣州日報》版數為日均 56 版，《南方日報》為日均 24 版，《羊城晚報》為日均 64 版。此外各種週末版的花樣也層出不窮，幾乎各中央級報紙、三分之二的省委機關報，超過一半的中央部委機關報創辦了週末版。隨著版面的增多，報紙的新聞內容更加豐富，新聞手法和類型更多樣，新聞特寫、新聞分析和深度報導出現。

電視業的製作能力更是突飛猛進。中國電視業擁有世界罕見的電視頻道數量。1997年，中國擁有923個電視臺、1032個頻道。1998年政府對電視臺進行整頓合併之後，減少到347個電視臺，但頻道數量卻增加到1065個；1999年電視臺減少到299個，電視頻道卻持續增加到1696個。電視臺數量的減少來源於政府對電視臺的整頓。1983年中央發動縣以上政府自費辦電視後，雖然迅速形成了四面開花的「繁榮」局面，但中央政府感覺太多的電視臺不利於國家監控，於是在中國電視業初具規模之後開始「卸磨殺驢」，實行二級辦電視，只保留中央、省兩級電視臺，地縣電視臺原則上實行轉變職能，以轉播中央和省臺節目為主，個別有實力的地縣電視臺需要審批。中央通過行政調控使新聞資源越來越向高行政層級部門轉移。這種「增兵減灶」的直接原因，是中央和省級電視臺頻道數量的高速擴張——雖然地市級電視臺所辦的電視頻道基本被整編殆盡，但中央和省級電視臺卻在以驚人的速度跑馬佔地。

表 11　1992—2000 年全國電視臺與電視頻道數量增減情況

年份	1996	1997	1998	1999
電視臺（座）	880	923	347	299
頻道（個）	983	1032	1065	1696

資料來源：陸地，《中國電視產業的危機與轉機》，2002 年

到 1999 年，電視業已經存在 1696 個頻道，不包括即將發展的上百個數字付費頻道。全國已經連續 5 年實行村村通工程，將實現全國 99%的電視廣播覆蓋網絡。電視節目製作能力增長超過百倍。而期刊市場也格外繁榮，根據統計，全國目前已經有 9000 多種期刊，廣播頻率達到 4000 多個。在報業，九十年代初期第二次辦報高潮興起後達到峰值 2163 種。1997 年國家開始調控後，報紙基本穩定在 2000 多種。但 2003 年底，我國報紙總數為 2119 份。與 1978 年相比，中國報紙總數增加 12 倍。

到九十年代末期，電視超過報紙成為中國最強勢的新聞媒介。如果在九十年代電視業與報業還存在一定程度的競爭，但隨著時間的推移，電視業已經遠遠地將報業甩在後面。在九十年代中期以前，報紙的廣告收入地位還位居各類媒介首位。1993 年全國共有 2054 家報社兼營廣告業務，全年營業額為 37.7 億元，佔全國廣告營業額的 28%；1606 家電視臺兼營廣告業務，全年營業額為 29.4 億元，佔全國廣告額的 22%。834 家電臺兼營廣告業務，全年營業額 3.5 億元，佔全國廣告營業額的 3%；3324 家雜誌社兼營廣告業務，全年營業額為 1.8 億元，佔全國廣告營業額的 1.4%。1994 年全國有 2509 家報紙兼營廣告業務，營業額為 50.5 億元，佔全國廣告營業額的 25.2%。而當年共有 1958 家電視臺兼營廣告業務，廣告營業額位 44.8 億元，佔全國廣告營業額的 22.3%。

但到 1995 年，已經有 2312 家電視臺兼營廣告業務，廣告營業額為 64.98 億元，超過了 2334 家兼營廣告的報社廣告營業額 64.68 億元。電視業雖然在 1995 年在經濟收入和數量超過了報業，但二者基本持平；到 1996 年電視業廣告收入達到了 90.79 億元，佔全國廣告營業額的 24.7%，比排名第二的報紙廣告 77.69 億元要多出整整 13 億元。1997 年電視業廣告總營業額為 114.4 億元，超過報紙廣告 16.8 億元。1998 年電視業廣告營業額為 135.6 億元，增長幅度為 18.5%；報業廣告收入為 104.4 億元，增長幅度 7.9%，不僅從廣告增長絕對數量和相對幅度上都被電視業甩在後面。到 2000 年共有 3067 家電視臺在兼營廣告，營業額為 168.91 億元，而報業兼營廣告報社數量為 2226 家，營業額為 146 億元。2001 年共有 3076 家電視臺兼營廣告，營業額為 179.37 億元；報社 2182 家營業額為 157.70 億元。從此電視業與報紙之間的經濟勢力格局基本穩定下來。進入二十一世紀之後，這種差距進一步拉大。例如，2002 年電視業廣告經營額為 231 億元，報業為 188.48 億元，相差 45 億元；2005 年電視業廣告經營額為 291.54 億元，報業廣告經營額為 230 億元；到 2006 年，電視業與報業的收入分別為 355.28 億與 256 億元，相差整整 100 億元。

如果考慮到電視業的產業集中度要大大高於報紙，那麼核心區域的核心電視機構的經濟實力更要遠遠高於報業。以廣告經營額佔全國 21%以上的北京市為例，2003 年北京市年度電視業經營額為 83.96 億元，而報業為 40.21 億元，二者相差一倍還多。單個機構進行比較，報業廣告收入最高的不會超過 10 億元，而電視業廣告收入最高的早已超過 100 億元。由於在九十年代市場力量和國家力量同時變得日益強大，在電視業成為新聞業明星的同時，報業的整體衰落成為一個不可避免的現實。八十年代輝煌一時的各全國性報紙都在急劇萎縮，報業越來越分眾化和區域化。在這種形勢下，生存邏輯使得只有那些更加商業化和庸俗化的報紙才能在競爭中保持優勢。雖然少數報紙仍然勉強保持了全國性影響，黨報只有依靠辦都市報來獲取公眾影響力和生存空間，雖然平面新聞媒介在整個新聞改革中的專業性成就不可忽視，例如九十年代早期《北京青年報》、《三聯生活週刊》、《中華工商時報》等報刊雜誌都曾名噪一時，它們的新聞品質當然要比電視新聞要高。以《南方週末》和《冰點》為代表的批評報導，甚至包括各級黨報的輿論監督欄目在思想高度和深度上遠遠超過了電視，但由於電視「以錄影為證」和國家全力保證的「一地兩臺」[26]高度壟斷的傳播優勢使其成為九十年代中性新聞的代表性力量，電視迅速崛起成為席捲一切的霸權性媒體。它不僅引起了公眾的廣泛興趣，而且獲得了國家與新聞專業力量內部的一致認可。從全國範圍的影響來說，九十年代至今，中國社會一直被電視新聞業改革的煊赫聲勢所籠罩，它的受眾面和影響力皆非任何一家平面媒介或者報業集團所能望其項背，官方對後者也不甚重視，它們影響的最多只是一個局部而不是全局，因此不能作為大眾傳媒改革的樣板來進行討論。

隨著國家超級新聞工廠的日漸成型，國家一元獨大的話語霸權開始顯現。國家打造一個超級新聞工廠的初衷是為了強化新聞宣傳，但卻無意中將新聞業整體上拖進了一個不可逆轉的市場化陷阱。雖然抱怨「過度競爭」，但仍然不斷有新的新聞媒介在進

---

[26] 為了保證對電視臺和廣播的絕對政治控制，國家規定每個行政管轄區域只能有一家電視臺和電臺，這與報紙在全國遍地開花的氾濫形成鮮明對比。

入這個市場。市場經濟的總量增長、國家對新聞業的行政恩寵、新聞業的差異性競爭，使中國新聞業在九十年代在一片過於肥沃的土壤上瘋狂生長，規模、種類達到一個無以復加的程度，傳媒業總體的平均利潤開始下降，市場經濟的自然淘汰規律發揮作用。一個叢林時代就這樣悄悄來臨了。

（四）從多贏走向零和博弈：殘酷的新聞產業競爭

在九十年代末期以前，新聞業之間的競爭特點是多贏階段。雖然新聞業之間存在競爭，但這種競爭有效地促進了新聞內容和種類的多樣化，從而國家、新聞業和公眾三方都獲得了帕累托改進。媒體經營收入的75–95%來源於廣告經營收入。新聞業依靠自我資金積累的方式進入高速擴張期。

但1999年以來，新聞媒介的市場環境已經變得非常惡劣。由於電視業為爭奪收視率的激烈競爭似乎不言而喻，本書不準備詳細地闡述電視業的經濟壓力。僅僅中國擁有世界上最多的達3000多個電視頻道（含市縣臺）這個事實，就足以說明中國電視業的競爭是多麼殘酷。如果將電視業廣告300億元的收入平均到每個頻道，每個頻道才1000萬元的營業收入，更談何利潤。

在報業，一線大城市如北京的市場開發度已經接近飽和狀態。根據2004年葉文平的研究，北京報業市場總容量為146萬戶，而標準訂戶為133萬，標準訂戶與總容量之比即開發度達到了91%，只有13萬戶的增長空間。在報紙發行市場集中度指標中，第一位報紙《北京晚報》標準訂戶為70萬，佔理想容量極限的44%，佔當前總容量的48%。在廣告市場環境評估中，北京市社會銷售品零售總額為 1917 億，以零售總額 7%計算的廣告市場總容量為 27 億，北京市當年廣告現有總額為 23 億，現有廣告總額已經佔到廣告理想總容量的 85%。廣告第一位報紙《北京青年報》的廣告額為 9 億，第一位報紙佔理想總容量的 33%，佔總現有廣告總額的 39%。北京之外，雖然中西部地區報紙容量還有巨大上升空間，但我國包括京廣線以東的東部沿海地區報紙普及率已經超過 40%，達到中度飽和（葉文平，2004:245-255）。

如此眾多的報紙，已經談不到什麼差異化競爭，新聞業的內容結構和新聞源高度趨同，為了最大限度爭取廣告收入，原先以差異性為主要競爭策略的電視頻道與報紙無一例外地往綜合性方向發展，取而代之的是慘烈的價格戰和其他綜合性的戰爭。以四川報業市場為例，1998 年以前，成都報業有《成都晚報》、《華西都市報》和《成都商報》3 家報紙，彼此相安無事，但 1998 年到 2001 年，四川成都市場共有《商務早報》、《蜀報》、《四川青年報》、《天府早報》、《成都晚報》、《華西都市報》、《成都商報》等 7 家報紙，引發了多輪價格大戰、發行大戰和廣告殺價，競爭空前慘烈。到 2001 年 5 月，《商務早報》與《蜀報》停辦，《四川青年報》因資金不足退出市場。而在北京市場上，以訂報紙送禮品的發行戰越演越烈，甚至發展到送彩色電視機的賠本買賣。南京一個 600 萬人口的城市，最多時候 10 份報紙，價格戰最慘烈時每份報紙只賣 1 毛錢，比廢紙回收價還便宜。

2005 年東部地區中，上海報紙利潤總額為 5.79 億元，利潤率為 20.83%，似乎經營狀況良好，媒介的利潤率也要高出市場平均利潤率。但從結構分析上看，殘酷的競爭已經使大多數報紙處於半死不活的臨界狀態。上海 74 家報紙中，3 種報紙利潤超過一個億，另有 5 種超過 1000 萬元，51 家報紙分享剩餘的 2 億元利潤，還有 15 家報紙出現虧損，上海 6 家財經報紙中只有《上海證券報》一家贏利，有一家虧損最多的財經報紙虧損3700萬元。

在西部地區，報業更是普遍虧損。以陝西省 2002 年為例，雖然《華商報》一家報紙的廣告收入為 3 億元，但就全省報業經營形勢而言，全省 41 家主要報紙 2001 年總收入為 6.72 億元，其中報紙發行收入 2.17 億元，廣告收入 4.02 億元。18 家贏利，平均贏利 171 萬元；20 家虧損，平均虧損 317.6 萬元。9 家社會文化生活類報紙中，只有一家贏利，其餘 8 家共虧損 3280 萬元，佔 20 家虧損報紙總額的 85%以上。三足鼎立的《華商報》、《陝西日報》、《西安日報》中，黨報《陝西日報》和《西安日報》都是虧損大戶。在南方省區，就連以贏利能力強大的南方系，《南方體育》也因虧損停刊，《深圳法制報》也停刊。

從全國形勢看，自 1999 年起，省級以上新聞媒體大都已停止財政撥款，實行自負盈虧，自我發展。雖然有些省報（報業集團）擁有數家子報子刊，但整個省報收入的 80%以上往往又依賴於其中一兩張子報的支撐。全國規模最大的新聞媒體——中央電視臺 90%的廣告收入來源於第一套節目的廣告，而當時全臺已經建立了 12 個頻道，這些頻道普遍贏利不多甚至有大量虧損。整體來說，整個新聞業的生存環境已經相當不樂觀。

更糟糕的是，這僅僅是一個壞的開始。根據西方新聞業「一城一報」的發展趨勢，報業競爭將朝更加慘烈的寡頭競爭和壟斷方向發展。美國報業中只有少數城市如芝加哥擁有兩家大報紙。

這種形勢在中國已經若隱若現。2003 年全國 2000 家報紙，230 億元廣告收入，前 20 名報紙佔 94 億元，1%的報紙廣告收入佔整個報業廣告收入的 40%。即使排在前面的幾家報紙也將面臨「贏家通吃」機制的威脅。

「贏家通吃」是指這樣一種機制：當同一市場中有不止一家新聞媒介存在時，大量廣告會不成比例地向前面幾家報紙甚至第一家報紙傾斜，即使第一名和第二名之間的發行量差距非常小。

圖 6　贏家通吃機制示意圖

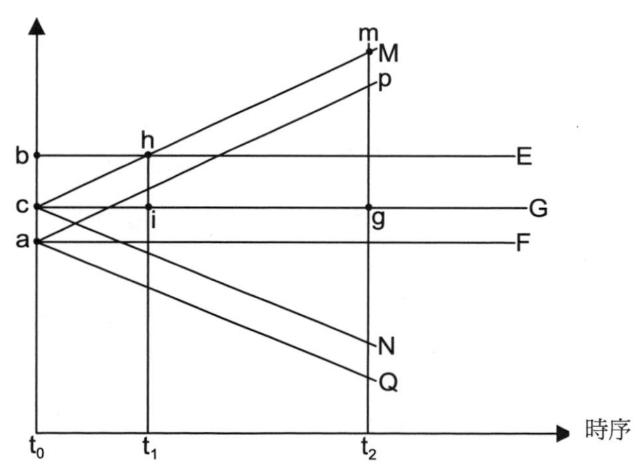

該圖的縱軸為市場份額，橫軸為時序。第一條橫線 E 為主導報紙的市場份額，第二條橫線 F 為第二位報紙的市場份額。當兩家報紙發行量相等時，這兩條橫線重合。當發行量存在差距時，主導報紙的廣告收入將會一路上揚，而第二位報紙的廣告收入將會向下傾斜，顯示與其發行數量不成比例的廣告數量。發行量只會呈現算術級增減，而廣告量對此做出幾何級反應。強勢報紙發行成本較低而高比例的廣告收入，而弱勢報紙則必須以高發行收入成本爭取較低的廣告收入。

引入一條線G，位於F、E之間，可以直觀地看出這種隨時間發展而日益拉大的差距。令F＜G＜E。E與縱軸相交於b點，F與縱軸相交於a點，G與縱軸相交於c點。如果廣告量與份額呈現為「合理」的線性關係，若a＜c＜b，則F＜G＜E。

現在真實世界裏c點的市場份額，如果和F相比，也可以取得一條斜率上翹的直（曲）線，即會隨著時間t展開後超過E，即圖中第一條上斜線M。其經濟涵義就是只要少的微弱優勢（G相對較小於「合理」的E份額，卻取得了更多的廣告量）。

同理，真實世界裏c點的市場份額，如果和E相比，可以取得一條斜率下翹的直（曲）線，即圖中第一條下斜線N。經濟學涵義就是少量的劣勢就可以導致更不「公平」的廣告量）。同理可以推出位於a點的兩條上下斜線P與Q。隨著時間推移（$t_0 \rightarrow t_1 \rightarrow t_2$），市場份額的差距會越來越大，其差距分別為三角形chi和cmg。

在一個贏家通吃的競爭時代，為了爭奪注意力，大量的廣告不會按發行比例分配給各家報紙，在極端情況下，即使發行量第一位的媒介與第二位的媒介發行量實際相差不大，但廣告商也傾向於往冠軍媒介而非亞軍媒介上投入最大數量的廣告。因此，一份報紙必須向市場領頭羊發起挑戰，否則最終將出局或者處於一種不可逆轉的永遠差距地位。廣告市場集中度越大，競爭成本就越高。當市場集中度達到 80%以上時，領頭羊的地位已經牢固確立，對其發起挑戰的成功機會就越小。

例如，《廣西日報》下屬的子報《南國早報》2004 年發行量為 35 萬份，排名第二的《廣西日報》在 20 萬份左右，廣西全省發行量能上 10 萬份的報紙不過七八家。廣告收入方面，《南國早報》2004 年 2.2 億的廣告收入佔廣西全省報紙廣告收入的 56%，而排名第二的《廣西日報》廣告收入只有 2000 萬元左右（黎明潔，2004：152）。從兩千萬到兩億的巨大落差沒人能彌補，這種現象在報業被稱為「大樹底下不長草」或者「發行螺旋」：「市場中發行量最大的報紙具有財力和經濟上的優勢，使它能通過吸引劣勢報紙的客戶來增加廣告和發行數量。隨著處於領先地位的報紙獲得更多的發行量，它又吸引了更多的廣告，這又反過來會促使其發行，使處於第二位的報紙陷入最終導致其消亡的發行螺旋當中。央視市場股份有限公司對全國 36 個城市近 400 份報紙的調查結果顯示，各城市的龍頭報紙平均每期閱讀率大都在 50%以上，遙遙領先於當地其他報紙。新生代市場檢測機構 2001 年 9 月在北京、上海、廣州、成都、武漢、西安 6 城市的調查發現，60%以上的居民認同某一家報紙在當地最具有影響力，顯示出一城一報的跡象。發行螺旋的存在，使每一份綜合性日報都必須以爭得市場第一位為目標。」（葉文平，2004：245）

這種贏家通吃的機制雖然不完全與中國新聞業市場相吻合，但基本上描繪出一個事實：隨著一個日益統一的媒介市場開始形成，新聞業的主要戰場已經不是國家與新聞業爭奪業務自主權的政治博弈，而是新聞業內部為爭奪生存權的市場競爭。大量新聞媒介處於維持性財政的局面，而少數強勢媒體為了爭奪市場霸權而競爭越來越慘烈。2003 年進入飽和的北京都市報市場的《新京報》如是描述進入二十一世紀的中國新聞業市場競爭形勢：「報業競爭所謂的雙贏很難實現，而誰吃掉誰的問題，卻不可避免地確實存在著。……目前各家報紙關於自身發行量的公開發佈，幾乎都誇大了一倍、幾倍，甚至十幾倍。而在謊言的背後，是一個無情的、冷峻的市場，這個市場的胃口並不算大，任何超出其消化能力的報紙供應，都會被本能地吐出來，化為廢紙一堆。我們面對的客觀事實是，各家報紙是在一個既定的、穩定的乃至固定的市場的有限範圍內進行競爭的，這種競爭不存在共存共榮，只能是此消彼長，非此即彼，你死我活。」（吳海民，2004：296）

這種「你死我活」的生存之戰從兩方面對國家與新聞業關係造成了影響。一是競爭壓力的驅動，導致新聞業極力從國家之外的社會資本力量中尋找出路，以戰勝其他競爭對手；一是國家成為這場新聞業內部慘烈廝殺中的最大贏家。

在這個突然出現的媒介爭霸時代，各新聞媒體為了保住原來的市場份額，並從其他對手手中奪取新的市場份額，不得不擴張規模，更新設備，引進人才，先後進入一個新的資金投入期。新聞媒體普遍面臨著發展資金不足的困難，強烈需求新的資金投入模式。從 1979 到 1999 年，中國新聞媒介的擴張都是以廣告換發展資金的模式。國家由於財政資源不足，不能給予新聞業足夠的宣傳資金，只能允許新聞業利用國家免費提供的壟斷資源進行廣告經營，並從中獲得自我積累的發展資金。由於新聞業的政治特殊性，國家嚴格禁止新聞業從外部尋找資金。這種模式雖然促進了新聞業的繁榮，但隨著各新聞機構的資金壓力越來越大，原有的資金積累渠道已經完全不夠。

例如，在九十年代早期，新聞業的進入成本相對非常低。例如，1993 年創辦的《精品購物指南》報啟動資金僅僅為 50 萬元，不過兩三年就成為發行量和影響力都位居第一的北京生活服務類刊物；1998 年創辦的《北京晨報》啟動資金為 1500 萬元，不到兩年就進入了北京地區都市媒體的前 3 名。而到 2004 年《人民日報》辦子報《京華時報》時發現，進入都市報市場的資金門檻至少為 4000 萬元。人力成本、發行成本、工作場所、印刷成本以及競爭無形成本的劇烈上漲，都使新聞業依靠自身廣告收入的原有資金籌集模式遭遇到一個體制性瓶頸。

當原有的自我資金積累方式已經不足以為更大規模的競爭提供動力時，尋求更密集的資金投入成為新聞業之間的競爭策略。各新聞機構迫切需要打通新的資金積累渠道來爭奪媒介內部的霸權。隨著新聞業內部的競爭開始加劇，新聞業之間的競爭開始渴望從體制外部獲得新的資金，原先自我積累資金的方式開始向資本競爭的方式轉變。

但社會資本進入新聞業存在體制上的禁區。國家禁止任何縣以下機關、集體、個人申辦出版業務：「出版單位不得向任何單位或者個人出售或者以其他形式，轉讓本單位的名稱、書號、刊號或者版號，並不得出租本單位的名稱、刊號。」[27]外資更是不得進入傳媒業。1990 年國務院《外資企業法實施細則》將新聞、出版、廣播、電視、電影列為禁止設立外資企業的行業。1991 年新聞出版署發出通知，申明新聞出版行業禁止設立外資企業，原則上不能實施中外合資、中外合作企業，也不與港、澳、台建立合資、合作企業。1994 年新聞出版署《關於禁止在我境內與外資合辦報紙期刊出版社的通知》，重申禁止創辦中外合資的報紙、期刊和出版社等傳媒機構，並且適用於港、澳、臺地區的合資企業。中共中央宣傳部副部長徐光春 2000 年在對全國省級黨報總編輯座談會中，也一再強調各新聞機構要「守土有則」，「不允許私人辦報、辦臺、辦社，也不允許外國人在中國內地辦報、辦臺、辦社」，並指出：「對於這些方面的資金注入、合作合資辦報、辦臺，有的雖然尚未形成明確的規定，但從有關規定的精神和中央關於新聞宣傳工作的方針、原則來看，除國家給予的扶持資金和向金融機構貸款外，對新聞單位體外的資金注入，必須嚴格加以制約。」

但早在九十年代初期，各類社會資本就悄悄進入了新聞媒介。1999年前後，民營資本相繼進入報業。1998年，四川《蜀報》與《四川青年報》兩家報紙通過資本運作，加入了四川報業市場大戰。1999 年 5 月，四川民營企業力帆集團注入資金 700 萬元，將廣西貿易廳主辦的行業報《廣西商報》改造為一張綜合性的生

[27] 新聞出版署頒發的《出版管理條例》第 21 條。

活服務類報紙。它在用人機制、新聞策畫和經營上領先，廣告經營額由第一年的 800 萬元增長到第二年的 1500 萬這刺激了南寧本地的《南寧晚報》和《南國早報》，從此拉開了大規模競爭的序幕。迄今為止，有許多家面臨生存困境的報紙和雜誌依靠與資本合作的方式來維持。

國家雖然功利主義地默許社會資本補充新聞媒介的實力，但嚴格限制社會資本進入核心的新聞業所有權層面。因此，這些民營資本主要是通過進入傳媒的廣告業務和發行業務曲折進入的。對於那些被高利潤誘惑的社會資本已經進入體制內的部分，國家通過《精品購物指南》判例確定了中國媒體所有權的根本性準則[28]。《精品購物指南》作為一份 50 萬元個人投資的小報，在創辦之初創辦人與主管單位私下約定為掛靠關係而不是領導關係。但由於超常規的發展，這份報紙引起了創辦人和主管單位的產權爭端，創辦人試圖援引國有企業改革中集體企業 1999 年後風起雲湧的「摘紅帽子」判例，但 1999 年 9 月 27 日，國務院機關事務管理局、新聞出版署和財政部關於《中國經營報》和《精品購物指南》報社產權爭議的批覆中清晰地指出：「我國的報刊均為全民所有制單位。……報社創辦時，如有個人、集體自籌資金的，不能認定為對報刊的投資，應按債權債務關係或者贈與來處理，由主辦單位參照銀行同期貸款利率予以退還。」（轉引自孫燕君，2002：353）這種「按借貸或者贈與來認定」的辦法，執行「收、轉、退」的政策，即由國內報業集團、廣電集團將這部分

[28] 《精品購物指南》是由個人籌資興辦的，發展到一定階段，國家收回了經營權。

資金以收購的方式收回；或將這部分資金轉讓給符合條件的國有大型企業事業單位；或由外資及私人資本採取其他方式主動退出這一領域（周松林，2002），使得市場力量不能根本影響到新聞媒介的基本制度。甚至可以反過來說，新聞媒介通過這一判例，已經將社會資本的力量對新聞媒介的影響幾乎消滅殆盡。雖然還存在大量甘願冒著高風險品嘗禁果的民間資本，但對於這些僥倖進入各級新聞媒介的社會資本，國家一直保持著密切的監控，一旦發現政治問題，就立即加以懲處。

根據張裕亮（2002）的調查，2001 年一家電腦軟體設計銷售公司托普集團投資成都兩家報紙《蜀報》和《商務早報》，該集團資金先進入報紙的廣告部門，而且《蜀報》也要求員工對外說是向托普借貸；但是當托普集團開始注資整合兩份報紙時，卻對外聲稱要建立報業集團，並且調整兩報的主管高層，這就觸及中國官方的底線，埋下日後一度因政治因素被停刊的種子。因此在政治壓力下，進入體制邊緣的民營資本會為了經濟利益而主動規避政策風險，他們進入新聞業不但沒有加強爭取業務自主權的力量，反而對國家更加馴服。雖然許多有文化情結的投資商仍然對新聞產業情有獨鍾，但資本的巨大風險限制了進一步擴張。

在新聞業與資本的短暫戀愛結束之後，國家開始毫無爭議地成為操縱新聞業「生存還是死亡」戲劇的主角。例如，國家至少可以通過 3 個方面來直接控制新聞業經濟秩序的升降。

一、國家可以允許新聞業將其廣告業務、發行業務和印刷業務包裝，借殼上市獲得海量的資金。例如，有主辦《中國電腦報》的賽迪集團、湖南廣電傳媒和中央電視臺的無錫影視基地等。上市公司圈錢的效率顯然要大大高於廣告收入的積累。如果沒有國家的行政恩寵，這些新聞機構將絕無可能如此輕易地獲得數十億的巨額資本，只有那些政治表現非常積極的新聞媒介才能獲得這種特殊經濟機遇。

二、國家可以通過行政整頓將大批優質資源和新業務成建制、一攬子地劃入新聞機構。例如，各省成立的報業集團和廣播電視集團。同樣只有政治可靠的新聞媒介才能獲得如此待遇，例如各以黨報為核心的報業集團和報社免費獲得了大量刊號，它們不費吹灰之力就完成了在市場競爭條件下需要無數輪廝殺才能完成的兼併任務，為進一步擴張提供了強有力的基礎。

三、國家可以將最優質的新聞資源和傳播渠道無條件配置給那些與政權穩固關係最密切的新聞媒介。例如最重要的報紙、電視臺、電臺都能獲得優質新聞的第一落點、新聞渠道的強制性傳播。從而使最核心新聞媒介在內容的差異性競爭上佔盡優勢。這種原則一般是：如果中央級媒介與地方媒介有衝突，則中央級媒介優先；如果同等媒介之間發生衝突，則根據對國家政權的重要性進行調節。

這種政治恩寵與經濟收益正相關的現象在電視業最為明顯。由於國家的政策扶持，中國電視業的廣告收入結構存在一個與行政級別有密切關係的現象：全國性電視臺要比省級電視臺的廣告收入要高，省級電視臺要比下一級電視臺廣告收入要高。這種由於行政級別差異而產生的級差收入見下表。

表 12　1998 年廣告收入前 10 名的電視臺一覽表

名次	單位	廣告收入（億元）	9 個省級電視臺平均年收入與中央電視臺年收入比例
1	中央電視臺	42	
2	北京電視臺	8	
3	上海電視臺	5.3	
4	東方電視臺	5.2	
5	山東電視臺	2.2	
6	浙江電視臺	2.2	
7	廣東電視臺	1.8	
8	天津電視臺	1.8	
9	四川電視臺	1.71	
10	黑龍江電視臺	1.67	
	省級電視臺合計	29.8	1：13

說明：中央電視臺雖然有 14 個頻道，但 90%以上的收入集中在中央一套，其他 13 個頻道分享 10%的廣告收入。以下同。

表 13　1999 年廣告收入前 10 名的電視臺一覽表

名次	單位	1999 年廣告收入（億元）	9 個省級電視臺平均收入與中央電視臺收入比例
1	中央電視臺	45	
2	北京電視臺	7.3	
3	東方電視臺	6.0	
4	上海電視臺	5.7	
5	山東電視臺	2.7	
6	浙江電視臺	2.2	
7	天津電視臺	2.0	

名次	單位	1999 年廣告收入（億元）	9 個省級電視臺平均收入與中央電視臺收入比例
8	黑龍江電視臺	1.92	
9	四川電視臺	1.9	
10	廣東電視臺	1.85	
	省級電視臺合計	30.56	1：15

表 14　2000 年廣告收入前 10 名的電視臺一覽表

名次	單位	2000 年廣告收入（億元）	9 個省級電視臺平均收入與中央電視臺收入比例
1	中央電視臺	53.5	
2	北京電視臺	10	
3	東方電視臺	7.1	
4	上海電視臺	6.6	
5	山東電視臺	3.0	
6	浙江電視臺	2.895	
7	天津電視臺	2.967	
8	黑龍江電視臺	2.85	
9	四川電視臺	2.6	
10	廣東電視臺	1.67	
	省級電視臺合計	39.67	1：12

可見，中央電視臺的廣告收入與排名前 10 的省級電視臺廣告收入相差在 10 倍以上，如果考慮到全國省級電視臺的廣告平均收入，中央電視臺與地方電視臺的收入差距將更大。根據統計，省級電視臺平均廣告收入又比下一級電視臺高出 10 倍以

上。電視廣告資源分配的不均衡，是建立在電視臺行政級別差異上的。由於不同行政級別的電視臺覆蓋的區域範圍和觀眾數量不同，對廣告的吸引能力也不同。這種行政級別越高的電視臺廣告收入越高的現象，與經營能力沒有必然聯繫。1997 年，全國電視廣告收入 114 億元，中央電視臺佔 36.6%，31 個省級電視臺佔 38.8%，60 個中心型地級市（包括省會城市）電視臺又佔 12.3%，剩下 12.3%由至少 3000 個地縣級電視臺瓜分，每個臺平均不到 50 萬元。考慮到各個臺的實際經營收入狀況，可以推定，如果沒有政府財政補貼，大量中小電視臺將面臨生存危機。

這種經濟收入與行政恩寵正相關的關係表明在一個不可動搖的政治框架下，原先認為曾經具有挑戰國家政治權力機會的經濟權力已經完全被邊緣化，成為國家控制的馴服工具。新聞業的圈地運動實際上已經成為國家自身獲利運動的一部分。隨著競爭壓力的不斷增大，國家與新聞業關係的主要矛盾已經逐漸從業務自主權的爭奪轉向新聞業內部的生存鬥爭。在激烈競爭的形勢下，依靠國家行政恩惠要遠比任何公平競爭的道德都具有誘惑力和說服力。為了獲得更好的生存空間，各新聞機構開始自覺地依附其直接主管的行政部門，這直接促成了國家霸權話語的形成。

從九十年代末期開始，國家越來越嫻熟地掌握了將政治表現與經濟機遇掛鈎的操作方法。在廣告收入的行政恩寵中，雖然國家不能控制觀眾的收看行為，但國家可以以行政命令命令地方轉播哪套節目和不轉播哪套電視節目以影響收視率。例如，中央電視臺廣告收入主要來源於中央一套，中央一套廣告收入的主要來源是《新聞聯播》與《天氣預報》之間的 1 分鐘標版廣告收入。

為了保證中央電視臺的廣告收入，國家不僅三令五申全國各地必須無條件轉播中央臺一套節目，而且禁止任何其他電視臺在中央電視臺的這 1 分鐘區間插播自己拉來的廣告，違規者將予以嚴厲行政懲戒。各級省級電視臺同樣照此辦理：省電視臺在省政府的支持下，要求下屬各地無條件轉播其全省節目，對其黃金時間段的節目中插播的商業性廣告同樣嚴格保護。

在報業，國家仍然可以控制部分渠道，行政命令仍然是公費市場最重要的收入收集手段。各地黨報穩定剛性的公費市場發行量依然是任何市場力量不能撼動的。不僅如此，國家還動用行政力量而不是市場手段進行篩選，將優質資源向高行政級別的新聞媒介集中。1996 年由新聞出版署牽頭的報業集團改革，依託黨報為龍頭，將分散的新聞機構改造成大規模經濟實體。在 1997 年的廣電業和報業大整頓中，國家將四級辦電視、四級辦報紙改為兩級辦電視、三級辦報紙。在此之前，各地依靠自有資金發展起來的廣播電視臺被取締，轉為轉播中央和省級電視節目的轉播臺。全國電視臺頓時由 4000 多個電視臺減少到不到 400 個。各地報紙同樣如此。大量刊號被取締，或者轉移到國家認為在政治表現和經濟業績上優良的報社或報業集團。例如，2003 年國家規定國家廳局級機關不得創辦報紙，在這種背景下，「政治導向屢屢出現錯誤」、經濟效益極差的《中國引進時報》被劃歸到《人民日報》下，作為該報宣傳序列的一支並被改名為《京華時報》。在此之前由於國家刊號管制，刊號這種稀缺資源的獲取成本太高，因此限制了報業的擴張，而現在數百個刊號被國家無償劃轉給各大報社或報業集團，後者豈不喜出望外。這種行政整頓將有限的渠道資源進一步向行政背景強大的新聞媒介集中。

在內容上，優質的新聞資源也是「就高不就低」，首先配備給更高行政級別的新聞機構。世界盃、奧運會、「兩會」、神州五號發射、伊拉克戰爭、海灣戰爭等最優質的新聞資源都由國家廣電總局發佈命令各地電視臺不得轉播，只能由中央電視臺獨家轉播，這種新聞資源的壟斷直接轉化為經濟效益，例如「神州五號」的發射轉播為中央電視臺帶來了 6 個億的廣告收入。人所共知的春節文藝晚會也是必須由中央電視臺獨家創辦。報紙對各類事件報導的規格也有嚴格的規定。不同級別的報紙記者享受到的新聞資源是完全不同的。

儘管如此，黨報在內容上的導向限制仍然使其不能大量贏利。為了讓各級黨報更好地生存，國家還允許黨報在正報之外，創辦娛樂性、市民性更強的都市報。九十年代市民報群、娛樂電視節目的崛起，背後都有行政背景的強力支持。雖然九十年代中期市場導向的報紙和電視欄目數量在急劇增加，但基本上都是依託於強有力的部門，是各級黨委、政府出於牟利衝動而在市場圈錢的產物。例如，湖南衛視的《快樂大本營》、北京臺的《超級模仿秀》、中央電視臺的娛樂節目較早創辦的《幸運 52》、《非常 6+1》以及一系列娛樂節目和娛樂頻道和以《南方都市報》、《華商報》、《成都商報》、《華西都市報》、《大河報》、《京華時報》為代表的市民報紙，其實都是黨報、電視臺母體的提款機。所謂的市場化運作的都市報、生活報也基本由各級黨委和政府支持創辦，是在「政治導向金不換」的前提下，由於黨報無法大量創收而對黨報的一種替代。各個市場化的報紙仍然是屬於各級黨報的管理下，它們在人事和財務上實際上必須絕對服從黨報系統。新聞業不斷增加的娛樂體育影視內容的背後，都需要從背後強大的政治資源中尋求保護傘。

由於掌握了渠道傳播的行政霸權，國家以一個精心設置的全面完整方式來展示其政治權威。行政級別高的、代表更高層級的新聞機構可以擁有更多的刊號、頻道、頻率和各種經營實體。在電視業，中央電視臺可以興辦 14 個全國電視頻道和不限數量的數位電視頻道，而各省級電視臺則只能創辦 1 個面向全國的電視頻道，即使中國最重要的經濟中心上海也不例外。1992 年上海破例創辦了兩個電視臺上海電視臺和東方電視臺後，在其呼號前面必須加上「上海東方電視臺」以示與國家電視臺的行政地位的區別。上海作為一個區域，它和西藏電視臺一樣只能擁有一個衛星頻道。隨著各廣電業的發展，曾經有一段時間各臺試圖將自己創辦的頻道改稱為「臺」，例如北京人民廣播電臺的交通頻率、文藝頻率、經濟頻率，曾經在呼號上自稱為「北京交通臺」、「北京音樂臺」、「北京經濟臺」，國家立即明文禁止，勒令其恢復原有呼號，其原因並不是這種稱呼沒有上報國家批准，而是國家認為這種新的呼號顯示了一種危險的象徵性資源，如不及時制止將可能危及國家宣傳結構的根基。在革命時期，電臺和電視臺是按照類似於 309 醫院、第二砲兵部隊、三機部等軍事編制來佈局的，屬於「人民廣播電臺番號系列」，而新的稱謂則顯示出一種市場驅動的獨立傾向，因此國家必須無條件地通過呼號的正名來顯示其不容置疑的政治權威，以及彰顯傳媒機構的宣傳機器屬性。

在這種以經濟形式體現出來的政治控制框架下，市場化只能使新聞產業的資源加速向各級權力部門集中。八十年代新聞業曾經出現的地方化、社會化發展趨勢被逐漸遏制，在九十年代越來越向集權化發展。在逐利目標的驅動下，擁有權力背景的新聞媒介總是傾向於朝最短的距離運動，這個方向就是依託主管行政部門的權力獲得渠道傳播、新聞資源的再分配特權。各級新聞單位依託主管單位的行政權力，爭奪傳播渠道、優質新聞資源和其他無形利益。

各級黨報在行政力量的支援下，新聞媒介紛紛突破原有的地域管轄限制和行業進入限制，開始搞多元經營和跨地經營。由於跨地經營必須服從屬地管理的政治原則，這種多元經營和跨地經營一般都是在本省、市依託主管部門的行政強權推行。例如，《人民日報》在國家力量的強力支持下創辦了華東版，而《廣西日報》則是這種依託行政強勢推廣的地方新聞媒介的代表。《廣西日報》作為廣西黨委機關報，在廣西屬於龍頭老大，總發行量1000多萬，年總收入3億多元，上繳利稅將近1億，在總資產、經營收入、上繳利稅方面在廣西全境無人能撼動其地位。但它仍然認為速度太慢，在「2002年12月在柳州地區發行《南國今報》，開始了異地擴張的步伐。它在人員、設備以及新聞等方面都與《廣西日報》共用資源。除了每天有12版的柳州地方新聞外，《南國今報》大部分版面與《南國早報》共用。所以《南國今報》一上市，就能以32版0.5元的價格與同樣0.5元的《柳州日報》和《柳州晚報》抗衡。從2003年到2004年僅一年時間，《南國今報》發行量和廣告經營都翻番，發行量近10萬份，廣告業務收入達到2千萬元。2005年《廣西日報》面向桂林出版《南國新報》，爭奪地方市場。此外《廣西日報》併購和託管了《廣西畫報》、《法制與經濟》、《今日南國》、《法治快報》、《今商報》、《健報》劃歸旗下，逐漸形成了一個體系完整的產業格局。2004年6月21日，在南寧市政府斡旋下，廣西日報社兼併了南寧市礦務局機關資產和南寧市茅橋機械廠，接收了300多畝土地資源，投資5億元興建印務、發行、培修和新聞中心。計畫投資2億元引進先進設備，印刷能力將翻番，印刷利潤將增加，而且原先用於報紙發行的配送網路業將進一步向物流配送發展」（黎明潔，2004：153）。

孫立平（2003）描述過這樣一種「不落空」機制：在中國這種由計畫經濟轉向市場經濟、由農業社會轉向工業社會、由傳統社會轉向現代社會的大轉型時期，各類資源越來越向那些擁有政治權力這種總體性資本的利益集團傾斜。在新聞業同樣如此，在市場化的過程中，傳播渠道資源、政治影響力資源、廣告收入資源越來越向少數具有政治背景的權力部門集中，而那些喪失權力支持的新聞機構在進一步被邊緣化。

只有那些在權力格局不斷被邊緣化的報紙，例如其主管部門在改革進程中被改組或者喪失其政治影響和地位或本來就處於朝不保夕的邊緣狀態，才真正要到市場上去自負盈虧。例如，在2007年山西假記者案中的主角蘭長成在採訪煤礦主時被打死，但其供職單位《中國貿易報》山西記者站拒絕承認他與報社之間的工作關係。事實上蘭長成不過是一個由八十年代創辦的各大行業報市場轉型後面臨的生存危機中的一個犧牲品。《中國貿易報》

雖然是所謂的中央級報紙，但是國家將其主管單位國內貿易部重組後，該報喪失了行政支持的後盾。為了保持創收，報社招攬了大批如蘭長成這樣的非正規記者。這些記者為了完成任務定額，只好到各種違法亂紀的基層實行「輿論監督」。這些報紙的輿論監督已經從九十年代初期的道義操守演變成一種類似黑幫敲詐的手段，它們已經完全為了生存而喪失了士大夫傳統和新聞專業精神。這些「孤兒」雖然在 1997 年、2003 年報業整頓中得以暫時保留，但仍然在生存的夾縫中辛苦掙扎。它們喪失了國家的行政恩寵，又無法展開各類深度報導，在殘酷競爭中成為在國家新聞超級工廠颶風中搖搖欲墜的秋葉。

對於那些政治背景不夠雄厚的小報來說，更是不能有任何閃失。我們以《人民日報》的一份子報《京華時報》為例來說明。《京華時報》作為一份與北大青鳥合辦的報紙，沒有事業編制，屬於在工商局註冊的一個特殊企業。因此，它沒有《人民日報》大多數子報的政治背景，不能依靠紅頭文件強制發行，完全依靠自身力量生存。它雖然在市場上以「你死我活」的兇狠拚搶策略著稱，但是在談到政府管制時卻完全換上了恭順異常的面孔：

「《京華時報》是在複雜的市場環境、政治環境和經濟環境中創辦的，搞好聯絡、協調各方、化解矛盾的任務很重。為此，我們緊緊依靠《人民日報》社的領導的支援，積極與中宣部、新聞出版署、北京市委宣傳部、新聞出版局等有關部門進行聯繫，爭得各方的理解和支持，為《京華時報》的創辦和發展爭取到了良好環境和必要的社會條件。積極爭取中宣部新聞局及閱評組的指導和支持，關係到《京華時報》的輿論導向和政治生命。

我們主動上門彙報工作，聽取指導，徵求意見，請閱評組領導到報社進行定期閱評，請閱評組老同志到報社進行印前審讀，不斷改進輿論導向。2002 年 5 月 24 日，新聞閱評在批評一篇文娛報導的同時提出希望《京華時報》成為全國同類報紙的示範和榜樣。丁關根同志在這份閱評材料上做出批示，對《京華時報》的辦報方向作了總體上的肯定同時提出殷切期望，體現了中央領導同志對我們的愛護之情。此後，《新聞閱評》（該刊物係中宣部監督部門對各地新聞媒介的情況通報，本書作者注）連續對《京華時報》進行表揚。國家新聞出版署也給予了我們真誠的幫助和特殊的政策支持，不僅在報紙審讀上對我們充分肯定，還幫助疏通一些發展中的政策渠道。積極爭取北京市委宣傳部、北京新聞出版局及各城區的理解和支持，是我們創辦一張面向北京的地域化報紙的重要生存條件。創辦之初，我們主動到市委宣傳部、新聞出版局彙報工作，誠懇接受領導和協調，還把城八區宣傳部門負責同志請到報社來進行懇談。《京華時報》的一些批評性報導曾經引起市委市政府的強烈不滿，我們虛心接受批評，認真改進工作，主動化解矛盾，對北京的建設成就下大力進行宣傳，對市委的工作進行積極配合，基本扭轉了創刊時的被動局面。……2002 年 11 月，北京市工商局對《京華時報》採取報復性措施，要去報社對採擷批評性報導的記者進行處理，還發文暫停我報的醫療廣告，同時多次對我報提出罰款，僅此一項造成的廣告損失將達到上千萬元，如果處理不當激化矛盾，廣告損失更大。為此，我們進行靈活的協調工作，一面上門訪問工商局廣告處，說明情況，爭取理解，一方面拒絕工商局的無理要求，保護好報社的記者。一面要求編輯部在批評報導上要十分慎重。這期間，《京華時報》兩名記者冒著生命危險採寫了暗訪死豬肉問題的長篇調查，我們要求編輯部從大局出發緩發報道，並以此為契機與工商局建立合作關係。市區兩級工商局從報導內容中受到很大觸動，對我們處理問題的態度和方法表示感謝。此事的妥善解決，既推動了工商部門的工作，維護了市場秩序，也化解了矛盾，解除了對我報廣告的禁令，有效地保護了我報的記者。……當我們在政治上獲得某種關愛和理解的時候，就說明，我們擁有可以調動的政治資源，當我們得到管理機關某種政策支持的時候，就意味著我們可能具有優於競爭對手的寬鬆環境。當我們與有關方面維護著一條暢通的資訊渠道，即使有時僅僅得到一條資訊，也意味著我們可能具有比競爭對手更為靈敏的反應能力，可能會在競爭中獲得先機。」（吳海民，2004：321）

從以上可以看出，市場化的新聞媒介的生存策略是非常清晰的：在市場上依靠內容差異化競爭，但是在政治上保持最大限度的恭順以避免遭受打擊。新聞業最初以市場的名義打「擦邊球」獲得政治聲望和專業成就的努力，也獲得了相當的經濟利益。但是在豐厚經濟利益導致同業進入威脅到自身生存時，新聞業對政府的態度也急劇轉變，甚至保持對政府的恭順以規避競爭風險就成為從業人員的第一要務。不管是市場化的新聞媒介還是黨的核心新聞媒介，都是如此。在一個國家合法性隨著經濟績效日益增進的時代，市場上少了一份報紙並不會影響到大眾的生活，卻會對依靠該報紙為生的新聞記者造成毀滅性打擊。這種生存邏輯促使整個新聞業朝功利主義的方向發展。在這種國家力量的崛起和生存邏輯的凸顯局勢下，新聞記者作為一支政治群體力量進一步衰落，最終為新聞走向自覺為國家服務一錘定音。

第八章

從挑戰到聯盟：新聞為國家服務時代的來臨

在最後陳述這個國家一元獨大的話語霸權時代來臨之前，我們還需要費一些筆墨描述當代中國新聞記者九十年代以來的精神世界變遷，作為對中國當代國家與新聞業的「和諧」關係的一個人格化注解。在上一節，我們雖然濃墨重彩地描繪了產業化作為一個強制性的機制是如何意外地幫助國家最終擊敗了新聞業挑戰能力的宏觀圖景，但仍然只是回答了本書在開篇時提出的 4 個謎團的一半問題。因為國家與新聞業的「和諧」關係取決於兩個條件：一是雙方力量的實際對比所產生的博弈結局，一是國家與新聞記者如何將這種結局價值內化的話語環境。顯然，如果沒有新聞記者的心理人格對這種擊敗態勢的配合，新聞業將依然存在著高度緊張的政治衝突。例如，八十年代新聞記者雖然完全由國家供養，其生存邏輯應該促使其完全接受國家強權話語，但大量拒絕接受革命趣味價值觀的新聞記者仍然對國家抱有強烈的抵觸情緒。這說明，如果不對新聞記者價值觀變遷的，解釋其動力機制做一個哪怕最簡單的描述，解釋其，我們將依然停留在回答一個

「為什麼在九十年代沒有發生大規模集體行動」的問題，而不是一個「為什麼新聞記者與國家結成經濟利益聯盟」的問題。下面我們對兩種不同觀點展開分析。

第一節　九十年代末期知識階層對新聞業產業化運動前景的兩種估計

針對國家與新聞業九十年代末期以來在經濟領域的控制與反控制的博弈後果，存在兩種相反的估計：一種根據現代化理論引申的觀點認為，產業化進程使新聞業的經濟自主性大大增強，國家對新聞業進行全面監管的技術難度也急劇增加，因此產業化將促進新聞業與國家關係進一步脫離。而另外一種基於批判理論的觀點認為，產業化進程將使新聞業更關心經濟利益而不是業務自主權，隨著經濟收入的增加，新聞記者的政治興趣將越來越弱。因此產業化將使新聞業更加依附國家。這兩種觀點都有經驗的支持，而且分別在微觀層面和宏觀層面上佔優勢。

例如，支持現代化理論的觀點有：

（1）新聞從業人員在微觀層面越來越有操作的空間。由於經濟效益這個指標使新聞業擁有了與國家抗衡的一個很強的談判籌碼。宣傳官員經常允許新聞記者打「擦邊球」，在政策的底線邊緣上維持一種微妙的平衡。

（2）隨著新聞業經濟自主性的增加，新聞管理部門變得不再像計劃經濟時代和雙軌制時代那樣重要，在相當多的領域裏，行業管理部門與新聞媒介之間的衝突越來越明顯。例如，在電視業，「強臺弱局」是一個非常普遍的現象。新聞媒介的「陽奉陰違」讓官員非常頭疼，大批政治導向不正確的地方媒介屢禁不止。

（3）媒介越來越地方化。國家宣傳佈局原先所設計的中央級大報的影響力越來越衰微，而市民趣味的報紙、刊物和電視節目更受歡迎，在各個地區都是區域性媒介佔據市場分額的優勢，在經濟越發達地區這種傾向越明顯。

而支持批判理論的經驗事實有：

（1）國家輿論調控能力並沒有因傳媒的經濟自主性增強而削弱。雖然在局部領域新聞記者通過「擦邊球」的技巧幾乎打贏了每一場局部戰爭，但在每一次重大事件報導中，國家都顯示出對新聞輿論得心應手的控制能力，新聞業顯示出高度的馴服。

（2）體制內的新聞傳媒的興趣點已經普遍從政治博弈轉向經濟利益。各地電視臺輿論監督節目從1998年至今已經急劇減少到全盛時期的不到一半，取而代之的是各類高收視率的庸俗電視劇，相反是國家鼓勵各地恢復輿論監督節目。傳媒的庸俗化和小報化傾向越來越嚴重。新聞記者越來越願意以收視率而不是道德觀來衡量輿論監督的價值。

（3）民營傳媒作為衡量國家與新聞業脫離傾向的重要指標，其生存空間不僅沒有打開，反而一直處於萎縮的狀態。例如，著名媒介人士、《河殤》導演夏駿試圖從社會主義晚餐中分一杯羹的個人創業生涯在短暫的8個月後即告終結。由於一系列分歧，北京電視臺很快與其解除了合約。在國家堅硬的壟斷經營制度下，其他民營影視公司的生存狀態並不樂觀，甚至感到發展空間和利潤越來越小。新聞業和其他國有壟斷企業一樣呈現出國進民退的態勢。

第二節　政治力量對經濟力量的壓倒性態勢

針對這兩種分別在微觀層面和宏觀層面佔據優勢的理論及其趨勢估計，本書有如下幾個基本觀點：

一是現代化理論闡明了一種本書稱為「海量資訊」導致威權國家失控並最終發生集體行動的機制，它在微觀層面以「擦邊球」的形式廣泛存在。但這種「擦邊球」行為只是集體行動眾多必備條件中的一個，一旦其他條件成熟，它將可能再次促成爭取業務自主權的集體行動。

二是媒介追逐商業利益是一個普遍的動機。商業利益是一種超脫於各種政治態度的強制性機制，能促使一個擁有不同政治觀點的新聞記者群體最終做同一個政治選擇，儘管其中也許有大量的人並不喜歡這個選擇。

三是一個歷史時期內的國家與新聞業關係取決於以上兩種因素的對抗性結果。如果商業利益的成長空間足以為新聞業提供一個與國家對抗的資源平臺，那麼新聞記者將選擇追求更獨立的國家與新聞業關係；如果國家強大到足以消滅一切商業力量，那麼新聞記者將可能選擇與國家妥協。甚至隨著時間的推移逐漸將這種妥協價值內化，最終形成國家一元獨大的話語霸權。

基於以上3個基本觀點，本書認為現代化理論所闡述的「海量資訊」對一個集權國家的瓦解機制之所以失靈，主要原因是中國特有的強國家–弱社會結構使其不能發生顯著作用，而由於商業力量一直被國家行政力量壓制，它始終不能與國家取得抗衡的任何機會，相反國家一元獨大的治理能力和話語霸權特徵卻日益明顯。

本書將國家與新聞業關係九十年代以來的演變轉捩點定在1999年。這個分期出於兩個基於常識的理由：一是1998年政府體制改革啟動後，新聞業結束了限期「斷奶」的保駕期，被正式宣佈獨立經營、自負盈虧。從國家–新聞業關係角度看，絕大多數新聞機構已經是經濟獨立自主的產業而不是依靠國家撥款的事業單位。如何在一個逐漸擁擠的市場上養活自己的生存邏輯成為新聞業整個記者隊伍最重要的動機。一是1999年國家通過中國新聞出版署裁決《精品購物指南》債務案正式確立了任何社會資本不得進入新聞業核心業務區域的基本制度。本書認為，這兩個事件在九十年代以來國家與新聞業關係中決定性地影響了新聞記者與國家博弈的策略，它表明國家通過行政強權最終排除了任何使新聞業脫離國家控制的因素，使生存邏輯成為最終馴服新聞業、使新聞業與國家結成基於經濟利益的政治聯盟的決定性動機。

國家與新聞業雙方在九十年代末期的結盟，是在產業化這種總體性機制下凸現出來的生存邏輯驅動的必然選擇。產業化總體性機制是指，由國家主導制定的產業化政策既是改變國家與新聞業九十年代初期關係的動力，同時也是在九十年代末期雙方關係定型的結構性條件。只要新聞產業資源的進出口還掌握在國家手中，這種局面將不因話語形態和政治動員結構的改變而改變。雖然經機制問題。顯然，「沒有爆發集體行動」具有比「國家與新聞記者結成聯盟」更弱的動機假設，而且是一個時間和群體覆蓋範圍更大的假設。本書在第三章從國家合法性的轉變、國家缺乏新聞多樣性管理經驗、老一代新聞記者的歷史怨恨和經濟利益的稀少4個角度解釋了國家與新聞記者在八十年代的緊張關係。由於以上四個結構性條件在九十年代的消失，使國家與包括新聞記者在內的知識階層緊張關係或大規模集體行動的根源不復存在。但這不意味著，新聞記者有更強烈的動機向國家進一步靠攏，並選擇與國家結盟。

一是新聞記者雖然迄今為止仍是知識份子當中的一部分，但他們在八十年代與九十年代的政治地位和社會聲望已經不可同日而語。雖然整體上新聞記者的經濟利益獲得相當滿足，但是伴隨整體經濟利益提升的，卻是該群體在整個知識階層中專業聲望的下降。這種專業聲望的下降對整個新聞記者群體有深刻的影響。新聞記者的歷史地位是在整個民族強烈說真話的衝動與抗爭的氛圍中奠定的，一旦這個民族實際獲得的新聞自由越來越多，新聞記者的社會聲望和專業地位反而會下降。隨著新聞記者的傳統角色越來越被其他受過高等教育的知識階層所替代、新聞自主權鬥爭越來越被國家制度化，新聞記者的使命感和成就感也越來越被稀釋。事實上，在九十年代後期，更多的知識菁英和新聞專業菁英從新聞業流向學院研究機構、商業性公司，這與九十年代初大批知識菁英流入新聞機構的現象[29]形成鮮明對比。隨著這些知識

---

[29] 例如當時轟動一時的電視談話節目《實話實說》有相當一批學界人士在操持，著名的有當時的人民大學教授鄭也夫、周孝正，北京理工大學的楊東平等。

過 30 年的財政雙軌制改革，中國新聞產業已經將絕大部分資源運作放在體外進行循環，一線城市和二線城市的新聞從業人員 60% 以上是市場配置方式而不是計畫方式管理，國家財政撥款在絕大多數新聞單位收入結構中也退縮到一個完全微不足道的象徵性比例，但這個巨大的軀體的頭顱仍然牢牢地長在一個舊體制中。這個體制外的軀體完全依靠體制內的「口腔」獲得一切養料，從而「頭顱」通過控制「口腔」而有效地指揮了一個龐大的軀體。換言之，形成國家話語霸權的最基本動力在於九十年代加速實施的產業化政策，它與中國特有的政治結構結合在一起，使國家力量不斷強大，而新聞業作為一支政治力量卻在不斷削弱，最終國家通過控制傳播渠道和調配優質新聞資源強勢地打敗了新聞業。

第三節　市場化運動與新聞記者的心理人格、群體結構和話語形態

行文到此，本書僅僅解釋了國家以何種方式擊敗了新聞業，但是對新聞記者如何將這種擊敗的態勢進行「價值內化」的問題還沒有得到解答。本書認為，新聞記者作為一支政治群體的衰落與產業競爭導致的生存困境，二者相互纏繞和增強，決定了中國新聞業進入二十一世紀後悄然發生的價值內化，而這種政治上的衰落同樣是由九十年代末期以來的產業競爭所直接誘發。

本書認為，必須從社會結構變動的角度，特別指出新聞業產業化超出新聞記者預期的種種意外後果，才能令人信服地在實證層面上解釋話語霸權為何在九十年代末期以來凸顯的機制。這

個意外後果就是，新聞記者依託於「市場化」的話語挑戰雖然最初有助於瓦解一個集權國家的僵化意識形態，但產業化的最終作用是有效地幫助了國家分化和瓦解新聞記者而不是相反。產業化機制包括 4 個方面的內容：第一，產業化高速擴張導致的海量資訊時代使新聞記者的宣傳越軌變得無足輕重；第二，產業化使新聞記者不再作為一支整體的政治力量而存在；第三，產業化產生的專業化分工使新聞記者在知識階層中的相對地位下降而不是提高了，越來越多的新聞記者試圖提升政治地位以獲得在知識階層序列的心理補償；第四，也是最重要的一個原因，產業化越來越殘酷的競爭使新聞記者成為贏利機器中的一個零件，無論是高層記者還是低級記者，都非常清楚任何擺脫對國家的政治依附的努力只能招致毀滅性打擊，而競爭對手可乘機取而代之。由於存在《南方週末》、《南方都市報》、《冰點》這種前車之鑑，那些政治級別越高的核心新聞媒介越來越傾向於充分運用國家的行政恩寵，而那些邊緣性媒介則試圖努力爭取這種具有極大經濟利益的政治資源。在生存邏輯的決定性打擊下，市場化終於成為一場改變新聞記者話語、力量結構與心理人格的運動。

看上去本書與趙鼎新（2005）的「基於經濟利益的聯盟」的觀點非常接近，但從解釋方法和理論實質上都有很大的差異。雖然二者都更傾向於強調經濟利益這種結構性因素而不是意識形態這種話語因素來解釋發生於國家與新聞業關係領域的整體轉型，但包含趙鼎新的文章在內的絕大多數文獻都試圖回答「為什麼九十年代包括記者在內的知識菁英沒有爆發社會集體行動」而不是「為什麼九十年代末期新聞記者願意與國家結成聯盟」的動力菁英和專業菁英部分使命的實現，大批具有使命感的記者開始逃離新聞圈子，尚未逃離新聞實踐的報人、電視人也紛紛熱中於進入學界，例如，《大眾日報》某圖片總監到中央財經大學擔任碩士導師，新聞記者也紛紛以進入高校當教師為榮。新華社記者李希光如今擔任清華大學教授、《三聯生活週刊》前主編錢剛轉為上海大學和平與發展研究中心研究員，擔任策劃的新左派領軍人物汪暉現為清華大學人文學院教授。

根據本書的參與式觀察，在知識階層中相對地位降低導致的補償心理下（本書稱之為「前知識份子心態」），在很重要的程度上誘發了新聞記者機會主義動機。國家雖然能幫助他們獲得相當的經濟利益，但經濟利益的滿足並不能代替精神的滿足。一方面，他們出於專業的本能渴望更多的專業自主權，另一方面，出於虛榮體面的考慮他們又渴望國家幫助他們鞏固其綜合社會地位。本書更大膽地推測，在一個日益高速運轉的機構裏，新聞記者強烈的失落感是塑造其高度政治依附性的基本動機之一。在已獲得初步的新聞業務自主權後，新聞記者已經不再如同當年那樣憤怒，而與知識階層之間相對地位的比較心理因素開始佔據上風。為了彌補綜合聲望的損失，通過依附國家強權獲取更穩固的政治地位，是新聞記者發自內心的一個理性選擇而不是強迫。只要政局穩定，新聞記者甚至要比其他專業群體更加認同國家的威權統治，新聞記者的黨性 - 士大夫精神傳統將繼續增強，他們將更進一步地排斥新聞專業主義，當然這並不排斥他們嫻熟地使用「客觀」、「公正」、「報導事實」等類專業主義概念。

一是九十年代末期以來，新聞從業人員當中為數不多但至關重要的關鍵群體——掌握權力的高級和正式新聞記者已經成為支配新聞媒介組織的國家代理人。是這些關鍵群體而不是那些為數眾多的次要群體選擇與國家結盟。在這些關鍵群體地位上升的同時，那些曾經作為挑戰國家政治控制的民間新聞記者的生存狀態卻在急劇下降。如果我們沒有注意到「誰的經濟利益」這個關鍵問題，將很可能陷入對各個新聞機構耗盡心力的各類問卷調查而不能自拔。雖然九十年代末期的經濟利益是導致國家與新聞業走向聯盟關係最重要的一個結構性條件，但如果不注意到新聞記者群體內部資源分佈已經高度不均衡這個事實，不將焦點集中於新聞改革的關鍵群體的瓦解和新聞業後備力量的衰落，將無法對九十年代末期以來國家與新聞業關係做出令人信服的說明。

總之，新聞記者普遍較高的經濟利益雖然是削弱大規模集體行動的一個方面，但不是新聞記者控制內化的必要條件。趙鼎新的「經濟利益」收買模型雖然注意到各文化事業單位普遍提高了知識階層的經濟收益，卻沒有注意到新聞記者在知識階層群體中其他社會地位維度的變化，甚至也沒有注意到新聞組織特有的權力運作通道，因此只停留在「為什麼沒有發生集體行動」這個層次上回答問題，而沒有進一步做出「國家與新聞記者結盟」這個更強的理論假設。同樣，康曉光（2002）的意識形態的崛起、知識份子的使命感的消失等話語分析並不能一步到位地推導出新聞記者與國家結盟，需要與經濟利益這個更根本的結構性條件結合在一起，才能從事實層面對新聞記者如何與國家結成聯盟做出更為細緻的描述和分析。

本書認為，國家逆轉公共領域化的動力機制包括兩個重要內容：一是國家如何有效地控制住新聞領域的集體行動，二是新聞記者又如何被國家「控制內化」。這種「控制內化」不僅來自國家積極的作為，更來自新聞記者自身的利益算計。它不僅來自新聞記者整體經濟地位的上升，同時也來自新聞記者內部關鍵群體的地位變遷。它包括來自市場經濟的 3 個重要動力機制：特有的壟斷結構使各級新聞機構附庸於政府的管理體制、前知識份子心態（新聞記者專業地位下降導致的心理補償）、關鍵群體的蛻變。而這 3 個機制，都與市場化競爭巨大壓力直接相關。

在八十年代、九十年代早中期和九十年代末期 3 個歷史時期，市場化改革對國家與新聞業關係的影響完全不同。由於話語環境、宏觀變遷和結構性因素的影響，它對國家與新聞業雙方的博弈態勢所發揮的作用也完全不同。在八十年代，新聞財政體制的市場化改革有效地幫助國家迅速建成了一個基礎性宣傳網絡，新聞記者人數、新聞種類和數量都大大增加；在九十年代早中期，市場化改革使新聞記者借助其力量有效地反對國家僵化的意識形態控制，幫助一個新生的威權國家穩固其統治，在一個具有豐厚利潤的產業正式形成的同時，有效地促進了新聞記者經濟地位的上升；而在九十年代末期，市場化改革的另外一面卻開始顯現，由於競爭壓力的逐漸增大，新聞業與國家控制與反控制的政治博弈轉變為新聞業之間的生存鬥爭。在殘酷的生存鬥爭中，各級新聞機構只有依靠國家的行政力量才能保證境遇不變得更壞。在新聞記者的個體心理人格層面，由於其在知識階層序列中實際地位的下降，他們被迫投向政府以尋求補償。隨著媒介商業化進程的階層分化，新聞記者作為一支具有高度群體認同的政治力量已經式微，開始自覺接受國家的話語霸權。商業化由一種推動新聞業與國家分離的力量演變為國家控制新聞媒介的強大工具。新聞記者話語形態的演變一旦與生存邏輯結合在一起，就最終毫無懸念地促成新聞記者與國家結成一個基於經濟利益的聯盟。

第四節　從權力走向權威：市場條件下的國家話語霸權

本節將繼續闡述新聞媒介產業化運動下，促使新聞記者將國家霸權話語價值內化的 4 個重要機制。

產業化對國家與新聞業關係發生的第一個作用在於，它使新聞業作為一支統一的政治力量已經不復存在。如果說在九十年代初期，新聞記者還是一個在政治、經濟和文化認同方面高度同質化的群體，那麼到九十年代末期，新聞記者已經明顯分裂成新聞機構管理層、體制內新聞記者和體制外新聞記者 3 個具有獨立利益動機的階層，使得新聞記者曾經作為一個動員能力很強的整體喪失了集體行動的組織能力。

新聞機構管理層是指各個新聞機構的中層和高層負責人。這些人多數受過高等教育，對「文革」時期有過一定記憶，在八十年代初期到中期走向工作崗位。他們非常嫻熟於國家的政治運作體制，同時也受到西方新聞專業理念的一定影響。這些人既是政府官員、又是新聞企業的老闆，又是新聞專業人士。

體制內新聞記者是指各個新聞機構裏的在編正式職工。這些新聞記者通過調動或大學生分配等計畫經濟人事管理辦法進入到各個機構。他們人數眾多，加上具有與管理層相同的體制內身份，具有很強的談判力量，因此沒有特殊原因，他們不能被隨意開除。他們多數擔任基層負責人或者在各類重要崗位上工作，具有豐富的政治和經濟機遇。

體制外新聞記者沒有正式在編的身份，也沒有國家單位普遍享有的福利待遇，完全依靠打工維持生計。由於身份的限制，他們多數不能擔任中層甚至基層負責人。這些人大部分還屬於「流浪記者」，同「在編記者」比起來，他們沒有編制，沒有戶口，沒有職稱，多數沒有新聞出版署頒發的記者證。在《勞動合同法》頒佈實施前，中國各類新聞媒介中，有超過80%的從業人員沒有與機構簽定勞動合同。他們的權益常常得不到應有的保障，基本的三險與勞動協定都難以簽署，超時工作與低廉的報酬在媒體行業中更是相當普遍的現象。一旦出現閃失，馬上會被所服務的單位開除。他們不僅客觀指標上處於新聞單位的最底層，而且具有強烈的「底層感」，因而被稱為「新聞民工」。

在經濟壓力下他們的政治意識已經大為衰落。「士大夫國家主義」的著名代表人物李希光在談到佔據新聞從業人數80%以上的「新聞民工」隊伍時，對殘酷生存壓力下「新聞民工」專業主義精神漸漸泯滅、商業創收指標對優秀記者的逆向淘汰以及微薄報酬下難以為繼的行業尊嚴等問題感到非常憂慮。以下為他接受《廣州日報》採訪時的談話：

> 「今天媒體對好記者的判斷，就是看他能否搞到醜聞、緋聞、秘聞、內幕新聞。結果，記者的思想方法、工作

模式、寫作風格、價值判斷和道德標準發生了巨大的變化。很多記者越來越相信，只要能像私人偵探那樣搞到醜聞，就能上頭版，上封面，做專題，最後還可以出書揚名。中國那些名牌大學新聞學院培養的大學生、研究生、博士生都派不上用場了。今後的記者編輯應該來自於警察學校和私人偵探學校。結果是，記者的准入門檻越來越低。低到什麼程度？現在的北京、廣州等地，現在正在找工作的一些大學生中流傳著這樣一句話：『找不到工作就去當記者。』不僅僅是新聞學院的學生這樣看，其他學院的學生也是這樣看。為什麼會出現這樣悲哀的局面呢？現在有一個誤區，有的報紙打出：『我們捍衛新聞專業主義，我們的報紙需要的是職業記者。』什麼叫專業主義者，醫生、律師稱之為專業人士。專業人士的職業特點和基礎是什麼？是要有豐厚的年收入、牢固的社會保障和穩定的福利待遇以及固定的月收入。而今天，許多境內外媒體的廣大編輯記者和編導並沒有這樣一個堅固的物質基礎，新聞專業主義又從何談起呢？新聞專業主義要求公正、客觀、無偏見。就像醫生一樣，我不管這個病人持什麼樣的觀點、我對我所有的病人一視同仁。我們的記者能做到這樣嗎？據瞭解，目前中國各類媒體中，有超過100萬的媒體從業人員，其中近80%的人與媒體之間沒有簽定勞動合同。這很可怕，許多新聞學院的學生不願意去電視臺工作，不論是境內的還是境外的電視臺，就是因為這些電視臺不和他們簽定勞動合同，不給他們購買勞動保險[1]，甚至有些記者連月工資都沒有，沒有記者證，最多給出一個出入單位大門的臨時出入證。有的電視臺給記者的報酬是按發表的字數、播出的分鐘計算。這叫『賣文為生』，甚至有些媒體連稿費都不是通過正規途徑發出，而是拿計程車發票、下飯館的發票換取勞務費。今天我們面臨的最大問題是，我們的記者嘴上高喊社會良知、維護人權，但是，每時每刻，他們自身的基本人權和個人的尊嚴在遭受自己雇主的踐踏。很多記者在變成沒有階級覺悟的『新農奴』。沒有固定工資、沒有勞動合同和社會福利保險，如何成為一個專業工作者？記者是如何變成『新農奴』的？賣文為生或『賣秒為生』給他戴上了一個沉重的枷鎖。他每時每刻考慮的不是如何滿足人民群眾的知情權，而是在考慮如何讓自己的編輯、主編、製片人滿意，主編喜歡什麼選題就採寫什麼，主編喜歡什麼角度就寫什麼角度。只有這樣，文章才可以上頭條，可以播出，可以賺大錢，可以一夜成名。

「賣文為生等於把自己的思想套上了新的枷鎖，這個枷鎖就是讓主編對他們的報導和選題滿意，主編要讓代表這些媒體的經營者、投資者和背後的利益集團滿意。還有流浪在社會上數不清的自由撰稿人和自由製片人。這些人

---

1 該問題的根源主要是體制性的編制不足導致，並非傳播媒介故意所為。中國傳媒作為事業單位，具有政府規定的雇員編制總量，因此在事業擴張期必須在社會尋求臨時雇員。當需要長期用工時，新聞業往往只能採取勞動派遣制度來繞過政策禁區。2008 年 12 月中國《勞動合同法》頒佈後，不簽訂勞動合同的做法已經成為歷史，但這些派遣員工依然不屬於事業編制內的人員，是體制內的「體制外人」。

> 更是賣文或賣片為生。為了養家糊口，他們可能要一稿多投。這些人沒有基本的生活保障，沒有最低工資，更沒有人負擔他們的採訪費。他們中的確有不少有良知的記者。但是，還有許多人在從事這項工作時，並不是對社會和公眾負責，他只對他的文章或片子能不能發表或播出負責、能不能換來錢負責。」[2]

而這個群體曾幾何時是何等風光。當錢剛在1995年主持創辦《三聯生活週刊》時各類大腕華麗登場，中央電視臺評論部滙聚各路青年菁英時，「體制外」這個稱呼還具有一種閃耀理想主義光芒的力量。九十年代初期的市場化改革不僅有助於新聞記者在以爭取業務自主權為目的的話語替換實踐中換取巨大的籌碼，而且在爭取新聞機構的人事和財務自主權上開中央主流媒介之先河。在八十年代，國家雖然對新聞業進行了市場化改革，但新聞記者依然保留在行政化的管理體制中，是一種「常備軍」制度。新聞記者的自我認同是「幹部」。到了九十年代，由於業務改革的需要，所需記者急劇增加，已經無法維持八十年代的常備軍制度，被迫從社會上招募臨時性人員，由於這些新聞記者的加入，艱難啟動的九十年代新聞改革開始變得生氣勃勃。國家從體制外招募新聞記者，推動了專業價值觀的形成，專業價值觀的形成，又進一步擴大了新聞的製作效率和吸引力，促進了傳媒產業的發展。在這種相互強化的互動機制下，產業規模也越來越大，新聞

[2] 〈李希光：商業化媒體壓迫下的新農奴與真實之死〉，《廣州日報》，2006年1月12日，趙琳琳報導。

記者的自主權也越來越大。國家雖然在體制內控制了一部分管理層，但這些臨時人員開始成為新聞記者的主體，大部分新聞記者已經是體制外的有文化的打工者。它將新聞記者從原有的人事體制中解放出來，為各新聞機構提供了一個市場化用人機制，使國家不再能完全控制新聞記者。國家對記者的雙重控制逐漸改為經濟控制手段。這種市場化的後果曾經被視為國家控制能力下降的一種指標。

但這種短暫的解放在中國新聞業體外循環的用工模式的打擊下逐漸解體。隨著時光的流逝，體制外新聞記者已經由當初一群「代表先進文化發展方向」的政治意圖的挑戰者蛻變成一群「渴望被剝削」的勞工群體。一個迅速擴張的產業和越來越激烈的競爭使各類新聞媒介傾向於使用廉價的、聽話的青年勞動力。這批既無政治經歷和思想，也無豐富社會資源和網路的新聞民工已經不能與改革開放初期的那批新聞民工同日而語。以「新聞民工」為代表的從業人員的文化聲望、經濟地位和政治地位嚴重下降，而且「新聞民工」在市場經濟改革中人數比例越來越佔據優勢。根據不完全統計，這部分新聞民工至少佔據了 40％以上甚至更多。在中央電視臺這部分「新聞民工」甚至比例高達 60–70％。在許多新辦媒介中可能達到 100％。經常可以讀到各類媒介機構為了保證創收，大量低素質的「新聞民工」也陸續進入各類以駐某地記者站為名義的創收點的負面消息。

新聞業之間激烈競爭也使報紙和電視傳媒日益庸俗化和小報化。記者必須努力去挖掘更加「吸引眼球、刺激神經」的內容。新聞記者之間常常以狗仔隊自稱。在收視率、發行量為指標的考核下，他們普遍處於亞健康狀態。由於傳媒的特殊公共影響，新聞記者必須小心翼翼地繞開政治禁區，同時在激烈競爭中絞盡腦汁壓榨出新的創意以吸引公眾越來越麻木的注意力。隨著新聞民工越來越多，具有政治意圖的新聞記者隊伍力量越來越被稀釋。甚至悲觀地看，他們甚至不再作為一個具有高度身份認同和壓迫感的政治群體而存在，而是在生存競爭中作為一個個馴服的經濟動物而存在。

體制外新聞記者的整體衰落，使新聞業管理層成為決定新聞業總體政治傾向和行動策略的關鍵群體。隨著新聞產業規模發展得越來越大，管理層不再像當年單位社會時期焦頭爛額的再分配者，他們已經變成了掌握大量資源的投資者。隨著產業化進程的推進和單位社會的弱化，他們所管理的對象大部分已經由那些心懷各類怨恨的小知識份子轉變成日益馴服的白領產業工作者。在業務自主權上，只要不觸及政治底線，他們實際上已經擁有很大的對國家與社會設置議事日程、影響輿論環境的權力，成為國家拉攏的重要對象。和短短幾年前相比，他們的經濟條件、管理環境和專業氛圍都有一個質的提升。按照孫立平（2003/2006）的說法，他們也是一個擁有「總體性資本」的利益集團中的成員。在專業資質上，他們基本上都是高級職稱；在經濟序列上，他們屬於經理人員；在政治序列上，他們都是擁有一定的行政級別的官員；在社會聲望序列上，他們還是經常出頭露面、執掌社會公器的公共人物。

這 3 個群體分層由於各自擁有自己獨立的利益和群體認同，使新聞記者已經不能作為一個整體的政治動員力量來看待。在這種形勢下，新聞管理層由於擁有相當的經濟自主權成為決定新聞業實際走向的關鍵群體。國家對這個群體的經濟利益顯然是充分照顧的。對他們而言，如果能夠實現適度的意志空間，遠遠沒有必要再提出更進一步的業務自主權要求。

產業化的第二個作用是小知識份子心態的誕生。九十年代是一個沒有英雄的時代，新聞記者隊伍同樣具有深刻的無能為力感。從新聞機構內部的微觀活動看，在一個越來越高效率的產業體系裏，新聞記者中的個人作用越來越小，甚至被管理者設計為新聞傳輸帶中可替代性極強的零件。新聞記者日益成為一個在流水線上重複性作業的類藍領，以往那種「一呼百應，應者雲集」的時代已經不復存在。但本書試圖指出，從國家新聞治理的宏觀角度看，中國宣傳體系特有的蜂窩式結構更是徹底消滅了任何新聞記者試圖通過宣傳越軌獲取成名途徑的努力。

在八十年代，國家已經初步建成了一個以報業為代表的新聞宣傳網絡。市場經濟的發展使新聞機構數量和傳媒種類急劇增加，到九十年代初期，迅速發展的廣播和電視軍團也加入了這個宣傳隊列，形成了一個密密麻麻的蜂窩式結構。這個蜂窩式結構由大大小小、級別各異、種類繁多的各個新聞機構構成，它基本是按照各級行政管轄區域範圍分佈，成為一個相對獨立和封閉的宣傳體系。

這個由廣播、電視、雜誌和報紙構成的宣傳體系，在客觀上為國家減輕對越軌新聞記者的懲戒力度創造了條件。從中央政府的層面看，由於越來越多的新聞機構分散了讀者注意力，單個新聞報導在海量資訊的環境中顯得越來越不重要，除非是那些直指體制弊端、引發社會大部分成員強烈共鳴的作品，新聞記者對國家的負面消息報導很容易淹沒在海量資訊環境中。因此一方面，新聞記者個人的重要性越來越下降，另一方面，也促使國家對宣傳越軌的懲罰變得越來越有彈性。

現代化理論的「海量資訊模型」認為，市場經濟的發展會導致新聞機構和資訊數量越來越多，最終導致國家的資訊失控而為合法性危機和集體行動創造條件。而事實上，現代化理論描述的是一個新聞業的所有權非國有和事後審查制度的情形，而在中國這種特定的威權國家，新聞管理體制下海量資訊的作用似乎無所作為。在國家終端監控和高端監控的有力實施下，「海量資訊」不僅沒有弱化國家的新聞控制，反而使那些試圖越軌的記者日益成為在資訊大海中微不足道的小魚。

首先，國家不是按照產業組織來管理新聞業，而是堅持沿用半軍事化的登記制度來管理新聞業。大大小小的新聞機構都擁有主管部門。根據新聞出版署頒佈的《出版單位登記法》，主管部門負責新聞機構的財政、人事和輿論導向。一旦新聞宣傳越軌，國家將追究行政主管部門的責任。這種管理登記制度使國家能提綱挈領地通過行政手段向新聞機構主管部門下達指令而不是分別向分佈廣泛的新聞企業組織調控，例如，國家只需要向報業集團或電視臺發佈一個指令，就可以控制其下屬的多個報紙和頻道，控制成本極其低廉。此外，在中國刊號是一種非常稀缺的資源，一旦被取消將很難再獲得辦刊資格。因此只有政治表現好的組織才有出版資格，而且為了規避風險，那些激進的新聞記者通常被剔除出擁有實權的管理層。

其次，新聞機構對國家的批評始終是在政治監控下進行的。由於掌握終端監控和高端監控的低成本，國家始終能把握住他們所需要的政治導向。九十年代早期的新聞改革取得了他們的前輩記者終生沒有取得的成果。但隨著時間的推移，新聞記者發現漸進式改革的空間在逐漸縮小。在以《焦點訪談》為代表的輿論監督譜系誕生後，各黨報紛紛開闢輿論監督專欄，各電視臺、電臺也設立了輿論監督欄目。批評性報導繁榮一時，受到受眾廣泛歡迎。但這種「只打蒼蠅，不打老虎」的策略在最初的興奮感之後逐漸消失。1998 年的朱鎔基贈送給《焦點訪談》的「政府鏡鑑，改革尖兵，人民喉舌，輿論監督」十六字評價雖然意味著新聞記者爭取常規化的新聞批評報導取得了成功，同時也標誌著政治空間走到了盡頭。隨著正面報導的比例越來越多，對新聞口徑的把握也越來越嚴，新聞記者紛紛抱怨:「現在的《焦點訪談》越來越不好看了，因為領導越來越重視了。」2002 年廣泛流傳的一部由中央電視臺新聞評論部製作的娛樂搞笑節目《糧食》，以非常悲愴的字幕表明了新聞改革的停滯。

隨著國家進一步對輿論監督欄目做了個更嚴格的限制（例如，《焦點訪談》的選題需要中宣部批准），1995 年後隨著閱評小組和其他審看機構的建立，新聞審查制度日益成熟，實際深入到核心新聞業務的製作體制中，國家的力量已經深入到新聞的從前期策劃到生產到事後獎懲制度。這種進步與其說是新聞自主權的擴大，不如說是國家輿論控制技巧的進步。經過幾年的摸索，國家已經能夠非常嫻熟地掌握圖像話語技術，他們明白電視新聞記者想說什麼，怎麼說。例如面對《焦點訪談》記者出現批評性報導過多過激的「失誤」時，中宣部部長丁關根並沒有一棍子打死，而是請他們到中南海進行座談，和風細雨地督促新聞記者認識到自己的「錯誤」並保證進一步改進。曾經風起雲湧的小「焦點訪談」開始減少，全國最多時有60多個批評性報導電視欄目，但到九十年代後期，批評性報導欄目以及其他所謂新銳欄目已經減少了一半，取而代之的是在黃金時間段播出的肥皂劇和庸俗化的綜藝節目。雖然國家發現這一現象後，出於加強中央集權的目的而加以恢復，但批評性報導已經風光不再。平面媒介除了少數報刊之外，批評性報導也開始萎縮。《南方週末》和《冰點》受到國家的整頓之後，隨著第一批創業的新聞記者陸續離開，大量新聞民工的進入，新聞自由傳統的訴求已經日益被稀釋。

因此，在中國高度完備的監督體制下，一個越來越發達的宣傳佈局體系對新聞業和國家當局都是有利的。它既可以用來被新聞記者在技術上逃避當局的監督和檢察，同時也可以被國家進行強化統治的工具。因此，八十年代市場化對國家與新聞業關係的影響幾乎是中性的，新聞記者非常樂於看到自己隊伍的壯大，國家也樂於看到宣傳規模的迅速擴張。到九十年代，隨著國家目標的進一步清晰，新聞記者的政治抱負進一步衰落，一個擴展的蜂窩式結構對國家治理變得更加有利。在這種客觀因素的影響下，任何試圖嘗試新聞越軌的記者都如同資訊海洋裏的魚，可以隨時捕撈丟掉，而不對全局造成大的影響。

產業化對九十年代新聞記者人格塑造的第三個作用，是醞釀出一種本書稱為「前知識份子心態」的特殊人格。所謂的前知識份子心態，是指九十年代以來由於專業化分工導致新聞記者文化聲望的持續下降趨勢，導致新聞記者試圖通過提升其政治地位以補償其綜合聲望的損失。新聞記者曾經是一個非常「吃得開」的職業，他們儘管經濟收入不多，但因為門路多、關係廣被視為通天人物和各地政界巴結的對象。同時他們還是文化人，這在八十年代大學生相對稀少的背景中有相當優越感，甚至這種知識菁英和政治菁英雙重角色使新聞記者在八十年代備受寵愛。而在九十年代，新聞記者已經更多地被視為「知道分子」而不是「知識份子」。在本書作者對一位八十年代末期擔任《開拓》雜誌負責人的記者採訪時，他談到「非常懷念那個黃金時期」。在《開拓》倒閉後，這位記者辦理辭職手續，到電視新聞業尋求發展。他因成功地策畫了中國最具有平民草根精神的節目《感動中國》而名噪一時，但他認為整個新聞記者已經淪落為一個缺少精神家園的低端行業，變得越來越沒有價值感。

新聞記者群體從知識份子轉變為「知道分子」的大趨勢，對大量具有傳統菁英情結的老文化人的心理打擊是微妙而且沉重的。九十年代以來，隨著專業化進程的推進，新聞記者越來越暴露出其知識儲備不足的問題，他們被迫放棄了原先借助職務便利佔據的話語陣地。如果在九十年代早期我們還能看到許多新聞記者在各類報紙和電視上慷慨激昂地發表各類觀點，那麼到九十年代末期以後他們已經基本銷聲匿跡，轉而由各類學者、專家和政府官員佔據話語權力的中心[3]。根據作者的觀察，新聞記者越來越

[3] 迄今為止，儘管發表深刻的見解仍然是大多數中國新聞記者樂意扮演的角色，但已經有許多記者或主持人因「指點江山的愛好」而廣受公眾和政府批評。在筆者參加的各類內部宣傳會議上，反覆強調新聞記者要「找準自己的位置」。

強調西方專業主義理念的事實和中立，但這種轉變與其說是專業化的自覺定位，不如說是力不從心的無奈之舉。新聞工作者對其職業的社會地位和專業化程度的自我認同都低於那些比較公認的「專業型」職業，如律師、醫生、會計師和大學教師，甚至地位僅僅與中學教師相當（潘忠黨、陳韜文，2006）。由於新聞所要求的職業素質門檻相對較低，新聞記者的來源可謂五花八門。他們雖然也被看作是「文化人」，但客觀指標和自我認同上地位都顯著低於其他知識份子。

在潘忠黨、陳韜文（2006）對上海、杭州兩地的調查結果中，集中地顯示了這種趨勢。研究者將「測量新聞工作中的外在干涉程度（包括選題、製作和刊播 3 個階段）的 3 個綜合變項：媒體內部業務領導的影響、黨政職能部門的影響、和廣告客戶的影響，分別放入社會地位評價和工作自主程度的多元回歸等式中，結果發現，新聞從業者並不認為內部業務和黨政部門對其新聞採寫自主的干涉會降低新聞工作者的社會地位，反而這兩類干涉程度與社會地位評價呈正相關（b 分別為 .078 和 .090，p<.05），但是，黨政部門的干涉程度與新聞工作者工作自主程度的評價有一定的負相關（b=-.073，p=.054）。也就是說，雖然新聞工作者感到媒體組織外部的黨政干涉降低了他們的工作自主程度，但在評價其職業的社會地位時，他們的考慮超出了新聞生產業務的因素，包括了體制方面的因素。新聞從業者衡量工作滿意度時並不完全遵循專業主義的邏輯。認為黨的喉舌媒體更接近理想媒體與每一個工作滿意度的衡量之間都有顯著的正相關，而且與綜合工作滿意度之間有超越 3 個滿意度相面的顯著相關（b ＝ .050, p<.05）。相比之下，讚賞專業媒體與工

作滿意度之間沒有穩定的統計關係」[4]。

對這種黨性與專業主義的犬牙交錯的現象，的一個最佳解釋是，隨著新聞記者知識資本地位下降，他們更多地開始尋求投靠國家以獲取政治資本，以補償失落的「前知識份子心態」。

九十年代新聞業看似平穩，其實經歷了兩次依據常識看法即可觀察到的轉變，第一次發生在九十年代初期，第二次發生在九十年代末期，這兩種政治平穩背後的動力機制其實是不完全相同的。例如，八十年代新聞媒介的激進態度在很大程度上得益於新聞記者資源動員的整體實力相當強，而到九十年代，作為知識份子成員的新聞記者的實際社會聲望和地位在顯著下降。本書在前一章對話語替換策略的研究中已經指出，九十年代初期的政治平穩實質上是八十年代知識份子激進政治的延續，政治平穩是因為國家自身目標轉變的結果，它容許甚至縱容電視新聞記者延用八十年代話語替換策略挑戰一個已成往事的意識形態權力國家話語權，從而有效地幫助了一個新的威權國家鞏固其統治。

在這種變局下，新聞記者是否仍然擁有在八十年代和九十年代初期話語權，或者說新聞記者是否仍然被普遍視為知識菁英遭到普遍懷疑。在九十年代末期，隨著專業化趨勢的發展，新聞記者在知識鏈條中層級的急劇下降、國家駕馭新聞輿論能力的提高和中國新聞記者的軟弱性和依附性，使新聞記者已經不被國家視為對手。

---

4 見中華傳媒網刊載的〈中國改革過程中新聞工作者的職業評價和工作滿意度——兩個城市的新聞從業者問卷調查〉，http://academic.mediachina.net/article.php?id=2002。

因此這種基於經濟利益的聯盟與其說是新聞記者被動的無奈接受，毋寧說是一種下意識的自覺選擇，是在中國知識階層專業化進程中對新聞記者日益邊緣化的一種本能抗拒。他們在知識份子階梯中的地位下降也使他們更傾向於投靠政府，以獲得某種心理補償。這種心態具有不引人注目但不可估量的重要影響。例如，黨報記者對那些小報記者通常有一種不言自喻的「優越感」，雖然這些市場化的小報是黨報的提款機。低行政級別的報紙對各級大報非常羨慕，因為它們獲利再豐厚，也只是一些行政力量佈局在市場化棋盤上的功能性棋子，而大報的「公家人」這種稀缺的政治身份卻不可動搖和替代。

產業化的第四個作用，是國家政權合法性對大眾的日益內化與知識份子使命感的消失。九十年代末期國家－社會關係最顯著的特徵是，國家逐步通過經濟績效建立了一個威權統治的合法性基礎。國家通過持續的市場經濟改革，持續地改善了大眾福利和自由空間。從 1992 年到 1999 年，GDP 平均每年以 10％的速度持續增長。在政治體制改革方面，國家雖然保持了強硬的姿態，但並沒有放慢進行實質性改革的步伐。國家不再是暴政專制的代名詞，而是推動改革、實現民族復興的關鍵性力量。親西方的自由民主主義和所謂「新左派」開始在漸進式改革和民族主義這兩點合流，一個國家中心主義的主流話語開始形成。

從國家新聞政策的進步看，隨著中國市場經濟的成功、其他集權國家社會轉型的艱難和美國霸權性活動在全球不斷擴張，曾被廣泛推崇的自由民主思潮已經沒有彼時壓倒性的態勢。在中國的特定社會結構下，國家強權不僅是推進改革的發動機，而且扮演了提升大眾福祉的角色。國家開始由一個消極意義的詞彙轉變成一個正面意義的詞彙。國家有時被迫，有時是無意地對新聞還實施了有限度的開放，例如，「非典」時期和伊拉克戰爭時期的新聞報導、孫志剛事件的新聞報導。在經濟高速增長這個實質性成果的支持下，國家越來越有能力和信心面對一個複雜的、充滿矛盾和衝突的新秩序。

由於國家努力在表達一個對民眾負責任的政府的形象，國家的進步事實上已經要比新聞記者的進步要快。這種先行一步的策略直接促成了在黨性、士大夫傳統和專業主義之間搖擺的知識份子的茫然精神世界。根據梯利（Tilly1984）的挑戰者與支持者模型，九十年代初期中國新聞改革是由兩部分人發起的：一部分是來自體制外的新聞記者，一部分是體制內具有改革意識並掌握部分資源的新聞記者。體制外的新聞記者與體制內的新聞記者基於政治價值觀而結合在一起，對一個籠罩著意識形態權力國家面紗的威權國家發起了爭取業務自主權的挑戰。

九十年代初期，在意識形態權力國家僵化強硬的宣傳政策下，無論是世俗趣味的還是菁英趣味的群體都將所有的政治怨恨集中到反抗總體性的國家資訊過濾體制上。例如，人們可以因為看不到港臺明星的表演而怨恨政府，也會因為看不到某地下崗工人群體事件而怨恨政府，但這兩種怨恨是完全不同的。只要國家允許影視明星出現在電視螢幕上，這部分挑戰者就會滿意地離開這個爭取業務自主權的陣營。一旦國家目標開始轉變，或者說新聞記者認識到這種轉變，這兩個群體的分化就必然。當威權國家轉而允許人們可以自由地聽到豐富的流行歌曲，那麼這種政治怨恨就被大大分化了。由於國家努力在表達一個對民眾負責任的政府的形象，國家的進步事實上已經要比新聞記者的進步要快。挑戰者與支持者基於政治利益的結合隨著政治任務的完成而開始解體。隨著挑戰者個體各自子目標的實現，最主流的群體的政治怨恨進一步減少，那些最激進的挑戰者被日益邊緣化，大量挑戰者因政治機遇和經濟機遇的變動而陸續離開了這個曾經熱鬧非凡的政治舞臺，進入了一個更為多元化的生活世界。

一旦國家目標開始轉變，或者說新聞記者認識到這種轉變，挑戰者與支持者基於政治利益的結合便隨著政治任務的完成而開始解體。雖然局部衝突和矛盾仍然大量存在，但新聞記者對威權體制的壓迫感和抗爭使命已經在消失。隨著新聞記者精神使命感的消失、物質利益的誘惑、部分使命的實現、國家輿論調控能力的加強，新聞報導的漸進式改革的上升空間逐漸縮小。包括新聞記者在內的知識階層總體性話語的衰落和符合威權統治需要的漸進式改革思潮的流行，使知識菁英開始屈從於一個新興的國家霸權話語。在這樣一個大的意識形態和經濟背景下，進入二十一世紀的新聞改革的話語主導權開始掌握在國家手中。國家通過數次巧妙地操縱民族主義情緒越來越進入了順暢的輿論步調。在新聞業內部，融會黨性傳統和儒家士大夫傳統的民族主義情緒開始成為被國家推崇的主流新聞觀。雖然新聞業爭取業務自主權的呼聲和動機沒有根本性改變，但伴隨著產業化和專業化的進程，國家對輿論調控的能力在進一步增強，而新聞記者的反抗在日益衰落。

從公眾獲得的實際言論空間看，中國自九十年代以來新聞自主空間也在急劇擴大，人民獲得的言論自由越來越多。展江

（2002）等人鼓吹的「新聞公共領域」並非只是一個美麗的海市蜃樓。錢蔚（2002）通過對中國電視產業的研究，提出中國新聞業正在走向「具有政治功能的公共領域」。她認為：「公共領域是哈貝馬斯從資本主義歷史進程中抽象出的一個理想型範疇……如果說西方早期包括媒介在內的公共領域是一個非國家領域，屬於廣義私人領域的一部分的話，那麼中國的媒介仍然隸屬於政治權力領域。但這並不排除經過20年的發展，中國傳媒已接近於具有哈貝馬斯所界定的具有政治功能的公共領域的特性。從中央電視臺的《焦點訪談》、《實話實說》到北京電視臺的《今日話題》等電視欄目，都可以看出中國電視媒介已經開始有了評判和制約的功能，在不少問題上也能反映普通公民的心聲，起著凝聚公眾的作用。」（第32頁）

從新聞業的自主權實現程度看，在黨劃定的紅線範圍內，新聞業越來越顯示出嫺熟的操作技巧。在相互感受到安全博弈的氣息下，新聞業不能報導的題材已經越來越少，只是報導的角度和口徑存在明確的限制。但聰明的中國讀者對此已經習慣和接受，他們能超出多數局外人想像程度閱讀出大量沒有說出的潛臺詞。因此在回首九十年代新聞改革時，當年那些功成名就的青年記者和中年記者普遍認可了國家的漸進式改革路線，承認：「我們曾經非常心急，總想一步到位地改好。如今回頭來看，我們還需要更多的時間和耐心。我們如今依然在路上。」（白岩松、孫金嶺，1997：205）

在內外傳播環境下，一種本書稱為「國家士大夫專業主義」的新聞傳播理念開始形成。由於「缺乏耐心」的西方國家仍然對威權國家抱有極深的成見，它傾向於從一個集權國家的外觀上，選擇性地看待中國新聞進步的事實。針對這種現象，資深記者李希光擔綱撰寫的《妖魔化中國的背後》開始成為官方歡迎和部分業界認可的新聞著作。李希光曾經是中國官方權威新聞機構新華社的知名記者，南京大學英美文學學士，中國社會科學院的法學碩士，1995 年在美國《華盛頓郵報》做訪問記者，對西方媒介有相當的瞭解。他認為美國學術、出版、新聞等領域存在一股「反華」勢力，主流大眾傳播媒介，尤其是美國的著名大報、大電視臺，更是對中國極盡醜化之能事，向美國公眾灌輸一種妖魔化的中國形象。李希光在該書的引言說：「美國媒體怎麼妖魔化中國？緣於什麼動機？代表了誰的利益？出於一種什麼樣的文化心態？描繪了一幅什麼樣的中國和中國人形象？造成了何種惡果？」「從西方來講，他們認為，凡是政府辦的或是有政府背景的都是非法媒體，是不可信任的。在這樣一個角度下，我們的媒體在國際上傳播，我相信我們的媒體講的都是真話，你們都是職業記者，都是專業精神非常強的，但是他們可能從他們的立場講，認為我們是有政府背景的，他就不把它當作合法資訊源，他就不信任你。」（李希光，1996：4）

李希光的觀點集中體現出在一個經濟繁榮時期的威權時代新聞業與國家的聯盟策略。他堅持認為在一個漸進式改革的策略背景下，中國新聞媒介的公信力並不會因為沒有獨立的民間背景而削弱，也希望一個不斷進步的國家發展完善其輿論技術，國家與新聞業之間應該是相互信任的「朋友」關係而不是抱有敵意的對手關係。必須指出，「反妖魔化」的中心思想並不是為壓制輿論的威權國家辯護，而是為一個正在迅速變化的威權國家辯護。事實上，少數人心目中「世界頭號邪惡勢力」的美國對大多數中國政治菁英和知識菁英來說，仍然是一個先進生產力的參照物，「新左派」的影響仍然局限于少數人文知識份子，自由民主思想仍然在知識階層保持了強大的影響，甚至 1998 年三大政府體制改革也是按照以主流經濟學家為代表的西方憲政思想來展開的。

這種在國家壟斷經營模式下發展出來的新聞記者話語形態、心理人格和群體結構的碎裂，使九十年代末期的新聞業開始出現以下引人注目的現象：（1）源於強勢新聞媒介的西方專業主義精神不再時髦，新聞業內部這種黨性傳統與士大夫傳統的結合方式成為九十年代末期以來新聞業的奇怪生態；（2）新聞媒體影響擴大、傳媒財富日益增長的同時，卻是中國記者自我認同的普遍下降。其他領域的專業化人士地位不斷上升，中國記者卻日益將自己歸入「知道份子」而不是「知識份子」[5]，脫離了中國記者自身傳統的自我認知。根據作者對中央電視臺的訪談調查，臨時人員的流動在加速。一個經濟實力與影響力都迅猛成長的組織，應該湧入越來越多的菁英份子，但從社會各界流入的菁英份子不僅沒有增加，大批社會菁英卻反而源源不斷地從新聞業流失。（3）新聞業與國家的政治博弈開始走向低潮，產業擴張成為各新聞管理層熱衷談論的話題，爭取更多的管理範圍和經濟利益成為普遍動機。為了維繫他們的既得利益和相對地位，他們幾乎無一例外地

[5] 新聞工作者自認為其社會地位和專業化程度都低於那些比較公認的「專業型」職業，如律師、醫生、會計師和大學教師（參見潘忠黨、陳韜文，2006）。

尋求國家保護，形成了各級新聞機構的負責人反對他人的行政壟斷卻堅持本單位的行政壟斷特權的普遍現象。

行文到此，我們解釋了在一場長達 30 年的業務自主權的爭奪戰中，國家如何以一種意外的方式擊敗了新聞業。本書在開篇時提到的 4 個謎團：國家管制下的產業發展與公眾的滿意程度增加、新聞記者在微觀上擦邊球行為與國家在宏觀上輿論調控能力的加強，都可以根據政治博弈和產業化這兩個相互強化的結構性條件進行一個統一的解釋。

（1）國家的自我道德卸責是塑造 30 年來中國新聞業面貌的根源。記者對政府反抗會導致運行成本過高的觀點，是基於一個威權國家對人民實行思想控制的強假設。他們沒有注意到，國家目標的轉變已經由堅持馬克思主義正統教義轉到維繫統治上，而這使媒體監管方式發生轉變。

（2）一個始終強大的國家及其政治控制決定了新聞業的行為策略。媒體產品的易監管性使中國新聞媒體被迫調整自身的話語形態，逐步培養出適應於市場化環境的有限專業主義或者士大夫精神，並催生出一個產業的形成。

（3）一個繁榮的傳媒產業是雙方政治博弈的意外結果。政府對新聞的政治控制，表面上壓迫了傳媒經濟的活力，但無意中迫使新聞業不斷強化報導國家改革活動的比較優勢。在國家合法性改變的前提下，這種比較優勢使傳媒經濟發展走上了快車道，這是國家和新聞界在最初都沒有料到的後果。

（4）自由體制並不是市場化道路的必然歸宿。在中國當前社會結構中，市場化甚至異化為反自由體制的結構性力量。無論是機會主義還是自覺服從，經濟收入的提高都使一個產業組織意義上的新聞業與國家結成基於經濟利益的聯盟。

國家與新聞業的政治博弈，最終以雙方握手言和的方式結局，這不能不讓我們感慨萬千。何舟（1998）根據對《深圳特區報》的觀察，認為新聞業已經成為為經濟利益而為黨服務的一個官方「公關公司」，他認為以市場為導向的黨國媒介以「資本主義身體」戴一張「社會主義的臉」，媒介已經從一個以洗腦為任務的黨的喉舌，演變為一個維護政權合法性的經濟實體。根據這種看法，他為中國傳統新聞媒介的記者描述了這樣一種既不「馴服」，也不「憤怒」，甚至也不「機會主義」，而是「唯利是圖」的記者形象：新聞記者已經喪失精神思考，他們更看重經濟利益而不是專業主義的道德操守。

本書沒有如此悲觀。本書依然傾向於接受「機會主義」的新聞記者形象。在現階段，新聞記者融合西方專業主義報導技巧與國家主義精神的努力，事實上代表了在一個新的時代將黨性傳統與儒家士大夫傳統重新結合的趨勢。但這取決於在今後的社會變革中，國家合法性轉變、新聞記者的人格發展、社會經濟形勢等多種結構性因素的演變。在一個不變的新聞業務自主權的表達衝動之外，一個不斷變動的國家與社會關係的演變是真正決定國家與新聞業關係的因素。只有當市場力量真正能為新聞記者提供一個更為廣闊的發展空間時，中國新聞記者才會真正為自身利益而不是為他人利益去爭取新聞業務自主權。

在結束本節以前，我們引用以士大夫抗爭傳統著稱的《南方週末》1999 年與 2005 年的新年致詞做一個簡單的對比。1999 新年社評〈總有一種力量讓我們淚流滿面〉之所以在大眾和知識階層中廣為流傳，在於它擁有一種關懷弱者的人道主義情懷：「沒有什麼可以輕易把人打動，除了正義的號角。當你面對蒙冤無助的弱者，當你面對專橫跋扈的惡人，當你面對足以影響人們一生的社會不公，你就明白正義需要多少代價，正義需要多少勇氣。陽光打在你的臉上，溫暖留在我們的心裏。有一種力量，正從你的指尖襲來，有一種關懷，正從你的眼中輕輕放出。在這個時刻，我們無言以對，唯有祝福；讓無力者有力，讓悲觀者前行，讓往前走的繼續走，讓幸福的人兒更幸福，而我們則不停地為你加油。我們不停為你加油，因為你的希望就是我們的希望，因為你的苦難就是我們的苦難。我們看著你舉起鋤頭，我們看著你舞動鐮刀，我們看著你揮汗如雨，我們看著你穀滿糧倉。我們看著你流離失所，我們看著你痛哭流涕，我們看著你中流擊水，我們看著你重建家園。我們看著你無奈下崗，我們看著你咬緊牙關，我們看著你風雨度過，我們看著你笑顏逐開……我們看著你，我們不停為你加油，因為我們就是那你們的一部分。總有一種力量它讓我們淚流滿面，總有一種力量它讓我們抖擻精神，總有一種力量它驅使我們不斷尋求正義、愛心、良知。這種力量來自於你，來自於你們中間的每一個人。」

到 2005 年，《南方週末》的新年致詞已經變成充滿庸俗氣息的「焦點體」或者「春晚體」，它以草根和民意的名義，滴水不漏地為所有「慈善的富人」和辛勤的窮人送上祝福，同時毫無鋒芒地讚美一個英明有為的好政府：「站在民意的泥土上，我們向那些身居廟堂深處卻不忘民境的人鼓掌。當他們掀起審計風暴，促進吏治清明時，人們還只是謹慎地表達自己的敬意；可是當他們不為成規所囿，在改革的進程中破冰前進時，我們卻要朗聲說出心中激賞。我們要我們的國家在過去的一年所取得的成就大聲喝彩，同時，我們也紀念一些小人物，寶馬彩票案中的不服輸的劉亮，以及嘉禾拆遷時間中那些憤怒的市民。紀念這些不願放棄自己的利益的普通人，儘管他們取得的只是或然性的成功，卻促進了這個時代的文明進程。……輝煌的廟宇與低矮的茅屋，都邁著同樣的匆匆腳步，在這個變化迅速的年代，我們大家都珍視最樸素的良心。……我們祝福你的未來，因為你也是他人的前途所繫，我們祝福你平安喜悅，我們還要祝福我們的國家，因為她是你我全體中國人的命運所繫，我們祝福她高歌猛進，順利前行。」

本書並不準備對這種變化做任何評價。本書的這種對比僅僅在於說明，生存邏輯是如此意外地改變了一代人的努力和夢想。當新聞記者歡呼一個公共領域化的時代即將與財富增進同時到來，卻發現財富的重要性要遠遠高於任何蒼白的道義說教。當經濟利益成為一種結構性的變遷力量時，它不會因為新聞記者個體的政治態度而改變其邏輯。

新聞為國家服務的時代就這樣來臨了。

後記

一個當代意識形態權力國家的生存史

理論的力量在於穿透時空。

本書是基於對三十年中國官辦媒體的觀察而成。從最終成稿到付梓之日 算起，已歷時三年。在這三年裡，中國的官辦新聞媒體雖然暫時放慢了步伐，但以網路博客、論壇、微博等為代表的社會化媒體的運動卻風起雲湧、氣象日新。2010 年，各類社會化媒體的滾滾浪潮席捲了中國大陸。諸多觀察家興奮不已，認為將會是一場巨大的傳媒革命，改變一個高度政治化的中國傳媒生態，而且將加快、加深中國民主政治改革的進程。

但在那些飽經世事喧囂的人眼中，這可能是又一部驚人相似的歷史迴旋曲。從幾千年的集權文化看，從新聞從業人員的百年歷程看，只要國家依然保持著一元獨大的暴力機制，不管是軟性的輿論暴力，還是剛性的軍事暴力；只要生活在其中的人們依然對單純的物質化生存抱有宗教般的虔誠，那麼這個民族對自由的激情和追求，都將不會達到一個激動人心的高度 。

在外人眼中，這是一個曾經疾風驟雨對傳統文化進行自我殺戮的民族，是一個在各種極端境遇下也不曾解體的民族；這是一個擁有集權時代深厚遺產的民族，這是一個不斷自我製造和複製矛盾衝突的民族，也是一個更追求和諧和理想的民族。危機與機遇並存的悖論，時刻纏繞著這個民族的心靈。但恰恰經過一次次危機的洗禮，這個民族走到了今天。

對試圖把握這個民族運行軌跡的觀察者來說，每一代人都只能在上帝賜予他的有限時空裏，見證一幕史詩大戲的各種局部細節。作為七十年代生人、八十年代大學生、九十年代走進中國傳媒業的曾經熱血青年，我有幸看到了中華民族在百年動盪歷史末端中、最為和平繁榮的一段美好時光。但這一段平靜的河流，並不意味著風正一帆懸。恰恰相反，儘管中華民族在經濟體制改革的道路上已經反思良多，但在如何建立一個良性的公共秩序這個根本問題上卻爭論未休。作為思想言論表達與政治體制結合最緊密的國家機器，作為公共知識份子的典型代表，當代中國新聞從業者恰恰是站在了這種焦灼、迷茫、追尋的最前沿。

1995 年，本文作者開始在國家電視台工作，也成為這個國家機器和社會公器的一員。在連續十二年的時間裡，我見證了它從未減速的超高速規模擴張和經濟增長。這個單位雖然是一個非盈利的事業單位，但實行的是企業化管理。由於採用財政包乾制，該單位具有利潤最大化的衝動，出於對廣告收入增長的瘋狂追求，各種專業評價體系相繼出台，從業人員加班加點，作者十幾年幾乎未請過一天假。與此同時，組織規模以幾乎一年增加一個頻道的速度超高速擴張，其擴張幅度在國際上絕對罕有匹配。中國傳媒行業和二十年前已經發生了巨大變化，這樣一個在制度上似乎是不可能成功的、注定是低效率之典範的組織，為什麼不僅在短短二十幾年間給老百姓提供了無法想像的豐富節目，而且養活了很多受過高等教育的勞動力，是國家重要的稅收來源？是什麼讓這樣一個不以贏利為目的的事業單位如此高效率地捲入到市場贏利機制當中？是什麼使一個高度限制表達自由的機構卻與政府如此合作？

在 2000 年中國加入 WTO 前後，包括大量新聞記者在內的知識階層存在一種普遍的看法，就是中國新聞業將如同國有企業改革那樣，逐步走向獨立。國家打造新聞超級工廠的政治努力直接提高了新聞業的傳播實力和新聞記者的收入水平。在新聞媒介之間以內容差異化為競爭策略的驅動下，公眾能看到更多、更好看的報紙和電視。這些引發公眾興趣的新聞媒介為新聞業和新聞記者換取了豐厚的廣告利潤，又引發了新聞業進一步的擴大再生產循環。在豐厚的廣告利潤的驅動下，產業化、集團化成為新聞業的時髦詞彙，新聞媒介掀起了「圈地運動」的狂潮。各大新聞機構努力擴張刊號、頻率、頻道、地方版，並交叉進入各種不同類型的媒介領域。受到「中國最後一塊暴利產業」的誘惑，社會資本也大量進入新聞媒介的邊緣部位，甚至進入了國家控制嚴密的廣電媒體，如光線公司的《中國娛樂報導》進入全國地方電視台發行系統、其欣然公司的《幸運 52》進入了中央電視台兩套節目等。社會資本與新聞媒介開始了一段甜蜜的戀愛時期。隨著 WTO 的日益臨近和國有企業紛紛大規模轉制，越來越多的新聞記者認為 WTO 到來後新聞業也將逐步「與國際接軌」，民間新聞媒介將在中國興起，真正的獨立性專業媒體將由此誕生。以使命感著稱的新聞記者、《河觴》作者夏駿辭去中央電視台公職身份，在 2000 年下海擔任銀漢影視公司的總經理，以每年 8000 萬元的邀約承包了北京電視台生活頻道。他聲稱要在這場趕赴「社會主義最後晚餐」的圈地運動中，做一個「早起趕路的人」。同時，國家也饒有興趣地加入了這場亂戰。2000 年，國家廣電部在否決中央電視臺提出的「製作與播出體制分離」改革後，啟動了大規模組建各級廣播電視集團的步伐，甚至試圖將中央電視台、中央人民廣播電台和中國國際廣播電台這三大權威電子媒介合併重組為一個具有超級經濟實力的企業集團。2003 年中央主管意識形態的政治局常委李長春主持出台了加快文化體制改革的決議，文化體制改革試點單位遍及全國。種種徵兆顯示，中國新聞業即將進入一個大分裂和大合併的洗牌時期。

由此開始了我對中國新聞組織體制改革的研究。一開始，我傾向於認為新聞業隨著市場化必將越來越自由，必將最終走入一個與西方專業主義進程類似的民主化體制，新聞業將成為「第四種力量」。但隨著研究的深入，我越來越意識到用專業主義、市場化來解釋中國新聞體制發展的困難，也意識到中國作為強國家歷史傳統下操縱包括市場經濟在內的其他機制的強大力量。

通過仔細研究中國新聞業將近 30 年的發展歷程，我愈來愈相信歷史是一本充滿意外的畫卷，雖然卷中人看上去被上帝之手安置在縱橫交錯的理性棋局上。隨著時間的推移，我越來越意識到生存叢林裡一種更為久遠的力量，它能超越個體層面的諸多選擇成為支配其他社會結構的締造者和推動者，演化出一段無法預言但充滿神秘美感的歷史。而國家更是在這些結構性力量中始終不變甚至越來越強大的主角。

在亞當斯密描述的一個「看不見的手」的神話中，他確信麵包師和屠夫沒必要關注他人而完全可以通過市場價格來調節實現最優化。「這種想法忽略了每個人擁有什麼權利和什麼樣的交易規則問題，同時忽視了如果有意識地採取集體行動改變機會束，那麼不同的制度選擇如何改變績效的問題。」（Schmid，1999/2006）由於權利就是他人的成本，對權利的制訂——制訂什麼、如何制訂、制訂領域就變得至關重要。國家確定了市場運作之前的正式權利機會。由於國家可以運用權力獲得日常經濟的權利和機會，在市場誕生之前，市場權利就要被國家用合法程式塑造，出現之後同樣每時每刻都受到國家的制約。國家可以修改、擴大、限制、禁止各種市場權利，從而使市場權利呈現明顯的不確定性，在必要時甚至可以使市場本身也成為國家的一部分。主流觀點將傳媒體制的市場化改革簡單地理解為按照西方發達國家媒體模式全面向西方過渡，描述了一個想像中的「市場化、民主化」行動地圖，這種理解不僅在理論上，而且在實際上也與中國新聞傳媒體制改革的進程是完全不相符合的。

事實是，國家從來沒有放棄、放鬆過對媒體的控制，自從改革開放以來，國家對主要媒體的控制甚至越來越有效。主流媒體的態度已經自覺與國家意識形態越來越一致。這說明，脫離國家行為來研究市場化改革的市場化理論是缺乏現實針對性和解釋力的。在解釋路徑上，二者的實質性差異在於，我們是要在「建設有中國特色的社會主義」的框架下解釋中國傳媒體制發展的問題，還是在一個按照西方標準逐步向包含議會民主和市場經濟的自由主義媒體治理模式靠攏的「對社會演進與政府的想像問題」。本文相信，經濟的背後始終是政治力量的較量，在任何條件下，市場經濟都是政治衝突下的市場。回歸鳥籠，就是對30年中國新聞業變遷的一個最好注解。

在一個當代意識形態權力國家吹響強勁號角的同時，本文還順便勾勒了一群如金絲鳥生活在舒適籠中、思想卻未必不曾嚮往天空的人們。這些想像中的「金絲鳥」也許存在，也許不存在，也許它曾經飛翔過我們的精神世界，也許只是一個短暫的春夢，但它至少可以提醒我們，中國知識份子尤其是公共知識份子，千百年來生活在一個集權主義的文化思想氛圍當中。他們還沒品味完舊時代和舊制度的殘羹剩渣，就被推進了一個猝然到來的民主自由時代。百年以來，他們殘缺的知識、智慧和氣質，與民族賦予給他們的菁英地位始終在互動，最終成為一代又一代國家與社會相互博弈的骰子。我想說，上帝不扔骰子，知識份子自我悲情的根源，不在囚禁的鳥籠，而在自己。

參考文獻

（一）中文部分

巴澤爾著，費方域、段毅才譯，1997，《產權的經濟分析》，上海：上海人民出版社。

白岩松、孫金嶺，1997，〈燃燒激情〉，孫克文編，《焦點外的時空》，北京：三聯書店。

曹　秉，1999，《新中國第一條電視廣告誕生記〉[J]，《上海電視》第5期。

陳懷林，1998a，〈試論壟斷主導下的大陸廣播電視商業化〉，《中國傳媒新論》，何舟、陳懷林編著，【港】太平洋時代出版社。

1998b，〈經濟利益驅動下的中國傳媒制度變革〉，《中國傳媒新論》，【港】太平洋時代出版社。

1998c，〈試論中國報業市場化的非均衡發展〉，《中國傳媒新論》，【港】太平洋時代出版社。

1999，〈試析中國媒體制度的漸進改革：以報業為案例〉[J]，【臺】《新聞學研究》第 1 期。

陳懷林、郭中實，1998，〈黨報與大眾報紙廣告經營「收入裂口」現象之分析〉[J]，【臺】《新聞學研究》第 57 輯。

鄧小平，1993，《鄧小平文選》，北京：人民出版社。

鄧正來，1999，《國家與市民社會》，北京：中央編譯出版社。
丁淦林，2002，《中國新聞事業史》，北京：高等教育出版社。
丁關根，1993，〈丁關根在《人民日報》國內記者工作會議上的講話（1993年2月19日）〉，《新聞戰線》第3期。
董　秦，2004，《國之瑰寶》，《中國記者》網路版 http:// www.chinesejournalist.cn / 2004 /8/8-28.htm。
董天策，2002，《中國報業的產業化運作》，成都：四川人民出版社。
樊綱，1993，〈兩種改革成本與兩種改革方式〉，【J】《經濟研究》第1期。
范魯彬，1999a，〈中國廣告業二十年點點滴滴箚記〉[J]，《中國廣告》第1期。
　　1999b，〈中國廣告二十年（中）〉[J]，《中國廣告》第5期。
　　1999c，〈中國廣告業二十年（下）〉[J]，《中國廣告》第6期。
方漢奇、陳業劭，1992，《中國當代新聞事業史（1949–1988）》，北京：新華出版社。
馮建三，1992，《統理 BBC》，【臺】遠流出版社。
　　2003，《中國大陸傳媒經濟分析 1979–2000：市場社會主義或國家資本主義》，國科會研報告。
福柯著，劉北成、楊遠嬰譯，1997，《規訓與懲罰》，北京：三聯書店。
郭鎮之，1991，《中國電視史》，北京：中國人民大學出版社。

1999，〈輿論監督與西方新聞工作者的專業主義〉[J]，《國際新聞界》，第 5 期。
哈貝馬斯著，郭官義譯，2000，《重建歷史唯物主義》，北京：社會科學文獻出版社。
何清漣，2005，《霧鎖中國：中國大陸控制媒體策略大揭密》，【臺】黎明文化事業股份有限公司
何　舟，1998，《中國大陸的新聞自由》，何舟、陳懷林編著，《中國傳媒新論》，【港】太平洋時代出版社。
杭廷頓著，1988，《變化社會中的政治秩序》，北京：三聯書店。
胡喬木，1999，《胡喬木談新聞出版》，北京：人民出版社。
1995，《胡喬木文集》，北京：人民出版社。
胡啟立，1987，〈參觀中國國際廣播電臺開播 40 周年展覽的講話〉，《中國廣播電視年鑑》，1988.
黃景仁，1990，〈《廣州日報》在適應多層次讀者需要上下功夫〉，《中國新聞年鑑 1990》
黃升民，2000，〈重提媒介產業化〉[J]，《現代傳播》第 5 期。
金觀濤、劉青峰，1984，《興盛與危機》，湖南：湖南人民出版社。
金耀基，1997，〈行政吸納政治——香港的政治模式〉，《中國政治與文化》，香港：牛津大學出版社
康曉光，2002，〈九十年代中國大陸政治穩定性研究〉，（香港）《二十一世紀》8 月號。
康曉光、韓恒，2005，〈分類控制：當前大陸國家與社會關係再研究〉[J]，《社會學研究》第 6 期。
黎明潔，2004，〈廣西壯族自治區報業現狀綜述〉，《中國報業年

鑑 2004》
李漢林，2004，《中國單位社會：議論、思考與研究》，上海：上海人民出版社。
李路路、王奮宇，1992，《當代中國現代化進程中的社會結構及其變革》，杭州：浙江人民出版社。
李良榮，1995，〈十五年來新聞改革的回顧與展望〉[J]，《新聞大學》第 1 期。
李良榮、林暉，1999，〈壟斷、自由競爭與壟斷競爭：當代中國新聞媒介集團化趨向透析〉[J]，《新聞大學》夏季刊。
李猛、周飛舟、李康，1996，〈單位：制度化的社會組織〉[J]，《中國社會科學季刊》秋季刊。
李瑞環，1990a，〈堅持正面宣傳為主的方針——在新聞工作研討班上的講話〉[J]，《求是》，第 5 期。
1990b，〈穩定鼓勁，團結協調，發展經濟—在《人民日報》國內記者會議上的講話（1990 年 4 月 28 日）〉[J]，《中國新聞年鑑 1991》。
1992，〈李瑞環在新華社建社 60 周年紀念會上的講話〉[J]，《中國新聞年鑑 1992》。
李瑋，2006，《俄羅斯傳媒轉型研究》[D]，北京大學新聞傳播學院博士論文。
李希光，1996，《妖魔化中國的背後》，北京：中國社會科學出版社。
李澤厚，1985，〈我的選擇〉，[J]，《文史哲》第 5 期。
李莊，1993，〈《人民日報》風雨四十年〉，《人民日報》出版社 。
梁建增，2002，《焦點訪談紅皮書》，北京：文化藝術出版社。

劉世定，1998a，〈科斯悖論和當事者對產權的認知〉[J]，《社會學研究》第 2 期。

1998b，〈嵌入性與關係合同〉[J]，《社會學研究》第4期。

2003，《佔有、認知與人際關係：對中國鄉村制度變遷的經濟社會學分析》，北京：華夏出版社。

劉習良，1999，〈五十年的發展，二十年的改革〉[J]，《中國廣播電視學刊》第 8 期。

劉星，2005，〈2005 年吉林省報業新變化》，《2005 年中國報業年鑑〉。

陸　地，2002，《中國電視產業的危機與轉型》，北京：中國人民大學出版社。

路　風，1989，〈單位：一種特殊的社會組織形式〉[J]，《中國社會科學》第 1 期。

1993，〈中國單位體制的起源和形成〉[J]，《中國社會科學季刊》第 4 期。

陸曄、潘忠黨，2001，《成名的想像：社會轉型過程中新聞從業者的專業主義話語建構》，「華夏文明與華語傳播」2001 年會宣讀論文，蘭州。

馬立誠，2000，《五種不同的聲音》，廣州：廣州出版社。

倪　銘，1998，〈公關《焦點訪談》〉，《中國青年報》11 月 5 日。

潘忠黨，1997，〈新聞改革與新聞體制的改造：我國新聞改革實踐的傳播社會學之探討〉[J]，《新聞與傳播研究》第 3 期。

2000，《歷史敘事及其建構中的秩序》，陶東風、金元浦、高丙中（編）《文化研究》（第一輯），天津：天津社會科學出版社。
潘忠黨、陳韜文，2004，〈從媒體範例評價看中國大陸新聞改革中的範式轉變〉，【J】《新聞學研究》，第78期。
　　2006，《2006年中國改革過程中新聞工作者的職業評價和工作滿意度——兩個城市的新聞從業者問卷調查》（討論稿）。
裴玉章，1985，〈2000年中國的廣播電視事業〉[J]，《中國廣播電視年鑑1986》。
錢　蔚，2002，《政治、市場與中國電視制度》，河南：河南人民出版社。
錢辛波，1987，〈新聞理論研究的十年回顧〉，《中國新聞年鑑1987》，北京：中國社會科學院新聞與傳播研究所。
阮觀榮，1998，〈新聞改革的新階段的主要標誌和任務〉[J]，《聲屏世界》第10期。
塞伯特、彼德森、施拉姆著，1980，《報刊的四種理論》，北京：新華出版社。
時統宇，1987，〈第五代新聞記者〉，《中國新聞年鑑1987》。
舒　夕，2002，〈胡舒立：中國財經記者第一人〉，【J】，載《青年記者》第1期。
孫立平，2003，《斷裂：20世紀90年代以來的中國社會》，北京：社會科學文獻出版社。
　　2006，〈九十年代中期以來中國社會結構的裂變〉[J]，《天涯》第2期。
孫五三，2003，〈批評報導作為治理技術〉[J]，《新聞與傳播評論》2002 年卷。

孫燕君，2002，《報業中國》，北京：中國三峽出版社。

孫玉勝，2003，《十年：從改變電視的語態開始》，北京：三聯書店。

唐緒軍，1999，〈報業經營的探索和改革——新中國的報業經營〉[J]，《新聞戰線》第 10 期。

童浩麟、秦傅，1998，〈新聞改革：實踐與實際〉[J]，《新聞戰線》第 11 期。

王穎、折小葉、孫耀炳，1993，《社會中間層：改革與中國的社團組織》，北京：中國發展出版社。

王奮宇、李路路，1993，〈當代中國制度化結構體系下的社會心理特徵〉[J]，《社會學研究》第 1 期。

王曉梅，2000，1956 年《人民日報》改版探源 [D]，復旦大學新聞學院博士論文。

2007，1956 年《人民日報》改版探源 [J]，《新聞大學》第 4 期。

吳海民，2004，〈創新媒體的十二塊範本——兼談京華時報的成因及前途》，《中國報業年鑑 2004》。

吳冷西，1990，〈新聞輿論界的作用令人深思〉[J]，《中國新聞年鑑（1990）》。

謝五三，2003，〈批評報導作為治理技術——市場轉型期媒介的政治－社會運作機制〉，2003 中國傳播學論壇暨中華傳播學研討會議發言稿。

《新聞年鑑》編輯部，《中國新聞年鑑》（1983—2006）。

徐光春，1993，〈要進一步深化改革〉，見《中國新聞年鑑》

（1993）。
徐惟誠，1991，〈提高思想水平，改進宣傳藝術：1990 年 12 月 14 日全國晚報總編輯研討班上的講話〉[J]，《新聞戰線》第3期。
楊瑞龍，1993，〈論制度供給〉，【J】，《經濟研究》第 8 期。
楊曉民、周翼虎，1999，《中國單位制度》，: 北京：中國經濟出版社
葉文平，2004，〈地方性綜合日報外部經營環境的評估〉，《中國報業年鑑 2004》。
喻國明，1993，《中國新聞業透視：中國新聞改革的現實動因和未來走向》，鄭州：河南人民出版社。
　　2003，〈中國傳媒業的發展模式與規則再造〉 [J]，《北京社會科學》第 1 期。
展　江，2002，《中國社會轉型的守望：新世紀新聞輿論監督的語境與實踐》，北京：中國海關出版社。
張啟承，1999，〈一花引來百花開〉 [J]，《新聞記者》第 2 期。
張宇，1994，〈尋求改革的新道路論漸進式改革道路及其調整〉，【J】，《經濟理論與經濟管理》第 1 期。
張裕亮，2002，〈大陸報業經營制度改革—制度變遷理論的觀點〉，【J】，【臺】《中國大陸研究》，第 45 卷第 6 期
　　2005，〈從黨國化到集團化—大陸報業結構變革分析〉，【J】，《東亞研究》，第 36 卷第 1 期。
　　2006a，〈從對象報到黨營傳媒公司——北京青年報制度變革分析〉，《東亞研究》，第 37 卷第 1 期。
　　2006b，《變遷中的中國大陸報業制度圖像》，臺北：晶

典文化事業出版社。
趙超構，1987，〈怎樣辦新民晚報？〉[J]《中國新聞年鑑（1987）》。
趙鼎新，2005，《社會運與政治運動講義》，社會科學文獻出版社。
2006a，〈集體行動、搭便車與形式社會學方法〉[J]，《社會學研究》第 1 期。
2006b，《東周戰爭與儒法國家的形成》，上海：華東師範大學出版社。
趙玉明，2000，《中國廣播電視事業史》，北京：中國廣播電視出版社。
（編），2006，《中國廣播電視通史》，北京：中國傳媒大學出版社。
周　勁，2005，〈轉型期中國傳媒制度變遷的經濟學分析——以報業改革為案例〉[J]，《現代傳播》第 1 期。
周其仁，2004，《產權與制度變遷》，北京：北京大學出版社
周松林，2002，〈傳媒類公司面臨新機遇〉[J]，《中國證券報》2002 年 2 月 9 日。
中國廣播電視年鑑社，《中國廣播電視年鑑》，（1987–2000），北京：中國廣播電視出版社。
中國新聞學會，1980，〈中國共產黨新聞工作文件彙編〉，北京：新華出版社。
周翼虎，2007，《中國電視產業的壓力型發展與外延式擴張》，[J]中國廣播電視學刊》第 11 期。
2209，《抗爭與入籠：中國新聞業的市場化悖論》，【台】，《新聞學研究》第 100 期。

（二）英文部分

Alexrod, Robert M. 1984. *The Evolution of Cooperation* . New York: Basic Books.

Avery, Robert K. & David Eason(eds.). 1991,*Critical Perspectives on Media and Society*. Guilford,New York: Pbublications,Inc.

Chan, Alex . 2002." *From Propaganda to Hegemony: JiaodianFangtan and China's News Policy". Journal of Contemporary Chin*, Vol 11.No 30,35-51

Cranfield, G.A. 1978. *The Press and Society from Caxon to Northcliffe*. London: Longman.

Curran, James and Jean Seaton. 1985. *Power without Responsibility: The Press and Broadcasting in Britain*. London: Methuen.

Curran, James, and Park, Myung-Jin (2000), *"Beyond Globalization Theory"*, in James Curran and Myung_Jin Park (eds.), *De_Westernizing Media Studies,* London: Routledge.

Dhal, Roberts A. 1957. "The Concept of Power" . *Behavioral Science, 2:201-15.*

Evans,Peter.1979. Dependent Development: *The Alliance of Multinational, State, and Local Capital in Brazil,* :Princeton University Press

Gitlin, Todd. 1980. *The Whole World is Watching: Mass Media in the Making and Unmaking of the New Left*. Berkely: Universtiy of Califonia Press.

Goodwin, Jeff. 2001. *No Other Way Out : States and Revolutionary*

Movements, 1949-1991. Cambridge, UK : Cambridge University Press, 2001.

Hall, Stuart. 1977. "Culture, the Media and the Idelogical Effect." Pp.315-348 in *Mass Communication and Society*, edited by James Curran, Michael Gurevitch,and Janet Woolacott. London: Open Universtiy Press.

Hardin, Russell.1982. *Collective Action.Baltimore*:Johns Hopkins University Press.

He, Zhou. 2000. "Chinese Communist Party Press in a Tug of War: A Political Economy Analysis of the Shenzhen Special Zone Daily." Pp 112-151 in Chin-Chuan Lee (ed.), *Power, Money, and Media: Communication Patterns and Bureaucratic Control in Cultural China*. Evanston, Ill. Northwestern University Press.

Herman, Edward S., and Noam Chomsky. 1988. *Manufacturing Consent :The Political Economy of the Mass Media*. New York: Pantheon Books.

Huang, ChenJu. 2000, "The Development of A Semi-Independent Press in Post-Mao China: An Overview and A Case Study of Chengdu Business News' , *Journalism Studies,* No. 4.,649-664.

Huntington, Samuel P. 1991. *The Third Wave: Demoratization in the Late Twentieth Century*. Norman: University of Oklahoma Press.

Keane, Michael. 2002, "As a Hundred Television Formats Bloom, a Thousand Television Stations Contend" . *Journal of Contemporary China* .Vol. 11, No. 30, 5–16.

Kellner, Douglas. 1990. *Television and the Crisis of Democracy*. Boulder: Westview Press.

Kuran, Timur. 1997. *Private Truths, Public Lies: The Social Consequences of Preference Falsification*. Cmbridge,Mass.:Harvard Universtiy Press.

Lin, Fen. 2006a. "Dancing Beautifully, But With Hands Cuffed? -- A Historical Review of Journalism Formation during Media Commercialization in China" . *Perspective*. June.

——. 2006b. "How Far Can Chinese Journalists Walk in Tightrope? – Diversified Media Behavior in China." A presentation at American Sociology Association Annual Meeting, 2006, August, Montreal.

Lee Chinchuan.2000." Chinese Communication:Prisms,Trajectorie s,and Modes of Understanding." Pp3-44 in Power,Money and Media:Communication Patterns and Bureacratic Control in Cultrual China,edited by Li Jinquan.Northern Universtiy Press.

Linz, Juan J. 1988. "Legitimacy of Democracy and Socioeconomic Systems." Pp. 65-113 in *Comparing Pluralist Democracies: Strains on Legitimacy*, edited by Matteri Dogan. Boulder, Colo: Westview Press.

Linz and Stepan. 1996. *Politics in Developing Countries : Comparing Experiences with Democracy*, edited by Larry Diamond, Juan J. Linz and Seymour Martin Lipset. Boulder : L. Rienner Publishers, 1995."

Lipset, Seymour Martin. 1959. "Some Social Requisites of Democracy:

Economic Development and Political Legitimacy" . *American Political Science Review*

—— 1981. *Political Man: The Social Bases of Politics*. Baltimore: Johns Hoplins University Press.

Li Xiaoping. 2002. " 'Focus' (Jiaodian Fangtan) and the Changes in the Chinese Television Industry" . *Journal of Contemporary China* .Vol. 11, No. 30, 17–34.

Mazzocco, Denis.1994. Networks of Power: Corporate TV's Threat to Democracy [M].Boston: South End.

McManus, John 1994, *Market-Driven Journalism: Let the Citizen Beware?* Thousand Oaks, Calif: Sage.

O' Donnell, Guillermo and Philippe C. Schmitter. 1986. *Transition from Authoritarian Rule: Tentative Conclusions*. Baltimore: John Hopkins University Press

Olson, Mancur.1966. *The Logic of Collective Action*. Cambridge, Mass.: CambridgeUniversity Press.

——.1982. *The Rise and Decline of Nations*. New Haven: Yale University Press.

Pan, Zhongdang. 2000. "Improvising Reform Activities: The Changing Reality of Journalistic Practice in China." in *Power, Money and Media: Communication Patterns and Bureaucratic Control in Cultural China*, edited by Lee Jinquan. Illinois: Northwestern University Press.

Polumbaum, J.udy. 1993. "Chinese Democarcy amd the Crisis

of 1989:Chinese and America Reflections.Albany NY: State University of New York Press.

Ryan , Charlotte.1991; *Prime Time Activism*. Boston,South End Press.

Schell, Orville and Shambaugh, David (eds). 1999. *The China Reader: The Reform Era*. Vintage Books.

Sigal,L.V. 1973, *Reporters and Officials*. Lexington, MA: D.C. Heath and Co.

Schiller, Herbert. 1996, *Information Inequality: The Deepening Social Crisis in America.* N.Y.: Routledge

Skocpol, Theda 1979，*States and Social Revolutions : A Comparative Analysis of France, Russia, and China*, Cambridge : Cambridge University Press, 1979.

Soley, Lawrence C. 1992. *The News Shapers: the Sources and the Movement for the Environmental Justice*. Minieapolis: University of Minnesota Press.

Splichal, Slavko. 1994. *Media beyond Socialism: Theory and Practice in East-Central Europe*. Boulder: Westview Press.

Tilly,Charles,1984,*Big Structures,Large Processes,Huge Comparisons*. New York:Russell Sage.

Sternbery, R.J. and C.A.Berg. 1992. *Intellectual Development*, Cambridge University Press.

Tahirih.V.Lee.2000." The Media and the Legal Bureaucracy of the People's Republic of China" .Pp.208-244 in *Power,Money,and Media:CommunicationsPatterns and Beureacratic Cultrual in*

China,edited by Li Chin Chuan,Northwestern Univ.Press.

Tuchman, G..1972." *Objectivity as Strategic Ritual: An Examination of Newsmen's Notions of Objectivity."* American Journal of Sociology. 77.

——1978. *Making News*. NY: The Free Press.

Weiss, Linda .1998. *The Myth of the Powerless State*, NY:Cornell University Press

Wu Guoguang.2000." One Head,Many Mouths:Diversifying Press Structures in Reform China" .Pp.45-67 in *Power,Money,and Media:CommunicationsPatterns and Beureacratic Cultrual in China*,edited by Li Chin Chuan,Northwestern Univ.Press.

Yu, Xuejun. 1991. "Government Policies toward Advertising in China (1979-1989)" , *Gazette* 48.1.

——1994. "Professionalization without Guarantees: Changes in the Chinese Press in the post-1989 Years" . *Gazette*, 53, 23-41.

Zhang, Xiaoli. 2001. "The Nature of Sanction by Public Opinoin: A View Based on the Critical News from the South China Weekend." www.usc.cuhk.edu.hk.

Zhao, Dingxin. 2001. *The Power of Tiananmen: State-Society Relations and the 1989 Beijing Student Movement*. Chicago: The University of Chicago Press.

Zhao, Dingxin and John A. Hall, 1994. "State Power and Patterns of Late Development: Resolving the Crisis of the Sociology of Development" . *Sociology* 28(1).

Zhao, Yuezhi. 1998. *Media, Market, and Democracy in China: Between the Party Line and the Bottom Line*. Urbana: University of Illinois Press.

——. 2002. "The Rich, the Laid-off, and the Criminal in Tabloid Tales: Read All about It!" in *Popular China: Unofficial Culture in a Globalizing Society*, edited by Perry Link, Richard Madsen, and Paul G. Pickowicz. Lanham Md: Rowman & Littlefied.

社會科學類　PF0065

中國超級傳媒工廠的形成
——中國新聞傳媒業30年

作　　者／周翼虎
責任編輯／蔡曉雯
圖文排版／邱瀞誼
封面設計／陳佩蓉

發 行 人／宋政坤
法律顧問／毛國樑　律師
出版發行／秀威資訊科技股份有限公司
114台北市內湖區瑞光路76巷65號1樓
電話：+886-2-2796-3638　傳真：+886-2-2796-1377
http://www.showwe.com.tw
劃撥帳號／19563868　戶名：秀威資訊科技股份有限公司
讀者服務信箱：service@showwe.com.tw
展售門市／國家書店（松江門市）
104台北市中山區松江路209號1樓
電話：+886-2-2518-0207　傳真：+886-2-2518-0778
網路訂購／秀威網路書店：http://www.bodbooks.com.tw
國家網路書店：http://www.govbooks.com.tw

2011年10月BOD一版
定價：580元

國家圖書館出版品預行編目

中國超級傳媒工廠的形成：中國新聞傳媒業30年 / 周翼虎
著.-- 一版. -- 臺北市：秀威資訊科技, 2011.10
面； 公分. --（社會科學； PF0065）
BOD版
ISBN 978-986-221-797-9（平裝）

1. 新聞業 2. 中國

898 100013194

讀者回函卡

感謝您購買本書，為提升服務品質，請填妥以下資料，將讀者回函卡直接寄回或傳真本公司，收到您的寶貴意見後，我們會收藏記錄及檢討，謝謝！如您需要了解本公司最新出版書目、購書優惠或企劃活動，歡迎您上網查詢或下載相關資料：http:// www.showwe.com.tw

您購買的書名：________________________________

出生日期：________年________月________日

學歷：□高中（含）以下　□大專　□研究所（含）以上

職業：□製造業　□金融業　□資訊業　□軍警　□傳播業　□自由業

□服務業　□公務員　□教職　□學生　□家管　□其它____

購書地點：□網路書店　□實體書店　□書展　□郵購　□贈閱　□其他

您從何得知本書的消息？

□網路書店　□實體書店　□網路搜尋　□電子報　□書訊　□雜誌

□傳播媒體　□親友推薦　□網站推薦　□部落格　□其他________

您對本書的評價：（請填代號　1.非常滿意　2.滿意　3.尚可　4.再改進）

封面設計____　版面編排____　內容____　文／譯筆____　價格____

讀完書後您覺得：

□很有收穫　□有收穫　□收穫不多　□沒收穫

對我們的建議：________________________________

____

____

____

請貼
郵票

11466
台北市內湖區瑞光路 76 巷 65 號 1 樓
秀威資訊科技股份有限公司 收
BOD 數位出版事業部

（請沿線對折寄回，謝謝！）

姓　　名：________________ 年齡：________ 性別：□女 □男

郵遞區號：□□□□□

地　　址：________________________________

聯絡電話：（日）________________ （夜）________________

E-mail：________________________________